言辞的幽潭
或坎普美学

深圳青年作家评论集

赵目珍 ———— 主编

深圳文学研究文献系列

百花洲文艺出版社

图书在版编目（CIP）数据

言辞的幽潭，或坎普美学：深圳青年作家评论集 /
赵目珍主编. -- 南昌：百花洲文艺出版社，2023.7
ISBN 978-7-5500-4450-0

Ⅰ.①言… Ⅱ.①赵… Ⅲ.①文学评论-深圳-当代
-文集 Ⅳ.①I206.7-53

中国版本图书馆 CIP 数据核字（2021）第 217675 号

言辞的幽潭，或坎普美学：深圳青年作家评论集　　赵目珍　主编
YanCi De YouTan ，Huo KanPu MeiXue：ShenZhen QingNian ZuoJia PingLunJi

责任编辑　杨　旭
特约编辑　陈冬杰
特约策划　张立云
装帧设计　云上雅集
出　版　者　百花洲文艺出版社
社　　　址　南昌市红谷滩新区世贸路 898 号博能中心一期 A 座 20 楼
电　　　话　0791-86895108（发行热线）0791-86894717（编辑热线）
邮　　　编　330038
经　　　销　全国新华书店
印　　　刷　长沙市精宏印务有限公司
开　　　本　889 毫米×1194 毫米　　1/16
印　　　张　29.5
版　　　次　2023 年 7 月第 1 版第 1 次印刷
字　　　数　400 千字
书　　　号　ISBN 978-7-5500-4450-0
定　　　价　148.00 元

赣版权登字　05-2021-392

网　　　址　http://www.bhzwy.com
图书若有印装错误，影响阅读，可向承印厂联系调换

"深圳书写"的可能性和丰富性

杨庆祥

前些年，每到 12 月份左右，我就一定要找几个开会的机会，去深圳小住一段时间。我爱这座城市的干净、整洁和年轻，喜欢海洋的暖风和温润的气候，享受这里的各种美食。2013 年，我曾经在香港大学短暂访学，经常坐港铁跑到深圳找朋友聊天，聚餐。从北京到深圳，一北一南，路途可谓遥远，但在我私心里，却觉得这两座城市有着亲缘的关系，现代文学里有著名的"北京上海"双城记，后来又有学者研究"上海香港"的双城传奇，如果要在我的经验里离析出一个双城，那可能是北京和深圳——在中国从传统向现代转型的过程中，这两个城市都构成了现代城市"大都市化"的典型范例，前者类似于巴黎，在辉煌的历史中涅槃重生，而后者，则更近于卡尔维诺的"看不见的城市"，是从无到有，从梦幻到现实的一次"创世"。在这个意义上，深圳具有完全现代的"艺术感"和"文学性"，长期以来对深圳是"文化沙漠"的这一指认和判断是完全浅薄且无知的，深圳的"文学性"并不能简单地以作家作品的量化标准来进行衡量，真正的文学性与深圳本身就是一体的，不过是，它需要被发现、被结构、被反复进行创造性的书写。

最近这几年我阅读到了一批深圳作家的优秀作品，比如小说家邓一光，他的深圳书写给我留下了非常深刻的印象，我曾经在一篇长文里提到："深圳在邓一光的书写中，仅仅是作为一种假面的存在，借助那些假面，邓一光解构了一种媒体意义甚至是意识形态意义上的'深圳书写'……他成功地超越了格式化意义上的深圳书写以及其延伸的城市书写……一种新的城市书写方式被建立起来了。"我也曾经论及深圳另外一位青年作家蔡东的小说:"逃离由此在非常具体的空间中挪移:深圳——留州,这是蔡东的双城记。它们在不同的作品中反复出现,构成了'原乡——异乡'的叙述结构。……'逃离'可以是一种普遍的人性的结构,但是在蔡东这里,它同时也指向一种特殊的生成于中国语境中的历史性的结构,具体来说,就是中国人在现代化过程中的大迁徙,大流离失所。"再比如诗人朱涛,最近这几年他以"喷涌"的激情创作了一系列优秀的诗歌作品,出版了诗集《越荒诞越奔跑》《落花纪念碑》等,与邓一光、蔡东等作品中清晰可辨的"深圳标志"相比,朱涛的诗歌表面看起来和深圳关系不大,也没有太多具体词语的指涉,但是我认为从写作发生学的角度看,没有深圳就不会有朱涛的诗歌,他诗歌的词语奇观和诡秘想象与深圳这座城市的内在"艺术性"互为一体。

青年批评家赵目珍主编的《深圳青年作家评论集》是一部关于深圳青年作家、诗人的评论集汇编,这里面选入的很多诗人、作家我或者有所耳闻、或者读过相关作品,但这么全面地展示对他们的评价和研读,应该还是第一次,它既凸显了作家、诗人的实绩,也凸显了相关评论和研究的成果,是一部很有价值的选本。至于编选过程中的得失,目珍兄在后记里已经有了清楚的交待,无需我重复。我想说的是,这样有意义的工作应该更多一些,也应该得到更多的支持。

以短序支持并为之贺!

2021.12.18,北京

(杨庆祥,著名诗人、批评家,中国人民大学文学院副院长、教授、博士生导师。)

目　录

中 编

下　编

上 编
Shang Bian

阿翔 卷

吕布布 卷

阮雪芳 卷

太阿 卷

谢湘南 卷

许立志 卷

远人 卷

张尔 卷

赵俊 卷

赵目珍 卷

阿 翔 卷

阿翔，生于 1970 年，籍贯安徽，著有《少年诗》《一首诗的战栗》《一切流逝完好如初》《旧叙事与星辰造梦师》等诗集，参与编选《70 后诗选编》《深圳 30 年新诗选》《中国新诗百年大系·安徽卷》，现居深圳。

奇境：浅谈阿翔的"拟诗记"

赵 卡

作为一项神话修辞文本的练习功课，阿翔为他的诗歌建立了一种奇境，作为克制的非连续性的幻觉的集成，呈现了即兴的特点。"拟诗记"就是我们的爱丽丝，它将引导我们进入一个万花筒般的世界。"拟诗记"，我觉得既是一种奇怪的命名，也是一种奇怪的命名方式，"拟"，在阿翔的写作谱系里可作"模仿"解，"拟诗"，用诗歌的形式模仿诗歌，抑或用诗歌的形式反对诗歌，其真实企图难免让人生疑，但真正隐藏在字面后面的一定是不折不扣的怀疑精神，好像还有一点自我清算的意味。也就是说，阿翔先对自己的精神动机起了疑心，他对自己既往的文本可能暗含偏见，又对当下的写作持不信任态度，故"拟"之以迷惑阅读者，这显得太狡猾了。重要的，还有紧跟着起注释作用的小标题，这些小标题看起来更像是对主标题的偏离，不妨可视作阿翔在诗中为建立奇境世界准备的建筑材料。

基于这样的看法，我将在本文中谈到的阿翔可能是一个犹疑的有点自我否定意味的阿翔，在幻象中建立精神秩序的阿翔，缅怀时间的阿翔，即景的和自我约束的阿翔，偏离词义对世界的表象发表意见的阿翔，最后深入到深邃现实黑洞里的阿翔。总的来说，我目前读到的仅仅22首"拟诗记"是一个彼此没有关联（除了纳入在主标题的统辖之中）的神话的能指，如同藏棣的"丛书"诗，你不会知道什么时候诗人才会收手，这是一种将单首诗歌无限裂变为复数化的努力，暗藏了宏伟浩瀚的史诗性写作的抱负。按照罗兰·巴特的说法，"神话的能指以含混的方式呈现出来：它既是意义又是形式，就意义而言，它是充实的；就形式而言，它是空洞的。"对照检索阿翔的22首"拟诗记"，你会发现，用一个声音说话（Speak with one voice）确是阿翔一段时间以来诗写的显著特征。类似的开头和结尾方式，从容不迫的调用词语，没有一个句子不拥有一种相似的形体，懒散的语气，随手即可拈出几例："从侧面看起来，排在我们之前的人，神色已经平静。"（《拟诗记，松开》）"早些的时候，我努力给拼音生活增加粗粝感，我是说"。（《拟诗记，反隐忍》）这是在夏日，"九月是中年的酷热，躲藏白发，躲藏流动的人群"。（《拟诗记，应和》）等等，甚至包括了句子的长度、节奏感、速度，仿佛连字数都是经过仔细计算过的；如果把每一首诗通读一遍，你会惊讶地发觉，文本空洞一如西川，这也是新古典主义诗写的流弊之一，但它却保留了诗意的骨架。

如果我在此谈到了"空洞"，希望不会引起读者的狭隘的误解，我谈到的"空洞"其实是出于对诗人性格中某种神秘主义嗜好的猜测。怎么说呢，其实这是阿翔对叶芝（所谓的通灵术爱好者）诗艺的秘密传承，因为叶芝认为诗人性格中的神秘主义倾向会为他的诗歌带来隐喻。如果你在阅读阿翔的"拟诗记"中不能发现这些辉煌的隐喻，我想你一定站在了阿翔的对面，也就是站在了形式的反面。阿翔的形式即阿翔的神话修辞术，这是他的真诚，犹如艾略特在谈到布莱克的真诚时说的，"然而即使没有什么东西能妨碍他的真诚，另一方面也存在袒露的人会遭到危险的可能。他的哲学，正像他的幻象、他的透视、他的技巧一样，是属于他自己的。"来看这句子，多么辉煌，如同神启一般：

对日常生活的日复一日浑然不觉

炎热的夏天看起来还没有结束。

异常于月亮昏暗，我隐藏暗褐色的疤痕

长时间的低调

草丛淹没腐朽，孤单更加锋利

城中的喧嚣徒然消失，唯有漫天星斗与之比肩

这一天宜于远离，即使如此，也要经过呕吐和堕落

在梦中才能返回，就像我坐着火车去天堂。

——《拟诗记，远离论》

阿翔的诗写和所有的诗人区隔在于，他以优雅和恭顺博得了读者的好感，我不能不说这是一种示弱的品质，尽管我知道示弱是我们竭力避免的性格中的一部分。当我们看到阿翔固执的局限于一种沉郁的调子，我们不得不考虑阿翔这是不是出于风度的体现。作为一个压抑自我膨胀的，热衷于未完成状态的诗人，阿翔更愿意回到内在的和独有的自我，他保持着一种谦卑的谨慎，不让词句任意放肆。但你不能无视他的深不可测的想象力：

不是无路可走，的确不是。是沮丧的手势

让你低调，即使在林子的隐蔽处

纵有瞒天过海的本事，暗影仍然寸步不离，这也不是什么错。

当孤独遇到了镜子，你被缺席，不在现场

镜子咣当一声破碎，这些都不存在，映不出你辽阔的内心。

岂止黑暗，哪个都不是，就可以看见漩涡

一群吃盐的铜马，慢吞吞的，它们算得上见多识广；而且

厌倦了旁观者的青春

——《拟诗记，"不是……"》

这是他和世界的对话，世界是一面"镜子"，"当孤独遇到了镜子"，"镜子咣当一声破碎"，阿翔所建立的奇境，打碎的岂止是博尔赫斯的一再重复的虚构。这22首"拟诗记"几乎指向了同一种想象，神话在这里是如何成为神话的？那么我们绝不能回避阿翔诗写的意义和形式，这不是一个靠对细节的持续瞩目而获得意义的诗人，也不是通过联系词与物的上下文关系与世界建立秘密沟通的诗人，罗兰·巴特认定神话的特性即"将意义转换成形式"，那么我们不妨认为阿翔的"拟诗记"就是意义转换成形式的诗篇。当我们看到，

在他的 22 首"拟诗记"里，阿翔断然抛弃了依照生活本来的面目去描述生活，而是将生活添油加醋篡改得面目全非，那是一种只有经历过才能追忆描述出来的生活，我们反倒情愿把它视作现实一种。我有时想，"拟诗记"是不是阿翔的一种自传式书写呢？他建立了某种神话修辞文体，奇境式的，这里面包含了一系列怪癖，超越了既往的偏执，夹杂着似是而非的评论。

阿翔的"拟诗记"不是那种昂扬着的调子，也不是俯首倾诉式的低语，他总是自语，这种自语不是说给读者倾听的，而是返回了他的诗篇内部，像极了年轻时的普鲁斯特。阿翔诗写的秘密之一是对标题的珍视，因为标题可以说是一首诗的灵魂，如"松开""反隐忍""应和""未完成……""诗歌史""……迟疑"等等，这些标题都隐蔽了不足为外人道的秘密，如果回到这些词语的内部，就会发现至少有一种修辞是用来荒废的。22 首"拟诗记"如果分开来阅读，那么，每一首都拥有一个声音，最后汇入一个更丰富的一个声音里，但它们又是如此迥然有别：《拟诗记，松开》缅怀了孤独，《拟诗记，反隐忍》对抗了梦境，《拟诗记，……迟疑》善意地对友人张尔给予了小小的讥讽和赞美，《拟诗记，致——，或伪史诗》是对某一首诗的致敬，《拟诗记，几易其稿，小插曲》则像个衰老经，……诸如旅行记、唱和、挽歌体、讨论术、隐晦的色情等等不一列举。布鲁姆问："是什么让一首诗优于另一首诗？"这个处于读诗的艺术核心位置的问题在阿翔的"拟诗记"里是无效的，毕竟"拟诗记"的 22 首在用同一个声音说话（Speak with one voice）。

有时候多读两遍阿翔，忽然发现阿翔的诗篇里偶有自怜，但更多的是自恋，又有点笨拙，这有点和布莱克类似，也应了艾略特之言，"因此他就比一个艺术家所应该的那样更加着重他的哲学。这就是使他偏激、使他倾向于不拘形式的缘故。"你看：

我忘记了钥匙在锁中被卡死，木头椅子在技术上长出蘑菇
青虫身子过于柔软
与一下午的草绳格格不入。

——《拟诗记，10 月 2 日，肥美语》

如果我把他指认为唯美主义的奥斯卡·王尔德，用词自信且精巧过度，大概阿翔也不会反对。他的高蹈的姿态使得他写下的诗句熠熠生辉，特别是有

些句子更像是预言、箴言或谶语。我敢肯定这是一个接受古典传统并试图无限扩展传统的诗人，又是一个以暴力手段劫持了现代诗人诗写精华的诗人，他们一起搅和在了阿翔的诗篇里：莎士比亚、歌德、叶芝、特朗斯特朗姆、博尔赫斯、西川、余怒甚至广子。严格地说，无论阿翔以往的诗篇还是我现在观察的"拟诗记"，均不是一种看上去有难度的写作，但却是极微妙的，难以捉摸，幻象性和精确性的统一的写作，语调舒缓，富于节奏感，其魅力如本雅明评价普鲁斯特，"仿佛是其使命让他不得不如此。""随后，这种神秘化和仪式化简直变成他人格的一部分。"阿翔那种抵御反常病态的持久的理想主义孤独感，恰是我们目前的好奇心所热衷的。

（原载《新文学评论》2016 年第 1 期）

流逝的混乱与厘秩——关于阿翔近作

阿　西

　　阿翔是许多人都熟悉的诗人，他诗歌方面的朋友也多，几乎无人不识翔。阿翔一直都是全身心参与诗歌的事情，不遗余力地收集、积累了大量的诗歌资料，特别是原生态性质的民刊。他也因此以其特有的角度见证和参与了新时期的诗歌发展建设，并结交了全国各地的诗歌朋友，与相当多的诗人建立起属于诗的友谊和联系，这应该是当代诗歌进程中具有特殊性的一笔。对于这样的诗人，谈论起来其实是有些困难的，一来他的基本情况"显而易见"，对他的评价似乎已有"共识"；另一方面，阿翔又不断与读者玩捉迷藏，似乎并不是为读者写诗，尤其不是为朋友写诗。或许正因如此，人们有时候会忽略阿翔诗歌的意义，而更看重他作为桥梁的存在。我想，这对于阿翔来说，是最大的误读。固然他是诗人们的朋友，但我想他更是值得认真阅读的诗人。应该说，阿翔已经逐渐成为一个自觉性的写作者，在许多方面收获了值得关注的成就。阿翔的诗歌在质地上是抒情的，且有天性的存在，但也泥沙俱下，不拘一格或语义比较杂芜。阿翔文本的这种特征，也是新世纪诗歌的一种风貌。而他近年来的诗，像叮当作响的风铃，时而富于节奏感，时而又有些混乱，但都趋向语言的最高境界——自由与深邃。

一

　　阿翔经过较为漫长的探索，逐渐找到了自己的言说方式，使其能够进入自觉性的诗歌写作。我们知道，但凡有一点抱负的诗人都想找到自己的语言系统，并认为这是进入有效性写作的基本前提，然而，尽管很多人都信誓旦旦，真正进入到这种写作状态的诗人却少之又少。如果用一个数字来表示的话，恐怕不会超过5%，也就是说我们绝大多数的写作者，不过是一种对固有文本的重复性写作而已。阿翔经过相当长的探索，发现了那个真正属于诗的"另一个自己"，这个"自己"就是直接地专注于生活本身，直接进行此在的诗性转化，无论对象是否具有诗意，无论场景是否适合诗的要求，他都会主动地以一个诗人的身份发出声音，写出一首关于本地现实的诗。也就是说，阿翔摒弃了那种高蹈式的写作，也摒弃了那种梦幻式和所谓的主体性写作，而是仅仅坚持对生活的客观。这在一定程度上，对20世纪末伪经典范式写作具有矫正意义。

> 下午通过灰白的蒙蒙细雨，逐渐成为
> 汽车的一片喇叭声……
> ……我听到的是，炉火
> 弱爆的声音。在下午的河岸，看上去
> 流量不大，无关任何现实，唯一获得是方言
> 的慰藉。经常如此，所以山水开阔
> ——《下午诗》

我摘录出的这段诗，很好地诠释了阿翔的写作趣味，那就是他只关注于"下午"这个词，并在这个词中找到"慰藉"与"宽阔"。我们知道，许多人其实都在过着一种不真实的生活，幻觉充斥在各种意识活动之中，而所谓的诗人几乎很难获得一次"超然"的精神定位，他们只好去写一种虚假的诗——无论是出于官腔的正义还是出于个人情怀。而阿翔仅仅抓住"下午"这个此在的现实，就足够完成一次有效的写作。这也说明了他终于解决了所谓的当代性问题。当然，对于阿翔来说，此在的诗性实际上就是他的生活哲学，是一种对于消逝的抵御和消解。他的近作，总是有一种五味杂陈的混乱，似乎完全有意为之。我们知道，阿翔早些年的诗歌有一定的歌谣特征，后来又有了些许的"思辨"趣味，直到近年，他开始直接与现实对话，真实录入现实的状态。"树林上空的是火焰，手臂上枕着，没有什么 / 比诗歌微小而微小的柔弱更有力。生气的人戴着马脸 / 坏人装着狗肺 / 得其形而不能得其神。"（《拟诗记，诗歌史》）这里表面上围绕着诗人一词而发的感慨或揶揄，但语态极其

接近俗语，并没有给出自己的观点，只是以"无力""马脸"和"坏人"代指，勾画出非经典时代的存在脸谱。这个脸谱，既是与某些诗人相关，更与社会情态相似，一切都有一种非主流的形式感，这是当下的一种无序性特征的表露，阿翔只不过从诗歌的角度入手。正如阿翔所说，"生活的夜色，像是接触不一样的地气。"（《小洲村夜色传奇》)，但都被人们"你有意无意忽略过"（同上）。现实就是这样在混乱中流逝，而诗人用诗抓住了它。

> 从小剧场走出来，戏中的一场真正密谋
> 与夜色中的生锈的左手叠合，便会令你激动好几天。
> 烟缸里堆满了还未燃尽的烟蒂
> 我不必写易老的青春，同样影子也没有卸妆。
> 许多虫蚁在伟大和卑微只能二选一，一时难以适应
> ——《九章选本之三，脸谱艺术》

新时期的诗歌观念已经发生了本质化的变革，诗再也不是那种神谕之词，而是返回到物的基本面，与现实几乎平行一致。在这个前提下，诗歌才会真实，才会拥有发言权，与我们期待的深度相对应。在我们对一个诗人考察时，就要看这个诗人是否与时代处于同步状态，是否直逼现实，这些是衡量虚伪与真实的重要尺度。阿翔积极回应现实，因而取得了某种"虫蚁"些许的"伟大"，这就是一个诗人卑微中的伟大。阿翔，一直都在某种颠沛状态下生存，虽然已到中年却仍难以摆脱"小剧场"中小人物的卑微感。

阿翔的许多近作都呈现出一种随意性，似乎他一直处于"拟诗"状态，而不是写诗状态。也就是说他并不确认自己在写诗，而是在模拟诗，其实他就是将生活本身看成是诗本身，写作无非只是一次模拟而已。比如他的《拟诗记，……迟疑（给张尔）》，"日子没有动过一下，看着窗外发呆，他喘气的声音／接近于危险，想一想：他仿佛是永远／不会穷尽的。只是变换了小角度，他写诗，继续／占据空气"，就是写友人的某种基本面，并不刻意去深入灵魂，而这恰恰是最好的深入。在《10月2日，肥美语》《从"情书"开始反对诗》和《给Y，感冒危机》等诗歌中，阿翔还流露出了许多的无奈和破败感，好像自己一直"在旅馆过着另一种生活"，"掩饰彼此虚构的身份"。这种游移不定的表述，不正是我们今天的碎片化生活的基本写照吗。另外，这是一个"好人比坏人更为复杂"

的年代，阿翔却依旧要"对着国家滔滔不绝"，他是多元的文本本身。

二

一个优秀诗人，不仅仅写出自己的时代，还要建立属于诗的时代。这个时代是诗人的人格化与语言场域的相互交融，体现出一个诗人卓越的内在驱动力。从这个角度上看阿翔的写作，他确实取得了一定的成功。他自觉地从流逝中建立回归的秩序，透过混乱与驳杂，去厘清语言的基本要义，并找到属于自己的存在。而一般意义上的诗人，则往往缺乏这种自觉。也就是说，一般意义上的诗人止步于情绪的发泄，无法实现秩序的重建。20 世纪 90 年代，我们经历了诗歌的造神运动，大师化的诗人比比皆是，但非常明显这些大师们需要打上引号，因为他们当中的很多人并不值得信赖，究其原因这些文本更重视外在秩序——形式上的徒有其表和姿态的模拟。当然，阿翔的这种建构，也是一种需要不断完善的建构，但他基于生活本体性的建构，是接地气的努力。

其实我畏惧藏匿的使命，我的出生地
使我不停地颠簸，……，……
那是我的出生地，被摧毁了，挟裹着一切泥沙
我还能奢望什么，在我回去的时候
很难自圆其说，很难给我清白。

——《拟诗记，出生传》

我们知道，诗人的出生地已经面目皆非，往日的一切都已经流逝，但这种流逝并不能阻止诗人的回归，尽管这种回归更多的只是精神和语言的回归——让自己重新进入某种序列中，并按照既有的轨道运行虽然并不是诗人的真正愿望，但确是诗的一种归途，是对于混乱场域的一种抵抗和纠正，而这"很难自圆其说"。在题为《异乡人》这首诗中，阿翔自言自语般地说道："最难捱过的是漫长的夜晚，我客居在这里，不陷落于 / 胖子的体重和忧愁，远处，我的黑帽子不见了，没有人察觉 / 需要存疑。同样，我看到 / 你的诡辩术和隐遁术……"阿翔的内心里一直有一个隐在的神秘之乡，他需要语言抵达它，并且在那里实现精神的人格化。这既是对混乱的抵抗，也是对秩序的

呼应，体现出对诗歌更高级的要求。

> 在起点和终点的其间，扔掉多余的部分
> 接受我的秘密的疲倦，只需要抓住溜走的时光。
> ……，……，……，……
> 你再看，真正的旅行只有一次
> 其余的都不算。
> ——《剧场，献给一个人的旅行诗》

　　阿翔的许多诗歌都是在旅途上完成的，好像他始终都在去往某个并不确定的点上。实际上，这也说明了阿翔时刻都出于某种临界状态，时刻都在回归的途中，而诗正是实现回归的唯一途径。什么是"真正的旅行"，而且"只有一次"？这就是诗人的命运之旅，也是其永远无法完成的秩序建构。阿翔一方面承认现实的混乱，并接受这个混乱，另一方面，他不停地在寻找精神的秩序，让我们见证诗人的存在价值——"抓住溜走的时光"。

> 沉默显然超过宽阔，就好像我们
> 经过打交道之后，在我的左右，
> 你先于失聪本身出色完成了寻找。
> 所以，我没有机会和你谈论
> 古老的半坡，但有机会和你默契
> 到一个潜台词：我们的声音
> 愈合在世界的伤口里。
> ——《左右不离我的左右计划》

　　诚然，为了写出流逝的混乱，阿翔的诗歌不断生成杂芜的元素，好像他刻意回避了精粹与精致，在走一条反向的路。但是，如果我们能够深入到他的诗中，耐心地寻找他的写作密码，就会发现有一条秘密的"小道"一直都存在于他的诗中，带领着他"出色完成了寻找"。《旅程传奇》一诗是他最近的一首，表明他已经接近了一种清晰可见的秩序——是从混乱中取得的秩序，因而具有十分明显的特征。诗人的"梦比细碎的生活更像奔跑的我／而得以辽阔……""有时，沿着陌生的寂静/……试探着铁轨的耐心"。阿翔说"诗随时会改变我们对世界的态度"，这也表明阿翔似乎已经在自己的秘密道路上，开启了有目标意义的写作征程。

三

阿翔经常出入一些诗歌活动的现场，好像有点耐不住寂寞，我也听到有人这样议论。其实，他虽然参加一些诗歌聚会，但常常只是"身在曹营心在汉"，或呆呆地坐在一隅，或趴在桌子上，完全是孤立的一人世界。即使有时候要登台朗诵，也是以其特有的方式表演一番，配合一下而已。而那个真正的阿翔，一直在沉默，并以沉默抵御来自诗歌内外的喧嚣，获得内心的寂静与完整。他的沉默，更像是特有的自白，让我们看到一个内心不断下坠的诗人。阿翔以其特有的方式保持了一个诗人的独立性与尊严。他是一个十分挑剔的人，对于一些粗俗得要命的诗人往往是不屑一顾。从本质来讲，阿翔是一个更喜欢寂静的诗人，他在寂静中去实现对混乱的梳理，去完成人生的秩序，只不过他以一种看似热闹的方式。

> "你终于沉淀了下来"，这意味着我无可挣脱，
> "沉到了最底层。"传说中的引文，
> 可以在黑暗中侧耳聆听，当然我不用沉湎于夜色，
> 像你说的仅仅是安静的位置，
> 漂浮一首诗的古旧韵律，"你将永久盘踞"。
> ——《白皮书诗》

这是阿翔特有的自白方式，他要"沉淀下来"，只有沉淀下来才能够摆脱某种束缚。诚然，即使是"沉到了最底层"，诗人也难以"挣脱"喧嚣。确实，阿翔充满了矛盾与悖论，他的大量作品往往都有一种不可解性，甚至就是对立的并置。这也从语言这个层面上，看到了阿翔的对于存在的基本理解——他并不去"沉湎于夜色"，而是让一个不断动荡的幽灵奔走在街头，去寻觅寂静。

在《沉默诗》一诗中，阿翔感到"万分沮丧"，因为他清醒地意识到"自身的沉默"就像并不明亮的月光，根本无法照彻整个自己，无法真正驱逐内

心的孤独与寂寞。但是，阿翔依旧"在日记本上随手写下：我是空的，在诗歌日我继续沉默"，他已然接受了这种孤寂感，并以此拉开与现实的距离。我觉得，一个诗人既要与生活同体，又要保持必要的游离，以便于反观自我和考察社会。阿翔以"沉默"的方式去实现这个目的，尽管"这里楼道里很安静，令我不知所措。"

　　像过期的药片，被我果决地一口吞下
　　阅尽世事，年华穿透你的身躯，形同烧焦
　　因而稀释了故事的老套，体内领略山水教育
　　的边界，即使呼吸有些迟钝，在那里
　　我可以转掉话题，譬如我中途屡次上洗手间
　　　　　　　　　　　　　　——《体内的向度》

　　一首诗所能到达的孤独往往就是一个诗人全部的寂寞，而好的语言和表达，完全可以使诗人的寂静呈现出强烈的独立气质。《体内的向度》写出了一个诗人此刻如何进行"抵御"和"争辩"，从一种隐在的向度，通往另一个世界的"山水"。这是一首从自我无奈到精神逃逸之诗，并在诗中展现出坚定与力量，从而加重了"内心的向度"。现实即使是"过期的药片"也要"果决地一口吞下"，似乎唯有如此才能与现实达成某种"妥协"，然后才能"阅尽世事"去"领略山水教育的边界"，去另一个世界建构自己的精神图谱。这是中国文人传统生存图景的一部分，是失意中的自慰，抑或是失意中的得意，阿翔也有许多这样的情愫。

　　少许的神秘，层层泛起微尘，
　　渗透到新声音的趣味，新病症依靠我的幻想，
　　仍算不上这个时代的不可选择，
　　看上去它远远没有结束，
　　"为了撮合被割断的动脉，过去和未来
　　都指向了现在。"必要时，请允许
　　我把这话提升到橙色预警，对应夏日的
　　加速度，向树木的遭遇学习

另一道闪电。

——《自画像诗（致广子、赵卡）》

阿翔在病中给自己画了一幅"自画像"，好像是一个神不守舍又拥有淡定的老家伙，但这并不属于"性格分裂"。其实，前者只是他的伪装色，后者才是他的血色。他就是一个隐藏在我们中间的一个"神秘人"，偶尔"泛起尘埃"，夹杂一点"新声音的趣味"，尽管这"算不上这个时代的不可选择"，但却是他的必要选择。因为阿翔通过这样的方式，拥有了更加广博的时代空间，进而去实现一次"过去与未来都指向了现在"的对话。阿翔能够在不与生活直面冲突的前提下，悄然地站在真理的一方，并发出看似含混实则明确的声音。他没有虚伪性，也毫无任何乖戾之气，他发出"橙色预警"，善于"向树木的遭遇学习另一道闪电"。阿翔已经在语言层面上解决了个体存在的自足问题。

四

阿翔有大量的诗歌是赠答诗，往往都是写给诗人朋友的，具有个人生活的特殊性。同时，这些赠诗也最能体现出阿翔诗歌的基本风貌，反应他的诗艺美学与诗歌观念。在我看来，阿翔是一个重情义的人，有一种文人的侠气，他也在诗中透出了这种诗的"侠气"。就阿翔整体诗歌的水平而言，这一部分的质量应该是最高的，而且也最具有耐人寻味的风采。他给很多诗人都写过赠诗，比如说张尔、孙文波、臧棣、高春林、吕布布、黑光等等等等，有的是著名诗人，有的是新诗人。这些诗歌，在相当程度上是对其生存混乱的一种梳理，也是对内心的回归和厘秩。同时，也是对时代的一种纪念，超出了文本本身。

2011年初冬，他来北京参加一个剧场的演出，在其中扮演一个角色，好像就是扮演他自己，可能是一个配角，据说他演得十分认真。他住在我家，晚上演出结束后天下起了雨夹雪，寒冷得很。他回到我家时已经是夜里十一点多了，但进到小区却怎么也找不到家门，我只好出去找他，我俩在小区里捉了半个多小时的"迷藏"，当找到他时，已经浑身湿漉漉地发起抖来。看着这样一个诗人兄弟，我便情不自禁地给他写了一首题为《木乃伊》的诗。"属于中年的嗓子已经充血 / 步入歧途的诗篇仍是捉迷藏 / 你尝试把松弛的日常搬

上舞台 / 朗诵。露出牙齿。扮鬼脸…………我想干脆把你制成木乃伊 / 对，就是用抹布和尽可能多的松香 / 把你彻底密封起来。让你的嘴 / 和你的手脚处于绝对的静止状态 / 这样，你就不会从深圳跑到北京 / 再从北京跑到海口，带着一兜子 / 破杂志。几包烟。一双凉鞋 / 而我精心制作的木乃伊 / 是第一个关于诗人的木乃伊 / 它应该比阿翔这个名字更有吸引力"。对于阿翔来说，他不只是一个诗歌的符号，而且更具有强烈的诗歌精神，而这种精神将穿过岁月的迷雾，构成一道永恒的景观。很快，阿翔回应了一首，全诗如下：

剧场，抒情诗（与阿西应和一首）
一个下午的多种讲述，就陷入了语言的陷阱
这恰恰来自他的小情绪，（连同蜷缩和拖曳一道）
同时还要忍受绕来绕去的手艺，或者不如
说是徒有空嗓子，比你的耐心还要长
那时下午很安静，在你身后，那弯曲的，不是波浪
是"金属的闪电"难以为继时仍将继续
像必然的谎言和箴言，大刀阔斧抡起来，提前贯通
的美妙，"舒服啊舒服……"，这就说明
他的多种讲述与你有关，包括午睡时分
接近于隐喻的鼓胀，紧绷的圆形。又免不了
相互拉扯，而原型变得多么可疑，我几乎听见了
那些懵懂的杂音，讨论进一步变得艰难
以至我通过一首诗了解他的下午，即使更远
的是颓废。但是你看，"沼气不能直指为
阳光"，"训练不能认为有素"，有时眼前赢得
现实和寂寥，你从未废掉追忆，是的，现在
是的，全部。依靠真实。我不需要这操蛋的礼赞
乐于听从俗世的戏剧化，哦，这是一个小把戏
明知一切不可挽留，他还靠着岸咻咻喘气
其实你不用嘲笑一个不可靠的下午，隔着空气
再无新鲜可言，行动明显迟缓
万人广场掩藏城市民谣，你"绝对不相信

即兴性"。最适合回到生活的发言权，沉溺于游戏

虚无中的销蚀，可能和不可能，那不过是你

在这首诗有着无穷的加法，变得游刃有余

很显然，阿翔在诗中对自己戏剧性的生活有了更为充分的解析，他承认作为一个诗人"要陷入语言的陷阱"，乐在其中，苦亦在其间，就像是"徒有空嗓子"，也要发出声音，喊出"金属的闪电"，而不仅仅只是"戏剧化"的"颓废"。实际上，阿翔一直都不是一个虚无主义者，他有着非常强烈的现实感，对于诗人之间的交往，他也是真诚而坦率的。正因如此，他对于我将其制成"木乃伊"才会认为这个"小把戏"并不能挽留一切，而重要的仍然是对于生活的"发言权"。

阿翔通过赠诗，既抒发了与诗人之间的纯洁感情，也实现了自我的内心审视。更重要的是，阿翔在与众多诗人的交往中，参与了不同语言趣味的诗学建设，也促进了他的诗歌空间向无限拓展。这即是他的一种建设，也是当代诗歌的一种建设。

结　语

近年以来，阿翔一直不断地调整自己的诗歌，似乎任何形式都不适合他，他最近写出的诗歌更像是一种"说辞"，以非逻辑性的秩序将不同属性的事物串联在一起，形成互相生成的语言系统。比如他的"传奇"系列诗，他的"计划"系列诗，都已经开始从形式上打开了语言的缺口。当然，所有的写作都必须朝向未知，都是他对混乱的厘秩，也是他对语言的清晰和诗意的澄明。总之，现在他似乎迷恋上了混乱本身，更加恣意，像脱缰之马向宇宙的边际奔去。我觉得阿翔诗歌的混乱性是一种特殊的秩序，他在混乱中尝试形成一次次关于时间的定格，并且"一切流逝都完好如初"（阿翔诗集书名）。

（原载《诗林》2016 年第 4 期，有删节）

在内心打开诗歌的耳朵（访谈）

梁雪波　阿　翔

梁雪波：您写诗的历程比较久了，在诸种文学体裁中，为什么独独偏爱诗歌？在诗歌写作上谁是您的诗歌"领路人"？喜欢的诗人或作家有哪些，他们对您产生过哪些影响？

阿　翔：我也不知道我为什么独独偏爱诗歌，可能冥冥之中诗神缪斯在我内心召唤吧，这话有点玄。实际上写诗写了 25 年，始终不知诗为何物，亦不敢说掌握了诗艺的秘密。对我来说，25 年，有如河流向远方一去不返，人则站立原地不动，但处于在辗转、漂泊、衰老的消磨中。水流的去向恰恰是时间上的过去。人所能看到的就是过去，所看重的是过去的积累。而诗歌，绝不是时间最终的目的，只是内心缓慢的倾诉。这就是我偏爱诗歌的原因。

我记得诗人西川曾说过："任何人的写作都应该获得一种力量，这种力量只靠自己或只靠自己的才华是不够的。因为一般人年轻的时候，写作基本上是靠天生的才华，但是到了 30 多岁以后，这时候才华已经不够了。他必须使自己的才华同更广阔的生活结合在一起，和更广阔的文学传统结合在一起。"这话，我信以为然。

您问我喜欢哪些诗人或作家，这个问题我不好回答。因为我喜欢的诗人和作家多了去。若说没有影响，这是不客观的。就阅读而言，我情愿将更多的时间放在一些经典诗人及文本的阅读上。主要是一些国外诗人的作品，相对来说，他们更丰厚、宽广，具有诗歌的内在力量。我不迷信某一个诗人，而是喜欢具体的某一首诗作或者某一部作品。

关于诗歌的标准，是任何人都不能给出一个一统天下的结论的。这就是阐释学存在的意义，也是诗歌不灭的内在的秘诀。

梁雪波：虽然诗人的优异与否并非以作品数量来考量，但我还是想知道，目前为止，您共创作了多少诗歌作品？结集出版的情况如何？

阿　翔：我真的不知道这25年来写了多少首诗。因为在写作生涯中我是一个不断地自我否定的诗人，那意思是悔其少作。比如我在2001年的作品，放在今天看，我羞愧地真不想示人。只出过几本内部诗集，仅限于交流之用。此外再就是臧棣主编的"'70后'印象诗系"丛书之一《少年诗》，由阳光出版社出版。说实话，整理诗集无疑是一件令人沮丧的事，这意味着你必须正视自己的写作，你会发觉时间其实淘汰了不少作品，也许，再过十年，这部诗集的作品肯定又被淘汰不少，到手里只有薄薄的一册了。

梁雪波：诗歌对您来讲意味着什么？仅仅是表达自我的手段，还是有更大的文学野心？您认为诗人和通常意义上的文人有什么区别？

阿　翔：有一天我偶然看到英国诗人柯尔律治在《文学传记》中说："真正想象是无意识的分解化合，物与神游，最终重新创造的过程，诗人的运思行为近乎一种神秘经验的追索，是从无意识的深处获取灵感。"这话正合我意，实际上把这话放在今天的语境下，可以全新地体会到感受丰盛的想象力和创造力的快感。

我年少时便萌生了这么一个愿望，企图使一些旧纸或者废纸闪闪发光，让它们变得有味，耐看，让人们捧着它，久久地怀想，一遍又一遍地深入。在这一意义上，诗歌是经验性的。诗歌为内在经验所引导，诗歌所达到的完美境界源于丰富的经验。诗歌的经验总是与诗人的经历相关的。这种经验包括生活日常、说走就走的一场旅行、阅读、不回避现实，或者偶尔在雨中漫步，等等。得让所经历的一切成为内在的经验，以便使经验性的材料凝聚起来，浑然一体。

所以我没有什么更大的野心。在一个商业日益成为主流的社会，诗人是不值得炫耀的身份，而且经常还被娱乐化了。很多诗人，更愿意把自己的诗人身份隐蔽起来，从不显露，只是默默地写。以我所在的深圳这个城市为例，诗人大部分是以另外的职业身份出现，比如教师、打工者、经理、白领、流浪汉等等，把他们放在城市的芸芸众生中，没有人知道他们是诗人，小说家可以作为职业靠稿费、版税来生存，而诗人却不能。由此可见，诗歌在大众生活当中作用下降是一个必然。

梁雪波：据我所知，你出生于安徽当涂，从小的经历有些特别，能聊聊你的童年生活吗？和你一样身在外省生活工作的安徽诗人有不少，在地理归属上，安徽诗人和深圳诗人，你更倾向哪一个？

阿　翔：我是出生于安徽江南水乡。附近的青山脚下就是李白终老之地，我记得那个时候还是一个偏僻的乡村。我的童年处于一种漂泊状态，因为父母工作关系的原因，我总是处于一种辗转的状态。有时被大婶带着，有时被奶奶带着，有时在父母身边。即使如此，在乡村我获得了和正常孩子一样快乐的童年。无论是在父母身边还是被寄养在亲戚家里，大家都将我当正常孩子看待。没有人因为我耳朵不好而给予过多的照顾，也没有人刻意强调我失聪的事实，让我恣肆地按照孩童的天性成长。可以下地玩泥巴，可以上树掏鸟窝，可以去捉蛐蛐，可以漫山遍野地去疯。

某种意义上，我其实是异乡人。在深圳这四年，我体会到的是，在文化身份上我已经忘记了安徽人。深圳是一座朝气蓬勃的城市，我喜欢它的朝气，是体现在它的文化价值上。前些年，我在合肥居住一年多，在浙江海盐三个月，在北京居两年，在湖北武当山脚下隐居半年，在广东茂名四个月，最终在深圳才安定下来。如果要说这座城市的性格的话，"火热"就是它的性格，它没有冬天的寒冷，不会有世态炎凉之感。我以我开朗的性格很快与之融合。深圳的快节奏生活并没有影响我，甚至不会给我的写作带来浮躁感。在这么一个"深圳速度"的城市，总有少数几个人安静而慢悠悠地写作，这是最悖论的现象。

梁雪波：你有很长时间处于四处漂泊的状态，还曾在大西北游历过，就诗人而言，漂泊含有肉身与精神的双重指涉，那段经历对您的创作有什么影响？现在还经常出游吗？

阿　翔：是的。这十几年，除西藏外，我几乎游历了大半个中国。原居地的环境局限已经限制了我的发展，以至我写作的视野得不到开阔。在此之前，我在老家生活了 30 年，在一个企业单位工作 12 年，用计划经济时代的术语说，那时我是正式工，这种身份把我固定死了，让我脱不出身来，而且我对分工不明的工作毫无兴趣，时而让我清理仓库场地，时而派我苦力抬包，时而命我折算结账，我已经厌烦了，因而经常怠工、旷工，甚至不请假出去走走——这也是最初的漂泊。后来那个单位倒闭，我才脱离这种令我诅咒的身份。2004 年春，我离开了家乡。我深知，如果我不离开，我可能在老家一无所成，碌碌无为。这正是命运给我的转折点，我听从了内心的召唤。

人一生下来，就不停地奔向死亡，这个过程，就是漂泊。记得我曾说过，漂泊就是诗人的宿命。生活的动荡必然影响到我的诗歌写作，你可以从我的一些诗歌中看出来。内心是非常柔软的地方，生活的动荡中，写作让我抵达最能触动我的地方。有时候我克制着不去说，不去表达，遵从诗艺的内在要求，发现一说出来就伤害了许多东西。所以我在新疆生活两年而中断写作就是这个意思。

现在生活在深圳，偶尔有几次出游，所谓"生活在别处"也许就不难理解了。有时我觉得，命运就像驶出了站台的火车，过程不可预知，也不知所终，你很难把握。

梁雪波：是什么机缘让你在深圳安顿下来的？在快节奏的商业城市，您如何安放一颗诗心？

阿　翔：我来深圳完全因为女友的缘故。我们有个约定，我在北京两年，她做我的跟屁虫；她去深圳，我就得做她的跟屁虫。哈哈……其实我在2005年冬天第一次去了深圳，当时是跟诗人安石榴一起去的，逗留了10天，深圳这个商业文明发达的城市给我留下了印象。2008年春天算是第二次，一呆近八年。可以说深圳确实不是传统意义上文化人聚居的城市，但这并不是主要问题。重要的是，你来了——你就得适应并为自己创造环境条件，换句话，不要把自己当匆匆过客。另一方面，流动的人口不断催生着文化的分解和融合，最显著特征就是为深圳诗歌注重注入了大量的新鲜血液，外来诗人在深圳的书写，有效地产生化学般的效应，为诗歌的生长与繁衍营造了一个十分难得而又恰切适宜的环境。诗人很容易迅速认同深圳，并且寻找到适合自己扎根的土壤。正如广东著名评论家谢有顺说的那样，一个曾经诞生过唐诗宋词的国度，总会有人选择留在诗歌的腹地，继续汉语诗歌的辉煌之旅。所以，我就这样留了下来。

梁雪波：您目前靠什么生活呢？全部依靠文字创作吗？还是做一些别的工作支撑诗歌写作？

阿　翔：你知道，单纯靠写诗是不可能生存得的。我有别的工作，那就是编辑职业。工作有时在家进行，有时去朋友的公司。比如在一天的时间，为两三份杂志编辑稿子，并负责一个栏目策划访谈工作；为文化公司策划草案，然后完善它。如果生存不搞好，那还写什么诗？正常的生活，包括健康的心智、朋友间的交往等等，对于一个诗人来说是至关重要的。很难想象，一个连自己的基本生存都不能保障，生活上浑浑噩噩，一团乱麻的人，怎么能有一颗正常的心态进行写作？不仅仅是诗意的"构图"，其实每个男人都有一个相似的梦想：跨马天下，浪迹天涯。但我们毕竟有亲人、朋友、爱人，以诗歌为"借口"，将所谓的"诗歌方式"强加给别人是不道德的。当然，苦难（甚至是灾难）往往喜欢眷顾那些敏感、脆弱而又善良的诗人，许多大师正是在这种命运多舛的状况中留下了杰出的诗篇，但"苦难"不是可以刻意追求与索取的，它们是上帝的"恩赐"。

梁雪波：业余时间都有哪些兴趣爱好？阅读的口味是什么？

阿　翔：我喜欢去书店看看有没有好书，我喜欢书店那里安静的环境。我阅读的口味比较杂，比如茶经、平面设计、哲学、摄影、电影、艺术之类的书籍。小说反倒很少看，只读过《在路上》《麦田里的守望者》，《百年孤独》我还没有读完。其实看什么书，完全是随意抽出一本就看一本。我更喜欢阅读《人·岁月·生活》，这本上下两大卷的书被我反复翻阅几遍了，每一次阅读的时候总有新鲜感。一句话，让好书占有你的时间！

梁雪波：收藏民刊是你的一大爱好，据我所知，你的收藏品已有一定规模，也有不少属于珍稀刊本。这个爱好跟您自己从事民刊编辑的经历有关吗？

阿　翔：民刊是中国当代诗歌的一道若隐若现的风景，可以说是半壁江山。它对中国当代诗歌的发展起着至关重要的作用。回头看看，几乎所有重要的诗人都是从民刊中走出来的，它的意义不言而喻。民刊策略构成了新时期当代诗的基本生存与传播方式。近20年来，我收藏了不少，包括油印本、铅印本、复印本、胶印本，甚至豪华本等等。究竟收藏了多少种民刊我没有细心数过，应该在六七百种以上吧。收藏重点是八九十年代的民刊，比如我近几年收藏到四川80年代的《他们》《非非》《中国当代实验诗歌》《汉诗：二十世纪编年史》，它们代表了20世纪80年代的诗歌复兴。此外还有90年代的北京《现代汉诗》《偏移》《小杂志》《翼》，上海《喂》《异乡人》《倾向》《南方诗志》，广东《面影》《诗歌与人》，黑龙江《过渡》，河南《阵地》，湖南《锋刃》等等，这些民刊阵容强大，覆盖面广，都是有价值的文献资料。这也为我从事编辑工作打下了基础。深圳早期的民刊《诗艺》《外遇》也被我收藏到手。目前深圳几个诗人还在编的《白诗歌》《大象诗志》《中国诗坛》《诗篇》等民刊，它们已成为当代诗歌的重要力量，引起了文学界的广泛赞誉。

前几年在深圳华美术馆，我和北京的民刊文献收藏者、诗人世中人合作策划了一次"词场·诗歌计划 2011"民刊展，参展的刊物，包括了从 1978 年至今近 1000 册、700 多种刊物、500 多种创刊号，其中尤为珍贵的是 20 世纪 70 年代末 80 年代初创刊的《今天》《非非》《他们》等民刊，称得上是当代诗歌发轫以来首次关于诗歌民刊收藏文献的集中梳理与展示。

梁雪波：能简单描述一下您一天的生活吗？您对目前的生活状态是否满意？

阿　翔：每天工作、喝酒、读书、写作，看电影。其他的，请允许我保留一点隐私。我居住在龙塘，那是城中村，有市井的味道，就是空气不太好，也许用不了几个月就要搬家了。

梁雪波：一些专家、学者给您写的诗评，都把您的诗和听力障碍的状况联系在一起，您觉得听力障碍和您的写作有关系吗？是否介意别人将您的诗歌写作与听力障碍的事实捆绑进行解读？

阿　翔：这个问题让我纠结。我不觉得自己的听力障碍与我的写作有关联。这并非我刻意回避，只是两耳有不同程度的弱听而已，而且我的写作并不强调这一点。还有一点，不了解我本人的专家、学者给我写评，没有突出我的听力障碍的状况；而了解我的几个朋友，写评论时却强调这个状况，这让我很不爽。老实说我并不需要靠这个来博得廉价的同情。在我看来，我的写作完全可以无视听力障碍的存在。事实上我对声音也是敏感的，在心里捕捉声音的翅膀（虽然以我的听力是听不到蚊子的嗡嗡声响的）。反过来再看声音的环境，我有时候在寂静的夜里听到了莫名的声音。可以说诗歌写作才是声音的完整表达，也许我想抓住声音的一样东西：语言的重金属。

梁雪波：都说上帝在给人关上一扇窗时，会给他推开另一扇窗。您认可这种说法吗？您觉得，自己是否具有诗歌写作方面的禀赋？

阿　翔：这话我母亲也这么对我说过。我甚至不会手语，说话能力几乎失真。说实在的，如果我母亲把我的出生推迟到 1971 年或 1972 年，那么我将会是另一种命运。当然，这种假设毫无意义，是冥冥之中的命运把我的出生指定在 1970，指定了我的成长史。上帝关闭了我的听力，但在我内心打开了诗歌的耳朵，我还抱怨什么？我不觉得自己是有禀赋的人，其实我是笨拙的人，不只是在生活上，更多地体现在写作上。你看，我的写作是那么"笨拙的慢"，如果非得要换一种说法，将会是这么一段不同的叙述：吃饭、睡觉、工作、约见朋友、出差等等，所有的这些诗歌都没有绕过，它经历了这些琐碎的片段，对个人内心进行精炼，贯穿时间和个人历史的区域。

梁雪波：您是否认同这样的说法：诗歌是灵魂的出口？未来会一直坚持写下去吗？

阿　翔：我不认为诗歌是我灵魂的出口，在我看来，诗歌是一个人的心灵史。未来我还会写下去的，但不需用"坚持"，我的意思是，写作是自然而然的事，无需用"坚持"来印证。我在安徽老家和深圳拥有近万本藏书，也许我会开一个类似茶馆方式的书吧，营造生活环境，这大概算是我一份小小的理想吧。

（原载《山花》下半月刊 2013 年第 3 期；《新文学评论》2016 年第 1 期）

吕布布　卷

吕布布，陕西商州人，居深圳。出版诗集《等云到》《幽灵飞机》。

读吕布布

西　川

　　2010年11月我在深圳遇到吕布布。她拿着一本刊登了她的诗的杂志要我说说对她诗的看法。这种情况我经常碰到。我通常是随口赞扬两句，再不疼不痒地指出个把一般诗歌青年共通的毛病，也就对付过去了。美国诗人罗伯特·佛罗斯特总是把别人递到他手里的诗作递还给人家，并且说一句："自己的诗歌自己看。"——我不是佛罗斯特，不能这样，只好敷衍两句。但这一次吕布布说："我不是你说的这样。"这使我不得不认真读她的诗。读了之后，发现她的确与她这个年龄的其他诗人不一样。以后在杂志、诗选本中看到她的诗，总是要读一读。她是一位感觉独到的诗人。

　　但我承认，不是她所有的诗我读起来都毫不费劲。她总是出人意料，这是好的；但有时候她的行文出人意料到彻底地出人意料。以她的《一旦》这首诗为例，我大概能明白她在这首诗中表达了什么，但个别语句，晦涩到如同隐语、切口。像"我听见直落的飞鸟，射进乌拉圭"，——"乌拉圭"是什么意思？为什么不是"巴拉圭"？像"一旦天空突然数学"，——完全不明白。

这里面似乎包含了太多的私密感受，完全个人，不能与人分享。她仿佛在有意抗拒维特根斯坦所说的语言的公共属性。由于她的抗拒，其诗歌是封闭的，内向的，让我联想到穆旦诗《春》中的诗句："二十岁的紧闭的肉体"。这证明了吕布布诗歌的青春属性。青春有两面：一面是青涩的，天真的，甚至是灿烂的；另一面是晦涩的，封闭的，一门心思的，甚至是自毁的。

　　但诗歌的事情永远不能只从一个角度切入。吕布布的晦涩、封闭给了她一种颇为罕见的语言激情。同样是在《一旦》这首诗中，在较好的状态下，其修辞是富于创造力的，例如"刚愎到深奥""我看到你仍是雾中清晰的梗"。"梗"这个字，单音节，具有危险性。吕布布使她的诗句最大程度地远离了陈词滥调。这是一个好诗人所应该具备的最基本的品质。吕布布的诗歌密度很大。读者第一眼也许不容易进入，但它们在你第二眼阅读它们时会给你带来冲击甚至打击。她说："你看它们（杜英，一种植物）/ 阴影充实，在枝丫上随时准备牺牲，……"（《虚度的真实》）一般诗人说到"阴影"，可能就停住了，但布布让"阴影"表现为"充实"，而拥有这充实阴影的杜英，是"准备牺牲"的。这"牺牲"二字服务于杜英是有意的语词错位，形成重力感。

　　不只是重力感。总体说来，吕布布的诗歌在语言层面上是硬的。"硬"是一种现代诗的品质（另一种现代品质是广阔）。"硬"当中既可以包含语词的物质性，也可以吐纳思辨性；在语词之间、意象之间、一个思想和另一个思想之间，一般缝隙较小——尽管会有错位的情况。女诗人而具有语言的硬度是不常见的。西尔维娅·普拉斯具有硬度，此外还有谁？吕布布虽然天生敏感，但其语言之硬乃至尖锐，阻止了其诗歌滑向弱浪漫主义的滥情乃至歇斯底里。在这个意义上说，吕布布也许并不想仅仅成为一个出色的女诗人，而是"诗人"。人们评价女诗人的最简单、最大路货的方法，就是在女诗人身上寻找所谓"女性主义"的蛛丝马迹，但在我看来，吕布布希望读者、批评者能够向更深、更远的地方寻找她作为一位女诗人的不同凡响。

　　她说："思想掌握命运的时代远未到来"（《虚度的真实》），非常精彩。她说："我成为一头悲观的困兽，/ 活在饥饿的水中。"（同前）一个女孩，说她自己是"悲观的困兽"，这令人颤抖。在这样的诗句中包含着她对于历史、现实和生活的态度。我不知道她这样的态度是从哪里来的——阅读还是个人经验，但是显然，吕布布已经获得了一种高度，这种高度拒绝人们在现成的文学流派、进行中的文学归类，以及生活方式的层面上谈论她的诗歌。其未来的成就，如果做得好，将不仅是文本意义上的，也是存在和灵魂意义上的。我们从她的行文风格中已经能够看到她的抱负。读大多数人的诗，我们读到的往往是情感表达，甚至精彩的情感表达，但文学抱负——不是明确表达出来的，而是在字里行间流露出来的——我们很少读到。

吕布布的诗并不全是晦涩难懂的，她也处理日常生活，并且显示了她的能力。像《打开》和《公园》等诗都是清晰可读的。在我刚开始写诗的时候，有一位美国诗人同时也是我的文学教授告诫我，应该注意诗歌行文的consequence（因果递进或递进推断），读吕布布的诗，我知道她明白这个道理。她的诗歌中那些出人意料的东西，如果不是处在节点上，我们其实不必问她"为什么"。诗歌是不跟你讲理的，只要它能够自我满足，自我发现，自我生发。

（原载《延河（绿色文学）》2012 年第 8 期）

诗的自由

——新世纪诗歌写作的个例观察

阿 西

和许多诗人一样，吕布布送给自己的这个属于诗的名字，既便于记忆又带有一种形式上的考究，似乎有所暗指。对于一个诗人来说，虽然名字本身并不会影响诗人的格局与趣味，却似乎也可以说是其"第一代表作"，透露了诗人某些特有的气质。吕布布本名吕艳，出生于陕西商洛，2008 年后一直在深圳工作和生活。作为读者，我认为她的缺点和优点都非常鲜明，比如她经常将一些不搭的东西搞到一起，使诗歌缺乏整体上的"必然性"，但正因如此，几乎每首诗都有一种引人注意的异质性，让人于惊诧间做出"赞同"的决定。经过不断地汲取能量，她的写作已经有了一种羽化成蝶的效果，许多作品都显示出很强的语言魅力，并具有新世纪写作的明显特征。

21 世纪以来，当代诗歌已经抛弃了 20 世纪末泛叙述化的语言趣味，从口语的直白与魅意，转而向内心的孤寂走去，向词不确定的边际走去，去探讨和实现当代写作的新尺度。简单地说，新世纪诗歌不再受制于"传统"，拒绝进行语态和语义的近亲繁殖，而是进入个人系统的自主性写作，显现出汉语真正的自发性书写能力。新世纪诗人们告别经典范式的类诗写作，将时间和才情献给了具象的现实和语言的未知。吕布布与其他新世纪诗人一道，以其灵动有力的精神参与了这个新秩序的建立，而她自己的写作则朝向了诗的自由——以异常生分的语言趣味，将诗歌带往陌生之乡。我并不愿把她称之为"80 后"诗人，"80 后"这个概念与其他什么"后"一样，太空虚了，更像是泛泛的集体意志论。她属于新世纪诗人序列，并在新世纪诗人这个群体中体现出自己的存在意义。她已经建立起一个诗人必要的写作自信。

一

    诗人的个性特质往往影响他的趣味和深度，并最终促使其与模式化、同类化形成分野，去完善真实的写作。诗人的写作范式也在这个状态下绕开了传统的惯性，形成一种全新的机制和内在异质化，从这个角度上说，诗人写作就是词语的探险，有点像科学实验。相反，如果诗人忽略个性化的价值，就必然无法写出新意，最终失去写作的意义，实际上，一个优秀诗人的重要性就在于实现异质化。对于吕布布的诗歌，尽管于驳杂间存在尚未厘清的指向，多向度与单一性并存于她的诗中，但她的诗仍能激起我们探究的兴趣。她的诗歌在相当程度上摆脱了我们解读诗的习惯——在她那里，诗可以随时写起，随时停住，完全不顾及所谓的"形式的完美"，也不追求什么语言的精致，有时还故意掺杂略带不规则的病句，兼有词语的放纵和故意解构。她遵从莫名的感觉驱使，深入到各种微弱而敏感的世界中去强化某种异质化的词语属性。应该说，这是符合时代性的一种写作，因为这是一个不需要任何伪装和粉饰的时代，是一个需要刀刀见血的时代，任何雷同与模拟的写作都是"负数"。

> 哦，什么时候，什么时候
> 能把狂饮的再饮一回，
> 等我懂得厌倦
> 你说，那时再试试以雪煎茶，
> 想想失误带给一首诗的刺激。
> ——《饮》

    在这里，诗人从饮茶出发，在"厌倦"与"诗"的关联上找到了一次"失误"。"饮"并不是诗人所要追问和考究的话题，而"失误"才是诗人真正关心的，因为这将导致"诗的刺激"。实际上，这种看似并不靠谱的表达，实则是要去掉"饮"这个意象曾经有过的特指，实现重新定义"饮"、重新回答"失误"对于今天的重要性。

> 不仅是甜的爱，还要坏，像心情；

像她把诗写得迟缓，越往迟缓
她身上蒙受的棱角就越明显。
她将理解这种爱，理解悲欣交集的系统
　　　　　　　　　　——《暖冬》

　　为什么"甜的爱"又要"坏"？女诗人到底要什么？她的"暖冬"为什么这样互相抵御？其实，如果我们将这种表达向生活延伸一下，就会感受这样一个现实，那就是我们今天的精神无论伟大还是卑微，都已经不再"重要"。生活已是越发多元和驳杂，好与坏并置并存，正确与谬误互为前提，正因如此，吕布布的诗才会在"迟缓"中显现出"爱"的"悲欣"。这种对立的表述，使她避开了诗关于完整性的传统要求，进入一种"棱角"可分的新天地。

　　下面这首题为《星期三或星期七》的短诗，女诗人再度向我们展示了其追求异质化的精神气质，她将诗与生活混为一谈，把发生在星期三或星期天里的事件进行不断的否定与质疑，直到找到"失败的秘密"。诗人似乎觉得只有在某个特定的时间里，才可以厘清生活中各种问题的本质。诗人不是在写诗，而是在进行某个命题的解析，最终发现"失败的秘密"。

需要耐心等待
好意的橄榄汁。星期三或星期七的液体
魔力在加密，黑得像煤，并且一直保持着
内焰的流动。绝美，不可抗拒地
渗透。
但是纸张上的名单，很糟
也许还没那么糟
还是 60% 和 40% 的问题
我需要一个类似于 70% 那样的
并且无用不低于 25%
否则 5% 的写作意义毫无意义
坦率地说，
每首诗都正确，正确得没了
活力，精明的探险者

> 也会反悔。而 75% 或 85% 的告诉我们
>
> 失败的秘密是——
>
> 知道的每个秘密都很关键

这种写作故意进行了时空错置，有一种超现实的意味，也有某种魔幻的感觉，使诗一下子陌生起来。现在看来，与吕布布的这种写作相比，20 世纪末的诗歌风味似乎有些令人倒胃口。那是一种普遍类型化的写作，很多诗人无论这样写还是那样写，都是一种反复覆盖的写作——写法上的模拟和意趣上的趋同。可以说，没有真正的异质化，就不可能形成诗歌"百花争艳"的局面。在新世纪里，诸多青年诗人正在试图用一种不规则性来改变这种状况，在消解掉同质化的同时，赋予诗无序多姿的风貌。吕布布就是这样一位女诗人，为此，她的诗写的自由，有时甚至是费解。

二

新世纪诗歌的另一个特征是诗人们已经放弃了温吞吞的语态，转而向尖锐或麻辣靠近。诗人们相信只有在词与词的相互砥砺作用下，一首诗才能够获得它必要的深刻。应该说，新世纪诗人们对诗有了更高的要求，那些平淡的作品再也不能引起他们的阅读兴趣，也不必去关注。尽管实践语言的尖锐有时候会出现生僻或纯个人的指涉，但有一点是必须值得肯定的，那就是这种对尖锐的实现体现了一个诗人最为迷人的气质——追求事物的本质。这不是玩弄先锋旗号的勾当，也不是对所谓观念的重新打包，而是在没有任何外在要求的情势下，诗人们"自讨苦吃"的修为。吕布布与其他新世纪诗人们一道，很早就意识到如果诗歌依旧沉迷于某种个人趣味或泛泛的公共话语，就只能是死路一条，毫无确立的可能。因此，她十分注意写作的尖锐和张力，着力于实现了诗意的新生，让我们的阅读体验掺杂一种被刺伤的感觉。

> 这是自然的格式刷。像雄辩者输给了沉默者
>
> 雪一手拂过大地，我拼命控制自己
>
> 但仍禁不住要加入
>
> 所有平等的、突兀的，以及

被白色盖过的世界。

言辞的危险，听力的崭新

作为叙述者的你突然变成了我并且

参与得太多

——语言的伤害性，

一片一片地不断重复的形状，

你带我领略的一系列失去比较的现象

能修饰任何措辞

却难掩真相。

你给出的名单仍然

需要我来引领

我指间的雪，远胜于那些手指只练习过发绿的歌者。

——《雪后的世界》

　　面对大雪覆盖的异域，所有人都会赞叹造物主的神奇，并产生关于童话般的幻象与幻觉，是的，在大雪面前相当多的诗人似乎也只能发出关于"干净"与"神圣"之类的声音。但是，吕布布却忽略这些人云亦云的陈词，绕开诗意的陷阱，进入个人隐秘的心灵史，任由"言辞的危险"与"听力的革新"给语言带来必要的"伤害"。实际上，吕布布要的正是这种"伤害"本身。因为"雄辩者"早已输给了"沉默者"，曾经的"叙述者"已经变成了此刻的无言者——"我"。在吕布布看来，雪后的世界才是抹平鸿沟的"平等"世界，也是充满"突兀"的世界——她让白雪覆盖大地这一自然现象产生出一种尖锐的疑问。

　　吕布布的尖锐还体现在白雪可以"修饰任何措辞""却难掩真相"这种直逼本质的判断上，赋予普通的雪以强烈的文化深度。正因如此，她对雪的理解逐渐得以深化，构成了诗人的人生哲学——"我指间的雪，胜过于那些手指只练习过发绿的歌者"。这是一个复杂的句式，包含三层含义。雪落在"我的指间"，让"我"感受到寒冷与孕育，感受到自然性的存在；这样的雪是有意义的，是一个重要的神谕，它们的沉默就是春天的希望；而那些像弹钢琴一样观察手指上的雪的人，是浮躁的，他们只是一般意义上的"歌者"，很难到达寒冷的核心——时代的心脏。

他从梦中睡去。他坐起来

天就要亮了，院子里的芒果树上

一群黑色的鸟就要飞起，将

黑暗接近曙光的阴影拉长

他决定写一首粗糙的诗

他写那叽叽喳喳的声音

像黑衣人聚集在角落，而他

在误解中疯狂地做爱

风吹进来，吹过八面体，喷起的泉

回落到前所未有的蔚蓝前景

　　　　　　——《他从梦中睡去》

　　在这首诗中，我们似乎无法判断"他"到底是"睡去"还是"醒来"，但我们可以确知一群"唤醒""黑暗"的群鸟存在于我们的身边，"黑衣人"获得某种神秘的力量后"疯狂地做爱"。如果我们在梦中，那这一切都将是真切的。其实，现实中的这种感受也同样如此赤裸而尖锐，只是我们并不会将其表露出来。诗人将梦与现实进行互指，让我们体会到一种"前所未有的蔚蓝前景"。应该说，这即是词语的尖锐，也是心灵的迫近，具有异常强烈的张力，并指向自由。当然，这种尖锐到达的自由，不只是一首诗的自由，更是一个人与一个时代的自由——我们何尝不觉这种恣意胜于无形的囹圄呢？

　　《蝎子先生》一诗，让我们体验的是一种悄然无声的尖锐，一种平凡无奇的尖锐，这种尖锐是对日常性的进入，也是对人的个体剖析。"想想梨/澄黄表皮上态度不明的颗粒/只一个通宵就老了"，这种近乎哲学却更近乎自然观的尖锐，让我们对身边任何事物都会重新产生好奇心，对时间本身也会产生某种敬意。"想想吧，蝎子先生/你毒刺的尾巴多么像雷雨"，这里的尖锐明显带有启蒙主义色彩。实际上，新世纪正在经历另一场新启蒙运动，一次不同于以往那样张扬，甚至是在黑暗中悄然进行的不被发觉的启蒙。这是新世纪诗人们的一种启蒙，与成为历史的文本无关，只与诗人们自己有关。

滚烫的花椒油，最初的眷恋

滚烫的花椒油，不间断地搏斗，宅院

颤抖着，虚空的老树，沙哑的

枝杈，均衡南方细微敏感的天空
命中注定我腾起，我的死亡，我的燃烧着的激情
理所当然——我的世界——"美妙的愚蠢"

——《理所当然》

吕布布的诗还有一种不经意间出现的尖锐，这是时代造就的一种表达方式。从"滚烫的花椒油"到"内心的死亡"，中间是南方"沙哑的枝杈"，是诗人自己难以捉摸的命运指数，所有的经历似乎有些风马牛，但却具有某种内在联系。诗，从来就是诗人命运的自然升腾，它属于生命，属于语言的一次遭遇。吕布布有"燃烧的激情"，但这个时代有些吊诡，她不得不选择"美妙的愚蠢"。这不是理所当然的诗，而是理所当然的生活。

三

当代诗歌的最大问题，不是谁写出什么惊世骇俗之作，也不是谁获得了什么国内与国际的重金奖项，而是如何真正形成来自语言的自信。诗人是一个豁达而通透的词语工蜂，他们的写作不应受制于任何要求，而是仅仅源自内心的需要，进入忘我的自如自在状态。这些年来，许多诗人虽然在诗艺的探索上获得了很大的成就，尤其是九十年代诗歌，可以说从"正反两极"都有所建树，但仍然摆脱不了某种不自信的尴尬。这一方面所谓诗艺的精进本身就是一个伪命题，因为诗的成长往往并不是某种技艺的娴熟。另一方面，大量的所谓的大师性写作，其实仍然属于西方现代诗歌的"模拟体"，充其量不过是致敬之作。21世纪以来，伴随更多拥有较为完备知识体系的青年诗人加盟，当代诗歌开始获得它迟到的自信，尽管这种自信可能还属于初始性质，尚未足够强大，但仍可让我们感到欣慰，这是汉语现代性的真正萌发和成功。

谈风天，长着钟声、更长着密云的水库
像服用避孕药的女人，鱼春潮四起。
攒熟的木瓜，芬芳的柑橘花，半天

无人观赏，挑水的妇人不为所动。

我坐在这儿，一篙退千篁的郊野，
除了云朵的变化，不再有透绿的长梦！
圆月的夜晚，三月遍植的轻盈，人们
以反自然的方式看待气候。
　　　　　　　——《郊野小记》

这是一首很清新的风景诗，但内容和空间却景深宽阔，信息量非常庞大，几乎超越了一首风景诗的范畴，尽管这个范畴并不一定需要存在。这首诗正是因为诗人的自信，才能够在语言中注入足够多的能量，而且不会伤害到诗的自然属性。吕布布所营造的诗意疏密有致，好像并不急于告诉读者自己的所见所感，而是把这一切放置在一边，先进入风景的后花园，去听听"钟声"，然后再观看一下"鱼讯"和木瓜、柑橘花等。很明显，这些和密云水库没什么关联，也就是说她所描述的"郊野"与其说是某地现实，毋宁说是此刻内心风景的蒙太奇。这是诗人最为自信的一个证明——诗人主动地控制着"物"，让它们按照自己内心的需要有序或无序地自在出现。因此，这样的风景无须"挑水的妇人"驻足观赏，其他人也可"以反自然的方式看待气候"。这首小诗浑身圆通饱满，有一种自足的完满气韵。

在《南方初夏》诗中，诗人的自信变得更加充分，她将更多不相干的事物组合在一起，获得了一种非常奇妙的审美效果。"如今鸟鸣又一年顶翻惊蛰的乌云，/门第敞开，一株纤美的树与一株桤树/亲密如玉，如厕成癖的女职员从此经过，/腹部如圆锥尖，小面积吃进难忍的麻痛。"当我们阅读这样的诗句，仿佛已经置身于南方某条浓荫蔽日的巷子里，于市井生活间进入有些"麻痛"的夏日。这是一种非常微妙而奇特的阅读体验，是建立在自足基础上的词语自如，是当代诗歌走向成熟的一个重要标志。

能够让我们更深地感受到当代诗歌自足性的，是吕布布的下面这首诗。这是一首普通的怀旧之作，也没有什么奇特的情节和故事，但她却让我们看到了诗歌的另一种风貌——原生态的语言发生与记忆混置。要知道，这在某些评论家们看来，很可能是松散而缺乏提炼之作，但我更觉得这是一首难得的好诗——它表明了诗并不是神秘的，而是普通的生活，关键在于诗人是否能够将这种普通的生活诗化为足够精彩的内心感受。我希望诗歌研究者们要更多地注意这种青年诗人的写作自信，去对新世纪的写作倾向有一个新的发现。我将这首小诗录入如下——

那是一个离她的星宿最近的夜晚。
把学生气嵌进相框
双手交叉在金沙江的背后
再往后，是黑色高层
摇摇晃晃的春天，她预感到
愚笨的分身
轻轻地，好像透明的狐狸
溜进母亲的子宫
好像古酒图围了魍魉！
她甜腻的发丝纷飞，未及向同党告密
就要出发——
1989 年，她成为鼓胀的女人
把胸罩当飞行帽戴
穿越海峡，萤火虫汲取胖儿草的流光
陪伴她行于水上
慢悠悠的日子，从中国
到他乡，她的发丝点缀着
椒盐，绵密的爱欲沉睡都引人入胜
她相信春天的小风
小的像一个孩子的棺材
证明她的身体原是一只飞蛾，曾
被雪浇烂。

醒来，发现别人已认不好她。
一切都得重头来过！一切
都得从最热的地方，特别
是那别无去处的胃——

火旺哦，柔柔

　　　　　——《小妞，那年……》

四

　　我期待当代诗歌能够真正摆脱主题性写作，摆脱伪公共性的草根化与所谓的底层写作。因为这些提法本身不仅毫无新意，而且也会成为误导，那些作品通常只是某种迂腐意识下的沉渣而已，虽然某些作品也触及了个人生活中的核心部分，但很明显不够深入，甚至只是轻轻一碰，满足于浮光掠影的表面化。相当多的诗人之所以令人失望，就在于他们永远都无法摆脱强加于的主体意识的阴影，自觉不自觉地趋同于某种公共性话题或正确话题，像一个不甘寂寞的配角。这种问题，在新世纪的一些诗人这里得到了很大程度的匡正，因为这些诗人们普遍有一种"不屑于"。吕布布的诗歌也让我们看到了这样一种比较好的品质，她不去营造某种"合宜性"，也不刻意追求诗的"正路子"，而是让语言有一种更远大的指向，去实现更为宽阔的诗意。虽然诗歌的语言是难以捕捉的，但它会成为精神收放的一把尺度。

　　《莲塘》是一首关于入驻地之诗，是诗人个人际遇的一种排遣，但吕布布却写出了宽阔和大气。诗直接进入的现实是嘈杂的工地、高楼里的灯火，以及小吃街区的琐碎，但很快就由本地现实转向了诗的现实——"我探着小腹，一种顽固而沉默的力量，一个海／缓慢地涌动。"面对新的生活现场，眼前的一切却早已了然于胸，她只要某种神秘的生命力让自己更加强大起来。"这是诗人住的地方""这里不是绝望的地方"，这是吕布布典型的抒情方式，有一种本能的底气。"我捧着香，我看到天空的云，实则是／羸弱的，易怒的，正在隔膜的／人心的黑洞，就要呼出"。诗人在"莲塘"即将展开的生活，似乎不是物质的，而只是诗的生活，是即将出现的一个"黑洞"。诗停在"黑洞"附近，但语言的力度却刚刚形成。

　　我以为一首诗的境界往往就是一个诗人的境界，能否在一首诗中展现出诗人广博的情怀，是好诗人与差诗人的分水岭。在吕布布这里，她能够将一种看似没有什么深意的对象，写得风生水起，激起涟漪并扩散成一种精神境界。《秋天渐浓的诗人》是一个短诗，虽然写的是某个六十年代出生的安徽诗人，却可以跳出纯粹的个人感受，将诗导向了更辽远的历史空间。"当南方的朝阳升起，他还是苍蓝 / 一棵曾听见蛙鸣的芦苇。"在星空、萝卜一类的市井意象中，一种突兀的诗意猛然间拔地而起，空茫而远荡。

新世纪的诗人们都有一种探索语言边际的热情，这一方面是源自写作的自觉，决心成为不同凡响的诗人，另一方面也说明诗人们终于知道了"传统"的有限与迷失，并立志于有所建树。吕布布在对经典诗人的阅读中，善于进行积极地舍弃，努力成为有所作为的新诗人。下面这首短诗，让我们看见她如何实现语言的宽阔性。

> 人们在地球来回，尽量繁忙
> 我轻轻地在花园里走，尽量迟疑
> 每一个早晨的十点钟
> 木芍药的白花，我的午睡
> 我迟疑在每一个早晨
> 暴雨过后，太阳烘烤我们的城市
> 十字路口麻痹的红灯亮起
> 此刻，万物盛放正是时候
> 而我，在梦中把一生变现
> ——《十点钟的午睡》

吕布布将地球人的忙碌与自己的迟疑互为对比，形成对抗式的生存状态。这是当下生活最为普遍的一种方式——人们都在拼命追赶某种看得见的既得效益，为之付出昂贵的时间和精力成本，收获的是已然获知的空虚或虚无感。诗人用"午睡"来对抗这一切，并在梦中享用自己芍药花般的精神慰藉。这不是白日梦的精神自疗，而是超现实的旷达。透过这种旷达，诗人"把一生变现"，收获实实在在的自我救赎。这是一首十分精致而又宽阔的诗章，体现了吕布布所追求的旷远通达的诗歌美学。

五

新世纪诗人们不再纠缠具体的词，不再依赖某个词的纯粹性，他们更喜欢词的驳杂，并努力还原了词的自然性。也正因为如此，21 世纪以来，很多诗人的写作开始拥有了真正的难度——让语言朝向它不受拘束的各种指向。

吕布布的诗具有杂糅的丰富性，许多难以入诗的东西都被她塞入混合的句式里，增添了诗歌的层次感和信息量。我们知道，如今的现实状态实际上已经日益多元与混成，同时又相当碎片化和瞬息化，许多东西正在被撕裂，形成无数残损的面向。从这个角度上讲，吕布布的诗歌契合了时代性，并且满足了时代性的要求。虽然这样的写作本身是有难度的，有时候会使一首诗看上去缺少必要的圆润，却是"正确的"。吕布布有一种奇特的语言能力，能够以一种隐在的诗意将杂糅的意象整合起来，并形成奇异的美学效果。这也说明了吕布布选择的写作路径，既剥离了"客观叙述"，也避开了所谓的"词的挖掘"，将各种现场融于一体，形成诗自由的王国。这是一种值得关注的写作，是新时期诗歌发展最为生动的一个层面。

仅仅凭借《两性关系》这样的题目，就能够判断这不是普通意义上的诗，甚至很难是一首诗，而更像是论文或小杂文。但当我们逐字逐句读完之后，就会发现这是一首奇妙的好诗。她将与"两性"有关的风月写得并无什么"性致"。"乌云聚集过来 / 大雨将至。带伞的人 / 开始小跑起来，/ 没带伞的，慢慢走着 / 有点沮丧。我打起精神 / 扬起湿润的头 / 除非来一道闪电 / 把我照亮 / 高台的广场，走过 / 一个熟人，仿佛按久了的按钮 / 到目前为止没有弹起来。"我们几乎读不出这个雨中略显沮丧的"我"与那个无法回位的按钮般的"熟人"有什么两性方面的联系，似乎彼此并没有被"一道闪电照亮"，而是处于"哑火"状态。但，如果我们把这种心理放置于现实的人际关系中，就会发现这种"常态"恰恰是最为有意思的"两性关系"，且兼具几分神秘色彩。

这首诗的下半部分，才深入了"两性关系"的核心地带，让我们于斑驳的时光中，抚摸曾经的躁动与不安，恍若隔世。"定睛看去，一块石板上 / 阴湿的草苔 / 生死的交错，避光、显贵 / 年份已经不重要了 / 城市里流转的男女 / 或多或少的虚伪，滚烫 / 已经不重要了 / 老了的时候，坐在磨光的椅子上 / 摸自己浑身的干燥 / 年轻时锋利的大雨 / 已经不重要了"。应该说，这是一首优美的时光之诗，它超越了"两性关系"，实现了人性的普遍趣味。而这种看似"绕路"的写法，实则是诗艺的匠心，只有内心丰富的人才能够品鉴其中的深深意味。

吕布布的诗歌所呈现出的这种杂糅的丰富性，也是其自由性的一种状态。正因为对自由的实现，她才会不在意题材的"合法性"，不在意语法与立意。比如下面这首关于木瓜的诗，更是将当下的常见的词语符号，附加在木瓜身上，时代气息伴随特有的木瓜气味，扑面而来是自由的气息。

> 你有你的微软皮下脂肪篇
> 膨胀出耀眼的金黄
>
> 我把你领上楼梯，而你没有
> 为我加倍地膨胀
>
> 我向窗外望去，看到一棵老树
> 仿佛活了几千年以上
>
> 它内部的汁液，我担心
> 已经凝固，而你
>
> 事实是，所有的木瓜
> 都不会说话，当我看你
>
> 你的汁夜也会凝固，当我转身
> 你不是火焰就是水
>
> 你像我失去的头发，撕了的指甲
> 从你的沉默中，我
>
> 切开了你，金色的你
> 黑色的永不会生锈的眼神
>
> 既然你已经温情满溢
> 为什么你，还不告诉我
> ——《熟木瓜》

显然，这是一首咏物诗，但吟咏的与其说是木瓜，不如说是自己——这些"膨胀""凝固""金色的指甲"与"黑色的永不生锈的眼神",是一种自由的人格理念。吕布布把木瓜与自己的某种精神互为一体,相互比拟,并以杂糅的形式感一步步地将丰饶的内心展露出来,实现了非常深沉与广大的诗意。我以为,当代诗歌中的杂糅性是一种非常好的生命力特征,它能够抵御因为形式的相似而产生的写作疲态,也能够让读者获得更真切的质感。

> 醒来,秋天正落在草坪上,
> 我摸到黑暗将领的书房里——
> 赤裸和深处的发丝
> 拖着沙发上咯咯地傻笑。
>
> 我怕那个迭起如海的嘴,
> 我侧过身贴紧你形体的弯曲
> 你飞轮如谜的手
> 这会儿给我足够的亵渎和欢乐。
>
> ——《醒来》

杂糅的另一个指向就是可以体现出词语的率真与时代的本色,有一种融入与还原的现实意义。吕布布的诗也在不自觉间实现了诗的社会存在感,她从"黑暗将领的书房里""醒来",却似乎并未真正醒来,或者说她一直并未沉沉睡去,而只是做着白日梦而已。但,这并不重要,重要的是她用秋天的"草坪""发丝""如海的嘴"、赤裸的"弯曲"以及"飞轮"般的"手"为我们打造出了一个醒来者的现场,而这个现场充满了"亵渎和欢乐",这就是杂糅的丰富性所带来的酣畅淋漓的自由状态,是当代诗歌的一个自由形态。

六

毫无疑问,吕布布的诗歌属于少数,她甚至并不是一个容易解读的对象,但这并不构成对其写作有效性的怀疑。她已经在为必要的少数而写作,并且在相当程度上写出了自己——成为少数而不是多数,与"无效写作"构成反证。我们知道,曾几何时,写出类经典之作几乎成为趋之若鹜的行当,大量诗人为之挥霍自己的才情与时间，殊不知这种写作只不过是一种"类诗"，是长在西方诗歌阴影下的衰草而已。如今，新世纪的诗人们认为这是无效的写作——无论他们写得多么完美，多么像那么回事。而有效的写作，首先建立在独自生发的语言系统上，具有原汁原味的美感和精神指向。在这一方面，吕布布的写作具有一定的提示意义。说到底，诗歌就是从自我感受出发，到达更多的未知。

自由是有效性的最主要标志之一。一首诗，是否展现出自由的品质，也往往成为这个诗人的一个重要尺度。《内心赤道》这首诗，让我们看到了自由的无限价值，体现了写作有效性的重要性——它彻底抛弃了一般意义上的语言风格，转向更自由，并以自由的旋律打造出深邃的诗意空间。

　　你只有一个时刻。夜幕降临整个世界聚在一个手电筒中，
　　记忆已经跋涉到耳边。在古老的泪珠里上升和散射。
　　像鲤鱼，像银簪浮在水面了。
　　像一颗松动的牙齿，逆光倒下。
　　只有最短的深圳，最短的平行，
　　还未来得及了解一个人就步入了下一次XX。
　　伪抑郁症患者，在力不从心中仇恨社会，这
　　往往被视为悲观和敏感（但绝非写作上的那种宝贵的
　　悲观和敏感），这其实是一种伪大师的伪情怀。
　　他的中年的老年症，蓝屏生活，几近乱码的大房
　　和死机重启的另一居，积极有序地建设
　　也无法调和敌对的两窗。你，
　　你必须得想一想，为什么会这样？
　　阴雨的天气，你似乎正走出去年的尾音。
　　你听听《紫罗兰》，茄子洁如刨光的腰肢，西红柿的软毛领子，
　　西葫芦一字排开波澜不惊的部队，洋葱计数器，大蒜导航，
　　丁香来到砧板，准备好你的指令。
　　——轻微黄昏虚空妄想的晚餐哦。
　　你记得两年来，你只有一个朋友，在抽烟喝酒应酬写作之余，
　　一起散步，聊天，坐在小店里，吃夏天绵延的热浪。

你得意忘形的快乐，那快乐使内心柔软，穿越漫长历史
依然让人觉得坚硬。
为什么，你现在独自一个走进黍子，齐腰高
鸣叫摇曳的黍子，在紫色的下午，重复地，
俯头注视流水的笔记——一个流离失所的人，
紧张，没有地点，没有时间，没有剑状物
收集你怀里的黄昏。夜里深色手指抚触的积尘，
以虚弱地飞翔别故乡。而此时，谁又是那写打油诗的
×××，越实验越看不见？

——《内心赤道》

  这是一首复合程度极高的诗，注入了诸多的个人经验、社会经验和历史经验。同时，这首诗也让我们感受到诗人对生活的结构与建构能力，是非常独特的，有一种既熟悉而又陌生的效果——诗人的"内心赤道"是翻滚的桥梁，又是无法登陆的岛屿——生活成为遥远而虚设的雕塑。开头四句写出了内心中的颓败感，像3D影片的末日之兆。接下来的五行回到了现实，与存在的虚无对位，直指现代人的虚伪。下面四行通过否定句质疑失去活力的生活，质疑"死机重启"的生活。接下来的五行是各种水果的大拼盘，是对俗世生存的非理性幻想，反映了作者在现实与虚幻的语境间的平衡能力。接下来的后半部分，吕布布从人的失望转向了时代的失望，从个体的失望转向了整体的失望。这首诗并没有费解之处，但如果完全进入此诗却也不是易事，因为作者把自己放在了"赤道"上，遥远的距离必然产生巨大的落差，形成诗的天河。当然，这在我看来，也是写作有效性的很好体现——远离既有的语境。

  写作的有效性必须是从创新开始，并具有命名的属性。而这，对于任何一个青年诗人来说都充满了诱惑与挑战，抑或是对陷阱的迷恋。要知道，越是企图实现标新立异，越容易导向失败，而只有少数人的创新最后才会成全一首诗。当然，有效的写作必须是生活化的，能够在平淡中写出奇崛的诗意。下面这些句子是吕布布《父亲》一诗的片段，把它们摘录出来，让读者进一步感受吕布布如何在一般的写作对象上，实现一次有效的写作，并展现出卓越的表现力。"他说明天有雨，/将一直持续到五月如鼓跌宕。""他躲开母亲在抽烟，/以最慢的速度吸。""他咳嗽，说话，喊我吃饭／去楼上收被

子。""他一边捣蒜，一边扮演孙悟空。""昨天是 1968 年，/ 他分配至成都，他念家，""七十岁了，已经快没有昨天。/ 他的步子还是跨得很大。/ 鬓角的白发 / 像充满经验的石灰。"这种近乎白描的写作手法吕布布是很少使用的，但当写到父亲时，似乎唯有白描才能够实现这种有效性。也就是说，吕布布的诗歌也善于直接和质朴。

应该说，新世纪诗歌对于有效性的反思，已经超越了一般意义上的诗学实践，已经逐渐主导了诗人们的写作内驱。相当多的青年诗人从规避曾出现过的范式出发，积极投身到具有强烈个人特质的写作实践。如果认真考察这些青年诗人的作品，就会发现"非诗"的因素占比很高，而自由自在的写作立场明显对传统不再亦步亦趋。吕布布的写作，摒弃了虚伪的经典性，正在形成没有语言暴力的一种诗歌精神，这是新世纪诗歌最值得令人称道的成就之一。此外，吕布布还写了一些较长的诗，比如《幽灵飞机》《海的今天》等，她在尝试更多的有效性。

结　语

总之，吕布布的写作展现出了一种与众不同的风貌，是非常有效的个性化语言实践，带有使命式的诗歌理想，她的诗歌也向我们透露出这样一个秘密：建构一种卓越性。这是非常值得称道的愿望，尤其是相对于当下的"混乱"来说，确实需要更多富于诗学潜质的实践和努力。当然，就其作品本身而言，吕布布不仅不是完美无瑕，还有许多问题需要去一一解决，尤其是某些随意性与支离感的频频出现，不仅会伤及诗本身的纯度，也会阻碍她真正地完成一首绝对的诗。她还需要实现一个独立诗人必要的澄明，还要向诗中注入更多鲜活而激越的"清水"，促进词语与精神的完美结晶。尽管如此，当我们考察新世纪诗歌写作现状的时候，吕布布仍然可以成为一个值得信任的文本对象，让我们管窥一个新时代的写作倾向，并且从中获得一次关于诗歌未来的发现，而这对于她来说，便意味着是不小的成功。是的，还不是给吕布布下定论的时候，我们等着她写出新的诗，实现更多的自由。

（原载《星星·诗歌理论》2017 年第 11 期）

重要的变化只有一次（访谈）

花　语　吕布布

　　花　语：最早写诗于何年？进入诗行有没有故事或特殊的原因与我们分享？

　　吕布布：我是一个晚熟的人。这个晚熟的阶段可以划分为 0 岁至 30 岁之间。心有很多愿望，也有很多困惑，又完全的单纯。之后通过实践、学习，特别是意识到自己的问题后强迫式地去打破它，使我在 30 岁以后内心经验与外在现实终于保持在互不惊诧的状态。心有更多的容量，又有过多的乐观。今天我觉得这个"乐观"尤为珍贵。它与我 30 岁之前的"单纯"是同一基因，让我有力量去面对自我缺失的那部分。在成年后进入的写作中，正是这一强劲基因让我重活。让一个晚熟型的人，在一个时刻突然变成了另外一种人。

　　2007 年底我去深圳书城闲逛，发现南区大台阶聚了很多人，有个长发女孩站在台前读一首《在哈尔盖仰望星空》。背景音乐是一种空明、神秘、宇宙之类的感觉。女孩样子羞涩，略有口音，声音富有质感。她在舞台之中，虽然空间的距离有所拉开，但她并不突出于人群，唯独声音自很远的地方传来。我感觉她就是那个"领取圣餐的孩子"。后来轮到一个平头的男诗人朗诵，他对着话筒的第一句话是"请把音乐关掉"。我回家后在网上找现代诗阅读，很快看到了里尔克，艾略特紧随其后，真正萌发了要身体力行写诗的愿望。

　　1994 年的秋天，我 12 岁。放学回家穿过一个小广场，在书摊上读到了柏桦的《唯有旧日子带给我们幸福》。"墙上的挂钟还是那个样子 / 低沉的声音从里面发出 / 不知受着怎样一种忧郁的折磨 / 时间也变得空虚 / 像冬日的薄雾……"当时心中默念了好几遍，然后从书包掏出纸笔抄下。因为逆反的童年，所以在意柏桦这首诗中单纯美好而又有受苦意味的表达。7 岁的时候，受我一位表姐的影响，喜欢读小说和文学刊物。恰好表哥在图书馆工作，得以方便。

花　　语：你有写日记的习惯吗，平时记录是用大白话还是像写散文那样用抒情体？写日记是否锤炼了你的笔力，为写诗埋下了伏笔？

吕布布：记日记的习惯自小学开始，一直到23岁都有。23岁以后，还保持有小时候读书的习惯，日记却不再记了。最早的日记写在我爸单位的报表纸上。A4大小，横排胶装，我会用硬的挂历纸给它订个皮，写上我的姓，以及日期。我喜欢那报表的纸张，冷白色，薄而有底气，水笔在反面书写，颗粒摩擦，力透纸背，感觉我在逆流而上。那时候年纪小，没有防备之心，什么都写，写完一本就放进抽屉。我哥经常偷看，鬼笑着说一句："咋回事，你写的那日记都朦朦胧胧的。"这是我当时表达的机关。虽然没有防备之心，但语言本能地带了锁。我哥也写日记，我是光明正大地看，都很明了，惹我发笑。后来用日记本写，经常一面纸上寥寥三个字五个字，甚至碗大一个字。字迹潦草，不能辨认。只要我能懂就行了。这样写的原因是我上初二之后，我妈开始偷看我的日记并当众狂念。我哥偷看我没有太大意见，但大人介入就不好了。所以宁愿浪费纸。

记日记这件事，感觉对我后来给杂志撰稿有帮助。一个人一旦着手要写文章，首先是把语言的水龙头拧开，都流动起来，而且看着有量大的前景，不担心突然干涸。活动着，有生命力，越来越有活力，忘乎所以。收是最后的事情。一种有效的训练，使语言能力惯性化。但早期记日记对我写诗没有帮助，倒是后来怕大人偷看所写的那几本"碗大的狂草"仿佛是一种诗的预示，直到写诗的那一刻，感觉到路径崭新，一切得变换模样。后来虽然不写日记了，但阅读时会做读书笔记。积累，扩张，最后本子记满了也不会去看。都在心里了。

花　　语：你写诗都经历了哪几个阶段？这些阶段是否意味着你诗写过程的飞跃？

吕布布：如果思想有形象，觉得它是花蕊的形象。略微绽开，层层叠叠，环形封闭的轨道，其上有无数自由呼吸的裂隙，为核心输送所需。这思想之蕊，复杂，曲折，微妙，封闭，吸纳，绽放，摇撼，跌落，重开，喜悦……如同写作者在行动的路上经历无数或大或小的变化。然而重要的变化只有一次。完全地死掉才可以。此后的过程都是漫长的工作。缓慢地上升，深受牢笼之苦，毫无轻松可言。

花　语：好诗的标准！

吕布布：每个人对诗的理解和感受不尽相同，而且差别很大。新诗一百年来我们以什么样的标准来达成共识？没有确切的答案。诗人不以别人作为他山之石，除非真正接受别人。而我们岂能真正地理解别人？不如把不同的存在与意见作为认识自己的工具，好诗就在自己明亮与深邃的心中。

看到好的诗，对继续写诗会产生信心；对事物有特殊的感受力和理解力（2015年一位写作者这样理解"特殊"——特殊是你作为创作者提供了一种新的美学事实，除此之外，其他的自我特殊化是没有意义的）；好诗提供给同行及读者无法替代的内容，有作者独特的能力；好诗允许读者爱它，但绝不手软；好诗需要试探……

花　语：如何看待口语诗？你认为好的口语诗应该具备哪些特质？

吕布布：我没有口语诗及非口语诗之分。文本语言或是口里说出的话，也是要看"对事物的感受力和理解力"在哪一点上，他／她讲出了什么。潦草感知，搪塞文辞，鸡零狗碎，毫无营养，或是故作深奥，僵硬移植，伤筋动骨，都不是真正的写作者关心的文字的力量。

花　语：能否形容下你的故乡商州，及少年成长经历。

吕布布：元和十五年九月，白居易沿长江东下，入汉水，第二次进入商州，写下"万里路长在，六年身始归。所经多旧馆，大半主人非。"现在我想起商州，大概也是这种心情。等我再老一点再谈吧。那时候离童年的记忆更近。

花　语：离乡多年，是否还有藏匿于骨子里的乡愁，以分行的文字外露？

吕布布：这方面的写得很少。人的出生、故乡、未成年以前的万般诸事，一些本原性的东西，会觉得是不重要的，起码不具备主观性。成长后遇到的人、事，思想发生的变化，不会无缘无故，觉得这些与自身真正息息相关，是值得挖掘记录的内容。但是也许我再老一点，这个想法又会变。

花　语：你曾获"第一朗读者"最佳诗人，怎么看待"第一朗读者"这一表现形式？

吕布布：每年深圳的冬天这个活动都会如约而至，像一个敬业的创作者，定时写出稳定的作品。单提供出纸张的厚度还不足够，高度的作品，最终抵达的仍是在写作本分之上，创造出艺术与哲学的空间。这个空间，是否妙不可言，令人阐释不尽，便是不同本质的区别。第一朗读者，它提供了一个诗歌介入现实的场域，将诗人带向视觉与听觉的中心。

我可以谈一下这个活动的策划人从容。我和她没有私下往来和交流，她给我的女性印象非常正面：美丽和纯正。纯正来自她的口音和总是恰当适宜的行事风格。有一次吃饭，大概是聊到最近大家有没有写东西，她对我说了一句：你都没看大家最近写的。我觉得她的诗心珍贵，才有了"第一朗读者"的每年。

花　语：你认为深圳的诗歌环境怎么样？整体诗歌水平怎样？

吕布布：深圳有旧天堂书店、第一朗读者、飞地等，是自由的写作环境。深圳诗人都有自己持之以恒的信念模式，他们自由、改变、消失、继续生长。在这个城市的诗人更容易成为朋友。也因为所处地域的沿海属性，在不断确定家庭、社会、物质、娱乐、人际关系的同时，与自然和精神生活尽量保持平衡。在内心承担、拆解、延时、沉淀，使诗行进展难以有一个简单明晰的结论。

花　语：哪首诗曾深深影响过你，有崇拜的偶像吗？

吕布布：随着持续阅读与对事物的理解，我想我的接受面会越来越混杂。

花　语：是否阅读古诗？

吕布布：有一段时间为调整自己而刻意去读，但内心的驱动力还不够充分。自己有一个感受，从文字气性的维度来讲，读西方使人爱跟别人争论，读古反而不愿意说什么。古代人写的文章我喜欢读。做减法的写法，不到时候，再多思量也只能扛着。

花　语：自评你是怎样一个人？

吕布布：第一个问题中谈到诗的契机有讲过。我不是难相处的人，有时包容放纵，有时力随心走。多年下来需要清算的是放弃的东西，得到与放弃是一种苛刻的配比。但方向是确凿无疑的。时时清理垃圾造作来容纳理解、学习、等待与辨识。前段时间研究星盘，对我的总结是狮子＋双鱼，有一点天蝎和射手。

花　语：列举你喜欢的十个作家。

吕布布：结合作者气质方面，暂时想到荷尔德林、维特根斯坦、李贺、哈罗德·布鲁姆。

花　语： 近期都有哪些写作计划？

吕布布： 整理两年来的诗。时间很短，变化却很缓慢，只有清空当下，然后干干净净再来。完成一个小说。

花　语： 诗歌之外，还喜欢干点什么？

吕布布： 基本上现在的生活都还是围绕着读书和写作。然后就是生活本身，尽量让身心回归到健康、适宜的状态。跑步、去乡村山中转悠、清理杂物、好好做一顿饭什么的。

近期研究分析身边亲人，比如母亲、小孩的成长积累与性格的成因，点滴记下，觉得很有意思。人一生的变化与恒定，是一场有标记的神秘游戏。

2017 年 6 月 8 日

阮雪芳　卷

阮雪芳，潮州人，出版诗集《经霜的事物》《钟摆与门》《在记忆的树冠上》，评论集《爱与美：黄惠波的人民性写作及其诗歌现象研究》（合著）。作品发表、入选多种刊物及选本。曾获广东省"有为文学奖"诗歌奖、深圳青年文学奖等。《红棉》主编，现居深圳。

从身份的牢笼到精神的旷野

——读阮雪芳组诗《地球上的女人》

陈培浩

　　T·S·艾略特以为诗歌就其社会功能而言维护并拓展一个民族的感受能力。就中国当代诗来说，近四十年的先锋诗歌运动大大提升了当代诗歌丰富的感受性，但也造就了很多诗人沉溺于个人经验的内在深渊。因此，在我看来，一个诗人能否赋予诗歌以语言肌理和秩序，能否超越一己经验之私，把个体的想象融入现实、时代、历史、哲思构成的精神取景框，决定了诗人能否从自发写作转向自觉写作，持续地自我超越，成就自我和诗歌的博大。因此，怎样发明一种有效的技艺，并使诗歌光影声色的前景背后始终镶嵌着广阔深邃的精神景深，依然在考验着当下的诗人们。在这个背景下，我愿意郑重推介优秀的女诗人——阮雪芳，及其组诗《地球上的女人》。

阮雪芳低调沉潜，但罕见地拥有两种诗歌音色：冷峻与雄浑。她的小诗别致精炼，朴素沉静，叙述的冷静中蕴含着强韧的爆发力，追问与自省中自有锋芒。笔触虽在日常，却梅花针般穿透了生活的硬壳，以敏锐深入的感受，道出生命中的魔与神、漆黑与光亮、沉沦与救赎。她的长诗雄浑热烈，如岩浆奔涌，将深刻的文化洞察融入原乡歌唱之中。

她的抒情中有象征，口语中有反讽，负重的现实中有灵魂的飞翔，她也写女性经验内部的疼痛和撕裂。一以贯之的是，始终努力将语言技艺、现实关怀、诗性想象和存在省思结合到一起。《地球上的女人》组诗气魄宏大、思境深邃地完成了从现实到象征、从囚禁到得救的书写。这组诗主体部分展示了不同身份女性形形色色的生命困境，其间既有对不同身份女性命运（分居女人、女市长、修女等等）的书写，也有对性别文化规训的反思。而首诗《一颗醒着的钉子》鲜明的宇宙意识和生命立场却形成了对这种困境的拯救。不妨说，这组诗包含了对"钉"的生命规定性的洞察和超越。"地球上的女人"是一个富有张力的奇特表达，"钉"之小和"地球"之大隐含着诗人顽强的精神表达：生命固然被困于一隅，但精神却不能限于一屋、一地。每个生命虽常被钉于一点，但诗人却相信"每一个漂泊的灵魂 / 都像神的眼泪悬挂在浩渺星空"（《地铁里》），这里以宏阔的宇宙意识返观女性命运，展示出新一代女性诗人与八十年代展示内心深渊的女性诗歌大异其趣的精神立场。

难得的是，《地球上的女人》是一组具有内在有机性的组诗。《一颗醒着的钉子》可视为序诗，沿着地球—国家—省份—城市—江边女人这个由大到小的逻辑推进，最后落到"冷冷地钉在地球表面"的钉子上，此诗有柳宗元《江雪》茫茫宇宙一片白中独钓翁之妙。比喻之独特新鲜实在其次，胜处在于将"钉子"般的孤独意识与浩渺的宇宙意识并置从而别开生面。同样书写女人，八十年代的翟永明、伊蕾是自我深渊的开掘者，阮雪芳却既是自我精神的探索者，也是万物众生的观察者，也是生命存在如何自救的追问者。

组诗中阮雪芳既洞察到女性身上的种种规训，修女和女市长各有其身份对生命丰富性的规约；分居期女人和微信女孩也陷入不同的漩涡。《修女的乳房》中隐含着宗教与身体的对峙；"仅仅停了 /1.1 秒 / 她又像老司机一样 / 加快油门"的女市长强悍精干、严丝合缝的背后有多少柔软的生命经验被掩埋（《女市长》）；《一把剃须刀》则透过女性生命的三个不同时期对男性剃须刀使用场面的观看，串起了女性的一生的三种最重要的身份：女儿、妻子和母亲。诗写得不动声色，但却有某种暗含的机锋，女性对主流性别身份认同过程中被"小小的割草器"刮去的嫩枝被诗人敏锐地捕捉。

但诗人始终坚持把自我跟更大的空间相认同，她相信女人的困境虽有其特殊性，但诗歌却不应止步于对女人伤口和内在的深渊的展示，而应汇入文化、文明的想象共同体而寻求得救的可能。于是她坚信自己作为"大地上一个黄皮肤女人"在行走，在深爱。她之阅读非洲，不仅是阅读"火舌般的赤道，拉玛古猿 / 土著，鳄鱼，坠毁的星辰 / 阅读乞力马扎罗山，大裂谷"，更是阅读一种生命和文明的"留下的雄狮气味"（《阅读非洲》），所以她的心是辽阔的："我想向万物借来舌头 / 赞美等待和别离"（《我曾深爱过》），也是亲近和敬畏生命的，《亲爱的速度》中，诗人由"蝴蝶""气旋""火车""美洲豹"的形象中提取一种生命的"速度"感。速度的核心是生命的原力，"生命伊始，跑得最快的一个 / 成为你"。作为生命，就命定了用不断的行走去冲破种种的禁锢和牢笼。

还必须指出，现代诗歌的言与思是一对并存的关系，唯有对语言技艺的不断创造甚至发明才能有效地敞开思域，正如臧棣所说"在写作中，我们对技巧（技艺）的依赖是一种难以逃避的命运"。我常在想，诗人是什么？诗人首先是一个词语的魔术师，诗人发明一种有效的技艺，使写作成为存在的 X 光片，进而显影一种更内在的精神现实。如叶芝所说，诗人只有在为"一种感情找到它的表现形式——颜色、声音、形状，或某种兼而有之之物"之后，诗歌才是有生气的，这正是语言获得肉身性的过程。很多诗看似奇特，实则散漫，原因就在于文本内部缺乏肌理。获得清晰纹路和肌理的文本才能获得有机性，进而获得语言的肉身性。语言的肉身性在表层上可以理解为一种艺术感性或形象感，在深层则关涉着组织诗歌想象的语言秩序。稍有语言感觉的诗人便能妙手偶得精彩的句子，但只有把想象的火花织丝成锻，造化文本图案，并进一步使之获得精神象征，我们才能说这个诗人从自发写作走向了自觉写作。诗性逻辑要求诗人从说理逻辑后撤，转而用隐喻、意象、情景和象征等诗法释放丰富感性。这样的诗歌，其内里也有义理在，但不强说，而是通过语言肉身的有效建构而使精神气息自然流淌出来。可贵的是，阮雪芳诗歌的精神表达既不凌乱，也不玄虚，而是通过语言的肉身去释放的。

赋予诗歌语言以肉身首先向诗人要求准确的语言造型能力。这里的准确，接近于卡尔维诺所谓的"确切"（exactitude），它是能指与所指之间的高度匹配。阮雪芳的诗歌，常常创造性地在事物和喻象之间寻找关联，带来一道语言闪电，照亮那被遮蔽的存在。她把修女的乳房喻为"长在肉上的月亮，两个忏悔的果子"（《修女的乳房》），既有比喻，又有拼贴；既朴素自然，又新鲜动人，并使诗歌获得了鲜明的具体性和形象感。可是，这种"具体"并非白描，而是形象和抽象的有效交互。《亲爱的速度》中，她穿梭于"速度"的抽象和"蝴蝶""气旋""火车""美洲豹"的形象之间，既从具体之物中提炼出观念性，又赋予抽象的冥思以具体的肉身感，由是，生命置身于各种"速度"带来的晕眩和超越的诗歌主题就不凌空蹈虚。

《分居期女人》则将情境和空间不断象征化。它带给我们光影声色的经验碰撞，并在这些被象征化的经验背后隐藏着幽远的精神景深。诗人把光影声色的人间气息带了进来，使诗歌获得了可观可感的语言肉身。这里有具体的空间——楼梯、暗道、房间、泼雨的玻璃窗；有同构的光色——楼道的明灭的灯和画册暗哑的色彩；有扑面而来的形象和气味——长发的波浪和影子的香气。这些光影声色支撑起一个充满具体性的人，你分明看到女人身上的雨水正顺着手臂滴下来，你感受到逼仄楼梯中黑暗的压迫感，在一明一灭的灯背后，你听到脚步声和心跳声。当门打开之际，你看到了长发的波浪和影子的香气。活色生香的女人被囚于此，成为婚姻的人质。诗人没有说，但你深刻感受到了。此时，情景交融互证，撞到窗玻璃上的苍蝇不正是这个沉默凝望的女人么？

阮雪芳是一个不断超越个体而走向综合的诗人，她的写作有对男权文化的审视，但不陷于孤冷的女性主义；有对现实的关怀，更有精神上的悲悯和省思；有强大的感性能力，但不囿于情绪的深渊；有深远的宇宙意识和博大的情怀。因此，推荐阮雪芳不仅因为她是当代尚未被充分注意到的优秀诗人，更因为她代表了一个在荆棘的诗路上不断自我完善和超越的个案，因而具有相当的典型性和启示性。

化哲思为诗，如沉香般迷人

——阮雪芳诗歌印象

野 松

阮雪芳的诗《画眉与沉香》似有一种宗教的力量，一下子就震撼了我。画眉，沉香，一为动物，一为植物；一灵动，具生气，可象征；一沉隐，具静气，有蕴含。

《画眉与沉香》配以一句十分醒人夺目的副题：一切智慧与黎明同醒——《吠陀经》。印度教传统认为，《吠陀经》是至尊主本人发出的，它是永恒的存在，众多印度教哲学流派的灵感源泉，是恒定不变的自我。由是得知，阮雪芳乃一位充满智慧与觉悟的奇女子，视野开阔，境界辽阔，心怀善的信仰总能让她越过尘世的浑浊见到星空的明净，每当面对困惑，总能得到启示，总能让她恒定不变的自我寻获到本真。

诗人将沉香与画眉组合在一起抒写，是否表现了诗人的一种生命与心灵状态？在人至中年的宁和守静中，是否依然有一种青春的跃动？而迷底或许在《再唤画眉》一诗的最后一节："无琴之音无羽之身的上升 / 对画眉永远是个不解的谜 / 一盘云朵一缕沉香 / 燃到尽时仿佛从未开始"。然而，这四行诗并没有把真正的迷底揭开，而是让我们继续去咀嚼去品味人生，在人生的漫漫之途去打开无数的"无门之门"，不断地重新开始。我不知道诗人是否信佛，是否钻研过佛学，但我发觉，对生存的慧心觉悟，已经成为她的一种生活态度，并心化为诗，不然，就不会有这一辑诗歌的生成与存在。

我想，诗人除了有较深的佛学修为之外，还应掌握黑格尔的辩证法，总是不自觉地在二元对立的矛盾中创造诗意。请看《画眉与沉香》的导诗：

沉香没有性别
和时间为偶
离弃者背负尊贵之名
化成自身思想的解体
当我描述，语言长出翅膀
描述永远消失
开香即焚毁，火在暗火中奔赴
打开无门之门
最高智慧是无舌之舌

你闻到的不是香气
是物的瀑布在冲刷

没有性别的沉香，以中性之身，与时间为偶，见证"离弃者背负尊贵之名 / 化成自身思想的解体"。只是，诗人又感性地觉得，当她描述，语言就长出翅膀，但同时，又理性地认为，"描述永远消失，开香即焚毁"，这一残酷的现实或曰现实的残酷，始终存在于我们的心灵之外与心灵之内，好在"火在暗火中奔赴 / 打开无门之门"，依然让人感觉到生存的希望，但是，无须言说，因为"最高智慧是无舌之舌"。由是，得出了这样的结论或判断："你闻到的不是香气 / 是物的瀑布在冲刷"。对于沉香，感觉的不是香气，而是另一种形态：物的瀑布在冲刷。气，中国有传统的气论，气好像是无，其实是有。黑格尔和古希腊人所理解的无则可以是一种行动，一种无化的运动。因此，香气其实也是一种物质，只是，我们普通人看不到而只闻得到而已，但如诗人般明净之心却可以看到，这种香气是以物的瀑布在冲刷的生命形态存在着。香为物，物以正在冲刷的瀑布的形态出现，说明物质的世界一直是处于一种不断变动的形态之中，而人们却想通过某一种宗教信仰活动来寻求一种心态的宁静。由是可见，诗是哲学的近邻这一诗学理念，在阮雪芳的诗里又再一次得到了有效的验证。可以说，这两节导诗，是打开理解《画眉与沉香》之门的钥匙。

全诗共有九首，前七首为主歌，分别为《礼香》《结香》《采香》《访香》《问香》《品香》《藏香》，后两首为副歌，分别为《画眉》《再唤画眉》。这是诗人创作的一组交响曲般的诗歌作品，感觉到诗人在不自觉地将在生活与生存中自我探寻的意绪不断深化成哲思，又将这些哲思化成诗。其旋律虽低沉平和，但其思绪却跌宕起伏其中。

礼香，按佛教来说，也就是请香。在这首《礼香》诗中，诗人将她对礼香者（当然，她自己也是礼香者）的见闻与思索，通过心灵静化为诗思。此诗一开始就说"同一根弦扣响"之后，就有各色人等的"礼香者从不同的门进入"。但是，我敢肯定，能看到"盆中清水如血，色彩加浓"的礼香者，可能不多，因为许许多多的礼香者只是在例行一种仪式而已，而只有用心者，才可透过一盘清水见到血的色彩，而且在不断加浓，在"四座安静"中，才能看到"青铜器释放灵性的仙鹤"，可是，对"展翅也是收拢／也是难以控制的节奏／在暗处震动"这种宿命的感知，还有对心灵在宁和中逆动的感知，又有多少平庸的礼香者能获得的呢？我想，绝对不多，因为大多数的礼香者其实是现实中的功利者，他们的拜佛除祈求健康平安之外，多为祈求功名利禄，其心依然被凡尘遮掩和覆盖。故而，他们始终在佛道之外，而唯有像诗人一样虔诚的人，才会在礼香之前，清洗双手，在反复的清洗中感受感觉反复的生死，感受感觉"在斋戒，礼香如同一次远行／一缕月光放逐万国山水"，在小中见大，心有万物而又一片澄明。佛曰："一经通，一切经都通"，通，即开悟也。故而，诗人悟出："所有仪式是同一个仪式／所有经卷书写同一智慧"。佛也曰："一门深入，一门通达，便能得定、开慧"。但现实中不少守着名利之兽的所谓礼香者，因不懂得"无数的门是无门"，因而，即使拥有再多钥匙也打不开一个无孔的孔，始终在觉门之外，哪怕用现代仪器的扫描检测，依然无法解决肉身的困顿、心灵的矛盾，虽然"香味这苦水"可"吞吐肉身的轻美"，但"向寂静表面"，礼"是冒犯的世界不停显现"，礼已经不是真正的礼了，而是对无尘心灵世界的冒犯了。其实，佛学，尽管多凭感性之心悟道明理，但也有辩证的味儿，在矛盾中寻获真善，在道家的"无为"之中获得豁达和开阔，获得返璞归真。可是，诗人毕竟是具有现代意识的现实中人，依然喜欢思考，喜欢叩问，让无数的反思与质问有效地拓展她诗思的空间，并让她所创造的诗意具有一种沉重的力量：

礼香者幽居在时间之外

划地为牢，进入比灰烬更深

经验永远清零

肉身的禁锢与释放相互抵消

通心经，暗火焚烧

全部的香气在最后一刻

达到顶点

上升的终又落入盆中之水

那无水之水锁住的是一叶轻舟？

一片碎镜？

还是一张脸庞老泪纵横？

阮雪芳是一位擅于在思想层面上溯源的诗人。她从中国人进行佛教活动或祭拜祖先用香（即礼香）这一环节，延伸想到香的形成——结香、采香，再进行到更高精神层次的访香、问香、品香、藏香，将诗思不断延伸，不断拓展，不断提升。

所谓结香，就是香农在树林里找到沉香树后一般都会试探性的到处砍上几刀，如果里面露出黑色的受感染部分就代表里面有结香，如果没有就留着这个伤口让它结香。但是，对生命特别敏感的诗人阮雪芳所抒写的结香，并不是简单的物质层次的自然形成或人工所为的结香，而是将生命哲学甚至神学形象地表现于其中。沉香树是具有生命的，甚至是具有灵性的，它的伤痛也只有与它性情相通的诗人才会感知到。诗人通过香农为采香而先对沉香树进行砍上几刀，让其先结香这一行为，来抒写生命甚至生存的疼痛："野生在死去，人造正创造""最初的欲望涌出病痛"。而所引用的美国著名诗人史蒂文斯的一句诗学名言："一个巨大的混乱便是一种秩序"，实际是借史蒂文斯所表达的想象具有使无序变为有序的力量之义，来表现诗人的一种极具现代性的辩证思维。人生无常，而万物创生："你毁灭，你创生／秘密的生长破碎又潮湿／伤口分泌出松脂和琥珀／分泌出眼泪变成珍珠，变成星辰被风雨摇落"。诗人在诗写过程中，让理性与感性，感性与理性不断演变，着力从生命层次向精神层次作诗性诗意的推进。马克思也曾讲过，物质能够思维。在黑格尔眼中，所有的物质都含有生命，它们也会"呼喊"，会使自己成为精神。阮雪芳的诗就是最好的明证："一切美在这里转身／全部疼痛跟随鸟群走向落日／走进自然的黑色脐带／我们在混乱中寻求安定／寻求另一个心灵面对利刃、

磨具和火烧 / 病痛疗治脾、胃、肾经 / 通向药和思想，道的无站到了空中"。
诗人的诗思与一般的医学常识或医学行为反其道而行之，以病痛来疗治肉
体，让肉体通向药和思想，而达至法自自然的道。这其实也是生命哲学在阮
雪芳诗中的形象和深刻表现。生命哲学，也是中华哲学的中心精神，它以天
人合一的宇宙观为背景，讲究心物合一、体用不二，追求知行合一、生命既
充实又空灵的境界；它不仅是中国人的形而上学，也是中国人最基本、最普
通的生活观念和生存态度。不过，阮雪芳的诗写并没有仅仅停留在生命哲学
的表现上，她还打开想象的窗口，让众生之相融入宇宙之相，让老子、庄子
的自然之道、道非道，在现实意境中不断提升中。她甚至还让禅家悟道不立
文字的境界在她的诗中以一种独特的思维方式呈现。只是，生命毕竟始终存
在着，存在就是一种痛苦，难道只有从尘世中逃遁，才可获得万灵的孤身？

　　云朵挽着云朵，大海隐隐作响
　　手指环绕亿万个太阳
　　银河系的木射线降生以父之名
　　全息的眼泪聚成幽暗晶体
　　深埋之下，我们等待自己的发掘者
　　（阅读一本从未写出来的书，等待那个走近的人，那把斧子）
　　等待那一只手，将烧红的铁条穿过

　　滚烫的血液破壁而出
　　那物理的、心理的、生理的量子
　　被火透穿
　　尘埃从虚空扬起
　　仙鹤、美人、祥云
　　一切遁去皆万灵的孤身

　　优秀的诗人必定是一名深刻的现实批判者。因为优秀的诗人拥有一颗敏
感悲慈之心，具有浓厚的亲亲于物、抚爱万有的宇宙生命情结，当其面对世
间悲情，必会痛苦万状，必会痛定思痛，必会从人性仁善的高度，对人类只
为了自己的享受、身价、地位和荣耀而不惜对大自然，对生命进行残酷的戕

害，作深刻的反思和批判，并将之形成感动人心的诗篇。《采香》一诗，便是一首对现实作深刻剖析和深刻批判的好诗，她所引用的奥登的两行诗句，可以说是这首诗的内核与灵魂："当星辰以一种我们无以回报的激情燃烧着/我们怎能心安理得"。万物皆有灵，何况我们是人！

沉香乃隐于世间深处的美物善物，是非一般人可随便获得的国香。故而，诗人作《访香》一诗，配以副题——寻师不得，携童子而返，以喻沉香因其深隐山林而美而善，可作沾满尘垢的世人之师，只是心怀功利之人又怎能轻易寻访到她呢。而流布于没有圣徒的世间的沉香已经不是真正代表美善的沉香，而是变了质变了味的沉香了，也就是成了有器无道（《易经》："形而上者谓之道，形而下者谓之器"）的沉香了："有器无道的沉香道在市/有价无市的沉香成为买卖品/成为流动经济，从消费者眼里抽离/成为无根之树，无土之尘，无水之云"。其结局或曰其最终的命运归宿是十分可悲的，只成为已无生命也无精神所在也即无根无魂，俗气不堪的器具而已。诗人所指陈的有器无道的沉香，其实就如当下颇受质疑与批评的"饭圈文化"。由于资本的介入、作祟与推动，让原先的粉丝文化变成了"饭圈文化"，让文化自觉变质，成了充满铜臭味的买卖。如此深刻的揭示，实亦为对时弊作深刻的针砭与批判。诗之硬度力度更具焉。

佛曰："生色界天，无色界天。"为何现实中的人们总难脱离欲界？诗人在《问香》一诗中，边问边答，而答也在问中。其最后一节的抒写，道尽人间虚荣与痛苦的真相："门前的菩提落下舍利子/尘埃和苦水促使幸存的人修建广场/修建多维时空的开放吧台/秀色可餐，谁来过/停留，舔食甜筒，唱颂喷泉和雕像/在暗处成为生活的接头/谁将刀锋又一次切入/行刑架、露天电影、旋转木马/暴露在空气中的'饥饿'/只是符号，只是我们被关闭的一生/乘一缕轻烟而去，追寻生的实体/探到意识的虚空/只有疼痛，才存在吗？"人们在外在光鲜的掩盖之下，是精神的"饥饿"。浮生若梦，虚空是因为生的实体已经远离。意识虚空者倍感疼痛，而存在本身就是一种疼痛，只有疼痛才能证明自己的存在。佛曰："众生皆苦"。而苦，皆因受名与利的牵绊，未能超脱凡尘，未能离苦得乐。

此外，诗人还通过品香，通过藏香，来诗意地阐发她对世间世道的认识和觉悟。诗人在对世事世相作了深刻的揭示之后，还是十分清晰地辩证地看待我们所处的时代，依然是弱肉强食的时代，人类的繁衍与发展历经爱与疼痛，没有一天不处于掠夺与被掠夺的争斗和拼杀之中："全部沉香中终有一块未形成 / 也永远不结香的沉香，经历疼痛 / 它有了性别，有了男女，有了爱 / 有了上下左右，天地玄黄 / 它长出人的脑袋，却栖居在鸟的体内 / 在一片羽毛托起的蓝空飞成 F-22'猛禽'战斗机"。在奉行"静的胜动的，冷的胜热的，冷静无为才能统治天下"的理念下，我们又如何去面对一切？"千年在一个时辰焚烧 / 无形之形，无物之物 / 焚香就是放弃身子 / 放弃欲望和安抚，迷狂和爱"。难道是只有看透了，坚决放弃才能独善其身，让个体得以真正的存在？可是，诗人却在不断沉思反省："藏香的人，渴望成为香品 / 成为终极的意义 / 却不知藏本身是一个问号"，因为"时间处于永变之间 / 处于思想之流的沉浮 /（像祭坛一样平静）/ 漫游其中的人 / 不能用一个反我来证明真我"。敢于自我反省、自我否定的精神品格，在当今以自我赞扬、自我肯定为主的社会氛围中，显得有点异类和格格不入。但是，我们理性又感性的诗人，依旧充满忧愁，充满迷茫和不安全感："漫卷诗书去坐地铁，去酒吧街 / 酩酊大醉然后穿越大地的黑夜 / 去往下一个车站 / 不同身份解构一个'人的时代' / 这意识游戏里的关口 / 如虎口 / 你将去往何处"。幸而，感性又理性的诗人，最后还是豁然开朗，对物质世界的认识超然于物质，超然于时空：

行近于静止

收藏香气就是口授时间以十一维写入

所有惶惑在瞬间看见

时空不过是一个个套盒

盘踞的云朵弥散

千个上帝使用相同的虚构笔记

一千零一夜点燃微黯的火

当鳞翅目昆虫学家的

故事讲完

（米沃什：我的声音永远不完整）

胸腔一阵隐隐的孤独

永远少数人

在闭弦时变成另外的物质

如这一曲沉香主歌

在你的默诵中无声化开
沉水的注视
再次进入无形的形体

　　诗作的前七首为主歌，其实是超脱于三界外的画眉，为沉香所咏唱的歌，而洞明世相的画眉则为诗人的化身。在这主歌的吟唱中，画眉以隐身为主（也曾显身过两三次），但隐身其实就是最好的存在，最佳的生态状态，一如诗人在繁嚣的现实中保持心灵的宁静与孤独。而副歌二首，则为诗人对跳跃出生天的画眉的歌颂予以肯定："苏醒前幽闭多少个时日／画眉在众声中拾得了鸟的本义"。所谓众声，乃世间的众声喧哗，乃凡俗之音，而画眉在这凡俗之音中拾得了对世事世情世相超凡脱俗的认知与觉悟，将长久被压抑的心灵有效释放，让入世者继续在世界心脏存活。而入世其实就是出世，只有未出世，才能超离于世，才能让其继续发出内心的真实鸣叫。也唯如此，画眉才"被语言附体"，担当起使命，"写下刀、绳索和火"，"写下无事牌"，"写下荒野"，"写下栈道"，写下"人世的阴晴峻岭"。由是，诗人要再唤画眉，让它继续为沉香而歌而咏，尽管"时空不过是一个个套盒"，但也要让之唱出人间沧桑之道。

创作是我通往世界的一种方式（访谈）

阮雪芳

记　者：你认为阅读和创作对于你有什么样的特别意义？

阮雪芳：阅读是另一意义的精神旅行，如原始生命诞生在荒寂大地上，诸多生命之间、万物之间相互接引、相互唤醒，由此，大地繁富而生机勃勃。生活中的阅读，是从一个孤独的封闭的个体，进入到一个循环的开放的场，而这个场则由另一个孤独的封闭的个体创造出来，这是人类很有意思的活动，也是有趣的体验。阅读一本好书，好比经历一场恋爱，文字魅惑就像迷人气质一样吸引你。平时，我最喜欢的去处是图书馆，行走在一排排竖起的图书之间，很是惬意。那些古老的、崭新的书籍，都拥有一个鲜活的灵魂，充满智慧，不是作者创作的瞬时之力，而是一个定格了的却拥有无限魅力的灵，它们都在召唤自己的读者。当我们阅读，无论小说、散文、诗歌，还是其他，不是简单地做为一个看客，穿行于文字构筑起来的世界，你是要放进你的真实感触，进入他人的心灵、思想，他人钉子般楔入生活的痛和爱，他人面对困境的处理经验，这些可以穿越时空引起隐蔽的情感迸发，使得人生的聊奈在此间辩解和消除。

创作是我通往世界的一种方式。创作和我的生命直接发生关联，在这个过程，我看见另一个打开的空间：不同生命的际遇、自我完成的精神、未抵达的彼途，以及人类共同对美和爱永远的追寻。比如从母马丰满的线条看到野性和美，从点燃的火柴瞥见妖娆的舞蹈，从月光里闻见流淌的洁白晶粒，从海中遨游的鳐鱼，听到了飞翔的声音，而在疾速的列车中，我们擦过梦的边界……这些，经由敏感的心灵捕捉、唤起，无论是恬美的轻音，还是激荡的声韵，当我们说出，或者写下，就已完成。创作也是我在沉默言辞与自由意志中，获得生之爱，以及内心的完满，即使独自度过每一个漫长的黑夜，仍是从生命夏天里绽放的花朵。

记　者：你怎么看待生活与写作的关系？

阮雪芳：如果一个写作者的生活和写作是分裂的，那么，她（他）必将陷于不安之中。写作者会在这种分裂中不断地调整、修正。我无法忍受生活和写作的割裂，所以，我从潮州到广州，再从广州到深圳，只为了弥合写作与生活之间的沟痕。从一个城市辗转到另一个城市，生活无不影响着写作，写作也丰富了生活，无论写作的初衷是什么，写作者一定会不停地寻求生活与写作的对应点，重新厘定两者之间的对接状态，生活可能为写作而不断改变，写作也给生活提供了某种导向。好的写作是冒犯的，是对生活中苍白、庸常、无效部分的消弭、打破甚至推倒重来。我是一个让生活服从于写作的人，我曾经写过一段话：如果你无法在一个城市长久地生活下去，说明那个城市没有你想要的。人永远在追寻着与自我相应的某种气息、气质、气场。寻找着爱的力量与空间，如同驯鹿听到鄂温克人敲响桦皮桶的声音，巴巴里狮寻找阿特拉斯山脉的最后阵地。

记　者：最近读了什么书，可以向读者推荐一下吗？

阮雪芳：推荐索尔·贝娄的《赫索格》，这部作品没有迭起的精彩情节，但故事的细部铺展得细致精妙。索尔·贝娄对主人公内心世界与外在困境双线齐下的叙述手法，犹如对折的刀片，当它剖开人类关于受难、信仰、理想追求、精神危机、功利效应及复杂人性时，读者能够感到晦暗中熠熠闪动着的锋芒。好作品在文字构成的钟摆自由形式下，仍保持引力的中心。即使经历时间的考验，也同样葆有奥秘体验和旺盛的生命力。一部好小说几乎是携带着人类命运的某种密码，读《赫索格》既洞察"刀锋和伤口互相渴求"的冷漠工业时代的弊病，也深切感受，在破碎的现实面前，人身上仍葆有某种对美好特质的探寻。在精神被悬空的现世，正义和道德都成了廉价的东西，甚至成为笑柄。但索尔·贝娄并没有将我们引向一个绝望的普世观，而是理解了人类历史进程以及这个庞大灵魂之中最强有力的东西。此外，加缪的《置身于阳光与苦难之间》是我一直带在身边的书。

记　者：你对将来是乐观的吗？对于你的生活，你的创作。

阮雪芳：我曾经是一个平静的悲观者，现在，依然平静，但不悲观，我始终相信，人的内心，只要存在一个坚定的信念，就不会丧失对生活的热情，甚至葆有某种隐秘的力量。所有命运都是对人的宽恕，在这个过程中，人仍然毫无顾忌地犯事，冲撞心灵的围墙。而生命是一场多向的奔走与博弈，在观念和价值不断修正的过程中，我们貌似获取了一些智性密码。拉格克维斯特认为：我们的生命之谜，才使得人类的命运骤然伟大宏壮，又骤然艰辛难堪。对生命之谜的茫然无知，也容许了我们旷世绝美的想象和深沉曲折的理解。无论是置身深渊的歌唱，还是生活经验的再现，孤独探寻和对自然之美的无尽品味，都使我们拥有了一些本质思考。

记　者： 怎么看深圳这个城市？请谈谈你的感受。

阮雪芳： 八十年代初，在我的家乡潮州，很多年轻人奔向深圳，他们带回了人生第一桶金，还有喇叭裤和港台流行歌曲，我平生吃到的第一块威化饼，也是来深圳做生意的舅舅带回去的。那时，深圳在我的想象中是一个快乐又香甜的世界。我第一次来深圳，却是为了买苏珊·桑塔格的全集。2016年底，我从广州来到深圳工作，带着完成一半的诗稿和对未来的不可预知。那时，对我来说，深圳意味着一种新的生活，也意味着一种精神，深圳是一个活力充沛的年轻城市，具有开拓的力量和宽广的域野，我喜欢这个城市。

太 阿 卷

太阿,本名曾晓华,苗族,1972年出生,湖南麻阳步云坪人。1994年毕业于湖南师范大学数学系。自1989年开始发表作品,著有诗集《黑森林的诱惑》《城市里的斑马》《飞行记》《证词与眷恋——一个苗的远征I》、散文集《尽管向更远处走去》、长篇小说《我的光辉岁月》等。曾获"十月诗歌奖"、首届"广东诗歌奖"等。有作品被翻译成英文、法文等在国外发表;曾受邀参加第37届法国巴黎英法双语国际诗歌节,在法国普瓦捷、美国纽约、印度加尔各答朗诵诗歌。现居深圳。

一种生命图景的当代性追问

——评太阿诗集《城市里的斑马》

南 鸥

记得2006年在贵阳的"永乐诗会"上我提出:对生命的当代性的反复追问既是诗歌的宿命,又是一个时代诗歌精神的突破口。当时是会上的一个即兴言,但我当即意识到这个概念具有诗学的意义。在随后的一些诗学文论中,我对这种当代性做了具体的阐述,视其为一个时代的诗歌精神的内在要求和人文内核,是考量一位诗人的价值和意义的一个重要参数。而在《倾斜的屋宇》这篇诗学文论中,我又把对一种存在和意象的"发现、揭示、指认",视为诗歌精神的精神立场和诗学理想。如果我的这些诗学主张成立，如果这些主张能够从染色体的层面揭示一个时代的生命图景的真相，那么，青年诗人太阿为我们贡献的"城市里的斑马"这个鲜活的意象无疑具有一种人文意蓄和诗学经验的独创性意义。

我们可以想象，一种生存在非洲原野上的动物，它降临到城市之后会是什么样的一种命运呢？诗人叙灵在对太阿的一篇访谈中对"城市里的斑马"作了这样的阐释：是一匹无奈的困守在动物园里的斑马，它被无数的看客戏弄，它孤独，它无望，它咆哮，因为城市在不断地伤害它，不管身体，还是灵魂，它渴望回到它自由的原始的故乡。是的，这就是城市里的斑马，这就是城市里的斑马的命运，而这样的一种命运图景，应该是我们当下生存状态的一种精神性的写照呢，因而我们不难理解诗人太阿为什么要以"城市里的斑马"这个意象来承载自己的思考和展示自己的诗学主张。

我们知道，卢梭首先发出的"保护人的本真心灵，拯救人的自然情感"的呼喊是对现代性的深刻揭示，指认了工业文明给人类的心灵带来的巨大的摧残。那什么是当代性呢？我认为是以电子信息的迅猛勃兴为前提，以商品经济的充分发展为土壤，以后现代思潮为突破口和主体内容而共同形成的一种存在状态和存在意识。它既体现在一个时代的政治、经济、文化等观念之中，又体现在人们日常生活的方式、场景和细节之中。

众所周知，由于商品经济的突然降临和后现代思潮的强烈渗透，作为支撑社会最敏感神经的价值体系日渐倒塌，人的主体性全面丧失，心灵麻木、道德沦丧、人格扭曲、旨趣庸俗已经成为社会的一种当代性绝症，人们仿佛被置入一个广漠、冰冷的世界，人的灵魂正在绝望之中经受着血淋淋的挣扎和前所未有的精神的分裂。显然，这种生存境遇就是生命图景的当代性，并构成了 20 世纪 90 年代以来文学的人文生态和人文背景。从这个意义上说，诗人发现的"城市里的斑马"这个全新的意象，是 20 世纪 80 年代以来人们的生命图景和命运的缩影，它昭示了一个时代的生存状态和生存心理，是一个时代独具人文内核和诗学意味的经典意象。

《城市里斑马》收入了诗人自 20 世纪 90 年代初至今二百余首诗歌作品，太阿精心地将诗集编排为"一个变幻的城市广场""一个人还能跋涉多久""一个怀乡者的叹息""一条没有节制的河流"四辑。从太阿编排的体例上看，这四辑显然是一个有机的整体，它既勾画出诗人心灵变幻的轨迹，又坦露出其对一个时代的理性审视和深刻叩问。我们还是先来看看诗人的文本。

> 撞击 猛烈的撞击
> 撕碎的声音孤独得就像我
> 就像发不出声音的琴键
> 但我还要歌唱
> 用曾经喂养我多年的诗歌
> 歌唱我心痛着的城市
> ——《在毕达奥迪斯科广场的金属撞击声中》（1997年7月21日深圳）

　　这是诗人精心编排在诗集第一辑扉页上的诗句，他敏感而精准地用金属间彼此撞击的声音来隐喻这个勃兴、骚动、纷乱的时代。该诗写于1997年的深圳，诗人置身于这个日益巨变和充满幻象的城市，因而他昼夜听到的是一种金属般撞击的声音，而这个声音对诗人来说是孤独的，因为他的心灵无法融入这个城市。但是，尽管他是孤独的，他甚至发不出自己的声音，他还是要歌唱，他要用一直喂养他的诗歌，歌唱让他心痛的城市。

> 一个声音沙哑的歌女
> 干咳几声
> 用荒凉的歌声把世界推下地平线
> ……
> 在这个心灵被洗劫一空的夜晚
> ……
> 歌女明天变成哑巴
> 城市因此窒息
> ——《一个声音沙哑的歌女吟唱〈我心永恒〉》（1998年5月23日深圳）

　　这就是诗人的"歌唱"，而在他的"歌唱"中，如果我们从歌女沙哑的声音里听到这个世界的阴郁和幽暗，那么，我们从"用荒凉的歌声把世界推下地平线"中听到的则是一种令人毛骨悚然的阳光下的死亡。而在这样的世界中，诗人的心灵注定被每一个夜晚洗劫一空……歌女注定将变成哑巴，城市因此而注定窒息……

　　如果说上面的文字诗人为我们提供了他对世界的一个最基本的认知，那么，下面的文字又将为我们提供观照这个世界的另一个视角：

　　所有的灯花都在假寐
　　……
　　一条河流在城市迷失方向
　　一只古船已荡然无存
　　只有受伤的叶子还盘亘在手心
　　作船　没有舵
　　作鸽　丧失了翅膀
　　　　　　——《街道和鸽子栖集的广场》（1994 年 10 月长沙）

　　在诗人看来，万物都在假寐，河流在城市迷失了方向。在这个虚假的世界，万物失明，人们已经没有了方向，一切都是那样的无奈和无助。

　　从上述两个方面来看，无论是世界在"假寐"，或者已经"窒息"，还是一条河流在城市迷失了方向都是诗人真切的感知，都是诗人为我们提供的时代景象。从时间上看，这些诗句写于 20 世纪 90 年代初，是诗人从湖南师范大学毕业后刚到深圳的那一段时间。刚出校园的诗人在目睹了残酷的现实，深感没有舵，没有翅膀的无助和悲哀。显然，这样的景象就如同诗人的头骨被雷电劈开一样的残忍，但是，诗人也许仅仅是瞬间的停顿之后又继续奔走。

　　于是从骨头被雷电劈开的地方
　　从爱的深处携取火种
　　点燃蜡烛　开始奔走
　　雪又降临
　　　　　　——《外出谋生的人还没有回来》（1994 年 10 月长沙）

　　诗人感到，自己的头颅已经被雷电劈开，但他相信爱的存在，是爱支撑着他昼夜前行，因而他在头颅被劈开的地方，从爱的深处携取火种。

　　其实，朋友们都知道，从世俗的角度上说太阿在离开校园后获得了很大的成功。十余年的时间，他先后担任记者站站长、新闻主编、报社副总经理、IT 企业高管、香港和国内大型地产集团副总裁、董事长等职，如鱼得水地在众多令人羡慕的职场不停地转换。也就是说，太阿文本中所表现出来的忧伤、无奈、失望、甚至是绝望，并非来自世俗生活的失意，而纯粹是心灵的寓意，他的"城市里的斑马"这个意象所凸显的生命图景是一种纯粹的生命意识，更具一种形而上的生命意识的纯粹性和本真性，使得他的文本更接近诗学的意义而独具当下诗歌鲜有的品质和光泽。而诗人这种心灵和世俗身份的复杂性与反差，所折射出来的巨变时代的残酷与荒谬就显得异常的深刻而真切。

《回家》是诗人于 1997 年的深圳写下的诗句，共分四节，我们先来看看这首诗歌中的一些句子：

1
我是这座城市
唯一穿着西装步行回家的人
我走过的这条道路
是中国最优美最阔大的盲肠
2
行走在崭新的春天里
回家 我不想坐中巴
每逢春风沉醉的黄昏
我常搭错车次 下错站台
3
春天是另一类型的火盆 烤干
一个人一生的水分
然后凉在色彩缤纷的花布上
……
4
前面是美丽的立交桥
巨大的圆盘燃烧大片青春激情
鲜亮的男孩把吉他弹得忧伤无比

……

春天呵 该按下哪一个键符

才能回到拥有三朵康乃馨的家

回车？不

——《回家》（1997 年深圳）

在这首诗歌中，诗人反复写到"春天"这个意象，显然，在我看来，这个"春天"是一个总体的象征，也许它隐喻刚刚开放的时代所富有的青春般的活力。

我们知道，刚刚兴建的深圳，以其开放、鲜活的身姿和荷尔蒙般的青春气息激荡着所有激情天下，怀抱理想的心灵。一方面，商品经济日益繁荣，消费文化乘风破浪，诱惑着数百万的人南下寻梦、壮志，而另一方面，所有的心灵又被这座城市光怪陆离的暗影所漂浮和吞噬，备受折磨饱受伤害。成功与失落，狂欢与孤独，像瘟疫一样纠缠着所有的心灵。而在这样的现实氛围之下，"家园"就像永远的大山把诗人压得喘不过气来，我们不难理解诗人太阿为什么在午夜的键盘上反复敲出"我走过的这条道路 / 是中国最优美最阔大的盲肠"……这些令人失落、甚至是绝望的诗句。

既然中国最优美的城市的街道是中国最优美最宽大的盲肠，那诗人即使是在"春天里"，搭错车次，下错站台，就是一种必然；一生的水分被烤干，被晾在色彩缤纷的花布上；鲜亮的男孩把吉他弹得忧伤无比同样是一种必然。而当我们继续沿着诗人的这个思考和情绪，在《一窗灯火让我感动》一诗中读到"城市因森林般的高楼搂抱在一起 / 便深刻领会了孤独的含义 / 夜因无数欲望拥挤在一起 / 便把崇高镶上了黑边……"这些诗句时，我们就真切地领悟到诗人所独创的"城市里的斑马"这个意象深藏的全部意味了！

那么，诗人的"家"的具体指向又是什么呢？

我们知道，诗人始终把"还乡"看着是自己的天职，而太阿在一次访谈中也谈到"诗歌对我却意味着故乡"。如果我们把《回家》中的"家"理解为一般意义的"家乡"，那对太阿是一种误读，而下面的诗句为我们做了最有力的注解：

家园是一生的魂系

船是永远的生活

　　　　——《柴码头的船》（1997 年 12 月）

因为一把乡土抵得上万千个信仰

一粒微雨胜过黄金

　　　　——《一场微雨·蔷薇》（1994 年 8 月）

在诗人看来，家园是灵魂的归宿，是精神的故乡，是宗教和信仰，而人的一生仅仅是船上的旅行。我们再来看：

海在屋顶 海在身下

漂泊的斑马从南到北 一声长啸

抖落乡村的尘土城市的情欲

燃烧的我面朝大海 裸而起舞

肢体的僵硬恢复最初的柔软

假如有一枝梅在面前

不 没有假如

单这片海就足够啜饮一生

　　　　——《大连的话语里有灵魂的大海》（2007 年 2 月）

从时间上看，这些诗句写于 2007 年。尽管这是诗人在世俗上获得巨大成功后的作品，但这是诗人首次写下"斑马"这个意象，而我们似乎可以理解从 20 世纪 90 年代初到 2007 年十几年的时间里，诗人一方面穿梭于鲜亮的职场，完成了众多身份的优雅而华丽的转身，另一方面又一直隐忍地沉浸在"城市里的斑马"这个孤独的身份之中，而此刻鲜明地重申这个意象，是诗人对这个潜移默化身份的再次确认。而当诗人面对可以荡涤世界、清洗一生、无可不为的大海时，自持也许能够摆脱"城市里的斑马"这个笼罩自己十余年的阴影，所以他说：漂泊的斑马从南到北，一声长啸 / 抖落乡村的尘土和城市的情欲。因而，燃烧的我面朝大海，裸而起舞 / 肢体的僵硬回复最初的柔软……

　　显然，太阿一方面享受着大都市的活力与优越对自己的恩赐，而另一方面同样经受着这个城市对自己的折磨、伤害和吞噬。尽管世俗的生活上诗人似乎如鱼得水，但他依然感到自己就像一头被牵到城市里来的非洲的斑马，与这个城市格格不入。显然，斑马的命运就是诗人的命运，斑马的屈辱就是诗人的屈辱，斑马的疼就是诗人的疼……其实，太阿很清楚：对于"城市里的斑马"这个意象的背负，从历史境遇来说是时代的赐予，而对于诗人来说则是命定的。尽管如此，他没有听命于这个命运的背负，沉溺于这个意象浓重的阴影之中。从文本来看，我认为诗人一直致力于从多方面进行突围，力图摆脱这个历史的阴影。因而，我可以固执地说：诗人的这个"回家"其实就是对当下日渐异化的存在的一种蔑视和反叛，表达了诗人对以"唐诗宋词"为象征的传统文化的一种仰望与崇尚、作为一位苗族后裔对本民族的永远的遥望与追寻和对大自然的皈依与重返的天然情结……

尽管太阿独创了"城市里的斑马"这个意象，我们也已经能够从这个意象所蕴藏的人文精神和诗学意义这个层面来领悟其所承载的思想和力量，但是，如果说诗人太阿的情绪和思考仅仅是停留在对命运的喋喋不休的哀叹之上，那我们有理由说太阿的发现也许是偶然的，在一定的意义上说，仅仅是是一种纯外在的肢体的遭遇，而绝非是一种精神自觉的深入。很荣幸，诗人依然在奔突，他要从一种生存状态的揭示上，径直走进生存的心理，直捣一个民族赖以存在的心根——文化心理之上。因为他知道，文化心理就如同一个民族的染色体，只有这个层面的揭示才是一种最本质的揭示。因而，对古典文化的崇尚和怀念、对苗族文化的追寻与遥望、对大自然的皈依与重返，我们完全可以理解为就是太阿以期奔突文化心理的三条路径。下面的诗句为我们作了最好的诠释。

天气对思考 孤独来说很好
可以在唐诗宋词中回到故乡
爱的寂寞中 华灯初张
　　——《如果大雪来临 我可以告诉你》（2008 年于贵阳）

面对一场大雪，诗人企图在唐诗宋词中回到故乡，而到底哪里是诗人的故乡呢？其实唐诗宋词就是诗人的故乡，或者说以唐诗宋词为象征的传统文化就是诗人心灵的故乡……

一些在童稚口中疏远的风雅颂
到如今 一架复制的仿殷马车
能重现历史的一斑?
　　　………
瓦罐的光芒照亮暮色中的道路
在风雨过后的泥泞中
一个人还能跋涉多久
多远
　　　　　　——《安阳泪意》

生命 一只喑哑的瓦罐
在枯水的季节在平淡的静夜
丢失最后的一只鱼
　　　………
可生命中的瓦罐丧失最初的歌喉
　　　　　——《瓦罐和红牡马》(1994 年)

在陶片的光芒中怀想一生
而孤烟 落日以及民歌
都在夕阳的风中渐渐隐去
出于视野的只有胡杨
只有胡杨间超越物质的淡泊
　　　　——《马车穿越胡杨林》(1994 年 3 月)

　　透过上面的文字我们看到,作为中国传统文化沉淀和象征的陶片反复被诗人写到,诗人把生命看着是一直喑哑的陶罐,命定要在陶片的光芒中怀想一生……显然,如前所述,诗人是把对传统文化的崇尚和怀念作为"回家"的路径之一。那么,诗人又是以哪些文字来表达对本民族的追寻与遥望的呢?

　　舞水穿越乡愁的臂膀
　　落下万千红木 以及茶色的侗歌

漫漫八百里敞开桨声

于秦汉的风中沐浴一片霞晕

谁知道湘女的清唱

把一点点帆影拓片成魏碑

铭下五溪蛮地的风情

　　　　　——《舞水穿越乡愁的臂膀》（1994 年 10 月）

用阳光的丝绸和杨柳的新枝包扎伤口

故乡的风从去年吹到今日

河水浅露布满水草的卵石

船系于千年不变的码头

人却永在旅途

今夜怀乡 今夜望乡

双亲的鬓毛衰落盛世的繁华

光明陷落的时候

谁能抗拒一盏灯笼的温暖

谁能排斥朴素的棉袄 通红的灯火

围坐在散发乡土气息的腊肉下

陈年的酒是归家的路

现在 我把自己打扮成一个贵族

设计一种抵达的方式

可浪子的我千金散尽

在布满混沌的蓝山咖啡里

我终于大声哭泣

　　　　　——《望乡》（2001 年）

　　我们知道，诗人是苗族后裔，出生在湘西苗族聚居的五溪蛮地域，显然，诗人是把家乡和民族统一在一体的，诗人对家乡的一种神性般的遥望与崇尚，就是对本民族苦难命运的敬畏，一种神性意味的回首与追寻。

但是，在诗人看来：枯黄的草原失去最初的嫩绿／家园在草根遗落水分／爱情在叶尖褪去露珠／苦难的寻找已丧失原本的依据／你还真相信心境能澄明如苍穹（《牦牛走过草原》）。显然，诗人是绝望的，但是诗人又把这种绝望看成是另外一种"境界"。这不仅需要勇气，更需要澄明的心境和坚定的信念、需要对家乡和民族的永远的虔诚与敬畏。

> 荒芜是一种境界
> 繁华之后，戈壁之外的戈壁
> 沙漠之外的沙漠
> 没有气流 没有地热
> 没有飞鸟的弧线
> 没有锈箭般的芨芨草
> 一切皆被抽空
> 只有心跳
> 　　　　——《戈壁与沙漠》

如果说我们从上述的文字解读了太阿对以唐诗宋词为象征的传统文化的崇尚与怀想，解读了对故乡和本民族的遥望与追寻，那么，诗集中比比皆是的献给大自然的诗句同样完成了诗人对大自然的皈依和重返，我深信诸多诗句一定会令读者和评论家的眼睛骤然发亮，介于篇幅我就不在这里反复赘述。

其实，"回归"这一夙愿一直就作为主旨流淌在诗人的血液之中。早在1997年的《回家》一诗中，诗人就直接而充分地表达了这样的指向，只是当时诗人也许还没有完全清晰"回家"这个夙愿的多重意蕴，它只是诗人一直在追寻的一种精神的存在，一种高居于现实的精神的故乡。而当我们从诗人的文本中一路走来，我们不难发现诗人的"回家"具有三个方面的意义指向。也就是说，诗人正是就通过这三条路径，完成对"城市里的斑马"这个意象的深广打量，让我们获得了一种更为精细和宏观的视角，进而使"城市里的斑马"这个意象获得了更为深广的人文意蕴和更为辽阔的诗学意义。

2010 年 12 月 10 日于贵阳

飞行的势能，或无人企及的高度

——太阿《飞行记》读诗札记

赵　卡

> 但终要降落，穿过昏暗，抵达黑暗，
> 瘦小机场，一条长长跑道在等待，
> 仿佛一条长长伤疤，烙在梦想边缘，
> 比天空的弧线深刻、直接。
>
> ——《飞行，通往诗会的弧线》

主题是确定的，意义却不确定，有点唾沫横飞的假模假式，实则是一个诗人完成了自身的早有的传统。我敢说，在当代中国，迄今为止，我从未见过一个将"飞行"这种单一且奇特的题材逐渐发展成为一种故事并写到极致的诗人，惟太阿除外（他事先定义了的主体化的模式）。这种说法看起来很奇怪，几乎一瞬间就完成了。其实，我这么说很可能有极端化的嫌疑，往严重了说，这在很大程度上关乎一个诗人的声誉问题——与其说诗人的声誉问题本身就很复杂，毋宁说诗人的声誉问题大多数情形下是一个很神秘的故事。一般情况下，诗人的故事区别于普通大众主要在文本与虚构之间，（或寓言式的神话方式与管制之间），但若以太阿为例，似乎又是一个悖论，他应该没有多少神秘性可言：他的浮夸而充裕的"飞行"谱系庞大而简单，密集的行程，结构主义式的丰富，极具表现力的距离，点与点之间的不断偏离，不能抗拒的身体反应，疲惫不堪的思索，"飞行"于他而言是一个巨大的隐喻——大地重新发明了一种人的形式，人对大地的短暂缺席，但这只是一种表象，企图满足与读者对严肃（和轻浮）的嗜好同谋；在这里，我不会把太阿简单定义为一个隐喻型诗人，就像我不会把《飞行记》视为一种以记录作者的存在的激情的片段式札记。

继续说"飞行"这个主题。若从可感知的空间上讨论"飞行"的话，太阿的诗等于来自另外一个世界，"飞行"这个词在他的词库里是一种抒情性的唤醒，如同对身体的唤醒；从空气动力学的角度分析，它有神秘的一面，或者说完全从私人性的角度考虑这种诗有它不可传达的一面，但是可以被表现出来——不在场的东西是如何被表现出存在的，这又是一个问题。当然这个问题很好解决，毕竟我们可以从太阿的诗中读出一截时间（距离），也可以感知一个空间（建筑），往深了说，就是考验读者有没有一种再现不在场事物的想象力。我认为太阿的不在场不属于我们常识意义上的那种学术范畴内，由他本人制造的方法论缺乏可以折中的东西，在他的美学内部，事物的边界是独特的，诚如他的一句诗所表述的那样，"取消的航班隔日一再延误，抵达的时光不是白夜就是黑日。"（《听风》2011.7.20生日，深圳 – 贵阳）

继续接着说"飞行"这个主题。"飞行"从另外一种意义上（历史学与政治学）说，有点惊险，也就是从美学 – 政治机制上界定的那种，"飞行"寓居于"流亡"区间，或者干脆说"飞行"即"流亡"的共同体。"流亡"在本质上是一个充满敌意的需重新检视的词，但其特殊的未知性却是二手的，陷入了麻痹的困境，或许不需要争论。以我对太阿的"流亡"的认知，他应该属于一种强烈的自传性意识——对表现"流亡"的沉思而不是对"流亡"本身的沉思。这是一种复杂的已经形成习惯的内在感，在这一方面，我确信太阿与我建立了令人不可思议的共通感，我们都在反思同一个对象，如他所说，"比试一下正反，检测一下谎言"。（《北漂》2012.1.2，深圳家中）

"飞行"这一行为事实上是对时间的缩减，"但愿很多经历将记忆幸存下来。"（《一路奔波过的江南》2012.3.12 深圳 – 南京 – 扬州 – 镇江 – 苏州 – 上海 – 北京）缩减了的东西被抛弃到哪里了，从根本上说，这无法用言词能寻找回来，只能用言词表达，言词表达的地方就是被抛弃的时间的位置。"命运早被注定，要不死在天上，要不葬在洞中。"（《再见高原》2011.11.26，贵阳喜来登酒店）相对于他人对"飞行"的口不择言的忌讳，太阿没有从总体上拒斥"飞行"的（政治）哲学，叽叽歪歪的愉悦或不快的感觉不符合他的习惯，他令人惊奇地给了我们一个明确的信号，预设了一种具体化的主体。

这么说吧，太阿的"流亡"是在一种特殊的管制秩序中实现的——一个人被形式所拘禁。形式描述形式主义的主要增补部分，民众是政治形式主义的主体，太阿的"流亡"说明了那些无名的民众在政治形式主义的美学坐标上的准确位置，这是被所有隐藏的政治权力容易识别的事物。犹如福柯在1971年和乔姆斯基论辩时谈到一个非常紧迫的任务，就是"将所有隐藏的政治权力的关系指出来，"他认为这种政治权力隐藏得比人们所想的要深得多，"如果说在政府背后，在国家机器背后存在着统治阶级，那很可能是不够的。"福柯揭露了权力运作的地方和形式，不仅仅通过经济剥削这样的政治话语工具表现出来，更准确的说是"一个对另一个的压迫是通过详尽的识别来实现的。"

"飞行"使时间的缩减充分阐释了什么是"一个对另一个的压迫是通过详尽的识别来实现的。"如果我们把这个识别看作是一种惩罚的话也不是不可以的——管制是正确和正义的产物，修辞贫乏，但阐释它的意义又极其丰富。"未经许可的自由从半夜开始，公开或秘密的检查，对经历冬天的种子而言，不再是沉默、禁止、漂泊。"（《零下三度的阳光》2012.3.8 北京）所以他的诗有点碎片的感觉，语气也是压低了的，如果"飞行"是一种哲学的话，太阿必然警觉这种生活的剩余，他的体系化恰恰是反体系化的——将生活的组成部分一一拆散，着意制造两者之间的严重对立，重新变成一个生活中的剩余者。

"飞行"也是阐释（观察）世界的一种方法。博尔赫斯曾经写道，"知道一个人如何说话，就是知道他是谁"。由此观察太阿的"飞行"阐释学便可得知，他这种诗的阐释不是说教更像是从无数细节中描出来的脚本，一首诗便可以看作是一个独立事件的段落，诗和诗的流畅而互不关联的连接，被排演似的缓慢而谨慎地勾勒出来。他是谁，他的身体性在哪里显现的？"一个世界主义者"，太阿在一首题为《蓝色大风》的诗中如是说。

一种真实的可能是，这种阐释首先是图像化了的，连续的，反讽的，像一根针在不断刺痛作者，如"残雪下的祭坛，飞鸟歇脚的客栈被晶莹剔透的树装饰成空心玻璃盒子"（《北京，残雪》2011.3.1 北京 REGENT 酒店）；"像一辆奔驰笨重地在炎热的街巷摇摆，貌似豪华冷酷的外表包裹虚肿的胃。"（2011.8.15 贵阳喜来登酒店）太阿处理事物的方法不是语气高亢的滔滔不绝，而是强加给了他目击事物的修辞性，换句话说，就是他的这种阐释方法有一些做作的人为性，我们不妨将之视为一种必要的诗写策略，阐释即描述。

世界有时候在太阿的思索中呈现了哲学意味，但他已经警惕到了和庞大的哲学体系相比，他这是诗的，诗性的，片段式的写作，或许不厚重，但有丰富的一面，如"伟大如漕运、渺小如飘零的终点从斜街开始。"（《北京后海，胡同的下午》2011.10.20 北京世纪金源大饭店）"一个毫无诗意的时代，一个相识的诗人死了，消息在黎明播送，轻歌剧落幕，红色飘散。"（《小长假》2012.5.1 深圳）类似的句子在太阿的诗中有点像一个个旁注，一个旁注就是一个巨大的暗示，可以含糊不清，但作用于文本本身却行之有效。

更多的情形是，太阿在下榻的酒店里以各种各样的措辞阐释世界的基本原理。不要忘了，太阿的每一首诗都有详细的时间和地点，这是他故意为之的绝不排斥精确性——他制造了"飞行记"的特有的落款方式，落款和诗歌本身分享了美学成分的比例。他携带着书籍，适合及时的引证，就像博尔赫斯那样可以将思索变成奇闻轶事，"我独自默诵《荷马史诗》，研究境外苗的分布与变迁，一个个陌生地名彰显风和时代的力量，颠簸的命运永远悬在空中。"（《听风》2011.7.20 生日，深圳－贵阳）"那就以雨点的速度读《梅利尔诗选》"（《风景，或南城记》2013.4.4 清明 夜宿江西南城县法莱德国际大酒店），"暴力秋天，我的黑色季节，保持与病床一尺的距离，把《长寿碑》默诵，成为另外一块碑。"（《从水墨丹青到时间仓》2013.8.25 长沙）

由此让我联想到了每一个深夜的幕帘下，太阿与键盘保持了新鲜的"敌意"，随手在各种质地的便笺上写下了有点阴郁的诗篇，但他不是一个阴郁的诗人，相反却有着令人惊奇的热情；我想他肯定极为珍视他的这种不断推敲的状态，所以他的任一首诗都与极端的语气无关，他可能鄙夷那些不洁的词句，他不允许自己劳役的痕迹被疏忽之手轻易抹除。

令人难以捉摸的是，置于摇摇欲坠的"飞行"中的人会顿时变得孤僻起来，他的恐慌被即时的飞行语义学的诡辩给压倒了；当然所有人在其间，所有的人都缺乏哪怕是暂时的同情，他们寻求神的庇护而不得（这是他们的天性的一面），必须把自己从他们中间剥离出来，"我想，我对这个世界唯一的贡献，就是少放一个屁，少说一句话。"（《雾霾》2013.1.14 深圳）

人只有在孤独的时候会承接瞬间飞来的奇思妙想，这有点像哲学家克尔凯郭尔、尼采、维特根斯坦他们一众巨擘，格言警句式的观点，甚或干脆化为诗句。从太阿的充盈的"飞行"旅程看，他的孤独又像是（生产意义）现象学的，他的每一次灵敏的描述力都可视作一种新的可能性，"单腿性交的狗已被抛弃。"（《北京，残雪》2011.3.1 北京 REGENT 酒店）航程越长，续航能力越强，辗转的地点越多，他踩踏的时间瓦砾越能刺痛他，"就会像僵硬的行李一样，被扔进机舱暗角，""线路复杂，前程险恶，""有个情人该多好！""一个符号化的城市不可能给遥远旅人带来初夜的高潮，""失眠的夜被阳光惊醒，没有什么噩梦，只有遗精。"(《奔跑》2012.3.18 北京－重庆－大连－鞍山－沈阳－济南－泰安－深圳－香港－上海－北京－南京－滁州－深圳－东莞－广州。清明草于广州花都香草世界）这不是秘密的虚构，而是举一反三的事实，是一份列举地方性知识的清单，是博尔赫斯曾谈及的作者，"发现一种语调，一种声音，一种特别的句法，就是已经揭示了一种命运"。

但这些处于孤独境地中的诗句给太阿带来的是自豪感。太阿在诗写的结构上确保了他的叙事性独白，一方面这是他的中正的态度，另一方面也可看作是他的经验使然——诗歌的质量由主题确定，在"飞行"这个主题下，他擅于精心调配词语的位置和速度，借此，他的诗更多是指明而非暗示。

"飞行记"这种独特的文本归于太阿在写作中形成的强大的非常引人注目的势能，他践行了一种极端个人化的形式，从他生成的第一个诗句显现出来的存在，我们便感受到了他对世界的视觉、听觉和触觉的直接的三种感受力，他有客观的一面，精确的陈述事实，也有迷惑人的一面，言此意彼，间或显得非常隐晦。

略举一例。"这一回跃起阳光灿烂。阔大京城不再寄留，一场酒腾空金黄的树林，阳光挤在风雪中间，把临时的秋天搁在深邃的冬季。"(《飞越变色之山》2012.11.8 北京－重庆 CA4138 航班上）这首诗仿佛擦着高空上汹涌的气流，一开始就句子追赶着句子，气势、体积、重量、界线、颜色、温度、节气、地理、情绪一应俱全，甚至都有一种精巧的乐感；"无语之人唯有瞪大眼睛注视苍生，或瞑目想象山的方向，河流的方向。所有的方向都是正确的，"（同《飞越变色之山》)诗句呈流体的状态，无所顾忌又有所顾忌，结构均匀，词汇饱满，诗人犹如书写心灵，又择要概述其目的，"在巨大的宇宙面前，群山皆渺小。"

毫无疑问，势能是一种如大河之涌流的强力，形式感比较容易识别出来，太阿在形式上的有效的强力依靠句式的快速旋转如圣－琼·佩斯那样一点也不加掩饰；换言之，读者在阅读太阿的某一首诗时仿佛漂流或搭乘状态，这就是"飞行记"一种写作美学现象，它的具有非凡魔力的启示意义在于诗平行于历史的某一时刻。

对诗人太阿而言，"飞行"足具自传的意义，他的自传在掐头去尾之后即时敞现，忠诚于他的严谨的出入模式，他像一个词，在气流和轰鸣中颠簸出诗的节奏，合乎文本的句法要求，到达预定的场景，这就是太阿的叙事性自传的基本出发点。

单从"飞行记"这个诗集的命名即可看出太阿的自传性工具，他的表现具有戏剧性的一般特征，他只是实施而非声明，如同某一句话说的那样，"对神秘的解释总是无法与神秘本身相比"。这么说吧，太阿的"飞行记"其实是僭越了诗意的，他更像一个忠实于自身经验的小说家，他一是记录下了他的行程和事件，二是具体阐释了他的感同身受，他不是一个合格的旁观者，他是"飞行"的亲历者，"琐碎情节从早持续到黑。毫无新意。""烟雾窒息，呛坏喉结，干咳，发不出声音，茶已凉，眼发热，腰开始变硬。""早不知稼穑的人只好继续拖地，发短信，叫外卖——回锅肉，拒绝参加一场隆重的婚礼。"（《春雪：大事件后的小事件》2012.3.18 北京，大雪）在岁月的长河里，隔靴搔痒式的琐屑的生活恰是一个人的自传的必须要素，这里有个前提，诗人在他的诗中冷不丁地像另外一个人而不是他自己，所以这首诗在整个"飞行记"里是天真的，具有不能自制的滑稽而粗鲁的吸引力。

自传也是回忆的文本方式之一，太阿已经意识到了这点，他的故事（事件）缺乏要点，这也是马克斯·乌诺尔德对普鲁斯特的一块小点心的"无聊感"的深刻洞察，他说这是"没有要点的故事"。关键是他还说了，"普鲁斯特能使没有要点的故事变得兴味盎然。"太阿是如何让他的"飞行记"做到兴味盎然的，让读者变成一个个听故事的人，这毋庸置疑显示出了他的诗写的观念——少数——一个遁世主义者的好奇心。

作为"旅行"的"飞行"，这个定论（之一）应该是太阿不愿看到的，或者说他原本并无旅行之意，只是"飞行"和"旅行"有一种太难以割裂的相似性了。换一个角度看，应该说太阿另辟蹊径重新定义了一种诗歌，一种尚未成形的但已经发生了冲动的诗歌，在后来他对这种文体更加熟稔，也就是臧棣曾经探讨过的，"一个看上去毫无新意的但却耐人寻味的关于诗的定义就是，诗是一种语言的旅行。这又引申出了另一个定义：诗的旅行意味着诗的写作在本质上必然是快乐的。正如，旅行在本质上是快乐的。"

这两个"旅行"并列在一起当然是牵强的，但其中必有文学口味上的联系，前面说过太阿的"飞行"有点像"流亡"，其实他并不是一个被理解为受迫害的流亡者，当然由此推导出他也不是一个反抗者，他只是一个就地写作的折中的人。《过五龙口帖》借猕猴讽现实等级秩序，《出少林记》的谐趣，他的具有历史感的《洛阳残篇》有着讽喻的味道，"寿衣般的老街等待死亡。"更何况他的密密麻麻的日期、航线、下榻之地甚或气候的脚注，仿佛"旅行"的象征物：礼物、纪念、警示、包袱、世界的结构，或者干脆就是一管牙膏的代号，一只扔掉的脏袜子。

"旅行"表面上看是一次次的出发，实质上又是怀乡病的一次次复发，"大雾散去，我要回到母亲身边。"（《雾后》2013.10.25 重庆机场，飞长沙探母亲）"揽尽繁华，却找不到一个酒杯。""我七十，父一百，围炉煮酒，"（《走向高山流水，或献诗》2013.11.6 上海银河宾馆，父亲七十大寿）太阿在辞藻上小心翼翼地浮现往事，往事被织入了混沌的结构，结构上吸纳了仪式般的意象，他突然像一个承受痛苦心灵的兀自孤立的人，"旅行"成了不折不扣的囤积——如同本雅明说过的普鲁斯特，"躺在他那张床上被这种怀旧病折磨着，那是对一个在类似性的国度里被扭曲了的世界的乡愁，也就在这个世界里，存在的超现实主义面目凸显出来。"

"飞行"重新审查了身体的意义，这也说明了为什么太阿将自己充塞进了文本中去的原因——他发明的形式恰是他自身灵魂的产物，也是诗歌具有永恒性的秘密，更是艺术的来源——能够用言辞表达和讨论的作品产生了。

从太阿的"飞行记"里不难看出一种被限制的身体，这个身体既是具体的又是隐晦的，具体在于他被各种管制形式编成了符码，隐晦则是他被各种仪式的措辞扰乱了面目。也就是说，至少有一具陌异的身体不间断从他的诗中脱颖而出，重复成了他的主要特征——被确定的高度、航线、地点，纯粹理念的身体，普通百科全书式的身体，被出写的身体，投影法的身体，悬荡的身体，几何图案的身体，让-吕克·南希意义上的身体。

我们不妨说太阿意识到了身体深处的惶恐的焦虑，他经常处于不确定的位置，他也无法确证自己的会在哪里停留或停留的时间。就像让-吕克·南希说的那样，"这里，我们所在之处，或许，仅仅等于一道反光，或飘浮的阴影。"但是，身体还是激起了我们的猜测，它到底怎么了，肥硕还是淫荡，劳损抑或嫌恶，我们不得不直视它的事实是，"已经虚脱，屁股上冷汗不止，绽放不出一朵花蕾。"（《回南天》2012.3.11 深圳）这种时候的身体有一种无边的疲惫感，仿佛是一个陌生的他者的符号，发生的"人体的潮汐"那么令人憎恶。

由此我们可以得出这样的结论，"飞行"的身体是意义出现了裂痕的身体——"能指"和"所指"发生了悬浮、漂移、隔断；从这个意义（"意义的身体"）上讲，"飞行"是身体的建筑学，从另一个意义（"身体的意义"）上讲，身体是支撑了"飞行"界限的主体。

　　"飞行"是一种寓言，其构成的元素从某种意义上说脱胎于观念的符号；寓言又是一种奇怪的运气，关系到呈现给我们的写作上，就像臧棣说得那样，"其实，写得少，不过是诗歌的一种运气而已，就像写得多，是诗歌的另一种运气而已。"用这话反观太阿的"飞行记"，一半是讽刺，另一半则是对自我主义的正名。这就是话里有话，我的疑问是，难道运气是诗歌的附加品？

　　的确，在"飞行"这个单一而固执的主题下，太阿写得多了，这种相对来说（比如于坚的《飞行》）数量上的多像一种对存在的宣告，是对符号意志和心灵图像的延展，对能指与所指的两个世界的补充，你必须去理解而不是判断，像他描述的那样，"渐窄的瞳仁猛然有神，那就从云端的自我批判开始"。（《圣诞记》2013.12.24 深圳）那个忙忙碌碌游荡在空中的人到底是一个寓言形象还是社会形象，是个自由形象还是孤独形象，是游手好闲者还是职业机票收藏家，恐怕本雅明都说不清。这说明，太阿属于这样一类人，他总是被分类到了另外一种边缘的秩序中，他也写作，但不是文人，因为他不以卖文为生，他的物质生活不允许他这么做。

　　"该散步的散步，该跳楼的跳楼。"（《五四，登高记》2013.5.4 深圳京基100）有时太阿表现的像个坚定的波希米亚式漫步者，触目的世界如此拥挤不堪，写下来则成为他的习惯性思维方式，我甚至觉得，从寓言的角度观察，太阿是另外一种意义上的狄更斯，被切斯特顿描述过的样式，"当他做完苦工，他没有地方可去，只有流浪，他走过了大半个伦敦。他是个沉湎于幻想的孩子，总想着自己那沉闷的前程……他在黑夜里从霍登的街灯下走过，在交叉路口被钉上了十字架……他来此并不是要观察什么——一种自命不凡的习惯——他并没有注视十字路口以完善自己的心灵或数霍登的街灯来练习算术……狄更斯没有把这些地方印在他的心上，但他的心却印在了这些地方。"

　　"飞行记"诞生了一种奇怪的写作伦理，它为自己设置了规矩，一般而言，这是写作者的禁忌。比如，太阿在《飞行记》的后记里表示了他不写什么和不屑于写什么。"不写"这种写作伦理为他的写作增添了又一层含义——犹疑但却坚决，心不在焉的同时存在着痉挛的意识和对自身的鞭笞。这倒不是说太阿在写作上有着某种令人惊讶的洁癖，在他的诗篇里他被揭示出来的是类似一种执拗地囚囚心态，他愿意为此如耶稣那般"在枯索中承受人类的所有罪尤"。

太阿的《飞行记》在词与物的修辞上扩展了我们的阅读常识，这些独立而又联结的诗篇蕴含着这样一种诗歌观点，诗是对他者的敞现也是对自我的解释。从这本集子的第一首诗《北京，残雪》开始到最末一首诗《圣诞记》结束，读者仿佛跟随作者做了一次轰响的"飞行"，这种体验有如占卜般惊心动魄，又似挖掘者行囊满满；我认为太阿准确地找到了一种属于自己的腔调（音调），这种腔调（音调）毫无疑问刻上了他的鲜明的印记，如同一个独一无二的指纹，机舱安检口的记录和加以鉴定个人身份的精密仪器。

如果我把太阿的《飞行记》视为罕见的划时代的产物，显然这个断语有失公允，尽管这部诗集制作精良，诗句流畅，形成的势能汹涌流淌，有着满足他人感官的震慑力。我是没有办法拦截其他读者对这部诗集的诟病，诸如陈旧、端正、自我、华丽和执迷于炫耀，他有一种旁若无人的局限性，建构了如让－吕克·南希说过的那种"自我的绝对论题（此时此地，这是……）"。

再伟大的远征，最终都将回到故乡（访谈）

——从《证词与眷恋》谈起

阿 翔 太 阿

阿 翔：首先祝贺《证词与眷恋——一个苗的远征Ⅰ》出版；作为一名诗人，在诗歌之外，你漫游世界各地，在诗歌之内，你抒写巴黎、纽约、圣彼得堡等城市，多瑙河、塞纳河、波罗的海、大峡谷等风景，请问，你为什么选择"漫游"，神话、历史、风情以及其他艺术形式以怎样的方式进入你的生活与写作？

太 阿：人的性格与命运很大程度上是由他的出生地决定的。我出生在湘西麻阳步云坪，那里是苗疆前哨，也是沅水的上游，加之至少具有八分之一的苗族血统，因此从小就生活在巫风盛行的环境中，精神的源头可以上溯至苗族的祖先蚩尤、苗族伟大的诗人屈原，要知道我的故乡可是屈原写下《橘颂》的地方。苗族是"一个失败的民族"，加之湘西山高地苦，生活在这片土地上的人基本上都有一种"游侠"精神——"麻阳船"远行千里，水手们在沅水和长江流域赤手空拳打下许多个"麻阳街"，我的太公就是其中颇具威名的一员，活到99岁还能"飞檐走壁"。特别值得一提的是现代伟大作家沈从文，从麻阳高村下水上船走向世界（其名著《长河》就是以麻阳的吕家坪为背景的），影响了许多湘西人，包括我在内，自少年开始就奉行沈从文"尽管向更远处走去"的生命哲学，义无反顾地走向远方。

这么多年来，我基本上走遍了全国，李白杜甫的大好河山了然于胸；但作为一个当代诗人，除了唐诗宋词之外，我们的精神源头很重要的一部分来自西方，从荷马开始，一大串闪光的名字影响了我们的思维和写作，可以说，西方是我们文学母亲的另一只乳房。我觉得有必要按照大师们的指引，去到他们曾经生活、游历或者闪耀于他们诗篇中的地方，尤其涉及历史、城市、宗教、人物、风俗之处。这显然是一次次精神的漫游和对话。个人认为，只有漫游才能真切地了解并爱上这一切，只有漫游才能找到对话、争论、交锋的时间与地点；但无论漫游如何开始，它们的结局总是相同：不同于约瑟夫．布罗茨基，我总会在酒店或汽车旅馆激动地记下一些词、句子，甚至完整地写成一首诗，然后继续往前走，直到回到家、故乡、祖国；然后完整地把诗写出来，然后搁在一边，等上几个月或几年再翻动它，略做修改润色。这个时候的我十分愉悦，好像又重新踏上路途。

这么多年来，我已漫游过世界上 60 多个国家，《证词与眷恋——一个苗的远征 I 》主要集纳在欧美十六国写下的诗篇；我还将继续漫游，"一个苗的远征系列"也将继续。

阿　翔：我注意到诗集《证词与眷恋》的一个关键词："远征"，它即是一个诗人内心向往的"远方"，也是个人现实中的"心灵史"。那么我想问的是，在这部诗集中你想向读者展现什么？为此你的诗学能力体现在哪些方面的建构上？

太　阿：人的一生其实就是一次旅行，而旅行的意义在于"向死而生"；所谓"远征"实则精神"逃亡"，只不过更加强调向死而生的勇气，或许也多了几分悲壮；《证词与眷恋》这本诗集展现了当代历史生活和我的个人生活，大多数诗篇都是面对一座城市、一道风景、一个因历史而发的一个问题、一段沉思或一个人，甚至"一首诗就是一个国家"。当我面对历史的废墟、过去和现在，或一个意识的废墟，颂歌或哀歌在瞬间产生。因此，此书是时间之旅、空间之旅，也是个人意义重大的爱的瞬间之间。我希望这些"更新自我"的诗能够体现我的"对世界文化的乡愁"，为文明的存在留下我的证词，也留下我的眷恋，如同故乡。事实上，当我在世界各地漫游时，总是一次次想到故乡，并以故乡为观照。

至于说诗学能力，我写作已经近 30 年，慢慢地形成了自己的诗观，它与我的世界观一致。我渐渐认识到，诗歌必须从自己的内心出发，冷静地观察事物，真实才能真诚；要知道真诚多么重要，尤其在虚假的写作盛行的当下。世界是虚无的，纷乱的，我坚持把历史与现实问题溶解于诗中，同时又能抒写个人的心绪波澜；每一天都是历史，每个人都是人类，而诗是生活经验的"等价物"。我追求知性与感性的熔合，让"思想知觉化"，在平淡中力求新奇，在自我搏斗的同时不丧失幽默，间或戏剧化。《证词与眷恋》中的诗篇，大多采取俯瞰的角度、聚光照射，使某些事物在突然扩大或缩小中清晰呈现。我也希望我的诗歌具有画面感、音乐性，并力求做到"无一字无来处"。总之，完美的意象（形象）、智慧是我所追求的。

阿　翔：著名诗人臧棣最初还担心你会不会陷入"诗的见证的俗套"，结果担心是多余的；他说"太阿的诗确实重构了一种诗的见证"，显然我赞同他的话。在《证词与眷恋》中，一个历史见证了一个历史，一个神话见证了另一个神话，一个传奇见证了另一个传奇，一首诗见证了另一首诗，我的理解对吗？

太　阿：是的。我毕竟致力于做一个诗人，而非政治家、哲学家等，那么首先必须确认在诗歌的坐标系中，我在哪里？这是一个值得一生去探索实践的问题。一个苗独自远征，穿越时间和空间的漫游，也是我进入自己的内心王国的探险，这内心王国也即我作为一个少数的历史与背影。米沃什说："使过去的事物显现于眼前，我们甚至倾向于相信一个诗人仅仅因为他可以在一座存在于两年前的城市的街道上漫步而获得不止一个生命"；"一个单向度的人，希望通过穿戴其他时代的面具和衣服，体验其他时代的情感方式和思想方式，来获得其他新向度"，我深以为然。在这个世界上，只有时间和美才能救赎自己；而距离是美的灵魂，过去是用时间编织的"永恒的颜色"。世界将被美拯救，即使我对文明的命运仍然疑虑重重。

一个诗人一生不可能只写一首诗，每一首诗都是对另一首诗的见证，当读者看完这部诗集或我所有的诗篇，就能看见历史、神话、传奇。我希望成就我自己。

阿　翔：诗是虚构的、语言上有创造性的、道德的陈述，具有其内在规律性；"现实"构成诗的关键要素，"认知"往往靠"阅读"的引见。我想问的是，在你看来，诗是什么？哪些作家诗人是你喜欢的，你在阅读他们时感觉是什么地方打动了你？

太　阿：对于诗歌，我相信约瑟夫·布罗茨基的说法："诗歌首先是一门关于指涉、暗示、语言相似性与形象相似性的艺术"。我相信，赋予某个地方一种抒情的现实，乃是比发现或开发某个已被创造的地方更富想象力也更慷慨的行为。而诗人唯一拥有的武器就是语言。我的语言来自哪里？"在"语言的信仰危机"极其严重的今天，我相信"伟大艺术品的阴魂在诗歌中尤为明显，因为诗歌的词语远不如它们代表的观念那样易变"，因此漫游世界也是我向大师们学习的重要契机，尽可能通读他们的诗篇、著作，从而产生对话的欲望和可能。如果说约瑟夫·布罗茨基某一阶段写诗是为了取悦威斯坦·休·奥登的影子，那么我写诗则是为了获得进一步倾听那些伟大灵魂的机会，同时向他们致敬。当然，在这里我不必强调我读过诗经、屈原、李白、杜甫，听过古苗歌等，这些是我们共同的分母，差不多相同的出发点。至于说哪些作家诗人，名单可能很长，诗人如波特莱尔、庞德、艾略特、里尔克、奥登、沃尔科特、米沃什、阿米亥、毕肖普、曼德尔斯塔姆、帕斯，小说家如马尔克斯、卡夫卡、博尔赫斯、普鲁斯特、库切，以及《证词与眷恋》中致敬的伟大经典作家诗人等等，尤其是那些具有漫游经历的作家诗人。他们打动我的原因就五个字："激情、智慧、爱"。

阿　翔：关于"传统"与汉诗写作的关系，仍然是一个能够引发争论、提供反思空间的问题。请谈一下"传统"在写作中处于一个怎样的位置？"传统"与"当代性"之间存在着怎样的微妙难言抑或具体可辨的关联？在我们这个时代，诗人该如何努力？

太　阿：新诗的发轫是从学习西方自由诗开始的，我很赞同诗人黄灿然《在两大传统阴影下》一文中的观点。我想说的是，我们生下来就是中国人，就活在传统中，我们所用的语言就决定了我们的写作是从传统出发的，因此没必要强调"传统"。"当代性"也不是"反传统"，主要体现在意义、语言和形式上。革新我们的语言意味着革新我们的体验，而革新我们的体验，大体上讲一个道德的过程，但事实上，诗的这两个维度，有时候根本不需要内在的联系在一起。形式是内容的构成，它不只是对内容的反应。语调、节奏、押韵、句法、谐音、语法、标点等，事实上都是意义的产生者，而不只是意义的容器。改变其中任何一个，就是改变意义本身。

当下的中国诗人仍然需要向西方尤其是美国诗人学习，美国有"垮掉的一代""纽约诗派"等。也许有人会反对说：庞德、施奈德等不是向中国的老子、庄子、王维学习吗？我们必须明白一个前提，他们都是在经历了工业化、城市化之后偶然发现东方的存在，一种尝试而已，并不一定是历史的方向。也许有人还会说：现在是信息时代、全球化了，应该追求一种终极的思想，我的回答是：没有人能超越时代。在我们这个急剧变革的时代，回到庄子、王维、陶渊明，或寄望于宗教的壳，已不可能，也无法超越他们。当下中国涌现出了很多小人性、不痛不痒的诗歌，那样的写作在我看来就是虚假的写作。每一代人都应直面现实的疼痛，找到爱的温暖。马上就要进入智能时代了，机器人都能写诗，但我们与机器的最大区别就是爱，唯爱永恒。

一个诗人应该立足现实，面向世界，向所有的文明学习，只有这样才能形成新的"传统"。我在《证词与眷恋》的后记中曾写道："在全球化的今天，许多民族的语言、文化、传统消失殆尽（苗族就丧失了文字），文明正面临着前所未有的巨大危机，这也就是为什么近年来反全球化浪潮越来越声势浩大的原因。献给蚩尤，就是向世界上所有的民族、传统和文明致敬。如果非要问我生存在哪种阴影下，那就是蚩尤。"

阿　翔：诗歌评论家赵卡在给《证词与眷恋》写的评论中称赞你是"当下中国杰出的抒情诗人"，你如何看待抒情？有人认为诗歌已不需要抒情。

太　阿：那是朋友的谬赞。诗歌是神秘的友谊。我依然认为诗歌的最终仍将回到最初："抒情"，再理性再智慧的诗歌没有隐藏的抒情就无法与心灵沟通。"诗者，感其况而述其心，发乎情而施乎艺也"，"兴、观、群、怨"；诗是一种保证，一种许诺，使人在现实的一切无秩序之中，在生存世界的所有不完满、厄运、偏激、片面和灾难性的迷误中，与遥远得不可企及的真实意义相遇。否则，人们为什么还要读诗呢？启迪智慧不如去读哲学，培养美感不如去学数学。

阿　翔：在写作中有焦虑感吗？一个诗人在写作中要承受一些沉重的东西，有时会变得非常艰难，焦虑和压力就出现了。这大概是写作中常有的现象，我也常常体会到这一点。

太　阿：现在有焦虑感的大多是 60 年代出生的诗人（50 年代及以前出生的诗人大多都已沉寂），他们急切地想在诗歌史中找到位置。有人说我们 70 年代的人是"尴尬的一代"，但我个人并不觉得尴尬，大野茫茫，只要按照自己的世界观、沿着自己设定的方向写作就行了。我常说，写到 75 岁或者死，一个诗人才真正成立。至于"影响的焦虑"，在每一首诗的写作过程中，我也不会感到多少压力。如果你写诗的过程中想到这一首诗要和莎士比亚、但丁、歌德、普希金、惠特曼、杜甫比，想到传统，想到历史，那么这首诗就没必要写了。要知道，诗人大多数时候写的诗都是次品，杰作完全靠运气，我们要做的就是持续写作，直到生命终止的那一天，希望能形成自己的声音和气象。我常常告诫自己："远离主流，更加诚实，找到并创造自己的传统，以自己的声音说话"。

阿　翔：现在总有人抱怨诗歌读不懂，一方面因知识上的欠缺，另一方面大概也缺乏阅读的动力。那么问题来了，表面上微信公众平台诗歌方兴未艾，但实际诗歌的读者群似乎越来越小，你是如何看待当下的处境？

太　阿：你说得很对。但说诗歌读不懂的人大多是不用心读的人，我的朋友圈很多非诗人，不少人常常与我互动谈某一首诗。诗歌本来就是"少数"的事业，不可能有太多的读者，除非大众媒体互联网某一天让你变成"网红"。微信公众号看似方兴未艾，其实江河日下，快偃旗息鼓了，就像当年的论坛、博客一样，一切都将回到常态。常态就是孤寂。写诗这么多年，我已经习惯了边缘状态，从不加入某个诗群，参与某个论坛，折腾某个民刊，捣弄什么选本，就一个人安静地写，每隔几年出版或自印一部诗集，权当对过往的梳理、总结、检视；当然能如遇到知音，那是一次次幸福、愉悦的邂逅。

我想只有认识到世界和写作的残酷性才能继续写诗。河流之所以成为河流，不仅仅在于水，更于两岸高山和水中礁石等形成的磁场和气象。写作的过程就像独自漫游，通常需要承担语言不通、知识欠缺、交通中断、天气恶劣等等压力，尤其是孤独，但正因为有孤独、理智、悲伤、欢欣、虚无，写作才成为一项有意义的事情。

阿　翔：最后一个问题，对你而言，诗歌是什么？写作意味着什么？有什么写作计划？

太　阿：诗对我而言，除了抵抗无趣与死亡之外，也抵抗着遗忘。对于个人而言，写作能恰如其分地实现历史、现实和个体的平衡，并画下时间的"自画像"。

至于写作计划，除了继续"一个苗的远征"世界系列外，还将继续"城市与日常生活"系列（已出版《城市里的斑马》《飞行记》)、"湘西系列"（估计要等我五十岁以后回到湘西再写），还有几部未完成的长篇小说，其他的暂不去设想。

谢谢阿翔，在这个暴雨的季节，我们进行了一次愉快的谈话。人的一生漫长又短暂，再伟大的远征，最终都将回到故乡。我们留下了证词，但更多的是眷恋。

2017 年 7 月 3 日于深圳暴雨中

谢湘南 卷

谢湘南，诗人、媒体人、艺术评论人。中国作家协会会员。1974年生于湖南耒阳。1997年参加诗刊社第14届"青春诗会"。2000年个人诗集《零点的搬运工》入选"21世纪文学之星丛书"出版。2012年出版长诗选集《过敏史》。2014年出版《谢湘南诗选》。2018年出版随笔集《深圳时间》。2019年出版《深圳诗章》。曾获第七届广东省鲁迅文学奖、深圳青年文学奖《诗选刊》2010年度最佳诗歌、深圳年度十大佳著等奖项。曾参与民间诗刊《外遇》《白诗歌》的编辑，诗作入选上百种当代诗歌选本。

诗歌的"空间地理"及其逻辑展开
——谢湘南论

张立群

如果从90年代至世纪初"底层写作""诗歌道德伦理"的发展看待创作，那么，深圳诗人谢湘南应当是一位越来越凸现其意义的诗人。从最开始作品崭露《诗刊》招致"是否为诗"的质疑，到一度成为"打工诗歌"的范本，谢湘南的写作始终实践着一种直面自身的写作，这既是其写作愈发受人瞩目之处，同时，也是其可以不断逾越过去，创新写作的生长点。当然，即便如此，笔者还是常常质疑以大而化之的"打工题材"去划分一类题材甚至一类诗人，因为过分强调"身份"乃至"权利"，往往会冲淡诗歌生命的鲜活以及精神提升的成分。带着这样的问题走进谢湘南的世界，所谓"诗歌的空间地理学及其逻辑展开"期待以立体的方式解读一个诗人并回应某些"热点问题"。

一、"空间地理学"及其镜像结构

谢湘南的诗作总是包容着某种"空间地理"的结构。按照"在今天，遮挡我们视线以致辨识不清诸种结果的，是空间而不是时间；表现最能发人深思而诡谲多变的理论世界的，是'地理学的创造'，而不是'历史的创造'。这就是后现代地理学反复强调的前提和承诺"①的说法，这种写作倾向不但标志着一种从线性思维到立体思维的转变，而且，它还从实际上展现了当代文学创作正发生着主客观立体式趋势的对应与交流。

在《零点的搬运工》中，谢湘南写到——

有人睡眠
有人拿灵魂撞生命的钟
有人游走
有人遥望月球而哭泣

时间滑过塔吊飞作重击地心的桩声
一切都是新的连同波黑的静默
不需叉车歌声高过高楼
搬运工寻找动词，鲜活的

鲤鱼，钢筋水泥铸造的灯笼
照亮孤独和自己，工卡上的
黑色，搬运工擦亮的一块玻璃迎接
黎明和太阳

---

①〔美〕爱德华·W. 苏贾. 后现代地理学——重申批判社会理论中的空间·前言和后记. 北京：商务印书馆，2004.

显然，谢湘南在一种对比结构中写出了"空间"：在动与静之间，思考与停驻中的无奈都构成了某种结构的铺垫。零点工作的搬运工在黑暗的静默中与自我构建的高楼大厦形成一种对比，但产品在很大程度上注定要超越它的建造者——钢筋水泥铸造及其上面悬挂的灯火照亮了"我"，这种介于光明和黑暗之间的对比，既是现代都市文明的生动写照，也是一个立体的结构，它隐含着搬运工在城市世相中可以依存的同时也是赖以存在的前提。不过，黑暗中能够看见光明毕竟是一件好事，至少它在深刻反映搬运工身份和处境的同时，从不匮乏一种未来的意识，而在黑色过后，黎明和太阳终将来临。

　　应当说，空间位置的设置在某种意义上可以代表一种权利，而空间设置的变化往往会引发权利的变化。在《呼吸》中，一切都趋于"静止"：风扇、毛巾、口杯和牙刷、衣和裤……在临近春节的日子里，夜晚让一切宁静，但罗列的铺位却使人们显露出来——

> 第一个铺位的人去买面条了
> 第二个铺位的人给人修表去了
> 第三个铺位的人去"拍拖"了
> 第四个铺位的人在大门口"守着"电视
> 第五个铺位的人正被香烟点燃眼泪
> 第六个铺位的人仍然醉着张学友
> 第七个铺位的人和老乡聊着陕西
> 第八个铺位　没人
> 居住　还有三位先生
> 不知去向

　　或许，在诗中暗示自己身份的谢湘南此刻已经成为一个布景者：他在第五个床铺想写诗而点燃了香烟，"五金厂106室男工宿舍"应当是一个传统意义上的通铺，但身居其中的诗人却必须要通过左顾右盼才能看清楚屋子的一切——"众生平等"与"各尽其事"，白天的劳作终于为此刻的动感画面所取代，流动的思绪和流动的人群，独自留下的或许都是孤独者，他们无所事事，诗人一边吸烟一边观察着周际；而作为另一种观察，诗人又超然物外，看着屋子包括墙壁上女人画像和口香糖、蚊子的血等痕迹，他的俯视与诗中的"我"之视点构成了一种关系，他们在更多的时候趋于重合，但题目"呼吸"却决定诗人的生命状态：呼吸是其自身感受，这表明他是清醒的诗人，他处于空间的中心并构思一个工人常常想不到的事物，此刻周际只有各式"原地踏步"的人生，诗人是唯一具有创意的人物，他期待在更多同一身份的人正面向沉醉与迷失的时刻，可以走出画面，与画外的诗人相互重合。

对《呼吸》的分析不由让人想起了福柯笔下的"宫中侍女图"[1]，只不过，那幅分析图中的画家正为此刻的诗人所替代，而现实场景也转移到了城市底层。因此，谢湘南的"呼吸"虽然同样可以用一种"词与物"的手法进行命名，但这种命名更多的是为了如何在城市一角中注入自己的生命体验，而城市却是这种空间和权力分层的始作俑者。

在著名的《规训与惩罚》中，福柯曾以监狱与犯人的范例指出"规训"的原则及其权利问题，关于这种关系，其实是一个主客体共同完成的过程，同时，也可以被指认为是一种类似的"镜像结构"：一方面是监狱对犯人的监控，一方面，则是犯人在长期监控下自身的反映，二者共同作用充分说明了权利的实现问题。由这一观点看待谢湘南的"空间地理学"，城市问题，写作主体正以一种空间距离完成着与城市的对应。如果说《零点的搬运工》《呼吸》等更多体现为一种"我"之主体意识，那么，《写给"边缘客栈"和它的主人》则更多倾向于空间如何制约一首诗的生成，进而，将那个绝大部分隐含在谢湘南诗中的"规训"力量显露出来。在"我已拿出建筑一首诗的材料／就像分解了第六层的空间／阳台、厨房、卫生间／主人的床和旁边的／书架，相隔两尺的／自己／很长时间我们都不说话／像主人将词语藏在他的胡子里／我将另一半宁静放在一只茶杯里……"的叙述中，"我"面对的是一个封闭的空间结构，但与《呼吸》不同的是，诗人在这里已经将自己和主人公"我"并置在一起。诗的建筑材料是分解第六层空间而设置的，这可以表明诗人写的诗其实就是这些空间内的景物，他以结构和解构的方式同样也要写出空间中的"我"，在这种"内视角"的状态下，"我们"宁静、安详，和所居的空间一致，但结尾处的——

---

① 〔法〕米歇尔·福柯.词与物——人文科学考古学.上海：上海三联出版社，2001.

一首诗始终不能接近它的结尾
尽管时间将两支香烟同时
熄灭，却无法关闭
窗外的喧嚣

却说明城市的喧嚣是造就一首诗及其完成效果的重要原因，"我们"虽然可以在书写和被书写中分开香烟，但萦于脑际的却始终是城市气氛的笼罩。

二、城市地图与欲望书写

在《久病成医的人，心里藏着自己的一幅深圳地图》中，谢湘南所言的"深圳地图"是一幅苦难累积出来的图景——"像路，世界的规律 / 踩在脚下，我只能说 / 路认识我鞋子的疲惫 // 生过病的人都清楚，病的 / 来龙去脉。一个总在路上的人 / 他知道什么样的路，适合……"，当然是"患病者"的真实感受，但接下来的——

穿在自己脚上。他像捡药治病
抓来回忆与怀想，他医治的
神经与血脉，躲不过

心灵版图，上面的
一次次题签。像他熟悉的
每一位药，都想推迟

死亡的来到。而那搭配在
眼中的建筑，如同药引
提前铺好时间的——短暂眠床

却说明这种疾病并非仅仅有如"久病成医"般的简单："心灵版图"肯定绘制着别样的"城市疾病"，谢湘南像一位老式中医诊断一样，还注重"抓药"的行为，但药的内容并非简单的"独活"与"没药"，在"回忆与怀想"中，心灵版图上的一道道印记才是可以铭刻的东西，而"药引"也只是"搭配在眼中的建筑"，它有时间和空间的距离感，并最终要为"城市病者"一饮而尽。

对于一个外来者而言，当代发达城市，比如深圳，确实会因为自身的节奏内耗着每一个城市居住者的神经，而外来者更是常常存有一种"与生俱来"的焦虑：城市并不仅仅有灯红酒绿和金钱之源，城市同样还有一种空间的压力，并进而为每一位居住者提供属于自我的"心灵地图"。这往往最终促使城市和居住者具有双重意义的"欲望所指"——景观将因此具有文本的特性，心灵将因此而萌动不安，而"看／被看"也最终成为一种近乎中性的行为，它们相互依存，直至在合适的空间中宣泄而出。

谢湘南笔下外来者的城市病症很容易让人联想到文化地理学意义上的"流浪汉"，至少，在深层文化的肌理反映上，可以找到两者之间的共同点。曾经出现在波德莱尔笔下的"流浪汉"在许多方面是矛盾的："他非常空闲，但却注视着城市生活的高速运转；他远离城市中的商品买卖，但为漂亮的新陈设着迷；他处在一个在男性控制下的公共空间，但却在注视着那些数以千计的陌生的下层女性……透过这些行为，我们可以构建起现代生活的情感结构，或应该成为'现代性'。城市里到处是陌生人，这种现象导致了人与人的疏远，同时这也成了一种景象。"[1] 上述景观在谢湘南赋予城市建筑为"药引"的时刻，终于以身份折射的方式体现出某种"漂泊的味道"，而事实上，谢湘南也确然认为"我的'现代主义'是从流浪生活开始的，这类似于所有'现代主义'在各个个体上的发端"[2]。在诸如3段诗《在中英街的金铺前眺望金饰》式的作品中，谢湘南曾以——

1

我远远地站在金铺的门口

陈旧的衣衫多么暗淡

擦肩而过的女人都有娇好的面容

一袭的香气将我挤瘦

……

---

① 〔英〕迈克·克朗.文化地理学.江苏：南京大学出版社，2003：69.

② 谢湘南.疑问，或有待整理的空间.诗探索，2002（1—2）.

2

我也曾梦想占有金饰的荣光

在人世熙攘，劳碌和踌躇

将黄金当作虔诚的境界

寒夜中遍遍书写

……

的每节开头方式表达城市给一个"流浪汉式人物"的感受，女人、金钱与渴望之间的今昔对比，以及面前滋生欲念的一切，都呈现出一种"眺望中的刺激"；而由此联想"打工者"和"流浪汉"之间的辩证关系（"流浪汉"应当是"打工者"的源出层次），这道随文化转型而衍生出来的城市风景层包含着怎样的心灵蜕变与煎熬，这种近乎"围城式"的出入结构因追逐欲望而涌动、茂盛，除了源自打工一族"远离贫穷的乡村，义无反顾又日思夜想；他们承受着繁重的工作和钢铁水泥喧嚣的压迫；他们追求着适应着也抵制着现代城市文明，在高速度快节奏和五光十色中感受晕眩和污浊。牧歌的童年永不再现，打工仔的梦有喜悦更有惶惑"[1]之外，"城市的每一部分都得到了一种满足不同顾客的不同视觉消费：文化起着分化层次的作用"[2]的内在逻辑，也以近乎无意识的方式编织着属于"他们"的城市地图，现代都市将以"中心—四周"的分层排列表达属于城市的权利序列，在这一序列中，"把我带走吧"和"什么能将我带走"正矛盾、和谐的统一于"打工者"的身上。

既然，一切都汇聚于深圳，那么，"你在深圳干什么？"（见谢湘南的《同题诗》）就成为一种合乎身份的质疑。可以从"镜子中看见背面的夜空"，可以"把自己的眼睛当作镜子"，其实都在说明诗人的现实处境。与那些常常以悲悯之面貌出现的诗人相比，谢湘南的真实性在于自己就是一位打工者，在表述自身的感受与欲念的过程中，谢湘南可能并不如上述诗人那样"气质高贵"，但其可贵之处就在于一种源自灵魂深处的真。作为一位70年代出生的、又早早沉溺于城市的年轻诗人而言，以感同身受的方式表达城市的渴望，既是乡村与城市空间对比的结果，也是憧憬未来建构自我的结果。由此再次浏

---

① 杨匡满.打工仔文学的亮丽风景，谢湘南.零点的搬运工.北京：华夏出版社，2000.

② Sharon Zukin.城市文化.张廷佺，杨东霞，谈瀛洲译.上海：上海教育出版社，2006：33.

览诗人谢湘南的主要生活经历——"1974 年生于湖南省耒阳市乡村。1992 年高中辍学，1993 年抵达深圳打工，曾在深圳、广州、中山、珠海等珠三角地区辗转。在深圳生活时间最长，曾做过建筑小工、工厂流水线操作员、搬运工、保安、质检员、人事助理、推销员、文化站、上市公司内刊编辑、记者等职。现供职于南方都市报深圳记者站，为文化生活类记者。"[①] 谢湘南的"城市地图与欲望书写"是可见一斑的。70 年代出生的"南漂"身份使其既有这一代尚存的一丝执着，又并不会像更为年轻的一代那样放任自由甚或以某种特殊的方式掩盖自我，因此，所谓谢湘南式的文本也就很容易在表达南方都市空间时充斥着结构张力——

> 一幢房子的建造过程深入我的骨髓
> 我在世界的疲倦里疲倦
> ……
> 我痛恨一切的结构
> 我在秩序的光辉里枯萎
> 如蚂蚁盛开的花朵
> 电脑会制造情人
> 银行能生产爱情
> ……
> 假如我不在四方形的天空
> 故意咳嗽
> 楼房什么时候因为引力倾塌过？
> ——《结构力学》

在这样"力"的描写中，谢湘南将渗入骨髓的城市和"痛恨"、后现代时期欲望的生长和妄图成为城市主体甚至主人的姿态，结合在自己的诗作之中，这种出于"底层"的欲望及其内涵，却是城市提供给一代人最为真实的权利与渴望。

---

① 关于谢湘南的经历，主要出于 90 年代诗歌史的研究需要，本文主要参考的是 2005 年 3 月 4 日谢湘南致笔者的电子信件。

三、精神守望及其生命想象

正如詹明信在《后现代主义，或晚期资本主义的文化逻辑》中指出的那样："我们目前正经历着一个文化的转变，而变的基础正好可以在建筑空间的转化中看出来。我的意思是，我们生活在这种空间里，作为生活的主体，并未能产生适当的反应以配合空间经验的演进和变化。也就是说，客观境况发生了变化，主体却未能经历到相等的转变。我们的文化可以说出现了一种新的'超空间'，而我们的主体却未能演化出足够的视觉设备以为应变，因为大家的视觉感观习惯始终无法摆脱昔日传统的空间感——始终无法摆脱现代主义高峰期空间感设计的规范。"[1]后现代意义上的"空间转型"曾使很多人措手不及。在往日的"平房意识""矮楼记忆"逐渐为奇异的"后建筑"替代之后，都市的空间挤压及其透明的镜像正为居者的心灵蒙上一层阴影。如果可以进一步联系代际划分、城乡差异等具体因素之后，深圳这一全新形象给"外来者"的影响将是不言而喻的。但谢湘南始终是一个现代主义层面上的诗人，他在坚守自己精神和信仰的同时，泄露了他始终不能完全同化于这个城市的"秘密"——"我感觉已找准了自己的诗歌目标，在中国广阔的城乡接合部，在城市与乡村的双重变奏中，在繁华的人群荒芜的内心中，在时间所命名的无奈、抗争及曙光中；我已感觉把自己的诗歌安置在自己的家园里，在我日复一日的忙碌、叹息、退让、分辨和预见中，我把诗一步步写到了自己的心里，写得没有声息，写得日益沉着"，或许，以空间的视角审视谢湘南的诗作，他诗中的"地理意识"并不那样洒脱自然，但他常常不自然流露的乌托邦气质却使其在与城市"异度空间"的碰撞中，产生属于谢湘南自己的生命想象。

毫无疑问，异乡的漂泊和城市与生俱来的孤独感，是谢湘南诗歌的重要主题之一。在那些寂寞难耐的夜晚，"收音机是我的亲人／打开她我才睡得踏实"（《一台收音机伴我入睡》）的诗句，既是"少年长大成人，他在异乡"之现实，也是"孤独的城市"能够赋予诗人安静状态下唯一真实的感受。而在另外的时空状态下，比如《星期天，在邮电所集合》中，城市带来的"距离感"则体现为"邮电所离家最近／离父亲的胃病最近／离弟弟的学校最近"。或许，

---

[1] 詹明信.晚期资本主义的文化逻辑.北京：三联书店，1997：489.

谢湘南始终不过是一位现代行吟诗人，对故乡的思念和精神主体的确证将成为他保持灵魂自省和越发孤独的宿命之一。城市的欲望和自我的孤独意识造就了谢湘南诗歌及其本人常常陷入一种近似于"二律背反"的心境：他一面渴望融入城市，一面与城市格格不入，或许，这种"背离"本身就是一种空间构成。在《深圳早餐》中，"我想到念青唐古拉山上的鱼骨和马里亚那海沟的黑炭"，正和"我拖着疲倦的躯体走出工厂大门看一轮太阳升起／然后花一枚镍币买一碟炒米粉和一勺子白菜汤"，构成一种生命想象。谢湘南渴望遥远的宁静甚至遥不可及的空间，但周际的现实却使其未能免俗，正如他反复憧憬着"你听说过唐朝吗"这样的梦想，而在杜甫梦想的"高楼大厦"的唐朝背后，仅有一个年青的漂泊诗人守望着"诗圣"的"梦想成真"。

显而易见的，谢湘南不是城市中沉沦的一代，他是城市的步行者，同时，又是一位不断通过关注山峰、落日以及自我冥想，来完成心灵的创作。这最终使其城市抒情诗在具有空间意识的过程中从不匮乏文化的普泛意义，并直至从置身其中的喧嚣声中超拔出来——

　　步行者专注前方
　　一种力与美的表达
　　让大地震颤
　　让含苞的花朵悄然开放

　　发丝在风中摆动
　　步行者直逼山峰
　　他健康的注视
　　温暖太阳

　　在步行者心中
　　自己就是一颗太阳
　　当天空的太阳沉落下去
　　他将用光辉点燃　茫茫黑夜
　　步行者执着在疲倦的眷恋中
　　他每向前一步都背负起

目睹的苦难

他用双脚滴落的血液治疗大地的创伤

在这首名为《步行者——给深圳所有的打工者》的诗篇中，步行者是向着黎明奔跑的形象，同时，步行者也在走向一种"类别归属"中成为放逐深圳之打工者的整体隐喻。步行者并非不知自己的结局，但在"夜与夜的合围中"，步行者从不停止自己的脚步和向往，他用自己的光芒烛照黑夜，这种直面生命和切入当代生活的行为方式，使其并不仅仅在城市中步行，还包括对所有打工者的一种启谕和呼唤，而最终，"步行者"虽"终将倒在路上"，"但他用身体架起了一座桥梁"，"倒下时仍没忘记用双手将路""拉近一尺"。

四、真实的语言及有待整理的空间

针对世纪初诗歌的"道德伦理"现象，其实一直隐含着一种真实性的诉求。对于写作者本身而言，写作的伦理首先在于一种源自灵魂深处的真，而后，才是"批评之伦理"所涵盖的"平等的态度"，那种居高临下的态度始终不能构成批评本身的道德意识；当然，作为一种写作本身的伦理，都容易造成上述现象归结到"文如其人"这一传统的命题之上。由这一视角看待常常被用来佐证的谢湘南的写作，比如《一张简历的三种不同填法》等作品，其"伦理性"或然就在于写作本身期待的真实和直面。

谢湘南曾言："在诗歌中，直接就是一种力量，语言的简捷是一种美。均匀的力量的分布在于语言的节奏。"这种强调"刀子"般的"力与美"的主张，事实上，是以一种语言的方式呈现出来的，而作为一种观念的表达，谢湘南的"真实"与"直面"就在于一种语言和现实的结合——"终极性关怀与当下生活现状应该在现代汉诗中结合起来，在诗歌中它们不应该是两个矛盾的对立体。它们之间有一座桥梁，就是语言，诗性的具有磁力的语言。其实这两个问题就是具体写作中如何寻找切入点和如何提升作品的灵魂的问题，既要把诗写得透彻、澄明、有现代意味，使人乐于接受，又要使作品上档次、耐琢磨、有回韵、经得起时间的掂量，这一切全靠诗人对语言的把握，对自己所掌握的诗歌元素在一首诗中的合理安排。"

无论按照谢湘南自我的认同，还是他者的眼光，谢湘南那种跳跃的、充满现代感的语言都生动地体现了一种"口语诗"的风格。口语是谢湘南赖以生存的诗歌语言，同时，也是诗人能够将诗歌与生活混淆不清的重要前提。他以一个外来者的眼光，一路从远方呼喊而来，现代都市的融入和隔阂，接纳与反抗，都是其诗歌空间建筑的重要质素，尽管，这一切会由于置身其中和过度张扬都市空间而显得仓促和"平面化"，但那种妄图把握时代脉搏和气息的精神，却使其在逼近"城市上空"的时刻，具有了大气磅礴和俯视整个城市空间的征兆。当然，无论就打工过程中的"惨淡经营"，还是所谓"身份的权利"，谢湘南造就的自我都与一种生命体验有关，他的语言以及写作本身是以"真"为基础，而由此衍生、折射出的焦虑感、意义的张力则是确立其诗歌空间边界的重要标志。

当谢湘南在《歌谣》中写道——

老式吊扇在铁皮屋顶下吟唱
一锅热茶端坐风中
西红柿挂在墙上
三个军帽等距离排列，灰尘满面
电线、钥匙、一把大黑锁、塑料
胶袋、菜刀……这是空间
日历撕至四月二十九日
这是生活，我刚吃完一盆热面条
剩下几个青辣椒，无须寻找
整个四月我仍然在寻找，除了工作
我想不到别的，面汤热着我的肚皮
手掌的汗珠沾着油，这是真实

人们或许在那种彼此并不具有意义相连的意象中，看到一种"跳跃"的状态：在"空间""生活""真实"成为叙述中的关键词之后，可以震撼读者心灵的并不是生存的困境甚或可怜与可悲，而是如何呈现一种生存的状态。以底层的生活对应潜藏的城市繁荣，以琐碎的意象回应那些与世界无关的喃喃私语，其行为本身就具有鲜明的道德意识。

至此，关于谢湘南笔下的"空间地理"及其逻辑空间大致可以清楚地勾勒出轮廓的。"空间地理"是后现代时期的文化产物，也是现代都市文化的伴生物。谢湘南从底层的角度表达城市空间，既是世纪初诗歌写作回潮的结果，也是告别"内窥式写作"张扬写作伦理的必然旨归。由此引申诸如"城市意象诗"的命题，空间不但给写作带来全新的感受，也为诗歌赋予了立体式的思维，这是文化、生活与诗歌意义上的"多面效应"——无论对于谢湘南，还是一种可以建构的诗歌批评，其意义价值都将在指向未来的过程中引发新的言说空间。

（原载《文艺争鸣》2010 年第 3 期）

寒光中那个脱掉工装的诗人：谢湘南

霍俊明

说到谢湘南，人们会马上想起他 2000 年的诗集《零点的搬运工》，谢湘南无疑成了"打工诗人"的代表和符号。确实，特殊的打工经历使得谢湘南的诗作呈现出"打工"群落特殊的质地和颜色，长时期被工业化的列车甩下、遗忘的黑色场阈在谢湘南这里得以现身。但是，更应该注意到谢湘南的诗歌写作在这几年发生着很大的变化，或者说谢湘南的诗歌世界是相当丰富甚至繁杂的，将之定性为"打工诗人"就太过于简单化和不负责任了，正如我们一谈论郑小琼也立刻会称之为"打工诗人"一样。所以，在谢湘南的诗歌文本中，有着多条铺开的小路，它们通向的景象正如夜色下的森林……

谢湘南更像是一个在冬日的寒光中脱掉工装的诗人，他的工装使我们看到了诗人作为一个生存个体的汗水和盐碱的苦涩味道，而在这个脱掉工装的诗人身上我们更能够看到在一个复杂的时代背景中一个远为复杂、真实的影像。

谢湘南的一些关于打工题材的诗作确实呈现了一种特殊的质地：冷静、寒峻，这些诗作泛着冷冷的钢铁般的寒光，一个个滚烫的卑微的生命正在惯性中被命运的砧板反复地敲打和冷冻。

那些女孩子总爱站在那里 / 用一块钱买一根一尺长的甘蔗 / 她们看着卖甘蔗的人将甘蔗皮削掉 /（那动作麻利得很）/ 她们将一枚镍币或两张皱巴巴的伍毛 / 递过去 / 她们接过甘蔗咀嚼起来 / 她们就站在那里 / 说起闲话 / 将嚼过的甘蔗沫吐在身边 / 她们说燕子昨天辞工了 /"她爸给她找了个对象，叫她回呢"/"才不是，燕子说她在一家发廊找到一份轻松活"/"不会的，燕子才不会呢"// 在南方 / 可爱的打工妹像甘蔗一样 / 遍地生长 / 她们咀嚼自己 / 品尝一点甜味 / 然后将自己随意 / 吐在路边

——《吃甘蔗》

这些打工的女孩子在异乡咀嚼着自己的辛酸苦辣，甘蔗成为她们生活中一点卑微的幸福，而这些女孩子又何尝不是甘蔗，鲜灵、生动，但是最终却只能被生活尖利的牙齿咀嚼为甘蔗沫，消失掉所有的水分甚至生命的鲜活。如果说当年郭小川诗歌中的甘蔗林意象象征了诗人对新的社会生活的憧憬和赞颂的话，在谢湘南这里，这些廉价的"甘蔗"反倒成了苦涩、卑微甚至痛苦的打工女孩的集体象征。异乡的"流亡者"打工群体不能不呈现一个时代甚或个体生存的悖论性和偏移性，正如布罗茨基所说的"打工者和各种类型的流亡者们有效地取下了流亡作家西服翻领的那朵兰花，无论流亡作家是否愿意。移位和错位是这个世纪的一个常见现象。我们的流亡作家与一位打工者或一位政治流亡者的共同之处，即两者均在从不好的地方奔向较好的地方"①。确实，打工者所在的异乡的现代化和工业化程度肯定要远远好于他们出生地的偏僻、贫穷和落后，但是我们又不能不注意到异乡的生活是以无限消耗个体的生命、正常的生活和痛苦的记忆、廉价的生活愿望为前提和代价的，换言之，当这些异乡的打工者选择了流浪或流亡式的生存方式的时候，他们也同时选择了不归路，孤独、痛苦、落寞、焦躁不安，甚至有的终于走入万劫不复的渊薮，以肉体和金钱成为生存的宗教信仰。

谢湘南的这些"打工"诗歌都是冷色调的，接近于阿兰·罗布—格里耶般的冷风景，诗人的感情极力克制，而正是这种情感叙述的克制反倒呈现了从纷繁杂乱的场景中独立出来的特殊空间和原生状态的生活场阈，压抑、烦躁、郁闷。"风扇静止 / 毛巾静止 / 口杯和牙刷静止 / 邻床正演绎着张学友 / 旅行袋静止 / 横七竖八的衣和裤静止 / 绿色的拖鞋和红色的塑胶桶静止 / 我想写诗却点燃一支烟 / 墙壁上有微笑和透明的女人 / 有嚼过的口香糖 / 还有被屠宰的蚊子的血 // 这是五金厂 106 室男工宿舍 / 这时距春节还有十八天的不冷不热的冬季 / 这是一个星期天的晚上的九点半 // 第一个铺位的人去卖面条了 / 第二个铺位的人给人修表去了 / 第三个铺位的人去'拍拖'去了 / 第四个铺位的人在大门口'守着'电视 / 第五个铺位的人正被香烟点燃眼泪 / 第六个铺位的人和老乡聊着陕西 / 第八个铺位 没人 / 居住 还有三位先生 / 不知去向"（《呼吸》）。这接近于静止的冷色调的场面、定格的琐碎细节和窒息般的鼻息，我们能够感受到生活在工业底层的沉重，光洁的城市广场的下面是黑暗、潮湿、锈迹

---

① 〔美〕布罗茨基. 文明的孩子. 刘文飞译，北京：中央编译出版社，2007：49.

斑斑的管道，那些修检者不得不弯腰在里面忍受关节的疼痛。当然，在近期的关于底层写作的争论中有很多问题都被重新简单化、粗暴化和道德化了，但是值得强调的是诗歌既是想象的，又是经验的，我们不会要求所有的诗人都来像谢湘南、郑小琼这样关注底层和打工生活，更不能以底层作为评定一首诗和一个诗人好坏的标准，但是对于那些来自底层有着相当深切的生存体验的诗人，我们除了尊重、感动、震撼或许还有羞愧，尤其是那些对这些底层的生活陌生的人而言，底层题材的写作也未尝不是值得肯定的。当然，诗歌的题材没有先天的道德优势，一首诗能够震撼读者还有更为复杂的诸多方面，尤其是在尊重诗歌的本体特性和诗歌技艺的前提下。所以，在一些底层写作和打工诗歌中我们也能够看到为数不少的诗作，同样是写底层但是对读者几乎不会产生任何的阅读共鸣，更不用说震撼，因为这些诗成了散文化和道德化的脱离了诗歌本体和诗人真实感受的"非诗"的丑陋的东西。而谢湘南、郑小琼之所以能够引起持续的关注和认可，就在于他们的诗歌世界在诗人的灵魂、理性、情感、语言的多重关照和折射下呈现出的是真实和独特，这种真实和独特既是来自经验的又是来自想象的。相信读过谢湘南那首《母亲》的人，都会被震撼，伟大的母爱在异乡工作的孩子面前获得了空前的凸显，尽管母亲那只在田塍上踩空的伤腿仍在黑暗中忍受疼痛和辛酸的泪水。

大地是压低了咳嗽的被子 / 薄薄的雪无法入眠 / 在隔壁的床上 / 母亲是最薄的一层 / 两个月的白天与黑夜 / 她都在床上守着她 / 跌伤的腿 / 房里的风都长霉了 / 我走到床前叫了一声"妈妈" / 她望着我，应了一声 / 然后抽泣起来，一张脸瘦成了筷子 // 有好几次我在深圳梦见过 / 她的脸和笑容，从她手里 / 接过一个用火灰烤熟的红薯…… // 母亲担着四捆稻草往家赶 / 她六十五岁了，天色已经黑下来 / 父亲还在田里捆着稻草 / 她回望了一眼仍在田里忙活的父亲 / 田埂太单，她踩空了…… // 母亲小心地从被子里抬出腿来 / 腿已经变了形，脚踝像两个夹在 / 一起的包子，她停止抽泣 / 问我在深圳过得还好？

——《母亲》

极其瘦弱的身体和脸，极其沉重的生命的啜泣，这个乡间母亲竟然被四捆稻草压伤了，生命不能承受的正是平常不能再平常的生活的重量。两节老式收音机的干电池承担了一个异乡人最为卑微的热望，一个异乡人的心远没有那么坚强，就像故乡瘦弱的一层薄纸般的母亲，她仍需要哭泣的机会。一个少年，异乡的少年，他的黑色的夜晚，他的合理的世俗的欲望都在一台小小的收音机中得以暂时的梦境中的安慰和停靠，"收音机是我的亲人 / 打开他我才睡得踏实 / 我愿意是一个真的哑巴 / 那样我仅剩下倾听 / 这样写着让人悲伤 / 多少个夜晚没有边际 / 收音机是唯一抓得住的一块黑色 / 少年长大成人，他在异乡"，"我知道很多东西都会飞走 / 比方说老人的交谈，孩子的 / 合唱。留给我的只是 / 一对干电池的能量 / 它的微弱证明不了我的坚强 / 我最关心的还是天气预报 / 好心情总不易寻找 / 少年终将老去，哦！他在异乡"（《一台收音机伴我入睡》）。

谢湘南的诗有时候是相当尖锐的，正如在暗流汹涌的河流上，在一个简陋的木船上，这个划桨者的每一次用力都是恰到好处又直截了当的深入核心，"从深圳到北京 / 一列车全是陌生的朋友 / 大地上蒸腾的气息 / 给了我们共同的呼吸 / 这一刻的命运在黑夜里疾驶 / 没有交谈 / 也没有相互的祈祷 / 辽阔的中国像一把利剑 / 刺入了死亡的梦境"（《与陌生朋友睡死在列车上》）。陌生、窒息、死亡、黑夜、国度这些意象所串联起来的情感是显而易见的，也是压抑难名的。而正是在这种窒息和持久的压抑中，诗人就要更为强烈地倾听一种永恒的声音，尽管这种声音和实践中个体的宿命发生了如此强烈的甚至势不两立的冲突和摩擦。

　　永恒是什么都没弄清楚

　　我就坐在那里听

　　像是很用心的样子

　　我的身体噼啪作响

　　像菜刀在厨房生锈

　　真是寂静

　　屋子外面一定是下雪了

　　下雪好

　　在雪的覆盖中城市和村庄都成了

　　白土地

　　没有疼痛没有肮脏

　　甚至也没有了喘息

　　我这都想到哪去了

　　我这是在倾听永恒吗

我对着墙壁大声说了一声

"永恒，我在这里听你！"

接着

又什么声音也没有了

我想永恒一定就躲在我的屋子里

它在听

它在听

我的身体

噼啪地生锈

——《倾听永恒》

时光在司空见惯的流逝，而生命也正如菜板上生锈已久的菜刀，麻木和窒息成了生活的全部，而面对那无处不在的"墙壁"，自由和美好的白雪——这理想的绝好象征物——就成了倾听永恒声音的契机。时光，这泛着寒光的钢铁所隐藏的秘密和化若无形的对生命的锈蚀都让诗人在沉重的弯腰劳作的同时抬起头颅和灵魂的高度，对一些"看不到的变化"进行确认并检视自身，"被咬伤的铁 / 我躺在上面 / 我花了一上午时间 / 阻止时间的伤害 // 用胶纸将锈捆绑 / 一张席子把水面隔开 / 在铁的内部 / 有一些我看不到的变化 // 总之把骨头交给它，还有 / 笔和稿纸 / 一床毛毯、行囊的梦 / 假如锈像树叶一样飘落 / 有时铁床说话 / 那一刻我要变换睡姿"（《生锈的铁床》）。

特殊环境中的生存经历使得谢湘南的诗歌中有一种少有的冷峻和睿思，更为可贵和重要的是这种冷峻和睿思不是来自封闭症式的玄想，而是实实在在的由粗粝的现实场景中生发和抽丝出来的。这是一位洞透了社会和生存迷雾的诗人，但是这也给诗人带来了坠落般的尴尬和痛苦："长时间我窥避这秘密的生长 / 四个方面涌来戴八种眼镜的人 / 有十六种声音在暮色里响起 / 成倍增长的除了人还有他们携带的孩子 // 公园里有耍把戏的人，有路灯 / 长得像苍白的乳房，路灯里有奇怪的壁虎 / 被灯罩外的蛾子戏弄，/ 急躁地跳跃，再也出不来 // 有人在棕榈树后面玩弄生殖器 / 舔食着草丛里一种让蚂蚁迷路的香味 / 汽车擦着公园的铁围栏 / 像一只只声带糜烂的豹子 // 它能否追上火星上的鹿、麂子和乌龟 / 如果它同样有幻想，它就不会选择 / 在公园的水泥石椅上 / 做一个倒霉

的诗人 / 跳舞的人越来越多，女人们用乳头 / 踩在鼓点上，将眼镜后面的节奏 / 拔得凌乱又战栗。喷泉又一次射高 / 水雾中的霓虹多像是幸福的色彩 // 在脸上的反照。当钟声敲到十下 / 八——九——十——一个人 / 终于停在空中，它以一只猴子特有的锐利 / 看清了一切，然后又 // 跌落下来"（《公园记》）。公园，成为生活的缩影，这里充满了暧昧、迷乱甚至情欲，夜色成就了欲望，而公园之外的喧嚣的汽车则构成更为庞大的一个怪兽，真正有敏识和良知的人不能不感到震颤甚至分裂，在纷乱、污浊、嘈杂的欲望世象面前的清醒是可贵的，也不能不是焦灼的、苦痛的、压抑的。"地铁，这城市的十二指肠 / 失传的爱情注定要在疾驰中浮现 / 在炎症不明朗之前 / 在病毒侵蚀言语之后 / 站名终于被报出 / 电梯举起土拨鼠 / 涌向光"（《A 出口》），生存的场景就是处处充满了虚幻的光明和斑斓的谎言，就如土拨鼠在强行的洞口看到了虚幻的自由和亮光。

生存中的荆棘刺痛着诗人，这种刺痛也使得谢湘南保持了长久的清醒，正如在冰冻的惨淡的巨大冰湖之下仍有在梦想中游走的鱼群，"这些荆棘、这些刺 / 一直在帮助我 / 在冬天的寒冷里冒出来的血 / 也是热的 / 在那冰封着的河流下 / 仍然有我梦想的鱼群"（《帮助》）。在冷硬的生存石块和钢铁之间，谢湘南选择的是"拿出身体的麻木眺望"并呼喊。

谢湘南在一篇随笔中谈到写作就像是爬山，四周不时冒出来的荆棘刺激着诗人攀爬的冲动，"我时常做的运动和放松自己的方式就是爬山，爬山这种不断向上的过程让我兴奋，让我体验到生命的昂扬的激情，一种大汗淋漓的快感，一种由沿途树木风景激发的快速的喘气和心跳。其实，写作的过程也类似于爬山，不断地向上（甚至是迂回），到达一个顶点，然后就慢慢地下来，往回收。这一路上我们就把平日里一些琐碎的体验、感受进行了梳理、集中和升华，我们也就将我们想要说的话，要表达的意思主次分明，层次清晰地呈现了出来"（《写作就是爬大山》）。据此，在谢湘南的诗歌中我们会发现其中有大量的生活细节、甚至是琐碎的毫无诗意可言的细节，但是诗人最终做到的是超越了现实达到另一种高度的真实，语言的真实，想象的真实，修辞的真实，正如穿越荆棘达到山顶。正是源自生存现场的本真认知和对诗歌的敬畏，谢湘南的诗作渐渐呈现出反讽的意识和悖论的色彩，这也使得谢湘南的诗歌写作终于呈现出较为丰熟而尖锐的状态，正如《需要或不需要湘南的 N 个理由》和《飓风经历》等长诗，诗人在尴尬、愤懑、不甘中所扔下决斗的"白色手套"，尽管这个灵魂张扬的狂奔的身体可能最后的宿命仍是被强大的时代凛冽的飓风吹出了集体狂欢的 DJ 广场：

> 在这里，粗痞的 DJ 在叫嚣，在骂着老娘，将情欲高歌，将荷尔蒙用千万分贝的高音烘烤。
>
> 在这里，时间非我所有，女人的魅惑并非灭顶之灾。她们的眼球在啤酒里反光，在骰子左旋右滚的幽叫中飞扬。
>
> 在这里，手工业者在这里，小商贩在这里，行动主义者在这里，边缘与艺术在这里，我打工的兄弟姐妹在这里，我的朋友都在这里。
>
> 在这里，妓女与小白脸相互鼓舞；在这里，摇头丸与白粉仔亲密无间；在这里，鸡奸者与皮条客团结一气；在这里，小偷与艺术家共结连理——
>
> 在这里，时代冒出甘洌的气息，一阵阵烟雾喷出迷醉，空气的舌头在舔我们花瓣的脸。

——《飓风经历》

长诗《飓风经历》确实见证了谢湘南的诗歌写作和精神历练的双重成长过程，它的成长过程排斥了一个强大外在力量的指引，也不得不承受由此带来的规训的惩罚。少年的蜥蜴，青年的苦楝树，异乡的车站，潮湿的煤窑和奢华的社区，发情的母豹和叙说的舞鞋，古老的皮影戏，一丝不挂的鸭子般的天鹅，在急速旋转的背景中，这些纷繁错乱的意象箭矢如蝗刺穿一个个麻木而自以为是的心脏。这是一个最终撕下幻彩面具的诗人，这是一把肯定与质疑，坚持与放弃，记忆与遗忘，光明与魅影，现实与虚幻，自问与自责，热望与反讽互相盘诘并最终给时代划上问号的雕刀。这也正如谢湘南所说的在这样一个商业化盛行，人文精神丧失或被遮蔽的时代，特别是以一个边缘人的身份生活在深圳这样的环境中最直接地感受到诗歌面目的破碎与模糊，诗人身份的隐退与扭曲，"至于我的写作，我能作出的唯一肯定是，它无时不在悄悄地进行着，它是我隐秘的生命的狂欢，我驱赶着那些忠实抑或背叛于我的言辞，构筑着自己的城堡，完成那些我认为有必要完成和承担的——谦卑的使命。我想这种言语的游戏，会持续到我生命的终点"[1]。

---

① 谢湘南．诗歌是一种成长．诗生活，https://www.poemlife.com/index.php?mod=showart&id=5065&str=1363.

我的诗写方式（创作谈）

谢湘南

一、从词语出发

我依赖于一个词语在大脑里的片刻闪耀，而去组织、挖掘生活经验中潜在的诗意；去挑选、遭遇由这个词语而衍生的诗句更深层、宽广的磅礴气势。有时我会感觉到对诗意的迎合而曲解了生活（"诗意"一词在此打上了疑问），我不断地询问自己：生活是这样的吗？我了解自己的生活吗？我明白诗歌是怎么一回事吗？什么是诗？我是不是可以确立一种新的对诗意的理解？诗歌与生活的距离、差异的形成是由于生活自身的变化（时间的迁移），还是我们对诗歌认识的因循守旧、审美观念的老化、僵化所至？诗歌是否存在着一种衡定的价值标准？

这些问题往往是我在写完一首诗之后想到的，在差不多我用别人（原有）的诗歌观念全面否定自己的诗时，我的心中也会固执地发出另一个声音，说你应该相信自己，你写的就是诗歌，你用你的笔记录下来的是生命的本真之歌，虽然你的声音喑哑，甚至怪异，不合时宜。你应该坚持自己的诗写方式。

我自然明白"诗歌高于生活""诗歌高于诗人"这样一些道理，但我想我不应该用自己的诗作去做着这样一些蹩脚的论证，我无法阻挡词语对我具有的魔力感召，我在它的牵引下形成一股疯狂的不顾后果的劲儿。各类词语与我零碎、混乱、空洞的生活形成印证，当我确立一个词语（或句子）作为一首诗的标题时，我就感觉到我用它建立了一个具有、能够聚集巨大能量的"磁场"，那么与之相应的一些词语——我生活中的"铁硝"——则会迅速地向这一"磁场"靠拢。我认为这些"铁硝"在磁场中有序而丰富的排列就是一首情愫饱满的诗歌（这种迅速靠拢的速度则成为生命激情的象征）。

由这种生活（原始体验——积累的过程）与诗歌（艺术鉴别力——组织与发生的过程）所产生的"共生磁场"，其力量是不可估限的，它让每一个词语都参与磁场(一首诗)的再生力量，而形成辐射和震撼。自然它是波动的(这种"词语的波动"也许取决于各人对这一词语的知识经验和习惯认识)。因此也难免会给一些"认识的定势"造成鱼龙混杂、良莠不齐的感觉（但生活本身的面貌就是这样，那么我为什么不能在诗歌中泥沙俱下呢？）。这一感觉无疑是真实的，从"诗歌的发生角度"我认为这是一种主动的人为效果，它取决于作者（我）对当前诗歌的认识，对"诗歌尺度"的把握与取向，是一种探索过程，它具有的"破坏"（建设）力量是一种有益的尝试。当这些词语一旦脱离这一"磁场"（自我的生活根基、社会场与语言场），它仍然是一堆毫无意义的"铁硝"，一些让人感觉懊恼，甚至难以忍受的生活的碎片，它作为你个人的生活"派生物"，在别人看来更加索然无味，形同垃圾。

我在这里所指的"词语"其实更靠近生活中平常的话语，也就是通常说的"口语"。这些"口语"我认为它更多的承袭了古汉语的优点，简洁、流畅、形象、富有自在的韵律；从另一角度，它又更直接地体现了"当下"和"生活原生"，有时候，它不需任何加工就是一首非常好的诗。而那些经过雕琢、用半生不熟的书面语言组合和拼贴起来的所谓诗句，一些故作深沉的"语言的歧途"，我认为它离诗的距离是非常遥远的，起码的一点是，这种语言丧失了语言自身的流畅性，而且掺入了过多的西方语言的矫饰成分。我认为人们从某种角度在语言上的冒进，其实是加速语言的死亡，语言的再生能力是有限的，我的观点是，我们能挖掘生活自身的诗意就已经够了，不必再在语言上做什么文章，玩什么花招。

其实每一个词语都具有其"固有的诗性"，在我的感觉我是用生活去发现和碰撞这些词语，而使其诗性得以张扬和喷发。一个词语有可能会构成我生活中的"事件"，它的突然来到会使我对生活达成一种"别意的理解"，但它不可能对我的生活进行指导。它与我的关系是一种互相等待、寻觅、占有和摧毁的关系。一旦我用它组织成一首诗，我就将自身的缺点和它的弱势暴露无遗，它进入我的诗也就是我被它的局限所抓牢，这一点既不取决于我也不取决于它，而是一种"生活的必然"，是我与它无法避免的双重遭遇、碰撞、融合。这种我与词语的空间共享与密度交融，我认为是一种新的诗歌方向，它将让诗的光芒得以重闪。

我非常喜欢古汉语中极其简洁的叙述方式，但我回到古汉语的时代是不可能的事了，我只能心存梦想和缅怀，就像牢牢记住自己的童年，而不惧怕"未来"这只棺木的漆黑。

二、生活的叙述过程

既然我展望的未来是一片惘然，我就难免不沉醉在对过去的回忆中，但这种回忆滋生的忧伤，同样使我难以排解、启齿。我一直在等待，其实我也说不清自己想要等待什么，我焦灼、不安、烦躁甚至绝望……

我寻找到诗歌的途径，最初也许仅仅是要宣泄一下，但后来我发觉我能冷静，客观地"记录"自己的生活。这未尝不是一件值得称叹的好事。诗歌它能为我提供一个更深刻地理解自己的"程序"，这种"程序"蕴藏的创造性的快乐，使我着迷于这种表达，而没有丝毫懈怠和不敬。

我乐于使用"白描"的手法，将一些生活细节安顿成诗歌，如果它存在着结构的话，那往往是诗歌的最末两句提供了暗示。在小说写作中，这仅是一种很平常的"倒叙的形式"，但在诗歌中我不这样认为，我认为这是对一种"场"的解剖，是一种解构手法，诗的结尾往往是点睛之笔，是必须"见血"的（打个不很恰当的比喻，一个医生给病人开刀，他最后一道程序必须是"去病"），不然整首诗就成为一些毫无意义的琐碎的细节的堆砌。这方面我自认为成功的例子有：《一支香烟燃烧的过程》《呼吸》《走在城市与乡村的线上》《在图书馆写一首关于读书的诗》等。这些诗呈现了一种"诗歌对生活的参与过程"，但它又以冷眼旁观的形式完成了对"文化"的反讽。更细致地讲，它是以日常语言的冷漠韵律，触及当下诗歌及社会的终端，而完成诗性的阐释及意象的建构，它形成了一种很好的富有韧性的破与立的诗写模式。这里面有一种我自己设定的语言节奏，但我又必须承认，它是对进行着的生活的拙劣描摹，这里面加入了"记忆与怀想"的因素，也因此与最为质朴的生活拉开了距离，它成了我对自己思想的理解方式。

我对自己的思想可以理解为一种诗歌的梦想。我对一些"事件"（生活的事件无处不在）做着无可奈何的悲剧性的处理（我认为"文字"的力量最大限度地体现在悲剧中）。在我的诗中，我成了我自己的一个冷眼旁观者，在另一方面我又诅咒、抱怨，以还生活的真实。这种戏剧性的效果使我与自己的梦想形成一种互动的关系，并达成一种诗学的新理念。我自己成为现实与社会七零八碎的一个感觉体，一个器官，一个符号，一首时刻在被变化、解构、组合的粗糙的大手笔诗歌，我相信每一个生命个体都参加了这种被社会诗写的过程，唯一的区别是我有所发觉，并提高警惕。而你尚蒙在鼓里——充满着幸福感，一种对所有感觉进行抹杀的幸福当中……你追逐，追逐一切你想要的……而我更多地选择放弃和逃避……我差不多，仅仅是选择我唯一的梦想……

当我只剩下一堆感觉的碎片，诗歌就像一些岛屿自然地浮现出来，我从一个陌生女人的喷嚏中感觉到生活在发生变化（见拙作《喷嚏》），我"从贫瘠的食物中／吃出一个世界的佛像"（拙作《预感》），在这里我已脱离了那种被诗写的机械模式，成为一个独立的感觉主体，成为一个梦想的展望者，而不是承受者，一个拒绝物化与物体之外的见证人。这是一种以退场的形式参与的解构，是另一角度的生活之诗，但这种方式仍然不够彻底，只有当这种叙述的方式也无须采纳的时候，那么天地之间的生命体"我"才是一行绝妙好诗。

我的劫难是仍然难逃传统意义上的诗歌理念与诗写方式，比方说以对修辞这一诗学命题的无法彻底抛弃，这就像是我在生活中要做着某种世俗的坚守，我会不自觉地（不知不觉地）使用起修辞（也许我是想更好地传达本真），可见修辞作为一门诗学，它的根基太牢固了，其实，我是极不愿在诗中使用"修辞"这一手法的，我的观点是它就像人类玩耍的一个小聪明，但最终的结果是使自身更快地走向没落（修辞是对生活——日常语言——的一种下流模仿，在生活中我是一个老实人，我说某某女人是下贱的时候，也许我早已对她心怀不鬼）。所以我对自己说，对待修辞，你要极其慎重（修辞像一个施粉的女人，仍然在诱惑着诗歌大众，有如占领大众内心的陈旧审美观念——而我对自己的期望是——创立自己的一种"修辞学"而非援引，因袭别人抑或大众的"修辞学"，我的"修辞"是建立在元叙述上的以物化我，这相对于别人也许并不新鲜，但对于我却极为重要，因为我要注入自己的理解）。

口语的一个最大的特点就是它所指意义的直接性，丁是丁，卯是卯，它不影射和形成暗喻，它是脱口而出的激情、是事物本身、能指和生活实际。当我以一个生命独立体的形式，成为现实这个解构高手的一行别致小诗时，其实我成了一滩世俗的口水，一个宿命论者，一个悲观主义者，一个欲抗争而无能为力的伪英雄、伪先锋，这一过程是充满诗性的。我唯一值得庆幸的一点是我对这一过程有所了解而且保留着继续了解的权力，我对自己优点的发觉是尽量做到了对这一过程叙述的真实性。如果我已经被称作为一个诗人，我只能不悲也不兴奋地说，我无法"一语道破所有的一切"（埃德蒙·旺代卡曼语），无论是在诗句还是在生活中。我需要一个生活的过程，需要被不断改写，甚至是存在着的不断啰嗦、重复、无意义的所指，我总是向自己提问，并找不到答案……

三、内心的返回与重组

一种诗写过程其实就是我在不断返回自己内心的过程——无论我写什么，怎么写，都是为了对内心进行必要的观照——我可以肯定地说，我现在不能快乐地写作，亦不能轻闲地写作，我写作是背着我的十字架，站在火焰上，虚空并梦想，即使我在一些诗中做着一些喜剧性的处理，其实，那时我的内心更加疼痛，我拥有——那赋予词语以新意义的说话者的孤独（加斯东·巴什拉语）——

我思想的吉光片羽渗透了一个时代的冷漠光彩。也许我现在还无法完全很好地把握住自己的诗写，但我期望给自己树立一个形象和目标，我将用文字重组梦想和诗意——一个心灵在旅途上的智性写照——赋予任何一位诗的读者一种诗人的意识（加斯东·巴什拉语）……

这种宏大旨愿建立的基础是，诗歌应该是每一个人内心的共同语言，即使有时或更多的时候是你个人的梦呓，那么这时候诗歌就是有很多人在做着同样的"梦"，而这很多人（你的读者）恰好尚未说出梦中的话语，他们听到了你的声音——一个内心的声音，为之激动而共鸣。这不是一种代言人的角色，因为你的诗写从来都是不自觉的，是一种自我内心的需要，是生存形态下的现实的一种，你说出来的仅是封存在内心中的一种共同感觉，这种感觉在生活中、某一个"场"中，蓄积已久……

我用什么来重建自己的内心呢？用物质，用形而上还是用性和别的欲念？用焦虑、燥热、疼痛、虚无，还是用回忆、幻想、记忆的夸张、安宁、静谧？我过于敏感的神经隐蔽于一只"集装箱"的内部，在它的漆黑和密闭中跳跃和伸展，并通过对钢铁的触摸从中发出塑料的新芽。我在码头上、在火车站、在公共汽车站，在一切流动和凝滞的物质当中，观望、窥视、怀疑并参与其中，我几乎排除了自身的时间性的存在，当我读到这样的句子："词的星群，喃喃低语的回忆"，我问自己，我是处在"回忆"中吗？我写道："我继续——/ 继续打开眼里的波涛 / 我的蔚蓝色的饥饿 / 一浪高过一浪"（《遗忘》）。如果说我的诗写，是某种意义上的"回忆"，那么这种"回忆"也是一种现在的过去进行时，是对现时内心的一种美好设想，是对当下和自我的一种关怀——

　　我发觉这个我赖以生存的环境中（这个时代）就连一条"郊野的小路"——我知道。无论我到哪里生活 / 最先熟悉的都是这些郊野的小路（《郊野的小路》）——也将不再为我保留，那么我只能在自己的内心开辟这样一条小路，以供自己休憩和梦想，并接通看见了或看不见的未来——

　　我虔诚地期待——我的想象的灾难，越来越具体——

1999 年 7 月 3 日于深圳沙头角

　　（原载《诗歌与人——中国 70 年代出生的诗人诗歌展》，黄礼孩编，2000 年 1 月出版）

许立志　卷

许立志，1990年生，广东揭阳人。流水线工人。2014年坠楼辞世，著有诗集《新的一天》《铁月亮》。

论许立志诗歌的工人呈现及其意义

庞　芮　张红翠

2015年2月2日，北京皮村举办了一场特殊的诗歌朗诵会：《我的诗篇：工人诗歌云端朗诵会》。整个朗诵会通过网络，向更广的人群传播。这次朗诵会是农民工诗人集体亮相的一次重要集会。至此，农民工诗人开始受到更加广泛的社会关注。农民工诗人，顾名思义，几乎都是生产一线的打工者，他们很多人来自农村，甚至偏远山区。许立志就是其中具有代表性的一位。

在24年短暂的生命旅途中，许立志留下了195首诗歌。和大多数的农民工诗人一样，许立志的诗歌只在他生前零星地发表过几首。在他去世之后，诗人秦晓宇组织众筹出版了许立志的诗集，命名为《新的一天》，书名取自许立志在微博中预设的、在自己辞别世界第二天定时发送的博文"新的一天"。许立志的诗歌大都是他在打工期间创作完成的。其诗歌主要书写了生产线工人背负身体疾病、精神桎梏的双重重轭的生命状态，揭示了剥夺工人存在整体性和诗意存在可能的现代工厂生产模式。所以，许立志的诗歌具有了某种批判性的社会意义，其意义最终启发我们去探求现代工厂生产模式对工人的压榨和桎梏，观照底层打工者这一社会群体的生存实境，并在马克思人道主义意义及人类生存共同体的意义上反思"我们"与"他们"之间的共同命运。

一、打工生活："弓着腰"的身影

许立志曾在南方某城市做工三年，在工厂工作的这段生活带给他深刻的生命体验。这些生命体验促发了许立志对生产线工人这一社会群体的觉解，并以一个初涉世事的青年的视角呈现了当代生产线工人由身至心的双重实境。

（一）流水线上的"兵马俑" 凭借着丰富的个体经验，许立志书写了一首首真实而又具体的工人诗歌，呈现了以"流水线"为意象的工厂环境与以"兵马俑"为代表的失去个体意志可能的工人形象之间的对立。这些形象清晰地呈现在《打工生活》《流水线上的雕塑》《夜班过后》《我就这样站着入睡》等诗歌中。

首先，流水线的工作环境是喧闹嘈杂的。在诗歌《窖藏在车间的诗词》《长眠》中，诗人描述了这种现实的工作情境："轰鸣声萦绕在车间的上空"。"这些根植车间的机台朝你吼叫。"[①] 可见，车间中始终充斥着机器的声响。而这些声响形成的巨大的声音场，以持续不断的声波进入到生产线工人年轻的身体，萦绕着他们、吞并着他们的"呼吸声""心跳声"。换言之，存在于其间的"人"在身体机能乃至心理机制上将会逐渐被征服和消解。其次，流水线的工作环境是冰冷的。工人们要沉默地面对着冰冷的操作工具："师傅说 / 这是高速机，那是泛用机 / 这是载具，那是治具 / 可我看到的 / 全是冰冷"。（《打工生活》）也就是说，工人工作的对象是冰冷的机器。而这些机器是不会在工作中与工人进行"交流""对话"的。因而，人之为人的那种"鲜活"和"热情"被机器的"死板"与"冰冷"打磨得粉碎。再次，工人们不仅需要忍受人工智能的工作环境，还要受到机械的劳动时间的挤压。这主要表现在倒班和加班两个方面。在劳动密集型的生产线工厂中，工人们的工作时间通常是倒班制，或者是白班和夜班两班倒或者是 8 小时三班倒模式。这种模式，特别是夜班加重了工人们劳动的艰辛程度。许立志在诗歌中多次提及夜

---

① 许立志著，秦晓宇编选．新的一天．北京：作家出版社，2015．本文所引许立志诗歌均出自此书，不一一注引。

班的辛劳："夜班过后 / 我的眼神饥肠辘辘 / 它在夜里曾被一滴硝酸腐蚀。"（《夜班过后》）此外，工厂生产还会经常性地要求工人加班："你需要驮着生活 / 在夜里加班。"劳动时间的黑白颠倒和延长使得工人们的工作更加繁重难挨，身体更加疲惫，也使工人的休息时间和生活时间一定程度上被挤占甚至剥夺。许立志在诗歌《泪》中就曾感慨过工人们的生存实际："你没有钱，没有时光 / 你只有一滴汗水，两滴眼泪。"

在这里，许立志呈现了现代工厂与工人及其劳动之间的一组结构性的对立。就现代工厂而言，它的生产方式将劳动主体——工人搁置在生产环节的终端，任由一套越来越理性化的机器生产体系所摆布。表面来看，这只是一个工厂世界的运行方式，其背后却隐藏着现代社会中将机器宰制内化为意识形态后"人"变得不被尊重、甚至难以为"人"的问题。因而，就工人而言，他们："磨去棱角，磨去语言 / 拒绝旷工，拒绝病假，拒绝事假 / 拒绝迟到，拒绝早退……被它们治得服服帖帖 / 我不会呐喊，不会反抗 / 不会控诉，不会埋怨。"（《我就这样站着入睡》）可见，在现代工厂世界中，工人们的价值仅仅被简化为只需要听从机器节拍，而不需要有"诗人"的敏感和质疑的服从者。所以，在许立志的目光下，没有个体意志的生产线工人就是只剩下名字的符号："沿线站着 / 夏丘 / 张子凤 / 肖鹏 / 李孝定 / 唐秀猛 / 雷兰娇 / 许立志 / 朱正武 / 潘霞 / 冉雪梅 / 这些不分昼夜的打工者、穿戴好 / 静电衣 / 静电帽 / 静电鞋 / 静电手套 / 静电环 / 整装待发 / 静候军令 / 只一响铃工夫 / 悉数回到唐朝。"（《流水线上的兵马俑》）

工作状态中的流水线上的工人们，需要快速地执行"被标准作业指导书规范的 / 一系列关于产量的动作"。（《迎接晨曦的诗歌》）这些动作都已经像电脑程序一样被设置好，整齐划一。而且，随着机械技术的进步，流水线生产的节拍速度不断提升，加上为了配合流水线的生产模式以及订单的出货期限，生产线动作也要一快再快。正如许立志在诗歌中描写的一样："双手如同机器 / 不知疲倦地，抢，抢，抢。"（《流水线上的雕塑》）这样的过程限制了工人们的身体、侵蚀着工人们的精神世界。因而，在这样的生产模式下，工人的个体自我意识与个性都被毫不留情地封存进只有他们自己知道的内心世界。所以，现代工厂的生产方式使得工人们的整个劳动过程不可能是一个实现自我价值的诗意过程。最终工人们也被迫成为一个个整齐而紧张的机器的发条，生命能量不断被盘剥消耗。透过许立志的诗歌，我们窥见了工人们机械化的身影和被追赶而来不及反应的心灵。

（二）生活洪流中的卑微者　许立志的诗歌不仅呈现了工作空间对生产线工人的挤压，还表达了日常生活空间对工人作为日常人的盘剥，由此彰显出生活空间与日常存在之间的结构性对立。

许立志在对居住空间的描述中展现了工人真实的日常生活空间："十平方米左右的空间／局促，潮湿，终年不见天日／我在这里吃饭，睡觉，拉屎，思考。"（《出租屋》）狭窄、逼仄、阴暗、潮湿的生活空间既是许立志个体生活状况的典型写照，也是生产线工人的日常生活空间的普遍现象。这些空间将工人简化为单一的生理化存在。除了廉价出租屋，生产线工人大部分住在工厂的集体宿舍。尤其是劳动密集型的现代工厂，几乎都会为工人们提供员工宿舍。这一方面为暂无能力购买住房的外来务工者解决住宿问题，一方面便于工厂管理。所以，员工宿舍作为工厂管理的一部分，也是其工厂制度的一个延伸，同样运行着机械化甚至军事化的管理制度。比如很多工厂管理中规定："工人们不得自己洗晾衣服，不得用吹风机吹头发，夜晚 11 点前必须归宿，违者罚款。更为严苛的是不允许同乡或者一个车间的同事住在同一间宿舍里。"[①]这样的管理方式是对工人极大的约束，不仅是肉体的，也是情感的，更有对人际交往的限制。这种规定限制了工人的日常生活，从而使之在生活中亦如在流水线上整齐划一。其目的是避免工人额外精力的消耗，从而提升工厂生产效率。所以，有研究者认为，"工厂的宿舍并不是工人们休息放松的生活场所，而是工厂政体的延伸。""工厂政体"（FactoryRegime）这一概念来自美国社会学教授麦克·布洛维。在《生产的政治》一书中，他提出并且系统地论述了"工厂政体"。按照该书的界定，"工厂政体"包括对工厂和劳工进行研究的四个基本维度，其中涉及生产工人的是其中的"劳动过程"和"劳动力再生产模式"。在这里，"劳动过程"是指工人在工作现场的直接生产活动及其在此种生产活动中建立的各种社会关系和政治关系。"劳动力再生产模式"是指工人用以维持自身劳动能力的再生产和其家庭生存的不同方式。所以，工厂政体并不仅限于生产环节和工厂空间，还延伸到工厂之外工人们的生活和精神。而且，"工厂政体"有着一整套完备而理性的管理体系。这种体系的宗旨是一切为工厂效益服务。也就是说，工人们时刻处在工厂的管理

---

① 潘毅等编著 . 我在富士康 . 北京：知识产权出版社，2012：19.

体系之中，并始终在最底端。从现代工业生产的总体历程来看，这种科层管理制度也恰恰折射出现代社会重效率、重理性而轻人性、轻情感的时代病。

生活空间的逼仄使得工人与自己的生存空间是疏离的。进而，工人与自己的生活也是疏离的，难以有掌控自我生活的自主感。

这主要是因为，由于工人处在生产链条的末端，靠简单重复的劳动换取微薄的收入。因而，生产线工人也注定处在消费链条的末端，只能拥有卑微可怜的吃穿用度。又由于当下的社会是以消费来衡量生活的，所以，在与巨大的消费现实和诱惑的比照之间，工人们生存的卑微感也就愈加凸显。许立志有一首名为《苹果》的诗歌意味深长："拿在手里 / 玩玩游戏上上网 / 突然觉得饿了 / 索性把它吃掉。"阅读这首诗，我们不禁要问：拿在手里的到底是苹果牌的手机，还是一个可供食用的苹果？带着巨大的迷惑和模棱两可，诗人不仅凝视了自我以及自我的生活，也审视了正在阅读诗歌的"我们"，也就是诗人以及生产线工人对面的人们。而且，许立志就是要营造这种模棱两可的艺术效果来勾起读者的好奇心，从而引发读者关注和思考打工者的生存现状。无独有偶，在有关流水线工人的采访中，我们看到，一些苹果手机生产线上的工人们最渴望买到一部真正的 iPhone。但他们坦陈："太贵了，我也犹豫两个月了。但是感觉我们是生产这个的，如果自己能拥有一部，心里会很满足。"这是工人们的心声，而这个心声表达的恰恰是工人心中的卑微感。许立志在诗歌《放下》中表达了这种卑微感："放下尊严……你要把工业废水 / 一滴不剩地灌进生锈的肺 / 把眼珠送上断头台 / 把皮肉一块一块的 / 抛在路上，任生活的灵车 / 反复碾压。"在这里，人类现代文明中生产劳动、劳动者以及商品物之间的矛盾依然是问题的核心。诗人向我们提出了人类该如何共同面对和解决这一困境的问题。

二、双重重轭：疾病与"死亡"

在流水线上，工人们如石像般存在。在生活中，生产线工人如卑微者艰难生活。工作和生活的双向挤压给生产线工人架上了生命的双重重轭：疾病与"死亡"。在这里"疾病"指身体维度受到的创伤，而"死亡"则特指精神世界的微弱。

（一）身体之伤　生产线工人常年承受极高的劳动强度，过度的劳累带给他们满身的疲惫和满心的无力。许立志在诗歌中多次描写了工人们疲惫的身影："穿着工衣，他们的疲惫显露无遗 / 白班不见太阳，晚班不见月亮……这满满溢出的疲倦 / 淌了一地。"（《疲倦》）这样的生活"馈赠"给他们的就是那一身"繁华的茧，渗血的伤"，即典型的职业病。因为，疲倦日积月累后就会漫漶成伤："郁积了三百天的劳累 / 在岁末被命名为偏头疼。"（《苍老的哭泣》）"日光灯高悬，照亮我身体黑暗的部分 / 它们已漫漶成咳嗽、喉痛、腰弓。"（《我愿在海上独自漂流》）诗歌中多次提到的偏头疼、咳嗽、喉痛、腰弓等病症是工厂劳动者普遍存在的职业病。这些职业病与车间轰鸣的工作环境以及流水线上机械化的生产模式息息相关。特别是流水线模式，它往往要求工人们日夜重复相同的机械动作，这就使得工人们身体中相应的固定部位日益磨损，受到特殊损伤，无可避免地患上具有职业特征的劳损类疾病。正如许立志在诗歌《发哥》中描写的一位工友的情况："每天一千多次的弯腰直腰 / 拉着山一般的货物满车间跑 / 病根悄然种下而你一无所知 / 直到身体的疼痛拉着你奔向医院 / 你才第一次听到了 / '腰椎间盘突出'这个新鲜的词组。"许多职业病是终身性的，一旦患上，轻则终身忍受病痛，重则可能丧失继续劳动的能力。所以，职业病对于劳动者尤其是重体力和机械性体力劳动者来说有极大的危害。

除了劳动强度外，工厂的工作时间安排也会影响工人们的身体状况。工人们工作时间黑白颠倒、经常性加班延长工时势必导致他们生物钟紊乱，加之沉重的工作所带来的疲惫和劳累都会促使他们在深夜辗转反侧，不能成眠。对失眠的深夜，许立志有深刻的体会，他曾说："我都在祈祷 / 今天的劳动不要太重 / 时间，不要太长 / 否则，踏出这道门槛 / 至少需要一百年的勇气。"（《凌晨的眺望》）"呵，习惯了加班 / 一旦放假反倒在梦之外徘徊……它们安然入睡了 / 剩下失眠的我。"（《失眠》）失眠是许立志在诗歌中经常提及的工人们身体方面的困扰。现代医学表明，失眠对人体有极大的危害。它会使人产生疲惫、烦躁的情绪。在这里，不仅工作成了沉重的负担，而且生活和自我以及自我的身体都成为一种负担。在诗歌《梦想与现实》中，许立志感叹道："留下我的身体 / 被一截又冷又硬的现实 / 洞穿。"与此同时，工人的日常生活也在不知不觉地丢失。

（二）精神之殇　诗歌中，许立志不仅呈现了打工生活对工人们身体的伤害，而且更加痛心地描绘了工人们微弱黯淡的精神世界。许立志曾这样描

述生产线工人在工作中的状态："沿着流水线，笔直而下……我都不曾发现 /
自己站成了雕像。"雕像，是没有意识没有生命、被机械排列的。之于生产线
工人的工作性质，诗人的这个比喻是极为形象的，甚至是刻骨铭心的。

工作中，工人们每天都要面对车间严格的管理制度。在这种生产管理制
度下，达到标准和服从制度是工人们最主要的使命。工人们被要求只负责生
产线上的某个单一固定环节，并且必须跟紧机器的高速节拍，劳动的整体性
被切割，劳动之于人的意义和价值也被简化为单纯的报酬。更重要的是，
流水线的生产模式使人变得和冰冷的机器一样，只在机械地重复着相同的动
作，思维日益僵化，逐渐呈现"物化"的状态：不仅在工作中像机器，而且
在生活中也几乎被简化为单纯的生理性存在。

关于工人存在的物化事实，卢卡奇早有论述："工人的身体成为'第二自
然'的一部分，服从于'第二自然'的运行规律，他的意识已经丧失，或者
说已经物化，成为自动运转的机器的属性。"①"物化"说到底是对人精神心灵
的桎梏，其结果导致人变得和物一样，没有情感，没有思想，冷漠麻木。正
是在"物化"的意义上我们说，许立志在诗歌中将流水线工人比喻为雕像是
十分形象的。除此之外，逼仄的生存空间、服从的工作态度都让工人们倍感
压抑，静默的工作方式、原子化的管理模式将工人们驱近孤独。许立志深受
这种孤独的煎熬，并把这种精神之殇写入诗歌："我被它们治得服服帖帖 /
我不会呐喊，不会反抗 / 不会控诉，不会埋怨 / 只默默地承受着疲惫。"(《我就
那样站着入睡》)"那是覆盖我单薄躯体的工衣 / 或者你也可以把他诠释为孤
独。"(《奔波》)这些诗歌揭示了溢满在工人精神中的孤独和压抑，好似无声
的呐喊和逼视，将目光和身体转向机器与人性之间的对立。

此外，正值青春年华的许立志敏锐地看到了青春、梦想以及爱情在生产
线上的荒芜："十万打工仔 / 十万打工妹 / 将自己最美好的青春 / 在流水线
上，亲手埋葬。"(《打工生活》)"年轻打工者深埋于心底的爱情 / 没有时间开
口，情感徒留灰尘。"(《最后的墓地》)"那些与青春有关的梦想与产品一起打
包 / 贩卖到大洋彼岸，等候下一个轮回。"(《搬运工》)许立志是一位青年打
工者，因而他能够切身地感受到生产线上的打工生活与爱情、梦想以及青春

---

① 周立斌.卢卡奇的物化理论及其演变.北京：中国社会科学出版社，
2012：3.

等生命主题之间的对立和冲突。因为生产线节拍化,对劳动者体力、精力要求较高。所以,现代工厂打工的劳动者多为二十多岁的青年,而且流动性很大。二十多岁是人一生中最美好的年华。但是打工生活使得他们较少有机会真正地享受青春、真正地追寻梦想和获得爱情,这些既构成打工青年的精神实况,也构成他们的存在困境。

三、诗歌意义:撕开时代的沉默

许立志的诗歌,不仅呈现了现代工厂生产线工人这一社会群体的工作和生活面貌,还进一步揭示了这种生活状态下他们所承受的身体和精神的双重重轭。这些真实而具体的呈现,得益于许立志的两重身份:其一,他曾是流水线上的一名工人,是他所描写的工人群体的一分子。因而,他有着切身的打工者的生命体验。其二,他具有诗人的特质:情感细腻、敏感,颇富才情。所以,他擅长以"我"手写"我"心。他能够用他手中的笔动情地记录自己生命中的打工经验。而且,作为一名农民工诗人,许立志在讲述打工生活的表象背后,更多的是对"人"的关注以及对精神世界的体验和挖掘。因而,许立志的诗歌具有一定的社会意义和价值。

首先,许立志在诗歌中呈现了打工者群体的生命面貌。他和其他农民工诗人的诗歌创作一起使底层打工者群体以群体诗人的身份进入到文学世界,这具有一定的社会意义。因为底层群体是长期被忽略的社会存在。因而,许立志诗歌中的工人书写起到了一种平衡的作用,一定程度上引发了社会对工人这一社会群体的广泛关注。具体到许立志笔下的工人,他们在生活中的卑微形象与其他工人诗歌中的形象构成了一个形象群,使阅读者得以在超越性的格局中审视"他们"与"我们"。特别是近年来,随着城市化进程的推进,进城务工的农民工群体日渐庞大。他们日益成为社会发展的重要力量,但是他们的生存却面临着诸多问题。关注农民工群体,给予他们应有的社会关注和关怀,是社会建设的应有之义。所以说,许立志的诗歌乃至其他工人诗歌恰好是一个契机,使农民工、流水线工人得以在社会文化、人类文明意识中显影浮现。

其次,在呈现工人生命面貌的表象之下,许立志诗歌的深层涌动着对现代工厂生产模式的批判,以及对"机器"所实施的"暴政"的抗议。自工业革命以来，人类逐渐形成了用大机器取代手工劳作的生产方式。然而，这种生产方式在提高生产效率的同时，也以其特有的方式桎梏了产业工人的精神和心灵。传统的"人"以及劳动的价值和意义受到挑战。马克思在《1844年经济学哲学手稿》中说："劳动用机器代替了手工劳动，但是使一部分工人回到野蛮的劳动，并使另一部分工人变成机器。劳动生产了智慧，但是给工人生产了愚钝和痴呆。"[①] 所以，机器是人类文明——理性的产物，但自诞生之日起就是一把双刃剑：在助人类文明进步一臂之力的同时，又以"反客为主"的姿态操控了人的行动和思维。当代社会，人工智能提升了生产线的生产性能，极大地改变了机器和人之间的早期关系，不断缩小和削减工人在劳动中的自主性和能动性。在不断智能化的技术时代，工厂生产方式朝着更加高效、理性、文明的方向发展。而这也意味着人在生产劳动过程中的异化或者物化程度会更加深入。在这个意义上来说，许立志诗歌中的工人呈现就是在揭露、批判、反抗过度理性的现代工厂的生产方式，并为人类注入一股反思人与"机器"关系的力量，其意义深远。这也正如许立志在诗歌中所坦言的："我向你们谈到这些／纵然声音暗哑，舌头断裂／也要撕开这时代的沉默。"（《我谈到血》）

最后，我们也应该注意到，许立志是位死亡意识浓厚的诗人。因而，他凝视生活的眼光有时过分绝望，未免给他笔下的工人的生活掺上了过多的风霜。在其他农民工诗人的诗歌中，我们可以看到他们对于劳动、劳作中的人以及手中生产之物的某种不乏诗意的书写和情感，比如老井，比如乌霞等。他们诗歌中的意象和体验传达了与许立志不同的打工体验和生命理解，构成与许立志诗歌相对应的一部分诗歌呈现。

（原载《山西大学学报（哲学社会科学版）》，2020 年第 1 期）

---

① 马克思，恩格斯.马克思恩格斯选集.北京：人民出版社，1995：45.

诗人之死与艺术的重生

——"打工诗人"许立志诗歌论

何雪峰　白　杨

　　"打工诗人"许立志的名字在他与世界诀别之后忽然被社会新闻热闹地关注起来。他曾为富士康公司员工，作为"打工者"以诗歌创作记录的生命轨迹，以及他决绝地告别世界的方式，被众多媒体挖掘出来加以报道。他成为一个社会热点事件中的主角，但遗憾的是，人们往往过于看重他"打工诗人"的身份，而忽视了这身份之下的诗歌。许立志的诗歌并不仅仅有钢铁的躯壳，不仅仅是对生活的控诉，还有绝望赋予的诗意，以及在死亡与"存在"中衍生出来的对于生活的渴望，只有了解了这些才是对逝者真正的尊重。

　　1990 年 7 月 28 日许立志出生在广东揭阳一个普通农民家庭中。高中毕业后他开始在广州、揭阳等地打工，2011 年初进入深圳富士康公司成为一名流水线工人，他的诗作主要都是在这个时期完成的。2014 年 1 月，许立志通过诗作《杀死单于》《绝句》等表达了与富士康决裂的想法，2 月合约期满后他未再签约，创作中断了 5 个月。期间他曾赴江苏谋职，不久又回到深圳。6 月 17 日起，许立志重新拾笔创作，但其诗作中的死亡意蕴愈加浓郁。这期间，他在思考死亡，预言并预演着自己的死亡，为自己和世界寻找存在的意义与价值。可以说，许立志这一时期的诗歌就是他的遗嘱。

　　2015 年 3 月，许立志唯一的一本诗集《新的一天》以众筹方式出版，这本诗集囊括了他一生中所有的诗作，而其命名正取自其诀别世界前的最后一条微博。对"新的一天"的期盼与残酷的"诗人之死"如此突兀地扭结在一起，迫使活着的人们不能不正视那个在历史的天空中回旋了几个世纪的疑问："活着，还是死去？这是一个问题。"

一、与生存相伴的死亡

死亡并非一个独立的命题，与死亡相伴而生的是"生存"。许立志说："我来时很好，去时，也很好"①(《我弥留之际》)，出生的时候空如白纸，一切都是新的，所以"我很好"；而死亡之时，一切都送还天地，那么"我也很好"；只是现在，"我并不好"。事实上，生存远比死亡要更加本质："深刻的死亡意识同样也是建立在深刻的生存体验基础之上的"②，作为敏感的诗人，深刻的生存体验造就了诗人对"死亡"的热衷③,《诗人之死》成了许立志为自己塑造的墓碑。

生存对每个人来说都是日复一日地活着，但对许立志来说，生活却如绳索般将他死死地捆绑，他写道："我是一只小小的飞蛾 / 总是奋力地扑向 / 生活这场滔天大火"(《飞蛾》)。这句诗描写的不仅仅是诗人自己，更是许许多多平凡的人，生活就像一场滔天大火，我们每个人都不得不扑向它，如同宿命一样。诗人秦晓宇说："许立志就是带着这种越来越浓重的黑夜意识上路的……黑夜就是他的现实，而容纳黑夜的诗歌又几乎是他唯一的灯火。"④这个论断使得诗人的一生更富有悲剧色彩，一个身负黑夜意识的青年终究会走入黑夜，而推动他的正是生活这场滔天大火。顾城写《一代人》，"黑夜给了我黑色的眼睛 / 我却用它寻找光明"，讲的是那一代人在黑暗中的命运起伏，于绝望里寻找光明的过程；可许立志却发出了"这黑色的眼睛啊，真的会给我们带来光明吗"(《夜班》)的疑问。诗人在质问生活，深重的苦难并没有随着那一代而离去，我们依旧沉沦在痛苦之中，光明真的会到来吗？他写道："我们沿着铁轨奔跑 / 进入一个个名叫城市的地方 / 出卖青春，出卖劳动力 / 卖来卖去，最后发现身上仅剩一声咳嗽 / 一根没人要的骨头"(《失眠》)，这是诗人的生活状态，这也不仅仅是他一个人的生活状态。

许立志生前的大部分诗作都是他在富士康工作期间完成的，他在生产线

---

① 许立志.新的一天.北京：作家出版社，2015：226.本文所引许立志诗歌均出自该诗集，无特殊情况，随文注明篇目，不再一一注引。

② 刘勇.中国现代文学的多维阐释.合肥：安徽大学出版社，2013：9-10.

③ 同①，2015：163.

④ 秦晓宇.一颗螺丝掉在地上（诗集序言）.许立志.新的一天.北京：作家出版社，2015：5.

上一遍遍重复着毫无创造性与趣味的动作，每天近十个小时的工作全都需要站着完成，他写下这样的诗句："流水线旁我站立如铁，双手如飞/多少白天，多少黑夜/我就那样，站着入睡"（《我就那样站着入睡》），"多少个夜班过后，我最大的梦想，竟是日出而作日落而归"（《夜班》）。因为打工的辛劳，他的身体也出现了问题，痛苦的咳嗽、胃痛、失眠、偏头疼，严重影响了他的生活，更加对他的创作产生了深重的影响，令他的笔端开始滑向死亡："雨声潇潇的凌晨他开始失眠/咳嗽，胃痛，头晕，焦虑"（《异乡人》），"身躯正一寸寸腐化/像我长年的偏头痛/不声不响地漫过血管/在五脏六腑扎下农业与工业的根"（《梦回故乡》）。在《杀死单于》一诗中，诗人以汉代将军与匈奴做喻，形容自己与富士康的决裂，并真的在合同到期后离开了富士康。客观地看，他的离开不仅仅是由于身体原因，也与他身边的"死亡"有关。在诗人的众多诗作中，《一颗螺丝掉在地上》一直被当作工人诗歌转载，因此成为他流传最广的几首诗之一："一颗螺丝掉在地上/在这个加班的夜晚/垂直降落，轻轻一响/不会引起任何人的注意/就像在此之前/某个相同的夜晚/有个人掉在地上"。

这首诗于2014年1月9日上传到诗人的博客，而1月10日凌晨深圳富士康又有一名工人跳楼身亡，这已经是该厂区的第十五个跳楼事件。五天之后，诗人写下了《杀死单于》和《绝句》，"总要有人捡起地上的螺丝/这废弃的生活才不至于生锈"（《绝句》），之后他告别富士康，整整五个月未动笔写诗，那时候他大概是下了一个决定，废弃的生活终究要继续下去，自己便是那个捡起螺丝的人。

"城市与村庄是我生命的两端，我横亘其间无所适从"[1]，这段来自许立志博客的话一语道破了他的一生，这是来自祖辈的宿命："诗人啊，你这大山的囚徒/一辈子也别想看到大海"（《致诗人》）。大山是乡村的象征，而大海比喻城市，生于乡村的许立志被祖辈的命运缠绕在土地之上，一旦离开土地，看到城市的"大海"，余生将不得安宁。

"1943年秋，鬼子进村/我爷爷被活活烧死/享年23岁//我今年23岁"（《谶言一种》），这句诗读起来令人恐慌，尤其与诗名所提的"谶言"联系到一起。

---

① 许立志.夹在村庄与城市之间.新浪博客，http://blog.sina.com.cn/s/blog_69463e160100n9yh.html.

许立志写这首诗的时候23岁，他死于24岁，由此看来，他的死亡并非偶然，长久以来，他都徘徊在生与死的边界。他一遍遍地审视自己，无论是生活，还是认知，而这种审视在诗歌中往往会涉及亲人和家乡，正如《谶言一种》提到的爷爷，也如他去世前写的最后一组诗《故事三则》中虚构的《亲情故事》：二姐、大姐、父亲、母亲在他的人生里接连死亡，随着时间过去，他慢慢消泯了心痛，甚至在怀疑他们是否真的在自己的生命中出现过，就如同自己这24岁的人生，如同庄生梦蝶，不知是虚幻的还是真实的？还有这首，"这个过早耳背的年轻人，此刻正合上双眼/黑暗中他听到自己低声叫着：'阿公，阿嬷，阿爸，阿妈……'"（《冬深了》）。诗人想要离开这座锋利的城市，回到他柔软的乡村，就如同想要离开这个冰冷的现实，回到母亲的子宫："这群火急火燎的物种 / 忙活了一辈子 / 弥留之际终于不再插队 / 他们低着头，井然有序地 / 钻进老母亲的子宫"（《排队》）。出生与死亡是一个轮回，出生是离开母亲的子宫，所以死亡便是回到母亲的子宫。

诗人笔下的故乡更像是一座伊甸园，那里是他的启程之地，但却再也回不去。即使后来他多次回家，但他回到的地方已经不是他笔下的故乡了，只有死亡，能带着诗人回到那里："剩下的最后几天 / 我回到了我的村庄 / 带着一垛松松垮垮的年龄和疾病"（《团聚》），"翻过这滴血的一页，城乡间高高的门槛 / 他听到旧乡村的鸟鸣牛哞，再不见公交，地铁，高楼"（《冬深了》）。

秦晓宇在描述自己跟随诗人的哥哥海葬弟弟时，写道："我忽然想到，塑料盆里那些所谓的海鲜，一直生活在大海里，最终不得不以陆地为归宿，而许立志恰恰相反，相反而又相似。"许立志曾写过："等我死后 / 你们把我的骨灰 / 撒在茫茫大海 / 相信那一天 / 你们会看到答案"（《我究竟喝了多少》）。也许是巧合，也许是必然，许立志最终被海葬，正如其诗中所写的那样。最终，他的灵魂回到了他的乡村，和他虚构的父母姐妹永远相依；而肉体被抛洒在大海之上，徘徊在城市的海岸，听着工业的轰鸣。

二、超越死亡的恐惧

恐惧是人所共有的情绪，有人恐惧黑暗，有人恐惧空旷，有人恐惧高度……事实上，恐惧源于生存，从进化伊始人类为了保证生存而产生了恐惧，它会为生命提供一个缓冲，不履危，不涉险。而说到根本，恐惧是为了避免死亡："死亡恐惧……是一种根本性的恐惧，影响着其他各种恐惧。不管这种恐惧具有什么样的伪装，却无人能幸免。"[1]对死亡的恐惧是人作为生命的根本性恐惧，可是许立志与一些诗人却违背了生命最根本的恐惧选择了死亡，这是因为他们拥有超出常人的敏感，在严峻的生存处境中感受到莫大的危险，对这种危险的恐惧已经动摇了自身存在之本，衍生为"对存在的恐惧"。

生活的重负，对于迟钝的大多数也许是温水煮青蛙，但对于那些敏感的诗人，却一切都显而易见，一切都在压迫着他们脆弱的神经：

索尼爱立信 K510c（2009.1.29—2011.2.1）
诺基亚 5230（2011.2.1—2012.3.10）
中兴 U880（2012.3.11—2013.6.11）
小米 2s（2013.6.11—）
2013 — 6 — 11
——《一个人的手机史》

诗人写这首诗的时候应该是充满喜悦的，因为他换了一部新的手机——小米 2s，这对于他来说是一笔大额消费，而且意义重大。长时间的工作导致他能自由支配的时间很少，智能手机成了他从外界获得信息的主要途径。然而，此时的诗人也许并没有意识到，他的记录方式一点也不寻常：前面的手机品牌型号很像一个工人的名字加编号，甚至可以看成是一个人的名字和身份证号，而后面的起止时间则是生卒年。与之相似的还有《一颗花生的死亡报告》，一瓶花生酱的产品说明书司空见惯，但分行排列后被冠上"一颗花生的死亡报告"这样的诗题就变得耸人听闻。联系到作者的身份，任何商品的成本都有人工费，那么出卖自己劳动力的工人不也是商品的原材料吗？那么在这瓶花生酱中，工人也是原材料，所以工人便是花生。因此，一直以来，我们都是在把人做成商品，并冠以堂而皇之的名字来——"吃人"。

相较于上一首诗中诗人的无意识行为，这首则是故意而为，诗人已经察觉到了自身在被物化，生而为人却被当作物品足以令人恐惧，更恐惧的是身

---

① E.贝克尔.反抗死亡.林和生译.贵阳：贵州人民出版社，1988:30.

边的每一个人都不自知。当有所言而不能言，孤独带来的绝望是刻骨的，死亡的恐惧远不抵存在的恐惧更令人疯狂。"被吃掉 / 是肉存在的唯一价值 / 因此当我一片接一片地 / 吃掉自己身上的肉时 / 我实现了 / 自我存在的价值"(《存在与价值》)。这首诗中，诗人的逻辑很简单，肉的价值是被吃掉，那么我吃掉自己的肉就实现了自我存在的价值；而对于整个人类而言，没有人能避免被"吃掉"的命运。鲁迅在《狂人日记》中借用"狂人"的名义来写"吃人"，许立志则更直接——就用自己来写。

"人既具有可超越自然的理性、创造能力和小小神祇，又是无可奈何地属于自然的有血肉之躯的虫蛆。"[1] 一个真正的"人"应当如帕斯卡尔所言，做一支"有思想的芦苇"，而"诗人"更是其中的"佼佼者"。也正因如此，用敏感的心灵去遍尝底层的无助，看遍身边的生死悲喜却依旧无力反抗生存的压迫，许立志就是这样活在内外巨大的沟壑中，最后将自己撕碎。

三、"我弥留之际"：比死亡更重大的命题

许立志离开富士康后，五个月未动笔写诗，紧接着在 2014 年六、七月间爆发式地写了 12 首之后再搁笔。读他这两个月的作品对任何读者都是一种折磨，就如同一个徘徊在弥留之际的人散开思绪，想到了父母家人，想到了自己的一生，想到纯美的爱情，想到了自己死后的世界会是什么样子……这里面充斥着压抑的情绪，也有解脱之感，对生的眷恋和对死的决绝交织在一起，不禁让人疑问，究竟是什么力量让这位诗人选择走向死亡？

许立志在 2014 年 8 月 8 日的微博上写道："秋天了，请把我埋好"[2]，这距他计划的死亡日期已经不远了。而这时诗人已经放下了笔，写完了最后一组诗《故事三则》，这组诗有三个部分：爱情、友情和亲情。爱情后面标着"2013 — 2014"，友情和亲情则是"1990 — 2014"，2013 年诗人谈了一场不温不火的爱情，1990 年诗人出生，2014 年诗人去世。

在这之前，诗人写了《团聚》，想到自己回到村庄，回到"昔年破败的祖

---

① 胡吉省.死亡意识与神话.北京：中国社会科学出版社，2007:170.

② 许立志微博.2014-08-08.http://weibo.com/1766211094/BhfovAiZU?from=& type=comment.

屋"，"在祖辈的坟前三跪九叩"，并将自己化作一把骨灰"以四处飘散的形式与你们团聚"。他写《我知道会有那么一天》，"那些我认识的不认识的人 / 会走进我的房间 / 收拾好我留下的残骸 / 清洗我淌满地板的发黑的血迹…… / 收拾完这一切 / 人们排队离开 / 再帮我把门悄悄带上"。同时他也怀有遗憾，《我一生中的路还远远没有走完》"就要倒在半路上了"，"我只能这样平躺着 / 在黑暗里一次次地发出 / 无声的求救信号 / 再一次次地听到 / 绝望的回响"。而《我弥留之际》在诗人去世之后更是被多次转载："我想再看一眼大海 / 目睹我半生的泪水有多汪洋 / 我想再爬一爬高高的山头 / 试着把丢失的灵魂喊回来 / 我想在草原上躺着 / 翻阅妈妈给我的《圣经》/ 我还想摸一摸天空 / 碰一碰那抹轻轻的蓝 / 可是这些我都办不到了 / 我就要离开这个世界了 / 所有听说过我的人们啊 / 不必为我的离开感到惊讶 / 更不必叹息，或者悲伤 / 我来时很好，去时，也很好"。

诗人看似很平静，但每一个读诗的人都能体会到他内心的汹涌，他有太多的东西放不下，但他知道生死大限将到，就如托尔斯泰无法控制他笔下的安娜，"生生将她送到命运的车轮之下"[1]。许立志说自己通过了殡仪馆的面试，成为一名《入殓师》，他"站在镜子前"一遍遍"整理自己的遗容"；他刻下"墓碑"，打造"棺材"，设想"此刻他们正把我的棺柩吊进墓穴"（《重生》），自言自语地问，"我死后 / 是否也有这么多人来 / 哭我，送我"（《由一支送葬队伍想到的》），最后自己叹气着说，如果自己"哪天死了 / 身边肯定也是 / 一个人都没有"（《我弥留之际·孤老》）。

许立志也曾探讨过"诗人"这个命题，他说："诗人其实就是 / 湿人 / 食人 / 死人 / 似人——"《诗人是什么》。诗人是什么？被生活的大雨淋成满目狼藉，被社会和习惯逼迫着去食人，被压榨而死，被异化成非人，这是一首蕴含着大悲痛的诗。就像他说，"想死 / 你就去写诗"（《有题》），一个足够敏感的诗人与世俗必定是格格不入的，他们能看到别人看不到的生活背后，是冰冷漠然，是血肉模糊，抑或是花开遍野，灿若星辰。当然，许立志大多时候是前者。他说："回首这一生，我也是幸福的 / 唯一的遗憾是 / 在我为自己编织的花圈上 / 少了玫瑰 / 和玉兰"（《良民》）。他的玫瑰，他的玉兰，正是他的遗嘱：

---

① 夜深.是谁杀死了安娜——重读托尔斯泰《安娜·卡列尼娜》.新浪博客，http://blog.sina.com.cn/s/blog_4a91a9230102dyq6.html.

是从他离开这个世界的"新的一天"开始，每个人都能拥有幸福。

有人说："许立志24岁写诗写到死没一点意义"[1]。而事实上，"意义"应当是一种精神内容；它是作为主体存在的人，赋予万物生灵和社会事务以自身的认知，并以符号的形式记录下来用以交流存在。而人的意义则更接近于"价值"。价值的来源是商品活动，而评价一个人的价值所针对的主体应当是这个人本身。马斯洛提出"需要层次理论"，将人的价值需求划分成五个层次，组成了一个"金字塔"。金字塔最底层的是生理需求，依次往上分别是安全需要、爱的需要、尊重需要，最后是自我实现。"自我实现"是人类最高等的价值需求。诗人在《存在与价值》中写道：我实现"自我存在的价值"，以"我一片接一片地 / 吃掉自己身上的肉"为方式。很显然，在诗人自己的眼中，他并没有达到"自我实现"。他曾对朋友说自己最大的愿望是做一名图书管理员，"无论是中心书城还是街道、厂区的图书馆，都能给他极大的享受"，然而无论在富士康内部的员工图书馆，还是在深圳中心书城的求职，他都未能如愿。若以常人之心揣度诗人，他应该会认为自己是一个从头到尾的"失败者"，诗歌仅仅是"爱好"，是自己抒发"自我"的方式，而非达成"自我实现"的方式。所以从这个角度看，他是活在自我割裂的状态之下的。

"在我看来，诗人自杀的直接原因可能有各种各样的形态，但归根到底都是一种，即理想的破灭。"[2]诗人比之常人更接近"死亡"，因为独特的敏感，因为对生活的热爱，因为诗歌所带有的纯粹，但这些都不是放弃自己生命的借口。以常人之眼看待生活，固然枯燥乏味，但生存并不艰难，绝大多数人依旧能够过完自己的一生。诗人也是一样。"诗人的自杀与一般人的自杀从本质上来说并没有太大的区别，都是一个自主选择的对生命的永恒离弃，都是一场不能复生的失去。"[3]归根到底，生命归属于所有者自己。许立志去世后，有网友说："错误的诗歌观念把好人写疯，写死……不值得，甚至是死得冤枉无价值。"然而，子非鱼焉知鱼之乐，一个人看待自己的人生，评价自己存在的意义与价值，说到底只与自己有关。更何况，在诗歌的国度里，信念是比

---

① 杨青云.许立志24岁写诗写到死没一点意义.新浪博客，http: //blog.sina.com.cn/s/blog_4f0375be0102v451.html.

② 黄梦菲.诗人之死.文教资料，2014（31）.

③ 同上.

死亡更重大的命题。

四、在新的一天，"诗人何为？"

"诗人之死"是一个经久不衰的命题。西方十九世纪末以来，从特拉克尔到杰克·伦敦，从叶塞宁到马雅可夫斯基，诗人毁灭自己的生命都会给整个思想界带来巨大的震撼。在中国，海子的卧轨也同样被视为超越了诗歌与文学的大事件而被社会各界持续地谈论着。

自文艺复兴以来，西方科技的发展，政治、经济、哲学的接连变革，导致统治欧洲几千年的基督教信仰逐渐解体。当尼采喊出"上帝已死"，西方信仰危机的严重性直接袒露在世人面前，而这同样是西方最严重的一次价值危机，不同学者试图找寻新的价值来填补缺失的"上帝"。海德格尔则通过《诗人何为》这篇演讲将"诗人"推到上帝的宝座之旁，他通过诗人里尔克之口问出："……在贫困时代里，诗人何为？"。"贫困时代"即当时普遍性信仰缺失的时代：世界笼罩在黑暗之中，西方价值体系不再完整，"神圣消逝，诸神缺席"，一种对生存意义和终极价值的怀疑成为此时人类无法摆脱的梦魇。海德格尔认为诗人作为"半神半人"的存在能够感受到"人与存在的分离和人与'神圣'的陌路"，理当"倾听'神圣'之消息，并把这一消息传递给常人"[1]。所以，诗人使命之重大在于其以超越常人的敏感抒写对整个人类的终极关怀。真正的诗人理当洞察生存的尺度与死亡的界限，以超越个人的情怀为整个人类找寻未来的道路。当诗人生存于世，发现自己迷失于荒谬的现实，自身的存在被虚无掩盖而无力回天，也许死亡是唯一的方式，殉道抑或是鸣钟。在中国，海子等人带有仪式性的自戕，也曾引发知识界的深深震撼与反思。

"诗是一种精神，而诗人的死亡，则象征着某种绝对精神和终极价值的死亡。"[2]许立志的诗从一开始就伴随着压抑着的生存危机，这固然跟他的生活境遇有关，更重要的是，从《一个人的手机史》到《一颗花生的死亡报告》，

---

① 袁兆文."诗人何为？"——海德格尔诗艺刍论.华南师范大学美学硕士学位论文，2003.

② 吴晓东，谢凌岚.诗人之死.文学评论，1989（04）.

从《存在与价值》到《故事三则》，诗人一直在以自己的方式探求存在与价值的终极问题。诗人的死亡并非偶然，从乡村进入城市，价值观与信仰的颠覆和迷茫笼罩了诗人的全部生活，他写道："他们都说／我是个话很少的孩子／对此我并不否认／实际上／我说与不说／都会跟这个社会／发生冲突"（《冲突》）。如果说西方诗人的自杀仅仅是遥远过去的投影，海子的自杀仅仅是时代遗留的背影，那么许立志的自杀足以提醒我们：存在需要理由。当我们找不到自身存在的理由，死亡便会降临；当我们找不到世界存在的理由，整个世界于自己而言便无关紧要了。"他是那么钟情于这个主题（死亡）……在一种'先行至死'的写作状态中，一遍遍地体验和追慕它那噬人的魅力。"[①] 死亡是诗人无法回避的主题，只有将自己置身于死亡的阴影之中，才能深刻体察到生存的意义；只有对生存有深刻的认知，才能明白死亡具有多么摄人心魄的魅力。

然而，"诗人死亡的同时也为诗人的诗歌带来了一个重生的机会"[②]。没有人会否认，死亡是人类价值体系的根基之一，当诗人触动死亡的触须，巨大的缪斯便会凌空而至。死亡是艺术的诞生之地，艺术是死亡的涅槃重生。尼采提出了"酒神精神"，将之作为希腊悲剧的内在本质。他认为原始的酒神祭祀中，那无节制的饮酒，歌舞与性的放纵，个体的毁灭与群体的迷狂是悲剧艺术的起源。事实上，尼采并未触及真正的本质："艺术真正的诞生地是死亡，没有死亡，就没有艺术。"[③] 在人类的摇篮时期，残酷的生存条件使得死亡经常发生；人们为了克服对死亡的恐惧以图腾、祭祀等方式膜拜超自然力量，进而发展出原始宗教，口口相传的英雄故事演变为神话；最后在这些原始宗教活动和对神话的叙述中渐渐诞生了艺术。"死正是那天地初开的'大裂隙'，'大裂隙'开始有序的世界……"[④]，是死亡塑造了整个人类的价值体系，而艺术最初的身份是死亡恐惧的超度者。艺术使人们可以坦然地面对死亡，艺术将人们对死亡的恐惧转化为欢乐与迷狂，在人们为生存而拼搏的过程中，艺术成为一剂兴奋剂，推动人们克服恐惧而勇往直前。同时艺术也是人与"未知的神秘"沟通的媒介，人们通过艺术沟通死亡，与自然和神灵相交

---

① 本注释同 P126 注释④，2015：21.

② 同 P132 注释②.

③ 殷国明．艺术家与死．广州：花城出版社，1990：8.

④ 同 P130 注释①，2007：125.

流，消解对未知的恐惧，消减与宇宙的隔阂。

文学是艺术的表现形式之一，它们都拥有审美的属性。而审美的主体是人，人所具有的审美必定不是无缘无故的，究其根本，审美与生存有关。死亡是生存的反面，是生命想要极力克服而又无能为力的层面，因此涉及死亡的文学和艺术都会给人带来强大的冲击感，这是生存赋予人类的审美天性。

我们不得不承认，许立志诗歌中表达出的"死亡主题"是他诗歌摄人心魄的重要原因，死亡是他诗歌魅力的源泉。不到四年的诗歌生涯，许立志奉献出195首诗，他的工作很辛苦，并没有足够的时间润色作品，也没有足够的文化积累来增加诗歌的底蕴，但是他的作品却往往能够给人带来原始的能量，粗糙却震撼人心。因为他捉住了"死亡"，这个人类审美的重要母题。

结　语

许立志的诗歌远远超出了"工人"身份，他更多的是在写"人""人的生活"以及"人的死亡"。在城与乡的沟壑中，他割裂了自身，却渴望回归与解脱，死亡是他选择的方式；在弥留之际，他清点自己的一生，恐惧死亡的本能已经远远抵不上对存在的恐惧，他孤独地看着身边的人们一点点异化，毫无办法；最后，纵身一跃，"新的一天"，他希望一切都会好起来，每个人都能拥有幸福。

诗人终究是特殊的，他们足够敏感，他们笔下的诗歌往往代表了一种精神，因此"诗人之死"成为一个哲学命题。诗人的自戕或许是因为"世界的黑夜"，或者是因为"怀才不遇的巨大落差"，或者是因为"理想的破灭"①……但归根到底，这象征着一种价值的消亡，与之匹配的是一份孤傲的绝望。

许立志的诗歌中有丛生不尽的死亡主题，而说到底，这源于他24年的生存体验。死亡来源于生存，死亡造就了艺术，而许立志以自身的死亡完成了其诗歌的涅槃。诗人之死，也是艺术的重生。

（原载《广播电视大学学报（哲学社会科学版）》，2015年第4期）

---

① 同P132注释②.

互联网时代的诗歌事件

——工人诗人许立志诗歌在国外的传播分析

罗 斌

　　进入二十一世纪，伴随网络的普及，诗歌乃至文学的生态环境逐渐改变，其传播的场域不断扩大，网络和信息技术"直接影响到诗歌的发表、传播、接收方式和审美机制"①，诗人诗作完成便可见诸网络，接受读者的评论和意见，而智能手机的出现、社交媒体的普及使读者接触诗歌和文学的途径越来越多地转向网络。诗歌传播逐渐转移到网络后，产生了许多网络时代的诗歌事件。这其中至少有两个诗歌事件值得一提，一是脑瘫诗人余秀华的成名，当时题为《余秀华：穿越大半个中国去睡你》一文在短时间之内刷屏朋友圈，几乎在一夜之间，余秀华成为路人皆知的网红诗人。她的两本诗集《月光落在左手上》和《摇摇晃晃的人间》一周后出版，且一出版上市便被抢购一空。二是工人诗人许立志跳楼自杀。2014年9月29日，工人诗人许立志从苏州回到深圳富士康，重新回到流水线。上班的第二天，他从深圳龙华新区某大厦的17楼纵身一跃，结束了自己年轻的生命。许立志的自杀成为国内工人诗歌历史乃至国内诗歌史上的重要事件，《中国青年报》《南方周末》《凤凰副刊》等国内媒体相继报道了许立志自杀事件，同时推介了许立志的诗歌作品。许立志自杀后的第四个月，他的诗集《新的一天》经众筹出版，首发选择在北京朝阳区金盏乡皮村。

　　余秀华和许立志同样来自底层，前者号称农民诗人，后者被称为打工诗人，两个事件发生的时间也相隔不远，许立志于2014年10月自杀，余秀华于2015年1月席卷朋友圈。在国内，工人诗人许立志自杀事件的热烈程度远

---

① 孙晓娅.新媒介与中国新诗的发展空间.文艺研究，2016（11）：76-84.

不及蔓延整个国内网络的农民诗人余秀华，许立志的名气亦远不及余秀华，甚至不及同是工人诗人的郑小琼、安石榴、张守钢等人。孙桂荣在评价许立志的诗歌基础上，认为他的诗并不比余秀华的逊色，甚至不输给当前国内的主流诗人，但是他进一步指出："许立志的死不但没有引起媒体多少反应，连评论界也鲜有人再像 20 世纪 90 年代那样做'诗人之死'的文章了。"①

孙桂荣的论断只是指出了问题的一个方面，认为他的诗歌没有引起国内媒体的太多反应，但许立志的诗歌在国外受关注程度比余秀华要广泛得多，许立志自杀事件不仅被美国各大主流媒体报道，他的诗歌还被许多主流文学媒体网站收录。《铁月亮：中国工人诗歌选集》（Iron Moon: An Anthology of Chinese Worker Poetry）的译者顾爱玲（Eleanor Goodman）在诗集的后记中写道，她首次接触到工人诗歌便是从许立志自杀开始②。《超级过敏》网站（HyperAllergic）在推介这本诗集时，其副标题特别突出该选集"收录了许立志及其他 30 位工人的诗歌作品"（"collects works by Xu Lizhi and 30 other worker poets"）③。这本诗集收录了包括郑小琼、陈年喜、安石榴、张守钢、邬霞等国内知名工人诗人的作品，但在作为作品推广的标题中专门突出许立志，从一个侧面说明许立志在英语世界的知名度显然高过其他工人诗人，许立志已经俨然成为工人诗人中一个标签式的存在。

为什么在中国国内诗坛几乎谈不上知名的许立志在自杀后会引起国外如此大规模的报道，引起如此多的关注，风头远远盖过国内的网红诗人和主流诗人呢？本研究将沿着这一问题，深入分析国外网络媒体，包括主流媒体、博客、诗歌网站等对许立志自杀事件和其诗歌作品的报道，剖析工人诗人许立志诗歌的网络传播特征，同时揭露传播过程中文学以外的影响因素及诗歌本身的状态。

一、许立志诗歌的网络传播

许立志自杀后的 2014 年 10 月 29 日，英国网站"解放共产"（Liberation

① 孙桂荣.余秀华诗歌与"文学事件化".南方文坛，2015（4）：87-91.

② Qin Xiaoyu,An Anthology of Chinese Migrant Worker Poetry,Eleanor Goodman trans.,Buffalo: White Pine Press,2017.p.199.

③ M.Turner, "A Poem of Shame: In the Words of China's Workers". [2007-04-22]https: //hyperallergic.com/373287/iron-moon-an-anthology-of-chinese-worker-poetry-white-pine-press-2016/.

Communism）的博主"闹"（"Nao"）发表了题为《富士康工人许立志（1990—2014）的诗作与短暂人生》的博文①，该文简单介绍了许立志的苦难人生和创作生涯，同时附上了九首许立志诗歌的中英文文本。这九首诗歌的英文译文用词准确，尤其在情感的传达上非常到位，这首先为它们的传播奠定了一个好的基础。好的翻译加上网络的巨大传播效应，让许立志诗歌很快就进入英语读者的视野。

网络传播具有极高覆盖率和可无限编辑复制的特征，诗歌作品一旦见诸网络，人们立刻就能在各种不同网络终端阅读到相关信息，同时接受其他网络媒体或者用户的编辑、复制和转发。因此，这篇看似普通的网络博文犹如一颗投入平静湖面的小石子，引起国外众多媒体、诗人及民众的广泛关注，成为后续许多有关报道和网文的原始引用源。这篇博文发表后不久，《华盛顿邮报》（The Washington Post）②《时代杂志》（The Time Magazine）③《彭博新闻》（Bloomberg News）④、彭博《商业内幕》（Business Insider）⑤《华尔街日报》（Wall Street Journal）⑥《国际财经时报》（International Business Times）⑦《雅虎财经》

① Nao, "The Poetry and Brief Life of a Foxconn Worker: Xu Lizhi(1990—2014)" .[2014-10-29] https: //libcom.org/blog/xulizhi-foxconn-suicide-poetry.

② I.Tharoor, "The haunting poetry of a Chinese factory worker who committed suicide" .[2014-11-12]https: //www.washingtonpost.com/news/worldviews/wp/2014/11/12/the-haunting-poetry-of-a-chinese-factory-worker-who-committed-suicide/?utm_term=.a9b59a6a2e37.

③ E.Rauhala, "Chinese Worker Poet Xu Lizhi's Life and Death" .[2015-06-07] http: //time.com/chinapoet/.

④ C.Larson, "Poetry of a Former Foxconn Worker Vividly Evokes Alienation of Factory Life" .[2014-11-04]https: //www.bloomberg.com/news/articles/2014-11-04/poetry-of-a-former-foxconn-worker-in-china-evokes-images-of-factory-life.

⑤ J.Barrie, "Read the Heartbreaking Poems of a Man Who Committed Suicide after Working in a Foxconn Factory" .[2014-11-06] http: //www.businessinsider.com/foxconn-factory-workers-suicide-poems-2014-11.

⑥ E.Dou, "After Suicide,Foxconn Worker's Poems Strikes a Chord" .[2014-11-07]https: //blogs.wsj.com/chinarealtime/2014/11/07/after-suicide-foxconn-workers-poems-strike-a-chord/.

⑦ N.Banerjee, "Haunting Poetry of Dead Chinese Foxconn Employee

（Yahoo Finance）①等美国主流媒体都在网络上报道了这一事件，加拿大《金融邮报》（Financial Post）②全文转载了《华盛顿邮报》的报道。这些报道中有关许立志的生平介绍和诗歌来源基本都引自博主"闹"的这篇博文。

"新闻报道及评论所以依附的新闻媒介是大众媒介中最具有权威性和公信力的信息载体。"③如果说"闹"的博文只是一篇普通的纪念文章，那么《华盛顿邮报》《彭博社新闻》《时代》《华尔街日报》等主流媒体跟进的网络新闻报道，则具有特殊的影响力，也因为新闻报道的权威性和公信力，其舆论引导和传播的力量亦十分重大。在此，我们亦可以发现在网络传播的大背景下，传统的主流媒体尚未完全失效，这些主流媒体对许立志事件的报道极大地推动了该事件在英文世界的传播，扩大了许立志诗歌的影响。

因为主流媒体网站的跟进报道，许多文学类网站也随之跟进关注作为诗人的许立志和相关诗歌作品，美国《诗歌》（Poetry）杂志旗下的网站诗歌基金会（Poetry Foundation）在诗歌新闻中介绍了许立志并附上了其诗歌作品④，英国的伦敦书评网站亦有博文专门报道了许立志跳楼事件并简单评论了他的诗歌作品⑤，美国艺术文化类网络杂志《浆糊》（Paste Magazine）⑥《缺陷》（Vice

---

Immortalizes Him".[2014-11-17]https://www.ibtimes.co.in/haunting-poetry-dead-chinese-foxconn-employee-immortalizes-him-614248.

① A.Bereznak, "Read the Tragic Poetry of a Foxconn Factory Worker Who Committed Suicide".[2014-11-06]https://finance.yahoo.com/news/discovered-the-tragic-poetry-of-a-foxconn-factory-101943982149.html.

② "The Haunting Poetry of a Chinese Factory Worker Who Committed Suicide".[2014-11-13]http://business.financialpost.com/news/economy/the-haunting-poetry-of-a-chinese-factory-worker-who-committed-suicide.

③ 刘叶琳.文学经典跨媒介传播中娱乐消费话题设置.新闻传播学研究，2007（4）：181-186.

④ Harriet Staff, "Xu Lizhi（1990—2014）: Poet and Foxconn Worker".[2014-11-05]https://www.poetryfoundation.org/harriet/2014/11/xu-lizhi-1990-2014-poet-and-foxconn-worker-.

⑤ S.Yun, "Accidental Death of a Poet".[2014-11-11]https://www.lrb.co.uk/blog/2014/11/11/sheng-yun/accidental-death-of-a-poet/.

⑥ M.Grimason, "Remembering Xu Lizhi,the Poet and Foxconn Worker

Magazine）①、《魔鬼之爪》（Devil's Claw Distro）②等也撰文专门报道了许立志事件，其中《魔鬼之爪》网站还将许立志诗歌制作成了PDF电子杂志在网络流传。美国新书网（New Book Network）③专门为许立志诗歌举行了圆桌会谈，俄亥俄州立大学《现代中国文学与文化》（Modern Chinese Literature and Culture）杂志网站全文转载了"闹"的博文④，美国当代著名诗人杰罗姆·罗森博格（Jerome Rothenberg）还在知名诗歌杂志网站 Jacket 2 的博客中专门推荐了许立志的六首诗歌，并将其列入他最有影响的诗集《神圣的技师》（Technician of the Sacred）系列⑤。另外，在私人博客或者各种文学或工人论坛中转载和介绍许立志诗歌的文章也不计其数。

　　网络除了具有高覆盖率的特征，同时为诗歌与读者的互动提供了平台。传统的文学传播主要通过纸质的文学期刊或者报章的文学板块，如果读者对作品有评论或者想法，也很难与其他读者分享，大多数的评论文章都由学院派的学者发表于各种期刊，传播的范围十分有限。网络则是一个人人可见、人人可评的平台，它打破了图书馆空间的屏障，日益成为越来越多人阅读的主要方式，它为文学的阅读提供了自由便捷的途径，也在学院式批评之外开

Who Jumped to His Death".[2017-05-04] https://www.pastemagazine.com/articles/2017/05/remembering-xu-lizhi-the-poet-and-foxconn-worker-w.html.

　　① B.Hong, "The Eerie Poetry of Chinese Suicide Victims".[2014-11-14]https://www.vice.com/en_us/article/kwp5nn/death-poems-are-a-thing-in-china-right-now.

　　② "Suicide Prose: The Selected Works of Xu Lizhi".[2015-02]https://www.devilsclawdistro.com/suicide-prose-the-selected-works-of-xu-lizhi.html.

　　③ J.Fitzgerald, "Roundtable on the Poetry of Xu Lizhi".[2014-12-14] http://newbooksnetwork.com/rountable-on-the-poetry-of-xu-lizhi/.

　　④ "MCLC Resource Center.The Poetry and Brief Life of a Foxconn Worker".https://u.osu.edu/mclc/2014/11/06/the-poetry-and-brief-life-of-a-foxconn-worker/.

　　⑤ J.Rothenburg, "From 'Technicians of the Sacred' (expanded): Six Poems of Desperation by Worker Poet Xu Lizhi".https://jacket2.org/commentary/technicians-sacred-expanded-six-poems-desperation-worker-poet-xu-lizhi.

辟了全新的阵地，让诗歌本身接受读者的评论。可以说，在互联网这一媒介的帮助下，诗歌的发表与评论生态总体由线下转移至线上。在"闹"博文的评论区，我们可以看到文学爱好者、音乐从业者、翻译爱好者等不同群体对许立志诗歌译文的回应，虽然我们看不到许立志本人与他作品读者的互动，但是作为他诗歌的翻译者，"闹"博客的翻译者与读者在评论区保持了良好的互动。另外，在这些评论与回应中，有读者将博客上的悼念文和许立志的九首诗歌都翻译成了西班牙语，有人将《出租屋》翻译成了荷兰语并将链接置于评论区，网络亦有法语、葡萄牙语、德语的许立志介绍和诗歌翻译，其来源也清楚标识是"闹"博文。在"闹"博文的评论区，有作词人在博文下面留言，请求授权将许立志的诗歌谱成歌曲；也有人在评论中认为许立志的诗歌让其联想起美国著名工人诗人菲利普·莱文（Philip Levine），另有读者在自己的博客和其他的网站对许立志的诗歌进行了转发并附上了个人点评，这也将极大推动许立志诗歌的传播。

当然，在互联网时代的文学传播过程中，网络可以将作品呈现给全球任何地方的读者，但是，我们仍然会看到民族、国度与语言的壁垒。诗歌没有因为网络传播的高覆盖率而使语言壁垒消失，语言所造成的壁垒会继续存在。如果没有合格的翻译，那么网络传播的快捷并不起作用。余秀华几乎在一夜之间成为国内的网红诗人，但是其影响力多半只限于国内，少有国外读者了解其诗歌。同是工人诗人的郑小琼，诗歌作品虽然被翻译成了英文，出现在传统的纸质文学杂志上，并有部分散见于网络，她还获得过荷兰鹿特丹诗歌节的诗歌奖，但是郑小琼的工人诗歌并未在国外形成广泛的社会效应，其影响力和知名度主要囿于中国文学研究者和爱好者中，远远不及许立志，显然，这涉及网络报道中"文学事件化"及媒体的话语改写。

二、网络传播中的"文学事件化"

网络传播的高覆盖性、无限复制性以及便利性让许立志其人其诗在英语世界广泛传播，但将许立志在国外成名的原因完全归结于这三点，显然无法全面揭示许立志诗歌广泛传播的复杂性。在互联网带动的各种与文学有关的事件中，往往受公众关注的部分"不是来自其自身的主题、人物形象、意象、修辞等美学或文学要素"，真正受关注的反而是"作家离奇经历、容貌身份，或者文人官司、名人逸事、时政要点、社会突发事件等"，这一现象被学者称为"文学事件化"。"文学事件化"能够"扩大文学在社会公共空间关注度与影响力的广度、深度和持久度"①。简言之，"文学事件化"最大的特点是对文学外部因素的关注超过对文学本身因素的关注，但是对文学外部因素的关注又在某种程度上推动了大众对文学本身的认知。比如，余秀华走红就是典型事件化的文学事件，她的走红离不开微信朋友圈刷屏的文章，以及报道中"脑瘫诗人""去睡你"等充满新媒体趣味又夺人眼球的字眼，但这些别有用心的报道却让全国人民熟悉了余秀华其人，也让她的诗歌为读者熟知。工人诗人许立志自杀这一事件中，自杀本身已是颇具媒体趣味又能吸引眼球的事件。在网络的报道和流转中，关于对中国工人生活的悲惨现状和艰苦的工作条件的批判成了比诗歌和诗人本身更让人关注的焦点，我们不妨先深入探究一下许立志事件在英语世界传播的源头，名为"闹"的博客中发表的文章。

　　在最初报道许立志自杀事件的博客文章中，作者在开篇附有翻译题注（Note），题注这样写道："通过翻译（许立志的）这些诗歌，我们旨在纪念许立志，分享他优秀的文学作品。2010 年，被媒体广泛报道的 18 起富士康员工自杀事件造成了 14 人死亡。这之后中国民工群体（包括但不限于富士康）生存的艰辛、挣扎和期望并没有减弱。我们希望通过翻译这些诗歌提高大家对打工群体的关注。"②题注的目的非常明显，除了要纪念许立志和分享他的诗歌作品之外，更要提高英语读者对中国民工或工人群体的关注。

　　有关网络传播的特性，罗麒曾指出："网络传播的一大特性，就是不断从各个传播节点上挖掘一些具有'话题性'的信息碎片，然后经过其他传播节点的复杂的再加工而形成新的能够吸引关注的信息。"③这篇看起来颇为普通的博文，甚至连许立志的人生故事都没有深入描述，主要内容仅为九首许立志诗歌的译文，但它很快就在网络扩散开去，非常符合网络传播的特点。那么，哪些信息碎片在许立志自杀这一事件中被挖掘和加工了呢？

---

① 孙桂荣.余秀华诗歌与"文学事件化".南方文坛，2015（4）：87-91.

② Nao, "The Poetry and Brief Life of a Foxconn Worker: Xu Lizhi（1990-2014）".[2014-10-29] https://libcom.org/blog/xulizhi-foxconn-suicide-poetry.

③ 罗麒.21 世纪：诗歌接受的"窘境".文艺争鸣，2016（1）：103-110.

在对比"闹"的博客原文和各网络有关许立志自杀事件的报道中，我们能够清楚地看出媒体强调的几乎都是工人的自杀而不是诗人的自杀，几乎所有的有关新闻报道都着重强调了许立志作为工人的身份。如果仅仅是一个颇有才华的诗人因为不堪压迫，从工业区的大楼跳下，并不具备太大的新闻价值，这个诗人在国外并不知名。普通的英语国家民众，他们不要说了解中国现代诗歌，恐怕连自己本国的诗坛情况都未必清楚。但是，在网络新闻媒体的报道和渲染之下，中国的工人诗歌进入他们的视野。这些新闻报道将工人和诗人并列，甚至将工人置于诗人之前，不仅瞬间赋予了颇高的媒体报道价值，也符合西方对中国报道中一贯的猎奇和批判态度。

《华盛顿邮报》网络新闻的标题是"中国工厂自杀工人不断回响的诗歌"，报道从许立志自杀开始，交代许立志是从有着千万个像许立志一样工人的工厂宿舍跳楼自杀的，接着作者这样评价许立志："他只不过是千千万万从农村到城市的打工仔之一，结果只是被工厂工作的乏味和压力、低廉的薪水和不断积累的失望情绪碾碎。"[①]他认为，许立志的自杀不过是中国经济高速发展中的一个"脚注"而已。文章接下来在引用了许立志《出租屋》一诗后，又花笔墨交代了深圳三十多年前只是一个小渔村，现在发展成了高楼林立的都市，报道接下来强调："它（深圳的崛起）是无数人被吞没铸就的。"文章继续介绍了许立志自杀的简单过程后指出，许立志的自杀不仅仅是富士康的个例，过去五年富士康有 18 起自杀事件。

《华盛顿邮报》的报道中三度通过超文本链接的方式引用"闹"的博文，但是文章的重点并未置于许立志诗歌之上，甚至没有放在许立志自杀事件上，报道的全文更多是借题发挥，着重强调的是许立志作为一个普通工厂工人被深圳发展吞没这一信息，而且借此放大到许立志不过是千千万万个工人的一员，最后隐晦批评深圳的发展乃至中国的经济增长牺牲工人的利益。这篇报道非常符合西方媒体在中国问题报道上惯常的批判立场，而许立志自杀事件给了他们具有话题性的信息碎片，工人、诗歌、自杀的排列组合更是让新闻报道有了更多的卖点。

---

① I.Tharoor, "The haunting poetry of a Chinese factory worker who committed suicide".[2014-11-12] https://www.washingtonpost.com/news/worldviews/wp/2014/11/12/the-haunting-poetry-of-a-chinese-factory-worker-who-committed-suicide/?utm_term=.a9b59a6a2e37.

与《华盛顿邮报》突出许立志工人身份和被发展吞噬这样的事实一样，彭博社《商业内幕》网站的报道在开篇就指出："以自杀身亡的富士康工人的悲惨诗歌，让世界瞥见中国工厂的生活是何种境况。"①《华尔街日报》报道的开篇导语说道："富士康科技自杀的年轻员工的诗歌给世人打开了一扇窥视中国工厂生活枯燥而艰辛的窗口。"②不仅如此，该报道还在文中以超链接形式附上了另外有关工人自杀的新闻报道。在《雅虎财经》的相关报道中，报道虽然题为《阅读自杀富士康工人的悲惨诗歌》，文中并没有对许立志诗歌的评论或者介绍，亦没有任何对"阅读"二字的交代，文章只是将诗歌作为噱头，重点放在了"悲惨"之上。报道有一半的内容皆用来批评富士康工厂条件之艰苦。比较而言，《时代》杂志作为美国发行量最大的周刊，其网络报道填充了更多有关许立志人生的各种细节，交代了更多打工者涌入城市的大背景，但是这篇报道的引语与其他媒体如出一辙，文章在报道引语中说："成百上千的农村人涌入城市的工厂，为国际客户组装产品，也试图为自己创造更好的生活。许立志留下了一个让人挥散不去的人生记录。"这段话的上面是大写字母写成的"为你苹果手机而死的诗人"③。文章的第一部分也没有放弃西方媒体对中国报道的主旋律中的偏见，批评中国特色社会主义，批评社会两极分化。《缺陷》杂志无论是在标题、导语还是在报道正文，都充斥着噱头，这篇文章的标题用的是"怪异诗歌"（eerie poetry），导语这样写道："一个工厂工人，一个蒙羞的政府官员、一个时尚设计师，都以诗歌的方式留下了自杀笔记。"④正文开篇介绍完许立志的诗歌之后，又谈及另外两位中国诗人娄学全和李彦墨的自杀，文中虽然引了三位诗人的诗歌，但其批评和八卦的口吻，重

---

① J.Barrie, "Read the Heartbreaking Poems of a Man Who Committed Suicide after Working in a Foxconn Factory".[2014-11-06] http: //www. businessinsider.com/foxconn-factory-workers-suicide-poems-2014-11.

② E.Dou, "After Suicide, Foxconn Worker's Poems Strikes a Chord". [2014-11-07]https: //blogs.wsj.com/chinarealtime/2014/11/07/after-suicide-foxconn-workers-poems-strike-a-chord/.

③ E.Rauhala, "Chinese Worker Poet Xu Lizhi's Life and Death". [2015-06-07] http: //time.com/chinapoet/.

④ B.Hong, "The Eerie Poetry of Chinese Suicide Victims".[2014-11-14]https: //www.vice.com/en_us/article/kwp5nn/death-poems-are-a-thing-in-china-right-now.

点显然在八卦而非诗歌之上。《浆糊》杂志的报道与以上媒体的报道几乎如出一辙，笔墨更多在于对工厂生活简单单调、辛苦乏味的批判，在此不再赘述。

如果将所有这些网页的报道做一个总体的审视，不难发现它们对许立志自杀的报道绝非是因为他写得一手好诗，更不是要传播他的好诗。这些报道虽然题目中都有"阅读诗歌"或者"诗人"等字样，但都出现在诸如科技、经济、金融等板块，而不是文化或者文学板块。报道中突显得更多的是"自杀"和"工厂生活"，很多不乏借此对中国现代化进程中出现问题的批判，许立志作为诗人的主体性和个性被其工人身份和自杀的话题性淹没和覆盖。他们的报道充分体现了网络时代文学事件化"借题发挥"的传播特征，通过许立志，读者看到的不是一个诗人的离世，而是一个工人的离世以及对中国经济社会发展的心怀鬼胎。许立志之所以能够在英语世界为人熟知，正因为他自杀事件符合西方媒体对中国的惯常判断。

三、网络传播中的诗歌

我们在讨论许立志自杀事件在西方世界网络的广泛传播，被美国媒体事件化的同时，我们不能忽略一个问题，信息在网络发散传播的过程中，虽然诗人的主体性被掩盖，诗歌本身亦成为事件报道的附庸，但是不可否认的是，网络传播的高覆盖率特征，使得许立志诗歌通过网络这一平台引起了更多人的关注，尤其是国外诗人、评论家和作家的关注。

"闹"的博文中包括了九首许立志诗歌的翻译，这些诗歌分别是《我弥留之际》《冲突》《我就那样站着入睡》《一颗螺丝掉在地上》《谶言一种》《最后的墓地》《我一生的路还远远没有走完》《我咽下一枚铁做的月亮》《出租屋》。这九首诗歌总体色调阴郁、苦闷，甚至弥漫着死亡的气息。《我弥留之际》《冲突》《谶言一种》《我一生的路还远远没有走完》这四首更多是诗人内心关于死亡、关于对未来认知的独白，许立志在《我弥留之际》这样写道："我想再看一眼大海，目睹我半生的泪水有多汪洋 / 我想再爬一爬高高的山头，试着把丢失的灵魂喊回来 / 我还想摸一摸天空，碰一碰那抹轻轻的蓝 / 可是这些我都办不到了，我就要离开这个世界了。"诗歌透露的是诗人对这个世界的不舍和无可奈何，也告诉世人"他"要选择自杀的道路。《我就那样站着入睡》《我咽下了一枚铁做的月亮》《出租屋》《一颗螺丝掉在地上》《最后的墓地》五首诗中，每一首都饱含对工厂生活艰辛、环境恶劣的泣诉，以及身处艰辛的无奈和绝望，《出租屋》一诗这样写道："十平方米左右的空间 / 局促，潮湿，终年不见天日 / 我都像一位死者，/ 把棺材盖，缓缓推开。"在诗中，"我"居住的出租屋被比喻成棺材，揭示的是工厂生活居住条件的恶劣，以及工厂生活弥漫出的死亡气息。

如前所述，在诗人许立志自杀的国外网络传播的过程中，许立志的工人身份被无限放大，而诗人的主体性至多只能说是这一事件的陪衬，诗人身份的存在似乎只是为了让新闻看起来更有话题性。这些有关许立志自杀事件的网络报道中，有关评论都针对工人群体或者富士康工厂的本身，几乎都不涉及对许立志诗歌本身的评论。也因如此，这九首诗歌因为内容的不同，其在传播的过程中的境况也不尽相同。简单说来，许立志的这九首诗歌感情表达都十分细腻，意象的使用亦颇具匠心，我们难以从艺术的角度将这九首诗分成三六九等。但是，显而易见，网络新闻的报道都主动选择了许立志有关工厂生活艰辛的后五首作为报道的佐料，忽视了许立志对自己内心世界独白的诗歌。

其中，《我咽下了一枚铁做的月亮》成了许立志所有诗歌作品最知名的一首，诗中说道："我咽下这工业的废水，失业的订单 / 那些低于机台的青春早早夭亡 / 我咽下奔波，咽下流离失所 / 咽下人行天桥，咽下长满水锈的生活"，短短的几行诗，呈现的是工厂生活的残酷，年轻工人的艰辛。《华盛顿邮报》和《国际财经时报》在新闻报道中引用了这首诗的翻译，其新闻媒体报道的力量让这首诗迅速传播开来。"铁月亮"成为许立志所有诗歌作品里最为世人熟知的意象，它不仅用做了顾爱玲翻译的《铁月亮——中国工人诗歌选集》的正标题，也是秦晓宇与吴跃合作的纪录片《我们的诗篇》的英文标题。《时代》杂志的报道仅仅以图片的方式附上了许立志的三首诗《一颗螺丝钉掉在地上》《谶言一种》及《出租屋》，报道以图片嵌入诗歌的方式，补充说明中国当代工人生活的艰辛、压抑和困苦。《华尔街日报》则引用的是《我就那样站着入睡》，彭博社《商业内幕》引用了《我就那样站着入睡》全诗以及《最后的墓地》开篇有关工厂生活的描写，《缺陷》杂志引用的是《出租屋》和《一颗螺丝钉掉在地上》。对于这些诗歌的处理，不仅仅网络新闻报道中刻意使用了话题性更强的后五首，诗歌基金会、伦敦书评等专业文学网站转载的也都是反映当代中国工人悲苦生活的几首。

总体而言，在对诗人许立志自杀事件的报道正文中，没有对诗歌品质的评论，也没有对许立志作为诗人的品质的论述，有的只是选择性将某些诗歌或者诗歌片段作为自杀事件的附庸和注脚。毫无疑问，诗歌只是在作为工人的许立志自杀事件中才得以被动传播，正如罗麒指出的那样："诗歌在从网络传播中找到新的栖息之地的同时，不可避免地也必须为网络提供某些具有'话题性'的信息，这种'利益交换'并不是诗歌本身可以决定的。"也正因为诗歌在传播中必须为网络提供话题性的信息，我们才可以看到反映工人生活悲苦境况的诗歌能够更加广泛地被各种报道利用。狄青在谈到国内近些年大众对诗歌的关注时也表示，"这种（对诗歌）关注，与其说是关注诗人本身，倒不如说是诗人与诗歌在人们心中原本高不可攀、严肃神圣样的形象，已经过渡成必须依靠某一离奇的事件，才能进入社会关注点，融入大众的现实生活中去。"[1] 这在国内如此，在国外同样如此，许立志诗歌在英语世界的报道和传播正好印证了这一点。

结　语

综上可见，工人诗人许立志诗歌在英语世界的广泛传播，乃是互联网时代文学整体生态系统发生了深刻的变化，亦体现了诗歌传播在网络社会语境之下发生的新变革。其诗歌在英语世界传播离不开最初九首诗歌的翻译，离不开网络高覆盖性、可无限复制转发性、便捷性等特征，网络的互动性也给读者更多参与关于文本对话的机会；但我们更需要注意的是，许立志诗歌的传播更依赖其新闻网络媒体介入后的"事件化"处理，在这一过程中，许立志诗歌虽然在一定程度上仅沦为"自杀"和"工人"等话题背后的附庸，但亦作为事件的一部分得以传播，进入普通读者的视野。值得注意的是，许立志诗歌在英语媒体的"事件化"及其广泛传播，并不具有"中国文学走出去"的典型意义，亦不值得其他文学作品参考借鉴。我们甚至要警惕在许立志诗歌"事件化"相关新闻报道中对中国文学乃至中国现代化形象的偏见和歪曲，应努力传播中国文学中的积极和正面的能量。

（原载《华中学术》2019 年第 1 期）

---

[1] 狄青.那些诗歌事件的背后.文学自由谈，2016（1）：131-137.

远 人 卷

远人，1970 年出生，中国作协会员。有诗歌、小说、评论、散文等千余件作品散见于《人民文学》《中国作家》《诗刊》《星星》《大家》《花城》《随笔》《芙蓉》《天涯》《山花》《钟山》《书屋》《文艺报》等海内外百余家报刊及数十种年度最佳选本。出版有长篇小说、中短篇小说集、历史小说、散文集、评论随笔集、艺术随笔集、人物研究、诗集等 25 部个人著作。曾获湖南省十大文艺图书奖、广东省有为文学奖金奖、深圳市十大佳著奖等多种奖项。现居深圳。

抖落积雪和灰尘的寂寂冷杉
——远人诗歌论

霍俊明

在北京夏天的一次诗歌会议上，我和马永波在嘈杂的鼓楼大街上和后海边谈到了远人和远人的诗歌。确实多年以来，作为同时代人我一直在观察和关注着远在湖南的还未曾谋面的诗人。我承认，远人安静的独具魅力的诗歌还没有被同时代的诗人同行们所真正理解。当在接连几个夜晚读完远人的诗歌时，我首先想到的却是一个冬末春初的奇异场景，而在我看来这个场景更像是包括远人在内的"70 后"一代人生存境遇和诗歌写作情境的对应性象征。

2010年3月14中午，鼓楼西大街62号。此时应该算是春天，但北京此刻却在漫天大雪中。我从家里徒步冒雪前往一次诗人聚会，那种清凛、激动的感觉好久都没有了！巨大的雪花飘落在泥泞轰响的北京街头！看到雪中立交桥下的冰面、鼓楼、德胜门高顶上的白雪，还有像我一样黑色莫名的人群有一种说不出的异样感觉！因为来得稍微早一些，我又顺着鸦儿胡同到了后海边。因天气稍微转暖的原因，水面上已经没有冰了，只看到茫茫的雪落在渺渺的寂静和黑暗的水面上。这多像我们的生命状态，多像我们这个时代的诗歌写作。如今博客和网络时代如此巨大的诗歌写作更多的是无声和迅速地消解在时代的水面之上，而哪片诗歌的雪花能够在如此情势之下获得长久？这就是诗人和诗歌的宿命。我把岸边栏杆上的积雪攥紧投进水面，看它们漂浮、溶化、消失。从后海回来时再一次经过小巷深处的广化寺。我已经是很多次与它谋面，但它对于我来说仍然是陌生的。我在纷纷的大雪中第一次注目寺庙门口的楹联："烟波淡荡摇空碧　楼阁参差倚斜阳"。我们一次次从喧嚣的闹市街头走过，我们却同样一次次与真正的诗歌擦肩而过。

一

　　远人应该算是"70后"诗人中"出道"较早的一位，多年来他在文学尤其是诗歌的道路上仍然默默举着内心的火把，不断耐心地去擦拭飘落的满眼生活的灰尘，不断抖落凛冽的白雪和寒霜。尽管远人近年来也将视野投注到小说和影视等创作上，但他留给我的仍然是一个诗人的形象。一定程度上远人仍是一位"聚光灯"之外的诗人，换言之他自足、内潜、沉静、不事张扬的诗歌写作个性使其时时处于夜晚一样的黑暗的包围之中，"仿佛有很多很多年／我独自在黑暗里听着那些上涨的声音"（《等车》），"你以什么样的方式，储存起／在黑暗里诞生的语言？你以什么样的步履／完成一首越冬的歌"（《岁末：十四首十四行》）。而我在这个时代看到了那么多不纯粹的诗歌写作者，看到了那么多心事重重、心怀鬼胎的诗人，看到了那么多诗人在用非诗歌的东西招摇撞骗，看到了那么多被诗歌选本、诗歌奖项、诗歌活动和诗歌批评"宠坏"的时代献媚者和个人趣味的极端主义者。像远人这样的在"黑暗"和"自省"中仍在默默低吟和歌唱的诗人反倒会在更持久、更有力、更自觉的向度上赋予其诗歌成色的独特和饱满，诗歌在内心和时代所发出的回声会更具臂力。安静代表了更为持久和顽健的精神力量。

读远人的诗，我不断获得的是安静和感怀，一定程度上安静成了诗人的"获救之舌"。远人的诗歌方式更像是相当耐心和细心的抽丝剥茧的过程，不毛糙，不矫饰。在平静、开阔、自然的叙说中，诗人不断显现出灰色背景下的波澜，不断擦拭被灰尘蒙垢的生存纹理和已经被惯性和经验磨损的生动细节，"你通过灰尘，要辨别这个 / 世界的影子，它总是在灰尘里 / 动荡。你伸出的手要抓住它 / 可它总是滑开，像一条泥鳅 / 它摆动的尾巴充满着黏性"（《灰尘在这里落下》）。而到了远人这样的不尴不尬的年龄和身体感知的愈益洞悉，诗歌不能不被愈来愈突出的精神问题和感知方式所牵引，"捶打""追问""命运"就成了难以回避的关键词。诗歌打开的是一条条通向幽暗的时光深处和内心空间的小径，"你可以通过它 / 潜入我结痂的伤口；你可以在空荡荡的 / 林子里，触到我旅程里疲惫的足迹"（《岁末：十四首十四行》）。

远人无论是在具体的生存场景中还是在怀想式的空间里都不能不面对时间和内心的双重考验与捶打，记忆是残梦一样的无助，而面对现实和个人历史的记忆更是艰难的。在迅疾转换的时代背景中，包括远人在内的这些从年龄上已不年轻但也不算衰老的"70后"一代已经显现出少有的沧桑与尴尬。现实与理想、诗歌与存在、真实与虚无的矛盾几乎无时无刻不在贴近略显世故而又追寻纯洁的一代人发着低烧的额头。远人近期的诗歌在葆有了一以贯之地对生存现场深入探问态度的同时也频频出现了反观与回顾的姿态，这也不无印证了布罗茨基那句准确的话——诗歌是对记忆的表达。诗人开始在现实与想象的时间河流中对个体的真切命运和实实在在的生存空间浩叹或失声。远人诗歌中的回溯和记忆的姿态恰恰是以尖厉的生存现场和个人化的发现为前提的，这些反观陆离光线中记忆斑点和个体不断被置换、掏空和挤压的诗行是以空前强烈的悖论性的反讽为叙写特征的，"我感到一切都在继续，一度挽留过我的秋天 / 也在风中驱赶我，像驱赶一棵连根拔起的树"（《岁末：十四首十四行》），"只有这块在城市的街道、街道的草坪里 / 躺着的石头有点不一样。它大概是想 / 尝试另外一种命运，但从来就没有另外一种 / 命运，另外的只有消失、吞没，以及遗忘"（《这块石头是从什么地方来的？》）。

在远人的一些诗歌中，我领受了无处不在的"日常"的力量以及"日常"背后巨大的"黑暗"，我也最终看到了一代人的生存就像是黑夜深处中的一场暗火。是诗歌在维持着内心的尊严和发现的快乐以及失落的忧伤与无助，是诗歌驱赶着世俗和时光隧道深处的黑暗却也同时布满了一道道茫然的阵痛伤口和无以言说的苍凛与自嘲。远人的诗歌，尤其是近期的诗作大抵保持了一种平静的不事声张的描述和发现性的话语方式。值得注意的是远人诗歌的视点，他不断在屋子里、办公室、窗前、阳台、室外、站台、车内、树下、街角、闹市和广场上，不断在午后或夜晚降临的空间里充当了一个细心而敏锐的观察者、发现者、叩问者、描述者、介入者以及自我盘诘者的角色：

> 我一直在观察这个世界——
> 我爱过它，现在已不那么爱它
> 我也恨过，但现在一点也想不到去恨
>
> 我一直观察这个世界，一直观察我自己
> 现在我不再观察自己，我忽然愿意
> 只观察这个世界，即使它现在
>
> 只是一小块天空，它在不停地破碎
> 我忽然感到一种相信，它的破碎
> 在告诉我宁静，就铺在了这个时刻
> ——《下午的雪》

我想这种"日常化"和个人视点呈现的是远人大多时候处于在场的"远望者"的姿态，无论是观察、回想、描述和冥思都在扇形中得以展开和拓殖。但是诗人的这种眺望、抬升和诗歌中的"远方"却一次次被墙壁、玻璃、建筑、树冠以及更为巨大的内化的装置和障碍所割断和阻拦，远望成了无望，"远方"成了黑暗中的虚无，"我在屋子里看着外面／玻璃把我和这个城市隔开／夜里有点冷了，有几颗星星／在很高的地方燃烧……我还是在这个角落／它封闭、单调，像一个关起的衣柜／墙壁移动我的影子，像树林／总设想能把自己移到远处／／窗子在打开，现在远处是一片黑暗"（《远方是不能治愈的疾病》）。"远方"同时也成了爱情和生命中相遇过后茫茫无期的隔绝与无望，"我皮肤里长出一丛丛灌木，它低矮，但足以把我覆盖，我的灌木里只有一条蛇在游动……你离开了我，我现在多么想把头埋进你玫瑰的腹部！埋进我曾经流在那里的泪水——我多么想把你的腹部，再一次变成蓝色的、喘息的海洋"（《今夜，我在远方看你》）。这种张望与阻绝、提升和压抑的张力关系体现在远人大量的诗歌写作践行当中，这甚至构成了其诗歌的底色和基调。当诗人在日常生活的间歇打开窗口，试图拨开远方迷雾之下的真相和清晰图景时，似乎无处不在的"树冠"一样的遮挡却成了最为显豁的事实，而这个高大的意象同时又承担了难以企及和参透的神秘和奥义，"树冠的完成有赖于它上升的力度。我发现它总是挡开任何目光深入的企图。其全貌的不可把握形成它赋予出的暗影与玄奥。而在我们对它不断地仰望里，树冠却把我们在无边的地下抛得更远。于是，在我和树冠之间，我感到那不可到达的距离近乎某种神性。——树冠仿佛是进入时光的一节锐利之物。在它的内敛里，令人感到自身的限度突不破胆大妄为的梦想。它高踞其上的位置，令人类的命运也难以染指。围绕着它，是一种魔幻和梦想者的沉溺。当我在仰望时看见一枚飘下的落叶，我确认那不过是一只树冠暂且君临大地的化身"（《失眠的笔记〈树冠〉》）。在漫无边际的时间风雪、生存迷瘴和时代风暴中，诗人正如那棵高耸的但是已经"日渐衰老的植物"，用思想的头颅、用诗歌的身躯完成人生和生命的诗行，那枝头震落的白雪是诗人内心面对自我、时代的灵魂颤悸。

在阅读中，我发现远人的诗歌意象谱系非常耐人寻味，几乎很多诗歌中都出现了树（树叶、树干、树影、树枝、树冠、树林、灌木以及比喻化和想象情境下的"树"的意象）、石头和水的核心意象。这三者的同时或交替出现使得远人的诗带有"传统"和现代的双重意味。在这些高大、坚硬（水则同时兼具了柔软和坚硬的质地）的场景和客观对应物前，诗人个体的脆弱、不安、平静、冥想都获得了真切而聚焦式的呈现，这也同时呈现了想象的真实和重构的可能。然而更深层的含义还在于其中一部分诗充当的只是暖煨内心的想象方式，比如组诗《山居或想象的情诗》，诗人营设的场景更多来自一种想象和渴念，"这时候我就什么也不想，这时候我就只是／长时间看着窗外，几只吹口哨的红雀从远处飞来／它们落在我们屋前——那堆劈好的木材上面／那些木材，堆在那里后，就一直散发睡眠的香味"（《山居或想象的情诗》）。这也正如诗人所引用的阿摩司·奥兹之句——"这种生活你从未了解过，这种生活你曾由衷地渴望接触"，二者之间形成了深含意味的互文和相互打开。时间是如此莫名的强大！值得注意的是，尤其近些年远人的诗歌大多是以秋天为背景和抒写的场域，当然这种秋天既是装置性的，又是隐喻和氛围调性上的。而这些带有过渡、分界性质的"中年"心态和记忆势能的写作带有明显的"秋天"般的质地。秋天的背景明亮而暗淡，冷寂而喧响，平静而紧张，"我已无法做到，在身边干净的石椅上／安详地落座。我一个秋天的经历／便是掩埋在果园的尽处，仰着脸／等候向晚的潮润，凉凉地浸入我的呼吸"（《岁末：十四首十四行》），"现在轮到我了，一个没有人的／草地，草叶已经枯黄，尽管／秋天还在远处，一条细细的水／已开始携带满身都是皱纹的落叶"（《在深草里坐着》）。在远人"秋天"般的诗歌话语谱系中，整个生存场域在时光的强大斑点中被无处不在的宁静而忧伤的词语所隐喻和牵引，"无人看见我被时光碾碎的一生"（《车厢内》）。时间的巨大钟表和秋日下的河流所呈现的好像都是一个卑微的被囚禁的"秋虫"，它们已经错过了青草和露水，只有被迎面而来的庞大的季节风暴所带走。远人近期的这些反观陆离光线中记忆斑点和反观内心景观的诗行是以空前强烈的悖论性的反讽为叙写特征的，"时间的本身在写作里只是一个虚设的座位，我在那里落座，只意味着给自己增添一个旁观的幻影。"（《失眠的笔记〈时间〉》）。基于此，处境的尴尬、生存的悖论、记忆的两难都在这些带有忆述性质的诗歌文本中不断得以夹杂着质疑与肯定的印证与呈现，这在组诗《保存的记忆》中有鲜明的印证。时间幽暗的深井旁，仍然有人在试图打捞往事，察看记忆的成分和颜色。诗人似乎仍然在等待，即使时间和场景总会倏忽而逝，但愈是如此，那一切曾经的、拥有的、真实的往昔才会一次又一次在时间的暴风雨中被诗人并不强大的内心所接纳和细细抚摸。当现实的列车、生存的列车甚至是时间的列车带给诗人一个个起点和一个个没有归宿的终点之时，诗歌则成了作为生存个体的诗人反复寻找、反复确认自我的一种方式，诗歌在一定程度上成了生存的一个个白日梦想，这些永远都难以实现的梦想在一个个记忆的影像中得以接续和完成，尽管这种接续和完成可能不是完美的，甚至更多时候是悲剧性的。越是到了"中年"，诗人对世事和自我的洞透越是深彻，而这种洞透的结果是让一代又一代人自认为最熟悉的现实带有了不可确证的虚拟性和寓言性。而这就是诗歌和诗人带给这个世界最大的贡献。他在不断一意孤行地向我们自以为深知的生命和现实甚至历史深处掘进，他最先领受了挖掘过程中的寒冷、黑暗，也最终发现了现实表层之下的粗粝与真相。

远人无疑对"身边之物"投注了尽量宽广的考察视阈，他在审视和叩问的过程中并没有呈现出简单而廉价的二元对立的冲动与伦理机制的狂想，而正是这种融合的姿态反而使得以上的二元对立项之间出现了张力、弥散和某种难以消弭的复杂和"暧昧"。诗歌写作的平静、深沉的姿态使得远人既不是一个旧式乡土的守旧者，也不是一个故作先锋的批判者，但是他却同时在诗歌写作中呈现了一个复杂的观察者和介入者尴尬的面影，这使他的诗歌具有了繁复的空间和可能。远人的诗歌显然并非仅只扮演了个人和日常叙事中小感受、小反思者的角色，而是有意识在文本尽可能拓展的巷道上延展自己个人化的历史想象力和求真意志，展现个人的命运轨迹和更为深切的时代寓言。

1999 年之后，尤其是进入一个新的世纪之后，人们谈论最多的恰恰是时代和文学的娱乐精神，而忽视了一个即使工业化和商业化的时代其写作的难度不仅没有降低反而是同样困难重重的事实。而远人却清醒地认识到更多的诗人和评论者沉溺于个人甚至荒诞的后社会主义时代主流美学伦理温柔的天鹅绒般的牢笼之中，而他则继续在和"帕斯捷尔纳克"们交流，而呈现的场景则更为繁复。简单的肯定和否定都只是少年和青春期写作的表征，而中年式的在肯定、犹疑、前进、折回之间展开的辩驳和诘问方式在远人这样的兼具"青年"和"中年"特征诗人这里不能不日益显豁地呈现出来。在远人为我们打开的生存暗箱面前，我最终看到了一代人的生存就像是黑夜中的一场暗火。他在维持着内心的尊严和发现的快乐，他驱赶着世俗的黑暗却也同时布满了一道道并不醒目但却难以愈合的伤口和无言的苍凉与自嘲。那些诗作洞穿了生命的困厄，却打开了梦想的小径上一个又一个荒草丛生的恐怖的深渊与陷阱。诗歌写作作为一个人的内心"宗教"和乌托邦确实具有一定程度的自我"清洁"和对社会进行矫正的功能，但是我们看到的仍旧是无边无际的龌龊、喧嚣、混乱和荒诞。在理想主义的乡村愿景的丧失和不断欲望勃起而精神委顿的后社会主义时代的夹缝之中，在精神的自我挖掘、奔突和深度沉潜中，远人用诗歌发现了时代的疾病，同时也目睹了人性的痼疾。

远人的诗歌始终坚持在看似日常化的真实生存场景和地理学场域中设置大量的既日常化又不乏戏剧性、想象性的同时寓含强大暗示能量和寓言化的场景。在这些苍茫的黑色场景中纷纷登场的人、物和事都承载了巨大的心理能量，更为有力地揭示了最为尴尬、疼痛也最容易被忽视的时代的华美衣服的肮脏、褶皱的真实内里。我想远人所持有的更像是"聚光灯"之外黑暗中的诗学，我们已经没有必要再重复光明、天空和玫瑰，作为创造者和发现者代名词的诗人有必要有责任对大地之下的黑暗之物予以语言和想象的照亮与发掘。基于此，黑暗的地下洞穴中细碎的牙齿所磨砺出的"田鼠"般的歌唱正契合了最应该被我们所熟悉然而却一直被我们所漠视的歌唱。好的诗人都是时代的兢兢业业的守夜者，这个守夜者看到了夜晚如何把中国的乡村变成了一口深井，看到了一个推土机和搅拌机如何建造起一个个虚无的钢铁城市。在生存的夹缝中唤醒故乡的记忆肯定是尴尬的。这种无处不在的孤独甚至些许的恐惧感却成了现代人的梦魇。飞速旋转的车轮使乡村城市都患上了时代病。

　　远人是一个如此耐心的解说家和细心的勘探者，在一些被我们熟知又被一次次忽略的事物身上，诗人用身体和灵魂以及个人化的想象力重新发现和命名了一个更为真实的世界，在一次次的悖论性修辞中打开了一个个既真实又荒诞地充满了无限可能性的隐秘的入口，"在旷野，火车暂时停了下来 / 车窗外面，有两条废弃的铁轨 / 灰色的枕木托着它，纸屑落在其间 / 又随风飞起，石缝间有枯草生长 // 一切如此自然，这两条没有用的铁轨 / 仍是伸向远处，拐着半圆形的弯 / 我不知道它究竟要到哪里，当它 / 在旷野没入，我感到一切是如此孤单"（《两条废弃的铁轨》）。诗人一遍遍擦去世俗的尘垢，从而使得那一个个时光车轮碾压下的物事重新焕发出历久弥新的光泽和裂痕。正是这种安静、精细、幽微而深入的话语方式使得远人更像是在落木萧萧的季节不断抖落浑身白雪的冷杉。它坚硬的针刺、挺拔而布满了岁月刀痕的身躯都呈现出了冷硬背后的并不轻松的时日和成长膂力，当然它也发现了常人难以目视的一面：

　　　　它是不是发现了更高的地方？只给我们
　　　　留下树叶和带缺口的山巅。当它真的消失
　　　　我们就看着天空——这块天堂的地板
　　　　在松针的戳刺之下，漏下来很多的星光
　　　　　　　　——《山居或想象的情诗》

二

　　当 1970 年代人出生的时候，特殊的社会文化语境以及此后在 1980 年代末期开始的翻天覆地的颠覆性转折和"轰响"声中新的社会时代的开始，注定了这一代人不能不生活在这样的尴尬境地——政治的、商业的、城市的广场。而连接杂乱的广场和遥远的异乡的正是黑沉沉的铁轨和寂寞的乡村小站。在第六代导演贾樟柯的《小武》《站台》《逍遥游》甚至《三峡好人》电影叙事中，我们能够清晰地看到"70后"一代人在80年代以来的成长故事和生存寓言，

"从我个人的经验来说，我出生，一直长大十八岁的地方就是城乡接合部，就是能辐射中国广大农村的一个生存空间。我的初中同学、我的亲戚都是这样生活在社会底层，我的感情更认同这样的层面"（贾樟柯语）。

"70后"一代诗人有属于他们这一代人的特殊的"广场"，而且他们从出生之日起就曾一度生活在政治的集体性的广场上合唱的尾声之中，而如今商业的广场、城市的广场、现代性的广场遍布了中国的各个城市和乡镇。虽然这种宏大的政治的广场在"70后"一代人的现实生活中并没能维持多久，但是这短暂的政治和革命理想主义的晚照却已永远地留存在了这代人身上。而当1990年代的商业和都市的广场取代了政治广场，一块块五彩斑斓的工业瓷砖代替和铺满了曾经的墓地、纪念碑和英雄的血滴，麦当劳和肯德基的快餐方式取代十字架和鲜血成为这个时代新一轮的广场象征，"70后"一代人所面对的却是物质上和精神上的双重的"饥饿"，广场投下的阴影将他们并不高大的身躯深深覆盖。尽管北岛和欧阳江河等人的广场书写与"70后"诗人的广场相同之处在于都具有深刻的个人化的历史想象力和对历史、社会乃至个体命运的重新省思，但我们仍可以清晰地看到，北岛和欧阳江河他们更多的是强调了内心对时代、宏大的政治历史场景的重新清洗和质问，不约而同的是在陈述一个遥远而模糊的历史的强行结束和一个灰蒙蒙的暧昧时代的强行开始。而关于广场的宏大叙事的全面结束还是从远人等"70后"诗人这里开始的。"70后"一代诗人在"广场"上更为关注的是后工业和城市语境下一代人的尴尬宿命和生存的沉重与艰辛。但"不幸"的是，北岛、欧阳江河等人的"广场"意识甚至情结并未荡然无存，作为一种历史文化继承的背景它仍然在"70后"一代的现实生活、文学阅读和写作以及集体潜意识中存在。在无限膨胀、无限加速度的现代化进程中，一个新的后工业时代的广场正在建成。在这个市场天气的城市广场上，迷蒙的光线照耀的不再是挥舞的铁拳、昂扬的歌声和摇动的红旗，而是迟疑的、沉重的来自某个角落的青年。

当空旷的广场、黄昏、象征时间的割草机和褪色的生活一起呈现的时

候，广场更多的是沾染上一种空前寂寞的霉味，而这种霉味则是实实在在的个体生活略显冰冷的体味。广场在他们看来无疑是一个反讽的角色。在雕像与废墟、高大与碎片、重压与尊严、城市与外乡、阳光与阴影的张力冲突中，诗的雕刻刀雕琢的是沉重个体的生存状态。特殊的成长背景和生存环境使得"70后"诗人无形中形成一种集体无意识，广场的荣光、血腥、伟大尽管仍在这些怀有理想主义的一代人身上有着碎片般的闪光，但是更为强大的城市生存的压力和商业、工业的巨大阴影则成为他们首先要面对的难题，所以对于"70后"一代而言，广场是直接和生存（城市和乡村经验）联系在一起的，而非像以前的诗人是和革命、战争和政治运动联系在一起的。远人在长诗《失眠的笔记〈广场〉》中对广场的描述和界定基本可以看作这代人具有代表性的整体认识：

> 它的建立使城市与乡村得以严格的区分。一个广场的位置，与它同义的往往是物质的中心和建构在乌托邦性质上的高点。尽管它提供的不过是十字路口中央的一处花坛、一个喷泉，或者一尊塑像，——就仿佛是城市在它结构里努力生出的幻境，朝着某个梦想的、同时又是垄断的方向延伸。非常容易看出，在广场上茫然回头的人不会来自城市。广场的巨大平面似乎始终都在拒斥一种另外的命运。可以说，它通过象征所维持的，是不带激情与妄想的世界，这正如随同它的复制而被删除掉的诗篇，在形成之前，就已达到了妥协和某种不明确的授意。因而在我每每穿过这城市的广场之时，我感到的晕眩不是来自日光的照耀，而是在我和城市贫血的关系中，广场所赋予的那种强烈、巨大，以及无言的压迫。

政治年代的最后残存的火焰仍然燎烤着这些1970年代出生的一代人，然而当工业和商业的现代列车在无限制的加速度中到来的时候，理想情怀和生存的挣扎所构成的巨大峡谷呈现了空前的沉寂、尴尬、分裂和焦灼。广场也在一定意义上成为"70后"一代人在由残存的理想主义的尾声向商业时代过渡的重要象征，从集体转向个人的开始。巨大的广场上他们显得如此虚弱，人头攒动的广场上他们却形单影只，公共生活的场域里对于这一代人而言却成了个体、生存、孤独、茫然的代名词和衍生地，"傍晚的广场上你不认识一个人／但这恰恰是你想要的效果／你的脚步和这里每个人重叠／有几个瞬间你觉得你不是你自己／／如果你真的不是你自己，那你／又会是谁呢？你的姓名和经历／都在一些阴影里蠕动，没有人能打开／你的阴影，你也不可能清楚别人……／它们为数不多，也无人注意，实际上这里／和任何一个地方都没有区别，在上涨的黑暗里／你听到的哭声至今也只有你一个人听到／你完全可以说，此刻只有你一个人走过了广场"(《傍晚的广场》)。灯塔倒下后是大片的废墟，前行的路上充满了阒寂无声的压抑。

在远人的诗歌中，我看到了幽暗的树林上空不断推远和拉近的时光的景象，看到了树叶响亮的歌唱背后无尽的落寞和孤单，看到了冷杉树上积压的厚雪和负累。而更多的时候，我看见了那从根部直升上来的力量在不断抖落风雪和灰尘……

（原载《江南·诗》2012 年第 4 期）

从可见到不可见

——远人诗集《我走过一条隐秘的小径》阅读札记

马永波

远人在诗中探索那暗中使自己改变的莫名力量，我们可以笼统地说，这是时间和命运的力量，但这种说法又未免有些过于笼统，远人不满足于此，他力图探究具体的使自己生命悄悄改变的力量，认识了这些力量或因素，似乎就能解开很多谜团。

远人诗中始终有一种要看清世界和自我真相的动力，认识论的要求有时占据他的思维，而世界往往又是不可知的，于是，这两者之间的张力造成了远人诗歌中既清晰又晦涩的特征，或者是有时清晰，有时晦涩。世界之不可认知，难明究竟，促使诗人时常使用商榷的语调，比如《秋天的比喻》，里边一连串的"好像"仅仅表达的是一种不确定之感，而不再将比喻用于更精确地描述事物。恍惚当然大部分来自时间流逝的感觉，尤其秋天，作为季节，它把丰收和丰收内部的衰败与荒凉结为一体，作为现代人，诗人似乎再难以像济慈的《秋颂》那样歌颂秋天的丰实，而是有了更加复杂的一言难尽的感觉，一系列的明喻正适合表达这种欲说还休模糊又强烈的感觉。

为了捕捉住事物的真相，语言就像是一架摄像机，在事物清晰的时候，摄像机的机位基本是固定的，透视也是稳定的，而在事物本身晦涩的时候，我们就会感觉到摄像机本身的晃动，从固定机位一变而为手持式拍摄。视角开始多重化，透视不再是单纯的深度定点透视，而是呈回环动态化。事物的晦涩导致摄像机的晃动，导致我们关注到摄像机的运动本身，摄像机不再是一个客观的透明的眼球，而是具有了某种主体性，有了自己的见解和主张，这时，我们会强烈感觉到摄像机是一个和影片中其他主体同样的一个主体，处于跟踪、窥视的位置，这时你会产生某种恐惧之感。

这样的时刻，相对性思维就会占据上风，诗人总是企图从自我中分裂出去，以他者的视角观察事物，也观察自身。这时候，媒介（摄像机和语言）本身开始凸现出来，迫使我们把注意力更多地放在诗的语言运动上面，而不是其所捕捉的对象上面。什么时候诗的语言本身比它所表现的事物更加吸引我们，迫使我们把诗本身当作一个自足的存在和有机体来看待，我们就知道，诗成了一个自我相关缠绕的自噬蛇，它不再指向自身结构之外的所指，能指像一根原来指向月亮的手指，现在指向了自身。所有好诗都不同程度地吸引我们注意到语言本身，但能达到不再让我们透过它去看世界，而是看"诗"本身，这样的情况所在不多，或为纯诗，或为元诗。

　　相对性透视法在远人诗中可以找到不少的例证，比如《我喜欢漫长的阅读》中，阅读最终成了对自我的考察，"我将在漫长里来到我的尽头"。《雪国列车》也是用相对性视角来展开，人们坐着呼啸的火车去往并不存在的"雪国"，诗人则步行前往，他看不见火车上的人，火车上的乘客看他也只是雪地里的一个黑点。《冬札》里贯穿着世界真相之不可知的体悟，"大地和死亡，都不可思议"，尤其最后一节，更是直接点明了世界本身就是个没有答案的问题，自我也同样如此。世界的存在需要一部分的荒谬。世界之不可入性，正像该诗第 15 节所写，"越到远处 / 两旁的树木 / 就把路捆得越紧 / 直到把最远处 / 捆成我无法进去的消失点"。这里主要写的还是物的封闭性，物保守着自己的秘密，是人类语言所无法完全穿透的，但这一节诗中"消失点"一词的使用，使得诗中多了一层微妙隐晦的意味，消失点就是美术透视中的灭点，属于西洋绘画的定点透视，这意味着诗人的固定位置，事物并未消失，只是人看不见而已，这是不是在告诉我们，定点透视的有限性？如果我们保持行走，事物是不是会清晰起来？在这一点上，我们重新遇见了艾略特式的乐观，"我们不会停止我们的探索"，尽管我们难以确定，随着我们抬起的脚步，远方是消失还是出现。

　　相对性思维使得所有的旅行不是抵达一个外在的目标，而是更深地回到自我。远人近期诗中有不少关于旅行的篇什，《一无所思的长途旅行》实际上可以看作是一次静止的旅行，一次反旅行。通常的旅行总是伴随着与存在的遭遇，对陌生的发现，但在这首诗里，我们看到的是对一些平凡的没有诗意的事物的描述，事物不再具有陌生的另一个维度，事物是扁平状态的，仅仅是一些表面，没有背面，也没有深度，也不再是一个远方、一种未知、一种未曾经历过的生活的象征，它们仅仅是和诗人偶遇又消失，在这首诗里，事物不是出现或被发现，而是消失，并且诗人愉悦于这种消失。《在高铁上读弗罗斯特》，写的是书中的旅行和现实中的旅行，同样是没有可以抵达的地方，诗歌和相关的想象的作用是让自己的消失慢下来。《明天我将去更远的地方》里表达的是诗人渴望在陌生的地方遇见陌生的自己，离开是为了全新地归来。

《我走过一条隐秘的小径》当然可以读成是人生之旅的象征，但是我认为这首诗更多地呈现的是不经意中的发现的惊喜，散漫无目的的诗人发现了同样散漫无目的的一条小路，它人迹罕至，弯弯曲曲，很久都没人走过了。这条小路似乎满足于自己的无目的，满足于不通向任何"地方"，路的无目的甚至让诗人自己也忘记了是何时踏上了这么一条小径。无目的的诗意和神秘，或者说目的只在过程中。所以诗人不急于把它走完，而是走得很慢很慢。在一个目的和手段扭结成一个无穷无尽因果链条的世界上，为了目的，其他如其本然的目的也不得不成为手段，脱出自身，成为被役使之物。在这样一个环环相扣的世界中，散漫的无目的，以自身为目的，就显得格外珍贵。诗歌从总体上，也就是这样无目的的合目的性，无用之用是为大用。

《下午的峡谷》也是旅行的主题，深入事物神秘的寂静，这种探寻可以看作象征了对于自然之启示与生活方向的探寻，自然作为神的创造法则的副本，本应该反映出上帝创世的光辉，但在诗人这里，探寻这种启示的努力得到的只是一片寂静，他虽然确信石头一直在呼吸，在秘密地生长，但是这种呼吸生长的奥秘到底是什么，依然不得索解，在此，诗人将永恒的秘密作为近乎"物自体"的东西予以保留，他承认自己"既不寻找什么，也不期待什么"。如果说浪漫主义者对意义的探索是凭借理想的引导，但远人对意义的探寻却满足于从寂静到寂静。这首诗也完全可以读解成无路可走的僵局，诗人似乎在暗示我们，浪漫主义的价值观在现代社会已经失去了可靠性。不但物的神秘无法穿透，人的主体性在物的沉默王国中也无法确立，所以诗人最后说"此刻我坐在房间，凝视着／给它们拍下的一张张照片／没有哪张照片里有我／于是我知道我只是经过峡谷／像冒险经过天荒地老的永恒"，事物保持着神秘，而只要事物对主体保持封闭，主体也就因为无法参与到造化的大神秘中而受挫，甚至无法确立自身。因为自我无法仅仅依靠自身得以确立，自我的确立需要他者的参与，这他者可以是他人，也可以是事物。事物的秘密不可穿透，必然促使诗人反思诗歌作为媒介的有效性，对诗歌本身功用的反思，使得诗歌指向自身，而展开了对自身的探索。与其说是用诗去表达和表现现成的含义确定的对象，不如说诗歌写作的过程是探索一首诗自身是如何生成的。对世界、自我和诗本身的探索，成为新的三位一体。

《我想躺在无人的旷野》中，诗人渴望避开人的世界，只是单纯地躺在一个地方，没有任何人世干扰地独处，诗人也不做过多思考，只是感受身下的茅草和砾石始终给予自己的奇异的温暖和支撑，相比于人和社会上的一切，这些简单的事物给予诗人的安慰是更大也更深入的。从自然中获取慰藉历来是诗人的一个特殊能力，尤其在浪漫主义时代，回归自然成了抵抗现代性侵蚀的一个重要途径。在人间事务的不确定性让人厌倦之时，自然的确定性就像一种原始的契约，有条不紊，让人安心。因此，诗人放弃了对自然作为整体之神秘性的科学式探索，而甘心居于自然之幽暗的怀腹，不去探究一阵阵虫鸣从何而来，月亮何时升起，而是以纯然无染的身心去感受自然的律动。在这首诗中，自然之奥秘的封闭性，在诗人那里，暂时不再激起一种焦虑和受排斥之感，反而成为一种福音，不以主体意志去涵盖自然，而是看似无知地内在于自然的永恒规律，实际上成为一种有效的智慧。

《他们看银杏树去了》有大致相同的主题。"看"的行为往往意味着将物按照主观的需要摆置在面前，甚至削缩它以适应主观，意味着给事物贴上人为的标签，就以为占有了物本身，而实际上却掏空了物的存在之丰盈，使物丧失物性。诗人在众人去"看"银杏的时候，找了一个没人的地方坐了下来，坐了很久，一无所想，这种一无所想和一无所见，是保证诗人用内在之眼"看见"银杏的条件。不用人的语言去强行侵入物的世界，不用人的语言去干扰物的自在的呼吸，只是把自己也当作一个存在者，与物共在，共命运，共呼吸，才能真正与物合一。在诗的结尾，诗人欣喜地发现，去"看"（把握、认识）银杏的人们也都在银杏树下坐着，坐在深黄色的落叶堆上。

世界和自我都不可知，这种不可知的原因到底何在？是语言作为认知工具本身就有限制，还是世界和作为世界一部分的自我本身具有某种人类永远也穿不透的奥秘？人类智慧之有限，和造化神奇之无限，永远是一对互相追逐的恋人。语言本身及物功能的有限性，上帝创世奥秘之不可穷竭的伟大，这两者也许共同形成了远人诗歌中认识论上的某种不确定性，他宁可安于这种不确定性，因为在大多数情况下，让事物保持其神秘对人更有益处。

对充分逻辑化了的那部分世界的拒绝，对世界隐晦不明的部分的持久凝视，构成了远人诗歌诗意的支撑，越是不可知，越是想要探究，《面对的》一诗，就摆出了这样的价值追问。诗人夜深人静之时，总想知道那些操纵人的事物究竟来自哪里，他总是分外鲜明地感受到心里的那块西西弗斯的石头的存在。这块巨石不能单纯地视为诗人的个人命运，它同时也应该是世界的命运，抑或说，某种普遍性的人性处境。在远人近期诗歌中，我们看到对时间流逝的强烈感受和物是人非的思考，而对这种时间主题的反思，往往发生在深夜和旅行当中。我们看到午夜不眠的诗人常常像一个宇宙守护者一样在观察、倾听和记录，如《夜里》《傍晚的图书馆》《斑马湖》《深夜的鸟》《雨夜孤灯》《凌晨，雨中的鸟》，诗中选取的时刻或是在深夜，或是半明半暗时分，这样的时刻，理性的哨兵松懈下来，创造性的直觉开始活跃起来。诗人反复强调，有些事物仅有诗人才能听得见，似乎这种听见至关重大，甚至命悬一线。凌晨固执地透过雨声传进来的鸟鸣，似乎不是鸟鸣，而是万物的呼救，对存在的渴望的呼救，似乎只要诗人听见了，万物就会得救。诗人的确是某种记忆保存者，他用诗歌与时间对抗，打捞起那些被时光裹挟着不断消逝的事物。《机场的落日》就是一例。消逝，在物呈现为美感，在人呈现为伤感。作为生命之先验地平线的死亡，规定了存在物有死的本质，同时也使得存在的过程本身具有了某种庄严和价值。诗人的责任之一恰恰是使一次普通的日落成为不可遗忘的"这一次的日落"，每一次的日落从物理学上来讲都是一样的，但它对具体的人却具有不同的意义，日落绝不仅仅是日落本身那么简单，它也许就是人类历史上所有的日落，是叶芝式的历史循环的又一个螺旋顶点。诗的作用就在于提醒被物欲追逐蒙蔽了双眼的人们，要学会看到事物本身，如同此生第一次看见一般清新。

诗歌言述的对象如果都能被合法地翻译为各种观念，诗歌就会等同于教条和哲学，而世间始终存在的无形力量的黑暗奥秘，除了诗人的想象力，其他途径是接近不了的。浪漫主义诗歌的一个有力信念就在于此。在远人对事物的具体细微的描述和观察中，总能发现一些模糊难辨的东西隐现，他的诗由可见抵达了不可见，总在具体现实之外，开启一个不可见的神秘空间，这个空间不是由一些所谓观念和哲理构成，而是由一些人类智慧无法穿透的形象、气氛、光线和声音构成，它们并不是柏拉图的理想国，它们就存在于具体实在之中，并构成了这些具体实在之存在的深层原因。这个世界无法走进，只能不断地趋近，它似乎是万物的始基，有时它仅仅是一种恍惚的情调，它无法系统化，只能以持续的想象活动来趋近。因此，我们在远人的诗中，总能在他不厌其烦、细致入微的具象刻画的尽头，抵达一个"灵视"时刻，这样的时刻，具体的事物开始融化而为一种模糊微妙的气氛，难以描摹，它似乎是空无，又似乎充盈着流溢着，在那里，事物的边界是模糊不清的，现实在那里得以修正以实现一个更伟大的现实，这个境界促使有限的人类向无限的意识提升。在这一点上看，远人的诗学立场既不是经验写作，也不是玄学写作，而是居于中间，在必然王国和自由王国之间。存在的非存在的一面更加吸引他的注意力，远人诗中多次写到倾听鸟鸣，却看不到鸟本身，这和雪莱的《致云雀》和济慈的《夜莺颂》有类似的体验的基础，这三位诗人同样都只是听见而不是看见那些"神鸟"。从可见到不可见，中间是一个冥王般的鸿沟，只能靠"信仰黑暗中的踊身一跃"。渴望看见不可见的，同时又意识到愿望之不可能圆满达成，这种矛盾心态必然诉诸反讽和怀疑主义。这种反讽本应促使诗歌的结构形式出现断裂和不均衡，然则奇妙的是，远人的诗歌形式又往往十分整饬有序，形式的确定性和内容的不确定性之间的张力，构成了更高一轮的反讽，这是其诗艺的一个高妙之处。远人在幻象的伟大时刻所看见的精灵，很可能是一个无名的精灵，尚未命名，也无法命名。他在组诗《街：虚构的十四行》中探索了语言和物的关系，他说"所有的追踪，都只是使万物更加沉默"，诗人痛苦地追问写作的有效性和可能性的边界，这组诗集中了几乎此文前面触及的诗人所关注的所有问题。诗和世界的争执永远是情人般无止无休的，它既是哲学问题，又是经验的问题，既是认识论的问题，也是本体论的问题。世界真相是否存在，语言是否可以抵达，两者都难以确定。

远人诗歌从主题上看，自然是十分丰富的，我在此仅只触及一个侧面。他对事物身怀感恩的赞美令人动容，如《阳光明媚的下午》《年夜饭》《中秋日的金婚》《杜康酒》《除夕日》等。在这一类的诗中，诗人似乎暂时收回了凝视幻象的目光，开始关注眼前的人和事，就像一个从沉思出神状态恍然而醒的人，发现世界依然坚实地存在着。这时，他不由得发出了放心的微笑，他又从想象力的危险的大海回到人类的边岸。这时，任何坚实普通的事物都可能是他要牢牢抓住的一块石头，并为此心怀感恩，因为存在本身就是奇迹。

（原载《特区文学》2019 年第 12 期）

离我很近的人（访谈）

——远人访谈录

梦天岚　远　人

梦天岚： 回到娄底后，经常会想起远人兄，总觉得你是离我很近的人。真正的友谊或许不受时空的局限。在长沙的时候，我们有过很多次交谈，在路上、宿舍、办公室、茶楼、咖啡厅，很随意，朋友式的，更多的是兄弟式的，以这种书面方式，倒还是第一次。

远　人： 天岚兄好！我得说，你的第一句话很让我感动。我一下子就想起我们在一起的那些时光。我几乎是直到你要离开长沙的那些天时，才听你说你到长沙已经七八年了，我当时既吃惊又不敢相信。时间的流逝总是让我们不知不觉，流逝性却支配了我们的生活。它意味过去的不可挽回，写作的功能总是奇妙地充当这一挽回的角色，即使这个角色有它的模糊性和暧昧性，但我们总是愿意在这种时间的模糊性和暧昧性中去体味一种一言难尽的感受。现在回想，我们当时的很多交流，实际上也是渴望在写作中能挽回或挽住一些东西，至少，你说到的那些路上、宿舍、办公室、茶楼、咖啡厅，都在你的这句话中得以重现，仿佛那些场景始终还在。我因此觉得，我们以前的那些交流和谈话其实从来没有离开。像这样的谈话，对我来说，有点奇妙，我更强的感觉是，你此刻和我坐在同一个地方。

梦天岚： 你是一个不懂得爱惜和保护自己的人（恕我直言），经常需要善意的提醒，当然我也有那么一点(但不算太严重)。以至我有点担心你的身体、心情和状态。现在还是这样吗？

远　人： 我倒是对这句话有点不知如何回答。首先，我得搞清楚你说的"爱惜"和"保护"指向的是什么。你说的或许是我的性格吧。我一直有口无遮拦的毛病，如果说它是一个毛病的话。我承认它有很不好的一面，但也会有它好的一面，至少，这好的一面能让我心里感到踏实；从另一面来说，也确实因为过于轻信他人而使自己受到伤害。不过一个人的性格很难改变，我现在还是这样，大概以后仍会这样。至于身体、心情和状态，我也没什么改变，天天熬夜，这对身体倒是不好，但也没办法改变了；心情和状态都是起伏的，特别是这两年，一些经历让我渐渐变得喜欢沉默起来。

梦天岚： 除此之外，你有着超乎常人的敏感，体现在生活中往往是很容易受到伤害的。当然，我们的身边不乏敏感的人，只是这些敏感会迫于某些世俗的东西而变得迟钝，你是一个例外。另外，在你的诗歌和小说中，我也强烈地感受到了，这种敏感的存在让你的文字更加准确和细腻，充满未知的张力（或者说是一种爆发力）。不知你是否认同？

远　人： 我的文字中是否有张力或爆发力，得让读我文字的人来说，我始终觉得的是，对一个写作者，尤其对一个写诗的人来说，保持对外部世界的敏感是非常必需的。我以为的诗歌语言应该是经得起往语言深处挖掘的语言，如果写作者丧失了对自身和外部的敏感，也必然丧失对语言本身的敏感，这对一个写作者来说，是非常可怕的事。在今天，写作对我越来越变成一件孤注一掷的事，我也不可能去干别的事，即使想干，恐怕也是干不好的。因此，我大概是在自觉地保持一种对生活本身的抗拒，宁愿让自己的观察变得尽可能细致一些吧，但是不是做到了，我自己不好说。前几天，我和一个诗友谈话，他提到了"精确"一说，我想这个词应该越过了"准确"。我们现在的写作确实很难做到"精确"。我想这与写作者自身的修炼有很大的关系。

梦天岚： 我那年去长沙时，第一个想见的人就是你，转眼就过了七八年。这些年你给了我很多帮助，像我一样得到你帮助的人还有很多，但像你我这样如此坦诚相见而又一如既往的朋友好像并不多，这其中有什么原因吗？我知道这个问题是你不太愿意去回答的，但我还是问了，请见谅。

远　人： 这个问题让我想起我说过的一句话，"若干年前，我交朋友是做加法，现在是做减法了"。因为每个人都不是能被另外一个人彻底理解的，又更何况是你所认识的每个人？现在回头看看经历的人和事，还真像古人说过的那样，"相识满天下，知心能几人？"另外还有句是"不如意事常八九，可与人言无二三。"这两句话也许已经把人与人之间的问题说得相当透彻了。能够在很多年后还能坦诚相见而又一如既往的人，既需要缘分，更需要性情的相投。不管对人，还是对事，我们一直有着非常多的共同点，不是吗？

梦天岚：为什么会想到辞掉银行的工作？是因为厌倦了还是对未来的一种自信？或者说是对自己写作前途的一种自信？

远　人：辞去公职不是我一时头脑发热。事实上，从我第一天在银行工作起，我就发现我对那种呆板的体制感到深恶痛绝。回到你问我的第二个问题，我觉得辞职的最大理由就是我太爱惜自己了，我不愿意被我不喜欢的东西牢牢捆住；只要想到我的时间不能由自己支配，我的空间就是在一间办公室内，就觉得不寒而栗。如果不是家人的阻拦，我辞职的念头恐怕还会提前好几年。我确实感到厌倦，现在能做自己喜欢做的事，我觉得是对自己的珍惜，它很自由，能让我有更多的时间归自己支配，至于是否是对写作前途的自信，我没这么想过，我只能说，写作对我来说，实在是太重要。

梦天岚：记得你曾写过一组题为《岁末：十四首十四行》的诗，对数字很敏感吗？是否跟你曾经在银行工作有关？十四行诗本来就不太好写，而你在这一组里写了十四首，这一过程对你来说意味着什么？是对自己的一种挑战吗？

远　人：特别高兴你提到这组诗歌。我首先得承认，我对数字特别不敏感，念书时最难及格的就是数学了。十四行确实不好写，但我很喜欢十四行这个形式，到现在仍会偶尔写它。那组岁末十四行事实上不止十四首，而是有七十六首，当时打算写满一百首，但觉得"岁末"这个主题差不多在七十多首中已经穷尽了。后来整理时，选了十四首出来（去年又整理出六首）。写这组诗时我刚二十出头，现在很惊异那时候是如何写出这组诗来的。我那时候阅读量非常有限，完全凭着自己对诗歌的直觉来写，现在离我写那组诗已经太多年了，但还是有朋友说那组诗是我写得最好的一组诗，这话让我高兴，因为我在很年轻的时候能写出它来；但这话又同时让我沮丧，因为它意味着我的进步不大，至少，没有取得明显的长足进步。但那时候我还没有形成自己的诗学观点，因此说不上是对自己的一种挑战，我只是想写，因此就那么写了。对我的写作来说，它大概算是我第一组成熟的作品。

梦天岚：记得曾在一个《与远人对话进行时》的在线访谈中，你谈到了"写什么"和"怎么写"的问题，具体到你个人的写作，你是如何面对的？

远　人：那个访谈结束后我没回头看过，我也不记得自己当时说了什

○ ○ ○　167

么。但"写什么"和"怎么写"肯定是作为写作者时时面对的问题。这几年，我一直在正常的计划写作之余，进行着一组类似格言体的诗学写作，那组作品题为《写作的局部》，现在已经写了两百多条。前不久写了条"作为写作者，我们只能写我们能写的，而不能写我们想写的。"这句话应该说是具体到我自己的写作中来了。任何一个人，写久了，难免会有所谓的"抱负"出现，但我们又的确很难去写我们渴望的或我们隐约能看到的那个高峰，那么，我们就只能老老实实地坐下来，写我们能写的。什么是我们能写的呢？我觉得，我们能写的就是我们自身和我们所经验的，从自身和经验中提炼出属于文学的那一部分。提炼的手段就是"怎么写"了，具体到我个人，我喜欢在写的时候尽量使用最简单、最常见、最质朴的语言；至于技巧，我不太喜欢繁杂。很多年前我喜欢繁杂（自信做得还不错），现在完全改变了，不管要表达的内容多么繁杂，能做到语言上的不动声色，这是多么令人向往的"怎么写"。

梦天岚：你的作品一直在高产阶段，让人觉得意外，这种写作状态一定基于某种动力，那是什么？总体说来，这些诗作比你以前的作品更圆熟，包容性更强。这种动力来自创作本身吗？

远　人：这些年，我一直保持每年的文字数量产量五六十万字，诗歌一百多首。这种状态的动力来自哪里？我想它应该来自我对写作本身的理解出现了变化，在这个不断写的过程中，我对写作的含义有了不同的认识，我的感受也慢慢完全进入到写作所带来的体验之中。或许，经历能给一个写作者带来对写作的新的认识吧，因为在对经历的化解中，写作的介入会使写作本身出现你所说的包容。至于圆熟，我想它会在数量中出现，把这句话展开来说，数量在今天我觉得也是重要的，因为数量的出现会在技巧上带来更多的实际经验。当然，纯粹追求数量无疑对写作的伤害很大，如何调整数量与质量的关系，应该是值得我们在今天思考的一个问题。今年我已打算让自己的诗歌写作慢下来，想把重心放到小说和随笔上去。

梦天岚：对于你目前所处的状况（当然是指生活、工作和写作）满意吗？你理想中的状况应该是什么样子的？目前你最想改善的是哪一种状况？

远　人：应该说，我对自己所处的状况从来就没有满意过。我甚至想，我是不是在刻意使自己不满意。我对"满意"有点担心，如果一切真的满意了，我大概会变得懒惰起来。我记得契诃夫在他的手记里写过这么一句话，"他有了房子，有了孩子，有了钱，有了宽阔的书房，但他却再写不出一个字了。"

这句话我没查原文，凭印象，大意如此。第一次读到这句话时感觉有点好笑，现在却觉得有点惊心动魄。他写出的可能就是一种因为太满意而出现的无所适从。我喜欢每天给自己留一两个小时发呆，那时候我什么也不想，只慢慢地抽烟。康德把抽烟看成是孤独时的自娱，我特别喜欢他这个说法。在那个时候，我特别宁静。说到改善，我希望改善的是生活本身，能少给我一点压力，但我知道，这压力既然存在，我能做的也就是把它扛起来。

梦天岚：现在来谈谈你的阅读。记得你曾经说过一句话，原话不记得了，意思大致是，成不了一个伟大的作家，成为一个伟大的读者也不错。还有一句，这个世界不缺少伟大的作家，缺少的是伟大的读者。这两句话足以说明阅读在你心目中的位置。我想问你是从什么时候开始意识到阅读的重要性的？能简要地谈谈你的阅读史吗？

远　人：从一开始，我就感到阅读是必不可少的，到现在我依然保持一个观点，那就是我不信任一个不阅读的写作者。我不否认存在着写作天赋极高的写作者。天赋就像木柴，可以烧得很旺，但不能把你带到一个更远、更高的地方。只有经过培植的天赋才有可能变成可以持久燃烧的炭。这个从木柴到炭的培植过程，在我看来就是阅读。至少，真正的阅读可以让我们明白，这个世界的文学到达了一个什么样的高度。譬如，不读托尔斯泰，我们就不能理解文学达到的广度究竟有多广；不读陀思妥耶夫斯基，我们就不会知道人心的波动能够在文学中介入得多么深；不读卡夫卡，我们也难以想象现实的碎片可以在文学中多么密。一个写作者不经过有效阅读，他的写作就很难到达一种内在的清晰——这种清晰当然不是指语言上，而是这个写作者所具备的一种心理清晰。没有这种清晰，写作往往会变得无效。在我看来，成为一个伟大的读者并不比成为一个伟大的作者容易，甚至更难。因为这里所要求的不仅仅是写诗的只阅读诗歌，写小说的只阅读小说，写散文的只阅读散文。一个伟大的读者不仅仅是博览群书，而是要博"透"群书。只有达到这个"透"字，才有可能将他的阅读连成一个庞大的阅读体系，在每个体系的分支中，置入他个人的理解。如果到我晚年，我对阅读能达到这样一个境地，我会觉得我没有把我的一生虚度过去。我知道这太难，它需要的或许真就是我们一生的时间。因此，我觉得我现在还不能说我有什么"阅读史"，我唯一感到高兴的是，阅读在今天已变成我生活的一部分。苏东坡曾说自己"三日不读，便觉面目可憎"，我非常理解他这句话包含的究竟是什么意思。我现在一日不读，便已觉面目可憎了。

梦天岚：一直很怀念和你一起在长沙淘书的时光，我买的很多书都是你推荐的。平时聊天的时候，你多次谈到自己的淘书经历，令人感慨，能否在这里再分享一下？

远　人：淘书是件令人愉快的事。这几年，我很少去新华书店买新书了，首先是现在的译本我不太信任，其次是现在的新书包装我很不喜欢，从封面到版式都有种取悦市场的媚俗感。我喜欢以前的书，关于旧书，我已写过不少文章，这里就不多说了，具体到我个人的淘书经历，我觉得有几件事是很让我感到愉快和惊异的，比如狄更斯的《匹克威克外传》，这套出版于1983年的书我前后十年才淘齐，最有意思的是上海译文出版社的陀思妥耶夫斯基的二卷本《中短篇小说集》，经过数年才淘齐。意外的是，这套书居然是同一个单位出来的，书脊上的编号都连在一起。我真是奇怪这套书怎么会在不同的时间流向不同的旧书店，更奇妙的是，居然都被我撞见了。我现在最想收齐的是人民文学出版社从20世纪80年代至90年代陆续出版的十七卷本的首版《列夫·托尔斯泰文集》。这套书我已经收了差不多二十年，到现在还差第十一卷。这种等待既让我心焦，但也让我明白，生活中的一些等待是非常美好的。有时在旧书店突然看见一本好书，那种喜悦真是无可替代。

梦天岚：据我所知，你花在小说上的阅读量远远超过诗歌，最近的阅读主要趋向于哪方面？在你的阅读视野当中，对你产生过重要影响的人和作品有哪些？

远　人：你说得对，我在小说上的阅读是花时间最多的，从1989年开始，我一直就沉浸在对欧洲古典的长篇小说的阅读中。阅读古典作品，我觉得给我的好处是让我心里始终有一种缓慢，现在来看，这种缓慢对我是有好处的，它使我始终不太浮躁。后来大面积阅读二十世纪的小说，最终还是觉得古典的高峰不可逾越。最近这十来年，我开始从小说过渡到美学、哲学和神学的阅读中，我个人体会是，我们在今天更应该把精力花在这上面，这些书籍使我们得到的是一种视野的培养乃至心性的形成。特别是对神学的阅读，使我在内心有了信仰。信仰使人宁静，也能使人保持尽可能的平稳。至于对我产生过影响的人和作品，那就太多了。在我踏上文学之路的早年，罗曼·罗兰的影响是最为剧烈的，他的《约翰·克利斯朵夫》是我那些年每年都会重读的，直到我完全摆脱他为止。后来对我影响最大的就是一直延续至今的陀思妥耶夫斯基，他的著作我到现在也会每年全部重读一遍。我想他的影响是我今生都不会摆脱的了。在哲学和神学方面，也可列出一串名单，其中海德格尔、舍斯托夫、舍勒、朋霍费尔等人的作品始终是我随时都会去翻阅的，近年我越来越倾向于古典时期的哲学家，譬如柏拉图、奥古斯丁等人，他们的著作向我展示了整个人类文化史的源头。我坚持以为，如果我们在今天还不知道去那个源头看看，个人的修为始终就不能达到一种内在的结实。至于说到诗歌上，米沃什、帕斯、博尔赫斯等等很多诗人的作品也对我产生过强烈的影响。我得承认，我的写作至今也没有摆脱"影响的焦虑"。这种焦虑使我时不时感到一种沮丧。

梦天岚：你的写作大致可分为哪几个阶段？你目前的写作离你期待的成熟期还有多远？你的写作理想是什么？

远　人：这个问题我倒是没有想过，我总希望自己的写作一年年不同，但能否一年年就是个阶段呢？肯定不能这么说，我只是希望，再过十年，我能稍微将自己的写作整理出所谓的阶段，从这个角度来说，我期待的成熟期还远未来临，有时我感到，这个时期也许永远不会来临。我甚至很喜欢这种感觉，它让我体会到什么是"在路上"。也许，对一个写作者来说，写作的终点是可怕的，真正的成熟也是可怕的。成熟就意味停止的开始。如果要说写作理想，我感到实在不好去说，在写作上，我现在的感觉是，能走多远就走多远吧。

梦天岚：本来还有许多想问的问题，譬如你惊人的记忆力、写作激情、家庭、个人情感等等，在这里就不一一列举了。也算是留下一些悬念吧。谢谢远人兄！

远　人：好的，马上就是春节了，春节时有个朋友过来，无论如何是件值得喜悦的事。谢谢天岚兄了！

张 尔 卷

张尔，诗人。著有诗集《乌有栈》《壮游图》(《新诗》专辑)《句本运动》，有作品被译介为英语、法语、西班牙语、印地语、瑞典语、日语等。2012 年创办飞地。2013 年在瑞典斯德哥尔摩、哥特蓝岛、乌普沙拉等地参加诗歌活动。2014 年参加巴黎第 37 届英法国际诗歌节，曾在花神咖啡馆、阿维尼翁欧洲诗歌中心等地朗诵。2018 年获美国亨利·鲁斯基金会华语诗歌写作资助，驻留佛蒙特创作中心。

言辞的幽潭，或坎普美学

——《壮游图》与当代纪游诗的可能性

朱钦运

新诗百年以来，抛弃了诸多体裁创制方案之后，自由体一家独大，成为近几十年汉语诗坛的主流。然而就题材而论，却并没有哪一类诗能够如此，或者说历史还没有给予足够的时间，让大家基于题材来建构起一个新的类型诗传统。另一方面，新诗的现代特质使得它并不敏感于获得一种带有整全性的普遍秩序。① 这种现代之诗，涉及和处理的题材无所不包，新事物又层出不

---

① 据马泰·卡林内斯库教授在《现代性的五副面孔》里的说法，现代性基于现代主义、先锋派、颓废、媚俗艺术和后现代主义，还包含了三重辩证对

穷，即使存在亘古不变的核心情感，它也不一定愿意为古老的"分门别类"的冲动服务。于是，将张尔的《壮游图》①视为古老的纪游诗的新类型，或许出于个人偏见，甚至看上去有那么点望文生义的味道；或许打算一劳永逸解决对这些诗的谈论……总之，这种冒失的结论与此组诗中暗藏的各种复杂的语言机关极不相称。但不妨一试，毕竟，在当代汉语诗中，对可能性和可行性的各种探索依然意犹未尽。面对这种异彩纷呈的局面，批评界和学界也不存在所谓的"一锤定音"。无论是正在进行的书写，还是事后的论定，大家都在同一条起跑线。那么，即使现代汉语诗中并不存在一种真正的纪游诗的类型，也不妨先强行指认，回过头来再加以验证。

纪游诗是汉语古典诗传统中的惯有类型，为农业文明所滋养，在山川、河流与城池多样而具体的存在下，生长并蔓延到帝国版图的每个角落。举凡壮游、羁旅、求仙、宦迹、隐逸、怀古、览胜乃至干谒，无一不可入广义的纪游之列：在诗国的"族谱"上，它不是旁支或苗裔，恰恰是大宗。纪游诗又和山水诗、游仙诗等依照题材而分的诗体有着密切的关系，它们之间很难、亦无必要有一个清晰的界定。游历对于诗人的写作来说是很重要的养料，它意味着人从内心出走，深入到更广阔的天地去，让自然、城市及旅途中与他者的遭遇成为无法回避的真正主题。在此主题面前，人的小小的内心方才能与宇宙联通，感知源自超验性存在的伟力，来"仰观宇宙之大，俯察品类之盛"②并对内心进行新的审视。

纪游诗的场景主要是自然环境，即使涉及人事纠葛，大多数时候也限于展开在山水之间或旅途之上。空间的严重限制，使得旅途的客观细节得到充分的放大，所以客观描绘和带有主观情感色彩的改造式描绘，才是传统纪游

立的危机概念。这是一种与古典主义及古典世界完全不同的形态。参见〔美〕马泰·卡林内斯库：《现代性的五副面孔》，顾爱彬、李瑞华译，南京，译林出版社，2015。

① 文中所引张尔的《壮游图》本文，出自《新诗》（民刊）第20辑，2016年6月印行。张尔（1976—），现居深圳，是中国"70后"的代表诗人之一，艺术策展人，《飞地》丛刊主编。

② 出自王羲之《兰亭集序》。兰亭雅集的主题是修禊和谈玄，并不是壮游。但序文中所谓的"游目骋怀，足以极视听之娱"，实际上可以理解为从某个地点出发的精神壮游，并以此沟通人天境界。

诗的最主要内容：一切都围绕着所见和所处的环境来生发。继而，穷形状物或即景抒情，一切都是范式及其衍生。更上乘的，如李白《梦游天姥吟留别》，杂之以想象的恢宏，其实算此体中的异数。张尔的《壮游图》不是对这类传统纪游诗的承袭，旧有的"描绘—联想—感怀"式书写没有被填充到他的主题当中来。他只是套用了一种类似于纪游诗的陈旧躯壳，然后用现代眼光刷新了它的质感。在这个意义上来说，本文所指的"当代纪游诗"，实际上是对传统纪游诗的翻新或改造。

除了进路或模式的差异外，《壮游图》与传统纪游诗最大的不同在于，游历的内容（山水、城市或者人事）无非是诗的材料并为诗服务——用一种颇具先验论的说法，这些诗并不是游历的产物，游历不过是对既有之诗提供了验证。

不难在诗中找到一些线索："神秘的……山水加速了神秘的幽潭，／还它峭崖的凿刻，一个不朽的诗的此刻／还明月照向松间。"（《壮游图》之六）这哪有半分传统纪游诗的味道？旅途所见，无论是幽潭、峭悬、凿刻或山水，并没有具体描绘，被抽象和强行定义成"神秘"的物象，都不过是为"不朽的诗的此刻"服务的材料。这个论断落下后，我们会迅速瞥见下一行：这个"不朽的诗的此刻"居然是"明月照向松间"，一个传统的范式！但在失落了具体语境而单独将之抽出后，这句话并不是王维之诗的具体再现，而只是一个象征，一个属于"元诗"的象征。换句话说，这个"不朽的诗的此刻"并无具体的指向，而被处理成了一首先验之诗，既不关乎经由《山居秋暝》生成的心像，也不关乎张尔在那个瞬间看到的具体物象，而是混杂两者并熔铸而成的"言辞之象"。正是这种物象与心像的交缠，成为整组诗的驱动之力，最终形成一幅奇异的文本景观。

诗中的物象，源自作者"壮游"的足迹，既包括了诗人日常生活的深圳和郊外的"洞背村"，也扩展至临近的香港，京城或东亚其他城市（比如第十首的"京城雪飞"或"走访东京"云云），并履及更遥远的欧洲大陆（巴黎）和美国（波士顿）。但以上地名以及这些地名对应的景观或风物，并不具有典型性，无法为其他旅行者提供指南作用，仅仅属于作者的私人经验。

从这个层面来说，以"索隐"的方式去探讨这批诗内容的具体所指，很可能是没有意义的，或者说，是没有必要的。和杜甫、王维都不同，张尔并无意于做时代或山水的见证人。他的这一类纪游诗只是言辞生出的幻象，是一种由心像而勾连起物象的混杂景观，在现实世界的旅途中得到了验证。

我们来看这些诗句，就能比较直观地来理解张尔这种奇特的营造方式："且慢，且用词语筑岸，/造语言的谜团，/——玻璃钢化的肉身/造它僭越山水的动物世界，/受训于/偏爱告诫的苏格拉底。"(《壮游图》之四)肉身在现实世界的山水和城市中游历，但诗中的"壮游"却并不是这个层面的游历，而是心智在修辞层面、语言在探索层面的冒险，这种冒险走了极为险峻以至于费解的道路，并等待着一个个具体地点、景观的最终落实。换言之，"壮游"早已在心智层面开始，具体的某次游历不过是这个过程落实到可表述层面的一套语言装置，既是建筑起以供通常之理解的堤岸，也是"谜团"的谜面——都要接受"元诗"层面的限制，并发挥它应该有的"呈现"作用。

这种"筑堤"意象在张尔诗中有着双重含义。表面上，它关涉到游历中的具体景观，譬如第四首中涉及的峡坝，又比如第十七首中所提到的位于波士顿的湖泊及"那筑于湖岸近前坚韧的防波堤"(《壮游图》之十七，下同)。另一层含义则在隐喻的层面构成真正的意义：筑堤即塑形。漫漶的想象和丰沛的言辞，在心智的神秘作用下，最终形成了介于真实和幻想之间的壮游图景。这种图景并不为世界的真实性负责，而只为最终极的"诗"服务，并且这种效用是如此强大，它使得互相的理解得以靠内心沟通而非肉眼来完成，如诗中所说，"早已在人群内心，筑起更为紧固的潮汐"，潮汐即诗之于语言之海的涌动。

要之，这种类型的当代纪游诗，真正的"游"并不在足下，而是心智在言辞上发挥作用，经由履迹中现实景观的塑形，最终别开生面，赋予"纪游"类型以全新的气息和质地。这种手法岂止是属于现代主义的，简直就是非常典型的后现代主义。他笔下所游历之处，真实和虚幻并存，细节与想象齐飞，既运用了拼贴之类的手法，还在古老与现代景观之间设置无缝连接，颇有"蒸汽朋克"[①]的味道。在语气上，不乏反讽和戏谑，而更多的时候则饰之以客观、冷峻甚至抽象的外壳。或者，拼贴或蒸汽朋克也不足以界定张尔这组诗的精神实质，因为那只限于技法和基本风格的层面。要扣准这组诗的精神之脉搏，基于新想象力的"坎普"(camp)美学，或许才是一个更为有效的理解角度。

---

① 蒸汽朋克即 steampunk，合成自蒸汽、朋克两个词。这个概念兼具想象力、怀旧特质和拼凑美学等意味，杂陈了现实与想象、科技与魔幻、此刻与将来等等对举元素。

所谓"坎普",来自苏珊·桑塔格的《关于"坎普"的札记》。她在此文中将"坎普"视为一种非自然形态的感受力,是"对非自然之物的热爱"以及"对技巧和夸张的热爱"。①普通的纪游诗对应于自然形态和自然之物,它们在"感受力上的诉求"也是通常情况下的感受力诉求。在大多数时候,旅途山川城池的遭际,最终也将会经由诗歌语言而转化成审美的对象物,或者至少是以审美物的角色进入讨论领域。审美对象物如其所示般地存在于修辞和言说当中,诗人至多通过想象力将它们在原语境中进行变形,掺杂进传说、典故和虚无缥缈的想象与感受。但《壮游图》一类的当代纪游诗的处理方式显然有所不同。

这组诗中的物象,从进入诗的那一刻开始,就不以它在自然世界中的本来面目出现。物象从进入言说的瞬间开始,就已经是非自然、经由改造、"包含大量的技巧因素"②的存在物了。但"坎普"又不是纯粹的言辞狂欢,也不是无节制地自得于新奇的铺叙和隐喻,而是一种——正如桑塔格所说的那样——严肃规划自身但同时保持着反讽和喜剧性的艺术。坎普美学"要做的是为艺术(以及生活)提供一套不同的——补充性的——标准。"张尔的这类纪游诗当然不是当代诗的主流,但它如桑塔格所说的一样,正试图扩大我们趣味的疆域,并在适当的时候,稍稍松动下惯有的审美模式。这正是这类诗的新奇之处。

在同类题材的当代诗里,张尔于孙文波的"新山水诗"③之外,参照韩博《飞去来寺:韩博诗选》④收录的"空中飞人"式的"旅游诗",另辟险峻佶屈的一处路径。在十数年的当代汉语诗坛,此三人分别为"新纪游诗"提供了三种彼此关联又有所差异的面目。孙文波在《新山水诗》中,经由对"山水"——它既是具体的又是抽象的——重组了语言与现实世界间的关联,呈现出一种

---

① 〔美〕苏珊·桑塔格.反对阐释.程巍译.上海:上海译文出版社,2003:320.

② 桑塔格在此处认为"自然中没有什么东西能够成为坎普",多数坎普之物都是城市的,却兼具田园式的宁静。由此可以认为,坎普是矛盾张力的产物:它同时兼具两种不同甚至完全相反的性质,且在对它们的并置和反差中形成新的奇异风格。

③ 孙文波.新山水诗.北京:人民文学出版社,2012.

④ 韩博.飞去来寺:韩博诗选.台北:秀威资讯科技股份有限公司,2013.

重、大、拙的风貌。① 相比之下，韩博《飞去来寺》的文本在风格上更为轻逸，更耽注于言辞本身对旅途所经历的重塑作用，而在具体的修辞方面走得更极端——譬如对谐音、头韵等当代诗中较少见的手段的广泛运用。张尔的《壮游图》和上述两部作品一样，诗人现实世界的游历并不是诗的言辞所要映射的真实内容；在语言世界的冒险，对词语的拿捏、拆解和组合，对句子的颠来倒去的"折腾"，以期用此来刷新人类心智对外部世界的认知，才是这一类诗所要达致的真正目的。

在《壮游图》的第七首，出现了整组诗的"诗眼"，它以诗的方式，无意中道出了作者心智真正的探险之地："一张显微镜下／交织的漫游图。"张尔的《壮游图》即"漫游图"，这份"漫游图"由各种光怪陆离的物象组成，但它的呈现并非本然，而是混成、交织了心像，通过杂糅的言辞方得以"显微"。在这份"漫游图"中，作者和读者不止遇到古老的山水、现代的城市和充满温情的人事，还体验到言辞的神秘幽潭、蒸汽朋克式的奇异世界、充满矛盾张力的坎普美学。在这个为语言和修辞所重塑的世界，人生的壮游，不过是心智在阅读中所要经受的考验。经由这种考验，我们便能自如地应对可能性所给出的各种挑战。

（原载《当代作家评论》2019 年第 4 期）

---

① 朱钦运．远游光景的叙事之维——孙文波与新诗的山水纪游传统．新诗评论（第 22 辑）．北京：北京大学出版社，2018.

空间感的戏剧

——张尔诗歌中的空间形态与观念构造

李海鹏

绪　言

1871 年 12 月 24 日,《纽约时报》刊登了一篇新闻专稿, 标题为《广州的一天》。顾名思义, 它是当时的一位外国记者游历广州城一天的见闻与感受。其中有一段话, 谈及了作者置身于这座晚清岭南重镇的城市空间之中时, 经验到的迷失感:"你一旦来到广州的大街上, 就几乎分不清东南西北。我们的目的地在西郊, 毋庸置疑, 我们正向那个方向行进。看来人们确实需要一双经验丰富的眼睛来辨认自己的行进路线, 哪怕区分两条东方的街道也是多么不易。"① 这种对于空间的迷惑, 观看经验的缺乏, 我们阅读张尔的诗时也会遭遇到。在张尔的笔下, 营造空间的诡异方式、人物在空间中跨次元的移动、与交通、传媒相匹配的观看视角, 凡此种种交织在一起, 构成了其诗歌写作的基本动力学。由此而来的诗歌作品, 一方面正如王敖所说, 是"一种空间的颂歌";另一方面, 也是语码的迷宫, 当我们置身其中, 每一个句子、每一个词都可能化作障目的迷墙与砖石, 原本去过、熟悉的地方都会被转化成陌生的语码, 就仿佛我们不曾经验过。这样的困境, 不断将读者转换成空间的迷失者, 就像晚清的那位外国记者在广州城中所遭遇到的那样。不过, 无论是颂歌还是迷宫, 张尔诗歌中的空间形态, 尽管迷乱, 却也往往颇富魅力:

---

① 郑曦原编 . 帝国的回忆:《纽约时报》晚清观察记 . 北京: 三联书店, 2001.5: 38.

昼夜冷暖，声波跳动星辰协奏

大地的地毯横陈轻工业，收拢你

赤脚踩踏木楼的区区片刻与苦心

橡胶撩街道，齿轮戏轴承

      ——《交通协奏曲》

进入弧形畔山高架急速弯道的防爆车膜

力透反常的反季节之光，窥见海洋公园

面北的看台上，人头攒动，海豚腾空。

      ——《阴影也从我们身边经过》

它看似一座轻型机械，黟黑的枯叶碎在

娇嫩的玻璃上，它的五官和四肢仍是一团怯懦的树丛

曾为威慑过近区那更加虚弱的旧时代的楼群而窃喜

      ——《酒馆私信》

  从截取的这三节诗中，我们可以看到诗人重构空间时的匠心与"苦心"，而且仔细分辨起来，这三节诗所用心的方式与角度也是各异。《交通协奏曲》写的只是一次普通的汽车驾驶经验，但巧妙之处在于，并非以汽车的整体视角来与街道空间发生关联，而是化整为零，透过轮胎的原材料（"橡胶"）和零部件（齿轮、轴承）这种部分的、甚至略带微观性质的视角来营造汽车行驶时的空间感。"撩"和"戏"这两个动词的选用，一方面呈现了轮胎与街道发生摩擦时传神的状态，一方面使得空间感的营造充满了戏剧性，行驶的空间被不经意置换成戏剧表演的舞台空间，轮胎与街道就仿佛两个演着感情戏的演员，撩拨、嬉戏在一起，诗歌的空间感由此传达出一种戏剧性的欢愉。《阴影也从我们身边经过》则完成了两个不可能空间的拼贴与重叠。按照常理，在弧形山路上高速行驶的汽车中是不可能看到远处海洋公园中的表演的，然而在一种"反常"的光影效果中，二者却奇迹般地混剪在一起。更重要的是，汽车高速行驶所呈现的动感与节奏感，恰好与海洋公园中"人头攒动，海豚腾空"的动感与节奏感有效匹配与共鸣，两个不可能的空间就这样带着各自的节奏默契地应和起来。这两节诗的空间感都呈现出外向型的欢

愉，而《酒馆私信》的空间感则正如"私信"一词的私密性一样，呈现出隐秘与内向的欢愉。一间混迹在老旧楼群中的酒馆，"怯懦"地被植物所包围，但与附近更加陈旧的建筑相比，它的形象却显得突出并不由得"窃喜"。这样，一个原本无生命的空间便被赋予了有趣的性格与情绪，它本性"怯懦"却又容易"窃喜"，就像喜剧中引人发笑的丑角，比如莎士比亚笔下著名的福斯塔夫。张伟栋曾敏锐指出："张尔身上有一种戏剧化的才能，这是天赋使然……"①对于空间的建构才能，是张尔这种戏剧化才能最为核心的一个方面。在张尔这里，原本抽象、冰冷的空间往往被塑造为一个个活物，有着自己的声音、节奏与性情。它们不再是背景，而是角色，或者更准确地说，它们在诗人笔下往往能从客观、零度的空间变格为主观、感性的空间感，张尔的诗歌由此呈现为一个个形态各异的空间感的戏剧。

上面的文本细读很容易让我们领会到张尔诗歌中空间感的独特魅力，空间感的戏剧也堪称张尔诗歌最为核心的一种抒情姿态。本文的论述皆围绕着这空间感的戏剧而展开，然而方法与目的不局限于此。从方法层面讲，本文试图走到空间感的戏剧之外，从谱系学的意义上绅绎出几种既自成问题意识和研究传统、又与张尔诗歌之间构成影响与参照的研究视角，从而将张尔诗歌放置在其中进行观看。从目的层面讲，本文一方面试图以这些谱系为方法，更具问题意识地打量张尔诗歌中空间感的戏剧，从而获得对其更丰富的阅读方式与认知空间；另一方面则反过来，从观看张尔所得的经验出发，试着思考这些研究谱系对于当代新诗研究方法论的丰富与拓展所具有的启示意义。

一、岭海空间的营造方法

岭南之地气候湿热，多疾风骤雨，兼与海洋的汹涌相毗邻，这些自然物候通常会引发人们内心的躁动感，正因如此，在居留此地的写作者们笔下，岭南的物候节气往往构成抒情的契机，并且形塑着抒情的样态。比如1918年生于马来西亚霹雳州的"九叶派"诗人杜运燮在1948年曾发表《闪电》一诗，彼时诗人身在新加坡，南洋的"雨季"便构成了抒情的契机：

---

① 张伟栋.修辞镜像中的历史诗学：1990年代以来当代诗的历史意识.上海：华东师范大学出版社，2018.1：274.

因此你感到责任更重，更急迫，

想在刹那间把千载的黑暗点破，

雨季到了，你必须讲得更多。①

无需赘言，南国雨季气候的急骤与躁动，清晰且有效地形塑了这首诗抒情的内在样态。带着这样的前理解回过头来，开始说张尔。张尔长居深圳，在他笔下，南国之地的物候节气也极为常见，且与杜运燮相似，往往能构成抒情的契机，这一点，透过他两首诗的开头便可知一二：

深夜，动荡的电影就此谢幕

海水不安地掀翻银屏

——《隧道之歌》

天空乃有疑云，云与云朵之间，也密布着

阴暗。短暂的灯弧箭一般掠过，星火陨落并

迅速四散，成为粉碎大地黳黄的谶言。

——《寄海南》

《隧道之歌》开头所写的是一幕电影镜头："海水"冲击着"银屏"，这是一场电影结束的镜头。电影的终结，正是诗歌的开始。"海水"虽然是"银屏"中虚拟的影像，但也是岭南激荡而不安的海水的真实写照。这个开头巧妙的地方正在于，"海水"对"银屏"的"掀翻"，一方面将诗歌的书写从"银屏"这一内部空间中挣脱出来，开始对外部现实空间进行观看；另一方面，由于"银屏"的提供，这使得这首诗的观看从一开始便获得了戏剧性的视角与方法。这种内外部空间的戏剧性辩证，构成了这首诗观看与抒情的张力，而"海水"则冲刷着"现实/虚拟""内部/外部"两界，这岭南的自然风物，无疑

---

① 蓝棣之编选.九叶派诗选.北京：人民文学出版社，2009.5：115。这首诗初刊于1948年6月的《中国新诗》第一集，此处所引的修改版与之相比有较大改动，但以"雨季"作为抒情的契机，以及所呈现出的躁动的抒情状态，这两点则完全得到延续。

是这首诗抒情的契机。《寄海南》中的"疑云"则导致了一个"大地粉碎"的时刻。"黢黄的大地"本应是稳定的空间，然而"疑云的密布"则让这种稳定性成为疑问，在诗人笔下，隐忍多时、最终降下的雨水由于折射了灯光，便仿佛燎原的"星火"陨落，消解了"大地"这一空间的稳定性。"大地"稳定性的丧失，便恰好成就了"寄海南"这一主题发生的契机：岭南的云雨消解了"大地,"而海岛作为其异质性空间，便顺理成章地得以登场。透过这两首诗的开头，我们可以看到，"海水""乌云"等岭南的自然物候所具有的躁动感，往往构成张尔笔下空间不稳定性得以发生的契机，空间的不稳定性则引发了空间感的戏剧的发展完成，而这恰好是张尔诗歌最核心的抒情机制。更为重要的是，在张尔的岭海书写中，借以塑造空间感的戏剧的资源，并非只有自然物候，有时候则来自这一地缘性的现实政治、经济特质：

> 这里，本来一片危楼林立
> 很快，土地会有偿转让，金融风暴将
> 刷新美色图景，人的风貌
> 亦随之焕然。相隔一道港湾
> 是否还能两两不忘错失顿悟的从前？
> ——《蒙太奇，公园旧事》

> 一座岛其实更加虚无。秘密曾在那里公开或偃息
> 海军医院的女护士与医生，牙龈患者与骨科病人
> 看吧，海口跌宕的金盘暗藏了一座财政厅
> 咖啡豆，野槟榔，东北话，西南音，新港口上
> 自驾游的环岛客正为那散尽头骨的汽车充电。
> ——《寄海南》

这两节诗一写深圳，一写海南岛，皆是区域性的岭海空间，然而渗透在这种区域性空间之中，我们分明看到了整体性、结构性的存在。作为当代中国"改革之窗"的深圳，曾以其经济发展的迅疾而创造了著名的"深圳速度"的神话。几十年里，这一神话最直观的显现，便是深圳城市空间持续上演的变形记："深圳者，水沟多且深也"，曾经的荒凉之地，自从成为特区以后，

很快便"高楼林立，巨型吊塔比比皆是"①，到了张尔这节诗里，则是"危楼"改造、"土地转让""金融风暴"的更晚近景观。"刷新美色图景"的历史实感，引发了诗中空间感的戏剧。正如标题所示，这戏剧以蒙太奇的方式呈现，同一空间内，图景快速地跳跃与"刷新"，引发了抒情的躁动，重要的是，这一抒情的质感正是源自历史的实感："深圳速度"作为当代区域性命名的神话，并非囿于局部，其区域性之中实际上映射着当代中国的"国家神话"。如果说这节诗的戏剧手法是蒙太奇，那么《寄海南》这节诗的空间感则更接近于某种长镜头。如果对海南岛的当代规划史略作梳理，便会明了这长镜头的内在戏剧性。新中国成立初期直至八十年代初期，海南岛一直是军事防卫性的，"加强防卫，巩固海南"是这一时段里的建设方针。1980年5月，习仲勋建议调整方针，开发海南经济。此后几年里，经过多次高层调研与座谈，开发海南的具体方式与格局逐渐清晰起来。1987年中央北戴河会议中明确提出"海南建省，势在必行"的说法，最终，"1988年4月13日，七届全国人大一次会议决定，批准设立海南省，划定海南岛为海南经济特区。"②此后，发展经济、发展旅游，也包括东北人在海南的一系列所谓"第二故乡"式的操作，都一步步成为海南岛当代区域史中重要的内容。梳理过这段历史之后，我们便会发现，在张尔笔下，"海军医院""财政厅""野槟榔""东北话""自驾游"等语汇分别涵括了海南发展的历时性情态，但在诗人的空间感建构中，这些历时性情态被以一个长镜头的方式统摄起来，呈现出一种共时性的众声喧哗。这节诗空间感的戏剧正源自这里，且与前一节诗中蒙太奇的方式恰好形成对照。无论是蒙太奇还是长镜头，这两节诗在空间感的戏剧上的共同之处在于，一方面，都是将目光聚焦在岭海这片地缘性区域之上，但跳出单纯的自然物候所带来的影响，将这里的现实政治、经济情态转换为抒情的契机与营造空间感的戏剧的内在动力学；更重要的一方面是，诗人对岭海空间的营造与书写，并非以全然局限在内部的单一视野来打量，而是能够将当代中国的结构性框架有机放置在其中来完成。由此而来，张尔对岭海空间的戏剧性营造，呈现出一种"聚焦局部，勾连整体"的状态，这样的方式，事实上也正是华南区域史研究的内在意识，诚如刘志伟与孙歌对谈时所说："在那些规模比

① 徐佑珠."深圳速度".瞭望周刊，1984（20）：19.
② 袁成.创办海南特区决策回顾.党史纵览，2018（6）：9-10.

国家小的研究单位里，国家不只是一种外在的政治权力，也内在于这个整体中，或者可以说，国家是这个整体的结构中的一部分。"①

无论是自然物候还是现实经济、政治，当我们带着这样的认知前提来观看张尔岭海空间感的戏剧，便会溢出单纯的内部研究所能获得的欢愉，得以观看到更为丰富的戏剧层次。事实上，张尔笔下的戏剧，并不局限于岭海空间之内，他对一些与岭海空间构成真正意义上的"他者"关系的空间之书写，都带着这样的戏剧意识，可以说，空间感的戏剧，在张尔的诗歌书写中具有方法论的意味。更为有趣的是，如果我们将张尔对这些"他者"空间的书写放置在近代以来中国文学书写的相关谱系中去打量，则会感受到某些福柯意义上"知识型"的转变，或者文学书写的内在权力机制的翻转。这样的感受，将成为张尔诗歌中空间感的戏剧的崭新观看层次。

从19世纪初叶开始，两种空间构成了岭南文人岭海书写机制中最主要的"他者"，一曰以京畿为首的中原地区，二曰以欧美诸国为代表的西洋世界。有学者以"岭"与"海"这两个概念来隐喻岭南地区与这两个他者性空间之间的关系模式："在中国文化结构中，'岭'并不具备异质性，而'海'却总是关联着丰富的联想和无尽的传奇。前者将岭南与中原区别开来，后者则将岭南与一个更广阔的异质性世界连接起来。'岭'的意义主要是隔绝，它使岭南成为所谓的'边隅''蛮瘴'之地；而'海'一方面意味着隔绝，另一方面意味着自然地理的延伸，它使岭南的人文地理空间更加开阔。"② 以"岭"为隐喻的岭南与中原的关系模式，在或生长于岭南本地、或贬谪至此的岭南文人笔下，一直构成最重要的一种书写机制与权力指向，如果我们对他们诗文中的书写机制详做考察，就会看到一些有趣的观念演化与思想变迁。而"海"从岭南自然风物到正式成为对西洋的隐喻，则主要是始自19世纪初叶的近代时段，而且，在中国近现代文学中，对西洋的经验与书写方式，是一种整体性的文化议题，它已溢出岭南文人的范围，尽管他们是进入这一议题最早的一批书写者。在张尔笔下，京城与西洋恰好都是经常被写到的空间。因此，

---

① 刘志伟、孙歌.在历史中寻找中国：关于区域史研究认识论的对话.上海：东方出版中心，2016.9：93.

② 李思清.海隅嗟道穷，山远疑无树：《岭南群雅》中的岭海与夷洋.李思清，龙其林，冷川.南中国海研究文录：近代文学的连通地气与吸纳西风.北京：中国社会科学出版社，2019（8）：46.

围绕着空间感的戏剧，本文接下来将兵分两路，一部分将张尔的京城书写放置在"岭"的隐喻脉络里，考察其笔下所发生的"岭南／中原"关系模式的有趣变化；另一部分，本文将打开近现代文学中异域经验书写的视野，借此观看张尔笔下对异国经验的书写中有趣的图景。

二、京城：中心性的延续与翻转

尽管晚清时期的广州等地已极为富庶、岭南实际上是"粤海繁华地"，但有趣的是，在晚清的诸多岭南文人笔下，自己的家乡常常被自觉地表述为烟瘴、蛮荒之地，处于华夏文明的边缘，并且对以京畿为代表的中原中心保持着向往与焦虑。比如黄培芳曾借三国人物虞翻被贬岭南的经历写道："青蝇作吊终已矣，海隅长此嗟道穷。"感叹到了岭海之地，道路已经穷尽，似乎人生已到穷途之哭的地步，这正是对照着中原中心，对岭南边缘性的话语塑造。尽管黄培芳时代的岭南已与三国时代不可同日而语，但在文人的书写机制中，事情似乎并未发生大的变化。再有陈昊曾以岭南的树木自况："奈何涿凡材，弃置烟瘴里……养到凌云时，高高去天咫。"岭南的嘉木，困居岭南烟瘴只是暂时的，日后必有"去天咫"的时刻。何为"去天咫"呢？仍旧是到中原中心去有一番作为而已。在彭泰来笔下，"岭南"则与"中原"直接并置，传达出一种清晰的不对等感。用当代新诗的概念讲，这种不对等感在书写机制的意义上，相当具有"元诗"意味："中原地狭留不得，天教南国开风骚。"因为诗人在"中原"没有获得位置，所以来到"南国"，这却成了南国之幸，蛮荒的岭南边陲从此有了"风骚"，有了它合适的书写者。总之，尽管就与西洋诸国的密切程度还是自身思想、经济的开化、发达程度看，当时的岭南都未必逊色于中原，但在文人们的书写机制里，岭南作为空间，相比于以京畿为首的中原地区，有着毫无疑问的边缘性和蛮荒性，这实际上是在用他者的目光进行自我观看。这一点，正如李思清所分析的那样："岭南诗人每每与中原贬谪文人产生情感共鸣，将自己的故乡岭南置于他者目光的审视之下，强调岭南的'蛮''瘴'。对中原话语的自觉套用，表明岭南文人对官方话语、主流话语持接受的态度，并已内化为不露痕迹的主体自觉。"实际上，这样的书写机制所体现出的思想型构，在很大程度上内在于思想史研究中著名的"朝贡体系"（Tribute System）。日本学者滨下武志在谈论这一体系时曾提出"同心圆"的图示，意在呈现从中央到地方再到土司、藩属、朝贡、互市这一层级递减关系。①岭南虽属于地方一级，但是由于地处中国大陆最南端，且与西洋诸国长期互市（在朝贡体系中是最外围的关系），因此其在整体体系中的边缘性地位便不言而喻。因此，晚清岭南文人们在其书写机制中所清晰传达出的空间的不对等感，正是内在于"朝贡体系"的"中心/边缘"权力模式。也就是说，出于对这一体系的隶属与认同，岭南空间在他们的书写机制中，便出现了言文不一致的现象：岭南的"蛮""瘴"并非指向现实生活的困苦，而是对自身在这一体系中边缘处境的话语指涉和隐喻。岭南的实际生活究竟如何，在书写中便不重要了，因为他们笔下的历史主体不是别的，正是这个朝贡的帝国："历史的主体是国家的话，那个中心－边缘的关系可以是很清楚的。"②

对这种"中心－边缘"空间关系的思考与书写，我们从张尔的诗歌中间也能看到其当代的形态。尽管当代中国早已远非"朝贡体系"的天下帝国，甚至也已溢出了现代民族国家的概念范畴，但是，上述的关系模式仍然有助于为我们观看张尔诗歌中空间感的戏剧提供富有启发性的视角。当我们带着这一视角去阅读张尔的《别京城》时，便可充分地感知到这一点：

> 某次，从望京高楼中窥向窗外，
> 群峦压城，尸如蜉蝣般朝生暮死。
> 汽车拆卸了排气管，吹粉紫的气球
> 向天空兜售。街头派对嘈杂，
> 人声，匹配绝难公允的气候症。
>
> 我们只好与社区就近，煎茶，
> 聊不着边际的天。晚餐后步行，
> 东至科学院南路菜市，奔北往
> 当代商城。将明日之瓜果充分采购，
> 顺便，也买回打折的家电若干。

---

① 滨下武志.近代中国的国际契机：朝贡贸易体系与近代亚洲经济圈.朱荫贵、欧阳菲译，虞和平校.北京：中国社会科学出版社，1999.1：37.

② 刘志伟、孙歌.在历史中寻找中国：关于区域史研究认识论的对话.上海：东方出版中心，2016.9：79.

诚如前文所论，晚清岭南文人们的书写机制，是一种以中原中心这一他者目光来进行的自我观看。这一机制具有书写的稳定性，当文人们以他者的目光进行自我观看时，岭南只能是蛮荒的、边缘性的，而中原中心这个他者则是文明的、主体性的，也就是说，当岭南文人们将中原中心他者化时，这个空间也同样被隐喻化了，其内部的现实性究竟如何，也和岭南的现实性一样，不再是书写的对象了。在张尔这里，事情则发生了有趣的变化。"别京城"意味着抒情主体是这一空间里的客居者，当他离去，回到岭南，这首诗作为追忆的产物而得以完成。然而在诗人笔下，这京城空间并未在最高级的意义上呈现出完美、理想的中心图景，而是患有"绝难公允的气候症"，抒情主体身在其中，并未获得边缘与中心相碰撞的空间体验，而不过是随处可得的日常生活的复制："煎茶""聊天""晚餐""采购瓜果""买回打折家电"。因此，这首诗空间感的戏剧便是，"京城"作为他者性的空间，在当代中国仍然具有某种中心性，仍然是一个能生成书写意义的空间，但是，从书写机制的意义上看，其中心性不再是稳定、高级的话语指涉和隐喻，而是有待被反思和解构的对象。比如，张尔在另外一首诗中，曾借助从飞机上俯瞰京城的视角，解构了这一空间的中心属性：

它伸开双翼亦如飞人般

有时，它们两两伫立，向云絮捎去致意

京城且在它胯下，似蛟龙

以光速箭影倒退，那盘踞于其上的

垂帘，

裤衩，

宫殿，与革命军事博物馆

——《壮游图·二十》

不同于《别京城》中抒情主体身在京城之中进行空间穿梭的解构方式，这首诗仅就其观看视角来说便具有解构意味，当抒情主体以飞机俯瞰这一来自当代交通体验的视角进行空间书写时，京城便不再是高高在上的隐喻，而是蒙受"胯下之辱"，要接受更高目光的审视。这节诗的空间感的戏剧正是来自这目光的权力翻转：诚如"垂帘"一词所暗示的，当代中国虽非"垂帘听政"的朝贡帝国，但是京城作为他者性的空间，仍旧延续了其中心性，但不同之处在于，这中心性在当代新诗之当代性的书写机制中，不再是对稳定与权威的隐喻，它不再是被仰视的对象，而必须接受无尽的俯视与诘问，并由此获得书写的价值与可能性。京城之中心性的可疑，意味着将国家视作历史主体的可疑。

总之，以"中心－边缘"的思想史视角，来观看张尔对京城空间的营造，一方面会获得对其空间感的戏剧的有效观看方式，另一方面，张尔作为当代的岭南诗人，其笔下对京城空间之中心性的延续与翻转，在书写机制的当代性意义上，恰好暗中呼应了葛兆光的"国家"认知："在中国，并非从帝国到民族国家，而是在无边的'帝国'的意识中有有限'国家'的观念，在有限的'国家'认知中保存了无边'帝国'的想象，近代民族国家恰恰从传统中央帝国中蜕变出来，近代民族国家仍然残存着传统中央帝国意识，从而是一个纠结共生的历史。"①

三、异国经验："神圣语码"与"神游"

自晚清以降，中外交流、冲撞不断深化与变形，随着这些经验而来的观念构造、思想意识也不断发生着嬗变，而这无疑又深刻影响了近一百多年的文学书写形态。由此而来的实情是，无论对于旧体诗还是新诗来说，异国经验都构成一个重要的书写对象。而且，在不同的时段里，诗人们藉由对异国经验的书写，往往构造出彼此有别、但又可能彼此关联的情绪、意图与模式。书写的差异与关联，往往映射着诗人们想象中国、认知世界的差异与关联，因此，对诗人们异国经验书写的研究，实际上具有思想史的价值。在探究过张尔笔下"岭"的机制之后，本文这一部分便将目光投向"海"，试图以从晚清至当代诗歌中的异国经验书写为视域，由此观看张尔在书写异国经验时，其空间感的戏剧所呈现出的有意味的图景。

在谈论晚清诗人对异国经验的书写机制时，田晓菲曾提出过"熟稔化"

---

① 葛兆光.宅兹中国：重建有关"中国"的历史论述.北京：中华书局，2015.7：29.

的说法，意在说明许多晚清诗人在面对陌异的异国经验时，在从经验到文字这一转码过程中，有意地使用古典诗歌中习用的书写方式来消化、甚至掩盖这些崭新的经验与由此滋生的新型观念意识。这种"对异域做出反异化"的书写方式，其目的在于"不仅试图以熟悉的概念来理解陌生的文化与人民，而且也企望可以成功地把他的经验传达给本土读者。"① 比如著名的王韬曾在一首绝句里套用唐人思乡之辞，对自己的海外羁旅生涯进行了书写："一从客粤念江南，六载思乡泪未干。今日掷身沧海外，粤东转做故乡看。"此诗套用的唐诗为贾岛（一说刘皂，存疑）的《渡桑干》："客舍并州已十霜，归心日夜忆咸阳，无端更渡桑干水，却望并州是故乡。"两首诗之间别无二致的逻辑关系清晰可见，而且，作为王韬诗中提示异国经验的唯一词汇，"沧海"也是中国古典诗文中间熟稔的表达。由此而来，有趣的问题便是，王韬作为晚清较早的一批曾旅居海外、拥有异国经验实感的中国人，其认识装置实际上已经由传统朝贡帝国的"家国""天下"模式转换为"家世界""万国"模式，但在书写机制上，却仍然使用与前者相匹配的模式，这恰好将自身认识装置的新变遮蔽掉了。具体而言，这正如田晓菲所说："王韬的诗是对新形成的民族国家观念的典型表现。诗人失去了'地方感'，但通过渡海而获得了'国家'感。但是，通过套用一首关于'地方感'的早期绝句，王韬掩盖了他这段经历根本上的奇异之处并把它熟稔化了。"也就是说，当异国空间被转码为地方语码，"沧海外"的诗人又落回到"中心－边缘"的朝贡体系话语机制之中，纵然现实情况是，中国与异国之间的权力关系已经来到了新的模式与时代。

王韬的所谓"熟稔化"机制，在稍晚的、被梁启超称为"锐意欲造新国者"的诗人黄遵宪这里则遭遇了质疑。黄遵宪的主要社会身份是外交官，他"中举后以参赞身份随何如璋使日，后来又担任旧金山、新加坡领事，期间还作为参赞随薛福成出使英国"②。抛开他使日期间受到明治维新影响而最早提出中国的"言文一致"诉求不谈③，这里要谈论的是一首他写于1885年的长诗《春夜

---

① 田晓菲.神游：早期中古时代与十九世纪中国的行旅写作.北京：三联书店，2015.10：223.

② 张治.异域与新学：晚清海外旅行写作研究.北京：北京大学出版社，2014.1：200.

③ 倪伟.清末语言文字改革运动中的"言文一致"论.杭州师范大学学报（社会科学版），2016（5）：41.

189

招乡人饮》。此时他刚刚结束日本、美国的出使，回到粤东故乡，与乡人们饮酒聚会，乡人们并无异国经验，仍旧以"地方语码"想象性谈论着异国空间的图景，并且乐此不疲、众声喧哗，甚至还批评诗人蓄须是在效仿洋人，当诗人想要开口辩解时，却被乡人们制止："诸毛纷绕涿，东涂复西抹。得毋逐臭夫，习染求容悦？子如夸狄强，应举巨觥罚。"于是诗人只好陷入沉默。其实如果诗人愿意，他完全可以效法王韬，以熟稔化的方式将自己的异国经验转码成"地方语码"，与乡人们交谈，但是他并未如此选择。从书写机制的意义上讲，诗人的沉默意味着一种极具隐喻性的失语：面中国与异国权力关系的历史性变局，熟稔化的转码，已经不再是言说异国经验的有效方式，这一点在诗人心中已经明晰。但问题是，新的言说方式却尚未生成，那么在这尴尬的此刻，书写如何可能？在这个意义上讲，这首诗正是对这一失语困境的言说。诗人不再信任旧有的语码，但又不能立即提供新的语码，于是只好暂时在失语中沉默，重新回到异国经验里，作更深入的寻求，并由此将可能的答案托付于未来："大鹏恣扶摇，暂作六月息。尚拟汗漫游，一将耳目豁。再阅十年归，——详列论。"

而在多多、张枣、王家新等八十年代末前后的诸多当代诗人的异国经验书写中，失语性的危机仍然构成核心的诗意生成机制，但是如果仔细考量，他们的失语性危机与黄遵宪之间存在着有趣的关联与差异，其中暗含着诗歌整体文化逻辑与思想史的变迁。余旸在谈论多多出国前后诗歌的变化时曾指出："与出国前的写作相比，多多的诗歌主题发生了根本性的转移，无时无刻都与他身处异国的处境发生密切关联，最为明显的是'祖国'一词的出现……多多出国后的诗歌主题多与去国怀乡的流亡诗人所不得不依赖的记忆相关。当记忆接触不到实际中国时，将不得不依赖文化典籍传达出来的文化中国、农业中国。"[1]当诗人处于流亡的状态时[2]，"祖国"便丧失了经验实感，沦为一种想象性的存在，与之相应地，诗人便身陷于一个语言事件之中："他被推

---

① 余旸 ."九十年代诗歌"的内在分歧——以功能建构为视角.北京：人民出版社，2016.4：273-274.

② 此处需要澄清的是，从事实层面讲，这些书写流亡的当代诗人们有些是真正的流亡者，有些则不是，但是，致力于一种流亡诗学，这一点则是他们的共性。本文此处要讨论的是这种流亡诗学的内在书写机制。

离了母语，他又在向他的母语退却"①，这样的两难之境便造成了失语性的危机。母语本来是对祖国经验的言说，而当诗人处于流亡状态时，祖国经验被抽空，母语也因此陷入危机，但吊诡的是，诗人此时身上所拥有的与祖国相关之物，唯有母语，他只能加入这场失语性的危机，并在这危机中与词语周旋、奋力言说："当一个流亡诗人处于这样的一个语言的密封舱里，他唯一能依赖的就是语言，他所反抗和搏斗的也是语言。"②对于这一危机，张枣则表述为："母语递交给诗人的是什么？是空白。谁勇于承认这个事实，谁就倾听到了鲁迅'当我沉默着的时候，我觉得充实，我将开口，同时感到空虚'的伟大控诉。今天个人写作的危机发轫于母语本身深刻的危机。"③在黄遵宪那里，痛感到时局的变革，他的失语性危机的内涵是，希望获得更多的异国经验，并从中寻找到母语变革的可能方案。而在当代诗人这里，异国经验则成了野兽，一不留神就会吞噬掉母语，诗人们正是以加入这场母语危机的方式进行着言说的搏斗。在这个意义上讲，王家新完成于1996年的《伦敦随笔》中的一节让人印象深刻：

> 接受另一种语言的改造，
> 在梦中做客鬼使神差，
> 每周一次的组织生活：包饺子。
>
> 带上一本卡夫卡的小说
> 在移民局里排长队，直到叫起你的号
> 这才想起一个重大的问题：
> 怎样把自己从窗口翻译过去？

　　同样是混迹在人群中的缄默的失语者，黄遵宪选择异国经验做自己的盟

　　① 约瑟夫·布罗茨基.文明的孩子.刘文飞译.中央编译出版社，1999.1：59.

　　② 李章斌.在语言之内航行：论新诗韵律及其他.北京：人民文学出版社，2014.10：204.

　　③ 张枣.诗人与母语.颜炼军编.张枣随笔集.上海：东方出版中心，2018.7：50.

友，而王家新这里则与异国经验之间呈现出"移民局的窗口"般泾渭分明的敌意。如果从思想史的角度看，黄遵宪的书写指向的是朝贡帝国体系及其地方语码的失效，但他并未给出有效的新语码，而后来的国语运动、新文学的发生等，则给出了答案。正如柄谷行人将日本的"言文一致"运动指认为与日本现代民族国家之建构在语言层面的表现一样[①]，中国的这些新语码也承担着相同的任务，它们逐渐塑造、培养并呼应了中国脱离朝贡帝国、建立现代民族国家的观念构造与历史进程。事实上，现代民族国家的观念构造也构成了中国新诗历程目前为止最根本性的逻辑前提，一些新诗史上最重要的问题意识，比如汉语性问题、"中西诗艺的融合"[②]问题等，其有效性都内在于这一逻辑前提。分析过前面多多、张枣的失语性危机，我们可以发现，他们的失语性危机正是内在于这一现代民族国家的思想史逻辑之中的，这一点与黄遵宪的失语之间则构成了根本性的差异。流亡状态，其实是现代民族国家观念最显性也最极端的呈现方式：流亡意味着流亡者被动地远离祖国，但仍保持着对"想象的共同体"的归属感，但问题是他不能真正地回归，将归属感化为实感，而是只能在想象中归属，在这种情形下，异国经验便被转换成敌意性的语码。流亡诗人们正是在这一逻辑前提下参与着母语的危机，并一次次完成诗意的书写。在这个意义上讲，王家新这节诗的结尾便值得深思。抒情主体在移民局的窗口遭遇了翻译的危机，这不仅是诗人个人的危机、母语的危机，从思想史的角度看，它还隐喻了现代民族国家观念作为诗歌书写机制之逻辑前提的危机。九十年代以后的中国当代史也证明了，中国人口大量的移民海外，这实际上正是现代民族国家观念发生结构性松动、弱化的外在表现。在这样的现实语境下，对于诗歌书写来说，异国经验是否会被转换出新的语码和意义？

黄遵宪的乡人们以"地方语码"威胁着他的异国经验，王家新的异国经验则作为敌意性语码威胁着他的母语，从书写机制的意义来讲，二者都面临着属于各自思想史构造上的"翻译"的挫败和失语的危机。带着上述的视野与谱系，我们可以从张尔的异国经验书写中获得极为有趣的发现。在一首写

---

① 柄谷行人. 日本现代文学的起源. 赵京华译. 北京：三联书店，2003.1：30.

② 冷霜. "中西诗艺的融合"：一种新诗史叙述的生成与嬗变. 文学评论，2019（4）.

于 2014 年的名为《美剧片段：神学聚会》的诗中，张尔也同黄遵宪一样，陷入了一场聚会，一场与在美国研修西方神学的"中国朋友们"的聚会：

> 杯酒入肠，胃囊啜嚅骨肉的分离
> 再饮一杯乎，我们何妨不伴作微醺
> 在酒席间，阔谈国家和种族
> 书写与命运，谈谈彼此的出生，信仰
> 也谈你们未竟的神学与未知的天下
> 结论是，美国的黑鸟远非东方式乌鸦
> 一个蒙古猛男，一位藏族水仙
> 还有你，汉族青年神学才俊

但如果我们从诗人的笔下仔细揣摩，就会发现，聚会的人员构成尽管相当"多元"，却未必"一体"。当大家在一起谈论各自的种族、出生和信仰时，差异化的表述策略明显盖过了团结化的音量，而团结化的策略，很长时间以来实际上正是中国现代民族国家观念构造中重要的组成部分。对于有过异国经验，尤其是留学经验的当代中国人来说，便不难透过张尔此处"骨肉分离"的"微言"，心领神会到其中隐晦的当下异国经验的"大义"。该诗名为"美剧"，可见诗人戏剧化的意图，如果仔细分辨，我们能够从这首诗中发掘出四个戏剧性层次：（1）来自同一块东方大陆的、曾被团结化话语策略塑造过的留学生们，在大洋彼岸的异质性空间里并未凝聚成一个共同体，而是以差异化的策略继续生产着彼此之间的异质性，由此，当他们聚在一起时，一种空间聚散之间的辩证法，或者说戏剧性便显现出来。张伟栋曾以霍拉旭讲述哈姆雷特的典故作比，说张尔的写作针对着"世界的整体性坍塌"[1]，而此处这一空间感的戏剧性层次，无疑指涉了当下坍塌的一幕：围绕着现代民族国家这一观念构造，黄遵宪一代书写着想要而不得的语码，多多等一代书写着母语危机的语码，而到了张尔的异国经验书写中则烟消云散，化作悲剧性的收场。（2）那么还有什么是这次聚会的因缘呢？是他们共同修习的西方神学，构成了这

---

① 张伟栋.修辞镜像中的历史诗学：1990 年代以来当代诗的历史意识.上海：华东师范大学出版社，2018.1：283.

一中国聚会共同体的精神纽带。正是在这个意义上，张尔的异国经验被初步转码为一种"神圣语码"，对位于晚清的"地方语码"和20世纪末的"敌意性语码"。事实上，本诗一开头，诗人就已经用神学话语将聚会空间张灯结彩地布置成空间感的戏剧，可以说，这幕"美剧"，在第二个戏剧性层次的意义上，也正是一场"神剧"：

> 周末晚间，羊肉令我们喜乐荡怀
> 餐桌上，美洲大地结穗的蓬蒿
> 蘸着黑醋与酱汁交配的暧昧腥光
> 可乐杯盛满欢快香槟与粉嫩果酒
> 紧凑的内外，翩翩稻香与膻气播撒

"喜乐荡怀"的气氛，显现出神圣的美，诗人以聚会中人们共同的精神纽带营造了空间感的戏剧，而这正是"神剧"的开场一幕。看起来，这场景布置相当契合神学家卡尔·巴特对上帝之美的论述："当完美的神圣本质显现自己的时候，它必然在其神圣的庄严和权能中发散出喜乐，从而释放出我们所说的愉悦、渴望和满足，并由此使我们心悦诚服。"①（3）前两个空间感的戏剧性层次已经明了，而第三个则指向了"神圣语码"的二次转码，并裸露出其真实的面目：

> 确实，你早该为你貌美的娇妻
> 再去采购一张民主的床垫，那里
> 才是孕育云雨与生命的新纪元
> 房东早早加入了星条的国籍
> 你确信，他果真曾暗地里缩回了中指
> 对着夯实的圣经起誓？倘若
> 那关乎耶稣真理的誓言
> 亦如佛经轮回般应验，待到春花烂漫时

---

① 卡尔·巴特.教会教义学（Church Dogmatics）.杨慧林.移动的边界.北京：中国大百科全书出版社，2002.1：5.

无妨，也将你们羞涩的美金锐减

　　马克斯·韦伯曾比对过基督教的旧教与新宗之间的差异，前者是"只有修道士才能卓越地按照宗教的意义过一种理性的生活。一个人越是紧紧地依从禁欲主义行事，他就越是远离日常生活，因为最神圣的任务正是超越世俗的伦理道德。"后者则是"要迫使每一个基督徒都终身地成为修道士……那些从前可以修成最高境界修道士的热情虔诚的人们，现在被迫只能在世俗的日常活动中追求他们的禁欲主义理想。"[①]前者看起来古板腐朽而泾渭分明，后者看起来开明狡黠而无孔不入，但不论怎样，与宗教性有关的生活都延续着某种意义的禁欲规划。而张尔在这首诗中藉由"民主的床垫""星条的国籍""羞涩的美金"等语汇所要提供给我们的东西，显然与禁欲的规划截然相反。也就是说，在诗人的书写策略里，开头处喜乐的、神圣的异国空间场景，充其量只是聚会上装饰性的彩灯和拉花，而此处几个语汇所呈现的图景，才是这空间的实质。二者颇似居伊·德波所说的"景观"与"可见的生活"之间的关系："景观就是对这种表象的肯定，也是对任何人类生活的肯定，也就是说对社会生活的肯定，将其肯定为简单的表象。然而能够抵达景观真相的批判则会发现，景观是针对生活的可见的否定，也是针对变得可见的生活的一种否定。"[②]由神学所初步转码成的"神圣语码"，由此发生了二次转码：对美式生活的无限欲望，或者说对"美国梦"的追逐与信仰，暗中置换了神学的禁欲意涵，成为此诗中神学之本真性的所指。异国经验的书写，由"神圣语码"最终转码成"欲望语码"，神学聚会的空间也被戏剧性转换为欲望裸露的空间。这样的"神学"看似"国际范"，超越了所谓单一的"中国立场"，但其精神结构依旧是非此即彼的封闭与僵硬，并不比后者高明。（4）置身于这一空间里，诗人与一百多年前的黄遵宪相同，也陷入了沉默，准确地讲，是陷入了"神游"：

　　我呢，倒也像沾了点神气的荤腥边儿

　　拎来太白神坛，神游至神州的另一端

　　[①] 马克斯·韦伯.新教伦理与资本主义精神.马奇炎、陈婧译.北京：北京大学出版社，2013.11：120.

　　[②] 居伊·德波.景观社会.张新木译.南京：南京大学出版社，2020.3：6.

肉食果然果腹，花椒妆扮的壮阳靓汤

令人急遽地升温，果断地发烫

如同一泓冥冥之音在私自盘问

当我怀揣着神示身回你们的祖国或从前

我酥软的耳根，是否还似

今日般通红，如这聚会般臃肿和僵硬

    这场聚会最终被诗人宣判为"臃肿和僵硬"，肉体仍置身于这聚会的异国空间里，但诗人却元神出窍，"神示身"神游回了"祖国"。由此，围绕着"灵/肉"、"异国/祖国"，这首诗呈现出空间感的戏剧的最后一个层次：置身于世界空间整体性的坍塌里，此处的"祖国"既不是曾经的朝贡帝国，也不是现当代文人们以母语恪守的现代民族国家，更不是与"美国梦"相同构、并角力的另一种梦境，而毋宁说是指向了一种希望联通的观念活力与新诗面对当下之困局理应针锋相对的综合心智。在书写机制的意义上讲，"神游"恰好意味着一种突破封闭的"句本运动"，它希望以灵动的质感来超克诗中僵硬的"神圣语码"。就这样，这场美剧，始于"神剧"，终于"神游"。而诗人在结尾发出的疑问暗示我们，这结尾与其说是完结与撒花，不如说是疑惑与等待，诗人并无能力提供确定的答案，而是依旧与黄遵宪在诗的结尾一样，置身于沉默，将可能的答案托付于将来。

结　语

    张尔新近出版的诗集名曰《句本运动》，与前述"神游"的意涵相类，"运动""壮游"这些彰显联通、灵动状态的概念，构成了其诗歌创作的核心理念与书写机制。通过本文的论述，我们可以发现，诗人使用这些概念的意义在于，当下时代里，世界空间整体性的坍塌与封闭，形塑了人们观念的僵硬与封闭，而观念的封闭反过来，又在表象层面造成了人们空间感的僵硬与封闭。在这样的景况下，诗人书写"句本运动"与"壮游图"，制造空间感的戏剧，正是要在意识到暂时没有可能挣脱当下性境遇的前提下，首先努力挣脱各种意义上的"神圣语码"，在观念层面保持活力与综合，然后将观念上的活力与综合带回词语之中，在历史中寻找诗歌，以"句本运动"戏剧性地重构世界的空间图景，并将"造景之难"始终保留为这图景中必不可少的一部分。"九十年代诗歌"核心的概念之一便是"综合心智"，它意味着当代诗歌面对介入历史的诉求，需要做到语言本体与时代精神、诗歌技艺与历史意识之间的联动与整合。然而置身于更为晚近的当下，"综合心智"实际上更为细微、深刻地要求写作者明了历史意识与观念构造内部的诸多路径与可能性，明了诸种历史主体、话语其内在的历史诉求、来龙去脉、优长局限，从而有能力超越任何单一观念模式的束缚，以更为"运动"的姿态和能力付诸诗歌写作的实践之中。在这个意义上，让我们回味本文开头那则外国记者"迷失广州"的往事。作为一种"迷失"的隐喻，它一方面属于诗人们，如何努力置身于经验与观念的多样与迷乱之中且能够条分缕析，寻找到"运动"的可能路径与契机，从而在一种时空得以重新开阔的诉求下构筑起诗的形态；另一方面，"迷失"也属于研究者们，在面对合适的研究对象时，如何以可能的思想资源、研究方法去观看，从而逸出新诗研究已有的范式与问题意识，闪出新的研究视角，从而为当代新诗在当代人文研究领域与阅读生态中赢得更为开阔的回应、互动空间。置身于"迷失"之中，当代新诗的写作与研究都需继续"壮游"。

（原载《中国现代文学论丛》2021 年第 1 期）

赵 俊 卷

赵俊,1982年生于浙江湖州德清,现居深圳。毕业于浙江传媒学院。在《诗刊》《花城》《上海文学》《中国作家》《天涯》《星星》《文艺报》《文学报》等刊物发表过组诗、长诗、诗歌随笔和诗歌评论。出版诗集《莫干少年,在南方》《天台种植园》。参加第37届"青春诗会"。

诗在语言的迷宫内自由生长
——赵俊诗歌论

尤 佑

在死地上培育出丁香
扰混了回忆和欲望
用春雨惊醒萎顿的根
……

——T·S·艾略特《荒原》之《死亡葬礼》

连日来,读赵俊的诗。莫名让我想起艾略特的这几句诗。不仅是因为我们相识在残忍的四月,更因其诗带给我的密集意象与新生力量。同为《诗潮》举办的"首届全国新青年诗会"青年诗人,他已然确定了自己的诗学,写出了20节、400行长诗《莫干山之子》,其诗的大气象,可叹可期。亦如潘维评价《擦皮鞋的人》时所说，"赵俊作为年青的'80后'诗人，在处理语言和现实世界的交汇、融合的过程中，体现了令人惊叹的成熟。并且，最后的姿态是非常健康的，不选择绝对，而是接受妥协。"在常州与会期间，获赠诗集《莫干少年，在南方》。显而易见，从书名可推出他早期的创作概况。他是浙江德清人，在杭州就读"浙江传媒学院"，莫干山诗歌节发起人之一，目前定居深圳，担任东风公司《汽车之旅》文化总监。跨域落户，极易产生思想文化上的碰撞，何况，一棵拱土而出、节节高升的莫干山"仙竹"，乔迁到水泥森林的深圳，其心灵的撞击，唯有诗歌可以抚慰。于是，他看着城市发展对人性的异化，看见漂泊的内心。

> 那些工人，慵懒地看着 / 机器人将机器马的部件 / 慢慢地组装起来 / 下了班之后 / 他们才是活生生的人 / 他们表情木讷 / 像极了那些机器人 / 此刻，我无法从他们脸上剪辑出 / 关于人类的笑容 // 总有一天可以的 / 那些机器人会 / 完成我这个想法 / 那时候，他们也像今天一样 / 看着这些当他们是机器人的人
>
> ——《走进东风日产半自动化总装车间》

无疑，"被现代工业异化的人格"正是他进入深圳后的心理阐释之一种。凭借诗人倔强的头颅，睥睨一切所见，甚至现实、命运愈发强势，愈能激发诗人内心的反抗意识，从而在撕裂的现实（平静如常的现实却暗潮涌动）中找到所愤激的对象，赵俊可谓是一位逆势生长的青年诗人。他发现了一条生活的密道，即来自诗人对世界独特的审视。在他的心中，深圳的现代生活是多元的，且诗歌的现代性正在生长。站在内心撕裂的赵俊的角度看，当代汉诗的现代性生长的速度恰恰是滞缓而生硬的。他尝试在高强度、快节奏的生活土壤中，培育出诗意之花。伴随着回忆和欲望，他发现了诗歌正在语言的迷宫中生长。

与很多注重宏观达意的诗人相比，赵俊的诗写不存在过多的预设，靠诗意的"瘾头"，索引而出，继而靠语言天赋和想象联动以及诗意视角的合力，推动诗意前行。故此，赵俊的诗歌总展示出非凡的原创力与较为晦涩的迷宫暗角。依我看，有些晦涩难懂之处，正是赵俊诗歌最纯粹、最个人化的表达。正如诗人臧棣所言："就如德国人阿多诺表露过的，诗的晦涩，尤其是给这个

世界的麻木的一记耳光。诗的晦涩，是个人对普通的堕落和麻木的一种必要的防御术。"此观点，恰恰是赵俊个人诗观的最好印证："诗歌是对日常生活和语言的反抗，只有具备逆商，才能接近诗歌的自由精神。"诗歌是文学塔尖上的艺术，其自由精神之可贵就如人的大脑中枢一般。赵俊的诗歌表态指明，他不会过多地尝试口语诗创作，也不会陷入庸常的写意。他的诗歌的自由源自于复杂的经验与东西方文化的自由转换。

> 这些南美洲的树木，曾被博尔赫斯的目光／烧出叶片的不同形状。在阳光倾斜的姿态中／伤口上的汁液，滴在被拖拉机伤害过的道路／这正是金黄的老虎，被囚禁的时刻／／这些彩色的诗句，被锁在白色的屏幕之中／其中的一些译本，没有得到相应的摩斯密码／在仓颉治下的语言王国，这些字根伛偻在／瑟缩的墙角。南海上的风正在阻挡同一个洋流／／所以我将他打印出来。通过树木制成的纸浆／在这个秋日的午后，它们和诗人一样已成为枯骨／在打印机黑暗的密室里，正在盘算着一场盛大的复活／而我永恒的一按，开启了天堂图书馆金色的大门

——《打印诗集》

这首《打印诗集》创作于 2016 年，在《莫干少年，在南方》出版之后。令人惊叹的是，赵俊的诗歌虽呈井喷之势，但其诗意的生长没有原地踏步，或重蹈覆辙，而是有了诗歌创作技法上的质的飞跃。第一本诗集中的"故乡情结""异乡情愫""天涯之志"的青涩之味，已然散尽。取而代之的是意象取舍的陌生化效果和诗歌内部通道的盘曲与畅通。"南美洲的树木""伤口上的汁液""金黄的老虎"都带有鲜明的西方诗歌色彩。"博尔赫斯的目光"是解诗的引线。循此线索，可以找到《老虎的金黄》之典故，可见赵俊诗歌创作内部的两条河流：其一为西方古典主义诗歌创作技巧；其二就是当代中国思想文化内涵。而且，这两者的结合是和谐而内在的，其诗歌的形式看似学院派，但其选取的意象确实紧贴时代的新潮词汇。我们皆是"80后"诗人，都痴迷《东邪西毒》，痴迷于当代光影艺术里的深邃内涵，改革开放的时代背景，注定了"80后"诗写带有鲜明的中西互通的印痕。的确，赵俊从西方诗歌中汲取的养分在进一步发酵。当然，赵俊意识到他所写的是汉诗，而不是

西方美学的孽子。于是，"仓颉治下的语言王国"才是真正的诗歌语境。在打印进黑暗的密室里，正在盘算着一场盛大的复活。赵俊偏爱用神秘通道阐释他与诗歌、诗歌语言之间的关系。通过神秘通道，我们可以看到他擅长甄别、及物、冥想、诠释心灵转化。

在赵俊的想象中，现实生活只是思想的一种表达形式。而对平面的生活，就应该由无数个"摩斯密码"组成。诗人的使命就是将世界经由自己的语言转换成为神秘的国度。语言与思想相邻相望，又互为解读，且融汇推进。"我甚至忘了，现在已经进入 / 世界化的抒情时代，一味相信 / 所有生活在这个时代的青年 / 都要经历一场人类大迁徙 / 比如上大学，比如去远方经商 / 总之，你一定要离开故乡 / 才显得你是个正常的人类 // 于是，我们要推翻身世带来的卑微感 / 比如，要用燕尾服遮盖灯笼裤 / 用一瓶地道的发蜡，打翻 / 所有隐藏在内心里的泥土味 / 也同时，要忘记村姑和小镇少女 / 蝴蝶结已经支撑不起 / 绮丽的蝴蝶梦，只有让头发变成波浪 / 才能顺应那些时代深处的风"（《了不起的江南赵俊》节选），譬如这首有意思的言志诗，看似"自我贴近"，实地"自嘲"，写出了一代人的尴尬处境。用"燕尾服遮盖灯笼裤"，用"发蜡"隐藏"泥土味"，"忘记村姑和小镇少女"，如此看来，赵俊的"了不起"，在于揭示了时代的某种虚伪内核，却又不是可以用"愤青"之忧愤和"漂泊者"之顾影自怜来评判，而是他在自己身上看到现实的倒影。

作为评论者，我极愿意从诗人的原词中探寻诗人对诗歌的态度。赵俊写《诗人的挽联》，不仅表现出他诗人合一的决绝，更能看出他的语言观。

诗人的挽联极为简洁 / 语言，在生之盛宴是最美的甜点 / 在死亡面前，却失去原有的味觉 / 它在禁欲的道路上，找到 / 自己的坐标。最后变成 / 乏味的字根。镶嵌在花圈环形的走廊 / 变成刑具，成为绞刑架上 / 暗淡的魅影。我们在送别 / 一个词语的骑手。当他跌落在 / 生命的原野。词语的碳素 / 不再滋养这片土地，如今贫瘠 / 成为盐碱地。灵堂他肃穆的眼神 / 穿透音律的故乡。在制造没有修辞的 / 完美世界。那是在脱去文字的 / 黄袍。而不是穿上诗歌的锦衣袈裟

——《诗人的挽联》

"语言，在生之盛宴是最美的甜点""语言的骑手""脱去文字的黄袍"都表明赵俊注重诗歌语言的鲜活度，而不是死掉的汉语，也不是僵化的"西方典故"。他的语言观不同于韩东的"诗到语言为止"，他主张语言的层次感与丰富性，用会转弯的词语构筑表层生活底下的深层诗意。在他的诗作中，许多看似花哨的文辞却带着遒劲的力量，深文曲笔，颇具有纵横家的如簧巧舌及深度审辩。如果诗人，只是技巧的研究者和使用者，那么机器人小冰创作的诗歌就占了绝对优势。因为通过数据处理，修辞与意象的使用，可以分析而得。但凡真正的诗者，都会避开"同质化"这一问题，规避前人的习惯表达，以推陈出新，丰富内在诗意。

　　在去同质化的路上，赵俊非常推崇陈先发的"迷宫"诗学，他说："陈氏的诗歌，结合古典和现代意象，为诗歌提供了一种客观的实验可能性。"我们进一步看陈先发的观点："语言在此会爆发出新的饥渴。诗是对"已知""已有"的消解和覆盖。诗将世上一切"已完成的"，在语言中变成"未完成的"，以腾出新空间建成诗人的容身之所，这就是诗性的"在场"。正如量子纠缠等新的科学实践一样，困境意识作为一种写作力量，推动我们在语言实践中不断为世界构建出新的神秘性，使神秘性本身成为唯一无法被语言解构的东西，并因之而永踞艺术不竭的源头。"

　　不难发现，陈先发阐释的观点，涉及到诗歌的多元解读。一首优秀的诗歌，一定是未完成的，也一定有读者自己进入生命内部神秘通道。赵俊的诗歌，较好地解决了语言增殖问题。回环曲折的意象连缀，并非是要将读者引入不可解的迷宫，而是综合了他的感官语言、读书经验、生命体验的迷思。读他的诗歌，让我相信周作人的一些话："诗的创造是一种非意识的冲动，几乎是生理上的需要……真的艺术家本了他的本性与外缘的总和，诚实的表现他的情思，自然的成为有价值的文艺，便是他的效用。"（《自己的家园》）性敏多虑的忧郁少年如今已然拥有自己独立的诗歌王国。他的国，在莫干山，在南方、在现代都市，全在自己的心里。

　　于此，我不能说我读懂了赵俊，毕竟，我只能观其大略。对于一位拥有蓬勃想象力以及古典审美的诗人来说，其学识和语言带有不可固化的危险。倘若，要追问起"赵俊为何成为赵俊"？或许，我们可以另一个男人出发，寻些蛛丝马迹。

我生活在他隔壁的深圳 / 经历过无数的飞行 / 那些他所描述的
航空食品 / 已变得令人难以下咽 / 早年塞给我的核桃仁 / 早已从食
谱中消失 / 人们已修改尊贵的释义 / 而我们相对的时候 / 依然用的
是旧日的标准 / 在这个梦里，我宁愿相信 / 他不是从博尔赫斯的雨
中走出 / 他不过是一个走失者 / 在众多梦的版本中 / 只有这个版本，
更让我 / 相信他没有死去，他只是 / 为寻找爱而设计了完美的逃脱

——《梦中的亡父》节选

　　"你的种类将决定我。充满我！"赵俊在《父子关系》中如是说。从《拉
毛竹的人》算起，到《梦中的亡父》为止，"梦中的父亲"反复出现。我甚至
武断地认为，赵俊直截了当的性情与旺盛的雄性激素，大有父亲的遗传。早
慧且早熟的他，像一个男人过早地承担了重任。在他的梦里，离世的父亲是
博尔赫斯《雨》中的经典意象，不过是"走失者"，且"为了寻找爱而设计了
完美的逃脱"。这样的阐释，角度新颖，意蕴深远。正是如此，诗人心中的事
物因为时空的剪裁，而达成了某种角度的永恒。这也是诗歌的神秘之处，生
命时空、历史长河、人心之战，经由诗人执笔调度，既定的时空可以近距离
触摸，就如《梦中的亡父》，恢复了童年记忆，抚平了现代都市生活的创伤，
弥补了爱的愧疚与缺憾。这又何尝不是诗人的特权呢？
　　近年来，赵俊虽客居岭南，但因工作相对自由，也因诗歌的关系，他常
回到故乡浙江德清。2017 年 11 月，首届德清莫干山国际诗歌节成功举行，王
家新、多多、沈苇、汪剑钊、陈先发、余怒、柯平、潘维、伊甸、尼古拉·马
兹洛夫、乔治·欧康纳尔、尤佳、陈育虹、史春波、池凌云、从容、谷禾等
中外 100 余名诗人、翻译家、批评家参会。作为活动发起人之一的赵俊，为
自己的故乡增添了一份诗意。那个曾带着诗意出走他乡的莫干少年，终于在
诗歌的字里行间找到了尊严与自信。他像弗罗斯特一样，仍旧站在故乡的竹
林里，游离于城市和乡村之间，嘲弄地看着一味盛赞山水的旧派，又戏谑地
谈笑那些所谓的"现代派"。其实，在他的诗歌中，早已融山水于画屏，兼
古典审美与现代生活。且看他的《航拍故乡》："指挥这些蜂鸟啄食村庄的皮
肤 / 每一寸风景都有了新的意义 / 镜头捕捉被风浇灌的竹林，亲吻 / 正在授粉
的雌雄银杏。山顶连绵的 / 映山红，正在制造最大的幻觉：/ 何以我们从未发
现这样的花朵图腾？ / 这些风物像是上世纪的孑遗，如今 / 通过现代科技的手

段重返人间／在我们年久失修的记忆里成为基石／让整座乡村堡垒又度过遗忘之劫／而面临的更大危机，则是过度曝光／在被公布之后，它失去了宁静的热情……"航拍下的莫干山，一定不是唐诗宋词里的山水。也就是说，赵俊的思维方式是完全现代的，但骨子里仍有"意义""村庄""竹林""幻觉""图腾""记忆""堡垒""遗忘"等形而上的达意词。一些悖理在他的撮合之下交汇了，就如他自己——热爱远游和持守信仰兼容了。他再回故乡，诗心似乎多了一份倦怠。这何尝不是一份成熟呢？

当我们论及诗歌的现代性，我们究竟在谈什么？或许，现代性的唯一准绳是生长。赵俊的诗歌充分彰显了"互动"精神，他擅长用电影手法展示一系列静止的画面，又在整体画卷中抽掉多余的桥梁，以达到诗意的最大化。当然，凌空振翼般的想象力与去同质化的诗风，必然让他的诗歌显得神秘而陌生，切近又难以全解。

（原载《泉州文学》2018 年第 9 期）

窄门里的声音
——读赵俊诗歌

李建周

　　赵俊的诗歌弥漫在一种特殊的声音氛围中，有着自成一体的音调和音色，在同代人的诗歌中留下了风格化的印记。这种平和安静的声音，在诗歌话语场中或许直击人心的力量略显不足，但是却体现了诗人对诗歌的内在追求和独特领悟。在一种氤氲氛围的蔓延与笼罩中，几乎没有青春期的叛逆与绝对，没有斩钉截铁的气势与不容分说的言说欲望，没有故作姿态的高深或者表演性的歇斯底里，而是多了一种沉浸与忧伤、滞重与迟疑。

　　这种自足的声音，使得赵俊的诗歌收束在一种良好的控制中，质朴中有一种难得的真淳。相比高昂的声调和铿锵的节奏，那些娓娓道来的细节与日常生活若即若离，冷静中携带着一种文化浸润的精神底背。浙江的明山秀水自然不同于北方的苦寒之地，江南烟雨多少会冲洗诗人心头的愤激，桑园吟唱别有一种淡然面对万事万物的情致。没有了为生计奔波的困顿与疲惫，自然萌生的诗意情怀呈现出一种精神的放松与释怀，别有一种拒绝凡俗的生活意趣。

　　诗歌的音调是和诗人的内在精神状态相呼应的。这种介于沉入与迟疑之间的状态，可能在精神爆发力的强度上不够，但是在深入事物层理的深度和密度方面却具有很大优势。精神的迟疑与徘徊实际上意味着某种不确定性，对于当代诗歌来说这一点是可贵的。这样一种诗歌姿势，比那些表演化的身份姿势和文化姿态，在历史感的建构上显得更为审慎和成熟。"80后"诗人开始在创作上显露头角的时候，往往被现实秩序巨大的支配性力量所左右，缺乏历史深处的纵深感和明晰感。现实逻辑的不可动摇使得他们有一种无所适从的茫然和利益驱动下的奋激，这反而加剧了对现实秩序的认同。反抗的无力感很快被物质实利的追求所取代，随波逐流的沧桑心态自然出现。当理想主义的预期变得遥不可及的时候，会有一种自我解放式的失重感，在现实面前，理想变成了历史的幻影。这种状况下，赵俊的声音与当下生活节奏的变化有着更为内在的对应关系。

身份感的建构体现了诗人和时代的复杂关系。对于处在上升期的诗人来说，意识到自己的边缘人身份并非坏事，更重要的是在文本中以书写行动做出必要回应。在现实利益的诱惑下，很少有人能把自己的书写转化为时代的尖刺。面对个人青春的迷茫与失落，时代价值的悬空与倒置，诗人需要在内心搭建起另外一片空地，寻找精神安居之所，承载忧郁和彷徨。赵俊很少在诗歌中表现出激烈的批判锋芒，而是在沉浸与出走、投入与撤出之间寻求精神的平衡。不过，这样的诗歌方式更需要耐心和毅力，一不小心就会变成生活的点缀和茶余饭后的谈资，变成意义空转和词语把玩的游戏。

好在赵俊对此是清醒的，他把自己的诗歌写作方式称为"语言的化疗"。他如是写道："诗歌看似清澈的语句，是一次关于语言的化疗"。可见，赵俊已经意识到陈词滥调是当下诗歌的巨大阻碍，这一点在信息泛滥的时代表现得异常明显。在网络传媒对文化的不断改写中，人们发现诗歌语言的自由组装会迅速失去创新的意义，变成一种能指嬉戏的填词游戏，很快出现大量新鲜的"旧词"。在此意义上，语言的化疗体现了极为重要的语言意识的觉醒。赵俊建构的诗歌花园有意抵挡外部世界的浮躁，有着自我净化的功效。由于普遍的黑暗意识的笼罩，这种内在的诗性体验在新诗史上发育并不充分。同时由于现代性体验的非理性色彩，也使得这一略带传统审美意蕴的诗歌方式，难以在新文化建构过程中获得更大的有效性。

诗歌语言的化疗，是一种戴着镣铐跳舞的写作方式，需要诗人在文本经验和生活经验之间保持足够的张力。

赵俊诗歌中的生活经验更多的来自日常生活空间的转换。在城乡的对峙书写中，他的诗歌并不刻意追求一种刻骨铭心的城市生活经验以及由此衍生的现代性体验，而是更多的从自身体验出发摸索适合自身的表达方式，着力追求一种"悬而未决"的语言与审美风格。《擦皮鞋的人》中的外来务工者，在哈哈镜般奇妙的城市拼搏。他在城市的"爬行"，并不低于也不高于其他任何人。无论是享受成功的泡沫还是体味辛劳的日子，都没有过激的情感宣泄，而是一种更为普遍的当下人们对于城市的体验。即使在"被流放的日子"，在远别故乡的孤寂行程中，赵俊体会到的仍然是一种日常生活情趣和淡然的心境，是一种更为纯粹自如的审美状态："他们无法校准你的方向。无法 / 提供种植的欢乐。偶尔出差的地点 / 在故乡的圆心周围浮动。无数根 / 虚线的半径，都指向不停赶路的星球"。(《赶路的人》) 精致的形式更多带来的是美学上的快感，所谓"乡愁"被进行了非常大的改写，是一种无可无不可的日常生活状态，更是一种超越具体情境的审美带来的精神抚慰。

个人历史记忆和当下生活的并置，是赵俊诗歌中生活经验的另一重要方面。《插钢笔的人》显示出一种与个人历史对话的可能，只不过这里的历史其实更多的是个人生活记忆，很难和历史总体性产生深刻的关联。已经成为陈迹的旧时的墨水，只有孤独的人才有可能深入体会，进而将情感的触角深入进去。这里诗人和历史的对话没有成为新的图腾，书写的意义更多和个人有关，是将个人的历史装束收入心灵博物馆，期待与更多心灵的共振。《送别》深入到更为隐秘的情感生活。面对儿时伙伴的死亡，赵俊的笔触保持了足够的克制和耐心，将令人悲痛的送别场面转化为更为内在的生命体验。受制于沉疴的羁绊，文本一直在孩提时不染纤尘的游戏和长大后明争暗斗的货币战争之间展开。山峦上的追逐、竹笋的清香都在回忆的幕布上中散发出温情，但是友人体内癌细胞的花蕊也在这样的情绪中生长。在文本空间游荡的不仅是过往的生活，更是透过成长看到的历史的变迁。或许在大历史面前，人们能够做的仅仅是在游戏中对黑暗的抵抗，在城市高楼的窗口回望和书写乡村尘埃中的灯火。

赵俊曾经把自己的诗歌写作称为"现世中的一道狭窄的门缝"。这是一种在诗歌文字内探望人的特有精神空间的方式，同时也是一个不断修正自我的过程，是一个精神不断裂变和生长的过程。只有通过艰苦卓绝的劳动，一个广阔的精神世界才会在诗歌中生成。有抱负的诗歌写作者，会把自己命定的窄门转化为特有的文本标识。对于赵俊来说，这道窄门是"在孤独和舌头溃烂之间 / 跳着文字的舞蹈"。在内心的孤独与语言的泛滥之间寻求诗歌的可能性，并且在两者之间建构一种诗歌的联结方式和评判尺度，本身就是一种精神探险之旅，是清洗遭受污染的语言的重要方式。

最具冲击力的声音是隐约出现的较为尖厉的浙江式的尖音。这也体现了赵俊诗歌特殊的文化地理学色彩。语言的管道直接关联着诗人的痛感神经，在和官话对举的场景中异常明显。不过赵俊的用意是对语言帝国的核心区域进行某种偏移和改写，而不是有意对抗或者对峙。这一点在《尖音》中表现得非常明显。面对播音腔的冲击，孩子们为自己的地方性语音感到困惑，而生活中或许连尖音的残渣都难以寻觅。更多的时候，赵俊试图将自己熟悉的生活从陈词滥调的包围中拯救出来。在《再宿枫华乡村会所》中，赵俊熟悉的莫干山的阳光、清晨的牧曲、山间的灵气、竹梢的矩阵等等，都被概念化的定义和书写所掩盖，从而失去了诗性本质，变成某种现代化的注脚。这些事物被重重围困无处逃遁，陷入新的蒙昧主义的窠臼，重新书写或者重构他们的意义，犹如第一次面对事物的古人一样困难重重，诗歌的价值和意义也正在这里。

不过总体来看，浙江式的尖音在赵俊的诗歌中并不是特别突出，而是逐渐消融在特定的诗歌语调中。诗人慢慢发现，在往事与未来之间自我修改的过程是艰难的，"所有的写作，都指向一片／虚无的苍穹。"作为美学的偏科生，赵俊似乎徘徊于风格的两难状态。一方面有着强烈的对日常生活的反抗意愿，有对自由的向往和追求；另一方面又由于缺乏内在精神依据和行动的热忱，随着压力感的消失而变得似乎有些轻飘，对语言的破坏也转向留恋光景式的捕捉。

与这一精神姿势相应，赵俊有时会在自然语流中强行断句，造成音调迟疑的效果。不过精神深层的张力并没有因为这个节奏而被有效呈现出来。强行断句造成的不清晰仅仅是语言上的不清晰，没有在诗歌中构成一种内在的整体感，有的甚至是为了断句而断句。这种断句方式更多是一种句法练习或者文本实验，不足以支撑一种"悬而未决的美"。或许，更多音调的自如转换和复杂变化，是赵俊诗歌无法回避的一个问题。

（原载《诗刊（下半月）》2018 年第 2 期）

用诗歌弥合着"三个深圳"的距离(创作谈)

赵 俊

作为改革开放的前沿,深圳无疑是改革开放绕不开的话题。同样的,现代诗四十年的发展,从某种意义上而言,和深圳的发展是同步的。从一个无人知晓的小渔村变成国际大都市,这样的华丽转身,就和深圳的一个著名景点——锦绣中华一样,具有高度浓缩的意味。

可是,也许是"深圳速度"在经济领域里的标志性意味太强,以致人们对这座城市具有了某种抵触。好比一个遗老看到冉冉升起的后起之秀,总会指手划脚。在谈及深圳时,人们总会将"文化沙漠"这样的帽子扣到深圳的头上。关于这点,我是极其不认同的。深圳作为一个兼容并包的城市,展现出了它最大的善意。在诗歌领域,更可以说,深圳代表了某一种向度。在改革开放初期,《深圳青年报》和《诗歌报》合办的"86大展",就是中国诗歌的一个里程碑事件。那时候就来深圳的徐敬亚、王小妮伉俪和同学吕贵品,已经为中国诗歌的发展作出了卓越的贡献。

后来的打工诗歌,也为中国的诗歌提供了一种新的言说方式。在引领现代性走向时,"深圳"是一个独一无二的样本。我们可以错过十八世纪的波士顿,十九世纪的上海,但当现代性的触角延伸到二十世纪的深圳,是不容错过的。那种车间的逼仄和疼痛感,使词语变得焦虑,但也同时孕育着希望。当然,因为我从未在工厂中打拼过,对于这一部分,我的参与感并不是很强。因为在这同时,深圳的产业也开始转向,于是,诗歌迎来了多元化的可能。

经过几十年的发展,"工业深圳"变成了"商业深圳"。我的一首名为《三个深圳》诗歌里曾经关注过这个命题:我甚至没有读过他的诗句 / 就搭乘一架轻轨／再转摇晃的巴士／从商业深圳到工业深圳／几个人在私语／从他们的表情可以看出／最近又发生了凶杀案／这是工业深圳的体表特征／在工业深圳，我看到一些蔬菜／从农业深圳运输而来／摆放在他不足 20 平米的出租屋／马上将成为工业深圳的美味／他的妻子，代表了工业深圳的强度／加班一夜后，在小房间酣睡／在客厅，交谈中得知／他是一个老师，不仅写诗／还帮助那些孩子／从工业深圳，走向商业深圳／然后，三个深圳的很多诗人／聚在一起，用一些粗糙的酒／弥合着三个深圳的距离／所制造的精致伤口／事实上，我们不知道农业深圳的诗人／是怎么来到这个聚会现场的／但往往，大家还会朗诵诗句／在诗人们，快要忘掉／深圳是个什么城市的时候。

通过这首诗，我必须说到一个命题：新城市诗学的构建。中国城市化、城镇化方兴未艾，而上海是中国首个现代化的城市，城市生活丰富多彩，许多生活内容与形式已经在根本上超越农业文明、田园隐逸的范畴，对包括诗歌在内的艺术形式提出了挑战。实际上，在二十世纪二三十年代，已经有诗人开始在自觉地表现它，八十年代在上海就读大学的宋琳、张小波等明确提出了"要为中国城市诗的发展提供一个温床"的口号，并开始了城市诗的创作实践，越来越多的诗人也加入了这个大合唱。那时候，宋琳、张小波等四人出版《城市人》，并先后在"中国现代主义诗群大展"和《中国当代文学思潮》杂志上提出了鲜明的"城市诗"诗学主张，后来他们被学者称为中国"城市诗"派，标志着"中国城市诗学的确立"。前面已经提到十九世纪开始壮大的上海，那么二十世纪中国发展最迅猛的无疑就是深圳，这类似于接力棒。我在《三个深圳》这首诗当中，就把农业、工业到商业，通过诗人聚会的场景串联起来了。在这场聚会中，"三个深圳"都是在场的，而最重要的是"弥合三个深圳的距离"，也许，只有诗歌才能具有这样神奇的功效——放下我们彼此的社会身份，在诗歌的名义下，聚集在一起，并且，不分彼此。

其实"三个深圳"也是我的一座小型诗歌博物馆。二十世纪八十年代，我出生于浙江省湖州市德清县的莫干山镇一个叫"山路"的小山村，我的童年时代，都是在这里度过。在 1994 年的某个冬夜，我用方格纸在六十瓦白炽灯下写下了人生中第一首诗。那是一种全新的辨认，它让我区别于周边的人。那时候毛竹的长势和价格才是他们最关心的，这是农业时代人们内心的写照。在我这些年的作品中，这些经历也是诗歌的源泉，只是经过后来的洗礼，我的题材虽然依然停留在那里，但视角已经有了全新的改变。我尝试着用更多的现代性思维去解释那些农业的部分。比如，如今我的家乡有着全国最一流的民宿，上次和诗人潘维在其中一个民宿里谈及这个问题，我提出一个观点："如果还是用农业视角去经营它们，断不会出现'洋家乐'这个抱团的民宿品牌。这是现代性的全面入侵，在这里，消费时代的一切元素都可以被展现。汽车俱乐部、探索发现基地、直升机场、地暖……所以描写这里，并不是农业时代最后的挽歌，而是一种现代视角下的山野，它是新的变种，在诗歌中展现出来的话，将会有更多有趣的元素。"

莫干山是我的出生地，也是我诗歌的图腾。而工业化的县城武康，引领我进入另一个维度。这是完全不同的生活方式，在这座新崛起的县城里，有着无数的书本，也有着改革开放进入深层次阶段后的某种野蛮生长。我的父亲，就是在此工作并永远将自己的心跳定格在了2000年的情人节。在我的第一本诗集中，我在《头发》一诗中描写了我父亲去世后，我被传统束缚着不能洗头，最后在"五七"才得以解脱的事件，这首诗被我放在了压轴的最后一篇，那是我人生的分水岭。在90年代的狂飙突进中，我丢失了我的父亲。他死于工业化的过程中，这似乎在昭示着，我要跳出这里，在更宽广的地方，找到诗歌更广袤的原野。

于是，在2009年，我就来到了深圳。这是从工业到商业的转变，那时候，已经完成工业化的深圳，成为了一个活脱脱的商业城市，尤其在我居住的罗湖和工作的福田，就显得更加"摩登"。新城市诗学的构建是一个自然而然的过程，如果一个居住在中心城区的人天天写"打工诗歌"是可疑的。本雅明在《发达资本主义的抒情诗人》中这样写道："看得到而听不到的人比听得到而看不到的人更不安，这里包含着大城市社会学特有的东西。大城市的人际关系明显地表现在眼的活动大大超越耳的活动。公共交通手段是主要原因。在汽车、火车、电车得到发展的十九世纪以前，人们是不能相视数十分钟、甚至数小时而不攀谈的。"也许，这就是深圳之于武康的区别。从我1995年进入城市生活后，工业和商业的区别还是一目了然的。也许，武康的过度是适当的，它不仅使我有了跳板，也使我的写作更为丰富。

比如，在我当年进入武康镇之后，周遭还是低矮的社区，这就给我在的社区写作提供了某种可能。如果我直接从法国的乡下进入本雅明笔下的巴黎，我可能会变成兰波那样乖戾的人，而从武康再进入深圳，我的不适感会有所消退，在武康的经历，可以用一个俏皮的"小镇诗学"来概括，是城市诗学的滥觞。而在 2018 年，我写了一组名为《与深圳有关》的诗，其中第一首，叫做《深圳故事》："忘掉自己的乳名，栖身于 / 城市的肋骨。这是一个女孩 / 能给予新居所最大的善意 / 在蚁穴中提炼出气味的秘笈 / 蒸馏不适感的水杯，盛满了 / 被放逐的孤独。天花板上挂着 / 突兀的哀愁。一阵乡音的电话 / 就能成为一场地震，砸中如今的 / 英文名。穿着笔挺的淑女装 / 在人潮中，用自信做成的铠甲 / 并不能迎来一个个花木兰 / 睫毛膏组成的堤坝，常常被泪水 / 无情地冲垮。在夹竹桃来临的时刻 / 毒素成为街道议题的中心。在回避 / 成为开心周末蛋卷的夹心层。"我想，正是有了这种停顿，才使我的人生和创作没有陷入到孤立无援之中，而是在急剧变化的时代中，找到了"最大的善意"。

赵目珍　卷

　　赵目珍，1981 年生，山东郓城人。现居深圳。文学博士，北京大学中文系访问学者。中国作家协会会员。著有《探索未知的诗学——当代批评家诗人和他们的诗》，另有诗集《观察星空的人》等五部。曾获"扬子江诗学奖""海子诗歌奖""刘伯温诗歌奖""中国青年诗人奖""深圳青年文学奖""2018 年度十佳诗集"等奖项。诗歌入选多种年度选本，部分作品被译介海外。

在回眸与逃离中确立自我
——读赵目珍诗集《外物》

赵思运

　　赵目珍与我是山东郓城老乡。他的诗歌，让我倍感亲切，跟他一起思考，很容易产生深层的灵魂共振。鲁西南人大都具有浓厚的乡土情结，且蕴藉着儒家的忧世思想。赵目珍一方面对故乡展开深情绵邈的灵魂倾诉，是故乡的深情回眸者和守护者，同时，又是一个自觉的疏离者和逃亡者。他在回眸与逃离的多维情感中寻找着自我，在刺探历史和勘查现实的过程中建构起自我。

　　故乡，是生命的发源地和感情的最初维系。鲁西南的亲人友朋，风土人情，云鸟雪月，小麦河流，炊烟农耕，甚至老牛拉的一坨屎，都构成了诗人的绵邈记忆。长久生活在都市，诗人的情感时时有一种"无根感"，于是灵魂便渴望皈依故乡。也正如他在《故乡的寓言》中所言："我的幻想是 / 做一个故乡持灯的守护 / 让年老与忧伤永不到来"。乡土所寄寓的最原初的关爱、温暖、和平之意，不仅仅是一种个人化的情感体验，更是一种价值层面的普世价值。潜藏在乡土之思的语词背后是人类共通的情感价值取向——家园意识，它常常唤醒我们集体无意识深处最真挚的感受。家园意识作为极富吸附力的一个文学命题，贯穿了中国文学史始终。家园意识绵延数千年而不断。当下的社会里，尽管家园意识形成的诸种文化基因已经淡化，但作为文化原型意象，已化为中国文化因子，积淀在中华民族的精神世界。"家"是生存之根，有了故园才有了对异乡的恐惧。现代社会的喧嚣与动荡使人们被动地进入了陌生世界，产生了"被抛"的感觉以及焦灼、恐惧、孤独感。也正是在这个意义上，张承志才在作品中不止一次地写道："I'm on the road."苏童才在小说中写道："我的枫杨树老家沉没多年 / 我们逃亡在此 / 便是流浪的黑鱼 / 回归的路途永远迷失"。赵目珍的怀乡抒情，呼应了现代文人在寻根思潮中寻找精神家园的失望，形成了"流浪美学"。

怀乡是一种普泛的情感状态，关键问题是如何升华为一种具有现代意义的价值理念。如果不能解决这个问题，就很容易流于温情主义。赵目珍有意识地地规避了温情主义，从而进入对复杂人性和命运的自觉诗写。一方面进行同情式体验，另一方面又拉开时空距离，对土地文明和黄土情结进行理性透视。赵目珍的故土抒情就具有了相当程度的冷峻性和复杂性。他对于那个卑微谦和的村庄赵家垓的凝眸，具有透视整个乡村文明的意图。他描写的亲情已经超越简单的感恩之情，在一定程度上表达了农村的生存境遇。《清明祭》自始至终以连续的"我的"呼告，连缀繁密的意象，一气呵成，堪称乡土文明招魂。《村庄》貌似客观的呈现其实传递出一种无奈的心情。《农耕》彰显出农耕文明的奴性和悲剧性生存，消解了历史主体的完整性，五千年"伟大"的农业文明几乎像宿命一样令人难以逃脱。最能揭示农民心态和生存观念的是《农民》一诗：

抓丁，连坐，都惊慌了几千年
给土地一辈子一辈子地做奴隶

住在村落里，躲避了喧嚣

守着穷苦，一辈子都想着发达

偶尔能耐了，也跟着作乱
单薄的衣衫，无力的手掌
最后还是把自己潦草地埋葬

如今终于出息了
把土地当作了自己的奴隶
镢头，铁锹，拼命地刨挖
悲哀的，永远都只是为了粮食

当他回眸生养他的那片土地时，往往调动所有的最原始而温暖的情愫。随着精神人格的发育，必然会出现情感的断乳，从纯情走向复杂和含混，从私人地理的阈限中走出来，进一步扩展他们的生命经验与文化经验，向更加驳杂的生存状态与人性状态挺近。赵目珍多年在大都市求学，后扎根深圳。环境的迁移为他开拓生命体验和诗学体验的广度、深度、高度，提供了极好的外在条件。

赵目珍进入大都市，可以说是一次更高层次的精神寻找，但也是一种精神逃亡。"一座不知名的城市与一个不为人知的村庄中／俨然一场生死逃亡"（《八月，从村庄逃亡》）。经过农业文明的"断乳"而投向现代城市文明的历程，是赵目珍的二次"精神发育"。在都市，浮躁喧嚣，物欲膨胀，生存之艰，诗性崩散，生命萎缩。他看到的"又一代"，在"每一个清晨，坐着笼子出发／然后，抵达笼子的另一个形式／／每一个傍晚，他们瞌睡于笼子／归来，然后抵达自己高昂的笼子／／他们毫无庄严地飞起，如是反复／他们循规蹈矩地觅食，如是反复／／如是反复，他们从觅食逐渐迷失／如是反复，他们从飞去逐渐废去"。极端功利主义和过度消费主义的社会把一个生机勃勃的人改变成"懦夫"，把如花似玉的二十岁小姑娘改造成"经历了沧桑的女人"。校园里的二胡声失去了艺术本色而沦为生存手段。社会远离了对生命的敬畏和真善美，"结着令人狐疑的疼痛"（《陷阱》），成为哲人和诗人的陷阱，成为人类生存的异化力量。社会的规训使多年好友，"形同陌路""相对如寐"（《旧友来访》）。《我们的声音》只有六行："世界像一口大钟／完全笼罩着我们／我们的声音从真

实的内心发出 / 碰上了它 / 要么被减弱 / 要么被弹回",但是构思精妙,立意不俗,将人类生存的悖谬与困境做了独特的呈现。他多么渴望"从一个光明 / 穿破黑暗直达另一个光明"(《运命》),从而获得内心的澄明!

赵目珍的诗中清晰地勾勒出一个沉思者的形象。在《暮光下的沉思》《暮光时分在弗云居》《不幸的生存》《还只处在起点上》《流年》《矛盾论》《结局》《壮年》等,充满着自省精神,思维触角密集地触及历史与现实,命运与人生。赵目珍似乎特别钟情于"薄暮时分"。在希腊神话中,每当傍晚时分,智慧之神猫头鹰就会飞起。猫头鹰是智慧女神雅典娜的原型。赵目珍钟情于"暮光",隐喻意义,大概于此。到了夜晚,当我们的肉眼看不到外部世界的时候,灵魂的手指便开始触摸自己。就像《流年》所写:"语言和诗句挡不住双鬓生满斑白 / 我的流年一如磕磕绊绊的骏马 / 三十年河东,三十年河西 / 我说不出自己站在河的哪一个方向 /……原谅我吧,我的流年 / 我始终不能像梨花那样干净 / 哪怕一片洁白,也能够开到云淡风轻"。他再一次想到"逃亡":"我们嚼着如蜡的人生 / 总想择机而逃 / 可无论怎么转身 / 依然都是同样的人生"(《而立已过》);"总想设计一场重逢 / 回到像青草一样呼吸的年代 / 暗示,或者直言不讳 / 在那里,我保存着最好的原来"(《原来》)。他是那么倾心于"反生活":"把曾经的光阴步步收回",去寻找"我们最初的愉悦""天地初生时的混沌""尝试最初的赞美"。甚至,他的爱情理想也是过着归隐的生活:"我们一起高唱 归去来兮 // 这是异于都市生活的又一种迥异 / 孤鹜 落霞 接天水 / 桃花 青溪 木兰舟 / 垦几方田地 搭几间小庐 / 满窗的青山遍野 / 漫天的明镜高悬 // 你说,让牛羊满山 让鲜果儿满山 / 我说,让幸福满山 / 让咱们的娃儿满山"(《归隐》)。或许,这才是本真的赵目珍?

这样,我们就看到分裂的两个形象,一个是主动走出黄土地寻找现代文明的赵目珍,一个是深陷都市迷茫而渴望返乡的赵目珍。他自己也在诗中写道:"从草根的出身上分裂出来的人格 / 涉及自我所制造出来的矛盾 / 还将不可避免地与自我产生决裂"(《矛盾论》)。赵目珍在《飞鸟》《几只鸟》《天堂》《鸟的境界》《预言》《一只鸟突然来临》等诗中,不止一次地写到飞鸟。飞鸟,是无羁的大自然的象征,也是历史的自由状态的象征,更是诗人自我主体的象征。鸟的境界是"它们不懂得何谓名何谓利 /……它们从不刻意追求幸福 / 这是一种最高的境界 / 也是一种最低的追求"。他把自由之心寄托在《空空》《在云端》《在高楼上看风景》《船与漂流》等空灵的诗思,寄托在《可可西里》

《纳木错》《西北大歌》等遥远的边陲。他甚至虚构出一个"天堂"："在鸟的瞳孔之上 / 在云的羽翼之巅 / 在每一个用以褒扬的语词的上面 //……没有囚禁和流亡 / 没有饥饿和争战 / 没有罪恶和苦难 / 天堂是个时时耕耘的梦幻。"或许，这是一个避世的赵目珍？

作为一位诗人，赵目珍成功建构并确立自己精神形象的，是诗集的第一辑《大音希》。这一组诗以洪钟大吕的力量发出了惊涛骇浪般摧枯拉朽的力量。在《祖国》《有史以来》《悲歌》《大音希》《原风景》《徒然草》《无从下手》《人民》《答复》里，我深切地感受到他对历史与现实的深度刺探。面对历史，他甚至生出悲秋之痛。他的诗中频繁地出现"秋"的意象，所辐射出的悲冷之情，弥漫诗行。当他心忧失去文明根基的祖国的时候，发出哭庙般的喟叹：

> 面对大好河山，隐喻的人终于像失去了什么。
> 如风，吹落了禁果。
> 他的内心，一片虚脱。
>
> 亘古苍茫。
> 于皇天后土之中，始祖的庙寝已然蛰伏。
> 雄伟的祖根，败落，如草木。
> 洪荒在宇，万物如咒。
>
> 春秋复返，星云半有半无。
> "大曰邦，小曰国。"丛生的狐疑布满丹青。
> 好一部上下五千年、纵横九万里的编年。
> 骨鲠铩羽而归，光阴将历史追没。
>
> 哦！祖根强大的掘墓人。你们的国，
> "或"已被"玉"代替，权利抱团取暖。
> 无限江山，俨然养畜之闲。
>
> ——《祖国》

他饱读古典，深谙传统，内心经历了从农耕文化到都市文化的深刻嬗变。他在内心深处渴望着现代人文知识分子的定力：

> 我的内心就是我天下的大势
> 任何历史的写作都是矫揉造作
> 我只愿意往开阔处去，往无限处去
> 在历史的空白处
> 歌，或者哭
> 我只尊重我自然的选择
>
> ——《歌，或者哭》

他有一首诗题目就叫"定位"，他说："我把自己定位在地下 / 定位在无边的黑暗地界 / 你要相信，这不是异端 / 不是叛逆，不是沽名钓誉和颠倒黑白"。他在星辰仓皇的历史与现实之中追求光明和真理的民族担当意识，令人动容。这些诗篇凸显出赵目珍作为一名诗人的历史主人翁意识。他颠覆了历史教科书中关于"人民"的高度政治化的概念："人民从来没找到自己创造历史的概念"，"在高不可攀的更迭中一次次被骗得九死一生"（《人民》）。历史的更替兴衰，改朝换代，在诗人眼里都是烟云，"勒石记功无异于一种绝望。""人类最完美的碑刻，刻于人的内心。/ 任雨暴雷霆，击而不碎。"因此，他的诗歌具有某种"以诗证史"的意义。他对历史和现实的凋敝境况感到悲凉："原野的风稍息，田禾久病不愈 / 枯黄的目光，像恐惧一尊尊瘟神的降临 / 蜘蜘窜出草丛，触角摇动 / 河流震颤在一瞬，刹那间天地荒芜 // 而森林开始腐烂，蠹虫堆积 / 惊悚一次次从心跳出发，缀满额头 / 死神在黑暗中跃跃欲试 / 涌出一场又一场潮汐"（《原风景》）。他犀利地撕开了国民劣根性的面相。为国捐躯的目标仍然满足于"只是粮食、后代，和绵延不绝的血脉"（《国殇》），蕴含着封建宗法思想。整个中国历史五千年一以贯之的"淡定而从容"，蕴含着内在的盲从（《盲从》）。所谓的勤劳坚韧，实质是"面对利益的集中和官僚化，他们迷惘得一塌糊涂。""他们的精神与阿Q保持着高度的统一，""他们的血液，凝聚了五千年的集体无意识。"（《坚韧》）。

赵目珍是古典文学博士，其文其人，不可避免地浸淫了古典气质。在诗学如何接续传统方面，他可以给我们一些有益的启示。《致李贺》《怀念李白》《楚魂》《神话》《在长江之外思念黄鹤楼》《又到江城》《西湖记》《隐喻》等怀古之作，既有楚骚文化之浪漫瑰奇，又有儒家文化之沉稳忧患，不仅意在还原古代文人的精神人格，在某种程度上，这些传统人格也是赵目珍个体人格的确认和外化。正由于赵目珍厚实的古典文学学殖，他的诗作在传统与现代之间达成了较好的平衡。意象的锤炼、意境的营造、语言的整饬，都颇富古典韵味。"太白的玉笛声，如梅花 / 在五月就已散落殆尽"(《又到江城》)，视听交感，虚化为实；"夕阳打眼的黄昏就要到来了 / 在满地的苔藓与苍旻所构筑的不安中/没有一片落叶愿起羽衣之舞"(《黄昏》)，想象奇崛，文辞古雅，显示出他在练字练意方面的功底。《达生》语言凝练而蕴藉殷实，值得玩味。再如《渔父》：

是江南，总也躲不开你们的身影。
你们和鱼虾，同样是水畔寄生的宾客。
傲煞王侯，不食人间半点烟火。

西塞山。两千年。桃花，染红你
不朽的渔船。白鹭点点，缀着青山。
鳜鱼上钩，兀自也钓一尾清闲。

五百年后。是谁？又忆起华镫雕鞍。
封侯的酒徒，再一次将朝廷灌醉。
你终于，也勘破人生的仕宦。
镜湖的波涛，拍打着遥远。
你八尺的轻舟，三扇低篷，占断了蘋洲数里烟川。

历史，总喜欢藏匿烟波。你们，与鱼虾
一起，在风雨里放歌，跟着水痕，慢慢消磨。
如血的残阳，水面又撒满了渔歌。
几片羽毛，背起落日，散入长河。

诗歌以由"渔船""白鹭""桃花""鳜鱼""蘋州""烟川""残阳""渔歌""轻舟""低篷"等传统诗学意象组织起一个意象群，"人""自然""历史"

通过密集的诗歌意象三位一体地浇铸为浑成的艺术整体，凸显出核心意象"渔父"，而且把这一核心意象置于历史的浩渺波涛中，重铸"渔父"这一人格象征符号的现代意蕴。他表现的既不是隐逸思想，也不是与大自然相契的单纯审美，而是"勘破人生的仕宦"的傲岸于历史围笼的独立精神人格，在最传统的诗学意象中，彰显出富于现代感的主体意识。我们在新诗的河流上总是急于否定和颠覆、以先锋为时髦，而一直没有心思欣赏两岸的风景。当我们蓦然回首时，在"泛口语"和"无边叙事"的诗歌语境里，非常有必要深切反思如何回寻传统汉诗智慧，如何激活"汉诗传统的现代转化"这个老生常谈的话题。

《外物》是赵目珍的第一本诗集，其自我形象呈现出继续生长状态。最近《击壤歌》《乌鹊记》《相见欢》《如梦令》《短歌行》《卿云歌》《商略黄昏雨》等诗作，古典诗艺与现代精神的熔铸，臻于成熟，这种进步令人讶异。我们有充分的理由相信，在时代日渐苍茫的暮色里，赵目珍的诗性身影将会越来越清晰、越来越弘毅。

（原载《文学教育（中旬刊）》2018 年第 2 期）

假寐者深藏自我

——青年诗人赵目珍诗歌论

余文翰

　　往日里高潮迭起的诗歌运动与论争已偃旗息鼓，代际成为今日诗坛更受瞩目的出场式，在这当中"80后"是较为沉潜的一支。它并非是借助诗歌运动而异军突起的一群，更主要的是以年龄划分的松散区间，甚至可以说，"80后""90后"等目前仍属媒体和读者为大量文学作品和创作者打造的目录索引。这些诗人及其作品，仅从主题或技术层面皆难以归纳，他们走在各不相同的写作道路上，一如罗小凤所言，"相当多的'80后'诗人都在安静、沉潜、默默地认真写诗，并将诗歌当作安顿灵魂的居所，他们在默默地书写自己对时代、历史、自我的体验、感受与理解"①。有人说，这一代人是在断裂的时代空间里生活，"少有艰辛生活的磨难，更没有追求伟大理想的经历，他们所感兴趣的只是对当代都市消费文化和流行时尚的追捧与放纵……对于传统文化就有一种天生的叛逆性"②。然而亦不得不承认，这一代人在表面风光、快节奏的物质增长下，承受着巨大的生存压力。就诗歌而言，"他们中间有人总结出四大主题：即情爱、成长、日常和反讽等。就美学特点而言，也有人梳理出：事境中诗意的提取；谐隐和娱乐；情感重现；主体缺席"③等。而陈仲义则以为春树的话更好地概括了这一代的书写本质："想写就写，想怎么写就怎么写，绝对不会考虑'慢慢写'的叮嘱与劝告，任何'高贵、经典、文本、抒情、

---

　　① 罗小凤.80后诗歌写作的精神脉象.诗探索（理论卷），2012（4）.

　　② 冯月季.沉沦、挣扎、救赎——对新世纪中国诗坛诗歌写作现象的考察.当代文坛，2011（4）.

　　③ 陈仲义.在焦虑和承嗣中立足.文艺争鸣，2008（12）.

意境'到了我们这里统统失效……诗不再是一个形而上学、阳春白雪的概念，而是像金钱、网络、音乐、足球一样，成为我们的玩物"。

倘若，以上述整个群体及其相关论述为背景，可以发现我们将讨论的是一位同样认认真真写诗却并不叛逆的"80后"诗人。从学习工科到转投文科，从爱好者成长为文学研究者、写作者，赵目珍对文学的看法总带着一腔热诚，他不可能像"玩物"那样看待诗，除了主动汇入广阔的诗歌传统甚至产生"赓续传统"的志愿，他始终对真正的"诗"、对一首"好诗"保持敬畏——它"一定会从思想的深刻处反衬出诗人人格上感性并淳真的一面……它体现为诗人主体对生活、社会以及文化经验天然感知和后天认知、浸润的强度，以及其对汉语本身所具有的美之特质的巧妙把握"①。赵目珍在山东郓城出生、成长，后求学于武汉，毕业后任职并定居于深圳，一路南下，长期生活在车水马龙、蓬勃发展的现代化都市，但他的诗并未娱乐化或呈现出某些后现代表征，置身消费时代却没有流行时尚的影子，从事着独立于尘嚣却同时能够与尘嚣对话的写作。进入其文本后，可以看到主体不仅没有消隐反而自得其道，相比"向外看"日常的"事境"，他着重表现的是"向内解剖"的内心生活，相比"拼贴"和"游戏"，他更突出"我"的言说，在字里行间赵目珍书写并反思的是诗的"理趣"和诗人的"人格"。

一、书写"内部的潮汐"

如姑且抛开期刊的用稿标准、出版体制与市场选择以及各类政府或民办的奖项，我们很难明确今天的诗坛何为主流，但就大量文本来看，即便不存在主导范式，仍旧存在一种主流的写作意识：它主张表现现实人生，从日常生活经验提取素材，向读者传递"我"的观察与体验；它拒绝泛滥的情感，也拒绝抽象的天马行空，部分通过叙事等手段让诗的想象"落地"。在赵目珍诗集《假寐者》亦有能够反映这种写作意识的诗作，如《在妇儿医院》《一段光阴》《东门即景》《田贝一路》等立足深圳的城市诗歌，着力处理在地、即时的经验。然而实际上，此类诗作并不能够代表赵目珍的写作面貌，在作品

---

① 赵目珍.假寐者.武汉：长江文艺出版社，2018：246.本文所引赵目珍诗作皆出自本诗集，不一一注引。

数量上仅占少数；尽管他的许多作品仍然与 21 世纪以来主要的诗歌写作精神相通，关怀现实、立足真实人生，但在赵诗中更加突出的，并非写实笔触，而是以独白形式展开的内心生活，他另辟蹊径，通过心路历程的记录来表现"日常"，敢于把饱含思辨、在矛盾中挣扎的心理活动暴露出来，在首先做到真实、真诚的情况下使诗意变得可能。

书写内心生活使诗人获取了自如的言说方式，他不需要在口语或书面语之间挣扎（纵然整体风格上仍保持着臧棣所指出的"雅颂语体"），无须分清个我与非我的界限，他的作品之所以成熟、自如、整饬，很大程度上依赖于这一舒适的发声位置："泥头车在夜晚肆无忌惮，/ 带来一个无限嘈杂的空间。/ 此时此刻，各种寂寞归集一处。/ 说实话，这样巨大的空虚，/ 太不适合像我这样的人……我意识到，应该采取一些措施……我开始慢慢地向阳台推进，/ 将自己推入夜空的胸膛。"（《异乡》）空间的推移显而易见，从泥头车所在的外围工地，到"像我这样的人""我意识到""我开始"等"内在音响"，再到"阳台"和"夜空"；不过，"夜空"已不是纯粹的外部或一般可视的无限空间，而是经过消化转为心境的符号，"胸膛"以其空间的具体化和审美化象征着内心的笃定、安谧。诗人有意借助这种朝"内"的推移和"自言自语"的写作方式，使抒情变得节制，使内心的混沌终于变得有迹可循："我们还是不是在依循着曾经的 / 路线找寻自己？还是已经 / 变得非常富有弹性，埋下了 / 草蛇灰线，伏脉千里？"（《存在》）"我不喜欢有人租种我的内心 / 眼帘中的山水 / 如果能将暗藏的锋芒带走 / 那它就是我——值得信赖的人"。（《两难之境》）诗人的内心生活既包含了自我审视的一面，也包括心迹的表白，他没有在意象、风格等层面来追求诗歌的个性化，而是直接通过赤诚之心、写出自己的态度来彰显个体的存在，甚至于当诗人试图对整个时代进行描摹、概括时，他都是从自己的内心感受来切入的，"这泛滥着困惑与蒙昧的文明，/ 被狂放与挣扎合力包围。/ 羞耻感随意到没有任何门槛。/ 诗意的栖居，如同神话。"（《近思录》）

从大部分作品可见，一方面赵目珍试图以诗表现内心生活，用"内部的潮汐"取代平庸、琐碎的日常；另一方面，他的古典"大梦"以及现实生活的纠缠在其内部推波助澜，后者仿佛徒劳跋涉而不可变迁的岸，前者则似海水一般潮涨潮落，引领诗人看得更远、思想更开阔。由此诗人提出他的诗观，"诗歌创作的来源也应该有两个，那就是生活和文化……（且）文化经验的重要性之于诗歌，绝不亚于生活经验。"

古典在诗人的内心生活及其精神结构中，以"梦"的面目出现。李白诗《春日醉起言志》曰："处世若大梦，胡为劳其生。"白驹过隙，回首时人总会觉得过去恍然如梦，只有理解了所谓现实的虚幻和短暂，才会倍加珍惜内心的自在天地。赵目珍的《醒来诗》无疑响应了李白，"醒来的最佳方式，是把醒来当作又一场大梦"。只是，李白借梦"避世"，不满社会现实而自我开导；赵目珍则借助"梦"的延续以及人在梦中的自由思维，把过去与现在、文化历史记忆与现实经验彼此联结，以重新认识我们的存在："我们永久地生存在梦中，我们像极了梦蝶的庄周 / 像极了栩栩然的庄周。不分你我，不分彼此 // 不分历史与现实"。弗洛伊德的观点至今有效，"梦不是毫无意义、杂乱无章的'乱弹琴'，而是完整的精神现象，是心灵的错综复杂活动的产物。它们完全可以与清醒状态下的精神活动连接起来。"① 在现实的音量远远压过虚构的当下，诗人仍然看重做梦的能力，因为只有"退回到自我的心脏"才能"更好地区分自己"。难怪他能够看见"溢满了古诗十九首的河滩"（《牧羊人》）、体会到"'渚清沙白鸟飞回'的幻境再次置身"（《秘境：关于一座城市的断想笔记》）。在赵诗中，文化记忆不仅构成了一个足以与现实接续、并置、重叠的梦境，且在梦中讲述着一个诗人的精神归途：比如，《庄子·应帝王》所载没有七窍的"浑沌"出现在了《鹏程三路》，相比"目迷五色"的都市人，浑沌看似什么也不能享受，其实更在意"找寻有限的知音"。又如，诗人化身不可阻挡的大鹏，摆脱个我的渺小和懦弱，开拓心灵的视野和格局，他的《逍遥游》写道："我的栖息只能陷入梦境的核心 / 看不见现实主义的忧愁。把酒临风，宠辱皆忘 / 我知道，我已经站在了'逍遥'的阵营"。总的来说，对话古典，就固有的文化记忆实施创造性转换，既是秉承诗人最初对古典文学的热衷，又使他有条件脱离世俗困扰，获取更丰富的写作资源以及现实以外的想象空间。

一如前述，在诗人的内心推波助澜的，除了古典的大梦，终究避不开现实生活的纠缠。但赵目珍并不倾向在诗里再现生活，尽管处在物质高速增长、快节奏生活以及人人相竞的现代都市，可他的生活经验鲜少依附于城市意象，不直接与日常事境对抗，而是把城市经验还归内心，不动"声色"地流露出来。身处都市《喧嚣》，大鹏的姿态并不时常能够展开，相反多数时候，

---

① 弗洛伊德.梦的解析.北京：北京出版社，2008：20.

诗人意识到"我不过是一个被动的聆听者 / 无法逾越泡影的鸿沟 / 只能任凭击打，任凭践踏 / 然而只有忍受，是内心唯一的真实"。在此，抒发内心不仅没有想象中那么轻易、自然，且格外苦涩、纠结。赵目珍惯于把日常隐藏到"玄言"式的诗句里，期望把一时一地的感受提炼为整体观察和具普遍性的思考，如："顽疾多么可怕 / 而最可怕的，是众生的盲从"（《暗疾》）、"在'规则'里，我们 / 一起玩着孤单的'游戏' / 寄望于受伤的鱼儿早点还魂 / 如果想主动出局 / 就不要酝酿太久"（《摸鱼儿》）、"如果你已听出了河流有恙……最好是判断出河流的机心所在"（《听风》）等。恰如刘波已指出的，"赵目珍诗歌中隐秘的反思，其实有意无意间指向的是人世的情理"[①]，而非脱离现实的纯粹哲思。

二、向内解剖·向现实发言

赵诗在表现"自我"方面是多变、多面向的，有时"我"很容易被孤独淹没，有时"我"主动找到精神依凭而有所释然。他可能在一个审美化的进行写生的环境当中表现"我"（如《在洪湖公园》："我俨然一个无知的盲从者。/ 就比如，满湖的垂钓人 / 除了多放钓钩，就只能临摹鱼饵"），也可自心底发声、表述内在的共鸣和认同（如《秘境：关于一座城市的断想笔记》："当壮丽的图景与一代大潮相拥 / 即使面对另一个劲敌 / 在风骨中 / 我们仍然可以找到相容的爱"）。就整部诗集而言，我们必然遭遇一个分裂甚至自相矛盾的主体形象，当中亦必然混杂着个人的认知、理想、犹疑和焦虑。进一步说，在自我形象或主体性的审视过程里，形象的真实本身并不构成一个问题，不仅因为我们只能根据给定形象与自身视域的距离，去感受形象的真实性与说服力，而且，正如伽达默尔早已指出的，诗人不可能站在自身之外、在自己的历史性或视域之外对自我形成客观认识。也就是说，不论相悖与否，在文本内部，肯定性的建构和否定性的批判都可能同时存在，二者皆是诗人主体性的具体表现，比起"真实"的被动检验，它们更主要地归属于经验与实践范畴，出自诗人"有效"的自发体验。

《途中手记》最能代表赵诗自我怀疑、自我批判的一面。"如今，我看待'过去' / 就像是在看待消亡 / 但说实话，如果不经意间 / 得到一点模糊的回音 / 我

---

① 刘波 . 黑暗如何承载生命的亮色 . 星星·诗歌理论 .2016（9）.

还是会存有幻想／我深知自己还没有到／悠然见南山的高度"。它看似否定过去，其实却力陈已是过眼云烟的文化记忆如今仍有生命力。悠然见南山的高度一方面在于"心远地自偏"以及得意忘言的心境修为，另一方面就在于超然的、自足的主体性。但显然在《途中手记》里诗人把姿态放得足够低，"而我的骨子里装满软弱／稍微有力一点的风吹草动／我都抵挡不住。"他没有一个超脱乃至于封闭的自我，而是试图更深入地批判、解剖自己，以足够低的姿态获取更多向上的可能性，保持谦卑和真实以获取更高精神追求的空间。

值得一提的是诗集《假寐者》中较精彩的一卷，即十九首寓言诗，把"坐井观天""亡羊补牢"等中国成语及其背后的寓言故事重新解构，而"我"的言说在传统文化的创造性转化中尤其突出，代表了诗人主体性积极建构的一面。坐井观天原是强调视野狭窄导致了知识或观念的狭隘肤浅。诗人却说："我是一只'井底之蛙'／我只向往我镜中的天地／万物辽阔不尽／我不存半点觊觎之心"（《坐井》），指出人不可心随物转，要有自己的精神世界，追逐物质是无穷无尽的，只有心灵的满足才不会被时间轻易取缔。《好龙》则是挖掘了"叶公好龙"的当代意义，叶公喜欢龙，衣饰器具都喜欢有龙的元素，然而有一天真龙出现，却被吓破了胆。在诗人看来，"这是对权力的一次疏远／往古来今／有多少人期望得遇真龙／他们对九五之尊／梦寐以求／而我惊恐万分"，这便是说，过去叶公只是喜欢龙的元素却不真的喜欢龙本身，今人为了种种好处追逐权力，最后也易为权力所害。不难看出，这些古典文化的再创新，都是面向当代发言，针砭时弊、敢于表露诗人自己的态度观点。《滥竽》就表露了对社会现实的某些不满："然而天下滥竽者多矣／好歹也是一介处士／如果饱学者在世已无立锥之地／他应该选择如何活着？"在一个向"钱"看、科学技术压倒人文知识的社会场景中，知识分子如何自处？况且"在其位"的腐败者一再出现，这些今天的滥竽充数者已经连"处士"都不如。《还珠》或点明了这一系列寓言诗写作的主旨："我就是要转移你们的视线／打破定型的世界观"。诗人发现，在当下人人都是卖珠人，卖的是"眼珠中涨满急切的现实"，能够像"买椟还珠"里的卖珠人那样，把价值远胜所卖之珠的时间、心思花在像"椟"那样装着现实的"内心"，从而真正做到"是非经过我的面前／我只以内心的觉悟为转移"，遵循内心而不盲从现实，一如诗人所言，"这个转换，需要一定的勇气"。

除此以外，或得益于古典文化的浸染，或源自内视、自省的精神生活，诗人把写作视为对现实的"内炼"，在现代的焦虑、都市的紧张外，难能可贵地找到了一种从容自适的状态。《取栗者》写道："我真正的陶醉在于，我已从陶醉中逃脱 / 很显然，我不是一个取栗者 / 与此同时，我更不愿做一个无聊的看客"。赵诗在追求内心丰满的同时，同样看重内心的自由、开放。真正的陶醉是从陶醉中逃脱，也就是获得了自由。鲜明的态度还赋予了"我"的形象以额外魅力，这种自由不是超然于现实之外的，开放也不意味着全盘接受，要知道"我"可以成为怎样的人就必须首先知道"我"不是什么样的人。诗人从不以世俗的眼光、他者的标尺来衡量自己，所谓从容自适，就是打从心底信任并坚持自己的选择，"打开包装，那行走在过度包装中的人 / 他的虚假的名声赋予他更高的价值 / 而我的坚硬，石头般的栖居 / 赋予了我不朽的风骨，并让我勇敢活下去"（《术中书》）。《沉潜》道出真正的美好出自内心深埋的宇宙，《会飞的房子》相信"众生中总有不朽的兽性"能够实现生命本能和道德的平衡，"必然有一滴雨悬浮于众生之上。/ 它可以唤醒一颗将死的生命，/ 也可以砸死一个强有力的对手。"同类文本仍有许多，不过难免有一些为了表现理想世界而脱离了"我"的真实状态，比如《静默》中"我觉得，我的内心 / 已经达到了最纯粹的和平 / 其实仍旧是万物归一"，这种极端体验或绝对抽象只是针对某种"理想"的描摹而非"我"的自然流露了。

三、理趣与诗的发散

赵目珍的诗没有陌生化的执着，某种程度上亦减弱了想象力的强度，他把写作的重心放在"言志"上，换言之，语言在诗歌内部的自足性不能取代诗人自己的言说欲望。他在写作中思考，形成"诗想"，或者依穆木天的说法是"用诗的思考法去思想"。纵使绝大部分声音来自他内在的音响，不免有柔软、敏感的一面，可从整体上看，比起"丰神情韵"，他的写作更偏向于"筋骨思理"。

维柯曾把"诗性的智慧"追溯到原始人类，那种起初用于认识世界的玄学就是诗性的，因为他们没有被理性以及抽象推理所覆盖，反而"浑身是强旺的感觉力和生动的想象力"①。这一点道出了诗性的根源，诗的思考和说理并不是像

---

① 维柯.新科学.北京：商务印书馆，1989：182.

自然科学那样服膺真理的客观性，它一方面鼓励个体的创造，另一方面又极力促成人与人、人与世界之间更深入的相互理解。与此同时，中国诗学在理字上讲求"理趣"，反对凭空说教和被动听取，主张诉诸具体形象、情感并要求自觉的体悟。钱钟书《谈艺录》就已指陈"理趣"有赖于"目击道存"，须"理寓物中，物包理内，理因物显，赋物以明理，非取譬于近，乃举例以概也"①。

赵目珍的诗自始至终保有其文雅、严肃的面貌，它们在思辨、说理的同时没有拒人于千里之外。其《乌鹊记》是与曹操《短歌行》对话的作品。曹操诗中的乌鹊是贤才高士，期待一番作为，寻觅明主和施展拳脚之处；赵目珍笔下的乌鹊却"辨不清历史的黑白／它们鸣鼓入蜀，或入江东；与入鲍鱼之肆／抑或芝兰之室，看似并不相关／月仍旧明，星依旧稀。良禽择木而栖"。这些乌鹊再有能耐，他们又如何可能洞悉一切、逃脱历史的摆布呢？反而诗人借乌鹊的形象抒发了"谈笑间、樯橹灰飞烟灭"的感叹，又写出人"当局者迷"的恒常处境。《击壤歌》赋予思想的言说以歌谣的节奏和炽热的情感，它试图像先秦古诗那样做到节制、典雅，却也丝毫不放弃歌咏之美。《对雨》用大雨来勾勒一种心境："我坐等一场夏天的大雨／准确一点说，我是在等待／时间背后一种训练有素的力量／习惯了在寂寥之后打破常规／喧闹突然死去／元知一切不过都是万事空谈"，由此可径直联想到暴风疾雨清空了街道上的行人，各类喧嚣淹没在雨声之中的情景，也暗合宁静以致远的状态。

既是思理居多，赵诗便淡化了诗性的跳跃，行与行、句与句之间或粘连或撕扯，但基本保持连贯，并进一步以议抒相济的表达方式为其争取到语言上较强的灵活性。一者，议抒相济并不仅是简单地把议论和抒情结合起来，而是意识到了现代人的根本处境，《我们只是身处一隅》一诗即属典型。"城事有它失落的部分／也有它的游戏性让人苦苦淹留／／我们只是身处城池的一隅"，当我们的思考试图揭示自身遭遇，得到的必然不是某种客观认识及其规律、进而服从理性的判断和纠正，相反，现实的深刻性从未远离人的情感，我们最终总会进入情感的左右为难。乍一看，"城事"对人的愚弄，就体现在足以遮蔽"失落的部分"、使人麻木的"游戏性"；然而，真正深刻揭示了"异化"的，在于人的"苦苦淹留"、明知故犯，在于"这座浩大的城中／我们只

---

① 钱钟书.谈艺录（下卷）.北京：生活·读书·新知三联书店，2001：663.

是在相依为命／而她更深陷于傲慢的孤独"这种孤立无援的处境，在于"我企图在话语的无效中振作／从城市的一角，努力地打量上去／却控制了自己想要实现的假想"的无力感。可以说，"我们只是身处一隅"既是思想性的发现，也是源自内心深处的抒怀。再者，议抒相济也表现在谋篇布局上，《疲倦伤身》《还原诗》《在野诗》等作均可见思想与情感的彼此传递、相互补充。

可就"理趣"而言，或许更重要的是，议抒相济的语言表达及其结构，就主干内容不断"发散"，或于潜在"主旨"下开辟出"离题"的空间，或为"言志"争取到审美的时间，此额外的时空最具诗的表现力，是赵目珍的诗吸引人的地方。《彷徨者》的本意是重塑一个陷入彷徨、无助者的内心世界，"仿佛在经历一场突如其来的霜降／他随着抑制不住的暴风雨呜咽了"，此时诗人灵机一动，突然发现"这彷徨中有大美／这乃是人类之中最纯粹的彷徨"，由移情转为礼赞，重新肯定彷徨的价值，只当人开始回返内心、当彷徨呈现出精神的纯粹性。《临难日》书写的是妻子分娩前的艰辛，诗末注意力忽而转移："此刻，小小的出租屋里／云集的忧愁带来春天的宏大叙事／无能的铜炉／正在灼烧一壶滚烫的死水。""死水"指向新生命降临之前，它承受着"灼烧"和"滚烫"；可以说"无能的铜炉"是帮不上忙的丈夫，亦不妨说是出租屋里琐碎庸常而不见起色的生活。《秘境：关于一座城市的断想笔记》写道："公园近海／一大群鹭鸟在红树林边翻飞／细微的风，回旋在原地／礼物遍地流淌／我们阻挡不住有些谦卑的事物／它们始终保持着低垂"，"谦卑的事物"无疑是公园里的景象，与鹭鸟相比，它们是在低处生长的草木和水流，不过诗人在此将"洞察自己"与观察公园同构，写景的同时想起那些深藏内心没有消逝、仍然坚信而不随外物转移的事物。

结　语

整体上，赵目珍的诗自内在的精神生活着眼，即便"不能按一个人的内心生活"他也寄希望于"按照自己的内心写作"（王家新《帕斯捷尔纳克》），他从大量物品挤占了的日常退场，为的是"关心自己"，"关注与己有关的直接的东西，关注某些指导自己和控制自己所作所为的法则"①，在寻求真理的道

---

① 米歇尔·福柯.主体解释学.上海：上海人民出版社，2010：9.

路上反求诸己，在自身中得到实现和快乐，从自己开始做出改变。与此同时，他敢于向社会现实发言，亲近传统的目的是向"当下"提供不同的视角和新的发现，从不为写诗而写诗，回归诗人何为的命题后，言语之间总埋藏着丰富的思考和切身体验。

但从长远地看，考虑到写作的丰富性和艺术的独创性，此类写作还有必要于"理语"之中更多地专注"理趣"，在调取古典传统资源的同时避免写作的惯性，跳出久远的苍凉孤独之境和时间主题，在"我"的解剖、重塑之后再度投入具体生活，进入现实在日常以外的更多面向。除了坚持有态度的书写，留住不吐不快的力量感，亦需开拓诗的发散空间，让一颗赤子之心继续发挥它的想象力。思的新发现最终应表现为语言的创造，只有语言的创新才会保证诗意栖居的可能性。当然，毫无疑问的是，在强调诗歌语言表现力的同时，我们也需要更多诗人像赵目珍一样说出心声，而不是一味地雕刻日常，以更开阔的格局，把审美真正建立在精神生活的深刻挖掘上。

（原载《名作欣赏（评论版）》2021 年第 5 期）

诗歌的最高理想是写出
重返生命本体澄明境界的作品（访谈）

张　杰　赵目珍

张　杰：请谈谈您的写作背景和诗歌创作情况。

赵目珍：我出身于一个普通的山东农村家庭。1999 年前后开始诗歌创作，那个时候发表了第一首现代新诗。后来考入大学，学的是工科。因为志趣的缘故，后来考取了中文系的研究生，一直念完博士。毕业后到深圳工作。我诗歌的写作数量，从大学时代准备考研究生起，开始多起来。在这个过程中，我一方面阅读、学习和参酌名家经典，一方面通过写作进行技艺的探索和磨炼。因为在中文系学习期间攻读的是中国古典文学，故而诗歌创作受到古典文学的影响在所难免。但我对诗歌现代性的一面也非常感兴趣，由此，作品中便常见二者浑融的痕迹。黄灿然先生说，本世纪以来，整个汉语写作都处在两大传统（即中国古典传统和西方现代传统）的阴影下，这一点我有深刻感受。我曾在 2008、2012、2020 这三个年份出版了四部诗集，通过它们大致可以看出我诗歌写作的历程以及创作上的某些变化。

张　杰：中国诗歌是否已经离公民和宗教太远？是诗人自己的原因还是社会、政治等因素造成的？

赵目珍：的确如此。中国诗歌的早期，比如《诗经》的时代，真正的诗歌多在民间，据说那时，国家有专门的采诗官到民间去搜集诗歌，以便了解民生。这些诗歌多出现在《诗经》的"十五国风"和"小雅"里。那时虽然还没有"公民"的概念，然而其中的很多信念——如争取自由、公平、正义，部分地实现了"公民诗"的诉求。其后，诗歌的主流群体成为"士大夫"意义上的一群人，一些带有忧愤意识的知识人，继续保持了"诗性正义"的承担精神，有为底层和家国责任而代言以及抗争、牺牲的一面。中国的新诗，一百年来的作者，也多是知识分子，直至新世纪以来"底层写作"群体的出现。然而在创作上真正体现"公民性"的并不多。其原因不外乎是缺少真正的"公民意识"，无从体现"诗性正义"，或者迫于社会、政治压力无法进行创作实践。

从宗教的角度看，早期的《诗经》《楚辞》时代，诗歌是与宗教、巫术、音乐等结合在一起的。中国传统的道教兴起和佛教传入中国以后，很多知识人和民众都受到二者思想上的影响。他们的诗歌有很多是与宗教思想结合到一起的。典型的如唐代诗人王维，因诗歌体现出浓厚的佛教禅宗思想，而被世人目为"诗佛"；李白则因诗歌受道教思想影响较深而被称为"诗仙"。如果中国的儒家也被看作是一种宗教，那杜甫可以说是受儒教思想影响较深的诗人。当然，中国古代知识人大都受到儒教思想的影响，并且比较强烈。中国的新诗，因为换了一个时代环境，知识分子和普罗大众在文化上受传统儒释道三种宗教思想的影响不大了。尽管也有所谓"现代禅诗"这一写作类型，但整体影响不大。中国新诗一直也受到西方诗歌的影响，但整体来看，受西方宗教思想的影响微乎其微。中国的新诗人们对西方诗歌所接受的主要是经验处理、语言结构、艺术技巧等方面的。

具体的原因很难用简短的篇幅说清楚，社会的、政治的、文化的因素都有。但中国人对宗教信仰普遍不热忱是其主要原因。行文至此，我忽然想到，这个问题讨论的或许是诗歌与道义的关系问题。诗歌是否应该承担道义？这是一个存在争议的话题。我个人的观点是，诗歌应该有它"为人类请命"的一面，撄犯本就是诗歌的一个本色。而且，这是诗歌早就奠定下来的传统。布罗茨基曾说，诗歌与"庞然大物"构成一种"竞争"，此外还会对其成就、安全、意义，甚至自己的个性提出疑问。

张　杰：您认为中国诗歌或诗人最缺少的是什么？您对当代公民诗怎么看？

赵目珍：最缺少的是真诚和"诗性正义"的精神。现在真正虔诚写诗和为"诗性正义"进行创作的人不多了。

"公民诗"，我的理解就是围绕公民基本权利如平等、自由等而展开创作的诗歌。这些诗歌表现出一种"诗性正义"的精神，是真正为"人之为人"的正当诉求而代言的诗，是写出了人作为社会存在的深刻性那一层面的诗。这一类写作体现出诗人作为知识人的特质。真正的知识人在思想（理知）灵魂上有一重要内涵，即是中国传统"士文化"所保留、延续下来的"志道"

传统，这种传统所贯注的理想主义精神，就是某些学人所说的，"要求它的每一个分子——士——都能超越他自己个体的和群体的利害得失，而发展对整个社会的深厚关怀。这是一种近乎宗教信仰的精神"。"公民诗"应该具备这样一种内核。

张　杰：21 世纪中国当代诗的问题是什么？21 世纪中国新诗的问题您认为有哪些？

赵目珍：这两个问题都很大，我也大而言之。21 世纪中国当代诗的问题，首先要弄清楚什么是诗歌的"当代性"，以及当我们在讨论"当代性"的时候我们在讨论什么。然后在这个基础上进一步探讨诗歌是如何表现它的"当代性"的，它与"现代诗"的区别在哪里。当然，由于"当代"是一个变动不居的概念，"当代性"也不可能有其确切的标准。但大而言之，是否可以概括出几点，就像对"现代性"的研究那样。

21 世纪中国新诗的问题，肯定有不少，现在跳入脑海的一个，是新诗与传统的关系问题。这个问题已经了纠结、缠绕了一个世纪了，无法厘清。既然无法厘清，那不妨就搁置起来，做一些研究。一个显而易见的事实是，当下新诗与传统的"合作"越来越密切。古典被作为一种"血脉"汲取，或者翻新，逐渐成为"另一种存活"。对于百年新诗而言，这称得上是一件令人快慰的事儿。白话运动伊始，新诗与旧诗被割裂得太厉害，后来新诗借鉴欧美，日渐西化，古典诗歌的传统再次被打入冷宫，以致于很多学人后来对这一历程进行反思时，多少都抱着些遗憾的态度。新世纪以来的二十年是古典诗歌传统与新诗再次建立亲密关系、重新焕发生机的二十年。在此期间，除了新的现实主义再次继承风雅传统被发扬光大，楚骚传统在一些诗人那里也有了被重新点燃的契机。古典诗词中的写作题材也在新世纪被进行了不同程度上的开拓，诸如赠别、纪游、山水、游仙、隐逸、田园等，它们在新的时代环境中被一大批诗人所激发，成为当下新诗创作的一道奇异景观。此外，古典诗词在形式上的建制（如绝句、律诗的节奏与行数），也被一些诗人拿来进行新的尝试，诗人们一方面坚守某些规范，另一方面又打破它们，进行创新。此后，新诗与传统的融合将会更丰富，至于能丰富到什么程度，最终要取决于写作者在这一领域的探索力度，以及他们的融合、化钧能力。

张　杰：忧郁作为当代的一种困境，作为一种广义范围内的忧郁，具体到当代诗的忧郁，您怎么看？当代诗的忧郁在您诗作中是否有体现？

赵目珍：当代的忧郁，让我想起波德莱尔《恶之花》中所展现出来的"现代忧郁"。将现代人的不安、恐慌与忧惧象征性地表现为"恶"所散发出来的"花朵"，这是波德莱尔的一大创造。他把理想、灵魂与现代性的"忧郁"捆绑到一起，淋漓尽致地暴露了现代人身上所潜藏的隐秘精神困境。由此，我理所当然地把"当代的忧郁"理解为当代人的精神困境。当代人被困于不可见的"存在"之中。这种"存在"无形无状、无色无臭，却有一种操控人的能量。它控制着人们的一切行动，包含精神上的意向。具体到当代诗的忧郁，就是诗歌在无形的束缚中，不知何去何从，失去了批判的能力，失去了对价值的寻找，甚至失去了最基本的是非判断的能力。当代诗人"日日新"的精神停滞不前了，固守于内心私密经验的叙述，徘徊于某个萎缩、封闭的状态中，一步步作茧自缚。

当代诗的忧郁，在我的诗歌中有一定体现。这是每一个创作者都能够察觉到的。这种忧郁的力量是强大的，但写作者也能感觉到时时有某种突围的力量涌动或释放出来。不过，由于这种力量过于强大，你在创作的过程中不得不有所节制，采取婉转或迂回的方式来处理。我想，这应当是当代诗人的一个整体境遇。

张　杰：现实的真相与生命的真相，对一个诗人意味着什么？

赵目珍：对现实真相与生命真相体验、反省的深刻与否，意味着诗人能否写出真正的诗歌，以及写出的诗歌是否有意义、有价值。诗人的使命，就是去发现这两种真相，然后以诗歌的手艺把它们亮出来。

张　杰：21世纪的中国当代诗应该如何处理痛苦，如何处理悲喜？

赵目珍：这是一个不好回答但却比较重要的问题。任何诗人都要面对。古人早就有"不平则鸣""诗穷而后工"的箴言。大抵"悲"的一面，"痛苦"的一面比较容易激发诗人的活力与创造，而且容易做出成就。其主要的原因乃在于诗歌创作者能够与身处痛苦中的人共忧愤。当代诗处理痛苦，处理悲喜，大多转向了个人经验的私密化展示，共情、共理的一面比较少，故而共鸣感不强。至于具体如何处理，因人而宜。这不可能出现一个普适的模式，成功的诗人自有其创造。但共通的导向是显而易见的，那就是共情、共理，这是诗歌能够被广泛接受的重要途径。但有的诗人认为，现代诗并不需要被广泛接受，现代诗就要是处理私密经验。这也是一种流行观点。

张　杰：您对故乡怎么看？您为什么要写诗？您对自己的诗怎么看？

赵目珍：故乡是一个人的生命发源地，也是一个人的精神终极。一个诗人很难从精神上走出他的故乡，即使肉体远离了，血脉也不会断裂。很多诗人的诗歌创作都是从处理对故乡的经验开始的，因为故乡既是诗人精神上的源头，也是肉体上的源头。诗人朴实、真诚的价值观大多从在故乡时打下根基，并在其后的作品中有所呈现。然而诗人不可能永远都在处理故乡经验。但这种经验的处理对诗人而言是一大考验。很多诗人过不了"故乡经验"的处理这一关，一是走不出，二是处理不好，三是迷失或者遗忘。所以，诗人要把对故乡经验处理的方法论作为诗歌写作的一种"道"，以之来处理普遍经验。海德格尔说，诗人的天职是还乡，其意不是要诗人在创作中时时回返、打量自己的故乡。我的理解，这其中有一种深意，就是要将这种"还乡"的经验作为诗歌创生的一种"母题经验"，其后即使大化周流，亦可因应万变。

　　最初写诗是由于情感的自然涌动，就是古人所谓的"情动于中而形于言"。后来随着入世渐深，不可避免地要试着处理更繁复更细密的各种人生体验。当下，诗歌已成为我精神上的一份备忘录。

　　张　杰：您对传统怎么看？您的诗与时代的关系？您的写作是为诗？还是为人生的？

　　赵目珍：人无往而不在传统之中，诗歌需要向传统学习。即使你想超越或颠覆它，你首先也要先了解它。无论于正于反，传统都是诗歌的一个渊薮。

　　与传统一样，人也无往而不在时代之中。诗歌与时代密不可分，即使你写了时代感不强的诗歌或者你认为与时代无关的诗歌，就其当下性而言，它也从属于这个时代，具有一定的时代性。我非常认同具有现实主义感的作品，诗人应该具有承担的精神。

　　我的写作，既有为诗的一面，也有为人生的一面。我以为，这二者并不冲突，也很难有人能做到绝对只为其中的某一面而写作。单纯为诗而进行的写作，即是所谓的纯诗写作。然而诗的写作，不就是在人生中的写作吗？写诗从属于人生的一部分。如果你在写作中意识到了人生，那你的写作必然有为人生的一面。

　　张　杰：您有信仰吗？您每天都写作吗？您最爱读哪些书？

　　赵目珍：没有纯粹的宗教信仰。

　　也不是每天都写作。有时候可能连续几个月，每天都写一首诗。也有可能几个月不写一首诗，但会被动性地写些其他的文字，比如评论，读书笔记之类。

最爱读的书有三类，一是古今中外的文学经典，二是著名作家的传记、随笔，三是哲学、历史类的作品。

张　杰：您认为诗人的精神核心是什么？您诗歌的最高理想是怎样的？

赵目珍：诗人的精神核心是对万物存在及其秩序的正义性保持敬畏。诗人需要对人与万物的关系重新做出思考，对现在混乱的秩序做出新的定位。

诗歌的最高理想是写出重返生命本体澄明境界的作品。这一方面，需要诗人首先达成对生命本体澄明境界的体认，然后用诗歌的形式将其呈现出来；另一方面，诗人也要认识到，所谓"重返"，意味着生命本体本来就是如此，只是我们在拐了一个"大弯"之后，又转了回来。不过，相对于世俗中的我们而言，有了这一番经历，我们的境界得到了升华。正所谓人生三境界：见山是山，见水是水；见山不是山，见水不是水；见山仍是山，见水仍是水。这其中变的是人的心境，山水并无变化。而生命本体正如这山水，它本来是澄明的，是我们的各种成见遮蔽了它的本体。诗歌将让我们重返这一源头。

（2021 年 2 月 25-27 日初稿，2022 年 4 月 23 日修订，深圳）

中 编

Zhong Bian

毕 亮 卷

毕亮，男，1981年生，湖南安乡人，现居深圳。在《钟山》《十月》《长江文艺》《中国作家》《小说选刊》《小说月报》《新华文摘》等杂志发表短篇小说60余万字，作品多次入选年度小说选本。出版短篇小说集《在深圳》《地图上的城市》《龙塘故事》三部。为中国作家协会会员、鲁迅文学院第七届高级研讨班青年作家班学员，曾获2008年度长江文艺文学奖、第十届（2010年度）作品文学奖、第十届丁玲文学奖、深圳青年文学奖，另有小说改编成电影。

毕亮小说的关键词

金　理

一、都市／深圳

随着中国日益卷入全球化的经济体系，都市在整个中国社会中的枢纽辐射功能日益凸现。城市化的进程，其革命意义显然已经逾越了经济范畴。变革的阵痛，消费空间的膨胀，利益与快感原则的浮出地表，生活的重压与痛苦，情感焦虑与道德危机……在这种背景下，都市文学的膨胀与激增实在是情理之中的事。毕亮把自己的第一本集子题名为《在深圳》，这是个很恰切的书名，集中所收的诸篇小说，故事发生地点均在深圳；即便主人公身不在深圳，也生活在对深圳的怀想中（《母子》）；少数几篇写到乡村，乡村的凋敝与破败（《职业病》《继续温暖》），也正是城市化偏狭发展的后果。毕亮的写作汇入到蔚为大观的都市叙事中，现在的问题是，面对高度的城市化景况，毕亮作出了何种努力？

不难理解，商业是结构现代都市的关键语汇，也是承载人们欲望的重要筹码。在今天的都市书写中，一幅幅消费主义指导下的中产阶级幻象大行其道：咖啡馆、酒店、洋房、西式公寓楼、豪车、巨型商场、会所、古姿手袋……而毕亮笔下的场景则大相径庭：逼仄的廉价租屋、潮湿的水泥地板、墙角时有蟑螂和老鼠出没、无法隔绝的争吵声与啼哭声、嘈杂混沌的城中村、"古怪的涩味"四处弥漫……他执拗地在那些美轮美奂的都市画卷上戳出一个个漏洞，梦想永难照亮现实，在抵达之前已被碾碎。

经济发展在今天已然成为整个社会的中心，成功人士成为人们心目中的时代英雄。但正如王晓明先生的洞识所见[1]，在一般的广告、传媒与文学书写中，我们看到的只是由饮食生活、休闲方式、商务应酬等所构成的"半张脸的肖像"，这成功人士迷人的"半张脸"，成为公众艳羡和追慕的符号。与此同时，"另外的半张脸"则被悄然隐去了。毕亮有少数几篇小说聚焦衣食无忧的中产阶级，但他发现的是，隐藏在"另外的半张脸"背后的疲惫、病态、感情生活的千疮百孔（《在深圳》）、创伤留下的后遗症（《大雾》）……

说到底，毕亮根本无意加入致敬成功人士的合唱中，也无意为欲望提供想象性的满足：

> 我们所处的时代节奏也是车轮滚滚，奔跑向前的。时代的节奏"快"，而作为社会的个体，不是流水线上标准化的产品，他们形形色色，每个人都有自身的个性和生活节奏，他们有内心的独立追求，有精神上自我发展的渴望。跟时代的节奏合拍的，他们肯定会过得如鱼得水——尽管是表面的，可能精神上还是落魄不堪的；不合拍的，那些"慢"的人怎么办？如果他们内心不够强大，不能坚持己见和保持个性，则会被时代的节奏搅得方寸大乱，不适应者会迷失，会幻灭，不仅仅是物质和肉体，更是精神、情感层面的，以

---

[1] 王晓明.半张脸的肖像.半张脸的神话.桂林：广西师范大学出版社，2003.6.

及与生俱来的良善的天性。[1]

　　毕亮笔下的"马氏青年"们，正是那些"不合拍"的、"慢"的人。在今天，全球化与发展的单面指标已经构成了一个巨无霸式的板块结构，迅速把社会推向超稳定的表象繁荣，同时有力地掩盖住内部所包容的各种混乱与矛盾冲突，很多年前，E.B.怀特曾感慨道："某个划时代的转折点已经到来了：人们本可以从他们的窗户看见真实的东西，但是人们却偏偏愿意在荧光屏上去看它的影像。"[2]这个"划时代的转折点"显然就是指"现代"的到来；而"荧光屏上"的"影像"恰类似于社会的表面繁荣与无数信息泡沫构造成的铁幕，它熠熠生辉，让我们无法想象铁幕下还有另一种人生。而毕亮倾力书写的，正是被主流的全球化板块所排挤出来的"失败者"，以及他们在"荧光屏"之外的晦暗生活世界。

　　在与都市叙事传统的对接中，我们可以探究毕亮创作的特色。由于《沉沦》末尾那声著名的疾呼，使得文学史研究者大多将郁达夫在日本的形影相吊与激愤情绪归因于民族歧视，这诚然不错；但更深层的原因恐怕在于人与城市的格格不入，否则无法解释回国后他在作品中何以依然故我。我们充分注意到郁达夫笔下，诸如Y君（《银灰色的死》）、于质夫（《茫茫夜》）、文朴（《烟影》）等人物无一不是多病之身，这一频繁出现的疾病情节，其负载的叙述功能是双重的：首先，揭示非城市的人物与城市的冲突，控诉城市对生命的伤害；其次，疾病喻指了个体与人群、城市的疏离。可以说，在20世纪初，郁达夫就一定程度上奠定了中国现代都市文学的某种范式意义。他笔下的那些年轻人，尽管缺乏强大的反抗力量，无法摆脱环境重压带来的痛苦与尴尬，但依然通过与迷乱的欲望背景的若即若离，来摸索独立的个体存在。毕亮小说中漂泊到深圳的青年男女，尽管没有郁达夫式身体羸弱、多愁善感的标签，但无一不共感着相同的悲剧：拒绝不了都市诱惑却又不甘物化，为了将欲望实现不得不忍受价值失衡与自我迷失。"深圳是中国很具有典型性的现代城市符号，我们这一代人在都市里打拼，大环境的浪潮推着我们走，作

---

① 钟华生.用文学打量"城里的外乡人".深圳商报，2011-3-7.
② 威廉·巴雷特.非理性的人.杨照明、艾平译.北京：商务印书馆，2004.5：265.

为个体的力量是很微薄的，一旦遭遇物质的困境、精神的困境，很容易导致理想的幻灭。我比较注重这方面的表达。"①

更重要的是，在物欲迷乱的困境中，毕亮并未丧失信心和善意：被"深圳速度"甩离的马漠，"一只手拎行李袋，一只手拎画架"，残破与潦倒中，他不忍忘记"画架"（《我们还有爱情吗》）；出轨的丈夫被妻子赶出家门，在这个犯错的男人的离家行李箱中，除开衣物、银行卡、剃须刀等之外，赫然还有"两本诗集"（《在深圳》）……

毕亮曾经自信地表示："在我的短篇小说中，每一个'元素'的设定都是有一定用意的。"我们不妨捡拾其中的一个细节分析。狭窄老旧的租屋，"墙角旮旯布满蟑螂帖"，但是在床头墙壁上却挂着一幅《向日葵》《外乡父子》）。阅读至此你的第一感觉可能是"不协调"，我想肯定很少会有所谓"打工文学"（这似乎是深圳这座城市的文学标签）将进城务工的中年男子与油画联系在一起。通常，我们对于打工者有一个想象，粗鄙、邋遢，他们的生活必然混乱不堪；同时，我们对油画也有一种想象，这些精美的艺术品出现在中产阶级美轮美奂的沙龙里。正是因为上面那两种想象间横亘着的裂缝，文学就被规约成对艰辛生活的浓墨重彩而无法深入打工者们的精神处境。黑格尔曾经讨论过人的意义正在于"有限"和"无限"的辩证统一："人格的要义在于，我作为这个人，在一切方面（在内部任性、冲动和情欲方面，以及在直接外部的定在方面）都完全是被规定了的和有限的"；但是，人的意义并不只在上述"人格"的向度上被穷尽，"人实质上不同于主体，因为主体只是人格的可能性，所有的生物一般说来都是主体。……人既是高贵的东西同时又是完全低微的东西。他包含着无限的东西和完全有限的东西的统一、一定界限和完全无界限的统一。人的高贵处就在于能保持这种矛盾，而这种矛盾是任何自然东西在自身中所没有的也不是它所能忍受的。"②人之为人，在于其拥有一种能够从一切肉身性、社会现实规定性中抽象出来和超越出来的可能，而毕亮的小说正是撬开了滞重的现实与身份外壳。尽管这个打工的中年男人最终丢了工作只能回乡，尽管他的目光"黯淡了下来"，尽管也许他再也没有时间和

① 孟迷.毕亮：时代的刺痛让我执笔写作.深圳特区报，2011-7-15.以下毕亮的言论，除注出之外，均引自该篇报道。

② 黑格尔.法哲学原理.范扬、张企泰译.北京：商务印书馆，1961：45-46.

心思去画画，但"向日葵"长存在他心内，失意者的心灵就不会枯竭，总会有那么一刻，"向日葵绽放金色光芒"，照亮他在绝望中重建生活的可能。

"我的小说调子有点暗沉，但我希望它像篝火一样，虽然底色是灰的，但仍能让人看到温暖和烛照灵魂。"即便生活的混浊真的已经让我们艰于呼吸，文学就一定要屈从于这样的"现实"么，诚如毕亮所言，难道文学就不能在"灰"的"底色"中寻获"温暖和烛照灵魂"，在困窘与逼仄中选择打开新的空间，鼓舞我们的勇气不在生活面前垂头丧气，滋润我们的精神不在暗夜中就此枯竭？毕亮小说里上述细节中生发的人文关怀启示我们：在最晦暗的生活中，人的超越性的精神向度也是不容易被闭塞的；文学虽然无法提供社会进步的解决方案，但对人性坚定的扶持从来就是它题中应有之意。

毕亮在倾力书写深圳时，有时会出现一些模式化，比如：青年男女来到深圳打拼；初到的那一刻往往会去海边，浪漫地畅想美好未来；失业后男子变得脾气火暴，导致生活中摩擦不断，于是感情生活走到悬崖边……这样的情节链条、小说所显示的情感态度都指向单一。毕亮的都市书写还处于起步期，我想他当会朝着更丰富、阔大的方向迈进。

二、短篇小说

毫无疑问，在网络上动辄以万字作基本单位的今天，短篇小说可以说是市场价值最缺乏的文学门类。文学已经日渐边缘，在其日趋缩小的版图内，长篇小说可以直接转换为影视作品或出版利润而虚假繁荣，中篇总算在期刊版面和文学评奖中有其一席之地，寂寞的诗歌在民间与网络上异常活跃。相形之下，短篇小说就很尴尬。不过正因为这样，短篇小说倒也能告别几分功利和杂质，成为考较作家艺术精纯度的独木桥。而大凡能专心于、陶醉于这座桥上风景的，大多都是文学名家。比如契诃夫、鲁迅、汪曾祺、卡佛、苏童……

毕亮很专心地经营短篇，每则小说不过五六千言，"不纤毫毕现，也不追根究底"。他心意中优秀的短篇小说简单又复杂，暧昧、多解、指向不明，若即若离。"我觉得卡佛的写作技巧很适合写都市题材，尤其是深圳。深圳是一座很暧昧的城市，来自全国各地的人构成了它的复杂性，很多事情并不是表面看上去那样光鲜、干净，而是说不清道不明的。卡佛笔下的故事，很多含义都是隐藏在文本背后，看似平静，实则波涛汹涌。"为了达到"看似平静，实则波涛汹涌"的效果，我发现毕亮在小说中很熟稔地运用起一种类似"对视"和"互文"的技巧：

咖啡馆中，小麦父子与年轻的女孩相邻而坐（《纸蝉》），偶然形成的"互文"中，小麦母亲的悲剧却可能变作笼盖年轻女孩未来的阴影。"对视"出现在房东和租客之间（《消失》）：房东/男人是城市的先到者，终被城市所吞噬而潦倒不堪；租客/一对青年男女刚刚进城，乐观的蓝图渐次在想象中展开。当他们彼此对视，是预演重蹈覆辙的悲剧，抑或以今胜昔闯出另一片天空？同样的"对视"也发生在马泉和邻居之间（《伤害》）：女友无奈去向"那个香港商人"借钱，马泉在此期间内认识了隔壁邻居，这位中年男子在被爱人离弃后以酗酒度日，马泉在这样的"对视"中会发现未来的自己吗？

此外，毕亮几乎每篇小说的结尾都韵味深长。在小说结尾——

蒙嘉丽"握住马望暖和且有些粗糙的右手……她说，马望，有一件事，我想我现在必须马上要告诉你"（《百年好合》）。

马迟昂起头，"扭曲变形的脸逐渐恢复正常"，"他对杨沫嘀咕了一句什么话，声音细得连他自己都没能听清"（《铁风筝》）。

男人瞥见老婆病房门口站了两三个警察，这个疲惫不堪却依然顽强承担家庭责任的男人，会是那个抢走四十万的恶徒？（《城中村》）

马莉很想问丈夫一句"唐娜是谁？"，但忍住了，"她削苹果皮的手跟她的心跳一样，在即将燃起灯火的夜晚，缓缓恢复平静"。这"平静"是终于想通了，抑或预示着更猛烈的风暴？（《不安》）

这些结尾都显得影影绰绰，似乎含藏着人生万千的机运。这样设置的开放性，毕亮自述得自于余华的启发："好的小说结尾，既是结束，也是开始。'留白艺术'在中国画中常见，这也是我追求的短篇小说叙述的艺术效果，说在不说之中，言无不尽，叙述上具有不确定性，暧昧而迷幻。"

回想20世纪初叶，周氏兄弟翻译出版《域外小说集》，在东京、上海两地各卖出二十册上下，"市场业绩"惨淡。鲁迅总结教训时说："那时短篇小说还很少，读书人看惯了一二百回的章回体，所以短篇便等于无物。"[1] 比较而言，今天的短篇小说创作在长篇连年膨胀的压力下，苦心经营者依然"很

---

[1] 鲁迅.域外小说集序·鲁迅全集（10）.北京：人民文学出版社，2005.11：178.

少"，不过我想越来越多的人会明白：短篇小说决不等于"无物"，恰相反，它意味着一个文学素养的标高。我以这样的期望来等待毕亮……

三、"80后"

毕亮是一位"非典型性"的"80后"作家。

一种对"80后"的惯常看法是，这代人的写作往往沉迷于"独语"，沉迷于对个人经验的反复书写。无论是代群还是个体，都喜欢标榜独特性的标识。但"瞻前顾后"仔细想想，几乎每代人都会形成一个关于"自我"的独特性的表述（只不过填充论调的具体内容可以更换，或者高扬这一群体独树一帜的气质，或者慨叹时运不济生不逢时但终究"青春无悔"……）。这个时候如果听到下面这样的一声断喝，大概会紧张不安起来："在进化的链子上，一切都是中间物。……至多不过是桥梁中的一木一石，并非什么前途的目标，范本。"①也就是说，每一代人自有其优势，每一代人也都面临具体的困难，"在进化的链子上"实在没必要夸张独特性，尤其当这一关于独特性的表述或多或少编织出群体性自恋倾向的时候。文学确实应该关注个人经验、逃逸出普遍范畴的独特性。不过，在个人经验的虚构与真实、个人与他者、记忆与书写之间建立起诚实的省察性、反思性关系，未必不能对文学写作提供助益。2004年2月，"80后"小说作者、诗人春树登上了美国《时代周刊》亚洲版的封面，《时代周刊》选择了汉语中的一个词"另类"来描述春树为代表的少年作家。这实在不是什么新鲜的词汇，比如上一代的"70后"美女作家卫慧、棉棉早就捷足先登"分享"过这一词汇。而在一些媒体看来，"80后写作"的概念，源起于这一事件。且不论这一评断是否确凿，至少，"80后"的文学生产、传播与评价立即围绕"另类"这个词开始运作、膨胀。也就是说，在那段时间，"另类"成为裁定"80后"独特性的一个标识。某种写作主题、题材等在受到一段时间内市场轰动效应的刺激后，往往会成为本质性的规定，要论证自我迥异于别人，就必须迷恋、认同这样一种"另类"的姿态。这个时候，由"另类"所表达的代际独特性，到底是成就了独特，还是画地为牢般封闭

---

① 鲁迅. 写在《坟》后面·鲁迅全集（1）. 北京：人民文学出版社，2005.11：302.

了生存与文学书写原该所有的丰富可能？

　　略显悖谬的是，越是锁闭在个人经验的迷恋中，其笔下的自我形象越是显得单薄，当然这一"单薄"是历史性的"单薄"，伴随着"总体性社会"的解体，在当下世俗生活中，人不仅在精神世界中与过往的有生机、有意义的价值世界割裂，而且在现实世界中也与各种公共生活和文化社群割裂，在外部一个以利益为核心的市场世界面前被暴露为孤零零的个人。不过除开外部原因，自我形象的单薄、狭隘、缺乏回旋空间，也与写作观——我上面提到的沉迷于"独语"、迎合"另类"——有着莫大关联。卢卡契曾揭示一些文学"否定历史采取两种不同的形式"："其一是主人公紧闭在本人的经验范围之内。对他来说——显而易见不是对他的创造者来说——除自身之外没有任何先在的现实作用于他或承受他的作用。其二，主人公本人没有个人历史。他是'被抛到世间来的'：毫无意义，神秘莫测。他并不通过接触世界而有所发展；他既不塑造世界，也不为世界所塑造。"想一想我们今天的小说创作，其中充斥着多少"紧闭在本人的经验范围之内""没有个人历史"的主人公啊。也许正是面对这样的困境，雷蒙德·威廉斯才重申写作应该"具体地表明从思想到感情，从个人到社会，从变动到安定之间的生气勃勃的相互渗透关系。"[①]《在深圳》是毕亮付梓出版的第一本集子，但他非常自觉地跳出个人直接经验的限制，对他者的人生与世界进行细致的打量与想象（《外乡父子》《油盐酱醋》《纸蝉》等）。毕亮笔下的人物群像非常庞杂：打工者、怀揣梦想来城市打拼的大学生、事业有成却感情苍白的成功人士、为了生存而铤而走险的可怜人、"金丝雀"、底层市民、留守儿童与老人……毕亮敞开自我，与上面这一个个"有意义的他者"不断对话，观察他们在生活的波折中浮沉，体恤各自的隐痛，也记录其瞬间迸发的人性光辉，由此促成"生气勃勃的相互渗透关系"。

　　又比如，很多人觉得"80后"惯于夸张地在代际间进行截断式的处理，趋于极端就是"弑父"（在很长一段时间内这是我们进行文学主题分析时津津乐道的话题），它往往不惜以贬抑甚至丑化上一代人来凸现、夸张自己这一代人的经验，在根本上，它指向一种"断裂"式的"自我"出场方式：极力抹

　　[①] 乔治·卢卡契.现代主义的思想体系；雷蒙德·威廉斯.现实主义和当代小说.二十世纪文学评论（下）.戴维·洛奇编，葛林等译.上海：上海译文出版社，1993.5：201、352.

去和掩饰自身的血缘历史和现实特征而以"崭新"的面貌横空出世，但这种出场往往充满着焦虑、虚弱，甚至伪化。相反，毕亮在小说中经常会布置代与代之间彼此沟通、意蕴深长的细节。比如《铁风筝》中马迟与母亲一起照顾长年卧病在床的父亲：

　　母子俩又合力将老人挪到轮椅上。马迟将父亲推进厅里，静静地看父亲，这个过去威武的警察，轮到暮年，却像干枯的树枝，轻而易举就给疾病折断了腰。父亲耷拉着脑袋，木着脸，眼珠子望他，似乎正努力摆出笑脸。尽管父亲的努力失败了，但这细微的举动令马迟感到温暖。

　　还有，马望和蒙嘉丽在感情陷入困境之时，不约而同地回忆起小时候父母关爱自己的点点滴滴（《百年好合》）；暗夜中遥想"母亲细微的鼾声"，仿佛是马闳昏暗无边的生活中唯一的慰藉与善意之源（《血腥玛丽》）。在短篇本就精简的篇幅内，举凡遇到类似的情境，毕亮都会不吝笔墨，细腻描绘出两代人之间情感的维系与呼应，再比如《恒河》《外乡父子》……在一代人因冲决般的写作惯性而导致的巨大裂隙间，毕亮缝织起细密的情感丝线，将生物学意义上直线前进般的新陈代谢，置换为温情脉脉的往复回环（生命与生命之间的提携、眷顾、对话与感念）。

　　作家金仁顺曾经主编过一期"80后"小说专号，"十几个年轻人的文字合影"，我们能够想见那种五彩缤纷，"有标新立异的，有时尚靓丽的，有优雅古典的，有古灵精怪的，个性十足，自信满满"，而金仁顺对厕身其间的毕亮的文字印象是——

　　沉稳、扎实、甚至有些平凡。
　　毕亮的小说中规中矩，老气横秋；比较起那些不管三七二十一，先把气势造起来，或者"花非花，雾非雾"避重就轻的同龄写作者来，他的文字像颗颗麦粒，散发出汗水的味道和粮食的甜香。
　　微小，却真实，朴素而诚恳。①

---

① 金仁顺.温暖，而明亮.深圳特区报，2011-7-15.

金仁顺对年轻同行的观察确实到位。我在读完毕亮小说集后，感觉之一就是这个作家很"老实"，老老实实地写生活，写人；姿态够低的，不那么"先锋"，甚至显得保守。其实，与那些乱花迷眼的文学时尚相比，毕亮的老实、低调与保守背后，倒是自己的艺术操守，而正是这种艺术操守中往往含藏着基本功与专业精神。

不妨引入鲁迅的意见做个参证。众所周知，鲁迅具备极高的美术鉴赏力，尤其对木刻艺术的见解往往度越流俗。在书信中他曾委婉地批评当时的一批青年美术家："好大喜功，喜看'未来派''立方派'作品，而不肯作正正经经的画，刻苦用功。人面必歪，脸色多绿，然不能作一不歪之人面，……譬之孩子，就是只能翻筋斗而不能跨正步。"又说："中国艺术家，一向喜欢介绍欧洲十九世纪末之怪画，一怪，即便于胡为，于是畸形怪相，遂弥漫于画苑。……我这回之印《引玉集》，大半是在供此派诸公之参考的，其中多少认真，精密，那有仗着'天才'，一挥而就的作品……"他每每建议青年美术家"先要学好素描"，"开手之际，似以取法于工细平稳者为佳耳"。可与此番见解相沟通的是，徐悲鸿有一段话阐明艺术精进之过程，发人深省："二十岁至三十岁，为吾人凭全副精力观察种种物象之期，三十以后，精力不甚健全，斯时之创作全恃经验记忆及一时之感觉，故须在三十以前养成一种至熟至准确之力量，而后制作可以自由。"一生成败端赖二三十岁时的刻苦用功，此期间必得"分析精密之物象，涵养素描功夫"，方可将来成其大、成其自由。反之，在年轻的时候就贪求取巧捷径，则等同于因循守旧，"巧之所得，每将就现成，即自安其境、不复精求"①。至于轻慢这一过程而直接跨入所谓"艺术自由"者则更显肤浅。

我想借此来比附毕亮的老实与低调。潮流之中的文字表演往往是夸张的技术操作与僵硬的观念比附，稍有不慎，即变成"胡为""畸形怪相""只能翻筋斗而不能跨正步"。鲁迅所谓"作正正经经的画，刻苦用功"与徐悲鸿说的"分析精密之物象，涵养素描功夫"大致是一个意思，以诚笃之心性、切实之功夫来淬炼"认真，精密"的能力，这是艺术的"基本功"。举个例子，毕亮在《油盐酱醋》的结尾处，写老马给老伴挠痒，老伴"沉沉睡去"，"发出细微鼾声"，在"黢黑的房间里，老马的手还在持续地挠着痒。那只手不愿

---

① 徐悲鸿.悲鸿随笔.江苏文艺出版社，2007.4：150、126.

意停下来"……这段朴实，但却"认真，精密"的描写，从"油盐酱醋"般的日常生活流中凸显出一个停顿时刻，其间人物复杂的思绪与无尽的牵念，让读者唏嘘、动容……

"80后"这个概念最早的出场和商业炒作、文学批评命名的无力、对于断裂的渴求等密切相关。但现在也许更能看清楚当时这场华丽的出场仪式其内部的混乱、无力与尴尬：最初在这面旗帜下集结的年轻写作者暴得大名；可人们往往是通过传媒话题、娱乐新闻、粉丝心态的方式去理解"80后"。也就是说，尽管在市场上一度风生水起，但"80后"这一代迄今依然没有在清晰而有效的美学经验上，落实其文学贡献。毕亮生逢其时，现在需要的正是像他这样沉稳的写作者拿出创作实绩。我一再强调毕亮是一位"非典型性"的"80后"，读他的小说，未必会联想到与代际符号刻意挂钩；但之所以依然将"80后"作为毕亮创作的关键词，原因即在于想借此表达一种对毕亮创作辩证的寄望：勇敢地跨出密集在"80后"这一符号周围的樊篱，但最终，更沉稳而丰富地回返自身……

（原载《文艺争鸣》2013 年第 12 期）

短篇小说的临门一脚

——关于毕亮的短篇小说集《在深圳》

张燕玲

我不懂足球，却有多次独自半夜起身追看世界杯之类的糗事，让自己平庸的生活沾点喜气，攒点活力，似懂非懂地跟着激动不已，尤其期待酷哥们的临门一脚，张力无限。因为，进球的就是英雄；而更多是看到准备临门一脚时球却突然被截的大呼小叫，虽然临场没有国足，但球赛瞬间的临门一脚还是激发起我的快乐。毕亮的短篇小说集《在深圳》近日入选2013年"21世纪文学之星丛书"，为他高兴的同时，便把没读过的作品一篇篇读下来，仿佛观看了一场场男人味十足的足球赛事，每篇都感受到毕亮对打工者"在深圳"命运的深切理解与悲悯，感受到他那临门一脚的艺术张力。张力来自他写出来的部分和隐藏的部分，尤其没写出来的，常常用充满隐喻和暗示的有心无心的一两句对话，或某个似是而非的细节，一如临门一脚，小说顿时别有洞天，意味深长。而我特别看重短篇小说创作那临门的一脚，它不仅揭示故事，令人震动，还使小说因另有细节而富有意义。

一、失败者的悲情与尊严

"在深圳"应该是毕亮对当下文学的一个独特贡献，因为"在深圳"几乎成了1990年代以来南下打工者"淘金梦"的代名词，它精当概括了人物的深圳之所在：在深圳的物质状态，在深圳的精神状态。《在深圳》22个短篇几乎包含了毕亮最有代表性的"城中村"和"失败者"系列，作品满含深情地书写了一个个"在深圳"的故事：那些追寻"为人生翻盘的机会"的来自全国各地的各色打工者，他们没能朝他们预想的方向前行的日子，以及他们难以纯粹性成长的精神生活，对亲情和个人尊严的强烈渴望，为生存的铤而走险便是他们被生活毁掉的梦想而烂掉了的生活。在阳光下行走却为了生存或摆脱生存困境，无奈选择黑夜的谋生行当：偷盗、抢劫、贩毒、凶杀、卖淫等等，他们是被生活一点一点击垮的失败者。《在深圳》在整体上表现了一种对弱势人群或说小人物的命运无法割舍的情感，充满着同情的理解、悲情与悲悯。

《城中村》为妻子换肾女儿去胎记走投无路而盗窃的男人，在深圳害了《职业病》——死去却不明真相和权益的马红旗们，被誉为成功塑造了"民工版孔乙己"形象的《外乡父子》，《消失》了生活梦想与激情的房东中年男人等等，他们虽各有缺陷，但他们如此努力良善、克己节俭、孝顺爱家的日常，却一一陷入生存困境。"因为以物质为追求的时代，总是将人的精神压迫得如此不堪，尤其是遇到突发事件的时候，每个人都会感受到某种窘境。"于是，他们对于现实和精神困境，便有了一个从抗争，到无奈、妥协及沉默或默认的过程。这便是普通人的深圳所在：追梦的绝望与希望同生，在希望中绝望，在绝望中希望，一如《消失》新来求租的青年男女之于中年男人，他们便是他的过去；而他的今天，也许便是他们的明天。于是，小人物对理想的追逐和对亲情的渴望，及其理想在时代波折面前无情消散的悲剧命运，幽幽暗暗，怪味横生，直指打工者的深圳内核，奋争而无常，惨烈而悲凉。毕亮以个人的视角，探究了以打工群体为切入点的深圳所在和时代真实。

失败者也有尊严，情感与家庭便成了疗伤的栖息地，他们执着于对情感归宿的迷茫及其深切探询。中年打工者拼来生活好转却夫妇不能同甘，面临家庭生活的颓败；青年打工者又无力成家，或是婚姻磨合期的诸种问题和情感危机，如情感疲乏，外遇，失业，疾病，还有因无力抚养而被人流的孩子等等，无论是《那个孩子是男还是女》《大案》《血腥玛丽》等等，处于婚姻三年之痒的青年夫妇面临困境，常常为基本的生存问题苦恼、矛盾、挣扎，内部的心理冲突使磨合期变得难以承受，身心疲惫，早以无从应对日常的琐碎和一地鸡毛，家长里短鸡毛蒜皮不仅磨损了热恋的幸福感，尤其那些个被人流的"还没长出来的孩子"更是毒针般扎刺着年轻脆弱的心灵，使之"涌起一阵酸楚和疼痛"。"过去他们是两朵棉花，挨到一起能相互温暖；现在他们却成了两只刺猬，碰到一起就会刺伤对方"。《我们还有爱情吗》？"爱情能当饭吃？"在饿肚子面前，爱情竟如此无力。但是，更多的年轻大学生，还有不甘，一如蒙嘉丽对马望的期待"我们应该挣扎一下，不那么轻易就放弃，屈从现实。"才可能《百年好合》。这些初到社会的稚嫩心灵与粗粝世事磨合的成长故事，不仅暗示着人物内心世界与外部世界的冲突，还暗示着这个时代底层的精神去向、文化反思和生存困境，这是关于个人、也关于社会的困境，当然也带着毕亮对人性的美好怀念，对失败者的同情之理解，以及对人命运的脆弱性的悲悯。冷冷暖暖，影影绰绰，他的"城中村"系列、"失败者"系列就这样汇入了深圳以及大时代的社会和历史，也唯此，它就不仅仅属于个人，属于深圳，也属于我们这个时代。于是，生命悲情与人性之花，在深圳，在人类心灵静静开放。

二、艺术上的临门一脚

短篇小说的精彩，大多来自故事高潮迭起的临门一脚，它的意义在于此刻的另有细节。毕亮临门的一脚大多在于平静之下的波澜，以及波澜推出的大潮。他总是淡淡地讲述着"城中村"生存挣扎的故事，不渲染悲情色彩，却以无比平静的真切、人物对个人生存和尊严的渴望一点一点地打动着我们，再以一个隐藏在这一切背后的最具戏剧性的核心细节作结，戛然而止，有力地暗示了一个更为丰富的文学世界，内力扩大，绵延不尽。短篇集首篇《恒河》，以讲述性的语言和平静笔触把现实生活讲述成一个传说，"剩女"孔心燕，在无数相亲中，终于与马修对上了眼，似乎一切都静静地朝着婚姻轨道行驶，马修多次前往探望她那因与银行抢劫犯枪战致瘫的前特警队长父亲，突然，没由头地马修玩消失了。淡淡的叙事一直缓缓推进着故事，而结尾一如临近了球门，孔心燕再面对并追问马修"到底为什么？"时，马修说"你比我更清楚，我一直等着你的实话。"临门一脚，这关键的一笔，暗示了故事中的故事，原来瘫痪在床的孔父，并非孔心燕介绍的英雄，恰恰是被枪击致瘫的抢匪。这是孔心燕在一次次真话遭弃后说谎的因果。因为真话不断碰壁，用谎言托词，偏偏新男友马修是个向往恒河、有宗教情结的虔诚真性男子，于是谎言遭遇到真诚，剩女只能再剩。女性的无奈，世事的无常无情，而隐喻着人性理想的恒河一直是主人公可望而不可即的符号，似乎成了故事若隐若现的背景音乐，令人触摸到真相与谎言，世俗与净地，红尘与禅意，虚实互文，相生相融却天地相隔。毕亮书写了这么一个被命运追逐而击垮的女性，无论真话还是谎言，在无常无奈的世事里，孔心燕的生活因父亲的铤而走险变得复杂多变，也必然一世沧桑。

　　小说关于孔心燕的过往，孔父那曾经震动全市的银行抢劫案等等是作品隐藏冰山之下的巨大沉默，小说平静叙述的是孔心燕与母亲每天对瘫痪父亲细致的照看，虽有无奈却没有嫌厌，隐隐的沉闷紧张气氛中，是全家共患难互担忧尽义务的亲情，与马修追求在恒河修心的虔诚却相映成趣，为小说奠定了淡淡温情的基调。简简约约中，突然结尾主人公轻轻的两句对话呈现出人性与人生的复杂、脆弱乃至惨烈，还有温情与尊严，也留给我们以不尽的震动和想象。

　　毕亮追求着美国作家卡佛简约的小说气质，22篇小说基本秉承这种简约之风，显示着外部叙述平静，内里紧张激荡的现实质感。小说文字节省，笔端隐忍，始终令真相隐藏在情感背后，这样的情感空间必然是阔大，临门一脚，是否进球，却遮蔽不让观众看见，于是张力扩大，余味绵长。而另一个隐藏的故事却若明若暗地出现了。

　　他临门一脚后的另一个故事，如《铁风筝》中，寡妇杨沫的新恋人马迟，也许就是击毙杨沫那为给失明儿子治病而抢银行的丈夫的特警。《在深圳》那位一再出轨，回家看到有人一直蒙头睡在他床上，竟有了与闹离婚妻子所谓道德扯平的理由，而在妻子鄙视下心安离家后，我们看到的那个宿醉的陌生人，竟然是个一言未发而悲怆号哭的年轻女子，如问她有几多伤愁，必将是一江春水向东流，毕亮为我们留下了另一个故事的无数可能性。《大雾》深锁了3天的深圳及其两对男女迷雾般亦真亦幻的情感与婚姻真相，开启另一个故事的钥匙是那枚衬衫宝蓝色扣子。《外乡父子》被生活一点点击垮的故事后面，还隐藏着外乡人母亲的故事："母亲是越南人！她是个毒贩，给越南警察打死了，是个狙击手干的"。《消失》在现实面前消失了的美好梦想与生活之后，却留下了神秘无处不在的"那股怪味"，隐隐地散发出一股颓败的气息和寒意。《纸蝉》中一直打哆嗦，始终未能将纸蝉折叠成孩子儿时满意形状的父亲，在儿子追问母亲死因后的悄悄离去，孩子的身世和母亲的死又形成了另一故事的新结等等。这样的艺术追求，其实在他创作初期便隐隐有了这样的文学自觉，如他的"官当镇系列"中的《继续温暖》，结尾就以眼瞎的"爷不是用眼睛看人，是用耳朵看人"，爷爷对孙子马达为安慰他把爹娘的声音学得神像之事"什么都晓得"。这个留守爷孙相互温暖相互照亮的2008年故事，获得许多赞誉。而这份简约文风中的临门一脚，这种小切口大空间，戏剧性隐藏深处的艺术张力，在前述他近年的"城中村"系列、"失败者"系列渐渐成了他的自觉追求，也是他短篇小说写作过程的一个独特的精心构思和出彩之笔。

三、短篇小说创作的难度

与其他文体相比，短篇小说一直是高难度的写作，在短小的篇幅下完美讲述一个故事或塑造人物，并有临门一脚的高潮迭起，这对语言、文字、结构等技艺要求很高，尤其在短篇小说遭遇写作低谷的当下，年轻的毕亮就以自己出色而独特的创作寻找到自己的艺术通道，实属不易。要知道，不少作家穷尽一生，还在似是而非中。当然，要使这条通道伸向远方，也许毕亮还有战胜已有的自我，把自己"在深圳"的目光深入更广大的之所在，尤其警觉作品间的似曾相识。

的确毕亮的单篇都有相当的文体自觉与文学自信，但结集的 22 个短篇数次给人似曾相识的感觉，在一定程度上存在着相互重复与自我重复的现象。如其故事流程与心思的纠结点基本相像，皆是寻求改变命运和生活梦想的外来打工者的深圳之所在，皆是他们对于现实，精神上一个从抗争，到无奈、妥协及沉默或默认的过程，结局虽各不同，但无一不是在深圳的外乡人的悲剧。而故事与命运节点大多在于人物的各式失败，情感婚姻危机大多来自无力抚养孩子而人流，或欺骗或出轨等等，犯罪则是因失业或疾病等生存所迫的链而走险，如抢银行、盗劫，贩毒，凶杀，卖淫等等。生活场景重复甚至居住的是租屋，城中村农民房，二手家具店，坏了长久没修的马桶；"室内潮湿，蟑螂、蜈蚣、臭虫和不知名的竹节虫就会从墙角旮旯爬出来。"黑蝙蝠乱飞。电视屏幕，女播音员说着某个城中村发生了凶杀案，或银行抢劫案、或小型爆炸案。"夜晚，不间断地会听到夫妻间的争吵声、歇斯底里的哭声、幼童尖锐的叫声……"等等，令人感受到他整体创作的临门一脚还是欠了点儿火候。

是的，我们在深切体味到了毕亮对失败者命运与尊严无法割舍的情感和力透纸背的表现，感叹他表现小人物"在深圳"这一独特的社会现象的文学贡献，同时，我们更期待他作品的气质和文学品质上有更精彩更多样的追求，不止于单篇作品的临门一脚，而是他个人创作的高难度的临门一脚。

（原载《文艺争鸣》2013 年第 12 期）

毕亮：做一个有"负担"的作家（访谈）

汤天勇　毕　亮

汤天勇：你是什么时候开始写作的？写作过程中有什么障碍吗？

毕　亮：回想起来，我的写作始于无聊，又不愿屈从无聊。念大学时每天有大把时间，加上那会儿正值青春，血管里流淌的全是躁动的血液，不甘虚度。于是想找点事干，学的是汉语言文学专业，就操练起小说。

2003 年大学毕业，到了深圳，工作经常要加班，搁笔差不多一年，待工作理顺，每天夜里回到城中村租屋，人安静下来，总觉得少了点什么，心里"空"。有一天，我读到魏微的《通往文学之路》，她说："现在想来，文学是最适合我脾性的，单调，枯燥，敏感，多思。有自由主义倾向，不能适应集体生活，且内心狂野。"那一刻，我意识到某个东西在远方召唤我，便做了决定，做文学的圣徒，当一个写小说的人。

在写作的学步期，遇到沟沟坎坎，我会奋不顾身往前跳。倒是前三四年，整个人陷入虚无，总是在思考写作的意义，怀疑写出的作品不断重复自己，停滞不前。最近两年，又调整回来，我想一个写作者，与其想东想西，不如实实在在写出作品，不论好歹——坚持写下去，才是最大的意义。

写作的道路上，我算是个幸运儿，那些熬夜熬出的小说，基本陆续发表。偶尔我会想，若发表没那么顺利，我大概早已放弃。我清楚自己，不是那一类决绝能为理想赴汤蹈火的人。所以我对金仁顺老师一直心怀感谢，2004 年她在《春风》杂志当编辑，编发了我第一个小说《候鸟》，对我鼓励巨大。时隔多年，我现在仍然记得那天收到样刊后的情景，中午同事都睡了，我坐在办公的格子间，就着电脑屏幕的亮光，心潮澎湃读那篇小说，读了不止一遍。

汤天勇：你主要读的是哪些作家的书？中国的还是外国的？他们对你有

哪些影响?

　　毕　亮：在写作的学步期，我读余华、苏童和杨争光的作品较多，后来才是海明威、卡佛、耶茨和奥康纳。比如，我读杨争光的作品学到了如何讲故事，读余华、苏童的作品学到如何把握叙述节奏，在海明威那里学到结构故事的技巧。读到卡佛、耶茨、奥康纳时，我感到被解放了，在他们笔端，个体的苟且、不安、躁动、妥协、隐忍，以及悬乎于生活角落的微尘，全部登堂入室，成了撼动人心的小说。

　　雷蒙德·卡佛在某一个阶段，对我影响较深，我喜欢他的日常和文字中巨大的沉默。他的方式很适合写作深圳题材。深圳是一座很多元的城市，来自全国各地的人构成了它的复杂性，很多事情并不是表面看上去那样光鲜、干净，而是说不清道不明的。卡佛笔下的故事，很多含义都是隐藏在文本背后，看似平静，实则波涛汹涌。这些也都符合我对小说的审美。

　　汤天勇：奥茨说过，问"你为什么写作"的人，其言下之意的一个方面在于"显示提问者的优越感，因为他的确不需要靠想象力的产品来糊口谋生。"这话似乎不够严谨，我们好像不似你们作家靠想象力来出"产品"，但也确实没有显示所谓的"优越感"啊。不过，我还是想问一句，你为什么写作?

　　毕　亮：现实中，我是个拘谨、紧张的人，慢热、寡言、被动、不爱热闹，不好逢场作戏。在热气腾腾的深圳，在敢于标榜自我的职场，这种不愠不火的性格显然是要命的。许多场合，有些人讲出好听、恭维的话，讲得自然而然、水到渠成。我却不能，且难为情。面对现实世界，我很沮丧。幸好有文学，写作，对我来说，是修行，也是自我拯救。

　　初到深圳时，很长一段时间，我过着跟大多数临深的外乡人一样简单甚至单调的生活，不一样的是，每天下班后，回到租屋，我会看书、看盗版碟。那些书不是管理、策划类的实用工具书，多是文学书籍，比如余华、杨争光、苏童、福克纳、乔伊斯……那时我已经知道自己在干什么，想要到哪里去。写小说，注定是我要走的路，这也是命运对我的厚待。

　　汤天勇：短篇小说似乎讲故事并不占优势，你的小说几乎没有一篇是完完整整地讲述故事的，你总是通过一个小切口进入，更为注重人物的精神与内心，注重萦绕人物周围的气氛。乌拉圭文学家胡安·卡洛斯·奥内蒂说："小说中，创造气氛很重要。我喜欢描写气氛，比故事情节还喜欢。这是我的写作方式。我认为最重要的是气氛，是创造气氛。"这并不妨碍小说背后的时代性与普遍性。你认为自己目前找到了最佳的叙述方式吗?

毕　亮:写小说时,我更愿意把自己当做侦探,去发现人物细微变化的表情,留在桌面指尖的纹理、水杯上的唇印,探索晦暗不明的空间和旁逸斜出的枝节。有一天,我突然想写一个人感受到的文学的"深圳",写在深圳的不安、困惑、焦虑、希望和绝望……,这些"情绪"因深圳这座表皮光鲜改革开放的前沿城市而放大。但,夜深人静时面对"深圳",我却无从下手。幸好,遇到了德国画家霍尔班,他帮我找到了叙述的切口、角度。《使节》是霍尔班的传世之作,在这幅充满暗示的画中,霍尔班以变形的手法隐藏了一枚骷髅,正面看不出是何物,只有从左侧斜下方或右上方以贴近画面的角度才能辨认它的原形。这幅画符合我对短篇小说艺术的理解:结构于简单之中透着复杂,语言暧昧、多解、指向不明,人物关系若即若离,充满紧张感和神经质式的爆发力。

汤天勇:你大学读的是汉语言文学专业,而今又写小说,在你心目中,你认为好小说应该具备什么标准?你觉得自己的小说符合这些标准吗?

毕　亮:阅读当下短篇小说,不少作品过于写实、沉滞,缺少作为小说艺术本应具有的想象力和气质。在我的理解来看,好小说应该与想象力亲切相依,接地气、又灵动,能够飞翔。我追求的短篇小说叙述的艺术效果,说在不说之中,言无不尽,叙述上具有不确定性,暧昧而迷幻。

遗憾的是,至今我也未能写出藏在心里那满意的小说,她简单又复杂,暧昧、多解、指向不明,若即若离;同时她又充满想象力,呈现文学的痛感与诗意。那感觉就像暗处的光,幽暗、影影绰绰,但若同篝火,能让立在暗处的人真切地感受到温情与热度。

汤天勇:蔡东说你是"当之无愧的现代小说技术控",我深以为然。从整体、到结构、到氛围、到语言,显得特有技术性,甚至有时候出现了过犹不及,给人不够浑然天成之感,你是如何看待的?

毕　亮:我享受写作时操控一切的感觉。这个喜好是一把双刃剑,它能让你像工匠一样,把小说做得严丝合缝,语言、节奏、气味、氛围等,达到"标准化"要求,像工业时代的产品,钉子在钉子该在的地方,螺丝在螺丝该在的地方。

我个人觉得这不是问题所在,更重要的问题是,如何避免叙述的惯性,避免语言过密后的油腻,避免细节、主题等等的重复。这是我写作上遭遇的瓶颈。有时，我很期待"失控"的到来，那样的话，我对短篇小说的理解，可能又能朝前迈一步。

汤天勇：有人说，写小说就是讲故事。你的小说依我看重心似乎不在于故事，更在于它是讲故事。你看，你的小说给人感觉有些断裂，不是那么老老实实地一本正经地叙述，而是总想着腾拿挪移，你似乎有一套你自己的小说美学。

毕　亮：生活中，我是个循规蹈矩的人。现实世界，有两种身份，工作时我是"外圆"的那一面，写作时则是"内方"，尊重内心，不妥协也不苟且，显示出狂野的一面。所以，我不愿意循规蹈矩讲故事，写小说我是玩拼图，若是读者没沉浸文本里，错过某个细节，他读到的故事可能会不完整。我的小说，对读者会有要求，它要求读者细致、耐心，愿意将个人的思考投射到文本里，做不一样的哈姆雷特。

过去我迷恋毁灭的魅力，喜欢有痛感、肆虐的文字。电影界有暴力美学，在我这，大概就是疼痛美学，我想用极端的故事书写普通人的生活。

汤天勇：你看，你似乎很注重意象的隐喻与象征，注重讲述的断裂与跳跃，注重内容的减法与留白……我甚至认为，你是在用写诗的手法来写小说。我想听听你的看法。

毕　亮：好些年前，我脑壳里有个画面：乌蓝的夜空下，生有一堆篝火，火旁围着人。他们在干什么？可能是烤火，也可能不是。他们在琢磨存在的意义，全球化、野蛮的市场规则、被挤压的生活场域、诗歌、阳光、童年；也可能他们只是无聊，坐篝火旁消磨漫长无趣的人生。他们开始交谈，窃窃私语，聊什么呢？春天的希望，夏天的生机，秋天的收获，冬天的荒芜；或是，一场突如其来谋杀案、某次出差时的艳遇……

一双眼睛躲在古树背后，注视他们，想听清他们谈话的内容，却听不清，一切都是云山雾罩，只见他们嘴唇一张一合。

写小说时，我希望写出以上画面的感觉，所有的物事仿佛笼罩在一层薄雾中，同时技法涵盖了海明威的冰山理论、卡佛的简约主义、传统中国画的留白艺术。

汤天勇：你笔下的人物，似乎总是处在一个怪圈之中，其初是充满信心和理想，从天南海北到深圳，结果身处漩涡之中，不是光靠理想、决心与努力就能谋取舒适的生活，于是又想着逃离，想改变现状，但是他们始终无法也不曾离开，这是为何？

毕　亮：我是个悲观主义者，不大相信麻雀变凤凰、屌丝逆袭的传奇，更多的个体，是艰难地，活着。余泽民兄给我写过一个评，他说，毕亮笔下的人物，都不幸福，不可爱，不相信爱情，不能主宰命运，屡遭重创，既无野心更无梦想，他们在生活的压迫下，变得麻木，心冷，苟活，自弃，逐渐丧失自信与自尊，"活下去"，成了唯一的生活内容。

　　汤天勇：其实这些人既非低能者，也非低智者，他们仅仅是谋求生存之权和生活之道，尚未抵达文化身份彻底更新这一步，已经遍体鳞伤，以深圳为代表的大都市难道是打工者的希望之殇？

　　毕　亮：这也是我的困惑。当下我生活的城市，快速的变化常常令我不解，也感到不安。我们所处的时代节奏也是车轮滚滚，奔跑向前的。时代的节奏"快"，而作为社会的个体，不是流水线上标准化的产品，他们形形色色，每个人都有自身的个性和生活节奏，他们有内心的独立追求，有精神上自我发展的渴望。跟时代的节奏合拍的，他们肯定会过得如鱼得水——尽管是表面的，可能精神上还是落魄不堪的；不合拍的，那些"慢"的人怎么办？如果他们内心不够强大，不能坚持己见和保持个性，则会被时代的节奏搅得方寸大乱，不适应者会迷失，会幻灭。

　　汤天勇：有理论家认为你是"打工文学"第三代的代表性作家之一，你的小说，我们可以这么简单地说成"外乡人在深圳"，写他们的辛酸、曲折、挣扎与博弈，写他们的躁动、隐忍、妥协、屈从与幻灭，借此去探寻人性的幽暗与复杂，去与社会涌动的价值观做着坚毅地抗争。现实却是，"外乡人"还会源源不断地奔赴前辈们理想化为齑粉之地，富有疼痛感的故事还将继续上演。你也还会按照你的叙述路径去做一个在场者，记录变革时代与社会转型时期个体的生存与精神的双重困境。我更想知道的是，你会为这些陷入困境的人开出启开迷障的良方吗？假如你有的话。

　　毕　亮：其实我不太愿意别人往我身上贴标签。这些问题，实际上也是我的困惑。顶多，我只能从个人的角度，做一个记录者，分享我对世界的认知。略萨说："你对城市景观有兴趣，对国家发展有兴趣，你就应该发出声音。你觉得哪些选择是正确的，你要维护它。你觉得应该批判的时候，就应该批判。你能够贡献什么东西就贡献什么东西。"我深表认同。

　　另外，从我目前的阅读经历来讲，卡佛和他的作品值得尊敬。一是他的文学作品品质本身，美国文坛上罕见的"艰难时世"的观察者和表达者，并被誉为"新小说"创始者；二是他本人的经历，他说，"孩子很小的时候，我们没钱。我们工作累得吐了血，我和我爱人都使尽了全力，但生活也没有任何进展。那时，我一直是干着一个接一个的狗屁工作。我爱人也一样。她当招待员或是挨家挨户地推销东西。我则在锯木厂，加油站，仓库里干过，也当过看门人，送货员……"即便如此艰难，他仍然坚持写作，并自成一家。想一想卡佛，他的写作路径，他写他自己，同时也记录了他经历的时代。

汤天勇：从"在深圳"到"地图上的城市"，这么坚贞不渝地书写着深圳，书写着深圳这座大城市流光溢彩背后的卑微、穷困、忧伤、动摇与幻灭，是什么力量推动着你呢？

毕　亮：《在深圳》是我偏爱的一则短篇小说，我个人也喜欢题名"在深圳"，它有现场感，时时刻刻都在提醒我，我不在"别处"，而是在深圳，我的青春，我步入社会后的成长，都与这座城市有关。跟小说中的人物一样，我在这里得到，也在这里失去。

作为一个外省人，我花了十年时间融入这座城市，但今天，更多的人越来越难，于是就有了《地图上的城市》，一群人只能从地图上打量和触摸他们向往的城，无奈而忧伤。这座城不一定是深圳，也可能是上海、北京或其他城市。

对我而言，深圳不是一个具象的城市，不是阳光下那些钢筋水泥堆砌的闪耀楼宇。我眼中的深圳，可能是某个高档小区生活陷入庸常的家庭，也可能是城中村某段幽暗的小径，或者是身处流水线渴望改变的青年男女……我感受到的深圳的温度，我闻到的深圳的气味，一切都是以"我"为核，以"我"的思考路径为源头来构建故事。如何面对当下和所处时代，作家毕飞宇说，一个小说家最大的困惑也许就在这里：即使他认为路必须是这么走的，他也要质疑，他也要批判。我深以为然，这大概也是推动我前行的力量。

汤天勇：深圳是简单的，也是复杂的。说简单，相对于其他城市而言，它因为底子薄、年纪轻，反而具有更大的包容性与开放性。说复杂，也正是基于它的包容与开放带来的异质性元素。简单与复杂的并存与交错，带来了文学书写的丰盈的契机。作为城市，深圳是新的，更是现代的；作为文学，深圳书写是新的，也是现代的。你觉得深圳给你的写作带来了什么？

毕　亮：俗话讲，太阳底下无新事。到了深圳，这话对，也不对。对的是，人性相通，发生在北京、上海其他城市的事，也会在深圳发生；不对的是，深圳处在巨变时代的浪尖，人性的混沌状态和复杂性，会显得更为突出。文艺的说法，人心碎了，深圳满地都是"碎玻璃"，随便捡起一个，便能成为好的小说题材。在深圳生活，人与人之间，会刻意保持疏离，因此产生的疏离感，也能做成文学佳肴。

汤天勇：《母子》这篇小说为你赢得了"第七届深圳青年文学奖"，我喜欢这篇小说在于一个"变"字带来的令人揪心的痛感。女子做了一个台湾商人的二奶，先后被台湾商人与现任丈夫抛弃，生意不会做，为了生计蜕变成暗娼。孩子在与母亲的冲突中从羞怯斯文变成了人见人厌、毫无教养的问题少年。还有，整个小镇的人都变得庸碌起来。那么，除了逃离，就只有就地陷落。你当初如何想写这篇小说的？

毕　亮：我在一个名为"官垱镇"的小镇长大，来深圳后，每年大约就是春节回家一次。忘了是哪一年，我更改时间，换成了夏天回家（春节外出打工的人都归乡了，嘈杂、热闹，遮蔽了我的视野），走在街上，目睹小镇的荒凉、萧条、凋敝，似一位重疾藏身的老人。我想到了贾樟柯的汾阳，小镇似乎是中国所有小镇的缩影，到处是麻将馆、老人，和无人看管的孩子，这一切谁看了都会心疼。回深后，便有了《母子》。

汤天勇：《母子》中有个观察者"我"。"我"手艺精湛，能够跟得上时髦潮流。你为何将其设置为一个"哑巴"？

毕　亮："哑巴"是一个冷静的旁观者，她像是这个时代沉默的大多数，洞察一切，清楚一切，却无法说出或者不愿说出我们的"隐疾"。正如索尔仁尼琴所言，我们知道他们在说谎，他们也知道他们在说谎……

汤天勇：这个哑巴"我"在文章结尾也逃离了。按照她的想法，若是正常人，早就奔往深圳打工了。虽然你在结尾并未点名她的去向，倘若结合你其他小说，"我"的奔往岂不是一次新的陷落？如果真可以这么假设，似乎更是一种寓言式的表达了。

毕　亮：我的设计中，"哑巴"出走，是为摆脱庸常，但去到哪里，天涯海角，乡村与乡村之间、城市与城市之间，所有的面貌都是一致的，最终她还是会沦为庸众的一分子。

故事的结局，点到为止，我是想保留一份希望，给我自己，也给我们所处的时代。

（原载《芳草》2018 年第 1 期，收入本书时有删节）

陈再见 卷

陈再见，男，广东陆丰人。在《人民文学》《当代》《十月》等发表作品多篇，并多次被《小说选刊》《小说月报》《新华文摘》等选载；出版长篇小说《六歌》《出花园记》，小说集《你不知道路往哪边拐》《青面鱼》等五部；曾获《小说选刊》年度新人奖、广东作协短篇小说奖、深圳青年文学奖等。

从乡土中国到城市中国
——陈再见小说论

李德南

城市文学是近年来文学界和批评界的热门话题，有人更是认为，中国当代文学需要经历一场从乡土文学到城市文学的转变。这种提法，当然有它的意义，也有它的合理之处，尤其是我们一直缺乏成熟的城市文学，如今的生活现实又迫切地要求我们关注城市。在今天，已经有越来越多的人生活在城市里，面临着各种各样的问题。这种现实状况，给我们的文学提出了新的要求；如何写好城市，其实也是在更好地理解和处理我们的生活经验。可是，过于强调城市文学要取代乡土文学的话，其实也有问题——这也会导致一种经验的遮蔽。今天中国依然在不断地走城市化的道路，可是乡村并没有完全消失，而且也有许多的问题，同样需要得到作家们的关注。从长远来看，城市文学和乡土文学的分野，也只是暂时性的话题。就文学的根本而言，不管是写乡土，还是写城市，都是可以写出好作品的。一个作家只有同时关注城市与乡村，他的视野才会完整，对问题的认识也才会全面。

而要同时写好城市和乡村，无疑有极大的难度，因此，今天的许多作家往往会有所取舍，将笔力集中在其中一个方面，这有利于作家形成个人的写作领域和写作风格，也有利于作家在短期内赢得注意。可是陈再见并没有走这样的路。他着力关注中国从乡土中国到城市中国的转变，并以一种温和而执着的方式表达自己的所见所思。这跟他的出身与成长也有关系。他生于1982年，是广东陆丰市甲西镇后湖村人，现在在深圳工作，先后做过工人、杂志编辑、图书管理员等等。与这种经历相应，陈再见的小说，也主要有两个叙事空间：湖村与深圳。到目前为止，陈再见已在《人民文学》《中国作家》《山花》《江南》等志发表近百万字的作品。从大体上看，他的小说可以分为三个部分，一是写乡村的，也就是他所命名的湖村系列，又可以以去年由花城出版社出版的小说集《一只鸟仔独只脚》作为代表。还有一部分作品则以城市为叙事空间，如《大梅沙》《七脚蜘蛛》《侵占》等。《大军河》《妹妹》《上帝的弃儿》等作品，则能看出余华、苏童等先锋小说家的影响。相应地，陈再见亦有三种形象：乡土中国的讲述者、城市生活的观察者、先锋小说的承传者。

一

对于今日之乡土中国，陈再见是一个敏感的、自愿自觉的讲述者。他的乡土写作，有独属于他个人的记忆，也有鲜明的特点。他总是把这个时代的经验和现实放在中心位置，同时调动各种艺术手段力求到位地展现这种经验与现实。像市场经济改革、政治改革、乡土文明和乡土中国的衰败、农村出身的青年在城市和乡村之间的流动问题……"80后"这一代人所遇到的主要问题，在他的小说中都有所体现。与此同时，不管是写作何种题材的小说，叙述者多数是与陈再见本人的形象重合，如蔡东所言，"陈再见的小说里，时常闪动着一双儿童的眼睛。"[1]

---

① 蔡东. 少年心事与诗人情怀——陈再见小说论. 创作与评论（上半月刊），2013（10）.

这里不妨以《拜访郑老师》为例。其叙述者的名字甚至就叫阿见。小说主要是以少年阿见的视角来写他的哥哥陈银水这个乡土青年如何获得现代性，成为一个现代知识分子。这篇小说的结构颇有特点，一共分为六个小节，单数部分主要是讲述我哥哥带着我去拜访郑老师的经历，用的是现在时，但所叙述的内容实际上已成为过去。里面写到我哥哥作为一个文学青年如何向郑老师请教，成为一个小学老师后又因为一次教育事故而失去教职。双数部分，实际上承接上述状况开始讲述：哥哥失去教职后，希望改变自己的命运，于是选择了去石家庄学医。他本希望学成后能留在北京工作，最终却回到了家乡，成为一个乡村医生，在气质和行为上跟郑老师越来越相似。小说的情节并不复杂，其细节则颇有意味。比如小说中多次写到哥哥喜欢写日记，崇拜郑老师，郑老师则喜欢看报纸。郑老师实际上是乡土世界里的启蒙者，身上有现代知识分子的精神气息。而"我"哥哥本来已顺利获得教职，后来之所以丢掉工作，是因为恨铁不成钢，把一个学生的作文撕成两半，偏偏这个学生的父亲就是镇长。这竟然构成了对镇长的权力的冒犯，以至于郑老师也无能为力，无以挽回。小说中又写到，哥哥学医后原本经常给家乡的人写信，后来却只给郑老师写，因为只有郑老师会给他回信，也只有郑老师能理解他。而从石家庄归来后，哥哥则变得洁癖，"手指甲一定得剪到和肉齐平，不能容一点污垢。吃的就更讲究了，什么不能吃，什么要少吃，他还不敢喝井里的水，说里面有细菌，还有寄生虫。他说得没错，可整个村子都那么喝，也没喝出什么事。我觉得哥哥学医没学出一个好前程，反而学会了更多乱七八糟的禁忌。"[①] 这种对讲卫生的追求，正如路遥《人生》中的高加林一样。当陈银水在失意中回到乡村，同样会像高加林一样因为卫生问题而显得格格不入。而"卫生的现代性"，也不妨视为"精神的现代性"的隐喻，暗示着接受过现代教育的农村出身的知识青年可能会跟生于斯的故乡形成隔阂。

在《拜访郑老师》当中，"我"哥哥与乡土世界的隔阂，只是隐约可见，另一个短篇《哥哥的诊所》则可以视为《拜访郑老师》的后续。它主要讲述的是哥哥在石家庄学医三年后回乡的经历。湖村的人更多是喜欢能上门来看病的赤脚医生，哥哥却觉得这不够文明，而且，作为一个自认为称职的医生，他为需要跟另外三个赤脚医生以同样的方式竞争而感到羞耻。因此，他

---

① 陈再见.拜访郑老师·一只鸟仔独支脚.花城出版社，2014：12.

坚持开诊所，而且是非常有现代意味的诊所。它不但拥有高档的招牌，摆设也非常现代，有医学人体图，有各种各样的医书，哥哥则每天都在诊所里坐诊，"穿上他特意制定的白大褂，有事还戴顶白色的帽子，把听诊器挂在胸口处，看起来像是故时人所佩戴的器物……"①哥哥甚至比镇上的医生还要认真，哥哥坐诊前会到水盆边洗手，先用洗洁精洗，再泡酒精，"哥哥洗手的动作很优雅——那晚我看得仔细，他的手竟然和女孩子的手差不多，如果单看那手，打死也不会相信那是一双男人的手。哥哥的手不但白、细腻，还柔，他洗手时，那些泡沫和水珠像是敷在他皮肤上的另一层皮肤，不会往外溅出一点泡沫和水珠，更不会制造出多大声响——整个过程，倒像是在进行着一场严肃而柔软的宗教仪式。"这些细节，对塑造哥哥这个人物形象是有重要作用的，既营构了哥哥的内心世界，又揭示了他和所在的乡土世界的隔阂究竟有多深重。他所挂的医学人体图在村里人眼里看来只是裸体图，他的讲究显得不合时宜，甚至他所做的这一切，都是不被理解的。他处于一种在而不属于的状态：个人的肉身是在乡村，精神上却"不属于"，无法认同周围世界，也得不到周围世界的认同。

陈再见在经营这些细节时，既有意识地将个人的遭遇与时代的变迁联系起来，但又不局限于此。在他的小说中，哥哥的问题并不完全是外界造成的，而是有他自身的原因。小说中还暗示，哥哥可能有梦游症，他知道真相后，自己吓得半死，中途便辍学了。也就是说，哥哥的困境是多方面的——可能是社会学意义上的，也可能是生理学意义上的，或者是命运意义上的。这种处理方式，会降低作品在社会批判方面的力度，对人之困境的认知，却显得更为深入、全面。这也增加了作品的文学性，使作品避免沦为简单化的问题小说。

对这种在而不属于的现象，陈再见关注颇多。除了上述两篇小说，《阿道的发室》也涉及这一问题。小说中的阿道和他的父亲、祖父一样，都是理发师。阿道的父亲和祖父都是挑个担子走街串户，到了阿道开始有所改变——他开了间发室。小说开篇即写到，"别人的发室墙上贴的是明星，阿道的发室贴的是海明威。"他也是一个向往现代文明的农村知识青年，以知道墙上所贴的人物是海明威为傲。不同于《拜访郑老师》与《哥哥的诊所》中的哥

　　① 陈再见. 哥哥的诊所·一只鸟仔独支脚. 广州：花城出版社，2014：20.

哥，阿道并没有被现代文明充分教化，身上仍有许多蒙昧的所在。小说中写道，阿道的父亲和祖父都很爱说话，"口水多过茶"，"到了阿道这一代，竟然就一句话都不想说了，仿佛上辈的人把这个家族的话给说得差不多了，没留下多少话给子孙。阿道有时挺反感父亲和爷爷，虽然他们在他年少时就相继去世了。不过话又说回来，没那爷俩，阿道也学不来这一手剃头的功夫，如果那样，眼下便不知道做什么好了。有一身手艺和没一身手艺，还是不一样的。"① 这是一个沉默的青年，这种沉默既是实在意义上的，也不乏象征层面的意义——乡土里的青年受到了现代文明的感召，开始重塑自身，但又不知道如何贴切地表达自己的向往，无从发声，更无法找到可以通达理想的现实道路。《阿道的发室》中还到一个名叫一朵的人物，她和阿道一样，都向往现代文明，甚至知道的比阿道还要多。她曾经读书成绩很好，后因高考失败而开始失眠，患了忧郁症。她实际上名叫杜婉琴，"喜欢文学，熟知国外一大帮作家，但自己写不了东西，或者说写了发表不了，一朵是她喜欢的作家，其实也不能叫作家，就是本地一个普通作者。可她喜欢一朵的文章，于是，在陌生人那里，她有时就成了一朵。"这里面有模仿，但模仿者和被模仿者之间的关系是微妙的。很多时候，模仿者很难达到被模仿者的水准与境界，更不能形成超越。起码在这篇小说中，杜婉琴就是这样的。正是通过一间理发室，一幅海明威的肖像画，还有一只名叫"外星人哇咔咔"的猫，一个名叫阿朵的作家，陈再见写活了阿道与杜婉琴这两个小镇青年的形象。

除了上述这些作品，陈再见的《藏刀人》《大军河》《飞机在天上飞来飞去》《陌生》等作品，也可以归为乡土小说一类。这些作品均注重书写时代之变，以及这种变迁所带来的人物心灵的重构，在叙事上则大多采取一种"去美学化"的策略。对于年轻一代作家而言，今天写城市文学的难度比写乡土文学显然要小一些。年轻一代的城市生活经验，已经要比乡村的生活经验要丰富，我们的乡土文学传统也显得过于强大，尤其是鲁迅、沈从文、陈忠实、萧红这些作家，在乡土文学上所取得的成就是如此巨大。不管是在经验的表达，还是在写作美学的建构上，他们都让年轻作家觉得有压力，会有一种影响的焦虑。面对乡土文学的大师，今天的年轻作家要想继续在乡土文学上有所作为，很重要的一点，就是要做一种"去美学化"的尝试。所谓的"去美学化"，

---

① 陈再见.阿道的发室.长江文艺，2015（6）.

就是说我们在写作的时候，既要继承，又要敢于走跟鲁迅、沈从文这些作家不一样的路。在二十世纪，乡土文学形成了几种不同的书写范式，其中鲁迅所代表的，是一种典型的启蒙叙事。借用程光炜的话来说，"鲁迅是以其特有的强烈不安的现代性焦虑，把批判锋芒直指所谓中国传统文化的'封建性'和'民族劣根性'，来建立中国现代文学史'改造国民性'的主流型文学叙事"，对于乡村世界，鲁迅是持一种很激烈的否定的、怀疑的态度。"沈从文则反其道而行之，他激烈地批判'现代'文明对中国乡村社会的破坏、扭曲和改造，通过'寻根'的文学途径重返那种精神意义上的湘西，在现代的废墟上重建带有原始意味和乌托邦色彩的'古代文明'。"① 对于乡村，沈从文主要是持一种肯定的、甚至是礼赞的态度。与此相连，鲁迅和沈从文其实建立了两种不同的写作美学。在他们之后的很多作家，在写作乡村文学的时候，往往会自觉或不自觉地，要么站在鲁迅这一边，要么是站在沈从文这一边。而今天的乡土，有属于它自身的更为独特的经验与现实，我们如果想要更好地表现这种经验与现实，就必须"去美学化"，不要只是考虑鲁迅、沈从文这些前辈是怎么写的，起码是不要过多参照他们的思路和观念，而要学会自己去看，去感受，去直接面对这种现实，努力形成自己看问题的立场和角度。陈再见的乡土写作，正是在做类似的一种尝试。他知道鲁迅会怎么写，沈从文会怎么写，但他不是盲目地参照他们的写法，也不会以他们的态度为态度。他更关心的是，现在的乡村到底是怎样的，出现了哪些问题，这块土地上的人们活得怎么样，作家在面对这些状况又该如何表达。而一旦作家真正找到合适表达这种经验和现实的方式，找到自己的着力点，新的写作美学也会在这个寻找的过程中慢慢成形。因此，"去美学化"的过程也是一个"重新美学化"的过程。不管是对于陈再见来说，还是对于其他乡土作家来说，要最终形成新的思想观念和美学风格，还需要漫长的努力。

二

　　除了关注乡土中国的变化，陈再见也是城市中国的讲述者。他没有写作

---

　　① 程光炜.文学讲稿："八十年代"作为方法.北京：北京大学出版社，2010：349.

典型意义上的城市文学。典型意义上的城市文学，其叙事空间既是自足的，又是封闭的，其作品总有属于城市本身的独特气息。陈再见的作品却并非如此。在书写城市的同时，总会涉及乡村。在他笔下，乡土中国和城市中国总有脱不开的关系和牵连。

《七脚蜘蛛》主要是写"我"与水塔这两个人物。他们都来自粤东，曾一起到深圳的电子厂打工。水塔一度成为拉长，"我"则是物料员。水塔做人比"我"要活络，有时候甚至会为了钱而不惜偷窃。他们和别的过来人一样，希望能通过自己的努力，买房买车，扎下根来，成为深圳这一新城市的一员。而对于庞大的打工族来说，这就像是一个不切实际的梦想，借用小说里"我"的看法，"那就跟读小学那会说要当个像爱因斯坦那样的科学家一样远大悲壮。"[①]当诸多的困难甚至是困境在眼前展开时，的确有不少人，会像"我"一样，选择过半是逃避半是妥协的生活，或者和水塔一样，耗尽心思，甚至不惜铤而走险。这两条路，都不乏典型。《七脚蜘蛛》并没有写到乡土生活，也没有写到"我"与水塔对乡土的态度。可是很显然，他们并不想回到乡土世界里，继续以往的生活。在他们看来，哪怕在城市里过着一种流离的生活，似乎也比回乡下要强。但是乡土的记忆总有其坚韧的一面。比如小说里的七脚蜘蛛，既真实地存在于水塔那堆满废品的出租屋里，又与他们的出生地联系在一起。我不知道在粤东是否真有七脚蜘蛛是"七脚拐鬼"这么一说，但这种特殊的经验与记忆，成了小说里最引人注意的部分。小说的叙述者"我"不再像更早的离乡入城者那样，在城与乡之间有那么多的心理纠葛，但依然是社会变迁途中的中间物，必得承担社会历史所给予他们的命运。因着七脚蜘蛛这一意象，他们的命运有了隐喻般的力量——住不下来、又不能离去的城市，对他们来说，也正是一只七脚蜘蛛。它有属于自身的魔力，"谁要是在夜里遇到它，谁就得经受那种魔力的考验，也就是在死的边缘挣扎。"

《双眼微眙》的叙述者跟陈再见本人一样，都是作家。小说中的"我"同样来自农村，如今在城里写作，有一天突然接到表兄的电话，被告知大舅在"我"所在的城市工作，如今生病住院了。在乡下亲戚的叙述中，"我"是一个经济富裕、有人脉的作家，实际情况却并非如此，小说主要讲述的，正是大舅生病后我的心理波动和行动。我既记得大舅以前对我的好，希望能尽

---

① 陈再见.七脚蜘蛛.作品，2013（6）.

个人的力量帮助他，无奈个人的境况并非十分明朗，因此心里充满矛盾和犹疑。"我"重视亲情，却又无法承担起相应的责任。这篇小说之所以命名为《双眼微睁》，也有多种含义：一是非常实在的描写，指的是我见到受伤后的大舅时，"他的脸上有一处擦伤，血还残留着，而他的双眼微睁，似乎是睡觉时的习惯。他肯定是想睁开眼来的。"① 二是对应于"我"的心理状况。面对受伤的大舅，我爱莫能助；面对生活，"我"虽然尽力而为，努力改变，却又不能全然主宰生活，也需要妥协，甚至是被动地适应。在小说的结尾，大舅顺利地拿到了补偿，又因为城里的医药费太贵而由"我"表兄安排回到县里治疗，这是一个尚算如意的结局，但"我"的心情是灰暗的，带有苦涩的意味。这篇小说并没有将人物的苦难推向极端，而是保持一个开放的结局。这既能看到陈再见不走极端的写作追求，也能看出他平和的心性。

　　《侵占》这篇小说也值得注意。这篇作品的用意不在社会批判，而是重视写世情。小说中写到一个名叫老章的人物，他在老家粤东算得上是一个文化名人，在文化馆以写戏为业。因为儿子在深圳工作、生活的缘故，老章和他的老伴也过起了大城市的生活。老章在粤东一直生活得不错，自我感觉良好，入城后的生活也差强人意。只是因为儿媳的父母来访，且要在家里住上一段时间，老章开始觉得个人在家庭的主人地位受到侵占，并因此而不开心。其中有一个情节尤为巧妙：在遇到一些人推销伪劣产品时，老章本有识别能力，知道眼前的一切都是假的。然而，他们那虚假的热情让老章觉得很受用，因此，他心甘情愿地上当受骗："是被骗了，肯定被骗了。老章没说话，他觉得自己和他们不一样，他们可以说是被骗了，可他不算，至于为什么，老章也不知道自己怎么会有这么奇怪的想法。他走在回家的路上，阳光很好，花草很好，汽车很好，路人也很好，他心情愉悦，竟然哼起了潮剧《赵少卿》许云波的唱腔，走回了香格里拉小区。"小说社会批判的色彩并不强烈，但是通过对人物心理的起承转合的出色描绘，也显得别有魅力。

三

　　陈再见还可以视为是先锋小说的承传者。许多如今仍然坚持严肃的文学

---

　　① 陈再见.双眼微睁.长城，2012（5）.

探索的青年作家，大多受到过余华、苏童、格非等先锋作家的影响。正是昔日的先锋写作，为这些青年作家提供了写作技巧上的参照，让他们得以迅速地完成诗学或叙事艺术上的积累，从而能够多样地、自如地和现实短兵相接，进行个人化的写作风格的建构。这种承传关系，在陈再见的身上也存在。他的《喜欢抹脸的人》《妹妹》《大军河》《上帝的弃儿》等作品均能看出这一点。

在《喜欢抹脸的人》中，陈再见有意以轻盈的笔触探询存在之谜。小说写了一个无所事事、没有固定职业的闲人，写到了他喜欢抹脸这一无意识的动作，也写到他参与了一次意外的抢劫。这篇小说的情节是完整的，人物行事的逻辑却是断裂的，因此一切都变得无比荒诞。这篇小说在观念上能够看出存在主义哲学的影响，对虚无、宿命的主题的重述则跟往昔的先锋小说非常接近。

《妹妹》也可以放在这一视野下进行考察。小说的主人公名叫林果，他生性敏感，有些忧郁的气质。他出生于乡村，成年后入城打工。这个敏感而忧郁的青年一直在记忆与现实之间踟蹰。这篇小说之所以被命名为《妹妹》，跟林果的以下遭遇有直接关系：他母亲曾经怀过一个孩子，也就是林果的妹妹，这个妹妹出生没过多久就夭折了。母亲后来却对她念念不忘，时常对林果讲起，给林果烙下了很深的记忆。林果成年后仍然一再想起这个早已经不存在的妹妹，结婚后也因此对生育怀有恐惧。他的妻子后来还经历了一次早产，跟他的妹妹一样，他的孩子早早就夭折了。就主题而言，这篇小说一方面继承了昔日的先锋小说家对宿命这一主题的关注。命运既不可知，也无从把握，尤其是当厄运降临时，就只能被动地承受，而无力回避或改变。

陈再见在此展现出苏童式的细腻而独异的想象力，以及余华式的冷酷。小说中写道，林果的女儿死亡后，林果将死婴放在一个购物袋里，想着为它寻找一个合适的去处。"他感觉出购物袋渐渐沉了起来，那是一种肉体的沉——提一个肉体和提一块石头有着明显的区别。尽管林果的手没接触到肉体，可他仿佛也能通过购物袋感觉到了肉体的圆滑。他害怕了。此刻他提着的是一个尸体，一个已经死了的或者将死的女婴。而他是这个女婴的父亲，骨肉相连，血脉相依。他提着自己的骨肉，在寻找一块可以遗弃的地方。他的心什么时候变得这么狠，这么的硬邦邦。他恨不得快点和购物袋里的肉体脱离关系，他好重新回到正常的生活轨迹里来，继续打工，过日子。"这段描述细致，颇有冲击力，又显得阴森，就好像余华和苏童在此合体了。

如果只是传承先锋小说的叙事艺术和主题，小说的意义终归是有限的。好在这篇小说在另外的层面能有所推进，有所创造：以往的先锋小说有非常浓重的观念预设的痕迹，观念也跟现实多有隔膜，陈再见则曾试图让这种相对空灵的观念找到现实的根源，让小说的写作足够及物，贴近现实。虽然小说中没有用很多的篇幅去写林果的打工生活，但是这篇作品相当到位地写出了林果作为新生代的农民工在城市里生活的艰难，尤其是当厄运降临时，他是如何的难以承受。这种虚与实的结合能力，是超过他的文学前辈的。这种能力，在《上帝的弃儿》则得到了进一步的彰显。

四

在具体的写法上，陈再见的小说也有其特点。他很注重处理我们这个时代的经验与现实，也有自己的方法，那就是以人物和故事作为中心。他所采取的，其实是小说最为常规的写法。一方面，他非常注重人物形象的塑造。他的作品，有的时候就是以人物的名字或身份来直接命名，比如《哥哥》《妹妹》《藏刀人》《张小年的江湖》《阿道的发室》，等等。这些作品之所以受到关注，很重要的一方面，就是因为这些人物的塑造。

他笔下有的人物，是只要读过一遍小说就能记住的。张小年这个少年的形象，显得灵动鲜活。之所以如此，则跟陈再见善于写人物的心理有关系。他非常善于写他们在遭遇不同的现实时心理的细微变化。另外，陈再见笔下的人物，既有独特的个性，又有时代的共性。他有一篇小说叫《微尘》，以第一人称来展开。小说中的叙述者"我"（成苇）是一个尚无名气的写作者，在深圳的城中村生活。小说的前半部分主要是讲述他还有从事废品收购的朋友罗一枪两人落拓无比、又不乏细小乐趣的生活。在叙述的中途，则转而书写成苇因父亲病故而回乡参加操持葬礼的经历。在回顾父亲患病的细节时，陈再见所用的是一种略带哀伤的笔墨。在这克制的情绪中，父亲等乡下人那种卑微的生存状况依然是骇人的。当成苇等农村出身的新一代青年在进入城市后重返农村时也难免会悲哀地发现，个人的困境是如此巨大。他们在城市里大多属于仅能解决温饱的"蚁族"，却被乡村百姓误以为是成功人士，因而对他们寄予厚望。当他们回到乡村世界时，却发现自己根本没有能力承受巨大的责任，甚至没有能力为亲人安排一场体面的葬礼。成苇的遭遇，其实也是新一代的农村青年的遭遇，这是一个能引起读者共鸣的人物。

陈再见的小说，大多有比较完整的故事情节，哪怕是写作短篇，他也会注意故事的完整性。他又非常讲究故事的起承转合，讲究留白，讲究设置悬念，等等，这就使得他笔下的故事颇有吸引力，《藏刀人》与《瓜果》等可视为其中的代表。他有的作品，比如《钓鱼岛》《喜欢抹脸的人》《胡须》等等，也会注重形式实践，或者是想要表达说不清、道不明的意味，但这些尝试并不是特别成功，意义也有限。其实塑造人物形象，讲好一个故事，对于一个小说家来讲，是非常重要的天赋，也是很难得的能力。一部小说最后真正要被人记住，最重要的一条考量标准，就是看能不能塑造一些甚至只是一个能够在文学史上留得下来的人物。在我看来，陈再见不应舍弃这种能力，相反，应继续往这方面努力。以故事来结构观念，这看似平常，实则为小说的大道。

不管是写乡土中国也好，还是写城市中国也好，抑或是重视形式探索和观念探索的作品也好，陈再见笔下的人物大多有共同特点：他们是这个时代的边缘人或底层人。他一方面对底层有同情，又带有一定的反思。中国文学其实一直有同情弱者的传统，从同情弱者的立场出发，很多作家则会认为弱者天然就代表着道义，代表着正确的一方，陈再见的小说却并非如此。对于底层的生活，陈再见是非常熟悉的，所以他会不断地将这种生活经验转化为小说。在这个转化的过程当中，则有一个知识分子的视角。他有关注底层的热情，但又有知识分子的审慎。切身的体验，让他真正懂得乡土中国和城市中国内部的真相；他洞悉社会转型中所出现的诸多不义与不公，却从不以峻急的、控诉的语调发声，相反，他相信沉默也是一种力量，更信赖内敛的、隐忍的表达，力求以事实说话。我们可以这样理解他的叙事美学：有如深河，表面平静，实则暗流涌动。这些品质，亦有助于他走向更开阔的境界。

自觉地书写乡土中国与城市中国，让陈再见的文学世界一开始就有较大的局，稍显遗憾的是，他在文学探索上显得略微保守。他多是写他非常熟悉非常有把握的那一部分经验。随着创作历程的进一步展开，同质化的危险是可以预料的。为了克服这一点，他需要扩展个人的经验和视野，将目光转向更广大的人群，凝视那更为多元的人生。如此，他的文学世界，将会有另一番气象。

（原载《鸭绿江》2018 年第 12 期）

贴着底层生命，守护人性之光

——陈再见小说论

唐诗人

一、底层文学的身份延伸

陈再见被普遍叙述为致力于底层文学写作的青年作家。确实，到目前为止，他创作了很多具有底层视野的作品。他很多作品所书写的故事都来自底层世界，比如叙述打工者的苦难，《七脚蜘蛛》《双眼微眸》《微尘》等都点及了离开乡村到城市后的打工者遭遇，书写他们身体上的辛苦和精神上的困惑。还比如《张少年的江湖》《瓜果》，把眼光放在底层群体的孩子教育问题上。还有其湖村系列小说，其书写的生命，都是一些挣扎在最基层的穷苦百姓。这些小说除开可以被描述为底层叙事之外，它们也属于乡土文学作品。比如湖村系列小说，那里有着作者的故乡生活，那些都是带着乡村记忆的作品。也如《藏刀人》《哥哥》《一日》《少莲》，等等，这些文本的乡土特征非常浓郁，阅读它们，可以帮助我们去回味乡土世界的酸甜苦辣。当然，这些滋味背后，更有着作者沉重的人性和伦理思考。

乡土世界的经验，以及打工者的困难生活，都是底层写作的基本素材和思想来源。但如今的乡土现状，更暗含着底层问题的复杂变化，它有着从乡村进入城市的时代特征，而与此相关的更是伦理思想上的复杂性。乡土文明与城市文明之间的差异，导致了作家在文学写作上会呈现出糅杂的因素，比如金钱思维进入乡土世界后引起的很多问题，也比如乡土思维进入城市后面临的困惑等问题。因此，如果一个作家写底层时只书写单向度的"苦难"，忽视底层世界苦难背后的复杂性，那么其作品的真实感必然会有所折扣，艺术造诣上也会遭遇瓶颈。如今,人们对于底层世界的认识已经不仅是同情了,也不只是发现一些国民性问题,还有更多的新问题,比如在市场、金钱逻辑统治下所出现的新伦理问题。因此,书写底层,也必须直面这些复杂性。而且,在这一书写过程中,许多人容易出现居高临下的姿态,不管是同情还是批判,都把自己隔离开来,好像自身与同情和批判的对象一点关系都没有。这种距离也许使作者、叙事者有种远离现场的安全感,却也无意间使作品成为孤零零的、无关痛痒的寂寞文本。

然而,在这方面,青年作家陈再见却做得很好。阅读他的作品,我们可以轻易地感受到,他在努力对底层问题进行深入辨析。不但在底层身份这个问题上有所思考,在人性思考和苦难书写中呈现出复杂一面,同时也不失高贵的、难得的伦理立场。比如《双眼微睁》中,如果我们了解过作者的身份,很可能会把这个故事读作真实事件的改编。当然,不管这种读法准不准,作者避开了作为他者的姿态进行叙事,这种情况本身就有探讨的价值。不管叙事人是虚构的,还是真实存在的,也就是说不管作者有没有使用这样一种叙事修辞方式,我们都可以将这个小小的故事看作一种沉痛的检讨式文本。文本中的"我"是个作家,是个来自农村的、靠笔杆子吃饭的人,不一定是知识分子,但起码是个有知识的人,可正因为这种身份,使"我"成为最为尴尬的社会角色。在乡村世界,"作家"这个身份还留存着传统社会赋予它的象征资本。但如今时代,这一象征资本也仅仅是象征了,与物质财富资本不一定有相一致的关系。这对于那些年青的、处于农村和城市缝隙里的作家而言,尴尬性就会更为严重。于是,这些作家,不管是现实中的,还是小说中作为作家的叙事人,都处于这个尴尬的缝隙中。人们都想维护好文化人的象征资本,但维护它的荣耀是需要代价的,最直接的代价就是需要财富资本的付出,比如文本中直言的:"关键时刻,我要为此付出代价。"

"谁是底层"这个问题已经非常复杂了,市场逻辑推动下的社会发展把缺少财富的群体通通推向了"底层",不管其他资本情况如何,金钱掌控的社会阶层逼迫人们把良心和道德抛弃到最边缘的位置。不管你情愿不情愿,现实就是如此残酷,"底层"连谈论良心和道德的资本都被掠夺了。大舅双眼微睁看到的是什么呢?那应该不仅仅是他儿子的没有良心,还看到了什么吗?当"我"试着微睁双眼的时候,是不是看到了更多的真相?也许真相就在于微微睁眼的同时微微闭眼,因为那样你看到的不是那么多:只是没有良心;

或者那样你看到的不是那么少：还有底层的广阔群体，他们都被社会推到了谈不起良心的境地！因此，在这里面，我们可以感受到作家深沉的伦理诉求。

《微尘》一篇也可以承续《双眼微睁》提及的底层身份问题，故事里叙事者还是"我"。"我"依然是个拥有作家身份的叙事人，加上一个收购废品的罗一枪。小说开头即写："2008年我开始自由撰稿，天天写，能发表的却寥寥。那些存在计算机硬盘里的文字，就好像罗一枪废品站里跌价一半卖不出去的废品，看着让人无端绝望起来。"这开始就把两个截然不同的职业置于一起，放在同一位置上，这种比拟不能不说有种潜藏的自我贬低，而这贬低感的存在也就说明"我"其实还是有一点点作为写作者的高贵怀想——小说后面也写道"……我变得有点看不起罗一枪了"。"我"之所以还存有这样的高贵感，因为它源于作家身份尚存的那些光环，或者用术语称之为象征资本，它们象征着拥有知识的身份。但这种象征资本所拥有的荣耀已经成为历史，它们必然要化作隐蔽的存在，这种隐蔽不仅仅表现于语言的表述层面，而且是存在于现实中。但隐蔽它也是需要付出代价的——那是一种需要不断支出知识的代价。支出知识，对于来自还有传统风俗信仰的农村青年作家来讲，那是难以应付的——过去的知识人几乎是全才，人们往往把这种使笔杆子的人比作过去的秀才，甚至是状元探花榜眼……因此，写文章、写毛笔字、画画以及主持相关风俗仪式等等，都可以被要求为作家的必备能力。无疑，这种情况在今天是不太可能的，尤其对于刚出道的青年作家而言。除开文字，其他才能，他们几乎是一窍不通。因此，当他们回到乡村世界去，要应对一些特殊场面时，不知所措的尴尬难堪必然出现。而这就是《微尘》主要的故事内容，"我"以这样一种身份去承担照顾家庭的责任，首先是给父亲治病，这主要是钱的问题，然后是办父亲的葬礼，这也是钱的问题，但不仅仅是钱的问题了，还是处理各项事情的能力问题："我一惊，是哦，我连哭的权利都没有，好多事情等着我去处理。我有些慌乱，茫然四顾。"比如"画像"，"我"遭遇了二叔的"嘀咕"："我说：'作家是写字的，画画的是画家。'我二叔嘀咕了一句：'还这么分的啊。'看他匆匆走开的背影，明显对我很失望，我突然鼻头一酸，像是被一个陌生人打了莫名其妙的一拳。"一种传统的文人形象在"我"不会画画的情况下轰然倒塌，这是"我"的问题吗？

在处理这样尴尬的文化隔膜时，不能只诉诸谁缺乏常识那么简单，这其实是一种身份的焦虑，作家的身份焦虑：文学作品的象征资本被缺乏物质财富资本架空了，而作家身份在家乡时又失去了支撑起最传统的全才想象的那种文化和技术资本。这两种架空，使得作为青年作家的"我"还不如从事废品收购的罗一枪。好像文学被边缘化后，如今搞文学的人真正成了底层。在这个底层，只有死亡才能拯救他们吗？小说最后写"我"那个诗人朋友的出名和被记住，都是因为他的自杀。这是一个很强烈的讽刺式书写，它所蕴涵的悖谬已经超越了人们常常谈论的苦难和同情，底层的复杂再次亲临我们的视野，而通过这种揭示，我们也看到了底层所需要的伦理关怀已经不是简单的苦难，而更是诉求着一种紧迫的文化反思。

其他作品中，《拜访郑老师》《瓜果》等都涉及了身份问题背后的文化伦理批判。在《瓜果》中，顾福永与这个时代的关系很复杂，他是个农民工，却喜欢上了写作，爱好在工作之余写诗。他在农民工与诗人这两个身份之间游离不安。他必须以农民工身份现实地活着，却又感受着诗人身份的敏感心理和幻想情怀，一不小心就容易走进自己的幻想，现实把他拉回来的时候，他就多了很多感慨，心灵世界也在那些时候绽开。比如他只有在处于热闹的咖啡馆里头时才会感觉到宁静，那种宁静即是他作为诗人的一面淹没了他是装修工的现实时产生的。那是一份奢侈的安静，不管他多么惬意，也只能是片刻的、孤独的，就像"酒吧"这个寓意复杂的名词一般，它有着浪漫的味道，却也是痛苦和喧嚣、杂乱与肮脏的可能。诗人，这个身份对于顾福永来说，永远是五味杂陈的东西，它是一个浪漫的名词，却又是一种痛苦，诗人的心理带给一个装修工的现实人，只会是多一个领悟世界和感受痛苦的心灵。而作为读者的我们，透过它诗人内心的敏感维度，看到的当然也是个复杂的人，甚至是一群复杂人。

二、超越苦难的伦理诉求

《瓜果》谈到了身份问题，其实也涉及了伦理问题，父子关系在底层的文化人身上会是怎么一回事？在处理父子关系时，作者没有多少直接的抒情，反而写了更多的不情愿。顾福永作为父亲，他对儿子的抵触心理显而易见，但他又必须充当起，或者说扮演起他作为父亲的角色。他对于这个父亲角色是陌生的。当一个十多岁的人跑到他那个简陋的铁皮屋时，他找不到任何东西来安抚孩子的失望感，只有出让自己可以充当"诗人"那一面的唯一器具——笔记本电脑。在电脑网络的世界里，也就是游戏的世界里，儿子可以专注其中，连续好多天，把顾福永精心准备好的哈密瓜冷落到一边。儿子半个月后离开，邻居提醒顾福永，说哈密瓜已经放了半个多月了。这时，顾福永的眼泪掉落下来，这最后一句话的落泪描写，可以让一个简单故事深沉到极致。

以"瓜果"作为标题的恰切性不可忽视，它不仅仅是一个哈密瓜，也不仅仅是贯穿整个故事的线索瓜果，而且是父子关系层面的瓜果寓意。父亲靠着电脑写作，通过电脑，他的诗人身份才能确立和维系。那对他而言，这是一种寄托，也是一种逃避，是一种浪漫，却也是一种痛苦……顾福永的诗人身份和他儿子的玩游戏身份有什么区别吗？儿子是他结出的果，在面对父亲的时候，他只沉浸于游戏世界，只对那个机器生产出来的虚拟世界入迷，而忽视了现实中父亲所准备的一切关心和情绪。这里面有什么瓜果关系吗？顾福永结婚生子后依然想象着外面有更好看的女孩，想象着成为大诗人，这所有的不满足堆积起来促使他最后还是离婚了，远离了妻儿，自己独自在外面打工。在城市里，他虽然可以看高楼大厦，可以感受酒吧气氛，可以有作为诗人身份的片刻自由。可是，属于他的终究还是一个修理工身份，孤寂和困惑缠绕着他，像他写的那几句诗："从乡村到城市／牛羊疲惫／半路坐下来喘息／你看着它们／泪眼蒙眬。"其实，瓜果还可以是他的诗，"在他的眼里，文字何尝不也是他身体里结出的瓜果。"儿子是一个寄托的话，那诗歌也是他的一种寄托。儿子与诗歌，说是实在的，却又是虚幻的。顾福永这个装修工，在面对城市灯火辉煌的一面时，他的内心终究是寂寞的，诗歌也会像他的儿子一般，把它撂在一旁，因为它们都忠于虚幻，实在的只有生硬和冷漠。

在伦理思考层面，《妹妹》应该是最具深度的一篇。它给予我的阅读感受是震惊！读完它之后，我首先想的是：为什么作为"80后"作家的陈再见，在关注人性的时候会是如此的成熟稳重？而且写得精准到位？我们好像习惯了将"80后"作家视作尚不成熟的一群文学爱好者，视作文学场上年轻气盛却幼稚可爱的写作者。非常遗憾，这种观念被过去的许多事实验证后，已经烂熟人心，成为成见，成为阻拒我们更深入、更全面地去了解那个同样或者更为驳杂的"80后"作家群。很多人似乎忘记了"80后"作家是一个"群"，而不是一个人或者两个三个人。"群"是一个不负责任的词，这个符指的复杂性往往被人一带而过，它真是"罪魁祸首"，我们需要还原个人，要解散

"群"，还原到那一个个活生生的个体层面，恢复到那血淋淋的现场……就像陈再见把人心还原到赤裸裸的残酷一样！

《妹妹》讲述弃婴的故事，是围绕弃婴写的一篇心理小说，也可以说是伦理小说。心理与伦理，在弃婴的事件里，我们看到了它们的"沟通"——人性。林果的父亲把那因早产而推测肯定难养的孩子处理掉，林果看到了这一切，记住了那个没能成人的"妹妹"，那是活生生的骨肉。父亲把她处理掉，但母亲永远忘不了，后来因此发疯。父亲呢？他可以忘记吗？母亲问的时候："父亲放下正修弄着的犁耙，进屋，骂，多少年的事了，你还提它干吗？"他想忘记吗？还是想忘记却忘不了呢？我只能推测那是沉痛的记忆，他肯定也在忏悔，或者如林果一样——应该说成林果在重复他父亲的罪行——对罪行惴惴不安。

林果父亲弃婴只是一个事件，在表层结构里，我们看到它被包含在林果自己杀婴、弃婴的事件中，开头与结尾都是林果自己的行为与心理描写，而把父亲弃婴和母亲发疯这些往事夹在其中，这种浅层的结构其实还有深层的瓜葛。作者将"妹妹"作为标题可谓是精准无比，"妹妹"是连接两个弃婴事件的线，或者说是连接两代人的钥匙。当然，这"线"和"钥匙"都是指向伦理拷问的。被父亲扔弃的"妹妹"成了林果想象中的"女儿"，父亲扔弃了"妹妹"，林果也扔弃了"女儿"，林果无法消除罪恶感，他无法弥补父辈的罪恶。伦理在父辈那里无法安身，在林果自己那里也无处立命。"妹妹"作为"钥匙"，因为她的被弃，拷问了父亲的良心，我们虽然不知道父亲的心理，但母亲的遭遇也足以让他忏悔无数，疯掉的母亲喊着"娃"的时候，父亲难道可以心安吗？他的灵魂必然会类似于被烈火烧烤。而林果呢？母亲无数次对林果讲述他有一个妹妹，这不就是在向林果的父亲讨债吗？在谴责父亲吗？林果自己如今也弃婴了，他的妻子也会是下一个母亲，即使林果安慰自己说他们都还年轻，还可以有孩子，但那肯定无法挽救他们的未来，就像父亲母亲有林果这个儿子也无法赎罪一样，也像女人拉起被子盖住头也无法逃避现实一样，罪恶一旦开始，良心的拷打也就开始了，无法弥补……

三、底层生命与文学立传

陈再见最新出版的小说集《一只鸟仔独支脚》，聚合为一部湖村系列小说，作者说这是他最为喜欢的作品，也许因为它们在作者心中有着特别的意味。这部集子有二十四篇小说，也可以说是二十四个主要人物，我不知道这二十多个生命是否真实存在过，但我敢于肯定，即使不在湖村出现过，也在别的村子生活过，或许他们还没有死去，或许他们没有那么悲伤……

陈再见笔下的人物有着千万底层百姓的真实影子。比如与小说集同名的短篇《一只鸟仔独支脚》，甘紫难产死去，这在那个年代，是很多农村孕妇的悲惨命运。甘紫一心想着父亲和弟弟的生活，也维护着夫家的面子，为两个家庭操心，最后自己和未曾见及阳光的孩子一同死去。她弟弟阿勇爱护自己的姐姐，姐姐死后，他娶妻也不敢让妻子怀孕，害怕因此而联想到死前大着肚子的姐姐。阿勇最后只孤苦伶仃地守着没落的单车修理铺，过着凄惶的日子。小说不仅仅写甘紫的生命，更写了阿勇的生命，甚至是写了一个家庭的命运。而且，虽然阿勇最后的生活令人哀伤，却在作家的书写中不显得可怜可憎，反而让我们充满了同情和悲悯，阿勇当然是一个有毛病的人，但他更是一个有爱的人，那份情感是伟大的、纯真的。相似的短篇中，也有《状元命》，姐妹之间原本美好的情感最终被嫉妒心也被金钱利益剥蚀了，写这种故事容易陷入俗套，但陈再见在不动声色中让这篇短短的小说容纳了非常复杂的情感内容却又表现出了异常难得的写作态度。比如姐姐对妹妹嫁得好的那种嫉妒心，这其实是非常普遍的人性，因此不值得大肆书写，反而是妹妹一家发达之后，妹妹如何只看钱、不重情的形态被作者书写得较多，最后姐姐把钱甩给妹妹，妹妹俯身捡钱的情景，借着姐姐的心思，作者表达了这样一句话："算命还说你是状元命呢，看你今儿却是个乞丐啊"，这是点睛之笔，收尾得特别精彩，一句即把整篇提升到了不一般的思想高地。

《状元命》虽然没让主要人物死去，死的是姐姐金华的丈夫，这是一个老实的剃头匠，这种作为背景的死亡意味的是乡村中那些逐渐黯淡的家庭，他们的苦难一宗接着一宗，而他们的心理呢？精神呢？姐姐金华当然没什么值得嘉许的精神，她说妹妹是乞丐，但真正的乞丐也许正是她，她甩给妹妹金凤的钱其实是拐个弯从金凤丈夫水进那里要来的。因此，这些复杂性真正呈现的其实不是作家的某一种观念，而是某些真实的生活情景。真实的生活世界不会有演绎某种思想、某种道德的具体生命，有的是复杂的、多重的、甚至悖论性的人物情感和现实行为。因此，这本集子中，我个人最喜欢这篇故事。当然，其他篇章中，也特色鲜明，尤其是它们都能够给我们一份温暖的生命感觉，比如《有些事情必须说清楚》，代课老师老汤打了汉金儿子，本来是想去向汉金家道歉的，老汤的儿子多年前为了救汉金的儿子被淹死，本来该有着相互感激之心，可老汤到汉金家后，汉金说老汤打他儿子是报复，因此，一切都变得冷漠、惨淡，可老汤最后看到汉金家的破落，最后还是把本不想给他们的鸡蛋放在了汉金家门口，那举动可以感动无数的读者。这就是人性的力量，陈再见虽然写了乡村世界中的冷漠和无情，却更写了绝望中的希望，写了面对荒芜人性时依然存在的生命之光。类似这篇故事的还有很多，《荔枝熟了》中，徐桂打农药本为了收获之后给妻子看病，德明家儿子偷吃之后送到医院，他立马就蔫了，为此他提前卖了荔枝用钱去救德明的儿子，他的内心可以欺骗村长等等，却不容许残害了无辜的孩子，他最后还想着被汽车冲撞，用赔款去医治妻子。这里面的爱令人起敬，平凡的人，虽然经常心怀鬼胎，在面对他人孩子的生命危险、面对亲人的病痛时，他表现出来的人性之光也能异常动人。

这些令作者喜欢的短篇，是他成功塑造人物生命的短篇。陈再见在一些创作论中强调，他的写作是要为小人物立传。湖村系列小说证明了他的雄心，透过这一系列短小的故事，我发现它们其实不仅仅是一个个湖村人的困难生活，他所立下的那些小人物传，更成为我们时代中那些众多被遮蔽的生命体之故事，因此，他笔下的人物也有着普遍的、永恒的、真实的生命。

结　语

综上所论，我们似乎可以认识到陈再见小说中几个重要的维度，一是他用一种糅合自己身份进入小说人物身份的方式呈现了底层世界的复杂性，同时呼吁了一种文化伦理上的反思和批判。另外，陈再见在书写底层苦难生活的时候，也呈现了尤其难得的伦理思考，在底层的生命故事中，那些伦理事件令人顿生沉痛，作者在呈现这种伦理真实的同时，也表达了他难得的生命关怀和伦理诉求。第三，陈再见还特意要为那些底层的生命立传。其实，不仅是湖村那些卑微的生命，而且包括湖村之外的生命，进入作者的笔下就是一种立传的方式。陈再见用自己悲天悯人的情怀为那些备受冷落的生命体提供了一份曾经生活过的证明。

也许，到目前为止，用"底层"视角去论述陈再见的小说确实是最好的方式，但其实，不管书写什么"层"的问题，归根结底还是书写人的问题。文学最根本上还是关于人的学问，而且是关于人的生命和灵魂的学问。陈再见的小说能够始终带着生命体的温度，带着思考灵魂的视野，精妙而难得。沈从文先生教导汪曾祺说小说创作最重要的是必须贴着人写，苏童在评价陈再见小说的话中，也表示陈再见所塑造的人物大多成功了，而且特别指出："可贵的是作者的写作态度，有真切自然的人性关怀，亦有恰当的情感温度和悲悯之心。"陈再见这些短小说都紧贴着人的存在感而去，因此情感能够抒发得真实而自然，悲悯之心呈现得也很纯粹。

　　总之，陈再见的小说能够贴着底层人物的生命，在语言和心理世界都呈现得尤为准确，成功地刻画了一系列活生生的底层人物，书写出了那些生活在多数人视野之外的个体生命是如何生活、如何感觉的，以及他们如何在悲欢中体味生命的博大、如何在生与死中表达灵魂的价值。陈再见为那些无名者洒下的一笔一笔笔墨其实也是他自己的心血，他用这份心怀为那些最为普通的、被很多人视如草芥的生命留下了曾经活过、爱过、痛过的证据。据此我也相信，陈再见的笔会继续紧贴着底层人物的生命感，继续守护着底层人物的生存价值！

（原载《百家评论》2015 年第 2 期）

我一直在写自己，
或者以写别人的方式写自己（访谈）

冯　娜　陈再见

　　冯　娜：再见兄你好！你我作为同辈写作者，恍惚已近不惑之年；我记得你是大约 2008 年左右开始写小说，至今已十余载。我在梳理你的过往写作时，似乎能清晰地看到"乡土文学"到"打工文学"再到"县城写作""城市写作"这样一些很有识别性的阶段和脉络（请原谅我暂时用这种简单的"标签法"描述你的写作）；与此同时，你从广东的潮汕农村到深圳生活，曾经做过工人、编辑、图书管理员等。我想你的写作和你的生活轨迹是"同构"的，我想读者们也很好奇，你的小说和你的成长背景和生活轨迹有着哪些微妙的联系呢？

　　陈再见：谢谢娜姐一直关注我的写作。我走的大概是一条不堪回顾、甚至经不起整理的写作路径，十余年了，恍然如梦，如果真有一个高高在上的上帝视角，我的行径仿佛就像是童年时那些被我们拽掉脑袋的"铁牛"，它们会顽强地在沙地上走出一条条看似盲目实则却肯定在内心做过衡量和抉择的道路，尽管好多瞬间下的判断和选择事后看来都是无效的，脚步和路途无疑是最严密的证据链，濒临死亡的昆虫也好，一个在迷茫中苦苦求索的写作者也罢，他们都一样需要耐心、勇气，以及对未来充满自欺欺人式的信心，那信心可以让一只断了头的"铁牛"继续前行，也可以让一个半路出家的野生作家坚信有写出好作品的一天。

　　2004 年我初到深圳时，心里根本没有文学梦，只想换个陌生的环境，摆脱一段让人很受辱的情感。所以四年后，机缘巧合，我开始写作时，第一篇小说就虚构了一段很浪漫很美好，甚至充满意淫的爱情故事。似乎从第一次下笔开始，如同被下了诅咒一般，我的写作就摆脱不了从自身经历写开去的魔咒。确实，这么多年来，我的每一篇小说都在写自己，或者以写别人的方式写自己。这种几近"对号入座"的敏感性不但在写作上表现，于最初的阅读也体现出了灵验，记得最早读陀思妥耶夫斯基的《卡拉马佐夫兄弟》时，见陀翁那么逼真地描写癫痫症的发作，当即便确定作者肯定就是一个癫痫症患者。事后看资料，果真验证了猜想。如果有人系统地读过我的作品，当然也能窥探到类似的"秘密"，甚至还能梳理出我的生活轨迹——正如你说的，我的生活和写作是"同构"的，文学地理几乎也等同于生活地理。我只有写我所经历过的熟悉的生活，手中的笔才能感触到其间的质地，否则会为文字的轻佻而发慌。

冯　娜：也许正因为你的写作来自你这样"老老实实""用力"，甚至"发狠"的生活，所以作品也显出扎实的质地和切肤的纹理。我看到一些评论家谈论到你近期的写作会提到"城市文学"，"城市文学"是一个近年被讨论得比较多的一个话题；城市文学的兴起是和城市化进程息息相关的。在你我的生活经验中，也目睹了中国城市的兴盛浪潮；这其中不仅有高楼大厦，更有一些尘土飞扬的空间：城乡接合部以及县城。我也注意到你有一系列以县城为叙事核心的小说，譬如《法留》《陵园舞者》《马戏团即将到来》等。身处深圳这样的一个日新月异的国际化大都市，你又是怎样凝视中国的县城的呢？

陈再见：我在深圳十多年了，奇怪的是却一直没觉得自己是深圳人，尽管深圳一直在煽情地宣传"来了就是深圳人"——如果说这是一个骗局，未免有些夸大，但至少能给人一种错觉吧，像是慢性春药，时刻保持亢奋的状态。如若是一个创业者，深圳肯定是难得的理想之城；一个写作者，就未必了。关于城市文学的讨论和倡议在深圳也进行多时，却不见起色，更别说蓬勃了。如果一座城市的文学和其发达程度成正比的话，那么深圳显然是一个反证。这跟深圳这座城市的底蕴轻薄和文化上的杂糅特质、以及深圳作家在面对一个复杂体时的茫然失措和落差心理都有莫大的关系，需要时间去准备和消化，甚至要几代人的土壤培植。

具体到个人，我其实更像城市的脱离者，或者说失败者。几年前我写《回县城》时，写了一个中年男人被迫从深圳回到县城买房的经历，虽是第三人称写法，敏感的读者大概早就把"他"替换成了"我"。没错，从那一年开始，我便过上了频繁的双城生活。某种程度，双城生活也挽救了我的写作，那时我正处在严重的瓶颈期，既不想再写"打工文学"——这也是置身于城市边缘的尘土飞扬的空间，但我已经离开了工厂，离开了现场，没有在场感的写作让我没有足够的底气，又不想贸然去投靠自己更为陌生的书写领域——于是县城给了我新的可能。我还发现，当我以一个既是当地人又是外来者的视角观望县城时，县城焕发出了让我着迷的异质气息，气息里又混杂着年少时的零星记忆，便产生了更为奇异的化学反应。我开始收集素材，接触县城不同的人物，还经常独自骑着电单车满城穿梭，把一些有历史感的老建筑和老景象，用手机拍摄下来，并于日后相继写进小说里去。我发现县城已经不是年少时那个扩大版的乡村，它成了微缩版的城市——这两者没有本质上的区别，只是表现形式的差异。无论怎样，县城仍然是一个"不伦不类"的地方，正是这种"不伦不类"，恰好是启动文学的按钮。

如今，我的县城系列小说陆续还在写，不少小说，其实写的不仅是县城本身，而是一个和外界打通了的县城。这既是双城生活所带给我的视角上的便利，也是我现在如何看待文学地域的方法论，就算是回头写深圳，也不再是深圳那么简单，而是一个和无数地域牵扯在一起的深圳。这种地与地、人与人之间的纠缠和牵连，才让文学有了行为力和生命力。

冯　娜：我想你对深圳这座城市的感受，是中国大城市中许许多多"新移民"的感受；从这个向度而言，你的写作是有价值的，你替这些"城市中的异乡人"发出了声音。正如你刚才说的，一座城市的经济发展程度和文化、文明进程未必是一致的，也正因为如此，无论是"被迫返回"的县城还是错综复杂的城市，都还有很多空间值得我们去探索去书写。

我们刚才也提到了，一个作家通常会在不经意间暴露自己的"来路"。你的小说中出现过很多的"码头""海边小镇""渔民"等关于海洋的物事，我想这和你的出生地——潮汕沿海地区是分不开的。潮汕地区在我的认知里是一片保存了相对完善的地域传统文化、民俗风情也有其异质性的土地。在你的小说集《青面鱼》中我们也能领略到一些潮汕地区的景象。我记得你曾说对自己的家乡怀有一种"恨意"，我想知道这种"恨意"的来源，以及经过漫长的书写和跋涉，你是否与自己的家乡和解？

陈再见：作家无非两种，要么回顾"来路"，要么探索"去向"，正如你所观察到的，我显然属于前者，至少目前是这样的。我的家乡海陆丰，属于大潮汕的一部分，如果真要严格加以区分，我们和潮汕之间还是有一些说不清道不明的距离，这距离既是地理上的，也是心理上的，如果是文化上，就无疑都属于潮汕文化的范畴之内。海洋是我们共同面对的庞然大物，渔民是家乡人最主要的职业，绵长的海岸线，每个镇上都有码头，三餐都离不开海鲜，出游一般也是去看海……我成长的村庄虽说不是渔村，离海也不远，打小我们就喜欢结伴去看海，走路或骑单车，百看不厌。后来，我到一个海边小镇读高中，最常去的地方就是码头，看渔民收网搬鱼和清洗船体。小镇还有很多发生于海上的历史传说，如南宋末代皇帝逃亡至此，并同玉玺坠落于那片海域；如抗战时期日本军舰被盟军击沉，尸体浮满浅海，那年的池鱼又多又肥美，随便拿个蚊帐都能打捞……这些信息根植在我的记忆里，当我提笔书写时，它们自然就成了我笔下的事物，是可辨识的那一部分特质。

离开家乡后，好长一段时间，我确实瞧不上家乡的落后与愚昧，所谓的"恨意"，大概就是从那时候开始滋生的吧。我的"恨意"其实应该分两个层面讲，首先是生活层面的，以一个单纯的家乡人去理解和面对自己的家乡，这本身并不需要解释，就像我们在青春期也曾反对过父母，是一种世俗上的"恨意"；再者，当我以一个写作者的身份，从文学的层面来看待家乡人和事时，这时所谓的"恨意"就发生了微妙的变幻，甚至是截然相反的评判。我以文学虚构书写"恨意"时，事实上带着深沉的理解和悲悯，我知道一切事情的根源都有其背后难以扭转的缘由，就像原宥一个人会犯错误一样，也理解一个地方呈现出来的愚昧和丑陋。所以，从这个方面讲，我越写家乡的丑陋，便越觉得离家乡越近了，甚至近到了直捣内部，如透过显微镜呈现的效果。这看似矛盾，却在另一个层面上达成了和解。

冯　娜： 你说到了"理解和悲悯"，我也就更能理解你的"恨意"，我们的阅读和写作很多时候也是在洞察和反抗人自身的愚昧和局限。从这个意义而言，我觉得写作者理应保持一种清醒的觉察，去体察那些"恨意"或"悲悯"背后我们所能接近的人类的守望和良知、人性的复杂与幽微。

就像你说的，我们在回望自己的来路和故土时，其实是在描述一个我们记忆和想象中的乡土中国之一隅。今天，当我们重返自己的家乡，也会发现极其陌生，遍寻不到儿时记忆的影踪。也可以说，文学是在创造和重述一个"现实世界"，而不是分毫不差地复刻一个"真实世界"。作为一个在小说领域探索了十多年的写作者，你是怎么理解小说的故事性和艺术性的呢？

陈再见：是的，真实的现实和文学的现实不是一个概念。即便是托尔斯泰等伟大的现实主义作家，他们笔下的世界也是经过过滤再塑造的结果，不可能分毫不差地照搬生活原貌。从这个意义上讲，作家们虚构出来的"现实"肯定比我们真实的世界要精彩，至少比现实更逻辑自洽和精巧细致。小说中的人物和故事固然有现实作为模板和原型，作家的想象力却像是在原型的基础上生长起来的枝叶和花朵。因而，小说虚构出来的世界既非毫无根由的凭空想象，也非羁绊于现实窠臼里的镣铐舞步，文学虚构自有它的"度量"——在我的理解里，如果说虚构现实提供了"故事性"，那么这"度量"的拿捏就是文本的"艺术性"了。

以我的经验——我的经验自然谈不上多么可贵，就是适当和现实保持距离和文学性的"避重就轻"。保持距离是为了获取新鲜和陌生感；"避重就轻"则是稍为复杂的考量——生活之重，或进一步讲人生之重，它们并不一定是文学所能表达的，至少不可以原状原貌搬进文本里，那么所谓的"避重就轻"，其实就是寻找它们轻盈、艺术的一面，以达到四两拨千斤的效果，甚至把笨重的生活打碎再重组一个轻巧的标本的能力。因而，聪明的作家都得学会"和稀泥"，不能就事论事，更不能有一说一，如果说生活提供的只是细碎的材料，作家的职责当然不是材料的搬运，而是建造一座完整的建筑物。

既然是建筑物，就有庞然大物和精雕细琢的区别，二者虽然不矛盾，一直以来，却被我们冠以不同的创作流派，亦即是现实主义和现代主义，前者注重故事性后者注重艺术性，好长时间，在一般的认知里，似乎有着不可调和的冲突。在我这里，无论是阅读还是写作，其实都没有所谓的"主义"之争——尽管我一直被定义为现实主义作家。我们现在所面对的这个世界，是简单任何一个"主义"所能够概括的吗？如果说陀思妥耶夫斯基的现实主义已经一去不复返，那么卡夫卡的现代主义也不是原先的那副模样了吧。事实上，我们现在的写作应该提倡"无主义"状态，只要它源自生活、遵从逻辑，把虚构秘密地隐藏在日常叙述里，像罗萨那样想象出"河的第三条岸"，虚构出一种隐性的生活状态和情绪，看似不动声色，实则波澜起伏——在我看来，这才是故事性和艺术性最为完美的融合。

冯　娜：我从你的叙述中似乎看到你对构建一座恢宏而精细的"大建筑"的渴望，我想这是每一个有抱负的写作者的雄心。在经过近百万字的中短篇小说实践后，你的长篇小说《出花园记》也面世了。也是因为阅读你这本小说我才知道"出花园"其实是潮汕地区的一个民俗，类似于 15 岁少年的"成人礼"。《出花园记》毫无意外地回到了你最熟悉的潮汕场景和人物结构，我个人会把这部小说视为你对过去写作的一个总结和回顾，你自己是怎么看的？

陈再见： 从内容和结构上看，《出花园记》确实是对我以往创作题材和路径的回顾和总结。我把它分为三个大块——乡土、城市和县城，正好与本人的生活轨迹吻合，里面的人物和故事，也多多少少能在我以往的中短篇里找到影子，尤其是主角罗一枪，还经常在我的其他小说里出现，有时是主角有时是配角，有时叫罗一枪有时叫别的名字。但是，《出花园记》并非简单地重复或拼凑，它是在另一种规模上对生活履迹和素材的整合和书写，自然就有它独立的空间和生命力，所写的人物也不仅是片段化的表达，而是更为完整繁复的命运感的呈现。

写作长篇，我一直是有情结的。在我遇见文学的初期，所读的就都是长篇小说，那时我还不知道这世上有中短篇小说一说，我是开始写作后才意识到它们的存在——而它们更像是圈内人的竞技筹码，圈外对小说的理解和认识，依然停留在长篇之上。如果可以，我倒情愿一辈子只写长篇，我痴迷于它庞大的容量，和写作时那种痛并快乐着的自虐式快感，并乐此不倦。

冯　娜： 对于长篇的理解，我想大可听从写作本身对你的召唤吧。我第一次看到《出花园记》这个书名，立刻联想到了《出埃及记》；我想长篇的写作对于一个小说家而言，应该是一个新世界正在徐徐展开。我也非常期待在不久的将来看到你的新作，我想也许那时候我们会再见一个新的"花园"。感谢你真诚的回答，祝福你在写作的道路上继续"乐此不倦"。

佛 花 卷

佛花，笔名烟火、船长，文学硕士，麦哲伦书吧创始人，爱美，爱吃，爱时尚。做过老师、记者、编辑。小说，诗歌、评论发于《北京文学》《山花》《读书》《花城》《诗林》《特区文学》《香港作家》等刊物。十二岁开始发表散文，却疏懒随性，胸无大志，唯愿此生如梦，长醉不复醒。

新都市传奇及其审美现代性
——评赖佛花的女性情感系列小说

汤奇云

张爱玲曾将自己虚构的都市传奇视作"流言"。"流言"当然就是关于都市男欢女爱的谎言性八卦故事。其实，无论是流言的制造者还是传播者，他们都在虚妄地享受着流言叙述中所展示的见多识广，以及由这种所谓的知识能力转化而来的权力欲。因此，杜撰流言就成为张爱玲的写作姿态，并体现了她最基本的小说观。那便是从自己营造的"流言"中，呈现都市人家幽暗的人性风景。不过，情义的难求恰恰是她小说的母题。

尽管读着张爱玲小说长大的赖佛花，也在做着当代都市流言的记录，但她的心态却远没有张爱玲那般超脱。可能是她没有张氏那贵族式的身份，也许是平民家的孩子早当家，成熟得太早，责任感也太强，故而总能充分体谅到当代人的都市生存之不易。所以。她要么把都市流言当成了激励自己完成精神成长的砥石，如《女船长》和《凤凰》；要么把它当成了一面透视时代精神底色的镜子，如小说《姐姐》和《海棠》。所以，读她的小说，我们总能明显地感觉得到，尽管她的叙述话语张扬凌厉，但丝毫没有张爱玲的那种尖酸刻薄；相反，我们总是能从她的文字中，感受到一份现代人文理性所赋予的厚道与温情。或许，她所有的小说本来就是为当代都市留住这份厚道与温情而关注这些流言的，因为她是如此热烈地爱着这成长于斯也生活于斯的城市。

我之所以将她与张爱玲扯在一起，实在是她的小说也是从关注都市流言开始的。只是她从来不想让人们将自己的小说也当成都市的流言，而为人们增添道德杀伐的工具。在《女船长》中，患小儿麻痹症的残疾女，自小在母亲带她寻医问药的路上，不用抬头，就能领略到旁人投射过来的鄙夷目光，以及廉价的同情。但是，她更能从母亲歇斯底里式的母爱与生存姿态中，领略到这繁华都市背后人性的另一道"风景"——自尊、自爱与自强。她在母亲的"船长精神"指引下，学会了全面掌控自己的人生。她从不摔倒；她以阅读碾碎孤独；她每天花费三小时来打扮自己以维护体面。尽管她的半边身子是软塌的，但她以真诚和坦荡与哥伦布谈过一场梦幻般的爱；她又以超乎常人的艰辛和勤快，保住了那尽管卑微却能赖以为生的职位。卑微的她，之所以刻意如此，只为实现一个卑微的梦想——不再让已成弃妇的母亲再焦心于自己的未来。

母亲则倾尽家财开设了一个名叫"女船长"的书吧，作为女儿未来的寄生之所；也希望女儿能够像一名掌控航船的船长一样，掌握自己的人生。不久，母亲辞世，彻底沦为孤儿的残疾女接过了母亲的班，担任了母亲曾经肩负过的"女船长"角色。有意味的是，在书吧里，这位新的"女船长"不再像从前那样藏匿起自己残败的身体，甚至敢于在人前开怀大笑。以至于母亲生前的一些好友与学生都觉得，母亲似乎没有离开过这人世。

所有在深圳生活过的人都看得出来，这不是一碗励志的鸡汤，甚至不是一个关于当代苦难的故事，而是一个关于这座城市的两代"奋斗者"的寓言。深二代正在接过他们父辈手中的旗，以一种前所未有的理性精神，重塑这座繁华都市的精魂与内在风景——无论是一个人，还是一座城市，都应该像一位船长一样掌控自己的命运。

同样不认命，并以自己的全部智慧来抗击流言的，还有《凤凰》中的阿丑姑娘。令人惊异的是，让她作出传奇式抗争的动机，不是出于"女船长"式的生存压力，而是基于一个基本的现代人伦常识："一个人再低微、再丑、再简陋，我还是一个人。"显然，《凤凰》与《女船长》已构成了探讨同一主题的姊妹篇。

小说一开头，就有令阿丑姑娘痛彻肺腑的一段流言转述："全天下都知道我丑。有人说我，丑就算了，还要丑得人尽皆知、厚颜无耻，丑得连父母都受万人唾弃，也算是人中龙凤了。"只因容貌丑陋，社会地位低微，阿丑姑娘不仅被任课教师剥夺了佩戴红头花的权利，还遭到了班主任老师的无耻猥亵。她成了人见人欺的主。从此，她只能在文学名著阅读和文学创作所营造的虚幻世界中重建自身的尊严。

工作后，她在野心家于大可的鼓动下，本着"要娼就娼世道，要盗就盗人心"的混世哲学，开始了她在现实世界中的夺回尊严之路。由于于大可是这冷酷世界中唯一对她付出了亦真亦假之爱的人，因此，她先是心甘情愿为于大可所利用。她奇丑无比，却"厚颜无耻"地向清华北大的高才生们发出征婚广告。这一癞蛤蟆想吃天鹅肉的荒唐行为，自然引来了自称"正义"的网络世界的"恶搞"。但是，"恶搞"这种现代都市流言不仅没有伤害到她，相反，她居然成为网红人物、新媒体时代的流量中心。阿丑姑娘也因此而收获了大量的金钱。显然，于大可在利用阿丑的容貌来发家致富，而他俩却在聪明地利用社会庸众的无聊与猎奇。

但是阿丑是不甘被人利用的。她跟《女船长》中的残疾女一样，不仅要掌控自己的人生，更要获得自己应有的尊严。于是，一场跟庸众社会的"智斗"，就在她自己的主导下登场了。阿丑先是利用于大可给她的分红，进行了大面积的整容，让自己出落成一个与其本名相符的"凤凰"。其后，她又将与于大可的性爱照片，巧妙地"泄漏"在网络上。她再次成了流量中心，再次成为了网红，也再次收获了金钱。但是，她最大的收获却是野心家于大可对她的敬畏。当人们关注和追问网红凤姐身子下的人物身份时，于大可领略到了阿丑的厉害。此时，"脱胎"成凤姐的阿丑姑娘，已经完成了其"在战斗中成长"的精神涅槃。她要正告于大可这些流言制造者的是，你可以娼世道，但人要有底线。唯有人间真情不可利用，更不可亵渎。

看得出来，《凤凰》这部有其"本事"的当代流言传奇，已不再是像张爱玲一样，为了呈现流言的无情与现实的龃龉；而是为了表达作家自己所体悟出的一个朴素的道理：人们在享有现代都市的繁华时，更应认识到，城市不应成为一个弱肉强食的丛林，也不应成为智力竞赛的竞技场。任何时代，任何社会，唯有爱与宽容才会有未来。因此，凤凰与"女船长"一样，不约而同地选择了与现实的和解。她不仅原谅了以爱的名义利用她的于大可，也宽恕了曾经猥亵过她的班主任老师。

流言以爱的名义在当今网络时代大行其道，这也远非张爱玲女士在半个世纪前所能想象的。然而，作家要给一座流言充斥的城市增添爱的程序又谈何容易？这显然不是给自己的手机安装一个软件那般简单。一个明显的事实是，日益发达的媒体技术正在流言中制造"情感的景观化"。甚至连街头的商业广告都要大打情感牌。但是，情感的景观化又势必会构成一种社会意识形态。它不仅支配了人们的世界观，也使得那些于大可式的虚情假意获得了某种超越性，从而变成了一种似乎在现实世界中本来就存在的客观实在。那么，人的本真自然情感——天赋的自爱心和同情心，不仅会被这些虚假的文明所遮蔽，而且还会遭到它所乔装的正义的伤害。凤姐所遭遇的网络暴力就是如此。不过，所幸的是，人们对真情真爱的渴求并未消失，也不可能消失。它必然会通过自身的形式化——即个性化，来支撑文学真实性的存在。

为了不让自己的文学成为传播虚假情感的都市流言，赖佛花将她的笔触伸向了都市家庭中的伦理领域，甚至伸向了自己的心底。她力图通过探讨流言对亲情与爱情的毁灭，来检验这座城市真实的情感风景。

在《姐姐》中，母亲是一个失败的舞蹈家，而父亲也是一个失意的公务员。母亲由于对父亲的失望，转而将自己的全部精力投入到了对我们姊妹俩的培养上。她希望我们两姐妹能够继承她的衣钵，完成自己的未竟之志。父亲也因母亲对他的冷落而寻欢他爱。而"我"——南柯，正是时刻感受到家庭成员的各怀心志和父母婚姻关系的凄风苦雨，既希望在家能得到姐姐的百般呵护，更希望得到市委书记的儿子崔健的爱情，以走出这个家庭。于是，一个人见人爱而又善解人意的神仙姐姐"一梦"出现了。姐姐不仅考入了大学舞蹈系，圆了失落母亲的梦；还将"我"解放出来，让"我"投考到了自己最喜欢的美术专业。姐姐还做了市委书记的情妇，让父亲在莫名其妙中升了官，又重新回到了夫唱妇随的美好家庭。甚至，姐姐为了不至于成为"我"与崔健婚恋的障碍而离开了这个世界。

显然，这是人们耳熟能详的成语"南柯一梦"的隐喻。"姐姐"不仅是"我"

的一个梦，也是现实生活中每个人的白日梦。然而，"我"在梦醒之后，真正产生了内心的羞愧。所以，她一头扑倒在母亲的怀里痛哭流涕，不断忏悔着：姐姐的跳河自尽，我是亲眼看见的。由于自己的自私，我没有去制止。母亲则一直在反复安慰"我"：这只是一个梦，你也从来没有过什么姐姐。

其实，他们做父母的，哪一个不梦想有这样一个女儿出现呢？只是不愿意在子女面前道破这份痴心妄想罢了。只有年轻的南柯懂得感恩，从而拥有这份自省意识罢了。因此，小说叙述者南柯的自省意识，实际就是一种现代理性文明所倡导的自我反思意识。它所内含的人道主义同情，不仅是这个城市文明的根芽，更是预言一个新的伦理时代即将到来的春信。

如果说南柯的叙述话语呈现的是每一个人应有的自我羞愧，那么，《海棠》中的主人公则是在完成一种更为严苛的自我审判。海棠与南柯的姐姐一般，也有着天使般的容颜。当然，她本就是一名白衣天使——眼科大夫，并出生于父母双双为文学教授的书香门第。海棠之所以成为大龄剩女，实在是出于对父母婚恋的失望，从而产生了一种对婚恋的恐惧心理所致。在海棠父母的婚姻中，一直楔入了一个第三者——最疼爱自己的小姨。为此，母亲曾经在一方是丈夫一方是妹妹的两难困境中割腕自杀。自杀未果后，母亲便信奉了上帝，以求内心平静。从此，海棠既瞧不起父亲，也恼怒于小姨。但离奇的是，海棠也正在成为下一个小姨。她也无可救药地爱上了有妇之夫的"西厢记"。尽管"西厢记"也不能为她提供婚姻的名实，甚至爱的承诺；但他与父亲一般的博学、风度与成熟，依然让海棠难以自拔。

在照料父亲住院期间，由于偶遇"西厢记"正护送临产的妻子上医院，海棠决心切断与他的情爱关系，与"计算机"开始一场真正属于自己的婚姻生活。一方面让"西厢记"即将出生的孩子将来在心理与情感上不再重蹈自己的困境；另一方面她自己也可以摆脱小姨终身不嫁的宿命。然而，两件既离奇又似乎顺理成章的事件，掐断了她的这段姻缘，也碾碎了她的良好愿望。一是在父亲临终前，她站在母亲的立场对父亲和小姨的道德审判，这不仅加速了父亲的死亡，而且也粉碎了自己刚刚建立起来的对新婚恋的美好幻想。因为，如果她接受了这场新的婚恋；那么父亲在情人与配偶之间两为其难的困境，就有可能是自己明日的境况。二是"西厢记"夫妇在都市流言中的相继自杀，既让她发现了自己内心世界中所隐藏的残忍与自私，也让她消除了先前对"西厢记"的一些看似无情实有情的误解。

原来，"西厢记"在残酷的官场升迁斗争中，一直遭到竞争对手的严密监视。此时，他与海棠幽会的照片在媒体上曝光，不仅导致正处于临产期的妻子情绪失控而跳楼自尽；而且，还因他的市委宣传部副部长的身份，使得他们之间的情事成为这个城市最大的桃色事件。这一桃色事件在网络媒体上的发酵，让他意识到，对自己一无所求的海棠也同样陷入到了流言的漩涡之中。他发现，自己的存在实际已经伤害到了两个最爱自己的女人，于是他毅然选择了为爱殉命。

"西厢记"与父亲的相继死亡，也让海棠重新认识到，"西厢记"与父亲其实是同一类人。他们都是重情重义的人。他们都是在遵循自己的内心，珍惜每一份弥足珍贵的人间情感。正因为如此，自己和小姨才愿意以一辈子的光阴去依恋，去追寻。因此，先前对父亲的临终审判，纯属错位误判；而真正要接受严厉审判的，正是她自己。

其实，作为女儿，海棠不是不能对她父亲的婚恋进行道德审判，而是她自认为没有资格做这一审判。因为她发现，自己与父亲其实也是属于同一类人。父亲一直在以自己的真爱伤害着母亲，也毁掉了小姨。而她自己也正在以自己的真诚与挚爱，将父亲与"西厢记"送上绝路。面对这种似乎无法摆脱的命运轮回，她也常常困惑不已，百思不得其解。最后，她只能无奈地将答案笼统地归之于遗传了父亲的基因。

但是，文学评论者是不应该对一个小说人物来做什么道德评判的。尽管道德评判与审美判断都是建立在人的情感判断力之上的；然而，两者却有着根本的不同。道德判断只负责对他者作出对错判断，而审美判断则是要对自我的认同感负责，完成的是基于自我体验所作出的感性判断。显然，文学只有呈现出作家自身的这种审美意识，才有其真正的艺术魅力；而揭示作家独特的审美意识及其与艺术创造之间的隐秘关系，则实在是文学批评的责任。

正如席勒在《论激情》一文中所指出的，人的情感永远是文学艺术的表现对象，但它只是手段，不是目的。原因在于，并不是这人世间所有的情感都能感动人的。所以，文学艺术的真正目的在于，要求艺术家通过表现人物的自爱心与同情心之间的交锋与纠结，从而营构出那高度个人化的艺术情感（如海棠的痛苦），以呈现出人物形象心灵中的审美情感之于道德的超越性（即人物的情感不止于那种道德情感）。显然，只有在这种具有超越性的审美情感中，人才能呈现出他自身的理性。因为承受痛苦本身就是一种自我惩罚的方式；所以，只有表现出人物在良知觉醒后的痛苦，才能表明他尚有一定的道义担当。作家也只有在文学艺术中创造这样一种勇于"自我惩罚"的情感景观，人们才能在情境式的感同身受中获得其自我认同感。这种敢于直面人生也勇于自我审判的精神，本身就是崇高美的情感源泉。故而尼采明确宣言：唯有悲剧才是最高的抒情诗。

在《海棠》这部关于当代言情悲剧作品中，作家赖佛花显然对现代悲剧艺术的内在审美原理深得三昧。从海棠婚恋的可能性来看，在"西厢记"夫妇相继离世后，实际上流言的风潮已过，她完全可以与"计算机"步入婚姻的殿堂，不一定会受到道德的谴责。显然，是她自己不放过自己；她不能丢掉人之为人的良知而没心没肺地活。因此，她带着巨大的伤痛、绝望与负罪感，来到了医院，打掉了与"计算机"的骨血，关闭了自己婚恋的大门。最后，在母亲的指引下，她投入了上帝的怀抱，以寻求心灵的宁静和灵魂的救赎。

因此，海棠的痛苦与《姐姐》中妹妹的痛苦一样，不仅仅是她们精神成人的表现，更是一种理性文明在人们心头生长的标志。尽管康德曾明确断言："人性这根曲木，决然造不出什么笔直的东西"，对人的理性精神不无犹疑；但是他又接着说，只有聪明的木匠能将这些曲木制作出一流的地板来。作家赖佛花显然是这样一位聪明的木匠。她义无反顾地钟情于其笔下人物在理性轨道上前行的姿态，并投入了她的全部热情，热烈地赞美着她们对真情真义的渴求。因此，她一反《女船长》和《凤凰》中的人设，赋予了她们风姿绰约的外表特征。只是在尊严的追求和良知的恪守上，一直是她在小说中用心镌刻的两大主题。事实上，赖佛花正是通过对这些形形色色的都市儿女的内心风景的真心赞赏与书写，使得她的都市传奇从寻常的流言中超脱出来，成就了这个城市的人文景观——"温暖花开"的诗意风景。

（原载《特区文学·深圳评论》2022 年第 1 期）

因为懂得，所以慈悲

——佛花印象记，兼评其小说创作

陈劲松

我的姐妹坐在她焦躁的闺阁中等待爱情 / 她说她有一切世间上不可比拟的勇气去越过千山万水 / 一切都该为爱情让道 / 然而，在玫瑰盛开的季节我却看到了她最终的绝望 / 爱情不是拯救，而是一场更为惨烈的灾难

——佛花《我将一路的黄昏带给你》

一、认清生活的真相后依然热爱它

和佛花相识很有些年头了，想来大抵已是十五年前——彼时，作为师兄妹，我们都以文学青年自居，整天在深大荔园涂鸦一些自娱自乐的句子。印象最深的是，佛花对文学自有一种骨子里的痴迷。她的文学之路由诗歌开启，偶见发表，我亦曾读过其中几首，譬如《我将一路的黄昏带给你》《我想用干净的泪水表达幸福》《你躺在天空下等我》《姐妹，在这样的夏天我想起了你》。这些诗歌，从诗风而言受诗人海子的影响颇深，大多以女性视角传递出她对这个世界冷峻却又充满温情的观察。如果没有猜错的话，佛花多半是一位理想主义者，也是一个完美主义者，无论是对待生活，对待感情，还是对待文学。或许，这也正是她这么多年始终坚持创作的重要原因和精神动力吧。

佛花对生活的追求令人羡慕。蛰居深圳，理想与现实的南辕北辙、有时难免让凡夫俗子们生出种种烦躁和焦虑，乃至灰头土脸、一地鸡毛。佛花是否有过类似的至暗时刻不得而知，我所知道的是，每每见到她，呈现于眼前的总是温文尔雅、笑容可掬的知性形象。这种形象，给人以温暖，以自然，以坦荡。而这形象背后，又分明透着一颗千帆过尽的赤子之心，显出一份众

人皆醉我独醒的孤傲之态。若非经历了生活的千沟万壑，哪里又会拥有这样一种心态？犹如法国作家罗曼·罗兰在《米开朗基罗传》一书中所言："世界上只有一种真正的英雄主义，就是认清生活的真相后依然热爱它。"无疑，佛花是真正热爱生活的人，唯其热爱，我才在她身上看到多年如一日的精致、庄严，以及不苟且。她自诩是一个无趣的人，但只有熟悉她的人才能洞悉，她的灵魂多么有趣。她的生活方式相对简单，姿态却是无比虔诚、极端自省："我想做一些让自己成为自己的事，在有生之年。即便这些事，不见得太靠谱。但是再不靠谱，我亦不愿沦为'别人'"。与其说佛花爱自己，毋宁说她爱生活，她清醒地知道，自己到底想要什么。

佛花对朋友的顾惜令人感动。据我的了解，佛花尽管不是"人见人爱，花见花开"的"万人迷"，但她的一颦一笑，总是透着客家妹子的温良恭俭让，无形之中让人对她多了一份尊重与亲近。外人眼中的佛花，大大咧咧甚或没心没肺，然而对待朋友，她皆十分用心，总能设身处地为对方着想。毕业后，我与她的交往并不多，有一件小事却令我历历在目。某年某日，导师约上几位师兄弟妹小聚，她亦应邀参加，聚会结束时，她拿出早已准备好的礼物给每位出席者一一奉送，轮到我时，礼物分完了——她事先并不清楚参加聚会的确切人数，于是场面瞬间非常尴尬，她可能觉得让我在大庭广众之下丢了面子，忙不迭地向我致歉，我则安慰她小事一桩，无须挂齿。原以为这事就过去了，我根本不以为意。没承想，她回家后即发来微信再三表示，自己考虑不够周到，实在不好意思云云，并一定要另送一份礼物以示弥补。没过两天，我就收到了她寄来的一套精美茶具。我当然不是小肚鸡肠之人，会因为那样一件小事而耿耿于怀，但佛花的顾惜之情令我感怀至今，她对待朋友的赤诚亦由此可见一斑。

佛花对文学的执念令人敬佩。当年的师兄弟妹，几乎都怀揣满腔文学热情，或诗歌，或散文，或小说，作家的梦想伴随整个青春时代。然而，这么多年过去，将文学写作坚持到底的，恐怕就只剩佛花了。我们失去的不仅是青春，还有曾经的梦想。夜深人静时，我们除了偶尔忆起那些激情岁月的唏嘘感慨，更多的是面对繁杂生活的麻木不仁。这一切，我们轻描淡写地将其归咎于生活所迫。事实上，谁的生活又能总是顺风顺水呢？佛花亦不例外，她和我们一样经历了生活的千疮百孔。不同的是，无论生活怎样兜兜转转，她内心那束文学的火焰非但从未熄灭，反而越烧越旺，进而照亮了她的生活之路。她沉迷于自己的文学世界，任其红尘滚滚，兀自清风明月。写作让她更加辨清自己的来路与归途："说到底，写作大体如此：自己和自己玩。写得再激烈，也是一个人的世界。"当她在这个世界乐此不疲时，她的灵魂得以安放，她的信仰得以永恒。

写作中的佛花，内心是安宁的，她的文字，似乎有一种与生俱来的悲悯，恰如她的名字——俗世红尘中的一株"佛花"：拈花一笑，普度众生。由此，我不禁想起了民国学者刘文典。当年在西南联大任教时，有学生请教他怎样才能写出好文章，他专授"观世音菩萨"以答。为何是这五个字？徐百柯的《刘文典：世上已无真狂徒》一文记述如下："诸生不明所指，他解释说：'观'乃多多观察生活，'世'乃需要明白世故人情，'音'乃讲究音韵，'菩萨'，则是要有救苦救难、关爱众生的菩萨心肠。"读佛花的小说，尤其是《女船长》《姐姐》《凤凰》《海棠》等系列小说，不难发现她观察生活的细致入微，表达人情世故的入木三分，遣词造句的精准凝练，以及通过小说人物传达出来的悲悯情怀，皆与刘文典的"观世音菩萨"遥相呼应。

二、有声有色地演出人生这场悲剧

佛花的写作从诗歌起步，稍有气象后，她便不满足于只做一个行吟诗人，小说家的声音在召唤、怂恿着她。当她意识到"现实世界的种种，都有其言说不尽的部分。而我迷恋的就是这一部分"时，她由诗歌至小说的写作转型，也就顺理成章了。大学毕业前夕，佛花创作并发表了自己的小说处女作《阿明》。在这部短篇小说中，她以稚嫩却饱含深情的笔触，塑造了一位不甘现状、苦寻出路的农村青年阿明，来到城市后不择手段的奋斗史，情节跌宕起伏，结局荒诞黑暗：阿明费尽心机爱上了自己栖身店铺的老板娘，老板娘怀上了他的孩子后却嫁给了一位香港老头，而那位老头不是别人，正是当年抛家弃舍逃港的阿明的亲生父亲。今天重新审视《阿明》的写作，虽觉还不够成熟老练，但能从中看出佛花在人物塑造、情节设置、故事叙述等方面的能力已非同一般。

此后，佛花陆陆续续创作了若干小说，却大多停留于模仿、摸索阶段。2016年开始，佛花尝试写作一组女性系列小说，包括《女船长》《姐姐》《凤凰》《海棠》等，直到这一系列作品的问世，佛花的小说创作才渐入佳境，终于有了属于自己的、具有一定辨识度的代表作。某种意义上，佛花的小说与她的诗歌构成一种思想、风格和叙事上的互文关系。换句话说，她后来的小说创作，基本延续了早期诗歌创作的母题与思考：复杂现实的生活、变幻莫测的命运，以及悲伤绝望的爱情，等等。《悲剧的诞生》中，尼采如是说："就算人生是出悲剧，也有声有色地演这出悲剧，不要失掉了悲剧的壮丽和快慰；就算人生是个梦，我们也要有滋有味地做这个梦，不要失掉了梦的情致和乐趣。"我以为，这句话既是佛花对待人生与梦想的真实写照，也是她小说文本极力遵循的创作理念，更是她小说人物主动选择的命运安排。从《阿明》中的阿明，到《女船长》中的但愿，到《姐姐》中的一梦，到《凤凰》中的柳凤凰，再到《海棠》中的宋海棠，无一不在有声有色地演出人生这场悲剧。

叔本华认为，人生不过是一场悲剧，欲望则是一切痛苦的根源。用王尔德的喜剧《温夫人的扇子》中邓比的话来说，"世上只有两种悲剧。一种是求而不得，另一种是求而得之。"或者亦如萧伯纳所言，"人生有两出悲剧：一是万念俱灰；另一是踌躇满志。"三者的表达内容各有侧重，意思却殊途同归。若以此打量佛花的小说，尤其是系列女性小说，不难发现它们的共通之处：一心想要出人头地的农村青年阿明（《阿明》），留在城市的最好出路不过是傍上"富婆"，原始的欲望得以满足后，痛苦很快接踵而至——情人成了母亲，儿子成了兄弟。同样来自农村的"丑女"柳凤凰（《凤凰》），咸鱼翻身的最佳捷径不过是成为一名丑到极致的"网红"，最终，她的梦想至少在物质层面实现了，在形象上，"她也从此前彻头彻尾的丑角，变成'毁誉参半'了。"然而，面对情人的猝然离世，面对未来的茫然无绪，凤凰"突然感到深深的疲惫，那种深入骨髓的疲惫。"这种痛苦和悲剧，在芭蕾美人一梦（《姐姐》）和眼科医生宋海棠那里尤盛。美得颠倒众生的姐姐一梦，从小就活在家人和他人各种期许的枷锁里，虽痛苦却无力挣扎。当她决心活出自我的时候，迎接她的除了悲剧，别无其他。无奈之下，姐姐选择了轻生。小说中，主人公我（南柯）和姐姐（一梦）的名字，连起来即是南柯一梦，这显然并非作者人物塑造的巧合，而是有意为之：人生也好，梦想也罢，到头来终究不过只是南柯梦一场。宋海棠（《海棠》）的人生依然是一出悲剧，这出悲剧从她甘愿成为有妇之夫的情人那一刻开始，就早已命中注定。情人的死亡和爱人的分手，让海棠一夜之间经历了人生的两重悲剧，无论得不到抑或得到，带来的都是痛苦。

○ ○ ○   297

鲁迅在《再论雷峰塔的倒掉》一文中曾说："不过在戏台上罢了，悲剧将人生的有价值的东西毁灭给人看。"生活、理想、爱情，这些当真是有价值的东西。然而，在佛花笔下，在她小说的主人公身上，这些有价值的东西无一不从绚烂走向毁灭。悲剧由此诞生，悲剧的力量也由此彰显。更能彰显这种力量的是，佛花及其笔下的主人公，明明知道前路即是万劫不复的深渊，却仍然走得义无反顾，这就颇有些西西弗斯推巨石的意味。于是，我们得以看到佛花笔下的主人公们，在人生的戏台上有声有色地演出一幕又一幕悲剧。没错，"有声有色"。她们踌躇满志，她们孜孜以求，她们飞蛾扑火，她们昙花一现，但她们"不在乎天长地久，只在乎曾经拥有。"譬如但愿，患有小儿麻痹症的她，尽管活得卑微，却努力追求爱情和幸福，"想要在原本就足够不堪的人生中拥有那么一点被称作尊严的东西。"譬如柳凤凰，尽管早就知道"所有人都终将枯萎、破败、消逝"，却时刻提醒自己要打好人生每一张牌，并发出了一个社会底层小人物的呐喊："作为一只刍狗，我无力对抗命运，可我还是忍不住想要奋力一搏。"譬如一梦，尽管从小气质出众、光彩照人，但经历的"不过是一种尽最大努力以获他人认可的人生。"十八岁后，一梦彻底背弃了曾为之信誓旦旦的舞蹈，从此为了活出真我一路乘风破浪。当她将最好的青春年华奉献给某位有妇之夫的高官时，她显然知道自己面临的必将是悲剧，但她依然爱得决绝，甚至不惜以死谢幕。譬如宋海棠，尽管只是一位名不见经传的眼科医生，却因为是文学教授的女儿，从小受中外文学名著的滋养，骨子里"浪漫得要死"。她想要的，"就是书里那些不着调的爱情。"为此，她"奋不顾身，火树银花"，就算头破血流、伤痕累累乃至身败名裂，亦在所不辞。

　　至此，佛花的创作信条跃然纸上：挖掘现实生活可能背后的笃定，讲述离奇故事荒谬背后的真实，演绎悲剧人生复杂背后的纯粹。可能与笃定、荒谬与真实、复杂与纯粹，不正是芸芸众生过去、此时、将来都必经的生活的一体两面吗？至于哪一面才能占据上风，固然因人而异，但佛花的选择无疑代表着一位优秀作家的选择："世无天长日久，终是风雨飘摇。可是，我还是希望那些注定不恒久的事物，因着微小而虔诚的努力，在某一瞬间绽放出光华来。"佛花的《女船长》《姐姐》《凤凰》《海棠》等系列小说，让我看到了一群性格迥异的女性，不约而同却有声有色地演绎着人生这出悲剧，且在某一瞬间绽放出璀璨的光华。

三、谁都躲不过自己的宿命

读佛花的小说，尤其是《姐姐》《凤凰》《海棠》这几部，很容易让我想起奥地利小说家茨威格的传记作品《断头王后》。作为茨威格最受欢迎的作品之一，其中有这样一句话令我记忆犹新："那时候她还太年轻，不知道命运的馈赠早在暗中标好了价格。"她就是作品的主人公，奥地利女皇玛丽亚·特蕾西亚和弗朗茨一世的第十五个孩子，后来的法国王后玛丽·安托瓦内特。玛丽虽然出生于奥地利皇室，又贵为法国王后，一生可谓锦衣玉食，荣华尽享，却也是欧洲历史上受非议、误解和谩骂最多的女性之一，最终甚至落得被推上断头台的悲惨结局。影响玛丽人生大反转的主客观因素固然很多，但作者主要将其视为命运的驱使。是的，命运。玛丽尚在年轻的时候，命运便给予她丰厚的馈赠，从出身到外貌到才艺到财富，皆让其他女孩可望而不可即。可是，命运既公平又无情，眷顾玛丽的同时又抛弃了她。这到底是玛丽的幸运还是不幸？

《姐姐》中的一梦、《海棠》中的宋海棠与《凤凰》中的柳凤凰，某种程度上正是玛丽命运的相似或相反表现。按照佛花自己的说法，凤凰"握着命运给的一手烂牌，却打得掷地有声哗哗作响，成功逆袭为时代聚光灯的中心"，而一梦与海棠，"则硬生生地把一手好牌打烂了，打得血肉横飞让人不忍。"仿佛步玛丽后尘，将命运馈赠的一手好牌打得一败涂地，乃至搭上身家性命。在海棠看来，"每个人都要领受自己的命运。插翅难飞，无论好歹。"在但愿看来，"命运给了不同的人不同的性格，有些人能够承担不幸，有人不能。"无论是但愿，还是一梦，抑或海棠，以及与她们有所瓜葛的男男女女，都未能躲过自己的宿命：或痛苦地活着，或无奈地死去。所以，对活着或死去的人们来说，命运到底是什么？似乎并无确切答案。"我试图在她们身上探索一种叫'命运'的东西，以及她们与命运的相处方式。她们的笑与泪、爱与恨、反抗与妥协、背叛与顺服、出走与回归、绽放与屈辱，在我看来，并非单纯的风花雪月，而是如略萨所说：'生命只有一次，但却渴望和想象着有几千次。'"这是佛花的创作谈，意图再明显不过：命运虽然难以抗拒，但也不要轻易妥协。

眼睁睁看着一个个女性因逃不过命运的劫数而香消玉殒，心中难免生出几分感伤和沮丧。好在，佛花冷峻的文字背后不失温情，悲凉的故事中间饱含温暖。《女船长》中外婆对但愿始终如一的悉心照顾，《姐姐》中奶奶对姐姐一梦和妹妹南柯不分彼此、没有高低的宠爱，《凤凰》《海棠》中从小到大总是庇护妹妹的哥哥，都能让我读出悲凉人生中的美好人性与温暖人情。尽管只是寥寥点缀，我却以为无比重要，它让我们透过命运的残酷和人生的悲凉，看到生命旅途中的另一种秀丽风景，这体现的其实仍然是作者的悲悯情怀。

带着这种悲悯情怀，佛花让其笔下的众多女性最终与躲不过的命运握手言和，从而在精神上实现自我救赎。譬如，《女船长》中的但愿，在母亲"船长"因肺癌病逝后，"依照一个三十岁女人应有的成熟大大方方地招待"来看她的客人，"不再像从前那样希望藏匿起残败的身体。我甚至敢于放声大笑，在他们说起一些笑话的时候。"谁敢说乐观起来的但愿，不会有一个美好的未来呢？又譬如，《凤凰》中的柳凤凰，多年后面对曾经猥亵自己的已经中风的中学班主任时，以为自己会高兴，"至少会觉得他罪有应得，可是，我竟一点也高兴不起来。"因为她此时已然顿悟："所有的罪与孽，都将无足轻重，消逝在日复一日的时光里。"学会了原谅的凤凰，谁能说她的灵魂那一刻不是高大的呢？再譬如，《海棠》中的宋海棠，人生的起起伏伏过后，洗尽铅华的她，"仿佛听见从遥远的地方传来的声音：爱是恒久忍耐，又有恩慈。……凡事包容，凡事盼望，凡事相信，凡事忍耐。爱是永不止息。"皈依了上帝的海棠，谁又能说她人生的下一站不值得期盼呢？

宿命不可违，放下得永生。

结　语

多年前，我在佛花的诗歌《我将一路的黄昏带给你》中读到了这样的句子："我的姐妹坐在她焦躁的闺阁中等待爱情／她说她有一切世间上不可比拟的勇气去越过千山万水／一切都该为爱情让道／然而，在玫瑰盛开的季节我却看到了她最终的绝望／爱情不是拯救，而是一场更为惨烈的灾难"。我不由得会心一笑，原来，所有的一切早就埋下了伏笔。某种意义上，这不正是她今天创作的系列女性小说，譬如《女船长》《姐姐》《凤凰》《海棠》的精神密码与命运注脚吗？在这些以女性为主角的系列小说里，佛花写得妖娆妩媚，摇曳多姿，回肠荡气，令人不胜唏嘘。盖因她和她们是姐妹，她身在其中，是如戏人生的观众也是演员；她感同身受，内心深处懂得她们的喜怒哀乐，理解她们的爱恨情仇。一如释迦牟尼手中的那朵佛花，满怀慈悲地俯视芸芸众生，一眼万年。

当下，学者张莉等人在学界和文坛重提一种新的女性写作，"将女人和女性放置于社会关系中去观照和理解而非抽离和提纯"，这种写作看重"在日常生活中发现隐秘的性别关系"，强调"写作的日常性、艺术性和先锋气质，而远离表演性、控诉式以及受害者思维。"在张莉看来，"这是一种理想意义上的女性写作——真正的女性写作是丰富的、丰饶的而非单一与单调的，它有如四通八达的神经，既连接女人与男人、女人与女人，也连接人与现实、人与大自然。"（张莉：《重提一种新的女性写作》，2021）我自然知道，对佛花而言，写作是属于个人的事情，并不乐于被贴标签或简单归类，但我想，上述主张，"譬如丰富的、丰饶的而非单一与单调的"，对计划继续写作女性系列小说的佛花来说，多少有些理论上的价值罢。

在小说创作之路上，佛花的步履坚实而又沉稳，但这并不意味着，她的小说已达化境，事实上，她连自己的文学高峰或许都尚未抵达，更遑论一流作家与经典作品了。所以，祝福佛花，我也有理由期待，她会创作出更多更好作品。

写作赦免了我(创作谈)

佛 花

我是个对人生缺乏耐性的人。不耐烦所有的事物。大到生老病死,小到无数个需要细细打发默默承受的日常。总恨不能手握一个遥控器,让一切快进,8倍,16倍,32倍,直至终点。

是的,我渴望结局。

因为只有结局是恒定、确凿、没有变数的,只有它能够让我如释重负,让我免于千回百转、山穷水尽,免于等待,免于跌跌撞撞、悲喜沉浮。结局就是手起刀落间那"咔嚓"一声,爽利干脆、不同凡响。继而世间万物恢复原貌,尘归尘,土归土,也无风雨也无晴。

由此可见,我是个无趣的人。无趣到只想要结局。无趣到只想要退回去,退回生命的原点,退回至漫漫虚空与无。

这种无趣的人,又怎能写得了小说?

小说中的声色犬马、刀光剑影、爱恨情仇,她的肌理、发色、呼吸,她的暗流涌动、破土而出,她的羽翼渐丰和灿烂光华,她的燃烧和寂灭——这所有的一切,都需要一个写作者旷日持久、死不悔改的耐性。

穿过最热闹的人群,却谁都不曾真正认识;置身于觥筹交错之中,却很少记得某张脸某种人。见了很多次的人,狭路相逢时,却依然叫不出姓名。有人以为我傲慢,目中无人,其实是误会一场。我是真不认得,不记得。

且总觉得,努力认得和记住某些人某些事,需要拼尽全力,有时候,甚至要搭上我的千军万马。

真是心有余而力不足。

我那点可怜的兵马,构不成一场硝烟四起的世俗之战,所以懒得去战。

只想在自己的小小的国度中，调兵遣将、自娱自乐。因为是自己和自己打，所以根本不操心输赢胜负。如此兵不荒马不乱的，路走尽了，再调个头，走回来，走至人迹稀罕、走至风流云散。

说到底，写作大体如此：自己和自己玩。写得再激烈，也是一个人的世界。

其实也知道，勤社交、广结缘大体上不会是件坏事，哪天穷途末路之时指不定还有贵人拉扶一把，所以偶尔也强迫自己认真严谨，煞有介事地把人家的名字、职业、职务备注在微信上，以期不忘。可不知为何，曲终人散后，却还是两眼一抹黑，完全对不上号，且常常张冠李戴。真是徒劳。

一次饭局上，某编辑突然一扬脸，说，我们合作过。我却支支吾吾，不知该如何表态。若致谢难免违心，因为压根儿不记得自己在其杂志上发过文章。若不表三言两语又不免失礼，因为人家会把你视作过河拆桥的人。反正无论如何，结果是肯定没做好，因为后来，此人删除了我的微信。但是至今为止，还是弄不清楚自己到底是否在她手上发过文章。真不知道。洪荒年代的远古之事，着实无法谨小慎微地一一记账。

没心没肺至此，也难怪人家不待见。

长此以往，又随着年岁渐长，虽知是毛病，索性也不改了。天生不是搞人际关系的料，怨不得人，也不想怨己。好就好在既不为官也不做宰，所以这样的先天缺陷还不至于致命。

不是佛陀或禅宗，故不敢说自己到了没有差别心的境界，但的确，不辨张三李四，不记高低贵贱这种二愣子习性，让我获得了某种自由——把人看作人的自由。这种自由让我得以越过其皮囊、身份、地位、职业，进而捕捉到背后隐藏的最具特质的东西，那种能将人真正区别开来的东西。那种东西叫什么，也许难以为之命名。却很明白，那是我兴趣之所在。

终于明白，自己厌倦的不过是千篇一律的条条框框，日复一日的雷同，却并不厌倦像个掘墓人一样去掘出墓地之下的秘密和宝藏。

有人油头粉面、左右逢源，一顿饭下来，吹拉弹唱、编故事、说相声，十八般技艺全用上，且热情洋溢，似乎满座都是他的血脉至亲，大家的事儿就是他的事儿，胸脯拍得啪啪响，承诺张口就来，豪气冲天让人叹服。但稍世故的人都明白，这类人的话听听就算了。真有事相求，他推托得比谁都利索。

有人默不作声，形神俱微，混迹于众声喧哗中，丝毫不起眼。可这种人，却有可能身怀绝技。关键时刻让你瞠目结舌。当然，大多数可能亦是泛泛之辈，自知没有特异功能，所以选择低调做人。

　　我无意于评判人。毕竟每一种人生都不容易，都有其无法解释的成因。谁都不比谁高贵或低贱。子非鱼，安知鱼之乐？子非我，安知我不知鱼之乐？说到底，现实世界的种种，都有其言说不尽的部分。而我迷恋的就是这一部分。

　　我贪婪、无知且狂妄，并汲汲于一种执念，妄图能越过世间繁华之表象，抵达事物的本质。

　　然而这所谓本质，哪有具象？

　　完好皮囊之下，一个人的恐惧、虚荣、怯懦；危如累卵的人生边上，一个人的执拗、坚韧、尊严；还有那山重水复平铺直叙的生活中，人的窒息与欲望，不甘与妥协。他们怀疑什么，相信什么，热爱什么，痛恨什么，另外，他们又在忍耐什么？如此种种，都牵动我的神经。

　　我偏好于写那些惊艳的事物。这惊艳指的不是极端或者过分艺术化，而是在所有人都能看到的具象之下那些需要屏气凝神才能不至于错过的东西。

　　正是在这样的理念的驱使下，我写了一系列以女性为主角的小说：《女船长》《姐姐》《凤凰》《海棠》，还有大家还未看见的《夏牡丹》和《冷湖》。

　　《女船长》是有生活原型的。她叫秀芳，辈分高，我喊她姑姑。在我们那个荒凉闭塞的小镇，我是她唯一的朋友。她比我大五六岁，患过小儿麻痹症，眼睛歪斜，左右两边的身体严重失衡，走起路来摇摇晃晃，从小到大，她都备受冷眼、嫌弃与欺辱。每天上学放学，她都会到家里或是课堂外等我，偶尔，她也会陪我跳橡皮筋绳，歪歪咧咧、颤颤巍巍，不同的是，这里没人嘲笑她。我的父母或是爷爷奶奶，也偶尔会留她吃饭，从未有人对我说不能与她做朋友——即便是在私底下。除了身体与我们不同之外，她给我的最深印象是聪慧、成熟，有主见。我人生的第一本课外读物，是她借给我的，这本今天看来稚嫩的儿童读物在那个匮乏的小镇如同天书，惊醒了那个懵懂顽童，让我明白这世上竟有比语文课本好看得多的文字。后来我们搬家了，联系变少，只通过三几书信，见过一次。她坐上小镇那班一天只发一次的车，翻山越岭摇摇晃晃地来我家见我的那唯一一次，我十岁，念四年级。她已被迫辍学。没想到，那是我们最后一次见面。因为那之后不久，她嫁人了。婆家是父母找的，为了登对，找的也是残障人士。再后来，听闻她在婆家受尽凌辱，生下两个孩子后不久便病逝了。

成年后的无数个日子，每每想起她，我的心都如同被剜了一个洞，我无法原谅那时的自己为何如此迟钝，迟钝到从未想过像她这么一个人，会在人间历尽疾苦。

很多年很多年过去了，我写下了《女船长》。我并未照搬现实，因为现实太残忍。我不忍照搬一个凄凉的故事。现实中的她从未真正得到过爱。他们有的视她为累赘——早早甩手，有的把她当工具——用以传宗接代，而那些与之非亲非故的，则视她为异类。这是现实，眼所能见的现实。

可我不甘心。我不愿相信，在一个真实存在过的生命里头，有过的仅是命运无情的碾压和抛弃。我坚信她挣扎过，不屈过，孤军奋战过，我坚信在那无人知晓处，她曾温暖并深情地绽放过，就像其他任何一个所谓正常人。所以，在《女船长》中，我用一个已然经历了人生的风霜雪雨的成年人的眼光去打量当初那个小女孩，那个我有所亏欠的朋友，我看到更多的是她完整的灵魂，而非残疾的身躯。

现实世界的秀芳姑死了，艺术世界中的她却活着。我让并非企图以主人公的活着来修复一种缺憾太多的人生，而是我认定，相比于死，写一个有血有肉有情有义的人活着时的执念更有意义。那些缤纷、纠缠、沾着血泪、黏糊糊的执念。正是这些执念构筑了她躯体以外的一切，她最本质的东西。

《姐姐》写的是一种隐喻。而不仅仅是故事。姐姐一梦，妹妹南柯。两个人互为表里、幻影、虚实，映照着彼此。她们之中，谁是真实的存在，谁是如烟的虚空？我虽是作者，却不想断言。人性的复杂之处在于，很多时候，即便我们揽镜自照，却依然无法认识自己。镜中之人，再纤毫毕现，也不过是部分而已。叔本华说："每个人都被幽禁在自己的意识里。"尼采说："在镜子里认识自己，我要称之为头等大事。"可见认知全部的自己，多么不易。在那些细微的褶皱中，瞬间万念，尘沙滚滚。姐姐的死和妹妹的生，看似两种人生，却亦是人生的两面，既有温暖也有悲凉。人生如钟摆，在痛苦和倦怠中摆动，致死也不能停歇。

《凤凰》和《海棠》似乎是两个截然不同的故事。她们一个丑，一个美。一个握着命运给的一手烂牌，却打得掷地有声哗哗作响，成功逆袭为时代聚光灯的中心，斩获实际利益的同时也游戏了世间的规则，嘲弄了大众智商，宽恕了他人对自己的伤害。一个则硬生生地把一手好牌打烂了，打得血肉横飞让人不忍。从表面上看，凤凰和海棠，有很多不同：外貌、出身、性格和对世态人生的看法。可越过表象，你会发现她们是一样的，她们都是想要掌控自己命运的人，有不俗的智力，果敢，清醒，对他人有准确的判断力，并愿意为自己所爱的人与事倾其所有、无所畏惧。她们的命运，虽有完全不同的走向，却印证了尼采的那句话："就算人生是出悲剧，也要有声有色地演出这场悲剧，不要失掉了悲剧的壮丽与快慰；就算人生是个梦，我们也要有滋有味地做这个梦，不要失掉了梦的情致与乐趣。"她们明知命运之剑悬在头顶，稍有不慎就会神魂俱散，但她们从未退缩。她们是孜孜不倦的冒险家，孤注一掷的赌徒，押上全副身家性命，为的是却又不仅仅是赢。她们都有奇崛的个性，可以失去所有，唯独不愿失去骄傲与尊严。

易卜生说："写作是坐下来判断自己。"——喜欢这句话。的确，写作让我在纷纷扰扰的尘世中辨出了自己。她宽恕了我对现实生活的漫不经心，赦免了我的丢盔弃甲、落荒而逃。但在另一个与现实不太远也不太近的维度上，我很清楚自己从未曾失去过对某些事物的庄严注目。

刘静好　卷

刘静好，女，祖籍江苏省南通市，毕业于扬州大学商业学院，现居深圳。在《天涯》《上海文学》《青年文学》《广州文艺》《广西文学》等发表中短篇小说30余篇。首部长篇《性情女子》获广东省鲁迅文艺新人新作奖；中篇小说《但为君故》获第七届深圳青年文学奖；长篇小说《你随意，我干杯》获深圳市网络文学优秀奖。

驯顺的都市守夜人
——刘静好小说论

项　静

文学的世界已经被概念拉扯得四分五裂，而进入这个场域的作家，也会不自觉地寻找自己的同类和归属，同气相求的氛围会慢慢造就写作的类型和风格。作为一个评论文字的写作者，也是在大千世界里期待惊艳的偶遇，不过所遇者往往是合适的相遇者，这逐渐会影响自己的感受储备，情感模式、阅读期待甚至是语体风格。突然遇到刘静好的作品，的确陷入了无所适从的尴尬，需要努力回望什么时候第一次遇到过这类作品，卖力地复原当时的感受，寻找那种尚未被各种概念和各类阅读所覆盖时的知觉。

凡是有人群的地方必然会有分类，作家也不例外，而作家最好的分类方式是接受作品的引领。我阅读到的刘静好的几篇小说，都是关注都市男女心灵情感的故事，叙述者好像都市守夜人一样，在华灯初上的夜晚，安静地讲述一个个故事。故事也没有野心去传达教益和指引，就是倾吐一点心曲，平静而温和，并且有着沉稳的调子，跟我们苟日新，日日新的白天世界不一样。在白天的世界里，我们免不了要经受职场困争，要参与有输有赢的比赛，还有可能进入爱情和婚姻轻巧落下的帷幕，遑论亲人间的难以逃离的亲疏冷热之磕碰。讲故事的方式是作家的第一道护身符，激进与回撤会收获完全不同的故事，刘静好是回撤型的，她让作家的声音隐隐约约地存在故事中，从来不肯僭越叙述者那寡淡的腔调。《玻璃樽》是一个算不上有陌生感的爱情故事，年轻女孩米娜爱上一个离异男，他有孩子，对再次进入婚姻充满恐惧，但是这个男人又实在是感动于米娜的真情而再次进入婚姻，男人一直对自己的行为忧惧怀疑，不知道这样是爱米娜还是耽误了她的人生。男人不肯生孩子，他的理由是如果没有孩子，人是可能避开许多羁绊，像他这样心态灰暗的人，要奔忙在两个家庭，可能会毁了自己对生活仅剩的一点热情。一个女人无限制地爱一个并不出色的男人，迁就于他的平庸与软弱，直至因为满足他不要孩子的愿望，在流产的时候付出了生命的代价。米娜的爱情观有点像我爱你但与你无关，"我爱你，离不开你，你允许我留在你身边就是给了我实现梦想的机会，我不应该对此再有任何抱怨的"，她就这样沉浸在爱情的自得之中，是一个具有现代意识的女人自己营造的世界，她不管不顾，为之抱打不平的是她的女友，甚至是这个男人自己都意识到不平等。

刘静好可能对这种人物形象情有独钟，冒艳也是这种类型的女人，她独自一个人养着自己的孩子，释放爱情的主体与对象无关，即使是留下一个孩子，她也坚持着自己的自主性。她坚强独立，不肯陷入世俗的窠臼，"对她而言，冒来来，无论他是什么初衷下的作品，行到今日，他所代表的，仅仅是他个人。他不是那个男人的替代品，再也不是。失去当初那个男人，她昏天黑地地痛过。可是，什么样的痛，过个三年五年不会淡漠乃至消逝的？她已经平复了，愈合了，她觉得，在这之前。内心仍然会有波澜，波澜也可谓壮阔，但与爱情无关了吧，理应？"这一段内心独白，就像一个女人的成长蜕变史一样，她们都是啜饮疼痛抚平自己的现代都市女人，还有冒艳的堂姐冒云，她"对自己从来都是体贴的。因为爱情，她从老家跑来长沙。又因为爱情，她手起刀落砍断婚姻。离婚后她没有再婚。短暂的婚姻也没有令她生育。她立意做一个潇洒的女王老五"。所谓的潇洒都是表面意义上的，比如她们不会成为男人的附属品，不会在生活面前失去尊严，但她们的内心无一不是沉重的，带着一种末世的凄凉感，郁郁寡欢地自怜。

《但为君故》的开头有一句作者的自白，"这是一篇世情小说。自然也有爱情出没。同时也是一场著名雪难的民间记录"。这可能是这部中篇成立的最重要的一个条件，在刘静好的作品中，一个爱情故事在短篇的幅度之内应该就可以完结了，就像《玻璃樽》一样，世情的触角一旦伸出来，生活的节奏就瞬间放缓了，在外面冰天雪地，南北动脉陷入瘫痪的时候，一个漂泊的女人回到家庭，亲人间的关系好像比平时的距离更缩进了，也更容易触碰到彼此的伤口，"外冷内暖，这是此刻长沙城与城中冒云家的气像写照。冒云、冒艳，分坐大床两头，上穿冬袄，臀围以下埋进被子。冒艳腿上搁着笔记本电脑，网上闲逛；冒云托着硬面抄撰写学生期末评语。但她们主要是和对方聊天。这对堂姐妹，曾经的姐妹花，成年后命运让她们分开在两地，但却相知相解如故"。小说里人们之间细微至极的情感，比如无奈，坚强，自怜，对爱的不能多一分的渴求，让我想起张爱玲的《倾城之恋》。灾难对人类爱情的成全，只有在这种天地倾覆式的时刻，人们才有勇气面对自己。太平洋战争爆发，香港的沦陷，范柳原要回伦敦处理事务也因战乱而未能成行，在满是硝烟的城市里，范柳原和白流苏这一对彼此试探的男女终于产生出了患难于共的真情。柳原看着白流苏道："这堵墙，不知为什么使我想起地老天荒那一类的话……有一天，我们的文明整个的毁掉了，什么都完了——烧完了，炸完了，坍完了，也许还剩下这堵墙。流苏，如果我们那时候在这堵墙根下遇见了……流苏，也许你会对我有一点真心，也许我会对你有一点真心。"

因为是一场灾难，小说中充溢着各种在正常生活中不会轻易冒出来的情绪，但是好友文慧和爱恋者吴小峰又是另外一层人生的真义，他们是冲出这种氤氲之气的人，文慧说与其坐在家里滋生无用的情绪，不如去大干一场，救助那些与自己的亲人同样失陷在路上的祖国同胞。吴小峰真切地意识到，人生有远比爱情重大重要的课题，有研究就会有收获。这也是薛老离开时的言辞，但是年轻使得吴小峰更为可信和纯真。就像雪天里在家的一顿火锅炖菜，在时间的消耗和气味的交融中，刘静好终于把一个故事化作百般思绪，并且拥有了化有材料质地，而不再见到原形的状貌。

《晚了二十年》向天好是个任性的女人，她的感情目前滞留在一个漩涡里，"这是一个包容万像的新时代，可她不能。她是传统教育吓大的。她走不出根深蒂固的那一套。当然，她的不作为，不突围，也可以解释为受到的诱惑不够"。在一个自己爱的年长男人和爱自己的年轻男人之间来回拉锯，无法降落，迷一样的曾至宽，待她有礼，护爱，却始终不露一丝真相。她走不进他的生活，就如同苏咏俊走不进她的生活一样。最为特别的是她个人的性格也在这种撕扯中发生变化，她期望自己能够拥有自己恋慕不上的男人曾至宽那样的宽容厚道，并以此能够取代自己对苏咏俊这个年轻爱慕者的刻薄。向天好断然地作出离婚的决定，强行替丁香苏咏俊速配，她对丁香还是耐不住性子，她始终陷在曾至宽的沉迷之中。生活就是这样，一旦晚到就再也搭不上自己臆想的那些链条，即使你明白无误地了解，那个链条也有自己的龃龉和咬合不当，这个沉迷最终是指向自己的，是自我的任性。

相对于爱情，女人之间不无瑕疵的友情也是刘静好小说的一个出挑之处，《玻璃樽》《晚了二十年》《但为君故》《无氧呼吸》都把两个女人之间的友谊作为故事里一个重要的支点。《无氧呼吸》中邓秀美本来有一密友王芳，虽然也不是十足地气味相投，但本着宽容谅解，以及"没有最好，还成就行"的妥协宗旨，几年来二人倒也能把友谊之树长青下来。《晚了二十年》中向天好与丁香之间的不可或缺，但有永远养不熟的友谊，丁香机智、热情，言论里不乏真知灼见，与她结伴消磨时光，时光如梭。但向天好无论待她多么慷慨真诚，她永远会在，哪怕只是极小的好处、利益面前，表现出舍人为己的自保倾向。刘静好小说中的男女之爱也很少有不是满目疮痍的，仅从人物关系上来看，这些被推到中心的女人们几乎都是寒怆人生的代表，无枝可依。

从情绪宣泄的意义上，我会非常喜欢《每天都在等死》这样的小说，质地冷硬不管不顾，好像世界就是用来投掷匕首的盾牌，不管是命中还是滑落，作家所关注的只是那个动作。"我需要休息。在现有的生活和现有的秩序里，我压抑而悲伤，情绪就像吃撑了的肠胃，饱胀得几欲破裂。然而，仅仅是休到第四日，我便感到无所适从。我没有任何出远门的打算，这个我已经吃喝拉撒了二十多年的城市，也没有什么值得我贪恋的景点，我休假的初衷不过是想什么都不干地吃吃睡睡，把大街当成自家的浴缸，自由自在地浸泡几天。我原本以为，这将会是很惬意的。第四日的傍晚，我无缘无故地擤出一摊鼻血，这使我忽然止不住地悲从中来，仿佛自己得了绝症。我曾经很肯定地假设过，如果我有朝一日得了绝症，我绝不悲观，也不懊丧，更不会治疗，我要开开心心地等死"。很像是一首文艺小清新的歌曲，遍尝人世的荒凉，失恋，跟不喜欢的人周旋，被父母和周围的人们裹挟着，找不到人生的方向，于是她只剩下冷眼刻薄和自我放逐，"人一生下来就在朝着死亡线奔跑。我的亲爹，他已经胜利地冲向终点，而我，还在慢慢地跑"。《无氧呼吸》中邓秀美则是另外一种宣泄，是充满戾气无理性地对外宣泄，她最近肝火总是旺得出奇，老觉得全世界人都在跟她唱反调，没忍住就想修理他们。她渴望自己是一个饱读诗书的人，受人尊敬、爱戴，有体面的工作，事与愿违，她为此而痛苦，长时间地痛苦。她跟女友王芳闹翻之后，"她恨透了王芳，恨透了跛子老太，连带着一起对陆卫东恨得咬牙切齿"，跟老公过不去在家庭琐事上斤斤计较带着一种虚张声势的先天不足，处心积虑地制造一个外遇事件，但是这些都不能解决她对世界的不满，没有什么能够解决她内心真正的缺失，就像生活中的那些麻木的空心人一样。

刘静好的几篇作品，我比较喜欢《但为君故》这个中篇，世界看起来就像是偷窥到的邻家生活，冰天雪地的灾难跟细微平凡的生活形成参差的对照，而三个女人在狭小的空间里互相碰触着彼此的心结，而动作却绝不超越幅度，疏密远近都控制在恰当的范围，这些都考验着作家的能力。刘静好的文字风格跟她所追求的应该是在一个频道里的，虽然有点过于单一，但这并不是一个非此即彼的命题，除非作家自己意识到了改变的需要。所有的文字风格都不是那么简单地属于一个作家，毕竟它们都是之前无数文本的碎片堆砌而成的，我们使用的几乎所有语言，经过数亿次使用，早已陈旧、锈蚀、变得贫薄且面目模糊，如何去因着所注视的世界不同而反身寻求那些恰当的词语，是永远都无法停止的工程。

我们很难避免要一次次面对这样的问题，决定一部文学作品优劣或平庸的标准是什么？思想深刻、忠于生活、形式创新、内容与形式的统一、文字新颖、复杂的道德情境和新的问题争执、富于想象力的场景、细节完美具体的呈现，最重要的原创性。当然还有各种一时一地的标准，许多作品其实是完全可以昭示一个作家到底有没有未来的写作空间的。在对刘静好作品的阅读过程中，我不断地闪回各种已有的观念，她所呈现的文学世界依然在当代文学所顺延而下的范畴之内，都市男女、世态百相、爱恨情仇，世情的知冷着热，文字的温和细腻。正是如此，往往是驯顺地模仿过去和生活，而面对这样一种风格的作家，提出如上诸种大而化之的要求也是不恰当的，惟有祝愿她继续呆在自己谙熟、舒适的世界里，世界和时间、实践所能指引写作的，远比人类的认识要多。

（原载《深圳故事的十二种讲法》，李德南、项静、徐刚著，深圳：海天出版社，2016 年）

栖息于梦与非梦之间

——进入刘静好的小说创作

钟晓毅

　　生活的事往往有很巧合的时候，在城市里偶尔也有诗意的邂逅，芳草萋萋的四月天，刚在深圳的一个文学讲座里认识了刘静好，没几天，过了"五一"之后，就收到了《广州文艺》鲍十主编发来的E-mail，捎来了刘静好的两个作品，《但为君故》和《两只黄鹂鸣翠柳》，加上之前看过她的《编外爱人》，既"认了人"，又"识了文"，那么大约在这里说的，应不是无稽之谈了。

　　现实中的刘静好时尚里面夹有古典，小说中也不脱这种味道，但她生活在深圳，写的也大都是深圳，虽然不是土著，也是属于比较资深的"新移民"，这就让她的小说有着变化和淬砺的痕迹，因为人们常常用"深圳梦"来描述这座城市，"让梦想照进现实"，说明梦是高于现实的，神奇的。深圳"一夜城"的奇迹，它海市蜃楼般地拔地而起和高速发展，对个人而言，成就了大大小小的"深圳梦"。在这里，你可以听到流传在坊间的许多故事，一些关于丑小鸭一夜之间变成白天鹅的传奇故事或一些成功的大鳄又在一夜之间人间蒸发的悲惨传说……俱往矣，当一个城市走完三十年，它的未来是继续做梦？还是回到现实，回到日常，回到细节？对此，刘静好应也有着独特的思考；诗人李轻松把个人诗歌之路自导自演成一出戏剧：左手持花、右手持刀，一次次"怀着灾祸般的惊喜"与死亡相撞，一次次伤痕累累地从自我中踉跄出逃，直到临近谢幕才"将目光投向更加辽阔的世界"，"安心做一个俗世中的女人"①……，这样的象喻用到刘静好的小说人物里，也是很恰当的，

---

　　① 李轻松.自序：我的诗歌现场·无限河山.沈阳：春风文艺出版社，2009.

这一代的都市女人，从迷恋极端对立意象的自白阶段抽身而出，尝试直面世界的平淡之美，其中的艰辛过程，不言而喻，当中有没有内心的挣扎？有没有彷徨？因为："这是一个大时代，也是一个灵魂受苦的时代。所谓大时代，是因为它问题丛生，有智慧的人，自可以在这些问题中'先立其大'；所谓灵魂受苦，是说众人的生命多闷在欲望里面，超拔不出来，心思蔽乱，文笔浮华，看不出有重量的精神境界，这样，在我们身边站立起来的就不过是一堆物质。即便是为文，也多半是耍小聪明，走经验主义和趣味主义的路子，无法实现生命上的翻转，更没有心灵的方向感，看上去虽然热闹，精神根底上其实还是一片迷茫。"① 可以看出，刘静好应该是经历过这些过程的，否则，不会在她的这两篇作品里，题目写得仿佛是很古典，但看了内文，谁不知道"但为君故，沉吟至今"是有其当下能指以及"两个黄鹂鸣翠柳，一行白鹭上青天"的渴求超脱呢？

刘静好就是在这么一个丰富而又通俗的"深圳梦"中缠绕着她的理想与现实的砥砺与冲突，也许之前她会把现实世界简单地处理成非此即彼或只有彼此的构成，习惯于在文本中把现实世界作切割性的划分，光明与黑暗，善良与罪恶，崇高与渺小，无私与自私，无畏与怯懦……但从《但为君故》和《两只黄鹂鸣翠柳》看出，那种先验的设定已不复存在，那种二元的思维模式也不再能遮蔽她对现实的拓进。她的写作经验趋向了驳杂与多元，关于她耳熟能详的女性情感世界，也有了更为丰富的体验。当然，在作种种的尝试时，她也有着不安与踌躇，轻盈的笔调书写沉重的现实时，虽然不会刀刀见血，要把锐利的锋芒藏于平静中，但她不会忽视她的体温、她的浓度、她的血性，并未有完全卸下语言的铠甲利器，有时反而更为尖刻与严苛。

深圳是城市化进程最快的典型，游弋于其中的城市丽人的生活、情感、人生感悟也是有着不可替代的代表性。在深圳从小渔村变成五光十色的都市之前，以往几千年的传统社会是一种稳定的农业社会；具有各种各样的稳定制度，但城市化到来，技术的日新月异打破了种种稳定的制度，令其步入一个节奏快、变化大的现代社会。现代工业文化的核心是创造性，而创造性包含着对传统的决裂。对此，M·舍勒认为，"它不仅是一种事物、环境、制度的转化或一种基本观念和艺术形态的转化，而几乎是所有规范准则的转化——

---

① 谢有顺.中国当代文学的有与无.当代作家评论.2008（6）.

这是一种人自身的转化，一种发生在人的身体、内驱，心灵灵魂和精神中的内在结构的本质性转化；它不仅是在其实际存在中的转化，而是一种在其判断标准中发生的转化。"①也就是说它是一场包括社会结构与人的心态结构的双重重大转变的总体转变，导致了人的理念的颠覆。刘静好的小说创作往往也是从转变中切入，只不过她还笔有不逮，未能从更大的社会范畴去触及灵魂的巨变，而是仅仅从女性情感的一角变化去作描述，因此也才会在审美诉求上呈现了追寻古典美的倾向，才会在乡土文化自然之美、古典情感中寻找叙述始源。小说篇名的古典算是一个例证，中篇小说《但为君故》的整个故事架构也不乏"人间温情""世俗关怀""价值追问"的体现。

《但为君故》设置了"北上""抵达""滞留""折返"四个章节，以2008年年初那场突然降临在南方的冰雪灾害为背景，写了一个深圳女子冒艳从深圳自驾车到湖南长沙看望儿子的一段经历。当然，冰雪灾害于冒艳来说也是切身体验，但毕竟没有被堵在京珠高速上，那种疼痛感是轻了一些，但作为一个表面风光的城市丽人在情感上所受到的伤害一点也不逊于那场自然灾害，很明显的，儿子冒来来就是一个私生子，就是她曾经遭遇的一场于灿烂阳光下就会融化的见不得光的情感遗留，所以一开篇冒艳就自嘲："社会观察家说，过去女人把第一次留给丈夫，现在女人把第一胎留给丈夫。就算新时代把标准降到很低，对冒艳的人生来说，它依然是一个不可能完成的任务。

冒艳的第一胎，六年前破宫出世。彼个时刻，医院产房外的走廊，一贯地如同一口大热锅，团团乱转着一窝蚂蚁。这些焦灼的蚂蚁中，没有一只是即将用来呵护冒艳的。"整个故事就是如此巧妙地把自然的灾难与人生的灾难或者说一个女子的情感灾难联系在一起了。

由于冰雪的滞留，让冒艳有机会与她的堂姐冒云和朋友文慧对现代女性的情感、爱情与婚姻进行了一场触及灵魂的探讨，就她们而言，现代人在这个方面已经是千疮百孔了，冒艳自己不用说了，对情爱已不抱期待之意，"但为君故"的"君"，现时已成了冒来来："当冒艳的目光聚集他时，他就是由特殊材料合成的。这个特殊材料，可能是黄金，也可以是钻石。"冒云也在婚姻中打了败仗，连她自己的母亲也这样说："早先几年我还想她能再结个婚，

---

① M·舍勒.资本主义未来.刘小枫、罗悌伦等译，北京：生活·读书·新知三联书店，2003：207.

看看她现在的样子，谁敢要她呀，要了不是自讨苦吃？"余下一个文慧，说是就要结婚了，但也是心不甘情不愿的，纯粹是生存压力下的无奈选择，加上冰雪来袭，她都快崩溃了："我根本就不应该结这个婚，结个屁婚，什么都不顺。"因为这婚，原本是文慧左思右想难以定守的一步棋，临了还是冒艳猛踢了她一脚才算有的结果，是以冒艳的惨痛经验代价换来的忠告。这样的写作没有逃脱，反倒是更加暴露出女性天生的弱势与困境，加上城市化进程的加速，它的致命之处让这些弱女子更加无所适从，在这些弱女子身上，刘静好的聪明在于，她既睿智地戳穿了个体在生活中以形式掩盖虚无的心态，又感同身受地指出了在这种自我安慰的努力中包容的善意的一面。

所以，当文慧、冒云等都先后发生过类似疑问：来来的爸爸有身份有地位，你怎么不让他们父子相认呢？你打算让他们父子相认吗？什么时候？冒艳的反应则是：成长需要经历，成熟需要代价，正确需要错误来垫背。冒艳坚信此时的自己，自己的所为，都是正确的。她将毫不动摇地贯彻到底。这既是篇名的由来，也是深圳都市女性在种种挫败之后艰难寻找出的出路吧，自尊自立自强，就这么以一种带着残酷、血腥之美的诗意呈现在每个心有戚戚然的读者面前。

《两只黄鹂鸣翠柳》的题目与题旨也形成了很有趣的对比，说白了，通篇就是两个深圳女人袁红、张迎春对情感的"叽叽喳喳"，恰似"两个黄鹂鸣翠柳"，只是要达到"一行白鹭上青天"的境界却是难上加难，当下社会的多元取向，肯定不同人性意识的相对合理性之时，更关注每一个体的生存意义还仅仅处在期待的状态之中，也就是说作为一个个体必然身处在一定的群体当中参与群体的发展和建设，当个体与群体出现不协调时，个体应作出价值判断，甚至要作出牺牲，促进相互的协调和群体的发展，其实，作为小说女性人物的同代人、同命人，刘静好已较为充分地认识了这一点，所以无论是写袁红，抑或是写张迎春，她都带着悲悯的心态，颇有情景交融的味道，追求一种酷似"菊花与刀"的极端对立的"破碎美学"，让人在她的这些意象中捕捉到一种向死而生的残酷之美，看看袁红是如何认知和调侃自我的：

　　　袁红听到此，忽然掀去被子，从床上一跃而起，赤脚落到地毯上，她正色地问张迎春，你认为我美吗？
　　　张迎春显然吃了一惊，反问道，这还用问吗？

别忽悠我，也别偏爱我，别带感情色彩，客观评说。袁红下巴微扬，把脸端到张迎春目下，我不是你的朋友，我是街上随便走过的一个妇女。

这个妇女挺漂亮的，张迎春说。

她多大了？袁红仍然把脸端着，斜眼相问。

三十多吧，三十岁左右。

左还是右？袁红问。

这有什么区别吗？张迎春说，这没有不同，现在谁都知道做保养和不做保养的女人相差个几岁很正常。

错，袁红终于松下了梗住的脖子，对着张迎春说，往左就是二十几，往右就是快四十了，这是两代人的区别。

张迎春无奈地看着袁红，半晌说，你是新一代的。

袁红盯着张迎春看，看得后者心虚了，补充说，嗯，长得老成点儿的新一代。

袁红跳回床上，重新缩进被筒，重重地叹一口气，说，其实何须你来说呢，我也知道，我就是个三十岁的妇女，既是现象，也是事实。

可见，刘静好已知道那种单纯依赖内心的写作必然造成高强度的内耗，它是非生产性的，作家必须在创作的动机之外不断寻找能持续充实意象的情感补给，否则后果可想而知，所以她已开始不想再重复自己，而是要再一次打开自己，这次却是由里向外，要回到辽阔的世界中去。

明显的，《但为君故》就比《两只黄鹂鸣翠柳》有更加开阔的视野、更为丰富的现实镜像来审视现实、观照现实。如果说《两只黄鹂鸣翠柳》等作品建构出来的是一种线性结构，或者是一种平面化的结构，那么《但为君故》等近期小说则建立起了一个较为立体的"场"，把人物和问题放在这个"场域"中进行表现，而现实世界的丰富性恰恰就表现为任何事物都是在不同的场域中才得以存在的。若是在字里行间缺乏主体精神的介入，于恶，没有怒发冲冠的痛感；于善，缺乏心底流淌的温馨，那这样的作品不论文字有多漂亮，都不会是好作品。

深圳的另一位年轻的女作家秦锦屏曾经说过，"写作是一种灵魂的还乡"，相信刘静好亦能会意，今天这个消费主义的时代，我们眼前过于世俗的东西早已过剩，我们需要的是精神的力量，是对现实的超拔的力量，越是这样的时代，越是考量一个作家境界的时刻。有大境界者才会有大作品，一个满足于世俗性的作家映现出来的必然是他精神境界的狭仄。当然，一个人境界的提升远非一日之功，这与他的学养、品位、格调等密切相关，是一个慢慢积累的过程。刘静好还年轻，我们也看到了她最近创作之路上的自我突破：重新审视自己的女性身份，用充满希望的爱意去擦拭生活对个体造成的创伤。重新审视时代的众生相，用谦和的姿态与睿智去发现内面和外面的风景，慢慢放下青春期对现实抗拒与轻视的情绪；对生命真实存在状态作一种深沉的思考与成熟的写作，如此，《但为君故》的结尾："带一瓶雪回深圳，纵然它可能不到深圳就将化为水，储在冰箱里也将和其他水无异，可它终究曾经是雪。那是它的经历。它的出身和来路。冒艳记得它，冒来来记得它。它作为雪的形态消失于视线，却将根植于记忆"，才会有更深的意蕴。而《两只黄鹂鸣翠柳》的收梢："这时才听到海浪声不绝于耳地送来。白纱窗帘外，中天的明月，皎洁地照耀着海面"，也才不至于流于空想，新的"深圳梦"更有了再做的可能。

（原载《广州文艺》2011 年第 7 期）

拉出来，走两步（创作谈）

刘静好

但凡一个人，把自己看成什么都不是时，宽宏的人会认为他谦虚。但有些人，他真不是谦虚，比如我，我不是一个谦虚的人——我还私底下认为，谦虚同时需要资本和实力，不是谁都能打扮自己，选择自己，去做一个谦虚的人的。自然，我不是一个谦虚的人，实力不足是硬伤，谦虚也不是我的理想。相反，不少的时候，我很不谦虚，既看不起自己，也极少对他人抱有热情。一方面，我四不是也四不像，在功利型社会，交往价值极其有限；另一方面，我还如此扭捏不主动，我的朋友圈难免就出现了冷冷清清的局面，久之，我不仅习惯，还喜欢上了这局面。因为，这让我自由。对于一个热爱阅读，习惯于怀疑人生并伴有阵发性学习强迫症的人来说，到如今，我基本认为，存于斯时斯世的自然人我，被派送的最大福利就是自由。

我不是一个谦虚的人，也没有假谦虚的习惯和必要，我如果认为自己什么都不是，那一定是我达不到自己是什么的指数。基本上，我认为自己不值一提，有没有来世上一趟都可以忽略不计。因而我从来不认为自己被这个世界亏待了，相反我觉得世界对我挺好，我不比别人聪明、努力，甚至也不比别人善良，生活对我的回报让我觉得超出了我的期待。这话也许会给人悲观的印象。也许。可以万分的肯定的是，我的确时常都是嫌弃自己的。我很清楚自己仰慕什么样的人品和行为，什么样的境界和高度，哪一种活法和不作为哪一类人存在，然而我自己往往做不到。属于我自己的最大属性就是妥协和懦弱，甚至于贪婪和自私。乏善可陈便是我的自况。当这些内在贯彻到行为中时，我时常为此痛苦。多数人死于心碎，我赞同这句话。对于活在高心理成本中的人而言，他在按兵不动地生活，他也在颠沛流离之中。王朔有句

318 ○○○

话很应此处的景——我内心有无限光明与黑暗。

　　我又离题了。但如果本文是要用来说我的，说这本小说合集的作者的，那这离题又碰巧歪打正着了。因为我就是个跑题大王。任何话题，如果由我来掌控，一定会飙到过山车的路子上去，上天入地，待你惊魂甫定，一回首，发现，原本你只是出来买包盐的，结果一不留神就跟着人群来到广场。你说那个在家里等着你拿盐回去炒菜的人得多急？所以，由此我确信，我不是一个足以委托重任的人，甚至小事，我可能都办不好。成事不足败事有余是我的写照，认清了自己的低能，我的人生就有了一个努力的目标，就是争取不败事。

　　你说，我对自己评价这么低，我又怎么有勇气把聚光灯打到自己身上当众出丑呢？经验告诉我，我同样缺少争执或争辩的能力，如果需要如此，我多数会选择撤退。我其实也不厚道，常把一些哗众之徒视为笑话，可是我不打算，也没勇气让自己活成一个公开的笑话，尤其是自己标准下以为羞辱的笑话。这样的心理指导之下，如果不是在最熟悉和亲近的人面前，我基本都是一个失语的人。我不是什么重要人物，有没有我在场，没有人在意。而我也不介意此生作为一个道具存在。

　　你看，我还不是拉拉扯扯说了这么一堆的自己？我也没想要这样，但不是约定俗成地，每一个出书之际，作者不都得被拉出来，走两步吗？又似乎，一直到此行我都没能绕上正题。关于小说，请容我暂时保持无语。我相信，到目前为止，我的积攒和内存，都会比在写作结集成书在这里的小说时要略有所长，但是，我在写这些小说时的那种热情，我怀疑再也不能来到我的胸腔。

欧阳德彬　卷

欧阳德彬，深圳大学文学博士在读，曾在《中国作家》《青年文学》《钟山》《作品》《西湖》《文学港》《野草》《青春》《山花》《草原》《广州文艺》等刊发表小说百万余字。在《文艺报》《文学报》《光明日报》等发表书评百余篇，曾获中国高校文学比赛小说首奖，深圳青年文学奖等。著有散文集《城市边缘的漫步》。

夜晚的倾心与逃逸的悖论

——欧阳德彬小说论札

马　兵

如果按照略萨的标准，凡是"没有摆脱作者、仅仅具有传记文献价值的小说"，都称不上成功的虚构小说，那么到目前为止，因为欧阳德彬的小说尚未完全摆脱对自我经验的倚赖，他笔下的人物无论气质、性情还是经历都不免让人想起作者的本尊，因而他的创作也就谈不上成熟，也远未定型。不过略萨同样说过："不写内心深处感到鼓舞和要求的东西，而是冷冰冰地以理智的方式选择主题或者情节的小说家，因为他以为用这种方式可以获得最大成功，是名不副实的作家，很可能因为如此，他才是个蹩脚的小说家。"按照这个说法，欧阳德彬则是一个名副其实的新锐作家，他对寄居在城市巨兽里的青年人疏离和荒芜感的描写，在透射着他作为城市异质分子内心的那种焦灼，他有强烈的批判热情和控诉的冲动，其间又混合着狂暴的青春原欲和偏执的个性，泥沙俱下，冲力惊人。文学之于他，意味着对一种体面当然也是体制化的中产生活的抗拒，因此，尽管目前他的小说依然有着显而易见的粗率之处和有时过于清晰的主题，但是那种向前奔跑甚至如飞蛾扑火一般的执拗劲是让人欣喜也敬佩的，在这个意义上说，他的不成熟恰恰为他未来的文学之路提供着一股可喜的叛逆的动力，将他与他同龄的那些出手不凡然而也过早风格化的"80后"作家区隔开来。

一、从"茫茫夜"到"夜茫茫"

欧阳德彬的小说表现出一种对暗夜的倾心，这从他给小说的命名就可以看出来，《夜色曾经温柔》《夜茫茫》《夜来临》《夜未央》《马尾花的夜晚》，如是等等，即便那些不以夜晚命名的小说也多半离不开夜半的场景，比如《独舞》。一方面，他笔下那些叫张潮的青年城市浪人似乎只有在夜晚降临的时候，才能从焦虑的生存中获得喘口气的生机，给被压抑的灵性提供一点修复的可能，对于他们来说，夜晚的深巷是城市生活的"别处"，是可以"直面命运"的舞台。另一方面，暗夜对于欧阳德彬而言，也意味着一种小说修辞上的特别语法，就像乔伊斯说过的那样："对夜的描写，我感到我不能像平时一样使用语言。那样用词就不能表达夜间事物的真相，它们在不同阶段——有意识、半意识、然后是无意识——时的真相。"我们经常会在欧阳德彬的叙事里读出一种黑白分明的对比，白昼的潦草反衬出暗夜的丰饶。在他所有以黑夜命名的小说中，我想特别举出《夜茫茫》这一篇，倒不是这篇小说相比于其他格外出色，而是它关联起一个重要的文学史角色。据欧阳德彬自己说，他写《夜茫茫》是向卡夫卡《地洞》里"孤独而绝望的个体"的致敬，不过就小说的题目和主旨，他会让我们想起另一部作品，那就是郁达夫的《茫茫夜》。欧阳德彬也许未必有意，却的确在文学史的线索上做出了自己的一点回应。

1922年3月，郁达夫在《创造季刊》发表了他的《茫茫夜》，小说的主人公于质夫是郁达夫笔下众多"零余者"中的一个，他有着深重的"日暮的悲哀"，还有着不能遏抑的畸形的情欲，经过一系列无端又真诚的举动，他依然无法自我救赎，在灵肉两方面的亏欠中感受着"Dead City"的威压，终于在暗夜里沦为一具"Living Corpse"。这个小说在其时颇受争议，指斥其"挑动劣情"甚至在《沉沦》之上的声音很多。郁达夫后来写了一篇《<茫茫夜>发表之后》加以回应，以为自己不过写出了"现代青年"的"某一种倾向"而已，对这个小说下道德判语的批评并没有理解这个形象的现代意义。事实上，于质夫作为一个青年抒情主体和新文学史上最早的"零余者"形象之一，确实开启了一种日后被不同代际的青年作者不断建构和增殖的写作范式，每一代际当然各有不同，但"零余者"——这一俄罗斯经典文学形象的中国镜像——无疑构成了一种表征青年亚文化的重要"心像"，其典型的特征是心灵上的敏感和精神上的倦怠、深刻的怀疑主义、激进又颓堕，常常言行不一。也正是出于这个缘由，我们也将《夜茫茫》放在"零余者"的谱系下来加以理解。

小说里的张潮生活在既有的社会权力秩序之下，却与现实世界格格不入，但苦于无力摆脱，他能做的不过是退居内心世界之中，获得一种暂时的平静，这种向心灵的收缩不能给他真正的精神慰藉，反而加重他对现实的失望。他耽于情欲，无论中学暗恋的女孩，初恋的女友，工作的搭档还是旅途邂逅的女人，对他而言，获取性似乎轻而易举，然而却无法借此获取生命的实在。从"茫茫夜"到"夜茫茫"，所谓"大处茫然，小处敏感"，同于质夫一样，21世纪的青年张潮也有着越轨的生活和藐视常态道德的颓废，他是人生意义的寻找者，也是寻而未果的虚无者。在欧阳德彬自己对这个小说的解读中，曾做过这样的强调："小说中的那个人，行走在夜幕下的城市，拉着姑娘的手，全然不顾别人的目光。他不想成为别人希望他成为的人，他只想做他自己。姑娘终会走，姑娘一走，他就孤单了，唯见夜茫茫，又在黑暗中，寻找一丝萤火虫的幽光，把自己照亮。"但是小说的结尾，张潮并没寻到照亮自己的那一丝"幽光"，他在半夜里习惯地出门，在深巷的酒馆里遇到了自己单位的老周，与张潮的格格不入不同，老周应付各种事情左右逢源游刃有余，但是他在暗夜里苍老的面相暴露出失败者的真相。换言之，无论是否适应乌城这个庞大无比的城市的生存法则，在它面前，人的胜利不过是一场虚安。

从"茫茫夜"到"夜茫茫"的另一相似之处在于叙述的风貌。《茫茫夜》的叙事拉杂随意，《夜茫茫》同样如此。欧阳德彬似乎并不讲究结构的精致和故事的跌宕，对于他来说，小说的魂是幽微的复杂的情绪脉动，是强烈的异质性的情感体验，是他的"快感和激情"，这尤其显示了青年写作的某种特质，因为只有青年才能强烈地保留对现实社会文化环境的界外感受。

在另一篇小说《夜来临》中，欧阳德彬几乎重写了《夜茫茫》的故事，不过进一步把重心放在了张潮与苏云、王姝等人纠缠的情感和情欲关系上。张潮的悖论在于，他并不把性与情感的义务和道德规范相联结，而是强调身体的属性，可结果是，由于失去了亲密性和责任感，他和几个女性之间维系下去的身体欲望也开始衰减。这个新"零余者"既要承受来自传统伦理话语的诘问，也将自己置身在某种后现代的尴尬反讽情境里。肉身的欲念没有灵的系属而成了断梗飘蓬，张潮会发现，越是沉溺于肉体经验，主体性的耗散就越急速，他最终成了躺在欲望废墟之上的空壳的人。

二、抵抗与妥协：作为隐喻的逃逸

暗夜之外，欧阳德彬写得最多的是青年人的逃逸，像午夜里的街头徘徊一样，出逃也意味着对体制化生活另一种非暴力不合作的抵抗。因此，《逃》这篇小说，对于他而言，有点总括的意味。

小说里的张潮大学毕业，他拒绝了学校的一位黄科长让他留校的善意，因为他无法忍受城市周遭那种如"众多的墙体不断推搡"的窒息，更不愿做一个体制的投机分子，于是他逃到了郊区租住。一天，他在租住地附近随意爬山，山里的蛮荒气质让他惊叹，更反衬了城市生活的喧嚣，然而当他转过一条山道，却蓦地发现在另一侧的山谷里，十几台工程车正整装待命，一个巨大的垃圾焚烧项目随时准备复工。张潮知道，"当烟囱竖起、开始冒烟的时候，他会拨通搬家公司的电话，带着寥寥无几的家当逃往别处。从来不在一个地方待得太久，不断逃亡，只把故事和记忆留在身后，是他都市生活的秘诀"。关于这个小说，还有一个要补充的细节：帮着张潮搬家的面包车司机老余也时刻准备着出逃，他"来鸟城二十来年，只能住铁皮屋，根本留不下来"。

老余准备出逃是要逃回县城"老家"，在他看来，只有张潮这样的"高学历人才"才配留在城市里。这里值得讨论的不是老余自认是"低端人群"的卑微，而是为何无法忍受城市的张潮选择的逃遁之地不过是城市的边缘郊区，他的不断逃亡的路线图，其实都是围绕着城市打转，他并没有像老余那样，想到退回自己的故乡。而与此同时，他选定的那些边缘之地也在被城市这头巨兽觊觎着，所谓的垃圾焚烧厂显然是一个骇人的意象，表征着城市化进程的魔力无远弗届，张潮跳来蹦去也翻不出它的手心。我们想起来，《夜茫茫》和《夜来临》的那个张潮也是一样，他不时要在工作的间隙逃遁到远处，但并没有想过在根本上与城市绝交，他们"走得最远的地方也不过是周边的海岛"，就像欧阳德彬在一个访谈里说的："小说中的'伶仃岛'看起来像是远离人世的伊甸园，其实主人公还是被世俗的牵绊与烦恼所围绕。逃到岛上，逃不开纷繁的记忆。不出多久，城市又会把主人公召回去，要生存，要生活，便不得不回去。鸟城用弹力绳索洞穿他的锁骨，他怎么逃，都会被拉回去。这其实就是现实与理想之间永恒的拉锯战。"

于是，悖论就这样出现了：一个抗拒都市的逃亡者，却始终生活在都市的腹地，他的抵抗也是他的妥协。研究青年亚文化的学者迪克·赫伯迪格有一个观点，他认为商业和意识形态的双重收编是亚文化的必然结局，而青年亚文化不过是为社会危机提供一种想象性的解决方案，一种与其集体处境进行协商的策略，但这种解决方案还主要处在符号层面，注定会失败。借用这个观点，欧阳德彬一个又一个关于逃逸的故事所提供给青年的也更像是一种符号化的、想象性的解决思路，对于张潮们而言，逃向哪里并不重要，重要的是出逃行为本身赋予他们的那种叛逆的快感。也许他们唯一不能逃向的是故乡，因为切断与城市的关联，逃逸的意义便也失去附着。我们必须记住，是城市给了他们出逃的借口，频繁地出逃是他们与城市协商的方式。

这样分析，并不是要在精神题旨的层面否定欧阳德彬逃逸叙事的价值，而是为了说明他的个人体验里包含着"80后"一代的代际自觉，而"80后"的这种代际自觉又密切关联着青年亚文化的某种普遍症候——逃离注定失败，但因为逃离者的敏感和付诸的行动，弥散在城市生活的精神麻痹才显露出它并不狰狞然而吞噬力惊人的面目来。欧阳德彬不是没有写过彻底出逃的故事，他的《山鬼》里的李唐居于深山某野生动物保护站，与城市是绝缘的。一个叫沈枫的从城市逃出的青年怀着对野外的向往来到了保护区，在和李唐的相处中，他发现这个彻底的出逃者也是一个精神失常者。小说从一开篇就不断渲染山鬼的传说，赋予沈枫的探秘之旅特别诡异的气氛。等到他到了山中，从李唐等各种人那里询问山鬼的信息时，只有李唐给了他确凿无疑的确认。后来，沈枫发现了被称为"全能神"异人的山间古堡，在看守们对主人绘声绘色的吹嘘中，他对山鬼的传说开始起疑，虽然李唐还是坚称"全能神"和山鬼称兄道弟。小说里的"全能神"一看便是对最后一位"气功大师"王林的调侃和讽刺，这自然使得《山鬼》具有了一种现实批判性。但我以为，《山鬼》最有意义的地方还是对精神失常者李唐的塑造，他疯掉的原因是因为心爱的女孩被山鬼强暴，而所谓的山鬼，小说暗示我们其实是资本大鳄和腐败分子金钱与权力的大棒，李唐只有将现实的暴力转换成鬼怪的幻魅，才能在山中敷衍地活下去。这个欧阳德彬笔下逃得最远最彻底的青年也恰恰是最悲剧的一个，张潮和沈枫们的出逃是知其不可为而为之，而他的避居山中其实质不过是一场自我欺骗，是的，他的良知和灵性被山林庇护了，他抗拒了妥协，可却收获了无休无止的恐惧。而且我们不要忘了，"全能神"的古堡已经修到了保护区里，最后的抵抗之地即将倾覆。

欧阳德彬多次在小说中引用卡瓦菲斯的一句诗："你会永远结束在这座城市。不要对别的事物抱什么希望。那里没有载你的船，那里也没有你的路。"其逃逸叙事的意义也于焉浮现，出逃者不会离开城市的原因也许就像加缪说过的——反抗不是为了胜利，而是在反抗中，我们方可存在。

三、温柔的夜色之后

欧阳德彬的新作《夜色曾经温柔》初稿于 2014 年，大约与写《夜茫茫》等的时间仿佛，定稿于 2017 年夏天。我们不知道定稿相较于初稿，他重点做了哪些改动，直观地来看，这个小说对于欧阳德彬本人而言，有点总其成的意味，也隐含着其写作的一种新变。

说其总其成，是因为《夜色曾经温柔》几乎包括了我们前述探讨欧阳德彬小说致力的多个维度，比如对黑夜的倾心，蓬勃的力比多原欲与作为积极展示的颓废，巨大无比的鸟城与形单影只的个体，当然还有逃离和抵抗，诱惑与禁忌，妥协和坚持。此外，小说中的不少情节和细节也出现在他此前的作品中，这个张潮的面目让我们熟悉。说其新变是因为在这个小说中，欧阳德彬开始表现出对结构和情节的重视。小说的三线叙事并不是多么复杂的技术，但朱伊的故事、张潮的故事和陛下的故事彼此参照，林佩在小说中既承担情感功能，也在叙事上把三条线较好地扭结在一起。每一条线的故事也不再单纯凭靠情绪去串联，就像欧阳德彬自己说的，他在学着"适当的掩藏"。

坦白讲，这种新变让小说的部分叙事变得有点急促和僵硬，尤其体现于陛下的部分，他的故事和他的形象都不够丰满，但我又能体会欧阳德彬的用意，每个青年写作者都面临经验叙事的枯竭问题，当自我的经历被抖落殆尽，写作的可持续性就迫在眉睫，不能再乞灵于对核心经验的反刍。于是我们看到，有一点不同于其他的张潮，《夜色曾经温柔》里的这一个既是一个内倾者，也熟悉社会厚黑的潜规则，他知道自己的孤立无援，也洞悉自己存在的焦虑与内在空虚的同源，他彻底的沉沦过，然后选择做一个逃离的决绝者。小说的结尾，林佩和张潮升起了木屋的锚，他们相伴着随木屋融进茫茫的深海和夜色。这是欧阳德彬此前的作品绝少有过的一个庄严的和诗性的时刻，它赋予了张潮一种悲剧性的自由。海上的木屋也许还摆脱不开那种被欧阳德彬反复说起过的卡夫卡意义上的"地洞情境"，那我们也愿它在深邃夜色里的航行得更远一些吧。

对于作为"80后"一员的欧阳德彬来说，是到了与已成定势的写作积习告别的时候了，永生在青春的原野是我们每个人都曾有过的自我瞩望，但对一个写作者而言，停滞本身就意味着格式化的危险。欧阳德彬写了那么多青年出逃的故事，他自然也不肯让自己称为自己文字秩序的扣押者。我们尚无法知晓在"夜色"之后，他书写的重心会是什么，但他确实在变，我们乐见其成。

（原载《湘江文艺》2018 年第 4 期）

坦诚书写现代城市的灰色青春

——谈欧阳德彬的小说

廖令鹏

听说欧阳德彬的小说不容易在传统文学杂志上发表，因为"色彩比较灰暗"。我的看法不同，灰暗这个词，本身比较"灰暗"：不明亮，不鲜艳，是灰暗；不阳光，不透明，是灰色；开放，包容，有时也称为灰色。在文学艺术中，"灰暗"更不太好把握，所有灰暗的小说，如黑色幽默的小说、荒诞的小说、垮掉的小说、后现代主义小说等，很多都显现出堕落、压抑、迷茫、焦虑，甚至性、暴力、破坏等，但都不影响其成为伟大小说，因为这些都不是文学的终极目的。文学不是教我们变得更坏，而是让我们活得更好。所有经典小说中的"灰暗"，对于创作本身来说，都应该是一种恰如其分的色彩，或者是"阳光"的一部分，甚至是"明亮"的动力。那种认为灰暗的小说色彩会带来影响焦虑的看法，在文学艺术中是不存在的。

欧阳德彬的小说有灰色的一面，有暗的一面，也有灰暗的一面，这些都只是小说文本的表象，都只是支离破碎的理解，从整体性来看，他的小说塑造了一座"鸟城"以及鸟城中的年轻人，以及他们孤独漂泊、动荡不安的青春状态、情感状态和生命状态，他小说中的"灰暗"调性，不仅必要，而且可贵。

一、像气球一样飘向天空的年轻人

鸟城是欧阳德彬小说的一个隐喻，虽然熟知深圳的人都明白鸟城就是深圳，但从哲学意义上来讲，鸟城并不一定是深圳，它可能是所有现代化国际化的大城市，可能是吸引力与排斥力相互作用的一个压缩的生活空间，也可能是精神与肉体不断相互分裂不断相互逃离的一种生命状态。鸟城中的桂花巷让我们印象深刻，它没有笔直阔大的公路和高楼大厦，没有衣着光鲜来去匆匆的行人，也没有豪华别墅和公寓，它更多是底层平民生活的城中村，是城市"灰暗"空间典型代表，是失去故乡的人们再次寻找故乡的生活现场——

> "桂花巷一条弯弯曲曲的巷子……在鸟城通过媒体喉舌向外宣示全城进入现代化，已经没有了城中村的时候，这条巷子却继续呈现着地道的城中村面貌。桂花巷的小店鳞次栉比，让人总也望不尽看不透。那里有细嫩可口的豆腐脑和热乎乎香喷喷的芝麻葱油饼。民工热情地和小商贩们搭讪，与他们融为一片，在鸟城努力寻找着故乡的感觉。"

欧阳德彬的小说塑造的那个叫"张潮"的年轻人，性格当中也有"灰色"的特征。他感情时而坚定，时而变幻；时而注重肉体，时而在乎精神；时而孤独，时而热烈；时而是个理想主义者，时而又是厌世主义者——总之，我们在张潮那里看不到确定的年轻人形象。他不是一个对爱情坚贞不渝的人，相反，他的感情随着另一份工作，另一个女人，另一个城市空间，另一种生命状态，而不断变化。同时，张潮也有着城市年轻人普遍的漂泊感与生存颓废感，他一度出现经济窘境时，受到女朋友的百般嘲讽，甚至动不动呵斥他滚出家门。这显然是城市现实一种，是迫使人们逃离的重要原因。欧阳德彬的小说花了很多笔墨描写这种灰色的城市生活色彩。但欧阳德彬的小说却没有因此"沉沦"和"消极"，相反有些超脱，有些野性，有些与众不同，主要在于，他叙述了另一种可能，比如与另外一个女人相爱，或者寄托在与城市海陆相隔的另一个生活空间。他经济陷入困境不得不去当枪手做一个"出卖灵魂"的作家时，几年前曾经与他一起在海上皇宫工作并且同居过的林佩，与他重逢，林佩开玩笑说要给张潮一笔"大单"——他们回到那个被拆掉的海上皇宫，回到那个财富拥抱一切的虚无缥缈的城市一隅——解开海上这座木屋的锚，他们逃离了，借助那个充满浪漫主义色彩的海上寄居的旧木屋，离开城市，逃向更远的地方了，"海上木屋没有羁绊，随着海浪漂向大海深处，融进茫茫夜色里"。试想，这时候的天气，必定是灰蒙蒙的，变幻莫测，张潮和林佩解开锚之后，他们并非心情欢快，唱着《笑傲江湖》，破浪前行——他们毕竟不是旅游或者私奔——此时他们的心情确是难以言状，对城市的厌倦，世俗生活的恐惧，爱情的迷离，远方的迷茫，都可能让这对逃离城市的年轻人变得"灰暗"起来。

"灰暗"并不意味着张潮要携林佩跳海而亡，为理想献身，对他们而言，灰暗就像一个灰色的气球挣脱绳子，在摇摆的风中向上飘浮，奋不顾身地一直飘，努力保持飘的姿态。这种气球的状态和心态，其实早在张潮进入鸟城的时候就埋伏下了，他坐在开往鸟城的低等火车上听着一句话："我每次与什么人断绝往来的时候，都能重新体会到这种沉醉，只有在逃跑的时候，我才真的是我自己。"因此，欧阳德彬可能所要揭示的，就是年轻人尝试体验一种城市的灰暗，一种不确定的远方，一种成为自己的方式。

二、像大象一样踩在"灰键盘"上

欧阳德彬的小说西方现代主义色彩较浓，既有卡夫卡那般的简洁，也有昆德拉那般的厚实。他的分寸掌握得很好，看得出来，他在文学语言层面的表达偏向厚实和克制，他的叙事恰到好处，游刃有余，看起来是个"慢性子"，如同一头进入森林的大象。欧阳德彬的小说并不是那种冰冷得可怕、压抑得窒息、走向极端的叙事风格，语言背后仿佛是火苗跳跃，看得出其中的胆识与魄力。现在一些年轻作家谈性色变，从不敢在自己的小说中写性，或者写性的时候扭扭捏捏，主人公露个上半身都要遮遮掩掩，要迅速包裹起来，回到一个"正常人"。殊不知，这在西方经典小说中是要作为反面教材的。一个作家假如要写好城市，那么他必须具备写好性的能力。当然，性不是我们理解的那种低级的赤裸裸的器官和生理描写，它要有"四为"，即为小说，为情感，为生命，为人性。

欧阳德彬不避讳写性，他在小说中不停地穿插男女关系，但仍没有脱离这"四为"。城市是无数欲望的集合，对张潮这样的年轻人而言，初到繁华的城市，人际关系单薄，人生经验还没有完全沉淀，他们在物质和财富都无法满足日常生存需要的时候，在主体性和生命的完整性都乏善可陈倍受压抑的时候，男女关系或许成为一种释放的手段和借口。比如《夜色曾经温柔》这篇小说中，他和女护士朱伊见上几次面就决定同居，用那种简单的男女关系，排解孤独寂寞与灰色生活。张潮刚来鸟城得了感冒，在朱伊所在的医院第一次见面，得到朱伊的特殊照顾，两人互留电话。五天后，张潮约朱伊去鸟城大学走走，突然下雨，两人淋湿了，年夜时分他们回到朱伊的宿舍，很快两人上了床。甚至，后来几次他们在一起时，朱伊连张潮的名字都还不知道，喊他"病人"，说"自己每次都跟一个身份不明的男人上床总觉得奇怪"。两个人没有什么主动与不主动，追与被追，爱与被爱，而是一种心理和生理的双重需要，是一种用以稀释消解城市生活复杂和躁动的方便法门，这样的生存状态，在鸟城这样的现代化国际化城市中再普遍不过的了，所以不妨这么说，这也是城市的一种需要。在《夜来临》这篇小说中，张潮与苏云也是仅有几次简单交往，两次在桂花巷偶遇，一次在公园偶遇，然后他们就擦出了爱的火花。张潮很快搬到苏云的出租屋里与她同居了，成为苏云前男友的"替代者"，那个屋子锁着三把锁，窗户关得严严的。没过多久，苏云就以重新开始生活，离开这个留有前男友的痕迹的地方为由，和张潮到别处租房。同居后，苏云的主要精力放在了研究张潮的情史上，两个的矛盾与争吵成为家常便饭，而尽管她的形象气质是张潮的理想情人，但这样的生活却不是张潮真正想要的生活。在苦闷不堪的生活同时，"苏云热衷于在公众面前展示自己的身体，不仅是身体，还有生活的方方面面。她会把生活中的各种照片晒到网上。"这一切都表明苏云是一个缺乏安全感，又极力想在生活中得到承认的年轻女孩。

鸟城的开放气质、飞快节奏与莫名孤独感，使张潮能够快速地找到另一个女人，变换感情的寄存处。他与朱伊同居时，在海上皇宫与林佩见了两次面就上床。与同事王姝亦是闪电般在一间旅馆中发生关系。张潮与这些女孩子从接触到上床，没有遇到太多障碍，也不用花太多时间和心情准备，他们你情我愿，宛如日常。——"在鸟城，如果一对互不相干的青年男女在不同场合偶遇两次，他们大概已经坐在了床沿上。"

可能有人会指责这样的情节。但我们应该想见，一是作家保持坦诚并不容易，在鸟城，这样的事情司空见惯，每天都在上演着，一个作家无视或者回避，那么只能对此表示遗憾，就像厨师错过了上好的食材。二是在欧阳德彬的小说创作中，所有的男女关系或者性，都不是最终的意义，就像米兰·昆德拉小说中的那些年轻人一样，他们在日常生活中一样在追求生命的意义，探索存在的意义。甚至大多数时候，那种存在状态更加真实，更加富于冲击力，更加富于想象力，更加具有包容性。欧阳德彬敢于在小说中展现这样的关系——那也是城市关系一种日常表现——而且并没有一点低级趣味，这是好作家的潜质，应该继续发扬。

三、继续写鸟城和桂花巷

城市文学中，欧阳德彬是一位特立独行的年轻作家，至少是一位愿意思考，力图在别人躲避的空间中大胆地亮出自己武器和态度的作家。他在《夜色曾经温柔》中，写了离城市边缘较远处的大海上一个海上皇宫——漂浮在海上的几处休闲木屋。海上皇宫的拥有者，一位眉宇间浮现出城市主人的自信与骄傲的中年老板怀揣着帝王梦，自诩为皇帝，花钱请张潮到这里专门为他写发迹史，帮助他扬名，他经常带着一些时尚女孩到这里花天酒地，享受财富带来的自由世界。"海上皇宫"与"鸟城"形成一种巨大的隐喻，是一个"彼在"，对于那位中年老板而言，这是一个可以掌控财富、名利、"仆人"和性的别处的城市，是那个给他带来自信与骄傲的城市的空间延伸，让他能够更加放纵自己的欲望。对于张潮而言，这是逃离世俗生活，拒绝世俗爱情，挣脱物质和肉体的别处的生活。我们看到两个阶层的人对待这个城市的延伸空间（从陆地延伸至海上，从公共生活空间延伸个人占有空间）不同的心理，这也构成了鸟城另一种灰色的投影。

作为一名读者，我希望欧阳德彬继续写鸟城，继续写桂花巷——"他早就听说鸟城是一座可以实现梦想的城市，现代的城市没有城门，没有明显的进城标志，他一看到鸟城的高楼大厦就迷失了方向，繁茂的大叶榕遍布迷宫般的大街小巷。"（《曾经夜色温柔》）"整座城市成了一艘游轮，在暗夜的汪洋中航行，不知道什么时候黎明才能到来。"（《夜来临》）这些对鸟城的描述令人惊讶。但我更希望他不要局限于这一条短短的巷子，鸟城的巷子多得是；也不要只写一个张潮，鸟城的张潮也多得是。否则，这样的小说会有局限。欧阳德彬的灰暗色系，完全是一种优势，是一种跟鸟城许多年轻人的青春质地和生命状态相符合的气息与色彩。既然是鸟城，就有现实批判色彩的成分存在，同时也有玩世不恭的动荡心理，无论"鸟城"还是"鸟人"，作为一位年轻作家，需要一些"怕个鸟"的写作勇气。我们看到太多小心谨慎的写作，墨守成规的写作，不敢越雷池一步的写作，那都没什么大家气象。我在欧阳德彬的小说中，感受到了冲动的力量和变幻的可能，这在年轻一代作家中，是难能可贵的。

写小说要按自己的路子来（访谈）

文学报　欧阳德彬

文学报： "逃"，却无法逃脱，亦无处可逃，我觉得是你小说里一个重要的主题。你的小说里总在写你与鸟城的无法融合，然而乡村你回不去，另一个所谓的海岛也不能作为安顿的所在。为什么总在试图阐释这个？

欧阳德彬： 逃离是文学的永恒母题之一，也可以说逃离是一种美学。我追求的是个体的文学，便有意躲避宏大叙事，将个体生活与情感的细枝末节用小说呈现。我生活在两座城市，肉身的我生活在深圳，却又试图在小说中建构另一座城市——鸟城。深圳是无数个人的城市，鸟城则是我一个人的城市。在深圳，我是芸芸众生中的一员，在鸟城，我充当造物主的角色，有时候造物主也会化成鸟城中的一个角色，沉浸在自己演绎的歌哭里。我努力建构自己小说中的独特世界，而不是让小说充满平庸无趣的城市地标。我把自己的处境投射到小说主人公身上，以便拉开距离来审视自我。城市代言人的角色，恰恰是我要努力回避的。

我从乡村到城市，这些年肉身漂泊，精神流浪，好像永无尽头，这些精神状态便投射到小说世界里。鸟城的人也是如此，与生活的环境存在着永恒的矛盾，便自然要逃，抗衡不了便逃，毕竟人在环境面前永远是脆弱的。乡村也不再是儿时的乡村，变得粗鄙不堪，思乡也显得矫情。在远方的城市生活久了，乡土观念已经十分淡薄。我即使写小说，也不会写乡村题材。从乡村逃到城市，在咖啡馆学着别人的样子喝咖啡，但又不完全是都市人，甚至在城市生活多年，依旧土得掉渣，根本难以完全融入，总是处于尴尬的状态。小说中的"伶仃岛"看起来像是远离人世的伊甸园，其实主人公还是被世俗的牵绊与烦恼所围绕。逃到岛上，逃不开纷繁的记忆。不出多久，城市又会把主人公召回去，要生存，要生活，便不得不回去。鸟城用弹力绳索洞穿他的锁骨，他怎么逃，也会被拉回去。这其实就是现实与理想之间永恒的拉锯战。

我在一篇散文中写过：从来不在一个地方待得太久，不断逃亡，只把故事和记忆留在身后，是都市生活的秘诀。

文学报：你用无数个"张潮"表达的是，孤独的个体，这个个体在卡夫卡的"地洞"里，他畏惧的洞外的一切，这洞外的一切在你笔下也大多是现代城市。好奇的是，城市让你不安么？在城市里生活着的"张潮"为什么如此孤独？就像你小说里不时提起的"狼"。

欧阳德彬：现代都市确实让我不安。这是一个没有多少安全感的世界。商场的扶梯有时会是吃人不吐骨头的怪兽，高耸入云的高楼塔吊会在狂风中倒塌，电梯总是发出奇怪的声响。个体走在路上无端死掉，各种匪夷所思的死。最近几年换了很多间出租房，我总是想千方百计寻找小堡垒一样坚固的住所。孤独是自由的代价。我喜欢独来独往，无法忍受迟到，有时候惜时如金，有时候又很懒散。没有人不孤独，只是偶尔嘻嘻哈哈意识不到孤独罢了。在城市生活的这些年，我喜欢独自游荡，常常钻进城中村小巷，观望别人的生活，看菜摊，看卖鱼，体会那些人间烟火气。从市中心到了那些小巷里，置身那种氛围中，才感觉活得脚踏实地。所以，我在小说里写了一个"桂花巷"，主人公在里面活动。

文学报：唐诗人评论你说，很多作品"带着一股文学青年的怨气，这些情绪在情爱故事的力比多宣泄里，埋伏在个体迷茫的命运感中"。你的小说人物，身体的放纵连接着内在的虚无无力，有一种刻意的颓废化，似乎这样也就形成了对现代化进程乱象的绝对逆反。为什么刻意写这样放纵的青年？

欧阳德彬：唐诗人博士堪称高明的读者，能看出小说文本背后的一些东西。不仅这篇小说，我的很多小说都这个调调，不怎么明亮，更不小清新。高大全光伟正的小说范式早就成为过去了，作家早就应该放开手脚去写了。个体的性情当然要大胆呈现，不必在意别人怎么评说。

去年我在《广州文艺》头条发表中篇小说《独舞》，就有一位中年评论者这样评价"这篇小说就讲述故事手法层面和语言角度还是有可圈可点的地方，男女主人公也塑造得鲜活灵动。我个人不太喜欢张潮这样的生活方式和人生姿态，我觉得至少是缺乏一种广义上的侠肝义胆。假如一个男人不努力想着靠艰苦的奋斗挣钱，以养活自己和家庭，那才是可悲。假如大家都这样颓废消极，这个社会基本上就无望了。"我只能说自己跟他价值观差异很大，人家高歌猛进，我偶尔享受一下内心真实的消极颓废怎么了？很多时候，消极恰是积极，颓废恰是自由，沉默恰是发声的方式。再说了，往往是那些不怎么积极的人，创造了大量精神财富和物质财富。从小到大，随时都会蹦出来几个人指导你的人生观价值观，好像他们自己的生活很圆满似的。种种非我的力量在逼迫一个人成为他自己。我感谢他们读了我的小说提出批评，但我依旧我行我素，写作更是要按自己的路子来。我很喜欢卡瓦菲斯的这句诗"你会永远结束在这座城市。不要对别的事物抱什么希望：那里没有载你的船，那里也没有你的路。"

文学报：有一种对"80后""90后"写作的评价是，这一代写作者的时代环境发生了很大变化，文学也富足得甚至过剩，他们的生活里也没有多少波澜，时代赋予他们的是琐碎，他们依赖自己的成长经验写作，写作多是私人情绪的表达。且不论这样的论断是否偏颇，它一定程度上说明了这一代写作者的某些现实。你的小说在我看来很大程度上是私人情绪的表达，在这里提出这个问题并不是对你的小说进行批判，而是想让你做一点回应。你怎么看待这个评价？事实上你希望自己的写作表达些什么？

欧阳德彬：我也不怎么在意别人的眼光和评价，只要法律允许裸体走在大街上也不会难为情。别人的评价也不会左右我的写作。我只顾着写自己想写的东西，表达自己想表达的东西。我二十多岁时写的小说确实情绪化，夹杂着书写的快感和激情。现在三十岁了，再写同类题材的话会适当掩藏情绪。但我很喜欢自己二十多岁时写的小说，我知道自己只有在特定年龄才能写出那样的小说。每个阶段有每个阶段的书写方式，都带着自己生活的印迹，都值得珍惜。

文学报：你在创作谈里说，要逃到纸笔之间，让小说里的那个人做他自己。于是回到本应该是最初的一个问题。谈谈自己的写作经历？为什么写作？

欧阳德彬：说来惭愧，出身山东农村，读大学之前没条件阅读课外书。高考语文没弄及格，只考上了大专，大专毕业后到处打工，从北方辗转到南方。在轮胎厂当过车间工人，正好赶上金融危机裁员，我的名字出现在第一批裁员名单里，大概跟我在车间里爱跟工友讲黄段子有关。幸亏被裁掉，因为每隔一段时间，就有人胳膊被车床吃掉。当了半年无业游民，又到基层机关当文秘写讲话稿，生活很压抑，后来辞职考研，读了作家南翔的现当代文学硕士。南翔是我导师，我是他关门弟子（退休前带的最后一个研究生）。遇见他，读了研，我的生活和写作才出现根本性转机。

从大学毕业到如今接近十年的时间里，我一有机会就写小说，写了一百多万字。刚开始给期刊投稿，很难发表，当时只有浙江的《西湖》《野草》以及江西的《文学与人生》发我的小说。这些最初的鼓励分外珍贵，至今感激编辑。

我写作没有什么堂而皇之的理由，只是因为在写作中找到快乐和意义。对我而言，很多时候，写小说是一种呼喊，一种对生命的反思，使自己得到暂时的超脱，瞬间感受到生命的自由。

（原载《文学报》2017年3月9日第5版，发表时有删节）

徐 东 卷

徐东，男，1975年11月生，籍贯山东省郓城县。中国作协会员，一级作家。1994年开始发表文学作品。代表作《欧珠的远方》曾获新浪博客短篇大赛金奖。出版小说集《大地上通过的火车》《新生活》《有个叫颜色的人是上帝》《欧珠的远方》《大雪》《诗人街》等，长篇小说《变虎记》《旧爱与回忆》《我们》《欢乐颂》，诗集《万物有核》。曾获林语堂小说奖、深圳青年文学奖、第十届广东省鲁迅文学奖、小说选刊最受读者欢迎奖等。小说多次入选各年度选本，有部分作品被译介海外。

"新浪漫主义"：一种文学创作范式的萌生
——以徐东《藏·世界》《诗人街》为例

焦敬敏

21世纪悄然而逝已20年，中国当代文学在作家们的默默耕耘中绽放出五彩缤纷的新局面。从小说创作来看，无论是乡土小说还是城市小说，对人物、情节的把握都更为纯熟和丰富，重叙事与反叙事的、纯抒情与反抒情的、多思辨与重情节的……多种文学创作范式相互交织、交相辉映。其中，大放异彩的是苦难叙事，不管是城市苦难、农村苦难，还是农村人进入城市的苦难，苦难大行其道，占据文学大屏幕的显要位置，抢夺着人们的眼球。与苦难相对应的是异彩纷呈、琳琅满目的物质世界，挟裹着人们身体中涌动的各式欲望，在感官刺激中让人蠢蠢欲动、目不暇接。

相对于"苦难"与"欲望"的五光十色，小说对人类精神生活的探索显得苍白乏力——对社会转型过程中人们复杂多元心态的揭示，对人们心理症候的悲悯与关怀，对人类建构精神家园的向往与努力，对人们关照精神的渴望的揭示与共鸣，对人类终极精神走向的思考与探究……这些重要思想维度与精神价值在小说艺术表达中的缺席使得现今小说创作在奢华、多元、丰厚的表层热闹之下，实质为内在肌理的单调、粗糙与贫瘠。在艺术表现层面上，自 1990 年代之后，随着先锋文学思潮的渐渐低落，众多先前还热衷于艺术形式探索的作家也纷纷转向，此后的文坛基本上是"现实主义""写实主义"一家独秀。社会世俗化的土壤催生了"现实主义"作品的发酵与膨胀，大众化的传播与接受方式更推动着"现实主义"的生长与繁盛，创作主体在文学市场化、商品化的现实面前被动接受乃至推波助澜，都助长了小说的世俗化、大众化，小说改编成影视作品蔚然成风，成为众多作家趋之若鹜的奋斗方向，甚至进一步成为衡量作家成败与否的重要指标。但是，这无疑是在推动文学蓬勃发展的同时，对文学走向偏颇的另一种伤害。当今小说的创作整体上缺少艺术形式技巧的探索与实验，朝着平面化、大众化、通俗化的方向愈走愈远。通俗无可厚非，但也只是文学发展之一翼，而非全部。文学还是应该朝着多元的角度与方向发展，艺术的典雅与思想的深度也不应被完全忽略。

难能可贵的是，在完全一边倒的"底层""苦难""欲望"的呼声中，一种新的小说创作范式"新浪漫主义"应运而生。其萌生时间大约为 21 世纪初，"70 后"作家徐东在其代表作品《诗人街》《藏·世界》中首创了"新浪漫主义"的创作方法。此外，王华小说《家园》也具备"新浪漫主义"的特征，呼应着徐东的创作。严格地说，"新浪漫主义"在中国还未形成具有一定规模的思潮，而只是作为一种文学创作范式被探索被实验。也并没有统一宣言或者成立社团，但是其文学创作在某几个方面具有相似的特征，从而形成了文学艺术形式方面的探索与实验的共识。

"新浪漫主义"在继承"浪漫主义"绚丽多姿的想象、注重主观性、追求理想世界等特征的基础上，又有不同于"浪漫主义"而独创的审美表达。摒弃了积极浪漫主义的激情与消极浪漫主义的忧郁、感伤，"新浪漫主义"并没有浓墨重彩，不采用奔放热烈的语言，不直白不夸张，而是用恬静淡然的语言来抒写理想，抒写心目中的乌托邦。浪漫主义文学往往对个人际遇的"失败""悲哀""忧郁感伤"格外热衷，即"世纪病"，例如中国现代文学作家郁达夫的《沉沦》《银灰色之死》等。浪漫主义文学强调个人，推崇个人的作用，注重表现社会对个人的压制，并对个人的反抗加以褒扬。在浪漫主义文学中，个人反抗的形式往往是对立的，结果又是徒劳的。"新浪漫主义"文学则创设了一种新的反抗形式：个人与社会不再对立，于淡然中化矛盾于无形。或者说是另一种形式的逃避主义。个人因为找到了自身生命的精神家园，从而跳出矛盾中心之外，超然凌驾于红尘之上。

徐东是当下非常具有创作活力的作家，他用独特的文字展开对当下以及将来的思考。徐东的小说以题材划分共有三类：关于城市，关于西藏，关于乡村。西藏系列代表作即小说集《藏·世界》，收录了十七篇小说，《诗人街》则着眼于城市生活。《藏·世界》与《诗人街》具有强烈的趋同性：即人生理念的趋同与艺术风格的一致。徐东的小说在当代小说创作中独树一帜，拓宽了当代小说创作的表达领域，为中国小说的发展起到了推动作用。

一、淡泊宁静的乌托邦

对理想的追求与抒发是"浪漫主义文学"的典型特征。文学的创作目的即追求理想，自古如是，从这个角度而言，文学与浪漫精神紧密交织。世界各民族的远古时期神话、中国古典文学的《楚辞》等都以夸张的方式激情渲染人的愿望和理想。"新浪漫主义"继承和发扬了"浪漫主义文学"在主旨与题材上的奇幻性与传奇性，继续发扬其追求理想世界的传统，在浪漫精神指引下书写人类的理想世界，表达想象中的乌托邦。

与"浪漫主义文学"所不同的是，"新浪漫主义"不再以夸张与激情的方式来抒写理想、表达愿望和追求，虽然仍然赋予文学以"丰富想象"的品格，但是表达的方式相对"淡化"，艺术审美特征表现为叙述的云淡风轻，如同中国太极的内在精神，绵里藏针，化"激情""夸张"于平静淡然之中。

在思想内涵上，"新浪漫主义"注重对人类精神层面的表现与挖掘，力图再现人类精神世界的多元现状，深挖精神层面的症候与困境，并对人类精神的终极走向进行思考与探索。在着重文化批判与心理剖析的同时，张扬人的自我意识，展开建构人类精神家园的努力。

《藏·世界》与《诗人街》以对人深层精神的剖析张扬人的自由意志与个体性，以富有创造性的艺术表达、饱满丰沛的艺术想象展开人类对于自我认知的思考，对于自我和社会关系认知的艺术探索。完全迥异于传统价值体系的逆向思维，与生动而具有个性化的意象意境的完美契合，使小说《藏·世界》《诗人街》在当今被物质遮蔽的文学丛林中，显现出具有张力与创造性的独特光芒。

（一）"诗"与"远方"

《藏·世界》与《诗人街》承继"浪漫主义文学"的强烈主观性、对个人、想象力以及感性的推崇等特征，大胆地进行小说文体实验，以宁静、淡泊的笔触，构筑了一个诗意的、空灵的、不乏神性的、写意的乌托邦，以诗化语言表达其心目中的理想愿景。

"远方""诗"是徐东小说里重要的意象，有着多重的隐喻意味以及丰蕴的文化内涵。"远方""诗"的意象统领了徐东的小说，籍借"远方"与"诗"的意象，徐东试图探寻人类精神的最终归宿与终极走向，试图为人类寻找到精神家园——可谓是"新浪漫主义"所特有的淡泊理想、宁静家园，其艺术风格类似于消极浪漫主义（以英国的湖畔诗及中国现代文学的新月诗派为代表），与消极浪漫主义的含蓄内敛所不同的是，"新浪漫主义"想象大胆、奇特，表达上更加明快、流畅、恬静、淡然。

徐东小说中塑造了一系列非常态的民间主体形象，这些人物形象游离于主流价值秩序之外，以他们特立独行的、各式各样的、丰富而多元的方式，反抗着主流价值观念对人性本真的束缚与制约，张扬着人类对自然本真、对自由的追求与向往，这些人物形象甚至构成对传统道德伦理与社会秩序的叛逆，从而激发人们对于当下生存状态的思考。

徐东的《藏·世界》想象力丰富，在审美表现上更为简单、质朴、空灵、轻盈，散发着思维的光芒与生命的灵性。里面的人物也因贴近于生命的本真而更为灵动，焕发出生命的特有生气。欧珠（《欧珠的远方》）总是蹲在墙根下晒太阳，但他的内心世界充盈而丰富。他喜欢想象，喜欢思考。欧珠思考着关于人的个体性与同一性，思考着人与世界万物的交融合一。欧珠以晒太阳的方式实践着此岸的自由，因为晒太阳，他全身暖洋洋，身子会发光；因为晒太阳，他守住了时间；因为晒太阳，他让自己像石头一样生活。这是欧珠的探索，也是徐东的探索，探索一种自然的、自在的、顺应生命本性、摆脱一切束缚与困厄的生存方式，从而保持自在生命的本真状态，与天地合一，与宇宙合一。欧珠告别了自己的妻子和孩子，带着头顶上有莲花的牦牛去追寻心中的远方。格列攀登了冈仁布钦和纳木那尼这两座高大的雪山，把两个圣湖：玛旁雍措和拉昂措收藏在心里，从此周游世界不再回家。《藏·世界》中所展现的浓郁的藏文化，不仅仅是藏地风俗风情，也不仅仅是藏族的人和事，而是一种独特的人生理念，是这个地域所特有的迥异于其他文化的生命样态。

徐东的城市小说相较于他的西藏系列，在叙事的构建上有更完整的情节链条，但是仍可看出他努力想张扬的生命求本意识与对当下世俗性生活形态的反抗。《诗人街》里的人们都有着特立独行之处，或是生活理念的特立独行，如追求慢生活的蜗牛、追求像古人一样四处游历的酒吧老板老武、提倡简单生活的老樊（给联合国写建议信，编《简单生活》杂志）；或是生存方式的特立独行，如以恋爱为职业为爱写诗的小青、只卖白粥的书吧老板老樊、卖"舒服"的女诗人舒恒、从公司辞职去推销诗集的余发生等；或是生活状态的特立独行，如不愿意追求成功也不愿意与女人保持稳定关系的诗人康桥、有一天突发奇想去教别人写诗的空想家李多多、家庭事业稳定却像追求感情一样追求离婚想换一种活法而去写诗的李更、相信魔法受失眠症困扰买手枪开酒会想轰轰烈烈自杀刻意活得古旧的许可……这些特立独行的民间主体形象以他们的思想、行为、生存状态、生活方式的不合流俗、游离于常态来张扬自我、自由与生命的本质真实，反抗着生活、社会集体文化心理、传统文化与伦理道德对人性本真的设置、束缚与规约，悖离于工具理性突飞猛进、物质消费主义、大众享乐文化所指向的发展方向，转而面向人类内心与精神深层，从精神对世界人生的感知角度思考人生的本质与意义，思考人类精神的终极走向。这类民间主体形象，意在建构，即张扬生命意识，提倡特立独行的思想及生存。

徐东小说的思想意义高蹈于他的故事之上，故事的情节是否跌宕曲折，并非是他关注的重点，而对主流价值观念的颠覆，以及对彼岸精神救赎的关注，对叛逆、另类精神的张扬则是他一直以来努力为之的方向。《诗人街》中塑造了纷至沓来的鲜活的意象，如"鸟""田野""萝卜"等，贯穿整个文本的核心意象是"诗"，并由此衍生出一系列子意象："诗歌""诗人""诗集""诗人街"。《诗人街》中的多重生命形态或者说生命完成自我的方式，超越了常规世俗生活，背叛了传统礼教与儒家道德伦理、只追求生命的纯粹与自由，这些生命在徐东充满想象力的笔下飞翔，吟出一曲曲生命的赞歌。那些看似奇怪的人物，从生命的层面上来看并无不妥，反而是挥发着生命的力量与自由，宣扬了生命本质的多元与丰富，摒弃了文化与礼教对生命的束缚，回归到生命的本真层面。诠释了作家尊重生命、热爱生活、对人类与生命悲悯的情怀。

余发生推销诗集在现世中不断受阻仍然百折不挠，既揭示了现实的冰冷，又传达了人对于理想、远方的执着精神；诗人街里其他人则以深具个性化的方式极力张扬一种叛逆的精神力量，叛逆于主流价值体系对人类自由意志的规训与压抑甚或是吞噬，呼唤"诗"与"远方"。这即是"诗""诗歌"意象的深意所在。从审美表层来看，"诗""诗歌"意象指涉的是人的精神层面，关切的是人类的现世生存与彼岸救赎。然而，在审美意义的深层，"诗""远方"等意象在小说文本《诗人街》《藏·世界》中并不单单只是意象或核心意象，也并非是单一意义指涉的象征或隐喻系统，而是具备了本体性的地位，可以说，它们已经成就为生产小说的一种方式。《诗人街》《藏·世界》对于中国当代文学的独特贡献也在于此——《诗人街》《藏·世界》开创了或者说重新开始了一种新的人想象自我以及自我与社会、此岸与彼岸的方式。从"生产性"这个角度来说，《诗人街》《藏·世界》的创造力得以彰显，并在想象力创造力日益缺失的当今文坛显得尤为重要。

（二）自由意志

在现代性与后现代性的当今社会，人们想象自我、认知自我、实现自我的方式是那么的单一与浅薄，人类的自由意志无论是在艺术空间还是现实空间都受到来自现代性的打击与压抑。

《藏·世界》和《诗人街》提供了一种人类新的想象自我的方式，通过这种全新的自我想象，张扬出人类自由意志的力量。许可（《诗人街》）相信每个人都有魔法，这魔法即是人的自由意志。运用魔法对自我的改变以及对世界的良性改变即是人的自由意志对自我对世界的能动作用。许可梦到自己变成魔术师，依靠自由意志的力量，许可可以随意变化心想事成。《藏·世界》中的格列用画笔能够把别人虚伪的心灵涤净，使人找回自我。一根马腿骨能让其米做梦，让其米见到许多特别的树（其米喜欢树）。杰布在梦里变成了冰，在光里行走。《诗人街》中张叶通过诗的力量使赌徒同意了离婚，给女人孩子以新生。在徐东创设的复杂而多元的隐喻系统中，诗与魔法与自由意志的对应，使其获得了改变世界的力量，这力量源自生命的原始欲望与冲动，是强烈的生命力的淋漓体现。

《诗人街》中所创设的种种如同魔法般的消解矛盾的方法，如同中国的太极一般，于云淡风轻中悄无声息地化干戈为玉帛，使自我与世界融而为一，达到天人合一之境。这些途径方式的创设，使得人类的突围抗争精神得以颂扬和鼓励，人物生存理念的超凡脱俗与不拘一格、特立独行的外在形貌与举止言行的结合，使得整个小说文本显现出超越了反映、揭示、再现层面的普世诉求，此关键词为突围，突围的看似五光十色的种种方式，实则都聚焦为远征的情怀。诗即是远方，魔法即是自由意志。通过种种途径的远征，人类实现对于自我的认知，以及对于自我和社会关系的认知，远征的终极走向乃是奔向自由，挣脱现代制度构建的社会秩序的束缚与规训，奔向人性的自由，奔向生命的极致，奔向精神的家园。

从这个意义层面而言，《诗人街》通过对自我意志的张扬创设了人类自我想象的多种方式，对自我认知的思考以及对反抗世界与融入世界的探索，是对远征精神景深创造性的思考，其具有张力的艺术表现，展开了富有生产性与创造力的艺术图景。于此，一种全新的书写自我、书写自我与世界的方式被建立起来了。这种书写方式，并不关乎哪一个具体的地域意义的城市或乡村，而是关乎普遍的人性，关乎历史的同时也是当下的、个人的经验。这是一种建构，是一种创造，是当代文学书写急需的一种创造。

（三）超然的反抗

浪漫主义推崇个人对社会的反抗，新浪漫主义也继承反抗精神，然而其方式却并非与社会对立，而是化对立于无形，建构诗意生命形态，从而超然于红尘。浪漫主义的反抗是对立的、颠覆的、解构的；新浪漫主义的反抗却是融合的、超然的、建构的。

徐东的小说中对此岸的人生苦难与人的精神困境以审美形象加以灵动再现，文本中充满对现世的人文关怀与普世悲悯，相较于彼岸的精神救赎，徐东更侧重于书写此岸的精神抵抗。如果从有意识、有目的的"抵抗"的角度来看，此岸，意味着权威对个体自由的掣肘与压制，而权威不仅仅是来自传统方面，也来自现代方面，以观念或价值判断等形式强加于个体。彼岸，则是人类理想的精神家园。从此岸到彼岸的艰辛路途与实现路径，徐东一直在思考，在探索。徐东所创造的欧珠、李更、许可等人物形象，不再盲从于现世社会主流价值秩序，而是保持着头脑的清醒与个性的独立，对于现世勇敢而顽强地进行抵抗。尽管寻找到精神家园，完成从此岸到彼岸的渡化，仍是一个长期和艰巨的任务，但是具有现代性品格的人们保持独立思考，从质疑到抵抗，这是社会发展与人类精神自我完善所需要的，作家创作审美形象的意义也在于此。

徐东《诗人街》《藏·世界》里叛逆不羁、怪诞乖张、叛逆礼教、张扬生命本真的思想有着深远的文化渊源——呼应着上古先贤庄子的生死齐一、魏晋《世说新语》嵇康阮籍刘伶王子猷等人的旷达洒脱、呼应着清代《红楼梦》对生命形态的尊重与悲悯。庄子曾云："礼者，世俗之所为也；真者，所以受于天也，自然不可易也。故圣人法天贵真，不拘于俗。愚者反此。不能法天而恤于人，不知贵真，禄禄而受变于俗，故不足。"庄子反对礼教，倡导生命求真。庄子指斥儒家满嘴仁义道德全是虚伪。庄子认为生命就应顺应天，顺应自然。礼乐教化是生命的"伪"，要摒弃。真，即"受于天"，要"法天""贵真""不拘于俗"。如果"饰礼乐、选人伦"，即是"苦心劳形以危其真"。阮籍母亲过世后，别人都想看他如何悲哀，悲哭便为孝，是礼仪要求。可是阮籍偏偏不哭，人们都骂他不孝。但是当他葬母之时，"蒸一肥豚，饮酒二斗。然后临诀，直言'穷矣！'都得一号，因吐血，废顿良久。"庄子有着超凡脱俗的生死观，认为死亡只不过是人的生命形态的重新组合而已。庄子丧妻"箕踞鼓盆而歌"。刘伶出门时，让仆人拿铁锹跟着，如果他喝酒喝死，便就地掩埋。安琪（徐东《诗人街》）买下一块墓地，是为了对抗活着，她经常去墓园静静待上一阵子。墓地使安琪沟通了生与死，墓地这个有着浓郁死亡气息的地方反而使人深刻领悟生。

王华《家园》通过安沙这一个自然原生态村庄的塑造，描述人与动物与大自然相依相存，和谐共生，是最为原始最原生态最理想的生存图景。安沙人眼中的死亡是天堂。性爱是平常事、美好事，不应引以为耻。这是超越文化、尊重生命并以生命为本源的野性思维，作家借此来张扬人类的旺盛生命力，及超阶级的人性与人类之爱。徐东《藏·世界》中也渗透着男欢女爱最为自然美好的观点，男人和女人，想要在一起睡的话，太阳和石头都当没看见。王华想象出的世外桃源"安沙"（《家园》）不把钱当回事，笑鱼随手就把百元大钞给人。徐东构想的"诗人街"里老樊提倡简单生活，书吧只留一本书，只卖白粥。笑对功名利禄，简单对抗世俗。这都是对庄周思想的继承与发扬。庄子认为世间万物都是平等的。无所谓好或不好，不同的参照物会带来不同的结果。而所有的比较，例如美丑、大小、善恶甚至生死都可以互相转化。徐东《诗人街》中蜗牛因为力主"慢"而成为明星，饱获名利之后，蜗牛受到世俗生活的影响迷失了自我，"快"了起来，因此失败了。蜗牛故事的内在深刻哲理，印证着庄子的大小美丑是相对的、可以互相转化的观点。

　　"浪漫主义"是以德国古典哲学为思想基础的，"新浪漫主义"也认同费希特对人的主观能动性的推崇，重视天才、灵感的主观能动作用，认为人的心灵可以创造客观世界。黑格尔则认为人的精神就是历史，就是社会真理。德国哲学与英法空想社会主义的理念为浪漫主义提供了哲学基础与艺术视角。新浪漫主义对此全盘继承，又融合了中国古典哲学的思想，创设出"超然的反抗"这一全新的诗学理念。

二、空灵写意的艺术审美

　　除了在思想内涵上，注重对人类精神世界的探索，"新浪漫主义"的另一个重要特征是在艺术层面，注重对艺术形式与小说技巧的实验，努力创造出独属于自己、其他作家所没有、烙有深深自我生命印痕的作品，表达手法上具有创新意义与独特性。

　　徐东《诗人街》《藏·世界》在艺术上独创了一种"失重"的叙述方式，即摒弃了世俗意义上的"重"，如名望、财富、地位、美满的婚姻、让人艳羡的伴侣……转而去追求一种"轻"，"轻"是生命的轻盈，抛却世俗之重后回归生命的本真状态。每一个独特的生命都有一句言简意赅的话，总结出其对人生的核心理念。诸多生命样态以各自独立又有所交织的方式聚集在一起。《诗人街》《藏·世界》的语言是平实的，又是诗意的，在漫不经心的叙述中，消解了世俗价值世界的常规审视，暗中蕴蓄着对生命本真向往的思想内核。例如以恋爱为职业的小青，如果用礼教与世俗的眼光来衡量，无疑是被贬抑的，不合道德与伦理的。然而，小青却让追求她的男人来背诗，实质是以这种方式来张扬精神自由的理念，"诗"成为救赎的载体，以"诗"来渡化人。

在徐东的小说里，很少有五颜六色的万花筒般的世俗生活方式的展示，不注重故事情节的传奇性与跌宕曲折，注重的是对个人精神生活的探究，并进行深入到对人类精神空间的关照。徐东冷静地注视着现代性对人类精神生活的多重影响，并无情地用文学形象予以揭示，在意义的似有若无、似乎一切都无所谓的"轻松"叙述中，暗蕴着深刻的自由意志撕裂的痛苦，这就使文本在丰富而深入的意义所指与艺术表达的能指之间形成了一种张力。

徐东小说《藏·世界》《诗人街》的语言就像是潺潺的小溪一样，自然而然地流淌，空灵而富有诗性，给读者以很舒服的阅读感受，然而过后却又回甘（就像好茶叶），读者的脑海中余香袅袅——一种简单的哲理，生动的启示，耐人寻味。徐东善于运用白描手法，不拖沓不冗余，凝练而生动，简单勾勒自然界各种事物的轮廓线条，以"远方""时间""太阳""石头""风""鸟""雪山""莲瓣"等意象营造超然于物外的哲学意境，使读者在质朴、自然、空灵、诗性的文字阅读中，获得特别的感受，引发其展开对生命意义的追索与思考。

在《藏·世界》《诗人街》中，叙述语言像诗，人物说出的话也是诗，顺手拈来的一句话，都是既饱含诗意，又富有哲理，同时却是极为简单质朴，自由飘逸。《藏·世界》表现藏地奇特的民间风俗与独有的西藏风情，《诗人街》书写都市中特立独行的人，两个文本都善于运用比喻、拟人、通感等艺术手法，使小说如同诗一样，显现出隐秘而诱人的神性，使人具有了超越现实苦难的力量，使人的灵魂飞升，让人如痴如醉。《藏·世界》《诗人街》中有奇妙而贴切的比喻，本体和喻体形成既密切又间离的双重意象，《藏·世界》《诗人街》有"通感"，视觉意象和听觉意象都是"诗"，简单和深刻的哲理，神秘的引人入胜的神性，用生动自然的语言来表现，没有丝毫的乏味枯燥，一切都像流水一样自然，天经地义。

徐东娴熟地运用通感、拟人等手法来描摹人物对世界的感受，叙述人物的向往与追求，体现出作者对人性的深刻洞悉，展示出作者深厚的写作功力。管水人旺堆心里收藏了很多死去的牦牛，经常在树底下出神，任随风和草屑灰尘飘过自己，那时，"生命里流水的形状与声音，即使在旺堆看不见也听不见的地方，也会流进他的心里，发出汨汨的声音。""田野和草场被看起来有些远的山抱在怀里，是会成长的图画。""那些有灵性的鸟儿用翅膀划开过许多地方的空气，捕获了天空的秘密，鸣叫的声音浑厚又透明。""流""抱""划开""捕获"等精选的动词,细腻而传神,使语言显现出生动而空灵的特质。

《藏·世界》《诗人街》是用生命体验来写就的文字,是用个体生命来完成的艺术作品。情味至醇至厚,文字流畅自然,富有诱人神性与诗意的语言,引领读者去探索生命的本质。张扬简单而又有激情的生命理念,表现一种高扬的生命状态。

徐东小说《藏·世界》从思想到艺术都进行了一次革命,一种创新。换言之,《藏·世界》用民间想象力来表现和说明艺术的生命力,以独特而不流俗的生命形态来对抗当下世俗的物欲横流,以诗性和神性张扬高蹈的精神力量,以视觉、听觉、嗅觉等丰富的生命感知来强调生命的独特与重要。因此,小说《藏·世界》是七十年代出生的作家徐东对文学的一大贡献,挖掘其思想和审美价值可促进文学的创新与多样化发展。

《藏·世界》与《诗人街》具有鲜明的个人特色、丰富的想象力与独创性。两者描述的对象千差万别,在审美上也有各自的艺术特征,此外,又有内在的一贯性,即对艺术创新的探索。《藏·世界》与《诗人街》在艺术表现上的成功,诠释了徐东对于艺术审美的典型创造。

《诗人街》《藏·世界》以叙述之"轻"与意蕴之"重"的交织形成一种张力,并以贯穿通篇的想象力独创了一种"新浪漫主义"的小说文体。《诗人街》不重情节,不重抒情,是诗化小说。诗化小说这种文体在中国现当代作家中经由废名、萧红、沈从文、汪曾祺等人传承发扬,已成为成熟的艺术审美范式,徐东又在此基础之上进一步淡化文字,张扬内蓄思想与艺术想象,创造出作品《诗人街》《藏·世界》,这种文学艺术形式的实验无疑是成功的。

无论是何种小说文体,无论是何种叙述方式,"新浪漫主义"小说都表现出超凡的艺术想象力,渗透着作家主观情感,沉浸着创作主体深刻印痕的艺术想象,是创作主体的生命之作,把作家对人生的理解以鲜活而具有创造性的艺术形式来展现。文学是不应缺乏艺术想象力的。

(原载《文艺评论》2020 年第 5 期)

空间并置与意义增殖

姜　超

继"诗人已死"的聒噪之后，关于小说穷途末路的担忧业已传播久远。至1990年代末期，哲学、文学似乎都已经走入了彷徨无地的死胡同。小说濒死的症结应在于小说精神的消弭，昆德拉为此宣称"小说的存在在今天难道不比过去任何时候都需要吗"，他热切呼吁小说家重新找到生存理由。徐东的长篇小说《诗人街》仍可归为先锋一脉，却以清明理性和丰富厚实的细节自成一格，它抛弃了前代先锋作家刻意的荒腔走板，凭借艺术掌控让小说变为"有意味的形式"，在多种空间并置中实现了时代意义的熵增。

《诗人街》内里纯净，专就理想、爱情、诗、青春等主题铺展叙事。这部小说以诗、诗人的当下性为叙事焦点，可归结为艺术家小说。一如评论家贺绍俊所说："徐东选择了一条显得比较冷僻的小径，他把小说当成对抗现代化痼疾的武器。现代化造成了人们的精神匮乏，他感觉到了世俗与欲望吞噬人类精神的恐怖程度，因此要把小说从世俗层面分离出来，这就构成了他小说中的精神纯洁。"徐东欲表现的青春、理想、爱情等主题实为清洁精神的象征。小青、康桥、李多多等人物在现实中都不是强人，徐东以艺术化的笔触关怀了弱势群体的生活处境。他们内心的清洁精神与现实的尴尬处境，恰恰是徐东小说的起点。

想从徐东小说得到答案的读者是要扫兴的。这情景正如罗兰·巴特说："小说家不给人提供答案，他只是提出问题。"《诗人街》实则写了无数个疑问，引导读者思考在无意义的重复生活中，人们该如何确认活着的意义。如此，生活于文学来说，就是有价值的外在形式。

《诗人街》的艺术魅力根植于作家善意的视角，诙谐睿智的表达。诗人街上的人们遭逢的虐心伤痛在腠理，而不在肌肤上，或者说作者认为如此照搬生活的苦难太过于机械而故意轻逸处理，喧嚣芜杂世界的人们需要温情的抚慰、温柔的劝诫。康桥、贵妃等人物多次陷入现实的泥泞，但总是奋力偎近理想的烛火。他们是微不足道的现实人物，即便碰得头破血流，总是披着理想的战甲，不甘心做现实的逃兵，在理想与现实的对撞中艰难前行。诗人街是个乌托邦，康桥、李多多、宋唐诗等人于此延续旧日的梦想。但置放在现实的空间里，诗人街更像是异时空里的异托邦。诗人街是假想的存在，嵌入在波谲云诡的世俗生活里。徐东故意将流落四方的一类人集结在"诗人街"，在这个"乌托邦"里演绎全部的人物故事，抖落他们全部的哀愁。现世的诗人头顶的不一定是光环，诗人的现世就是他们的"异托时"，他们无法摆脱的环境就是"异托邦"。

每一个普通人物的身上藏着什么？徐东既把握人物，又在情节上另做安排。若用人物的存在来表现人物的真实，似更为恰切。这些人物面目不同，表现各异，我很愿意将他们视为徐东借此提供感受的无限可能性。这些人物做过什么，远不如遇到什么、有何感受更重要。按照小说的篇章布局，人物的命运似是随机拈来，也可以无限地续接下去，而徐东安排的众多人物在时代的不同感受无穷无尽，他也无意为笔下的人物安排归宿。加缪说："重要的不是活得最好，而是活得最多。"小说家写作的乐趣就是不断复苏千百个人物，让他们各自有不同的活法，如此，写作让写作者有了千面人生，活过了千百次。

世间诱惑与情色，全在诗人街上演。对于笔下人物，徐东的处理方式如福楼拜反复强调的那样："小说家应该像上帝那样，创造而不议论。"康桥们不甘于平庸，那些名字来回倒换的诗人几乎就是当代的堂吉诃德，他们不断地抗争如一句名诗，"我拼尽了一生，过着平凡的生活。"徐东让诗人街的许多理想守持者跌倒后再次爬起来，再次朝着风车发起冲击。徐东竭力展现了人物们百十倍的疯癫，却不批判，他以呢喃之语抚慰着这些受伤的灵魂。《诗人街》有意流速降缓，读者也随之注意灵魂的力量。

《诗人街》不断铺展诗心、情爱讨论的话题，多以哲思妙语示人，多以对话展开。徐东在小说中写道："诗人街确实是个特别的地方。以恋爱为职业的小青、追求失败的康桥、崇尚慢生活的蜗牛、喜欢走路的老樊、由胖变瘦的贵妃、教人写诗的李多多、想要写出一首真正的好诗的舒娜、活成了诗歌的张叶、以推销诗集为生的余发生、有信仰的宋唐诗、让人舒服的小舒、像追求爱一样追求与妻子离婚的李更、相信魔法的许可等等，这些人都是特别的、有趣的、鲜活的、有着梦想和追求的……"徐东如同缓慢切换镜头的导演，盯住人物凝住了拍摄，想要从细节中攫取灵魂来。这过程如同披沙拣金，金子固然重要，但沙子也有观看的必要，目的与过程一同成为徐东的表现之物。

小说发展至今，优秀作品在承载意义的同时，也需要技术性文本实验。《诗人街》有形式上的自足性。《诗人街》在时代的强制性和加速度面前，将时代的遽变融入了个人的思考过程，同时体察到了自身写作的限度，适时调整了自己的写作策略。小说中有四个章节的开头引用了中外优秀诗人的诗句——"轻轻的我走了，正如我轻轻的来！"（徐志摩《再别康桥》），"雪花上千次落向一切大街"（里尔克），"我顺手摸到的东西越少越好。"（海子《村庄》)"，"不要温顺地走进这个良夜，激情不能被消沉的暮色淹没星际穿越。"（狄兰·托马斯）。这些诗句是有意为之的设置，那写作者的用意究竟为何？

我们姑且称之为"插入语"。徐东让耳熟能详的诗句化身插入语，并无间隙嵌入叙述，这是一种艺术实践。我觉得，这些"插入语"由警句格言交织而成，它带着叙述的惯性，又饱含着作者的玄思、感悟、经验、智慧。但更重要的作用是，徐东通过"插入语"的精心选用，意在改变叙述格局，拓展小说的叙述空间。"插入语"带有叙事的功能，不是解释，而是一种补充，是一种方法论的选择。"插入语"又很像闲笔。闲笔在别的小说家那里，是作家素养的体现。在徐东这里，闲笔别有用意，小说的可能性和趣味诞生于此。"插入语"与主叙述文本构成了一种对应关系，"插入语"既然是对叙述的补充、延展，也是对叙述的一种反驳、对照。徐东将插入语无间融入叙述，实际上是在寻求潜文本与显性文本的对应关系。嵌入"插入语"的每个章节都有很多引文插入或者是对话介入，这形成了作者与虚设人物的对话关系，产生了小说才具有的复调效果。徐东借此彰显了叙事的主旨、明晰了人物关系与性格，也深化了小说的主题含蕴。

作家宁肯习惯在小说中频繁插入注释，希望将小说空间撑大。"我可以在这里恣意腾挪，以前全部的困难与困难都发生了联系，他说："叙述空间不是从外部而是从内部打开，感到一种空前的解放。"徐东也有这方面的努力，他力图撕开小说的封闭系统，《诗人街》引入多重视角，共同建构多种主题，有效增加了小说的丰富性。马原和格非的早期小说苦心经营的叙事圈套和叙事迷宫，无非是在提醒小说即是虚构的本质，实是一种解构的策略，是小说技术的外化努力。徐东将"插入语"引入小说创作，创造了一个隐含作者在扮演着代言人的角色。

《诗人街》将不同叙述者讲述并置，充满多重叙述者的讲述。云游四方的人，还是以诗人街为原点，或者是在他乡的游历中回顾诗人街。《诗人街》的对话设置篇幅很大，交谈的重心像是漫谈、散语。小说篇章似可以无限拉长，作家无须可以编撰，凡符合预定场景的人物都可以置身其中来讲故事。这些对话构成了一种全新的叙事方式，而这些人物的主观见解议论驱动的叙事。不同诗人叙述不断跳转，仿佛摄像机频繁地聚焦路过的行人，故事情节不突出且用意不在刻画人物形象上，全由戏剧性的内心独白构成。叙述者是在将往事当作对象，在时间流中逐渐昭示叙述者的用意，而描写则是无差别的客观呈现眼前的一切。

徐东小说中的"现在"，不是一个变动不居的"此刻"。徐东的现在联通了过去，却不朝着未来走。徐东更愿意在喧嚣世界当中营造"独立时空"。这类似于时间的"悬置"，也就是说人物的记忆以碎片化存在，而忽然涌入"现在"。多个涌来的"瞬间"撑满"现在"。徐东让时间成了永远的现时，故而其小说附带着强烈的空间性。

布罗茨基在论述诗歌创作对于散文写作的影响时说："如果散文作家缺少诗歌创作的经验，他的作品难免累赘冗长和华而不实的弊端。"此处，用来镜照徐东多年来的诗歌写作对小说创作的潜在影响依然有效。徐东的小说叙事借用了诗歌的很多技巧，如小说中的"而两个人四处游走的日子，如同两个燃烧的火把摸黑去远方。"如同一句情思交错的诗句，仿拟的修辞功效得以发挥。小说人物舒恒的名言："你舒服了，世界就美好了。""成功是失败之母（贵妃），则是一种横移的修辞方式，是对"失败是成功之母"的反叛。而"你愿不愿意成为我们这个时代的一种毒药？"是对小说人物灵魂世界的一种萃取。"远方具有一切可能。老武的心里对远方充满向往。"作为言语行为的被述句的引语并不具有独立的交际功能，是间接功能句。它们仿佛暗语或蒙上面纱，吸引读者在阅读中寻觅答案。徐东借此对另一种灵魂予以概括，徐东试图呈现诗人在现实中无为何为的多重面孔。

为哲学桎梏的文学表现并不足取，读者完全可以径直去阅读哲学简明读物。徐东笔下的诗人像义无反顾的走索人，诗人街的故事似永无完结。一切如捷克作家斯维拉克所说："欢笑是对我最大的奖励。我不把幽默看作生活的迂回，在我眼里它是一个程序，因为我们都是凡人，在很多较量中会面临失败，而幽默恰是打一场注定的败仗时面对失去的阵地唯一体面的防护。"欢笑情依旧，故人多遭逢，徐东的《诗人街》驭重于轻，在轻松慢侃的同时，提醒世人继续秉烛前行，这世上的青春、理想、爱情凝结的诗篇诚斯可贵，所有人要竭力去珍惜！

（原载《小说林》2020 年第 4 期）

写作是爱人类的行为（创作谈）

徐 东

过去的我总爱强调"自我"，把"小我"与外界无形中对立起来，有着莫名的不满，想要改变的人和事有很多，又无力改变，自己也默默不悦。托尔斯泰说，人有着共同的灵魂。犹如提酒灌顶，我明白平时为什么会感到孤独和烦恼，痛苦与焦虑了，原来是缺少信仰。意识到自己无形中有了佛教中所说的"分别心"，有意无意间会鄙视一些人，会无法认同和接受一些人。我也很难领会和做到上帝之子耶稣所说的"爱你的敌人，祝福那些诅咒你的人，善待仇恨你的人，并为迫害你的人祝祷！"别说做到这样，从思想情感上认同这样的道理也相当困难。但不管认不认同，我知道这是对的。

佛教也好，基督教也好，都主张无差别心地去爱人。我想文学也合着这样的精神，写作也是一种爱人类的行为。从这个意义上来讲，文学便是架起了一道通往宗教的无形殿堂的桥梁，写作便如牧师的布道。过分地强调文学的娱乐功能和故事性能是不太对的，尽管文学作品需要引起读者的阅读兴趣，但作家很可能会在一味追求好看的过程中失去了对人类精神纯粹的认知与抒写能力。娱乐性和故事性可以有，但在另一个层面上，也可以视为是作家在耍花枪。那些世界名著，不管是《静静的顿河》《战争与和平》《红楼梦》，绝大多数并没有刻意去强调小说的故事性与娱乐性，他们所想要呈现的还是生活中的人，人的内心世界，人性中的真、善、美、爱，或假、恶、丑、恨——而最终人性中好的，人精神上的内容占了上风。文学的要义相比起宗教的教义要有局限性，但也更加贴近人的生活，更有效地引导人向真，向善，向美，向爱，这是文学对社会中人的有益功用。

现今我们对文学的忽略，或者说文学功用的弱化，大约与科学的发展有重要关系。科学的发展自然有好的一方面，也有不好的一方面。好的方面人所共知，可以改善人类的生存条件，拓展人类的生存空间，不好的方面是，使人妄自尊大，目空一切，忘记了还应当有所敬畏。托翁认为，时间和空间是不存在的，是人假设的一个概念，人也没有过去和未来，只有当下，当下包含了一切。作家所进行的写作活动是不是也只有"当下"？读者阅读，也是由无数个"当下"组成的？细想来确实如此，这化简了我的思想认识，使我不必纠结与过去未来，时间流逝，人生短暂。希拉哲人赫拉克利特所说："人不可能同时踏进同一条河流。"对这句话的认识，对每个人也相当重要，重要在什么地方呢？这让我们清楚，不要有过多的妄想，人只不过是神的子民。神究竟存不存在呢？托翁说，不必思考这个。我理解的意思是，神是存在的，或者说，存不存在并不重要，重要的是什么呢？不是笛卡尔的"我思故我在"，也不是海德格尔的"向死而生"，这些都偏向于人对自我的强调，这种强调自从文艺复兴到今天都使人偏离了方向，使人忘记了人活一世当有敬畏之心。有敬畏，这太重要了，这不是说你要有偶像，要崇拜谁，跟这没关系。大量的事实正明，偶像崇拜对人类特别人害无益，因为这把人无形中分成了三六九等，无形中使人的地位有了高低。这是现实，但不是唯一不变的现实。这是现实，这现实未必就是真理。不然也就没有了卡夫卡对变形的人类世界的发现，加缪的对荒谬的人类世界的认识，诸多作家对爱的人类世界的向往，对人类的现实世界的多维度的批判。

　　人当敬畏的是什么呢？是我们所不知道的，无法认识和描述，但我们能感受到的一种神的存在。这种存在是每个人，是每个人生命中的灵魂。每个人有着不同的形体和生活，但有着共同的灵魂。这说明，你别妄想自己死后有卓然独立的灵魂，受人敬仰，或永恒存在了，这样的想法太有局限性——你所有的努力，你的理想和追求，你的爱恨情仇，你的悲欢离合，不过是为了你的当下的一种存在。那么，我通过写作去爱人类这样的想法合不合适呢？我的回答是，无可厚非。你可以这样想，也可以不这样想，但你千万别把自己太当回事儿了，这太小家子气了。太把自己当回事儿，别人会怎么看你，想你？别人会觉得可笑。自己到后来也会觉得可笑。但是人可以把别人当回事儿，去敬重每一个人，不仅要从思想理性上，还得从情感上。不过也千万别勉强自己，没有到那个境界，强迫自己做不想做的事也不大好。别人看着会觉得假，自己也不适应。若你真正是个赤子，是个纯粹的，脱离了低级趣味的人，相信神存在的人——当你由衷地去敬重，去爱一个人的时候，你会为自己那样去想，去做而感到幸福。

人人追求幸福，有的人认为当了足够大的官被人敬奉是幸福，有的人认为有了足够多的钱被人羡慕是幸福，有人认为有了足够大的名声被人赞颂是幸福，但没有一种幸福大得过由衷的，从思想情感上、从灵魂上去爱别人来得纯粹。因为那种幸福感不是来自别人对自己的虚情假意，曲意逢迎，而是来自生命的内在感受。我会为自己的夸夸其谈感到不好意思，这种感觉说明我并不愿意去说教，但有时有些话不吐不快。写作大约也是如此，有时我不愿意让熟人看自己的作品，因为任何写作都在无形中在向他人兜售自己的三观，或者说情感与思想，说灵魂也可以，那么自己的有的东西真正是货真价实，没有欺骗或误导别人吗？这是该打几个问号的，——所以写作非写不可的话，当慎重。

以前我认为人类充满了问题，自然这样的认识和感受至今萦绕在我的心间。可是我从理性上去想的话，又觉得不该这么去看问题。人类社会中存在的种种问题和矛盾的根源在什么地方呢？这些矛盾问题有一天会否不复存在了？我无法断想，但显然，每个人都会出于生存与发展，出于肉体和精神的渴求而不断地与他人，与外界发生碰撞。假设这种碰撞不存在是没意义的，但我们是否可以减少这种摩擦与碰撞，即认识到这样的一条道理——我们有着共同的灵魂。人类有着共同的灵魂，听起来这是多么不可思议，可是细想一下，真有那么些点道理。闭上眼想一想，我们所记得的另外一些人的形象，他们的活着的现实，与我们何其相似！而差别，还真正就体现在我们对肉体生命和灵魂生命的认识和理解上的这些差异。

人多数还在过着肉体的生活，而非灵魂的生活，但灵魂不会因为人过着肉体的生活而脱离肉体。因为人的灵魂是我们至今不明白的一种存在力量给予每个人的，不管我们的科技发达到什么地步，都很难认识到那种存在。我们主张科技是第一生产力，过于相信科技的力量等同于迷信。迷信会为人类带来灾难，这是不断发生的，我们却刻意回避的事。我们之所以避而不谈，还是因为我们的肉体生命的欲求太过炽烈。

写作也一样，有功利化的写作，也有非功利化的写作，还有半功利化的写作。选择什么样的写作道路是一个作家思想认识的体现。有些作家出了大名，发了大财，受人追捧，有些作家则默默无闻。你不能说前者对人类的贡献就一定大于后者。我们写作者不能这样片面地看问题，但社会上的人通常会这样看问题。这很要命，这使不少作家纷纷放弃了以往的坚持，把写作当成了发财致富、沽名钓誉的途径。评论者、出版者也给予积极的配合，因为有利可图。我们能说读者是无知的吗？这样说读者也不太厚道。我们甚至也不能说那样的一些作家是无耻而功利的，这样说，他们反过头来就可以把你批得一无是处，体无完肤。因为有些理，是可以正着说也可以歪着说的，常常一些歪理邪说还蛮有人相信。人相信的不是什么道理，而是赤裸裸的现实。人本来是要改变现实的，但现实却改变了很多人。精神，这种看不见摸不着的东西，谁爱信？仿佛也无从信起，顾不上信！可事实上，人类所创造出的所有东西，所构成的有形的现实世界，不过是为了获得精神上的满足——精神处于对肉体的支配地位，人们忽略了这一点。忽略了这一点特别可悲，可悲的人乌泱泱地让一些追求精神纯洁的人简直绝望得想要自杀——搞掉自己的肉体生命，不希望继续与那帮子人为伍！忽略了这一点伟大的人会犯伟大的错误，使上百万上千万人死于非命。忽略了这一点平凡的人会犯他可能自己都意识不到错误，使身边的人愤恨不满，反过来也会给他制造各种麻烦。忽略了这一点，所有的人都等于是迷失了方向。

人类真正的方向是什么呢？有人说，不过是到头来的死亡。可是许多智者说，是爱。爱他人，爱自己，爱一切生命。当你爱的时候，你即获得了人生的意义和幸福。当你爱的时候便有了真正的方向。写作者，每个严肃的写作者都任重而道远——写作是一种体力活，可更偏向于一种精神劳动。劳动的成果被人称为精神产品。精神产品确实与工厂里生产的商品，农民种出的粮食不一样。不一样在什么地方呢？一种是有形的，是现实世界，肉体生命的累加，使人类的世界无限度地膨胀下去。一种是无形的，是精神世界的，灵魂生命的发现，呈现——使人类物质世界得到有效的控制。这并不是说作家就比农民和工人高强，作家不能这样认为，别人也不该那样去认为。这样的认为还是有差别心、是非心，还是一种认识上的，思想情感上的局限性。

人做什么工作都不重要，重要的是要平等地看人，自尊而尊人地为人处世。人人都过于强调权力和欲望而没有精神上的制约的话，人类世界将会成为地狱。我们谁都没有见过地狱，但我们有过想象，那不是人待的，是不幸的地方。所以我们大约有必要发表我们偏向于正确的，正确的观点，让自己的朋友，身边的人明白——自己不做那些有害的事，不追求那些不好的东西，那是对自己，对每个人的不爱和不敬。这倒不是我们怕进地狱或渴望进天堂，而这正是作为一个人应该明白和践行的道理。

去热爱生活，热爱身边的人，是所有人，敬重有理想有追求的人，不要轻易放弃自己认为对的事情，那样的写作才有意义。对于一个作家来说，不管得到的爱多还是少，自身的条件如何差，还是要勇敢地去爱，要平静地一如既往地去爱自己，爱别人，爱生活。爱是生命中的一道光亮，可以照亮人生的路途。因为爱我们要变得更加宽容、柔和、有力！我们要努力去做事情，有自己的理想和追求，奉献自己，创造并传颂爱。相爱并追求爱的人的灵魂尤其可贵、纯粹，因为相信爱并追求爱则意味着向一切坏的，有缺点的，代表现实的人与事抗争，意味着这是痛苦的，困难的——电影《霍乱时期的爱情》中的男女主角所演绎的故事使我感到，有一种力量在左右着人的选择，伤害爱情的人有太多，非议爱情的人有太多，这正是许多时代的现实。其实受到伤害的人也未必是不幸的人，最不幸的人是不相信有爱，并不愿意再付出爱的人。

爱情是人精神世界里的镜花水月，是一种在现实中会枯败的花朵，是有可能实现的奢望，是人一生中的一笔宝贵财富——许多人都曾经有过，但也有许多人最终选择了放弃，因为获得爱情的代价太高。爱是一种奉献，为了让人生更有意义，需要让更多的人生活得更有意义，因此作家要尽可能地放弃自己的私心，多去奉献！爱可能并没有绝对的全心全意，因此我们不能要求别人过多。全心全意地爱着一个人，甚至爱得比全心全意更多，这当然也完全是有可能的，但这是一种错觉！当你过多地爱着别人的时候，这对于别人来说是不是一种负担呢？每个人都有意心沉沉的时候，不想恋爱，不想工作，不想应酬，但是人在社会生活的河流中，怎么才能逆流而上呢？谁都在活着自己，而同时又在为别人而活着。你获得的爱，需要你不断地付出。不需要付出的爱是珍贵的，也是不现实的。有时候人付出爱，并不一定是为了想要获得爱，仅仅是他在付出的过程中就已经享受到了一种源于生命内部的爱。爱是一种力量，改变着世界。爱也是一种痛苦，因为没有一种爱不会失去。失去的仿佛才变得更永久。真正自由的爱，是一种无法在现实中言说的事情，一说就有人发笑。对于经常有绝望感受的人，解决的办法就是尽可能地去做成想要做成的事情。我们选择了艺术，这即意味着我们要从痛苦中获得幸福感。当我写下对爱的看法时会感到不安，因为我感受到，我对爱也并没有真正的认知。我会感到某些神秘的东西只有被认识，被揭示，灵魂才会感到幸福与安宁——例如，不管是非对错，我们所有的行为都可能是为了爱与获得爱，就看你理解得够不够，包容得够不够。

人可以坚持自己内心正确的方向，他受外界的影响，但有取舍，不为外界所左右，于是他是纯粹的，美好的。生活中每个人又都难免会被一些不纯粹、不美好的人与事影响，没关系，要看大的方向。只要他是善良的，心存美好的，有着自己优点的，他就不应该受到过多的道德的制约与苛责——有时正是那种有悖人性的道德文化，使人变得虚伪，失去自我。我们的道德准则无形中要求人变得高大全，这并不利于人与人之间传达爱的思想与情感。中国几千年来所传颂的是一种道德的文化，而爱的文化却并没有受到应有的重视，相反在对道德文化的推崇过程中爱被扭曲，当大爱的环境消失之后，我们会发现，人们所传颂的道德文化成为一种同质化的、没有生机的、虚伪的文化。伪艺术家创造出的作品经不起时间的考验，不过他们迎合了时代，在一定程度上反映了现实生活——正是因为他们的存在及创造并非没有一点意义，所以他们才能够得以继续存在。他们的存在是合理的，他们更贴近生活，但仅仅停留在生活的表面。他们无法触及并说出、甚至反对承认灵魂的存在，伪饰人在生活的种种存在的真实性，掩盖人真实的想法与渴求，给每个人披上一件道德的外衣，戴上一副面具，自己也享受那种在暗处的感觉。这种艺术并不能真正有利于发现人与人之间的美好感情，传播人与人之间的爱。

有时候我在深夜静静听着音乐不肯睡去，甚至我喜欢失眠的感觉，因为我借此可以在一种感觉中，在透明的小小的痛苦中亲近自己的灵魂。能感受到灵魂的真实存在，是一种幸福。许多人活得没有自我，在现实中，没有自我的人可能会获得成功，但追根究底，那是一种失败的人生。相信人有灵魂，有共同的灵魂，就可以理解和包容一些人和事。有时人们为了生存，要出卖灵魂，限制和扼杀灵魂的纯洁，只有在静夜时才回味它，感觉它的存在。幸福与快乐有时候是虚假的，有一种真正的幸福与快乐来自对灵魂的感知，那可以让人感觉到生命的一些永恒！

人应该适当地避开那些狂风暴雨，要否定并抑制那些狂风暴雨，即使你并不惧怕，但你也不要迎着它们行走。即使你理解它们，但也不要赞美它们，它们使人胆小且虚伪。真正的强大不是黑暗，而是微光——即使是穷人的生命中散发出的那种微弱的光也比黑暗强大。那种真切的，也接近虚无的，与永恒背道而驰的强大，是以金钱与权势来衡量的强大，那算不上是真正的强大，他们永不会胜利，结局只有失败。善良是生命中散发出的一种朴素的、宁静的自然气息的果实。它会被伤害，但它执着不变，这是可贵的品质。当我们看到一个善良的人，有爱的人的泪水时，我们的心就会开始一点点软化，并因此理解这个世界更多一些。有一种成功，他个人所做的事情是有利于众人的，这是值得赞美的成功。还有一种成功，是建立在别人被坑害、被剥削、被掠夺的基础上的，是利己不利他人的。因此有些成功者未必是配得上人们的尊重的成功者。但即便是对待这样的成功者，我们也不必妄加非议，这不利于我们自己的修养。问题是，人通常缺少那样的涵养，也缺少坚定的意志。写作使人感到一切皆有可能。写作是一种找寻，把人们丢失的东西，或者未曾发现的东西找寻到。写作也是一种想象，想象人与人有可能存在的一种正常的、美好的关系。写作也是一种揭示，呈现人性的真实，令人反思自己的人生。写作最终是让人重视灵魂的存在，并试图让所有的人相信灵魂的存在不是孤立的，众人有着一个大灵魂。

弋铧卷

弋铧，女，生于湖北武汉，祖籍浙江嘉兴，现居深圳。中国作协会员。出版有长篇小说《琥珀》《云彩下的天空》和中短篇小说集《千言万语》《铺喜床的女人》。曾获鲁彦周文学奖、广东省"大沥杯"小说奖、深圳青年文学奖、全国青年产业工人文学大奖、"飞天"十年文学奖、《广州文艺》都市小说双年奖等。

内在于世界的经验和写作

李德南

读完弋铧的《难得有你》，一个想法跃然而生：内在于世界。这里头又有两层意思。第一层意思，是指这篇小说所涉及的经验是在世界视野中展开的，是内在于世界的。这是一个全球化的时代，也是一个高度技术化的时代。技术的发展，使得空间的距离缩短了，或者说，空间的距离变得不再那么重要，世界就好像是真的平的。就拿《难得有你》中的主角刘春平来说吧，他是一个生活在加拿大的华人，却可以每天通过微信群和生活在中国的同学们随时保持着联系——虽然他们之间的关系并不亲密。小说是从刘春平如何关注同学群里的状况写起的，后面也有不少篇幅写到"群居"的生活。航空技术的发展，则使得刘春平可以自由往返于加拿大和中国，为这三十年同学聚会也可以专门回国一次。由此，地球就好像真成了一个村落，生活在各国的村民们随时可以互动和往来。

内在于世界还有另一层意思：《难得有你》式的写作，是一种内在于世界的写作。这篇小说同时写到加拿大和中国，还有更广阔意义上的世界。这种空间经验的扩展，并非仅是出于想象，而是有其现实依据。在这个时代，中国本身可以说是内在于世界的，在世界中变得越来越重要。中国就在世界之中。《难得有你》里头有中国故事，有中国经验，但这故事和经验，都是内在于世界的，而不是与世界割裂的，因此并不局限于中国。以文学作为考察对象的话则会发现，以往的中国作家大多是在中国的范围内以"城市－乡村"的架构来书写人们的生存经验，城市和乡村彼此互为参照。然而在今天这样一个全球化的时代，新的生存经验已经撑破以往的"城市－乡村"的架构，作家们也开始在"中国－世界"的架构中描绘他们眼中与心中的文学图景。这种文学所写的人，已经不是一般意义上的某个国族的人，而是在身份、文化层面具有跨国族意味的人，甚至是"世界人"，或者用《难得有你》中的话来说，是一种"国际人"。从某种意义上说，这已经不只是"中国文学"，而是一种"世界文学"。而这样一种写作，在今天变得非常有必要，就像扎尔卡所说的，"有些问题，在很多年前仅仅依赖于地方的、区域的或国家的措施予以解决，而在当下却需要放在全世界的范围来加以关注。"[1]新的时代语境和现实处境需要有新的视野，也需要有新的文学。

这种内在于世界的写作，对于中国文学自身而言，自然是一种扩展。它为理解当下的世界、当下的中国提供了一个更广阔的视野，也可以说是提供了不同的视野。《难得有你》当中，有着跨国度的生存经验，还有跨文化的对话与交流。它也尝试在一个历史的、比较的视野中，去理解中国人的爱与怕，去理解中国之心的困厄源自何处。小说中有一种历史的眼界，从中能够看到中国在最近几十年的一些变化轨迹，多少有些历史的纵深感。小说还有从当下出发，横向比较的视野。在这种比较的视野当中，以往我们所习以为常的东西，变得有些陌生化了。也仿佛是从这时候开始，我们才开始注意到它们的存在，才更清晰地看清了它们的存在。比如中国人对世代传承的执着，比如中国人在教育子女上的那种无条件的付出，在《难得有你》当中，都因为有比较的视角而显得突出。

我还想指出的是，《难得有你》是一篇在叙事伦理上有很强的分寸感的小说。它尝试不带偏见地看待小说中的每一个人，尝试理解小说中的每一个人。

---

①〔法〕扎尔卡.世界主义——陌生人世界里的道德规范.赵靓译.福州：福建教育出版社，2015：106.

这说起来容易，其实做起来是挺难的。这要求小说的作者除了有热心肠，能够对人物所遭遇的一切感同身受，又要有足够强大的理智，不要因为过于浓烈的爱或恨而蒙蔽了心智。它还要求作者有高超的叙事技巧和叙事能力，能够眼到手到，能够在写作中落实自己的想法。简而言之，就是眼界要高，手艺也要高。

《难得有你》的叙事重心，主要是落在刘春平身上。刘春平是这篇小说的主角。这是一个有奋斗精神的人。"他一惯把搞音乐的和堕落的青春联系起来，摇头丸、大麻、乱淫、飞扬跋扈的青春。他的青春不是这样的，他的青春不是堕落和沉沦的，他的青春全部用来拼刺高考，过独木桥，成为天之骄子，从农村到大城市，再从大城市到海外。"刘春平还有坚韧的意志，也有一定的能力。他的运气并不算特别好，在海外也生活得挺委屈。《难得有你》写到了他的委屈，对他有同情，但并不回避他的问题。"李凡也不是没察觉，她这样出众的女孩子，从初中就有大把的男生垂涎欲滴，她根本没把刘春平放在眼里，这个长相一般，有时候甚而带点猥琐气质的小镇青年——说是小镇，家里却还是务农的。小城市、地区、乡镇、农村，这些在大都市生大都市长的女孩子李凡看来，都是一模一样的，他们是一个阶层的，根本和她不在一个段位上……小城来的也就罢了，偏偏还爱巴结人，见谁有价值就巴结谁，虚头巴脑的人物，却是李凡这种世故的大都市姑娘最讨厌的。班主任连教授的家几乎就是刘春平的劳动场所，扛煤气罐，背大米白面，帮助连教授的孩子拨弄自行车，夏天安装电扇，冬天跑着领大白菜，天啊，哪有这么没骨气的学生？"李凡是刘春平的前妻，当弋铧从李凡的视角入手去写刘春平的过往时，李凡的叙述中虽然不乏偏激的成分，但是她也未曾没有注意到刘春平身上有一些实实在在的弱点和缺点。如果说刚才引用的李凡的那段话多少有些偏激和个人偏见成分的话，那么下面这一段，则可以说是更为客观的分析和叙述："刘春平缺乏好多东西，英俊的相貌，倜傥的身材，幽默的谈吐，丰厚的家世，但唯一不缺的，就是他的毅力和恒心，他为着目标誓不罢休的努力和奋斗，埋首进取，百折不屈，穷追猛打，他要得到他认为自己该得到的东西。"这是一种近乎客观的分析，它出自小说的叙述者，从整篇小说所透露的信息而言，它可能也代表着作者的态度和立场。

《难得有你》中对事物的认知，也力求客观，最起码也提供多个角度的认识。比如小说中写到深圳。刘春平并不喜欢深圳，觉得太紧张也太功利。"现在那边的年轻人除了房子和赚钱，基本没有别的话题，连爱情都带着创业的功利性，先要算算折损率。"小鹤则不认同，"得了吧，你又没在深圳待多长时间，老觉得那城市像暴发户。其实深圳挺好的，至少吃得比温哥华多。而且天气也不错啊，永远都是夏天。"

《难得有你》对人物的分析，对事物的认知，有着平实、朴素的意味，并不刻意追求深刻和独到。然而，这种中正的、不带偏见的叙事伦理，是当下文学创作中非常缺乏的。对于文学世界，对于正在变动中的世界，这样的认知和立场，可以说是非常有益的。实际上，弋铧也并没有让这种认知仅仅局限于文本，而是将之视为一种认识世界的立场。小说中还有一个人物很值得注意，那就是小鹤，她是刘春平的第二任妻子。初到加拿大时，小鹤并不是十分适应加拿大的环境，但是她的观念转变得比较快，甚至能很清楚地看到刘春平所存在的问题：刘春平固然可能在加拿大中受到歧视，但是他本人也缺乏足够开放的心态。比如同样的建议，由白人律师之口说出，刘春平其实是不太能接受的，可是当它由华人之口说出，刘春平就接受了。面对这样一种情景，小鹤说道："你这样是不对的，我们应该成为国际人，国际人是什么？就是不带偏见地看待任何事，没有任何感情地去判断任何事。"这一番话，让我想起阿皮亚所提倡的"不带偏见的世界主义理念"，觉得它们之间有相通之处。在《世界主义：陌生人世界里的道德规范》一书中，阿皮亚谈到这样一种处境："世界越来越拥挤，在今后的半个世纪里，人类这个曾经四处寻食的种类，数量将增加到90亿。根据不同的情况，跨越国境的对话可以是愉悦的，也可能是令人烦恼的，不过，无论它们是愉悦的还是令人烦恼的它们都是一种无法避免的现象。"[1]由此，阿皮亚提倡建立一种世界主义的、具有普遍性的规范。在他看来，世界主义理念本身并不是什么特别高深、特别高贵的存在："世界主义不应当被视作某种高贵的理念，它不过是始于人类社会（比如一国之内的各个社会）的一种简单思想，我们需要培养共存的习惯，也就是说，我们应当按照'对话'的原始含意，养成共同生活、相互提携的习惯。"[2]在一个全球化程度日益加深的时代，跨越国境的生活无疑将会变得更为普遍，各种价值观的互动，也将会变得更为普遍。而以开放的视角去看待世界，尝试不带任何偏见地看待任何事，这

①〔美〕阿皮亚.世界主义：陌生人世界里的道德规范，苗华建译，北京：中央编译出版社，2012：16.

②同上，第12页。

是一种朴素的、甚至可以说是古老的理念，也是不断变化的全球化时代中大多数人，尤其是世界公民或"国际人"所需要具备的实践理性。

文学并不一定要来源于现实，也不一定要回归于现实。不过，能够打通文学和现实的边界，让现实和文学可以互相滋养的文学，在任何时代都是不可缺少的。也正是在这个意义上，我始终看重《难得有你》这样的作品。

（原载《湘江文艺》2019年第2期）

触手可及的此刻——秘密

项　静

　　本雅明说普鲁斯特的形象是文学与生活之间无可抗拒地扩大着的鸿沟的超一流的面相。时间缓慢匀速地消失，但我们依然会乞灵于这个形象。文学与生活之间的关系依然是这样若即若离，模糊，逃匿于我们渴望透视的眼睛。每一个写作者都在艰难地寻找接近或者把握的方式，去经历捕鱼者那种拖曳的艰难，体会沉甸甸的嗅觉、触觉和内心肌体全部的内心活动。在文学作品面前讨论生活本来的样子，应该是一个非常危险的话题，处处是陷阱，生活以快于我们感知的方式消失，我想记忆可能是我们唯一的方式，在对记忆的珍重上，弋舟是一位特别平实的写作者，她孜孜矻矻于"过去"的故事，以及自己的谦虚谨慎的理解。在我所看到的小说中，始终能感受到一种对世界的谨慎和畏惧。比如《一九七九年的一次出差》，小说的开端是平时不怎么打交道的老师的忽然热络，周围的人们像被磁铁吸引了一样，聚集到"我"的家庭中来，她不厌其烦地交代从各个角落汇拢而来的攀牵，只不过是为了母亲的一次去往大城市的公差。人们对陌生繁华之地的向往，对物质的热爱，封闭之地人们关系之无间已经为熟人社会的摩擦蓄势。这是一篇非常立体的小说，改革开放初期的这一次出差从根本上讲只不过是引子，引出了许多琐碎的故事，周围的人们纷纷加入进来，爱美、自私、闲话，在封闭的环境里发酵酝酿，人们的内心生活都获得了一次展示的机会，连小孩子的内心世界都被搅动了，一发而触动全身，搅动了一潭死水。小说的高潮是出差归来莫须有的绯闻让爸爸妈妈的婚姻破产，首先是闲言碎语带来的舆论压力，这是我们熟悉的庸众的世界；其次出差后遗症也的确在妈妈身上产生了变化，她更加亲近技术人员，热爱打扮，与爸爸的世界越来越远，一次出差让世界整个缓慢但无可阻抑地改变了，以至于产生了深刻的后遗症，爸妈的婚姻就像整个时代一样走向剧变，而最为重要的是，这甚至更改了一个普通人的感觉系统，若干年后，爸爸连对我的职业评价都是基于能否出差。

《一九七九年的一次出差》撇开时代背景，其实是一次日常生活流的临时转折，揭开了在惯性生活中看不到的生活的真相，是那种类似于震惊活着惊诧的存在。这也是弋骅小说中喜欢使用的桥段，《爱在左，情在右》写了一对日日相守的夫妻之间的隔膜，两个人平静如水的生活之下，丈夫谢峻出轨但并没有影响家庭生活，他对此也没有什么内疚，因为他十分清楚爱和性的关系，他对妻子十分有把握，也享受妻子对自己的依赖。打破生活惯性的是妻子的一次出差，妻子在一个跟她告知的地点完全不同的地点车祸身亡。真相开始裸露，他对妻子的欺骗完全无法理解，他想揭开这个谜底，查看妻子的日记，探访她的朋友，寻着线索一步一步去接近事实，其实也是一个重新了解妻子的过程，妻子成了自己身边的一个最熟悉的陌生人。妻子是文艺青年，热衷文学活动，但丈夫谢峻对此始终抱着无所谓的心态，她引以为傲的文学事业，对谢峻而言，只是任佳闲暇时的一种玩票，一种与别的吃饱喝足无事可干的女人不同的附庸风雅的兴趣。小说的结尾，并没有出现通俗小说中常见的妻子出轨的套路，妻子一致保持着对婚姻的忠诚，但最凄凉的是妻子与丈夫之间感情的距离，妻子一直渴望和追求的"梦想中的世界"，对于丈夫来说，完全是一个陌生之地，他以为她每根头发丝都熟悉的女人，却原来和他有着如此远的距离。夫妻之间谈论的话题通常是一天中的日常事情，有关工作的，孩子的教育，金钱等问题，他们从来没有谈论过希望与理想，而且最致命的是他觉得毫无必要，而妻子只能在别人那里寻找欣赏和尊重，这让丈夫受到了深深的刺激。这篇小说是非常有现实感的情感小说，隔膜和距离让一对夫妻分别从精神和肉体上出轨，小说没有任何道德批判的调子，而是对这种现状表达了一种懊恼之情，我们是怎么走到这条道路上来的，是什么地方出了问题？我们的理想和热情是如何被生活给磨平了，这其实也是弋骅其他小说的一个重要主题——关于理想和坚持。

《无名女郎》写了一位白富美女孩的遐思，很多年前，洛洛曾经很想成为一个歌手，拿着把吉他，浪迹天涯的那种。她想把歌声留在她的流浪里，在以后回忆起的日子里，她的不堪回首的人生充溢着伏特加、行为艺术、颠三倒四和醉生梦死。但是梦想永远只是一介梦想，她成为了最好的学生，拔尖的优秀生，数理化门门第一的尖子生。她知道她永远也成不了一个艺术家，虽然没有人会把流浪的歌手当作艺术家，但是当电视新闻里在回顾 MJ 的一生的时候，她看着那个曾经样貌多么隽永，瞪着一双炯炯有神的大眼睛的黑人孩子，因为白化病的痛苦折磨，经受了那么多舆论和媒体无情的嘲讽，仍在坚守着自己的音乐的神圣的时候，她绝望得痛苦得直不起腰身。这辈子她注定在一个自己完全不会喜欢的领域里去驰骋了，她会慢慢成功，凭着自己的能力和家庭的背景，她会成为某个领域的领军人物，一个商会里的领头羊，甚至一个政协委员，一个功成名就的最后只致力于慈善事业的翘楚。可是所有的人生都是矛盾的，她想做的，仅仅只是用那种"什么都可以牺牲的"态度去幻想和向往。这篇小说特别像一篇散文，一位挣扎在理想和世俗之间的女孩，无法控制地被挟裹进世俗的价值观，但又分裂地梦想着另外的生活，其实是另一种灵与肉分裂的痛苦。

《衣道》则是在时代洪流中有坚持的人的生活写照，一位手工缝纫师傅，守着自己一间小小的铺面，坚持着自己固执的理念，连他的个人形象也成为格格不入的，彳亍独行的一个人，任谁也进不了他的心。他不肯妥协的认真把顾客都赶走了，但即使沦落到做睡衣和寿衣，他依然一丝不苟，依然坚持手工缝制，做工仍是精致的。小说中处处隐藏着对这个坚持衣道裁缝的忧虑，不知道如何赋予这种逆时代潮流的技艺以价值，又不想它消失掉，任这个时代走向平庸。

弋骅小说中的这种痛苦都是时代带来的个人生活投射，这种感情其实并不好把握，生活有变和常的差异和轮回，有时候文学叙述的方便会诱导我们走一条浅显简单的路，这条路不会有大错，但也实难有殊异的风景；在变和常的生活哲学里，我们很容易受惠于自身经验写出生活是什么样子来，但却不容易跳脱个人视野呈现出为什么会这样。相对来说，个人生活史的写作是更容易把握的，有一种低姿态的平实和在同一个频道的顺畅稳妥。小说《葛仙米》写了一个家庭中两个女孩之间的感情关系，作为养女和生女，由于父母的刻意消弭差别，却失衡地制造另外一种偏斜，结果对于两个女孩都造成了心理压力。养女蒙蒙被领进我们家里，被旁人和社会潜移默化地教导着要报答我父母的养育之恩，她被人们赋予了巨大的回报返哺的压力，甚至是她成长下去的唯一动力，但由于她自身的资质和能力，没有如愿成功过，甚至连自己的工作，也得靠妈妈的牺牲才能争取。而这种被施舍的世界正是她痛苦的根源，她自责和伤心，"在每一个微笑的没心没肺显现出快乐的白日后，在那些寂寥的夜里，她是多么的痛苦和绝望啊"。而亲生女儿"我"却由于父母的牺牲精神和无私的爱，几乎是在缺失母爱中度过了童年和少年。小说的最后两个女儿都选择逃离来愈合自身的创伤。这是以爱的名义制造的伤害和黑暗，两个女孩的成长史，是与黑暗的斗争史，这里可能是在潜意识里讨论爱与伤害，讨论世俗对爱的扭曲变形，爱的施与者与承受者之间到底是怎样的关系才能走向健康之路。但也有可能，这篇小说只不过是一次情感释放，不关涉任何更高更深的情感指向。《千言万语》在这个意义上，跟《葛仙米》有异曲同工之妙，这篇小说也是两个女人之间的关系，两个不同背景下长大的女人，完全不同的世界，但又有着致命的吸引力。刘冬由于外婆的"风流"历史，被妈妈规训着走着一条中规中矩的路，而胡丽君则像野生的花草，肆意地张扬自己的女性魅力，她像刘冬的另一个自我，是她自始至终羡慕的对象。人到中年，两个人各自有了生活的归宿，在单位的新年联欢晚会上刘冬是逢场必邀胡丽君的，她喜欢胡丽君的张扬，喜欢胡丽君散发的咄咄逼人的霸气，整个晚会的中心全是她，所有的男人都围着她，所有的女人眼里都喷着火，她把刘冬从小的梦想都显现在了眼前，她唱着，她舞着，刘冬的血脉都贲张了。胡丽君是她想象的一部分，也是在恢复自己慢慢死掉的那部分，但两个人其实都是生活的失败者，只不过一个离经叛道，另一个墨守成规，刘冬把自己和胡丽君的生活都看在心里，像发酵一样等待一个互相靠近的机会，最后在一个脆弱的时刻，两个人打破距离，抱团取暖，

"刘冬把胡丽君拥在怀里，用力紧了紧，她感觉到她的一点挣扎，有点仓皇的，有点下意识的，如果胡丽君推开她，刘冬也许就立刻放了她，比她挣脱她的劲还要大，还要无辜，还要张惶，可是胡丽君没有，她偎在刘冬身体里，鲜活的肉，软软的一沓。刘冬悄悄地吁了一口气，她想，她已经喜欢她多少年了"。这个结局可能有一点同性之爱的暗示，也有可能是人终于找到另一个自我的拥抱。弋舟好像特别适合写这种细密的情感，两个女孩或者女人之间，窸窸窣窣的微细感情和往事，从各个角落里钻出来，她们从不张扬，甚至还有一点懦弱卑怯的神情，但是无一例外又内心坚定，寻着自己的方向一点一点积蓄力量，等着那爆发的一刻，比如蒙蒙精心设计的逃离计划，比如"我"义无反顾地远赴重洋，而刘冬不动声色的对胡丽君的接近和最后那一次结实的拥抱，都恰似无声的惊雷，是蔫人出豹子式的爆发。

弋铧的另外两篇《扁舟》《于秀和她的黑》回到具体而厚重的乡村世界，回到一种诗意与宽阔之地，无论是小心翼翼的语气还是那种抚摸式地扫描万事万物的目光，都仿佛在恭候地母精神的降临，才能把苦难演化成坚韧的承受，甚至是无声地消化。于秀这个普通的农村妇女，几乎集各种生活苦难于一身，生了一个脸面五官漂亮却有星白斑驳皮肤的大闺女，二女儿的智商连《春晓》都背不流利，她还有每月要花五百块钱治病的婆婆，整天胸有大志无所事事的丈夫，她四十一年来从未出过县城。到此为止的生活以及接下来的漫长岁月，在某个疲惫难消的深夜，突然以无意义或者重压的形式出现，于秀在祖宗坟场大哭一场。在于秀的生活中，她是一个事实上的孤独者，没有人给她安慰和支持，就像这个孤独冷清的坟场，而那只叫黑的狗，是她生活中唯一的亮色，"她听见了一声低低的犬吠，那是她三年多来熟悉的声音，那是世界上最美丽的声音。她笑起来，她知道它也是会微笑的，然后她微笑地迎着它，她径直朝它走去了……"

《扁舟》相对于其他小说对故事的倚重，更多是靠场景的描摹，对片段式场景的充满温情的描写，"船里似乎只有一个人的，再多也只两个，都是上了年纪的老人，撒了网闲闲地盯着，好一会儿才起了网，里面会有活蹦乱跳的鱼，到了一定的数目，游船上的老板会去拾掇他们网的鱼，有时会有一点价钱上的纠纷，只是言语上的，好说，大家都是老主顾，甚至一个村上的，抬头不见低头见的，哪里能认了真的？小船上的老人会露出面目来，真是上了年纪的，可是也估不出具体的年龄来，说他们五十多也好，说他们七十多也好，错了二十年，竟然也是分辨不出的。都是褐色的皮肤，都是瘦叽叽的身段，都是经了风雨和岁月刀刻一般的脸颊"。

庞大的中国国土上，一定有为数众多的弋铧这样的写作者，他们不为时代潮流写作，不为批评家写作，甚至也不为一个明确的读者写作。他们可能只为自己写作，而且是在一个有限的视线之内，勤勉地接近自己所选定的故事、人物和爱，在其中本能是最为饱满的。我们几乎体会不到恨和恶意，当然包容、美和诗意都未必能带来文字之美和世界的丰富，但他们的写作却让我感受到了文学初心。如果我们以文学为志业，这些当然是不够的，始终我们都要看到浮游生物之下的河流，况且冬去春来，清浊互现，我们总能看到更深的地方，总能到达更远的世界。

詹姆斯·伍德认为小说家至少用三种语言写作，作家自己的语言、风格、感性认识等等；角色应该采用的语言、风格、感性认识等等；还有一种我们不妨称之为世界的语言——小说先继承了这种语言，然后才发挥出风格，日常讲话、报纸、办公室、广告、博客、短信都属于这种语言。在这个意义上，小说家是一个三重作家，而当代小说家尤其感受到这种三位一体的压力，因为三驾马车里的第三项，世界的语言，无所不在，侵入了我们的主体性，我们的隐私，亨利·詹姆斯曾经认为这种隐私是小说最好的采石场，并称其为"触手可及的此刻秘密"。弋铧的写作不能说在前两种语言上完美无缺，但都表现出来靠近那个标准的努力，而第三种语言则是她的小说世界亟需的，它太需要一种喧哗来打破单声音部。

（原载《深圳故事的十二种讲法》，李德南、项静、徐刚著，深圳：海天出版社，2016 年）

只有在生活里，
才能见到活色生香的人和事（访谈）

弋　铧　舒晋瑜

一、弋铧的作品，有很强的代入感。你在不知不觉中进入她的故事，被她的叙说感动着，愉悦着。她的故事不见得特别富有悬念，却一波三折，平淡中蕴含着诸多无以言说的悲凉和无奈

舒晋瑜：看完你这期的《盛夏的旅程》，写作这样一个处处充满矛盾和无奈的故事，你的心态是怎样的？对自己的作品是否比较满意？

弋　铧：充满矛盾，可能是指盛夏的个性上的。她不是一个传统意义上的好人，也许并不是完全的善良，她有自己的私心，甚至脾气桀骜，一根筋，完全不懂变通，甚至愚笨到想通过舞弊方式来取得行医证也没有成功。但是实际上，她有自己的道德准则，对乡亲的不胡乱收费，对职业操守的自觉，对亲人的付出，对孩子的倾情，也有对不争气丈夫的一忍再忍。

我对自己的这部作品还是较为满意的，至少我写出了我想表达的内容和思想，而且我觉得盛夏也是塑造得比较立体的。很高兴，你看到我写的她的丝袜，想象吧，在一众完全不讲究的踩着泥巴的乡间小路上行走的农村妇女里，有这么一个对自己的装束都要求得近乎有点过时的，以为城里的医生都理这么庄重的打扮的女性，旁观者的心里多少也会震动一下吧？

舒晋瑜：作品对于亲情，对于家族，涉猎不是很多，却非常到位。感觉农村的生活就是这样子的。你是如何把握这些细节的。

弋　铧：嗯，可能还是和我去农村的观察有关。我喜欢听他们讲话，虽然有时候听不懂，但我喜欢成为一个旁观者去倾听和细看。我喜欢他们抄着

手，端着饭碗，旁若无人地闲言碎语。在农村，有时候一条街上都是亲戚都是亲家都是血亲，他们有自己的社会，有自己的处世哲学。看看各家的人物关系和邻里关系，他们的小帮派，小龃龉，他们讲话的手势和表情。他们把每一件微不足道的小事都当成国际大事来谈论，那也正是他们自己的大事件，那么生动，那么活灵活现，那么惟妙惟肖。每个我们身边的人，只要你愿意，都能捕捉和幻想出他们数不清的故事。

二、作为一个外贸公司的总监，弋铧的写作只是业余的。她每天谈论的都是房价、股市等实实在在的话题，只有进入小说，她在虚拟的故事里驰骋，感动着别人，更感动着自己

舒晋瑜：你是从什么时候开始写作的？年轻人的写作似乎都是上手就是长篇，你也如此吗？

弋　铧：我是 2004 年开始写作的。

我上手倒不是长篇，是个中篇，但相对于中篇字数的一般要求来说，是有两个中篇那么长的幅度了。刚开始写作这个中篇的时候，什么都不太懂，只想把故事完完整整地讲完，又怕别人看不明白，啰哩巴嗦的，现在回头来看，其实这本来是篇很好的故事，理应能讲得更好些。

舒晋瑜：在你的写作过程中，受谁的影响比较多？

弋　铧：我比较喜欢萧红，也喜欢端木蕻良、汪曾祺，国外的比较喜欢毛姆的。早期特别喜欢张爱玲，因为她的文字实在太好了，感觉出奇的准，非常让人折服于她的才华。如果很久没写作，我一般也会先读张爱玲的几篇作品，小说散文都行，先找到那种文字的感觉，再开始写作自己的东西，非常有效的体验。

但是说到对自己的影响，可能还是萧红。我真的非常喜欢她文字的不做作，流露出的那种质朴的写作技巧，淡淡的一句话，勾到你心的极深处。

舒晋瑜：能谈谈你的写作经历吗？处女作《出嫁》是怎么发表的？顺利吗？之前经过怎样的文学准备？

弋　铧：2004 年我从武汉原来的单位辞职以后，开始有大段的空闲时间来阅读，读得多了，就多少有了点野心和创作的冲动，也开始试着写起小说来，就是这部处女作《出嫁》。她的发表算是非常顺利的。当时的《清明》编辑倪和平老师，对我的处女作提出了很多的宝贵意见，告诉我要怎么修改，怎么删繁就简，发表后马上就被《北京文学·中篇小说月报》转载了，这对我的鼓励相当大，可能写作的惯性就是从这时开始的，写作就从那时候起成了我生活的一部分。

之前倒没有什么文学准备。不过我想，内心可能还是一直有写作的潜意识的。得到发表的鼓励，看到自己的文字也能印成铅字成为期刊的一部分，在某些报刊亭还能买到的时候，总还是有点得意的自足感的。

舒晋瑜：在不断的写作、发表的过程中，编辑对你的帮助大吗？

弋　铧：编辑的帮助对我相当大。我也总认为运气很好，老是碰到一些特别好的编辑老师，欣赏你的作品，对你的作品提出相当中肯的意见。像我们这种不是科班出身的写作者，没有经过中文系的阅读和写作训练，从业余爱好而来的，提升写作，除了大量的阅读，找出自己相契相投的写作手法和方式，学习那些文学大师的写作技巧，自己都是属于边看边写边琢磨的类型，编辑老师就成为了我们的第一批老师，用他们的眼光告诉你，你作品的毛病在哪里，怎样修改，真的都是受益匪浅的经验。

舒晋瑜：你的理想是什么？写作于你，意味着什么？

弋　铧：既然从事这份写作的工作，无论是业余也好，还是专业也好，我相信每个写作者都是有野心的，有的大，有的小。写作于我来说，经过了十一年的时间，已然成为我生活的一部分。我觉得写作中是快乐的，完成作品后，就更快乐了。我喜欢把自己构想的故事，一个字一个字地敲打出来的感觉，我也喜欢我作品的人物特别具象化，我有时候甚至能清楚地知道他们的相貌和讲话的方式，衣着和形态。我臆想这些人物的时候，虚拟他们的世界的时候，是非常投入的，觉得我有时候也是其中一员，甚至就是主人公自己，参与其中，共悲共喜。

舒晋瑜：你的文学素材，多来自哪里？

弋　铧：我的文学素材，一般来自我熟悉的生活和人物。可能是他们的某一句话，也可能只是他们讲某句话的那种方式甚至姿势，触动了我的某个点，这个时候就信马由缰了，可以编造出各式的充满波折充满坎坷的故事来。

舒晋瑜：委屈、疲惫、无奈……这些词是你作品中的常态。是我的视野有限，还是确实如此？

弋　铧：我不太知道我作品中有这些常态。不过生活确实是无奈的，也是疲惫的，每个人都有自己的委屈，芸芸众生里，可能永远是不如意之事十之八九吧。

舒晋瑜：写得多了，是否觉出有模式化的常态？

弋　铧：会的，所以特别希望自己能有所突破。确实不容易，但还是得有意识地去逼着自己，不然怎么才能进步呢。

三、不止一个人问过弋铧，为什么很少涉足自己工作中熟悉的题材。她说，可能是浸沉久了，太熟悉了，反而觉得没什么新意和创作这些的欲望。她更喜欢关注人的心理，希望写出人性的复杂和深刻

舒晋瑜：在你的写作中，多有怎样的题材？

弋　铧：我的写作中，还是以生活和伦理类的为多。我喜欢普通人的常态中的那点与众不同，我觉得特别有意思，每个人物都应该是有个性的，他们的心底，大约一定会有颠倒众生的渴望的。

舒晋瑜：在深圳，你是怎样的生活状态？打工题材是否关注得多一些？

弋　铧：在深圳，因为我从事的是对外销售业务，又是高科技这一行的，其实算是比较模式化和枯燥的。我记得不止一个人问过我，为什么很少涉足自己工作上的题材和人物。怎么说呢，可能是浸沉久了，太熟悉了，反而觉得没什么新意和创作这些的欲望。打工题材是个很广义的概念，因为大家其实都是打工者，我想自己关注这方面的还是略少些，我更喜欢关注人的心理层面的，人与人之间的关系的。我觉得女性可能在这方面的写作更游刃有余些，描述能更细腻些。

舒晋瑜：在写作中最苦恼的事情是什么？比如是否有评论关注？你如何看待评论？

弋　铧：我在写作中最苦恼的事情是，写了一大半了，突然觉得故事的走向不是我当初设想的那样了，然后得重新构筑人物的性格，构思故事的发展，不久，又觉得还是不对，又得推倒重来，这种反复，对我来说是相当苦恼的，就是我们常说的写得不顺了。

我因为没有博客，也没有开微博，所以不太知道是否有评论关注过我，我也不太知道怎么查阅这些评论，甚至有时候作品的发表，也是文友截图告诉我，说你在哪个刊物哪期发了，我一直很奇怪，他们怎么会先于我而知道。可能我的电脑使用水平不太好。

我其实很看重评论的，最感激人家耐下性子看完我的作品，还不厌其烦

地点评我。说得对的，有的真说到心里去了，会有知音一般的感觉。说得逆耳的，如果觉得人家说得不对，也不太往心里去。说得对的，我就尽量改正，这样才能提高自己。写作是靠感觉的，也是有天分的，如果达不到别人感觉中的好，应该不要勉强自己，毕竟我觉得写作是个感性的事情，不要一味追求别人眼中的完美，而破坏了自己创作的感觉。

舒晋瑜：你觉得写作是一件特别孤独的事情吗？

弋　铧：还好吧。写作本身是一件必须独立完成的活儿，如果从这个意义上来说，写作者都是孤独的。但是写作这件事本身，我倒认为不是孤独的。写作者与常人不一样的，就在于，某些事情，旁观者可能也大发议论大发感慨，但是作为写作者，会加注自己的思想加注自己的虚拟，把它用文字记录和表达下来，让它得到永生。所以其实它也是社会性的，希望引起读者的共鸣的——不管是多么老辣的作者，即便曲高和寡的孤芳自赏，也是希望有知音的。

舒晋瑜：你觉得写作的最大乐趣是什么？写作带给了你什么？

弋　铧：写作最大的乐趣，就是我能在现实生活以外，创造出属于自己的虚拟世界。我想就和那些沉溺于网游的小孩子们一样，在虚拟的世界里纵横捭阖，而且还是自己缔造的世界，那种快乐是无以言说的。

写作带给我精神上的充实和愉悦，说白了，就是一句话，喜欢写，而且写中有快乐。

舒晋瑜：能谈谈平时的阅读情况吗？你关注哪些作家和作品？

弋　铧：平时一般是朋友推荐的作品，会马上买来阅读。我没有太关注某些作家，文学类的某些经典作品，都会买来看看，主要是看人家的写法，构造。相对来说，我喜欢故事性推理性比较强的东西，挑战智商的那类作品。倒是看完了阿加莎克里斯蒂的所有作品，还有柯南道尔的，早期的日本推理名家，松本清张，仁木悦子，夏树静子，差不多都看完了。侦探推理类的，构思巧妙，而且比较抓读者，逻辑思维性比较强，所以结构不错。对我的写作特别有帮助，学生时代所受的凤头猪肚豹尾的写作教育，在推理小说里都有明确的彰显，发散思维大有好处。而且最主要的，是超级的缜密性和极具天赋的想象力。

舒晋瑜：阅读和写作的时间，分别是怎样的？写作规律吗？

弋　铧：我喜欢用整块的时间来阅读，这样不会有断断续续的感觉，一气到底。有时候是周日，如果家人不在，可以窝在沙发上看一天。有时候是出差期间，高铁上，飞机上，转机时，都能阅读。

我的写作自认是有规律的，一般是每晚跑步后大约写一个小时。我在跑步时就会构思小说，跑完后，回到家里，赶紧把奔涌的灵感倾泻出来。跑步也不枯燥，写作也不是那么难以下笔，两全其美。所以把慢跑和写作都坚持下来了。

舒晋瑜：你对作品的修改多吗？是否看重别人的意见？和同行的交流多吗？

弋　铧：我对作品的修改还是会不厌其烦的。一般写完后会放上一段时间，隔段时间再看，会明显地发现自己的毛病，这个时候就会马上修改。当然会看重别人的意见，但也并不完全照着别人的意见来，还是那样的，我感觉人家说到点子上的，会马上修改，和人家的意见有点相左的，一般还是会坚持自己的。和同行交流作品倒是非常少，原来偶尔有过，但发现人家都只是泛泛地夸你的作品，就有点兴味索然了，到底大家都太客气了。所以一般选择直接投稿，毕竟中国实行的是三审制，编辑的决定才是有说服力的。有时候自己不服毙稿，就转投他刊，每个刊物的风格不一样，编辑的欣赏角度也不一样。所以现在是处于既不妄自尊大也不妄自菲薄的状态，我觉得这样也挺好的。

舒晋瑜：作为年轻的作家，你觉得目前的创作处于怎样的状态？有何瓶颈吗？如何突破？

弋　铧：我一直觉得目前的创作应该再有进一步的提高就好了。写得多了，总会对自己不自信起来，有时候真的会困惑，如果风格总这样下去，一成不变，那有什么意思呢？我想每个写作者都有自己的迷惘，突破自己是很难的，但不能不突破啊，否则一点进步也没有，都觉得对不起阅读的书和浪费的光阴了。

舒晋瑜：老一代作家常讲深入生活，你如何看待"深入生活"？是否认为这是非常必要的一种途径？

弋　铧：我一直认为写作者是一定要深入生活的，闭门造车也不是不可能出精品，但毕竟眼光还是狭隘了些，而且圈在自己小天地里出的精品，总是寥寥而已，甚至千篇一律。生活是最好的教材，生活也是最好的素材，世界上形形色色那么炫丽的生活，五光十色的生命，今天的太阳都和昨天的不一样呢。我喜欢在人多的地方转上一圈，超市里，市场上，地铁里，公交车上，甚至冗长的排队中，有时候耳朵飘过别人讲的某些奇谈，有时候能看到光怪陆离的现状，我如果在自己的房间里，是怎么也想像不出这些妙语和经历的。而且只有在生活里，你才能见到这些活色生香的人和事啊。

（原载《中国作家》2016 年第 1 期，收入时有删节）

曾楚桥　卷

　　曾楚桥，男。广东化州人。中国作家协会会员、鲁迅文学院第六届网络作家班学员、广东省文学院第三届签约作家。作品获全国首届鲲鹏文学报告文学一等奖、广东省青年文学奖、广东省有为文学奖、第五届深圳青年文学奖、第十届《作品》奖等奖项。小说曾被《文学教育》《小说选刊》等选载，并入选《2007年中国短篇小说年选》《2013年中国短篇小说年选》等多种文学选本。部分小说翻译成英文。出版有短篇小说集《观生》《幸福咒》和非虚构作品集《人间大爱》。

去看一看深渊
——曾楚桥小说论

项　静

　　在写作这件事上抱团取暖可能往往与期望是背道而驰的，任何一个概念既能给予你把握寻找生活的能量，也以同样的幅度限制你看到远处的山水，往往是匆忙地跳入到一个陷阱中去，代价是要用多倍的时间走出来。无论是地域底层，在一个作者个人的世界小于或等于概念的边沿之时都需要抵挡概念和抱团的诱惑，而一个拥有充沛丰赡个人世界的作者，无论是概念还是意识形态往往会被迫表现出面对它的无能为力。曾楚桥的小说可能还是走在一条边界上，他在努力地理解生活，不畏惧这个庞大膨胀的怪物，他的小说都有一个跟时间上共始终的主人公，但未必是主角，好像他的作用就是撕开生活的一个口子，去看一看深渊。有时候他也借着主人公之口贩卖一点生活哲学，好像暴露了一个观望者的野心，要在这个庞大的物体上划下一条线索，一道痕迹。小说《胡石论》的开头就像主人公们出没的城中村一样复杂而暗流涌动，两个街头混混的打架事件，急转到"我"对爱情的回忆和城中村的奇遇，每一个事件几乎都是一条宽阔的河流，扭接在一起是令人没有方向的河汉。作家在这里几乎保持了一种"业余"的态度，没有斧凿与设计的痕迹，仿佛自由跳转到小说中主人公们的视角一样，随意粗俗没有章法，想到哪里就是哪里。一边是我的个人历史，"我"来自乡下，在工厂的流水线上做过普工，生活拮据，穷到没钱和女友去开房，被女友不明所以地甩掉，"活到要被人甩的地步，不打架能活吗？还有意义吗？"在街头打架成了"我"的生存方式和谋生手段。另一边是"我"偶遇一个风韵犹存的中年女人，被邀请去参加爱情大闯关的游戏，获胜者除了得到丰厚的奖金之外，还有份极为神秘的礼品。这份礼品可能是你一生为之追求也追求不到的礼品。胡石这个名字是以他说过的一句话的形式出现的：无论多伟大的女人，在男人的怀抱中都会变得渺小的。之后胡石就不断出现在他的闯关游戏中，决定了她们的思维和生活，指导着她们的人生，最重要的是也几乎就是这个社会的某种规则。就像"我"所抱怨，胡石真是看透了这个社会，一点都没走眼，这就是一个变态的社会，一个道德混乱的社会，一个人狗不分的社会！爱情大闯关的游戏好像就是一个现实社会的洞穴，不知道是真是假，似真似幻。半老徐娘作为游戏结束的安慰奖跟"我"在一起，让我重新获得了在生活中失去的性爱能力，半老徐娘却是另一个街头混混的女友的妈妈，三人在房间相遇好像真实与幻境的碰撞。小说结尾处，胡适这个历史名人非常反讽地出现，但是他也只是一个没有任何价值的人名，在这个世界里陌生而无法生根，像蒲公英一样四处纷飞到处落地生根。"我"决定退出江湖，对打架失去兴趣，不再受任何人的论调左右，过正常人的日子。这样从混沌中走出来的"我"仍然带着不真实的面纱，不是从河汉交织的故事世界走出来，而是从生活的黑洞中爬出来，继续过从前的日子，像什么都没经历过一样，没有失去也没有成长。

《榕树上的怪鸟》在结构上跟《胡石的江湖》有一种类似的轮廓，但这篇小说的线索要清晰简洁得多，故事推进的速度特别快，好像是在延用一种爱情罗曼司的方式，来接近和试探现实。在城里打工的汪生，是极普通的打工者群体中的一个，他与西门子邂逅于风流底第三工业区。一对青年男女的相遇，以及他们的姓名，都有一种荒诞的味道，"这正是工厂的下班高潮，吃腻了工厂食堂的汪生裹挟在乱哄哄的人流里，准备找个快餐店解解肉馋，忽一阵香风扑鼻而来，汪生如猎狗一般伸长了鼻子在四周围嗅，一下子就嗅到了别人身上来了。汪生正想向人家道歉，抬头，张大了嘴却成了个哑巴，霎时间惊为天人。那就是西门子了"。而所谓的爱情罗曼的条件根本不成立，汪生想尽一切办法接近西门子，西门子对他却没有感觉，只是把他当作对付有权势已婚男人的挡箭牌。在两个男人的争风吃醋中，西门子也从没有站在汪生一边，她还是投向了对面的男人。汪生离开工厂以后，在门口摆摊并且在百无聊赖中发明了一天一首情诗的方式，写诗这种方式不合时宜而又突兀，汪生的水果摊生意和诗歌不但没有唤回爱情，反而让西门子迅速跟另外的男人出双入对。汪生的爱情诗发表之后不久，拿着刊有他诗歌的样刊去找西门子，西门子就是一口咬定汪生故意写诗来污辱她的人格。西门子把汪生的书扔到大饭堂油污污的地板上，踏了两脚气鼓鼓地说："什么狗屁诗歌，骗小孩的玩意罢了！"失恋的汪生被母亲骗回到家结婚，汪生不想违背母亲的意旨，更重要的是，汪生在西门子那里受到了重创，他得找一个疗伤的人。失恋的汪生被家庭暂时挽救，但是妻子为他带来一个来历不明的孩子。

汪生逆来顺受，完全不像我们经常在小说中所遇到的那种具有强大自我意识的人物，他拉起人力进入了养家糊口的行列，并且也在生活中找到了平衡点，喜欢上了这个别人的孩子。后来离家出走，还是因为西门子，西门子因为跟主管的爱情被原配赶走，后来在度假村傍上大款，汪生的劝说被西门子无视和嘲笑。在汪生妻子疑似患上绝症之时，未婚怀孕的西门子却主动来寻求帮助，并且难得真情流露，汪生把给妻子治病的钱拿出来帮她打掉孩子。事情完结后西门子不辞而别，汪生被西门子这个铁石心肠的姑娘严重伤害。他以一见钟情开端，继之以持续的爱情关爱模式，甚至是最柔软温情的诗歌，试图去感化一颗钢铁般坚硬的女人心，可是这颗心从来没有打开过，它遵守着实际的原则铤而走险，丢弃普通人的伦理和生存法则，宁可自我毁灭，也不想那种注定贫困的爱情。

荒诞的味道在故事的推进中一点一点散去，只剩下悲凉和无奈。小说的结尾，生无可恋的汪生毫不犹豫地爬上了大榕树，一直往上爬到树顶，"这时，一只巨大的鸟巢出现在他眼前。此刻鸟去巢空，只余一支黑色的羽毛，寂寞地躺在鸟巢里。汪生爬上鸟巢，发现鸟巢十分的牢固。他折些树枝稍事修葺，居然就可以睡觉了。这个发现让汪生暂时打消了往树下跳的念头。因为他太困了。他什么也不想，很快就在鸟巢上睡着了"。这个被孩子们认作怪鸟的汪生，好像是人们逃离困境的隐喻，也可以看作是卡夫卡似的又一种变形记。

《灰色的马》相比以上两篇，从技术处理和细节呈现上来看都更为成熟，更容易捕捉到那些貌似无意中洒落的种子：两个男人与一个男孩之间的那种无言的传承，权力对人性的规约，性的暗语在他们之间几乎是无缝承接，是另外一种风流底的故事。小说用男孩松子的眼睛仔细地描述了一个权力中心的男人刘头，他的嗜好和身体特征，他骑匹灰色马，每次来松子家都是把衬衫往肩上一搭，露出胸口一道黑毛，从马背上跳下来就无所顾忌地踢门。门是开着的，但那男人还是要踢，把本来就不太结实的木门踢得摇摇欲坠。他的火气十足，他在母亲房间里说得最多的一句话是："老子腰缠十万贯，骑鳄下扬州啦"。接下来是松子的父亲，一个软弱无力的男人，默许容忍了妻子与强势者之间的性行为，因为妻子的身体将会给他带来一份刘头许诺的正式职业；另一方面，他又陷入心灵的困境，周遭的舆论和生活压力裹挟着他要去维护和重建男人的道德。

松子父亲与月梅之间半推半就的当众性交易事件正暴露了他内心中强烈的报复动机和正常需求，也可能是当地世风民俗的一种反应，在此处跌宕起伏的文笔可能是在消解我们太容易在此处获得的文化解码。松子父亲在月梅的身上如出一辙地喊"骑鳄下扬州"的举动反证了他内心的软弱，这是对强势者刘头的拙劣的模仿，当刘头终于为他在旅游区谋取了一份管马的工作后，他竟然也学刘头一样赤着上身骑马，而且同样露出赫然的胸前黑毛。小说的最后，松子骑在马背上，悄声对灰毛说："爸爸，我现在是有钱人啦，我们现在下扬州去吧"。这个沉默禁语的观察者，终于也走上了强者和伪强者的道路。这篇小说中的叙述者相对于其他两篇小说，更为冷静沉潜，生活已经被抽离成一幅风景画，一股强力让人跟那个混沌不明的世界拉开了距离，这是作者意识强化的标志，但在这个现象面前，很难给出好坏的判词。许多细节从仅仅具有时间流逝的表征之外，到具有功能和象征的意义，从来就不是一个步步为营的结果。

在曾楚桥的几部中短篇中，《幸福咒》是一篇相对比较特殊的小说，干净整洁的气质从交代灵堂的语气中散发出来，跟之前小说中那种浑浊荒诞截然不同，还有一种叙述者的温情非常自然地流露，来顺的女人走远了，有人就叹气说："死鬼来顺真他奶奶的没福气啊，这样一个好女人也享不住！"这种自由间接语体，在叙述者，来顺的工头工友们，来顺的女人之间迅速完成了递接，并且融为一团。于是类似人物为主人公的小说中悲壮暴戾之气也几乎消弭了，"女人流干了眼泪也换不回丈夫的生命。还好赔偿的事不用女人费太多的周折，工头都给建筑工们上了保险，保险公司赔了七万多元。而工头出于人道主义，也拿出了二万元，加起来女人就差不多领到了十万块的赔偿金。女人对此实在是没有什么好说的了。村里的石场前年炸死两个人，每人才赔了不到两万块呢"。唯一推动故事情节或者说制造矛盾的是迟到的和尚，因为他的迟到工友们闲得无聊只好在灵堂内打麻将，女人也就被差遣着做各种事，工头给了假钱也不好声张，她默默地回想来顺的各种美好。在这种沉闷和内心戏中，热闹的局面开启，工头的两个情妇同时来到现场，她们打麻将，争风吃醋，最后血拼。和尚来到之后是各种加码。灵堂的氛围无端加剧了情绪的内敛沉重，玉珍始终是一个承受者，她无法讨价还价，无法拒绝工友们的要求，无依无靠，最后隐忍地计划好跟老公一起死去。但是这个让剧情走向死寂的结局没有完成，玉珍没有死成，她醒过来立刻要回到乡下去。前面她的沉默好像是摄像机一样，把一事一物都收入眼帘，而选择去死和最后要立刻回到乡下去，才是她的立场和态度。

　　曾楚桥还有一些短小精致的作品，比如颇有世情故事的遗风《余生》，两个伤心的男女，在一个荒废的小院子里相遇，交流彼此的人生过往，像鬼魅的心愿故事。这类小说宣告着风和日丽不再，但也不导向任何对生活的理解，正如这类小说轻巧的体积。曾楚桥说自己在写作《余生》过程中，一反过往瘦硬生冷的语言，而是温柔且韧性十足展开叙述与描写。当叙事不再急吼吼地朝着目的地狂奔而去时，它便在应该停留的地方有了足够时间的停顿。这个停顿是什么？是白头宫女闲坐说玄宗的寂寞和平淡，还是脱离远离尘嚣之后的沉静？《余生》大概都做到了，有一种禅意和玄机在小说中。但是这种诗意和圆融的小说，似乎也是小说家的爱恨交织之地，把玩的乐趣和寻得的喜悦都是不言而喻的，但它天生的不可重复几乎就是阿喀琉斯之踵，这是一片没有多少深入空间的土地。

另外，曾楚桥的语言跟随每一个故事而变动，比如《榕树上的怪鸟》的怪诞拖长，《失语》的简单整饬，可见他一直注重语言与所叙述之物的温和匹配。

评论家王干对曾楚桥的评价颇为中肯，"他的小说是一种有叙述质感和叙述理想的作品，他不像一些作家在纷纭复杂的生活中拟出简单的线索，加以编纂，筛选出所需的生活现象。他的小说有些不惧畏生活中的那些乱象，他不去简单梳理生活中的线索，有时故意放弃已有的线索，而刻意呈现生活的原生状态。曾楚桥的叙事者是超然于出租屋之上的，他的叙事基点不是底层，而是对底层叙事的一种调整。他只是借着那些原生态的生存者来讲述生活和人生的本相。"在我有限的阅读视野之中，曾楚桥是相对陌生的，但也的确给我带来了一些惊喜，有许多未明的云层升起，看到那些混沌和不经意的痕迹，猜测作家是如何处理，在赋予作品一种个人解读的时候，也会及时回撤反思自己有没有过度的嫌疑。能够在一个作家身上看到模棱两可，看到为难而不是各种成全，也是一种欣悦，一个有责任的作家不会迁就自己的舒适区，一个在十字路口徘徊的作家难以掩饰自己试验各种方式去附丽被选中生活的愿望。曾楚桥的作品能够让人感受到何谓好小说的艳丽诱惑，也有目的地虽在但无路可走的困惑，写作的前路茫茫，像生活本身一样除了体积臃肿，还有大地和天空的宽广。但我始终觉得曾楚桥这种以各种试验展示出来的文学上的游移，可能比过早的不恰当的笃定，拥有更长的未来，以无限对无限也许是不需证明的公理，公理之下才是切实的生活细节和风格的建设。

你不无浪费地在离开家或旅馆的时候不关灯，不是为了证明你存在，而是因为过剩的多出来的那一点点本身就有一种生活的气息，就很奇怪地有一种活着的感觉。一个作家的小说如果能有一种活着的感觉，应该也是一种至上的标准吧。

（原载《深圳故事的十二种讲法》，李德南，项静，徐刚著，深圳：海天出版社，2016）

曾楚桥小说论

王十月

　　我很高兴来谈谈曾楚桥的小说，并且觉得自己很适合座谈，因为我是作者最忠实的读者。相信这世界上，除了作者之外，没有任何一个人，像我这样，读过他这么多作品。而且见证了他众多作品从构思到成型的过程。有些构思，就是躺在我家地板上得来。而得来之前，他还喝了我家的酒，吃了我下厨做的菜。因此，现在来谈他的小说，我一点用不着为自己资历不够而脸红。

　　再说曾楚桥。认识曾楚桥快十年了。十年前，他还不叫这个名字，叫曾蒿秀，一个很女性化的名字。那时我在《大鹏湾》编小说，时间是2000年，读到他的《梦里微风花落》，一个很心理化的小说，和我之前读到的打工文学很不一样，叙事者没有那么多的仇恨与愤怒，情绪拿捏恰到好处，心理刻画细腻，有一种内在的隐痛感，我以为曾蒿秀是个女人，不然写女人心理何以如此传神？一天在办公室看稿，感觉从门口漂过来一团黑影，有人进来，拿着一包稿子，自我介绍说他叫曾蒿秀。那时曾蒿秀在搞摩托车出租，用南方话说，是个摩托佬。难怪这么黑。我当时这样想，后来才知道，他不晒也这么黑。他的黑，成为朋友玩笑的经典话题，长谈不衰，他从来不生气。那时，我去过一次他的出租屋，黑小的房子，一张床，一张桌子，一堆书，而已。我也得知，之前，他是做治安员的。在打工文学作品中，治安员从来没有以正面形象出现过，从某种意义上来说，曾楚桥让我部分改变了对治安员的看法，"洪洞县里无好人，唯有……"也许是惺惺相惜，我们很快成了朋友。一起喝酒，一起谈文学。每隔一段时间，他来编辑部，总会有新作。后来，我读到了他的小说《马林的愤怒》。小说中的马林的愤怒，是这变态的生活强加给他的。生活把许多的不公也强加给了曾楚桥，但他的心态很平和，一幅无所谓的样子，我觉得他甚至有一点吊儿郎当，有点天塌下来当被子盖的意思。常常是，我在为他急，他自己却一点也不急。他爱看球，爱打球。生活得有滋有味。他说得出一大串外国球员的名字。他细数这些名字时，如同细数外国的文学大师一样。他爱车，喜欢开车，说到车，眼神特别亮。他知道许多车的性能、价值。他开摩托车开得很好，我坐过他的摩托车，在深圳宝安的大街上，在汽车缝里把摩托车开得游刃有余。但他最爱的还是文学。因为爱，就格外珍惜笔下的文字，从不委屈自己，不胡写，不乱写。我总批评他写得太少，他总批评我写得太多。我说写得多了，才会得到应有的关注，他不在乎。他有这份定力，我没有。他能把很累的生活过得很轻松，而我却把生活过得很累。这一点，我远不如他。后来，我们做了同事，再后来，一起自由撰稿，一起合作写报告文学挣银子养家，再再后来，他回家养鱼，我自由撰稿。生活中少了这样一个朋友，总觉得有些空落。山不转路转，多年以后，我们又转到一起，写作，谈小说。而这次，据说他在养鱼时，读了许多的外国书，想了许多的中国问题，关于文学的，关于社会的。我期待着他的脱胎换骨。他改了名字，叫曾楚桥，身份证也改了，摆出一副要脱胎换骨的架势。

说了半天曾楚桥其人，现在该说说他的小说了。

楚桥早期小说，比如《撞墙自杀》，比如《饿倒街头》，完成于20世纪90年代。这些小说是典型的现实主义，而且直接来自生活，从细节、素材，到情感的积累。因此这一时期的小说中，有着一种张扬的力。刀子与死亡，也经常在他的小说中出现。《撞墙自杀》干脆就有着真实的生活原型，后来小说中的原型之一，曾楚桥的顶头上司某治安队长，看到了这个小说，自我对号入座，把楚桥叫去，骂他是个"反骨仔"，并勒令楚桥"马上滚出深圳，否则见一次打一次"。楚桥这一时期的小说，以对生活真实得近乎白描手法，记录下了中国改革开放之初底层打工者的深重苦难。我想，当多年以后，健忘的人们在享受改革开放带来的物质成果时，若读到这些小说，这些直接生长在大地上的文字时，也许会对自己享有的幸福多一些自省与感恩。我想，这正是文学的力量，也是曾楚桥这些小说的价值所在。

差不多是2006年，曾楚桥不再养鱼，重新回到深圳并开始自由写作，经过了漫长的期待，他写出了短篇小说《规矩》，从这个小说开始，楚桥的小说发生了改变，依然是小人物，依然是有着芜杂的、强烈的生活质感，依然是用近乎白描的手法，但楚桥的小说发生了改变，这种改变有两个标志，一是"风流底"这个地理的出现，一个是荒诞感在曾楚桥的小说中开始生长，并日渐蓬勃，渐渐形成了他强烈的个人风格。在看似生活化、常态化的描写中，叙事往往不经意间走向了荒诞，真实与荒诞在不经意的转换间，产生了强烈的对比。曾楚桥这一时期的小说还有一个特点：幽默。在中国，懂幽默的作家不多，这与中国作家大多举轻若重，而缺少举重若轻的能力有关。楚桥的性格，那种对苦难有点不在乎的态度，形成了他小说中的幽默与轻松。幽默如果把握不好，就会变成油滑与贫嘴，楚桥的幽默不贫，甚至不轻松，读他的小说，你时常想笑，而笑过之后，留在嘴角和心里的却是苦涩与沉甸甸的重。楚桥从沉重的生活压力下学会了对苦难的消解与再构，这是生活赋予他的能力，而他又让这种能力自然生长在小说中，从而形成了他独特的叙事风格。《规矩》中的冯其伦，就是一个长于自我消解生活中的苦与难的小人物，当楚桥在小说结尾处，让冯其伦郑重其事地写下的"烂蛤蜊——冯其伦题"时，读者对冯其伦其人，大抵是哭笑不得的，而心里，会长时间留下难以释怀的酸楚。这是对生活隐忍后的一种无力反抗，这反抗正因了作品中人物的无力，作品就比时下许多底层小说中常见的用暴力解决问题要有力得多。好比箭在弦引而不发，而在曾楚桥早期小说中常出现的死亡与刀子不见了，取而代之的是这种小人物式的苟活。这才是真正的中国人，是中国人在这一时代生存的真实写照。

写出《规矩》之后，楚桥接着写出了《灰色马》和《幸福咒》。后者发表在《收获》上，于楚桥而言，是肯定，也是激励。《幸福咒》这个小说写得芜杂之极，许多的人物，许多的事情，集中在一个夜晚上演。谁能说，这种芜杂，不正是我们当下乱七八糟生活的一种真实写照？楚桥也许正是看到了这一点，他找到了内容与形式相对完美的一种结构小说的方式。《幸福咒》结尾处，死者照片上长出的胡子，引起过一些争议。谁也不知道作者到底想隐喻什么。谁又能说，这不是楚桥用这无厘头的方式，和这个乱七八糟的世界开的一个玩笑，是一笔辛辣的嘲讽？我一直对楚桥说，我是极喜欢《灰色马》的，这个小说里有一种气味，在南方芜杂的出租屋里生活过的人，再读这个小说，一定能感受到这种熟悉的气味。多年以后，我只要想到"灰色马"三个字，可能忘记了这篇小说的情节、内容，但却还能感受到那种阴冷潮湿纷乱芜杂的气味。后来，楚桥的短篇小说，渐渐形成了自己的风格。但有一篇小说，却和这些小说有明显的不同，那就是《王十月写秋风辞》，我写过一个短篇小说叫《秋风辞》，楚桥比较喜欢，在这个小说里，他虚构了我写作这篇小说的过程，将真实与虚构结合在一起，真真假假，虚虚实实，达到了较好的互文效果。语言也较之从前的小说有了极大的变化，有着古典的美。但我更想从友谊的角度来谈这个小说，当时我受了一些不公与打击，情绪很低落。楚桥的这个小说，让我感受到了朋友的理解、支持与温暖。

好了，该说说《观生》了。《观生》是楚桥 2009 年写的小说，发在《天涯》。我还记得读到这篇小说后的激动与兴奋，也是在读完这个小说后，"现代聊斋"这四个字，一下子从我的脑海里跳了出来。是的，从《规矩》开始，曾楚桥就在写他的现代聊斋。生活困顿的曾楚桥，与同样困顿的蒲松龄，一定产生了某种心灵共振。他们熟悉小人物的悲欢离合，对这个见鬼的世道有太多的激愤与不满。所不同者，蒲松龄借鬼狐之事，浇心中块垒，而楚桥揭示真实生活的荒诞之处，他们殊途同归。如果说《幸福咒》结尾处死者遗像长出的胡子，还有些小说家做小说的痕迹，《夫妻帖》中的荒诞，还有些卡夫卡的影子，那么到了《观生》，曾楚桥已经成为他自己：楚桥回到了他熟悉的白描手法，以其丰富的生命体验为基石，不再满足于记录经历的生活，而是经过高度提炼、精心安排，构建起属于他的文学世界。状写风流底小人物的隐忍与生存，悲欢与梦想。但这不是对楚桥小说价值的结论，而是一个开端，是他的一个新起点，从《观生》开始。另外，我还要说一句，楚桥，多写点。估计楚桥肯定依然我行我素，不会因此而多写，他是真正努力做到有感而发的。只是写得少了，很少有读者像我这样，一直在看他的小说，也就容易忽略他小说的价值，因此，在广东，甚至在深圳，在宝安，楚桥小说的价值，都尚未得到应有的评价。也许，楚桥根本不在乎这些，你说呢。

写作改变了我的命运（访谈）

周　聪　曾楚桥

周　聪：楚桥兄好，很高兴今天能和兄聊聊。首先请兄介绍一下自己的童年生活，我一直固执地相信，一个写作者的童年是一道亮丽的"风景"，它是一个作家作品的"发源地"和精神坐标。顺便请兄谈谈是如何走上写作这条道路的吧？我知道这也许是一条充满忐忑与乐趣的"不归路"。

曾楚桥：做过多次访谈，但从来没有人问过我关于童年的问题。周兄是第一个。对于我来说，童年是个有点沉重的话题。我写作也有些年头了，我从来没有写过我的童年。那是我最后的一块文学自留地。

我生于粤西，与广西交界。我很难用一句话来概括这个地方的特点，但这地方的人给我的总体印象就是横蛮。完全不讲一丁点儿道理的横蛮。在我童年的记忆中，我父亲总是动不动就揍我母亲。父亲打人似乎从来不需要理由。打得最狠的一次（注意，狠不是别字，我们那里说狠，就是说狠），我母亲觉得活不下去了，半夜里摸到柴房企图上吊自杀。很奇怪，在习以为常的事情中，偏偏那一晚我就感觉到了不平常。才七岁的我一直没有睡，留意着母亲的一举一动。也幸亏有我，我母亲才没有死成，我去摇醒父亲，父亲拿了把柴刀冲到柴房，砍断了绳子后，这个横蛮的汉子竟又回去睡觉了。母亲紧紧地抱着我，没有哭，也没有流泪，她只是抱着我，一遍一遍地摸着我的小脸，她的眼泪也许是流干了。

第二天她带着我离家出走，去了邻县，这里有她的一个闺蜜。从此，我在这里生活了整整 6 年。度过我童年生活里最孤独的时光。我不知道这段时光是否给我后来的写作带来影响，但在文本中，总是不经意地流露出一丝丝的孤独和绝望来。我至今不知道母亲为何要带上我，在兄弟姐妹五个人中，我其实是最顽皮的一个。因为顽皮，我也是给母亲打得多的一个。我父亲其实很溺爱我们，他从来不打我们，每次母亲要打我，他都再三叮嘱要等我吃过晚饭后再打。等吃过晚饭，我一有机会就溜之大吉。母亲是从来不记旧账的，今天没打上，明天她就不打我了。母亲没有读过书，也没怎么见她看过书和报纸，但很奇怪，她能写得出我的名字来。父亲倒是读过两年初中，在村里算是粗通文墨，四大名著里除《红楼梦》，其他都读过。我上初中之后，父亲给我和弟弟立了个规矩，凡在看书写字的，可以不干农活。父亲敢这么立规矩，是因为家里的劳动力不少，我还有两个姐姐和一个哥哥。我简直心里狂喜，像头猎狗一样四处找书看，不管什么书，摸到手就没头没脑的看一气。我就是在那时候开始读的金庸，当年唯一的理想是当一名大侠，身负绝世武功，行侠仗义，铲平世间一切黑恶。

老实说，我并没有想过要当一名作家，那时候的阅读只是为了偷懒，不用干农活。父亲也许从来没想到，他当年给我和弟弟立下的这个规矩，在若干年后，导致他的儿子竟然成了名写作者。种瓜得豆可为一例。

我真正开始写作是到深圳打工后才开始的。工厂里的不平事数不胜数，对年轻气盛的我来说，十分不爽，总有路见不平一声吼的冲动。然而我知道光靠拳头是不行的，于是拿起笔来，企图通过手里的笔发出自己的声音。我远没想到写作却改变了我的命运。如果不写作，我会是什么样子呢？这很难想象。事实是，写作是没有任何解药的毒药，它诱使我走上如周兄所说的不归之路。

周　聪：谈及兄的小说，我更愿意从《灰色马》开始，这篇颇具象征意味和神秘色彩的小说是我至今仍然反复阅读的作品，能否请兄讲讲这篇小说是如何"诞生"的？换句话说，当初写这个短篇是出于何种表达诉求？

曾楚桥：1999 年，我住在深圳关外的一个荔枝林里，房子是用竹子搭起来的极其简陋的沥青棚，也有个别用铁皮。我那时候最小的儿子也已经四岁了，我找不到工厂上班，只好弄了辆二手的嘉陵摩托车搞出租，这在深圳属于非法营运。除了交警，还有派出所，治安联防队和城管都可以抓我们。抓到就罚款，轻则几百块，重则一千多。我为此还写过一个小说，叫《马林的仇恨》。风流底虽然是一个虚构的地名，但该有的都有。我大部分小说的故事都发生在风流底。有人问我，取这地名有啥含义，其实这是我家乡话，底是音译，意思就是风流到顶了。在实际的使用语境中，往往又是相反的，带有贴地风流的意思。《灰色马》写的就是那一段时间的生活。

那时候深圳的关外,其实挺乱的。荔枝林里就更乱,什么人都有,龙蛇混杂。大量的外来人口充塞在城中村里,很少有出租屋空上一个星期的。个别头脑灵活的本地人见缝插针地在荔枝林里搭起大量简易的沥青棚,用于出租。我和妻子带着孩子们就住在这样的棚子里。我白天开车拉客,晚上回到沥青棚,等孩子睡熟后开始我的写作。在《灰色马》之前,我的小说是现实主义的,有工厂生活,又有浓厚的底层烟火气息。事实上,那时候我还没真正见过马。我家乡没有人养马。住到荔枝林里不久,房东不知从哪里买回来一匹灰色马。我两个儿子一下子就喜欢上这匹马。小家伙有事没事总要去看看,隔着铁丝网,一看就能看上一个上午。大儿子已经到了上学的年龄了,我正为儿子读书的问题伤透了脑筋。我知道根本进入不了公立学校。母亲只好从老家来带他们回去念书。如此又过了好几年,我仍然还记着儿子们隔着铁丝网看马的眼神,在某天早晨,这情景突然就像一根针刺入了我的神经中。当我写下小说的第一句话时,我的眼泪就下来了。这是我曾经熟悉的生活。至于小说中的隐喻和象征,其实是无意的。我根本就没有想过要用什么手法去写它,在残酷的现实面前,我和我的孩子们,大概也就只能在想象中过把瘾而已。

周　聪:我留意到不少人将兄贴上了"打工作家"的标签。对于被归入"打工作家"行列,兄是如何看待的?或者进一步说,作为一个书写底层的"打工作家"时,兄对底层生存状况、底层的话语方式、底层的思维模式等是如何进行提炼和艺术处理的?

曾楚桥:我不反感批评家把我归入打工作家的行列。我的确就是个打工作家。用别的什么称谓,比如眼下的劳动者作家都显得不伦不类。打工这个词源于香港。最为熟悉的歌词有香港歌星许冠杰唱的:我地呢班打工仔,一生一世为钱币,做奴隶……前面这句翻译起来就是:我们这班打工仔。是的,我地呢班打工作家,身处时代的大洪流中,有什么理由可以缺席?

在2006年之前,我的小说基本上反映的都是打工生活。何谓打工生活?其实就是工厂生活。比如写字楼里的尔虞我诈、流水线上的相互倾轧诸如此类。题材是相对狭窄的。对我来说,题材并不是问题,即便是工厂生活,也能产生像王十月的《国家订单》这样的出类拔萃的作品。不过话又说回来,我不反感,但不代表我乐意当一个打工作家。因为我不想打工,我想当一名自由作家。在工厂里上过班的人，估计都无法抑止对自由的向往。我也是如此。因此，在2006年丢了工作之后，我和王十月等几个打工作家，在宝安的三十一区，租了房子开始自由写作的生活。也就是在那段时间里，我写了《仲生》。这个小说也许在技术上并不成熟，但有我自己的身影。也因此，即便隔了十几年，重读它，我仍然能感动得热泪盈眶。

没试过居无定所的人，是很难想象小说中所反映的生活。深圳以它极为独特的方式去接纳这些底层人。在千千万万的仲生之中，小说中的仲生又是独特的。他的想法可能有极大的一部分是我个人的想法。我要找一个人来替我说话。仲生就撞到我的枪口上来了。这种对自由和对美好生活的向往，在仲生那里或者说在我这里是如此低微，低微到他只想找个地方洗一次澡。即便这样，仲生也得不到。那一刻，他内心是如何的狼奔豕突？我想说出的部分，其实并不复杂，人活着，是需要点面子的。仲生也一样，他需要有点儿尊严地活着，如此而已。

周　聪：《失语》应该是兄比较别致的短篇了，写这个小说时，兄是如何处理小说的叙事时间问题的？

曾楚桥：我看过陈翔鹤写的《陶渊明写挽歌》，觉得挺有意思的。在三十一区时，我也模仿它写了一个小说，标题叫《王十月写秋风辞》。这是向陈先生致敬之作。我把我们在宝安三十一区自由写作这段生活真真假假地写到了小说中。王十月的《秋风辞》还没有发表，我的却抢先发了出来。小说未发之前，我给十月看过，他觉得还不错。我没想到的是，在发表时，编辑把标题改为了《秋风辞》，和王十月的一样了。为此，我还颇觉得有点儿失落。在开始写作《失语》时，我并没有想到结尾。小说写到差不多三分之一处，张载和管家发生冲突时，我才发现，我在以上帝的视角去俯视着这一切。作为一个叙事人，和文中的我，其实已经是一个人了。我必须赋予叙事人一个角色，让他去帮张载解决这眼前的困境。

我曾目睹过太多的车祸现场，我相信很多人都有记忆，车祸发生后，车主们下车第一件事就是各自拿出电话来，他们不是报警，而是呼朋引伴以壮声势。这时候警察是缺失的。《失语》中，警察的出现，我也知道是突兀的，但我固执地认为，这个时候警察就不应该缺席，他就是为调解而来的。但由此带来的困难却显而易见。我应该如何收尾？我必须给出一个合理的解释，否则整篇小说就不成立了。我最先想到的是穿越，但一个警察在执勤过程中，瞌睡一会就穿越到了大宋，还带着他的手枪，似乎也难以服众。只有黄粱一梦才是最为合理的解释。同时也符合我对世界的一贯看法。至于我对世界有啥看法，我想熟悉我的读者，光看作品，便一目了然。（笑）

周　聪：兄在以后的小说创作中，是否会有意加入一些地方语言的成分？

曾楚桥：今年发在《文学港》，《小说选刊》第9期选载的《晒马》就是用家乡话写作的一个小说。作为一个广东作家，对这片生我育我的土地，我总觉得于心有愧。在《晒马》之前，我没有一篇小说是有广东味道的。这些小说，故事放到全国任何地方，也都可以。在批评家把打工文学这顶帽子戴到我头上时，我的头皮是发痒的。这种自然的过敏反应，证之于我的写作，我发现一个特别的现象，我总是在出其不意中，逃离打工现场。我孤身一人，在黑暗的城市街道上四处游荡。我没有找到独属于自己的归宿。《晒马》肯定不是结束，它是一个好的开始。它在黑暗中，给我亮了一盏灯。也许从此之后，广东味道就真的为人熟知了。

周　聪：兄如何看待《聊斋志异》这部书？借此机会，请兄推荐几本兄的枕边书。

曾楚桥：《聊斋志异》肯定是中国短篇小说的顶峰之作，前无古人，也许后亦无来者。我读中学时，我记得语文课本中就选有《促织》。在短短的一千多字里，读来更是起伏跌宕，跳跃腾挪，真可谓有百般武艺，令人叹为观止。我原来放在枕边的，曾经有它。后来不知道给哪个侄女顺走了。一直没有买回来。类似的晚清笔记体小说，我还有上下两集的《夜雨秋灯录》，作者是晚清光绪年间的宣鼎。穷困一生的宣鼎四十岁生日时才开始写作。正如鲁迅先生在《中国小说史略》中所说："其笔致纯为《聊斋》者流，一时传布颇广远。然所记载，则狐鬼渐稀，而烟花粉黛之事盛。"以我所见，鬼狐稀而粉黛盛亦无不可，其成就一点儿也不低。偶尔翻翻，为之心惊的不是鬼狐之事，而是作者本人。由此想到千千万万的底层写作者，他们的境况又会好到哪里呢？

说到枕边书，有三本书是我经常看的，一是《汪曾祺自选集》，二是《海明威精选集》，三是《卡夫卡精选集》。汪老让我对世界还保有美好的一面。让我在写作时不过于绝望。他调和我和世界之间的矛盾，让我活得健康而有规律。我从海明威那里也许只学到一些微末的雕虫小技。但我想也足够我消化一辈子了。至于卡夫卡，我似乎能碰触到他的内心，感受到他心里的大苦大难。当然，还有他的爱，对人类的爱。这才是最为重要的。

周　聪：在兄的创作生涯中，短篇小说的写作占据极其重要的部分，兄对短篇小说文体有何种高见？或者说，兄认为什么样的短篇小说才是好的？谢谢兄。此外，兄有无写作长篇的打算？

曾楚桥：什么是好的短篇小说？短篇小说走到今天，还有什么花样是作家们没有耍过的？一千个人中尚且有一千个哈姆雷特呢。但长期以来形成的共识是存在的。这样一来就意味着，差的小说对读者而言，他们都有着一双共识的火睛金睛。我算了一下，在二十余年的时间里我差不多写有八十来个短篇小说，废掉的接近三十个。我自己觉得还合格的寥寥可数。稍为满意的，就一两个。但满意的未必就意味着好。因为好有着更高的标准。对我来说，好的短篇小说至少有三个品质。一是要有形式之美。很多人认为，形式并不重要，他们认为形式不过是服务于内容。事实上，形式和内容是合二为一的。好的形式必有好的内容与之相配。但是要做到形式之美实在太难了。难到让人望而却步，作家们只好退而求其次，在别的地方做点功夫来掩盖一下这方面的缺失而已。二是要有文字之美。这一点估计没有太多的异议吧。纵观那些经典的短篇小说，每一篇文字之美都达到极致。三是对世界要有独特的观察。何为独特的观察呢？不只是世界观的问题，还包含故事的独特性。我不止一次说过，一个有张力的故事，小说就成功了一半。这种故事的张力给文本带来的高度，让作家在写作的过程中对世界保持自己的观察。作家需要配备这种能力。有了这三个品质，好小说，庶几可近了。

至于长篇小说，在十年前，我就开始盘算着写。但直到现在还没有完成。四万字扔在电脑里，差不多有一年了。文字如果和食物一样会发霉，我估计也霉得差不多了。

周　聪：我觉得《在西乡遇见曾楚桥》是一篇挺好玩的小说，我很好奇，是什么让你想到写一个这样的小说呢？最后，请兄介绍一下最近的写作状态，有没有新的出版计划和写作计划？都可以和我们分享一下。

曾楚桥：《在西乡遇见曾楚桥》确实是一个好玩的小说。在现实与虚构中，达到了相当和谐的效果。文中的书生就是我好基友号称"笑笑书生"的李瑄。某年某月某日，我和书生，还有宝安美女作家王盛菲在西乡小聚。席间，不记得是我还是书生提议，以"在西乡遇见某某"为标题写一个小说。结果他们都没有写，就我，回家后傻乎乎地就写了。小说中的曾楚桥其实就是我本人。故事当然天马行空，我赋予自己有超能力，会赶尸，甚至是此行业的唯一的传人。总之就是一个往爽里写。写到兴奋处，结尾时居然让菲菲叫我爸爸。我拉着美女的小手就此消失在灯火通明的大街。如此明目张胆地占人家便宜，美女看后居然也不生气。可见小说毕竟是小说，它虚构的生活离现实太远了。

《在西乡遇见曾楚桥》这类小说，是不宜多写的。它唯一可取的地方就是故事还有趣，让人读着觉得还不太闷罢了。反正我现在是不想写这些了。自《晒马》之后，我还准备写一个叫《晒水》的短篇。我估摸着，也差不多成型了。最近几年，写得特别的慢。一个小说在脑子里盘旋好久才动笔。可能是年纪大了，脑子不灵光吧。啰里啰唆了那么多，实在抱歉，估计读者早就烦了。

（原载《文学教育（上旬刊）》2018 年第 11 期，收入时有删节）

下 编

Xia Bian

王国华 刘洋 陈诗哥

卷 卷 卷

陈诗哥 卷

陈诗哥，中国作协儿童文学委员会委员，广东作协儿童文学委员会主任。曾获全国优秀儿童文学奖、冰心儿童文学奖、广东鲁迅文艺奖、广东"五个一工程奖"等，四次获得《儿童文学》金近奖，五次获得《儿童文学》擂台赛奖，是国内首位获中国儿童文学最高奖的"80后"作家，被评为全国思想文化青年英才、广东省中青年德艺双馨作家、《儿童文学》十大青年金作家等。作品《宇宙的另一边》入选人教社统编版三年级《语文》下册。出版童书有《童话之书》《风居住的街道》《一个迷路时才遇见的国家和一群清醒时做梦的梦想家》《星星小时候》《我想养一只鸭子》等。

观念史视阈下陈诗哥的童话观：
与"众"不同、汇入"本源"

徐　妍　王文文

太多的人们常常因童话的奇幻形式而错解了童话的本质，正如百年前赵景深与周作人通信中所说："……现在的一般人，多不知道童话是什么。"[1]百年后，赵景深所说的关于童话为何物的困惑对新世纪中国读者而言仍然没有多大改观。尽管童话在新世纪"两个十年"里已经成为几乎与儿童小说同样重要的文类，但由于童话是他者的概念，如周作人复信赵景深时所说"童话

---

[1] 赵景深，周作人.关于童话的讨论.晨报副刊.1922-1-25.

这个名称，据我所知，是从日本来的"，童话在其被援引至中国后不可避免地经历了漫长的水土不服的磨合期。如何在他者的概念中生长出既具有世界性特征又具有本土性特质的新世纪中国童话，便成了二十世纪中国童话作家的创作难题。而在新世纪的两个十年里，中国童话在他者的影响下如何独立地创作且具有世界性视阈，便愈加成为中国童话如何发展的世纪难题。但无论这个世纪难题有多难，新世纪的中国儿童文学作家都在以各自不同的方式进行思考和回应。其中，青年儿童文学作家陈诗哥以童话创作的形式，从对童话观念的反思出发，试图探索新的童话观念，创造新的童话世界。这样一身兼多职的童话探索使得陈诗哥成为新世纪二十年里一位独特但难以解读的童话作家。也正因如此，陈诗哥童话引爆了中国童话观念的历史变迁，也以"非典型"的童话文本为新世纪中国童话的创作发展提供了一个典型个案。

一、从与"众"不同的童话观念出发

在追求童书的高产量、高速度与高销量的快餐化时代，隶属于"80后"一代的中国童话作家陈诗哥算不上高产型的快手和畅销型的儿童文学作家，但他称得上是一位与"众"不同者。更确切地说，很少有年轻的童话作家如陈诗哥这样将童话创作历程与个人生命体验融合在一起，试图在新世纪语境下探寻出一种与"众"不同的童话观念。何谓"众"？一言以蔽之，"众"即是指百年中国童话史的主流童话观念和主流创作方法。

我们需要首先回溯百年中国童话史的童话观念和童话创作方法。概要说来，中国童话自近现代至新世纪，在不同历史时期的百年里主要交替了四种主流童话创作观念和创作方法：其一，在近代中国现代童话的史前期，中国童话作家主要以西方童话观念为标准童话观念并对西方译介童话再创作。1902 年，"中国童话的开山祖师"（茅盾语）孙毓修译编的《〈童话〉译》在《教育杂志》第 2 期发表。1909 年，孙毓修策划并主编的中国最早的"童话丛书"《童话》由商务印书馆出版。这些译介童话在中国童话史上确立了以国外译介童话观念作为本土权威的童话观念，并催生了"五四"时期茅盾、郑振铎等人对西方译介童话再创作的一种主流童话创作方法。其二，在"五四"时期至三四十年代的中国现代童话的发端期和发展期，中国童话主要以现实主义童话观念为权威观念并主张以现实主义的童话创作方法为主流方法。1922 年，叶圣陶在郑振铎主编的"中国第一本现代意义上的儿童专刊"①《儿童世界》杂志上发表了《稻草人》等23篇童话。它们确立了"专为"儿童写作的"自觉的儿童文学"的现实主义童话创作观念，由此形成了现实主义的主流童话创作方法。这种"专为"儿童写作的现实主义童话观念和现实主义创作方法断续地被中国现当代作家张天翼、陈伯吹、严文井、当代儿童文学作家孙幼军等在童话世界中有所承继。其三，自20世纪90年代市场化迄今的童话"分化期"②（朱自强语），中国童话以消费主义童话观为实用观念并采用"机械复制"的生产方法。20世纪90年代的市场化，为中国现代童话的发展提供了一个历史性机遇，但为数不少的童话专门为市场量身打造，为此降低童话写作的难度，将童话过滤为"纯净水"或加工为"碳酸饮料"，采用"机械复制"的生产、制作方法。其四，新时期至新世纪，中国当代作家着力于探索带有中国美学风格的"纯文学"的经典童话观念和经典童话创作方法。中国当代作家宗璞、曹文轩、张炜、周晓枫、徐则臣等"非典型"的童话形式来探索中国童话的经典童话样式和"跨文本"的童话创作方法。与此同时，中国当代童话作家金波、张秋生、张之路、刘海栖、冰波、汤素兰、李东华、王一梅、汤汤、郭姜燕等从各自不同的审美风格和叙事风格承继了叶圣陶的"专为"儿童创作的童话创作观念和童话创作方法，同时汲取国外经典童话的写作资源，在一定程度上，已日渐代表了新时期至新世纪中国儿童文学界的主流童话创作观念和主流童话创作方法。

在上述中国现当代主流和非主流的童话创作中，陈诗哥的童话固然在一定程度上接受了新时期至新世纪中国当代优秀儿童文学作家的多种影响，但从一开始就颇有些与众不同。更确切地说，陈诗哥不仅创作童话，而且试图在童话中融入与"植入"他对童话观念的思考，进而以童话的形式从历史和现实的维度对童话观念进行双向反思。

客观地说，"在粤西的一个村庄里出生、长大"③的陈诗哥与童话的机缘不是源自个人对童话的主动选择，而是源自命运赐予他童话体验的偶然性。2008年，陈诗哥因为工作关系，他开始重读安徒生童话，发现他"一直想找

---

① 刘绪源.中国儿童文学史略.上海：少年儿童出版社，2013：18.

② 朱自强."分化期"儿童文学研究.南宁：接力出版社，2013.

③ 陈诗哥.我相信，世界便是建立在一本童话书之上的.童话之书.北京：中国少年儿童新闻出版总社，2014：242.

的东西里面都有，如故事、诗性、哲学、神性……一道神秘之门就这样打开了。"①2008年5月12日，陈诗哥经历了汶川大地震，劫难重生。从汶川回来后，陈诗哥有一个多月没有办法开口说话。某一天，陈诗哥"在山上走着，如孤魂野鬼一样，突然脑子里灵光一闪，就停下来，用手机写了一个童话，从此一发不可收。"②这篇在手机上写作的童话的名字是《河的女儿》。它以向安徒生童话《海的女儿》致敬的方式改写了安徒生童话，同时试图"复活"安徒生童话与新世纪读者的生命联系。《河的女儿》中的童话主人公被改写为"河王的女儿"，她作为"海的女儿"的远亲，居住在河的深处，但与"海的女儿"一样因对人间之爱的向往而忧伤，对爱的信念矢志不渝。这样的"改写"方式意味着陈诗哥的童话从一开始并未直接接续中国现当代童话史的写作流脉，而是选取了世界经典童话的故事模式、母题作为他的童话创作之"摹本"，尽管这篇童话故事被创作的背后内含了他个人所经历的汶川地震后的创伤性记忆。之后，陈诗哥又一气创作了短篇童话《长翅膀的小龙》和短篇童话《几乎什么都有国王》。尽管这三个短篇童话皆迟至2010年才公开发表（《儿童文学》2010年第2期"陈诗哥童话小辑"），但它们对于陈诗哥的童话创作而言，犹如电光石火，足以在一个瞬间点燃生命的梦想与童话的梦想，让二者一同再生。

2009年8月，陈诗哥的短篇童话《卖货郎卖故事》（《儿童文学》2009年第8期）公开发表在由共青团中央和中国作家协会于1963年共同创办、被誉为"中国儿童文学的一面旗帜"的《儿童文学》上。这一年，陈诗哥28岁。与十年前的"全国新概念作文大赛"和青春文学图书市场曾经催生的"低龄化"写手相比，陈诗哥显然是一位文学创作的"晚生代"。但他一步入中国儿童文学界，就贡献了气象不凡的短篇童话《卖货郎卖故事》。虽然"卖油郎"的故事在中国古代民间故事中非常有名，且有多个版本。其中，两个可靠的版本如谭正璧的考证："或是宋时话本，亦未可知……盖经冯梦龙重修，非复旧观。而此篇文字之盛，固当属之冯氏。由此而知，卖油郎故事最早出自冯梦龙的话本小说《醒世恒言·卖油郎独占花魁》。稍后苏州派作家李玉在戏曲《占花魁》中进行了再创作，与《卖油郎独占花魁》相较，卖油郎独占花魁

---

① 陈诗哥.我相信，世界便是建立在一本童话书之上的.童话之书.北京：中国少年儿童新闻出版总社，2014：243.

② 同上。

故事虽未发生变更，但作家书写的侧重却呈现不同。"①事实也是如此：冯梦龙的话本《卖油郎独占花魁》讲述了才貌双全、名噪京城、被称为"花魁娘子"的名妓莘瑶琴与卖油郎秦重之间的真挚爱情故事，崇尚的是两性之间的美好真情，而李玉的戏剧《占花魁》侧重于政治权力的书写。卖油郎的形象也由话本中的重情重义的小商人形象演变为戏曲中的落难公子形象，以此投射了不同社会现实的演变。而陈诗哥的短篇童话《卖货郎卖故事》与中国古代民间文学的故事讲述方式和故事讲述动因都非常不同：该童话的首句——"那时候，故事的芳香还飘荡在我奶奶村庄的上空"②不仅传递了现代童话浪漫又感伤的叙述基调，而且隐含了作者试图借助童话寻找生命本源之地的创作动因。至于"卖油郎"形象在这篇童话中，与其说是童话故事主人公，不如说是"引渡"人们朝向生命本源之地回返的一位梦想者。接着，在这篇童话的主体部分，陈诗哥选用了童话惯用的反复循环、诗性递进的现代故事结构形式，以此区别于中国古代文学"卖油郎"故事的线性讲述，进而告诉现代读者：对童话而言，故事只是现代童话的装置，现代童话才是故事的魂灵。到了该童话的结尾处，收束得意味深长，需要仔细体味："现在孩子们阅读的故事书，据说就是我奶奶村庄里的人写出来的。"可以说，该童话在结尾处隐伏了一个被现代人日渐遗忘的主题：童话故事的发源地即个人生命、民族生命乃至人类生命的发源地。

在《卖货郎卖故事》发表之后，陈诗哥接连发表了短篇童话《青草国的故事》（《儿童文学》2009年第9期）和《国王的奔跑》（《儿童文学》2009年第10期）。在这两篇童话中，独属于陈诗哥的两个单位意象——"国王"和"国家"被创造出来，再联系前文已述的陈诗哥创作于2008年、发表于《儿童文学》2010年第2期的他最早创作的童话《几乎什么都有国王——陈诗哥童话小辑》，以及童话集《几乎什么都有国王》（上海少年儿童出版社，2012年版），不难感知到陈诗哥的童话观念逸出了传统现实主义的童话观和传统浪漫主义的童话观，对抗了当下消费主义的童话观，虽接续了新世纪"纯文学"的经典童话观，但在接续后越发走向一种诗化哲学的童话观念，或者说试图建构

---

① 谭正璧.三言两拍源流考.上海：上海古籍出版社，1980：409.

② 陈诗哥.卖货郎卖故事·风居住的街道.北京：现代出版社，2020：190.

"独属于"他自己的童话的梦想诗学。因此，2011年，短篇童话《风居住的街道》荣获首届（2010—2011年）《儿童文学》金近奖；2013年，《风居住的街道》荣获第九届全国优秀儿童文学奖。

二、创造"独属于"他自身的童话奇境世界

2014年，陈诗哥终于在长篇童话《童话之书》中整体性地表达了"独属于"他自身的诗化哲学的童话观。读者也终于可以一窥《童话之书》的全貌了。陈诗哥的长篇童话《童话之书》历时近6年，初稿完成日期是2008年11月，曾获得了2009年冰心儿童文学新作奖，终稿完成日期是2014年5月。在此期间，这部书稿经历了多少次修订，只有陈诗哥自己知道。陈诗哥花费诸多心力的付出，为新世纪中国儿童文学界提供了一部面貌一新的长篇童话，这部童话也很快获得了新世纪中国儿童文学界的关注和好评——著名儿童文学评论家徐德霞、侯颖撰写了专门的评论文章，而且获得了"上海好童书奖"。

特别值得注意的是，《童话之书》展现了陈诗哥童话创作的特有方式和特有现象：对童话初稿不断重写或对最初短篇童话不断重组。陈诗哥为什么对童话初稿不断重写或对最初短篇童话不断重组？我以为，陈诗哥试图不断探索"独属于"他自身的童话奇境世界。何谓"独属于"他自身的童话奇境世界？概言之，陈诗哥的童话奇境世界既是童话的哲学世界，也是哲学的童话世界。

概要说来，《童话之书》选取了一部"童话之书"——"书国王子"作为主人公，以忠实于个体生命体验的情感力量和超乎寻常的想象力讲述了一个童话故事的诞生过程、一部童话之书的完成过程，尤其重点讲述了一部童话完成之后的"冒险"过程，最终通过三个开放性的故事结局暗喻一部童话之书即"书国王子"在这个充满了不确定性的今日现实世界上重建童话信仰的迫切意义，以期让读者重新成为被"遗忘"的"0至99岁的孩子"[1]。一言以蔽之，《童话之书》试图创造深具诗化哲学的童话观念的奇境世界来重返被现代人所"遗忘"的"本源"世界。在此，"本源"作为《童话之书》的核心词，很容易让我联想到陈诗哥心仪的海德格尔（1889-1976）前期哲学中的"作为'存在'的'存

---

① 陈诗哥.童话之书.北京：中国少年儿童出版社，2014：1.

在'",即"存在之真理(澄明)"①,以及海德格尔后期哲学中的"Ereigins"或"居有(转让之解蔽)"。事实上,《童话之书》中的奇境世界的确在一定程度上呈现了海德格尔在《物》一文中对"世界"的界说:"把'世界'界说为天地神人之纯一的'居有着的映射游戏'"。进一步说,《童话之书》所呈现的奇境世界在一定程度上是以海德格尔的哲学思想为资源的哲学世界:"天、地、神、人'四方'以各自的方式相互映射,也以各自的方式反映自身而进入其'本己'(Eignes)中,即它在'四方'之纯一性中成为自身。"由此,《童话之书》的童话主人公——"童话之书"即"书国王子"得以与"太阳""月亮""星星""大树""风""萤火虫",以及诸"神"一起游戏、倾听和对话。沿着海德格尔的哲学继续探源,陈诗哥的《童话之书》所试图回返的"本源"还可以意指曾经深刻影响海德格尔的丹麦现代存在主义哲学创始人克尔凯郭尔(1813–1855)的存在主义哲学,以及德国古典浪漫派诗歌的先驱荷尔德林(1770–1843)的哲学思想。特别是,沿着海德格尔的哲学继续往"根子"上探源,陈诗哥的《童话之书》所试图回返的"本源"还可以指向曾经深刻启示海德格尔的中国道家哲学创始人老子(大约公元前571年–大约公元前471年)的哲学思想,譬如:海德格尔的 Ereigins 颇推崇老子的《道德经》中的"大道"。当然,陈诗哥的《童话之书》所致力于回返的"本源"世界始终被放置在童话哲学的前提下,是以海德格尔的存在主义哲学思想为思想资源的童话世界,而不是对海德格尔哲学思想进行专门研究的哲学世界。因此,陈诗哥在《童话之书》中是通过将"童话之书"与"神话之书"和"故事之书"相比较的方式来创造"独属于"他自身的奇境世界,以此暗中回应人们对童话的奇境世界的不信任、不理解和不珍视。总之,《童话之书》所汲取的海德格尔的哲学思想最终被内化为一个由海德格尔哲学中的"天地神人""四方"构成的童话奇境世界。

那么,陈诗哥如何创造一个"独属于"他的童话奇境世界?

我们先从这部长篇童话的整体性故事结构来看:表面看来,《童话之书》是由一个个相对独立的中短篇童话故事所构成。一个个相对独立的中短篇童话故事还内嵌着一个个完整的短篇童话故事。每一个相对独立的中短篇童话故事,以及童话故事中的故事皆带有童话特有的神奇色彩。其中,让人颇为着迷的神奇故事触目可及:它们是第一章中的一个童话故事的神奇诞生的故

---

① 孙周兴.说不可说之神秘.上海:三联书店上海分店,1994:17.

事，其中内嵌了丹麦童话作家安徒生的经典童话《丑小鸭》的故事；法国童话作家圣－埃克苏佩里的《小王子》的故事；瑞士经典童话作家舒比格《当世界年纪还小的时候》的故事……；它们还是第二章中的一本童话之书的神奇诞生的故事，其中内嵌了图画的故事，画画的年轻人的故事，书国的故事，书国图书馆管理员、博尔赫斯式的盲人米先生的故事……；它们更是第三章至第九章中的一本童话之书的历经磨难的"冒险"的故事，其中内嵌了难以计数的故事：周游 N 个神奇的国家的故事、一个因失去儿子而悲伤的父亲重新成为孩子的故事……；它们自然还是这部童话的结尾：三个童话的结尾既为读者提供了无限想象的空间，又充满了来自作者自身的灵魂辩难之声，表达了作者在重建童话信仰之时也必得直视这个世界的不确定性。正是经由对这些神奇的故事的讲述，这部长篇童话将读者自然而然地带入一个既神秘莫测、变幻万千，却又叠合了现实世界、历史世界的童话的奇境世界。

《童话之书》除了整体性的故事结构富有童话的神奇色彩，具体性的故事结构也颇为神奇地营造了童话的奇境世界。例如《童话之书》的开篇：如同所有讲究的长篇童话的故事结构一样，在童话各个部分所构成的整体结构中，童话的开篇至关重要。它不仅决定了吸引读者的童话感是否顺利形成，而且必须在结构上承担起讲述整个童话故事内容的定位功能。一般说来，童话的开篇借助于想象力从哪里腾飞、落至哪里，都大有讲究。对此，对童话颇有研究的日本心理学家河合隼雄说："童话、寓言故事往往干脆远离特定的地点和时间，更容易接近故事的内在现实。它用'很久很久以前，在某个地方……'开头，一下子将受众的心从外部现实带往原型性体验中的世界。"[1]陈诗哥既深谙此法又不囿于此童话的开篇之法。楔子中的童话故事的叙述时间似乎起始于"很久很久以前"的"在某个地方"——某个"书国"，可是，童话的故事时间究竟起始于何时？读者若仔细体味，便会感知到楔子中的童话的故事时间未必起始于过去时，也许起始于现在时，还可能起始于将来时，因为童话故事的时间向度的未来性恰恰是童话的实有时间——一切童话都是为未来写作的。尤其，"楔子"并未如一般性童话那样在开篇设置一个虚拟的奇幻世界，而是提供了一个内心的自我辩难世界，这意味着这部童话的开篇起始于现代人的内心困境——自现代以来，还有哪个世界比现代人的心灵世界更神奇？

---

① 〔日〕河合隼雄 . 童话心理学 . 赵仲明译 . 海口：南海出版公司，2015：15.

不过，虽然"童话中的神奇色彩占据了统治地位"①，但其与陈诗哥雄心勃勃的童话哲学思考并不对立。甚至可以说，《童话之书》是陈诗哥听从"天命"的召唤而创作出来的，汇聚了童话的想象力与童话的哲思力。所以，《童话之书》的正文部分便被创造为这样一部童话哲学世界：在第一章，陈诗哥设计了让童话故事诞生于世界经典童话作家的"伟大的心灵"②的神奇情节，旨在告知读者"童话之书"拥有伟大的童话血统；但与此同时，陈诗哥深知"童话之书"的伟大血统所创造的"童话世界"与"寓言世界"③的气场不投，因此在第二章以童话主人公——"童话之书"的叙述者身份讲述了《童话之书》不被国王、米先生待见的遭遇；尤其在第三章至第九章，陈诗哥一面借助于童话主人公——"童话之书"的叙述者身份讲述"童话之书"的各种"冒险"历程，一面与"童话之书"一道步入了"思即回忆"④的漫漫求索童话真义的长途。在此，"冒险"并非仅指童话故事的情节要素，更内含童话哲学的要义："所谓'冒险'（das Wagnis），据海氏解释，其实也是指'存在'。"因此，"童话之书"中充满着各种各样的谦卑又高贵的"存在"："……做事糊里糊涂的糟老头、只有一条腿的锡兵、卖火柴的小女孩，即将退役的老路灯、被称为废物的母亲、懂得文学的烂布片……"⑤；同样"思即回忆"并非仅指追忆视角，还"暗示'思'的'聚集性'"，因此，"童话之书"在被幽禁被放逐被流浪之时反复打量自身，认知自身："我到底是谁？"。等到了《童话之书》的结尾，三种未完成的童话故事可以理解为一种反童话"大团圆"结局的开放性结尾，更是童话哲学世界"对于神秘的虚怀敞开"。由此可见，推动陈诗哥不断重写和续写《童话之书》的内在驱动力与其说是对童话的奇境世界的创造，不如说是对童话的哲学思想的探索。陈诗哥固然关心童话的奇境世界，但更关心童话主人公——"童话之书"即"书国王子"看见了什么、听到了什么。这样，陈诗哥非但不把奇境世界视为童话内容的表现形式，反而将奇境世界和童话哲学这对关系头足倒置：奇境世界是为了演练童话哲学的一种装置，童话哲

① 〔意〕卡尔维诺.论童话.黄丽媛译.南京：译林出版社，2018：67.

② 陈诗哥.卖货郎卖故事·风居住的街道.北京：现代出版社，2020：24.

③ "童话世界"和"寓言世界"这两个概念是《童话之书》的两个核心词，相对于具有本源性的"孩子世界"和非本源性的"成人世界"。

④ 孙周兴.说不可说之神秘.上海：三联书店上海分店，1994：323.

⑤ 陈诗哥.童话之书.北京：中国少年儿童出版社，2014：75.

学才是奇境世界的内核。对此，有儿童文学研究者已经指出："他在《童话之书》中对童话的思考，超越了中国以往文学史上对童话的研究疆域，即创造性的想象和诗性话语的构成，这是对童话存在方式的一种追问。"① 如何从中国儿童文学发展史的角度来评价《童话之书》？我以为不妨留给未来的时间。但即便单从中国童话观念史的角度来看，若认为《童话之书》以"独属于"他自身的童话奇境世界从一般性的中国童话观念中突围出来且进行诗化哲学的童话观念新变，则并不为过。

三、汇入中国儿童文学的思想"本源"

尽管陈诗哥在长篇童话《童话之书》中创造了一个"独属于"他自身的、深具诗化哲学品格的童话奇境世界，但在 2020 年由二十一世纪出版社集团出版的、他的代表性长篇童话《一个迷路时才遇见的国家和一群清醒时做梦的梦想家》中如何继续创造童话的奇境世界，仍是一个难度更高的探索。要知道，一位童话作家若是能够走得远，走得深，走得高，那至少要拥有两件法宝——真诚和深刻。真诚，源自一位童话作家的诚实的心灵；深刻，则源自一位童话作家所汲取的思想的养分。对于前者，读者依据童话的文心自有判断；但对于后者，研究者需要从思想文化层面进行理性探讨。

不必讳言，一时代有一时代的童话，一时代的童话作家有一时代的思想资源。作为 1980 年代出生、2008 年步入中国儿童文学界的童话作家陈诗哥，在思想资源方面首先汲取了外国经典童话的思想养分，其童话世界与外国经典童话具有某种程度上的互文性关系。姑且不说陈诗哥的长篇童话《童话之书》所附录的外国经典儿童文学作品的长长的书单，单说陈诗哥童话的故事特征和童话主人公就很是符合意大利作家卡尔维诺对童话的理解："至于'童话'本身，指的是神奇魔幻的故事，通常以某些不明确国家的国王为主人公。"② 但是，求源固本，陈诗哥童话愈加深度地探寻童话观念新变，就愈加有力地承载了百年前中国现代童话诞生之始的历史使命。因此，陈诗哥的童话在接

---

① 侯颖.陈诗哥《童话之书》："创造性的想象与野心".文艺报,2017-2-15.

② 〔意〕卡尔维诺.论童话.黄丽媛译.南京：译林出版社,2018：24.

受外国经典童话思想养分的同时，又在不知不觉中关注了童话在中国的境遇，在有意无意之间体味了中国人的活法，在历史与现实之中想象了世界人的梦想，进而兜兜转转地汇入中国儿童文学的思想"本源"。这一思想文化的踪迹在长篇童话《一个迷路时才遇见的国家和一群清醒时做梦的梦想家》中有集中体现。

前文已述，陈诗哥的童话创作有其特有的创作方式，形成了其特有的创作现象，即他的长篇童话是对童话初稿的不断重写或对最初短篇童话的不断续写。如果说《童话之书》是对《童话之书》初稿的不断重写，那么《一个迷路时才遇见的国家和一群清醒时做梦的梦想家》则是对《卖货郎卖故事》《青草的国王》《几乎什么都有国王》等短篇童话的不断重组。从这部长篇童话的创作时间跨度来看，这部长篇童话的创作时间长达十多年，近乎等同于陈诗哥迄今为止的全部的童话创作时间。如此长时段地创作一部长篇童话，如果没有童话哲学的"元问题"在暗中推动，作者很难保持如此耐心的创作状态、如此持久的创作过程。事实上，这部长篇童话的"元问题"既是童话哲学的元问题，也是现代人生命哲学的元问题，可以被概括为：现代人为何日渐遗忘"本源"之家？现代童话如何为现代人提供回返"本源"之家的一种可能性路径？而陈诗哥的童话一经对童话哲学的"元问题"与现代人生命哲学的"元问题"同步深思，也便开始汇入中国儿童文学的思想"本源"。

我之所以这么说，是因为百年前鲁迅、周作人在中国儿童文学的诞生之始，就对中国儿童的历史境遇和现实困境进行反思和批判，且选取世界性视角对中国儿童文学的发展走向作了超越性思考，进而确立了"立人"为旨归的启蒙主义儿童观，即确立了中国儿童文学的思想"本源"。进一步说，在现代之初的"五四"新文化时期，鲁迅就提出了"救救孩子……"[1]、"我们现在怎样做父亲"[2]等本源性的中国儿童文学的思想母题，周作人亦提出了"近来才知道儿童在生理、心理上，虽然和大人有点不同，但他仍是完全的个人……"[3]"我们对于教育的希望是把儿童养成一个正当的'人'……"[4]等等作为本源性的中

①鲁迅.狂人日记·鲁迅全集（1）.北京：人民文学出版社，1981：432.

②鲁迅.我们现在怎样做父亲·鲁迅全集（1）.北京：人民文学出版社，1981：129.

③周作人.儿童的文学——一九二〇十月二十六日在北京孔德学校所讲.新青年，1920.12（8）：4.

④周作人.关于儿童的书.晨报副刊，1923-8-17.

国儿童文学的思想论述。鲁迅、周作人所确立的中国儿童文学的思想"本源"皆旨在批判两千多年封建礼教文化塑造的"'奴'之子"形象，以期重塑现代中国儿童的"'人'之子"形象。百年后，鲁迅、周作人所确立的中国儿童文学的思想"本源"对于新世纪的现代人而言，依旧是未竟的工程。而且，新世纪的现代人对童话的误解并不比百年前的现代人的误解更少，新世纪的现代人（包括新世纪儿童）对"本源"之家的遗忘亦不比百年前的现代人（包括现代之初的儿童）的遗忘更少。在此意义上，陈诗哥童话所深思的童话哲学的"元问题"和现代人生命哲学的"元问题"虽已相遇了新世纪的新语境，但较之20世纪，两个"元问题"所面临的误解和困境非但并未消失，反而愈加凸显，也便日渐汇入了鲁迅、周作人所确立的中国现代儿童文学的思想"本源"。

我们不妨从《一个迷路时才遇见的国家和一群清醒时做梦的梦想家》中的故事讲述方式来解读这部长篇童话如何回返中国儿童文学的思想"本源"。虽然这部长篇童话在内容上重组了陈诗哥 2008 年至 2020 年创作的短篇童话，但从故事的整体结构而言，《一个迷路时才遇见的国家和一群清醒时做梦的梦想家》与陈诗哥以往的童话的讲述方式很有些不同：陈诗哥以往的童话，包括《童话之书》，主要通过"单元故事"的方式来探寻什么是童话的"元问题"和现代人生命哲学的"元问题"，以期回应现代人对童话的质疑，并探索自己的童话观；而在这部长篇童话中，陈诗哥选取了"单元观念"——"国家"和"国王"来结构全书，以推进他对童话"元问题"和现代人"元问题"的深思，且实践自己的童话观。"在这些单元观念被率先辨认之前，在每个扮演了重要历史角色的观念所涉及并且具有影响的所有领域都分别得到考察之前，思想史的某一领域或某一作家或作品中的单元观念的表现，通常不会得到尽如人意的理解——有时候甚至全然得不到理解。"① 全书由"国家篇"和"国王篇"这两部分组成。每一部分依旧由一个个短篇童话构成。"国家篇"包括青草国、花人国、土豆国、水瓶里的鱼人国、欢乐谷、风车国。国王篇包括卖货郎卖故事、国王的奔跑、大海在哪里、国王的诗篇、老国王、国王的大战和国王的宝藏。连接各个"国家"和各位"国王"的叙述者是这部长篇童话中的第一人称叙述者"我"，一位始终行走于路上的失乡者或返乡者。非常奇异的是，

---

① 〔美〕阿瑟·O.洛夫乔伊.观念史论文集.吴相译.北京：商务印书馆，2018：9-10.

"我"无论走至哪个"国家"，见到哪个"国王"，"我爷爷"和"'我爷爷'的家乡"即"我"的"故乡"都如影随形。可见，"国家"和"国王"这两个"单位观念"不是政治学、社会学、历史学等意义上的政治概念、社会学概念、历史学概念，甚至不是地理空间的概念，而是童话哲学和生命哲学的概念。"国家"和"国王"是以童话哲学的方式，批判了现代社会的诸多问题，想象了未来人类的理想形态，如借用陈诗哥在其童话中一以贯之的主题，便是：让世界重新开始，让成人重新成为孩子。由此，可以说，"我爷爷"就是"国王"的原型和总称。"'我爷爷'的家乡"就是"国家"的原型和总称。那么，"我爷爷"和"'我爷爷'的家乡"什么样？围绕"我爷爷"和"'我爷爷'的家乡"，这部童话遍布这样的"常人"与"国王"在"'人'国"幸福生活的描写："我爷爷接过故事棒，迫不及待地往里看。他看到了一个小男孩，不过，他并不是一个国王，甚至连当国王的念头都没有，而且他衣衫褴褛，头发凌乱。但是，他一点也不为此感到伤心。他每天看看花花草草，看看小动物，很快乐地生活着。"① "我爷爷的脸却是亮晶晶的，就像一个送光明的童子。凡他所到之处，黑暗就消失了。" "我爷爷在屋顶上徘徊的时候，四下里一片寂静，光影幢幢，这样他就有了一种感觉：他感觉到所有的星星都落在他的头上。"在这部童话中，"我爷爷"颇近似于鲁迅所想象的未来"'人'国"中的子民，也颇近似于周作人所述的"不异常人"②或"原人"，若用陈诗哥的童话语言来表达，即是"0至99岁的孩子"；"'我爷爷'的家乡"简直就是鲁迅所说"此后，幸福的度日、合理的做人"③的"'人'国"，或是周作人所说"有他自己的内外两面的生活"④。解读至此可见，陈诗哥在《一个迷路时才遇见的国家和一群清醒时做梦的梦想家》中，通过"国家"和"国王"这两个"单位观念"的反复深描，既深化了他的诗化哲学的童话观念的内涵，又汇入了中国儿童

---

① 陈诗哥 . 一个迷路时才遇见的国家和一群清醒时做梦的梦想家 . 南昌：二十一世纪出版社集团，2020：139.

② 周作人 . 童话研究·民国儿童文学文论辑评（下）. 太原：希望出版社，2015：536.

③ 鲁迅 . 我们现在怎样做父亲·鲁迅全集（1）. 北京：人民文学出版社，1981：130.

④ 周作人 . 儿童的文学——一九二〇十月二十六日在北京孔德学校所讲 . 新青年，1920.12（8）：4.

文学的思想"本源"。

其实，陈诗哥对中国儿童文学的思想"本源"的汇入并非仅仅体现在《一个迷路时才遇见的国家和一群清醒时做梦的梦想家》中的"国家"和"国王"这两个"单位观念"上。他以往的童话早就在不知不觉中呈现了这种汇入中国儿童文学的思想"本源"的踪迹。例如：陈诗哥在第一本童话集《风居住的街道》中就出现了"浩瀚的星空"①"我常想……""很大很大的心"这些概念，以一位童话作家的艺术直觉暗合于鲁迅对俄国童话作家爱罗先珂即天下真正的童话作家的评价——"他只是梦幻，纯白，而有大心"②。只是这些概念如"银币"一样散落在陈诗哥童话汇入中国儿童文学的思想"本源"的路途上。直至在《一个迷路时才遇见的国家和一群清醒时做梦的梦想家》中，陈诗哥才得以让这些散落的"银币"聚合于两个"单位观念"——"国家"和"国王"中，一并汇入了中国儿童文学的思想"本源"。

总而言之，陈诗哥的童话从历史和现实的主流童话观念中突围出来，探索了一种"独属于"他自身的诗化哲学的童话观念，创造出"独属于"他自身的奇境世界，进而建构了一种童话信念：梦想，只有梦想，才是值得过的生活，否则生活中的一切就缺少意义。由此，在陈诗哥的童话中，不是童话坐落在世界上，而是世界坐落在童话上。只是由于这个世界距离"本源"世界愈来愈远，童话世界无可避免地要遭遇诸多磨难。但即便如此，童话对于未来世界而言，不仅具有想象的功能，更具有重建的功能。正是基于这样一种对童话的虔信，陈诗哥所探索的诗化哲学的童话观念具有不妥协性。然而，在今日世界愈发充满不确定性和有限性之时，童话世界是否是一个例外？此外，"孩子"与"儿童""童话世界"与"寓言世界"的概念区分是否具有通约性？尽管如此，陈诗哥的童话观念无论是在童话创作的意义上，还是在童话哲学的意义上，都给新世纪中国儿童文学界带来一种强劲的冲击力和反思力，同时也给人们留下了有待深思的空间。

（原载《粤港澳大湾区文学评论》2021 年第 3 期）

---

① 陈诗哥.风居住的街道.北京：现代出版社，2020：45.

② 鲁迅.《池边》译者附记·鲁迅全集（10）.北京：人民文学出版社，1981：201.

童话王国的逍遥之游，现实世界的寻根之旅

——评陈诗哥《一个迷路时才遇见的国家和一群清醒时做梦的梦想家》

舒　伟

很久很久以前，古老的童话就通过口耳相传的方式在人类群体当中流传。物换星移，岁月流逝，在漫长的时光里童话就这样以口头讲述的方式存在着，代代流传，直到公元前 1300 年出现了以文字记述的童话。这是记述在羊皮纸上的古埃及故事《命有劫难的王子》(The Doomed Prince)，是研究者迄今为止发现的最早的文字记述童话。故事讲述的是，在一个王子降生之际，爱神哈索尔发出预言：王子命中注定将死于某种动物之侵害（鳄鱼、毒蛇，或者狗）。这里有重要的童话母题，如有关主人公命运的预言；为避免预言中致命的危险，国王下令将小王子深藏起来，与世隔绝，但却无济于事；主人公遭受继母迫害；主人公攀上高塔，解救被禁锢的公主；主人公离家远行，踏上历险和成长的旅程。由于能够满足不同时代人们的精神和艺术需求，童话经历着持续不断的重述和重写。从早期口耳相传的民间童话到当代作家创作的文学童话，卓越的童话叙事具有极其丰富的心理意义，能够唤醒那些"潜藏在不可理喻之领域的力量，"而且极具艺术张力和叙事可能性。正因如此，要写出优秀的童话作品绝非易事，用托尔金的话说，创作好的童话需要一种"精灵般的技艺。"

在国内童话创作领域，陈诗哥的童话书写独树一帜，特色鲜明，成为一道多姿多彩的风景线。多年前，笔者曾在"近五年国内童话创作述评"一文中论及陈诗哥的《童话之书》，认为那是中国作者与世界经典童话的对话，作者通过睿智的中国哲思探索和阐述世界经典童话的意涵，揭示了别开生面的童话精神。此外，《童话之书》还在备注中列举了 29 种影响作者创作的作家作品，其中就有《西游记》和《红楼梦》。事实上，《西游记》与《红楼梦》所展示的奇异幻想性与精湛写实性相结合的鬼斧神工般的叙事代表着中国叙事的卓越能力和永恒的童年精神。《西游记》堪称世界上独步先行的一部童话

奇书。《红楼梦》的神话想象亦是卓绝非凡的，其中的仙女形象如女娲、警幻、神瑛和绛珠至关重要，曹雪芹创造性地让女娲在炼石补天的同时遗留了一块"顽石"，它出身非凡，但却"无材补天"，却又变成一块"通灵宝玉"。作为小说的引子，"女娲补天"和"木石前盟"的神话想象对于成功刻画贾宝玉，讲述他与林黛玉的爱情故事，是非同一般的神来之笔。陈诗哥将这两部奇书的内在本质与"童话"精神联系起来实属难能可贵的洞见。

陈诗哥的童话新作《一个迷路时才遇见的国家和一群清醒时做梦的梦想家》（21世纪出版社集团，2020年10月）无疑在童话创作领域迈出了更大的步伐，从童话精神的呈现到童话叙事的推进都让人耳目一新。这部作品既是秉承童话精神而呈现的童话王国的逍遥之游，也是现实世界的人们在新的时代语境中寻求精神家园的寻根之旅。作品的主体由"国家篇"和"国王篇"这两大部分组成。"国家篇"包括青草国、花人国、土豆国、水瓶里的鱼人国、欢乐谷、风车国。国王篇包括卖货郎卖故事、国王的奔跑、大海在哪里、国王的诗篇、老国王、国王的大战和国王的宝藏。作为第一人称的叙述者，"我"是一位行走天下的旅人，怀着一颗永不满足的好奇心，一颗探索广袤大地和纷繁人间生活之奥秘的童心，屡屡在恍惚的不经意间走进了古史或传说中那些远在天边又近在咫尺的异国他乡，那里奇彩纷呈，异象缤纷，同时又充满现实生活的气息。让主人公流连忘返的奇境探寻揭示了当代语境下构建童话王国的奥秘与真谛。在这一旅程中，人们莫不对主人公的所见所闻、所思所想感到既陌生又熟悉，犹如沉浸在一场似真似幻且富有启示意义的梦幻之境。在陶渊明笔下，那位捕鱼为生的武陵渔人沿着河溪行舟，恍惚间忘路之远近，忽逢桃花林，复前行，欲穷其林，乐在其中。然而渊明先生对于世外桃源的描述过于简练，留下一个乌托邦悬念让人挂念。而当代旅行者只要怀着一颗童心进入童话王国，便可从流飘荡，任意东西，逍遥穿行，满载而归。陈诗哥的童话王国纵横交错，国中有国，景中有景，既有不同的地理环境的呈现，现实风貌，市井生活，社会物态，等等，各不相同，更有不懈的人生旅程的探寻和求索，其中关于获得与失去、忘却与记忆、成长与忧患等诸多人生的拷问，目光从日常生存环境投向头顶的苍茫星空，投向更宏大的远方，投向人生的精神家园。这位旅行者是在蜘蛛国里不经意间碰到了鱼人国的大头鱼国君，从而通过大头鱼国君进入了装在水瓶里的鱼人国。由于居住的环境恶化，大头鱼国君将整个鱼人国包括大湖和鱼人们装进一个由历代君王传下来的水瓶里，跑到世界各地去寻找适合鱼人族生存的地方，他去过千马国、辣椒国、番茄国、大不列颠国、大耳朵国、小脚印国、爪哇国、葫芦国……，但都无功而返，最后大头鱼国君在大树国的欢喜湖里找到了新的家园。

这样的童话逍遥之游在深层结构上对应着传统童话的历险进程和归程。少年主人公受到内心的召唤，进入了幻想活动的天地，或上天入地，屠龙斗怪；或浪迹天涯，踏破铁鞋；或逃入林海，寻找家外之家的庇护；或走遍天下，救回心爱之人；或遭遇险阻，靠计谋化险为夷；或奇境漫游，探索怪异世界的出路……，但不管走多远，故事的进程不会迷失，主人公不管出于何种缘由而踏上远行之路，他在奇异的幻想世界经过一番历险之后，最终带着自信返回现实世界。尽管这还是那个出发前的没有魔力的平凡世界，但少年主人公已经脱胎换骨。重要的是，他已经拥有精神力量，敢于迎接生活中充满疑难性质的挑战，更好地把握生活。事实上，童话幻想具有独特的现实主义诗学，主要涉指两个方面，一是与物质世界的关系，与现实世界的对应关系，无论走多远，都要返回现实生活，返回故乡，远行的最终目的是争取更美好的现实生活的实现。另一个方面是幻想叙事与精神世界的关系，体现在童话揭示人类生活的本质与真相，揭示人类精神世界的奥秘等方面。童话王国中幻想与现实的关系就是天梯与大地的关系，脚踩大地，总要遥望天空，心怀理想，正如德国浪漫主义童话作家霍夫曼所言：如果人们想借助通天梯爬上更高的境界，梯子的底脚一定要牢牢固定在生活之中，以便每个人都可以顺着梯子爬上去。(《谢拉皮翁兄弟》)

旅行者探访的第一个国家是"看不见的国家"，其开端与许多传统童话的开端一样非常现实。为了筹集远游的旅费，作为叙述者的主人公推着一车陶罐到小镇集市去售卖（他的爸爸以及他的外公都是制陶艺人）。路上他突然被一阵"唧唧—唧唧唧唧唧唧"的鸟鸣声所吸引，不由得驻足静听，一阵恍惚后，再定睛一看，发现自己置身于一条陌生的街道上。虽然是陌生之地，陌生之人，但此中居民与外人别无他异，或者说悉如外人。他不仅以公平合理的价钱卖掉了自己的陶罐，而且还参加了"挑战地心引力"跳高台竞赛游戏，不可思议地跳上了百米高台，受到国王的召见。一阵恍惚间，这奇妙而真实的梦境消失了，定睛一看，已经回到原先那条通往集市的道路上。在"看不见的国家"所经历的一切完全不能用"眼见为实"这样的理性评价标准。童话叙事往往以自然随意的方式讲述最异乎寻常的事件、遭遇，消除物理现实的界限和逻辑联系，由此为生活赋予童话世界特有的心理真实。

童话故事的幻想情节超越了现实世界的理性逻辑，但它的超越是为了返回现实生活，并且把日常生活的特征编织进去。童话故事的非现实本质表明，童话关注的不是有关外部世界的有用信息，而是发生在个人内心的情感和成长历程。在童话小说《柳林风声》第9章，在那个大迁徙季节，河鼠听了准备南飞的燕子们的一番述说之后，内心萌发了从未有过的强烈渴求，对于他所能看到的地平线以外的世界有了向往。"今天，你没有看见的才是至关重要的一切，你所未知的才是生活中唯一的真实。"童话故事就这样引导儿童去发现他自己的内心呼唤，暗示他需要通过什么样的经历去进一步发展个性，走向成长。这也是批判现实主义作家狄更斯所感受的，童话故事的形象化描述能够更好地帮助儿童完成最艰巨，但又是最重要和最令人满意的任务：争取获得更成熟的意识以化解和澄清他们混乱的无意识压力。

在进行童话王国的逍遥之游前，作者通过"悄悄话"告诉小读者，如何学习各国语言，掌握进入各个国家的通行证。除了学习外语，更重要的是学习大自然生成的语言，比如孔雀语、蜘蛛语、青蛙语、老鼠的语言、狮子的语言、蛇的语言、青草的语言、树木的语言、风的语言、石头的语言，等等，这样才能进入青草国、蜘蛛国、青蛙国、老鼠国、石头国这样的国度，领略美妙难言的风景。换言之，进入童话王国的语言就是心灵的语言。在传统童话中，纯真善良的小人物总能够与大自然（包括动植物）建立心灵感应般的默契联系，尤其以能够听懂鸟语兽言为象征。此外，童话的起源与原始的整体思维密切相关，包括万物有灵，万物皆是有生命的活物，应当善待，等，由此贯穿了一种真理般的质朴与善意，直指童心童稚的本质诉求。正如诗人席勒所说，"智者看不见的东西，却瞒不过童稚天真的心灵。"童话的内核就是童稚天真的生命体验，直指人类最深刻、最根本和最隐秘的精神实质，更接近自然，更接近人类生命的本源。

国家与国王是陈诗哥这部作品中的两个关键词，它们也是历久弥新的童话叙事的关键词。在童话中，主人公经过历险，最终获得理想的王国，成为国王或王后，这就是幼小的心灵走向自立和成熟的象征。这也是童话的奇妙之处，它标志着少年从生活困境中被人支配的弱者成长为精神上的强者，能够明智地生活和行动的强者。少年儿童可以在童话思维的引导下，自由地想象和构建这个王国，从而建立强大自信的内心王国，坦然接受生活中可能出现的或想象中的艰难困苦。如果儿童能够理解童话王国的启示，他就是那个找到内心的真正归属，成为把握自己心灵领地的"国王"。童话王国的这些因素和最终的许诺默契地呼应了儿童心中的愿望和欲求，对于丰富儿童的想象生活具有无与伦比的作用。

在漫长岁月的流传中，经典童话沉淀了人类历经千百年积累、感悟的人生经验和智慧，蕴含着许多有关人类内心问题的基本信息，而且通过童话叙事的进程巧妙地传递出来。陈诗哥的这部童话以现实为依托，因幻想而多彩。一方面，作为旅行者的主人公出生在一个陶罐匠之家，他的爸爸以前跟着外公学习制作陶罐，主人公从小也跟着爸爸学艺，以便继承这份陶罐事业，这是现实生存的状态。另一方面，童话王国的漫游将他带到诗意的远方，去寻找精神家园。这亦真亦幻，幻而愈真的童话逍遥之游呈现了奇妙的，异乎寻常的国度和遭遇，消解了日常的理性逻辑，从空间的移位、时空的转换、时间的交叠到进入万物有灵，物我相融的童话奇境。当然，童话幻想对于公认的常识性现实的背离，以及童话叙事的非逻辑性绝非意味着童话作家可以天马行空，随心所欲地讲述故事，编排情节。我们不能以"在童话世界里，什么都是可能的"作为童话创作的出发点，童话世界是一个留驻心灵愿望的神奇国度，在这个国度里发生的事情无论多么奇异，多么缺乏现实逻辑性，但都具有心理的真实性。卓越的童话一定要有好的故事，当代童话叙事中出现的"为什么如此这般"的深层原因，仍然是人类的心理需求和内心矛盾冲突的内化和整合。只要人物的行为具有真实的心理动因，故事的进程具有内在的逻辑性或心理的真实性，情节发展与故事中的其他因素之间趋于连贯、统一，读者就会心悦诚服地进入这个奇境。当然，对于"现实的内在一致性"的把握源自作家对现实生活的观察、思考和提炼。

"当时只记入山深，青溪几曲到云林。"陈诗哥的童话王国的逍遥之游在本质上是现实世界的人们在 21 世纪寻求精神家园的寻根之旅。这样的童话在特定意义上也是一种生命教育，对于当代的少年儿童尤其重要。事实上，让幼年孩子过早懂事并非好事，这样往往是以压制童年的幻想为代价的，容易使他们在成长过程中对现实生活感到失望。童话的逍遥之游能够在孩子的内心滋养美好的幻想。而童话中对精神家园的追寻就是构建完整、健全的精神人格；这里的家园意识既是空间和时间层面的家园，更是重返童年的精神家园，这一重返是为了在更高的层面超越童年，是走向自立与成熟的成长旅程。

陈诗哥：做一个清醒时做梦的梦想家（访谈）

樊金凤　陈诗哥

"适度的理性" 与 "丰富的痛苦"

樊金凤：您将牛粪比喻成"黑色的月亮"，这个比喻让我们对牛粪有了新的理解，这是对牛粪的重新命名。您一直强调《童话之书》是对童话的重新解释和重新命名。童话世界通过这本书，您想要传达一种什么不同的观念？

陈诗哥：事实上，我的很多作品，都是对万事万物的重新解释和重新命名。如《风居住的街道》试图重写"风"这一词条；我的"国王"系列，如《国王的奔跑》《国王的宝藏》《大海在哪里》《几乎什么都有国王》等，则试图重新解释国王的含义；在我的新作《我想养一只鸭子》，鸭子像造物主一样创造了这个世界；在《如果世界重新开始》里，我索性让世界重新开始，重新安排世界的秩序。我其他一些题材的作品，其实也隐含了这样的意图。可以这样说，在我对童话的理解中，有一个观念是核心的：童话是对世界的重新解释和重新命名。

世界为什么需要重新命名？因为世界已经过于老迈。千百年来，经过历史和文化的沾染，世界变得太复杂了，任何一个简单举动，都会引起很多误解；世间万物也蒙上厚厚的隐喻的尘埃，失去了本来面目，以至于戈达尔说："我们发明了许多钥匙，可是锁在哪呢？"世界如何才能重新焕发生机？当政客和哲学家无能为力的时候，我想，我们需要孩子的单纯、热情以及重新命名世间万物的智慧和勇气。我想起米切尔·恩德的《永远讲不完的故事》：幻想王国正在毁灭，因为我们把幻想视为谎言，天真女皇生命垂危，只有一

○ ○ ○　413

个人间的小孩为她起一个新的名字，她和幻想王国方能得救。我觉得这个桥段好极了：解甲归田，唯有回到单纯的源头，才能因应繁复的事项，四两拨千斤。

而这一次，我则通过《童话之书》回到源头，重新审视"童话"这个词语：童话到底是什么？我把童话放在文学、人类学、社会学、哲学、宗教学等范畴里去思考，不停地跟它们纠缠、对话，以便看见童话到底是什么。

一言以蔽之，童话不仅是一种文体，它在本体上有更广泛、更深刻的意思。我认为它可以让世界重新焕发出生机。

樊金凤：童话与现实似乎是两个矛盾、对立的世界，您在书中努力营造一个美好纯净的童话世界，可是您又时而提醒小读者，我们身处在充满怀疑、欺骗、暴力的现实世界中。您希望读者如何处理童话世界与现实世界的关系？

陈诗哥：我认为我们曾有过一个童话世界，但我们现在身处的是寓言世界。我在拙著《童话之书》里讲述过一个"从童话世界到寓言世界"的小故事：

在世界刚刚创造出来的时候，是有一个短暂的童话世界的。

那时候，唱歌和说话没有区别，跳舞和走路也没有区别，如果人们想半夜起来玩一会玩具，他是半点也不会犹豫的。如果他考试考臭了，可能会有一点不好意思，但很快他就会恢复信心，他相信：只要继续努力，下次肯定会考好的。

那时候，人也并不完美，完美的是他们总是相信明天会更好。因此，他们过着幸福的生活。

不知过了多久，有这么一天，也不知怎么回事，有一样东西掉在人们中间，引起了注意：它圆圆的，有四条结实的短腿，但嘴里发出老鼠的吱吱声，它会偷偷溜进人们的心里，兴风作浪。它的名字叫作"怀疑"。

有一天，甲看见乙从窗外经过时往屋子里看了一眼，便想：这小子是不是想入屋打劫？而丙看见丁的手上有一只大苹果，心想：这只苹果如果给我吃会不会更好呢？于是，也不问一声，丙就动手去抢丁手上的苹果，放进自己的嘴里。丁疑惑不解，感到了委屈，泪水直在眼眶里打转，一股屈辱之情顿时从心底升起，他决定报复，他跑到丙的家里，把他的梨子、橘子和鸡蛋全搬回自己的家里。

于是，两个人扭打起来。两个人的战争爆发了。

很快，丙和丁的亲戚戊、己、庚、辛、壬、癸等人也加进来；然后，东街和西街的人也加进来；最后，整个世界也加进来了。人们相互掠夺，相互残杀，变得贪婪、血腥、残暴，啼哭声此起彼伏。

故事开始变得惨烈。

人们给这个世界起了一个新的名字，叫"寓言世界"，因为这个世界寄托了他们种种的忧愁、哀思、悔恨和骄傲，同时也表达人们的某种希望：寻找故事的寓意，确定生存的依据，从而获得幸福。

这个寓言世界，充满了怀疑、欺骗、暴力和苦难，而且有很多暴力和苦难是以爱、正义的名义进行的。如果我们稍有不慎，便会麻烦缠身，因此我呼唤"适度的理性"。如果信仰缺乏理性，是很可怕的。但又无需太多，适度即可，理性太多的话，味同嚼蜡。

我希望我们能做一个清醒时做梦的梦想家。

樊金凤：许多儿童文学作家表示，儿童文学不要遮蔽世界的复杂性。曹文轩说，我总是弹一些忧伤的曲子，是因为我觉得"少年时，就有一种对痛苦的风度，长大时才可能是一个强者。"您怎么看这个问题？

陈诗哥：谁忽视世界的复杂性，他便是自欺欺人。但我们也不能以为，这种复杂性有多么的可怕，会淹没一切。我觉得儿童文学有处理复杂世界的能力。

我非常喜欢巴西作家若泽·毛罗·德瓦斯康塞洛斯的一本书《我亲爱的甜橙树》，这本书写得很朴实，没有把苦难美化，这本书讲述小男孩泽泽生在一个巴西贫民家庭，生活穷困潦倒，时常挨揍受罚，还有各种各样令人难过的误解和失望，作品毫不回避这一艰难现实对泽泽造成的痛苦；作家在处理泽泽如何应对苦难现实时，也处理得很有想象力，所谓想象力，不在于小主人公泽泽充满了奇思妙想，而在于泽泽用想象力来处理现实中苦难问题：再苦的生活也吞没不了孩子的想象力，窘困中的泽泽总能发现属于他自己的快乐，他拥有一棵可以和他对话、游戏的甜橙树，拥有一个随时能够变成动物园或野性亚马逊丛林的后院，而这一切都是他用想象力来创造的。如此一来，泽泽沉重的生活就变得很洒脱了。两者的结合赋予作品的叙事以一种奇妙的韵味：沉重之轻，轻之沉重，既引人落泪，又令人微笑。

这让我想起穆旦先生的一句诗："丰富的痛苦。"用"丰富"来形容"痛苦"，用"丰富的痛苦"来点评《我亲爱的甜橙树》，我认为是很准确的。

张开童话的眼睛，看见不一样的世界

樊金凤： 您的书中有许多奇思妙想，例如房子会在晚上跳舞，青草侠会轻功，小蜗牛会写作等听起来匪夷所思却又妙趣横生的事情。生活中，您是一个脑洞极大的人吗？看到自然界中的万物，会不自觉地产生各种奇思妙想吗？

陈诗哥： 在生活中，我是一个很安静的人，很少跟别人来往，连所住的出租屋，也叫安静居，而到了写作上，或者给孩子瞎编故事的时候，各种奇思妙想会扑面而来。我喜欢给身边常见的事物编故事，这让我感到亲切和自由，例如一扇门，一根草，一棵青菜，一个窗口，一所房子，一句话，一个枕头，一阵风，一个屁股……

我想恢复事物本来的光芒和趣味。譬如一扇大大的窗口，如果老待在南边的墙上，我会觉得有些无趣，于是我会运用想象力，帮它搬到北边的墙、西边的墙，看看不同的风景，甚至搬到天花板上，成为一扇天窗，看着星光掉下来，仿佛一场盛宴。但这扇窗不喜欢到东边的墙上去，因为它担心那边有鬼……

樊金凤： 您的童话，应该有一个特殊的名字，叫哲理童话。因为童话中包含太多哲理性的语句。例如，"如果世界是个荒漠，那么图书馆就是荒漠中的绿洲""唯有透过心灵，才能看清楚这个世界"等。这些富含哲理的句子无疑增加了童话的阅读难度，您是否担心小读者读不懂？

陈诗哥： 我不喜欢"哲理童话""诗意童话"等称谓。童话就是童话。好的童话，自然是富有诗意的，富有哲思的，甚至是富有神性的。至于作品中的哲理孩子能否读懂，我想只要有足够的铺垫，孩子是可以读懂的。

关于"读懂"，我觉得也很有意思。什么叫读懂？孩子读一个作品，感知到很多东西，但没有办法用言语表达出来，这算不算懂？还有现在不是很懂，但过两年回想起这个作品时，他恍然大悟，这算不算懂？在我看来，《小王子》就是这样无法言说、越读越有味的作品。

文学，其实是在孩子心里播下一颗种子，这颗种子会慢慢孕育、发芽，终有一天，它会破土而出的。

樊金凤： 一般来说，孩子喜欢奇思妙想的东西，成人喜欢具哲理意味的内容，童趣和哲理似乎很难平衡，您是如何平衡的？

陈诗哥：柏拉图认为，世界上有两张桌子：一张是我们在日常生活中遇到的桌子，可看见，可触摸，千奇百态，各式各样，美中不足的是，这张桌子会磨损，会毁坏，可能会缺一个角，或者歪一条腿，因此它不是完美的；所以，柏拉图认为还有第二张桌子——一张理念中的桌子，这张桌子是独一无二的，它不高不矮不大不小，一切都恰到好处，它不会磨损，它是完美无缺的，我们日常生活中各种各样的桌子都是对它的模仿，遗憾的是，我们无法看见它，无法坐在它旁边写字，它只存在于理念之中。

我认为还有第三张桌子。这张桌子也很具体，在日常生活中随处可见，它会磨损，但我们喜欢它，可以体察到它的欢乐与忧伤，它也是有生命的，有尊严的，有灵性的。这样的桌子是由什么做成呢？我举一个例子：

需要什么
文 / 罗大里

做一张桌子，

需要木头；

要有木头，

需要大树；

要有大树，

需要种子；

要有种子，

需要果实；

要有果实，

需要花朵；

做一张桌子，

需要花一朵。

请看，这样的一张桌子，原来是由一朵花做成的。我曾在河南郑州上过一个公开课，我跟孩子们说，其实你们的屁股是很幸福的，因为你们的屁股现在就是坐在一朵朵花的上面。然而，有一位孩子跟我说：诗哥，我们的椅子是铁椅子。当时我愣住了，但两秒后我反应过来了，我说："你们知道有一种树叫'铁树'吗？那么铁树开的花做成的椅子，不就是铁椅子吗？同样，我们也有塑胶的椅子，那我们也有橡胶树，那么橡胶树开的花做成的椅子，就是塑胶椅子。"我想说的是，其实我们生活在一个花朵的世界里，关键是我们能否看见。

这第三张桌子，由一朵花做成的桌子，我想大概需要张开童话的眼睛，才能看见吧。

童话是一种想把大海装进杯子里的艺术

樊金凤：《童话之书》中，通过"童话之书"自述一生，讲述了许多世界著名童话作家的故事（如安徒生、圣—埃克苏佩里、舒比格等），并巧妙地将经典作品中的内容嫁接过来（中国的四大名著、列国志等）。可以看出，您饱读诗书，并能很好地将您的学识和阅读视野融于童话写作中，这大大增加了童话的内涵和厚度。您的童话是对浅显易懂童话的丰富和补充，这是否与您的童话观有关？能跟我们分享一下吗？

陈诗哥：按一般界定，童话是给儿童（尤其是低幼儿童）看的，由此决定童话的文字是浅显的，篇幅是短小的。在这一设定下，诞生了很多名篇，如新美南吉的许多作品，譬如《去年的树》，当中饱含深意，我也非常喜欢。

这些作品可以让我们下一个结论：童话之所以为童话，是因为它有一种伟大的单纯。所谓极清浅，极深刻，这便是童话里的智慧。

如果同意这点的话，或许我们还应该再往前走一步，问一下：这种单纯，指的是一种精神，还是一种形式？这个问题并不是多余的。例如恩德的《永远讲不完的故事》，其想象之丰富，情节之曲折，篇幅之长，都远超我们上述对童话的预期。在本质上，我想《永远讲不完的故事》和《去年的树》是一样的，只是形式有所不同，前者通过一个繁复的故事保护一种单纯的精神，而后者则是单纯精神的直接展现。

而作为一种精神的童话，我想是可以发展出一套多层次、多形式的童话美学。也就是说，在童话精神的照耀下，我们可以有《去年的树》《永远讲不完的故事》《老头子做事总不会错》等这些形式不同风格多样的童话，而这些童话，不仅仅是给儿童看的。

童话可以容纳很多领域、很多层面的东西。我刚说过，童话不仅是一种文体，它是一种本源性的精神，甚至是世界的本来面目。我希望可以打通童话和其他领域之间的界限。

在某种程度上说，我认为，童话就是一种想把大海装进杯子里的艺术。

樊金凤：《童话之书》中还有意将如"上山下乡""文革"等大时代的重要历史事件连缀其中，通过童话状写时代面貌，很是新颖、大胆，您是如何考虑的？

陈诗哥："上山下乡""文革"只是《童话之书》里的一个背景，而非主题，我还没有直接处理"文革"题材的能力。"上山下乡"和"文革"等事件，正是我上面提到的寓言世界的典型代表，在某种程度上，它们带有"黑童话"的色彩，犹如一面镜子，可以帮我们照出童话的样子。

譬如，《童话之书》里有一个人物李红旗，从小读了很多童话，并相信自己会成为一个王子。因此，他以王子的脑袋思考，以王子的举止做事，以王子的口吻说话。但命运没有让他成为一个王子，在历史的漩涡中，他和当时的很多年轻学生一样，不得不离开家庭告别城市，来到乡村劳动，成为一名山区代课教师，并遭受了一系列非童话事件，他为此感到不解，并怨天尤人。他把怒气撒在"童话之书"身上，认为世界根本没有童话。后来，他把"童话之书"留在臭气冲天的公厕里，从此斩断与童话的联系，不知所踪。随后几十年里，"童话之书"一直在寻找李红旗，想和他聊一聊。它觉得李红旗心里始终有个孩子，但一直被误解，被压抑，它想把那孩子唤醒。

在《童话之书》全国漂流的活动中，我特意设置了一个环节："一本童话书的寻人启事——《童话之书》寻找李红旗"。我想寻找那些怀疑童话、不相信童话的人，我想跟他们聊一聊。但这个活动响应者寥寥无几。不过想想也是，谁会愿意自己被称为李红旗呢？但如果换个角度想，正因为没有人愿意是李红旗，其实说明每个人在心底都是相信童话的，只是有时候，世界暂时地改变了"我"和"你"。

借助童话和诗歌，唤醒人们的诗性和神性

樊金凤：《童话之书》里有一句话："诗歌，他们有泪汪汪的双眼，泪水的后面却是孩子般的微笑"，您的名字叫"诗哥"，据说您也喜欢写诗，诗歌对您的创作（尤其是童话的创作）有何影响？

陈诗哥：我是通过诗歌进入童话的，基本没有障碍。诗歌给我带来很多好处，譬如诗意、简洁，在写作中我不太能忍受废话，这与我长期的诗歌训练有关，诗歌就是要以少少胜多多，我觉得童话也是如此；又如诗歌在营造意象的方面，一方面要讲"奇"，另一方面要讲"通"，而不能无厘头地、天马行空地乱想，这一方面，我也觉得和童话吻合。

关于诗歌，我以前曾打过一个比喻，我说写诗就像金庸小说《倚天屠龙记》里张无忌学太极，他学之前要把所有学过的武功招式都忘掉，忘掉的是形式，留下的是精神，如此才能无招胜有招。

还有关于诗性思维。这是《儿童文学》主编冯臻在一篇评论我的文章里提出的，他把我的童话和意大利哲人维柯提出的"诗性智慧"联系在一起。维柯把人类原初状态时所具有的思维方式都称为"诗性智慧"，这样的一种智慧，我倒是挺想追求的。

樊金凤：您曾做过一个比喻，"诗歌与童话，对我来说，就像天使的两只翅膀，一个带着忧伤，一个带着快乐。凭借这两只翅膀，我就可以飞翔了。"相比较其他文体，诗歌与童话都偏向感知，它是自由的、虚幻的，可以凭借自己的感觉去虚构、去创造。您是想通过童话和诗歌构建自己的理想王国吗？

陈诗哥：其实，诗歌和童话都不只是一种文体，它们是两种古老的本源性的精神。在伊甸园时代，人们天真无邪，口中所说的皆是童话，所唱的皆是赞美诗。人类离弃伊甸园之后，童话也就变成了寓言，人们渴望在故事中寻找寓意，从而获得生存的依据，而诗歌也就变成了忧伤的流浪之歌，诗人在流浪中寻找一条回家的路。

关于诗歌本体论的论述，我们随处可见，譬如狄尔泰、谢林、尼采、海涅等哲人都有深邃的思考，当中最典型的要数海德格尔关于荷尔德林、里尔克、特拉克儿等诗人的阐释。而在童话，这方面的论述比较少见。

我希望借助童话和诗歌，在这个纷扰芜杂的世界，帮助人们将诗性和神性重新寻找回来，让人的内心回归宁静、平和，以赤子之心来看待自我和世界，在大地上诗意地栖居。我想，这就是诗歌，这就是童话。

樊金凤：您说过，"我写童话，并非模仿孩子，而是重新成为一个孩子。"而现在的很多作家写儿童，大都是模仿孩子的口吻进行写作。重新成为一个孩子与模仿孩子，您怎么看待这两种写作？

陈诗哥：模仿儿童的口吻写作，就算模仿得再像，始终隔了一层，甚至会觉得尖着嗓子说话有些造作。

我的主张是重新成为一个孩子。但我区分了孩子与儿童两个概念。儿童是一个生理概念，人不能重新成为一个儿童，因为人不能返老还童。人却可以重新成为一个孩子。在这里，孩子指的是：最初的人，也就是有一颗温柔、谦卑的心，不嫉妒、不自夸、不张狂、不做害羞的事，不喜欢不义。他对事物有着直接的喜爱，而非仅仅拥有一个概念。他可能是一个弱者，不会对别人造成攻击。他可能90岁，也可能只有8岁。这些孩子或许并不完美，他们不一定高大、英俊、美丽、勇敢、聪明，相反可能矮小、丑陋、愚昧、懦弱，但是他们温顺，谦卑，相互信任，相互关心，懂得宽恕。在童话里，宽恕比正义更重要。

这样的一个孩子，如果再有一些趣味，那么，他说出的话，我们都可以称之为童话。童话不是一定需要完整的故事。在这点上，童话和诗歌也是一致的。

写童话，实际也是在寻找信仰

樊金凤：儿童文学作家梅子涵说："写给儿童的文学，叙事方式不止有一种，思想和情感也不是必须浅白。"《童话之书》通过主人公"童话之书"讲述与它相关的人和物的故事。以往多是作家写"书"、读者读"书"，人看书中百态，您反其道而为之，由"书"来讲述它看到的作家和读者的故事，叙事方式发生了180度的转变，为何有这种创作灵感？

陈诗哥：这并不难。你看见我，我也看见你；我们讲书的故事，书也讲我们的故事。仅此而已。

我倒想说说2015年《童话之书》全国漂流的活动。2015年，三十多本《童话之书》在全国将近六十个城市来回穿梭，持续一年，因此遇到了很多读者。这个活动，正好与《童话之书》的内容契合。在书中，"童话之书"一直行走在路上，遇见各种各样的人，发生过许许多多的故事，被人珍惜，也被人遗弃。而在这个活动中，《童话之书》作为传递棒，在不同的读者手中传递，让素不相识的爱书人因为一本童话书结缘，让那些读着同一本书的人彼此关注，彼此鼓励：即使在困境中，也依然相信童话是真实的。所以，我们把这个活动当作一次关于童话的行为艺术来做了。

这样一来，其实有三本《童话之书》：首先，这本书的主角就是一本《童话之书》，他既是一本具体的书，可以说是人类童话的一个总和；其次，《童话之书》自述一生，去了很多地方，认识很多人，发生很多故事，这本身又形成了一部童话，为第二本《童话之书》；第三，在这个传递活动中，《童话之书》也去了很多地方，遇见很多人，发生了很多故事，形成了第三本《童话之书》。更有趣的是，有些读者还对它进行续写，为它增加了很多的可能性。

樊金凤：一般的作品，写作者常常是藏在作品后面的。您的故事中有一个好玩的现象，故事的人或物常常跳出来跟写作者说话，例如《汤汤的病》。这有点像叙事学中以对话为基础的"复调小说"，这种创作方式对您童话创作有何帮助？

陈诗哥：其实不只是故事的人或物常常跳出来说话，就连故事本身，也是可以常常跳出来说话的，譬如《童话之书》第一章"一个故事是怎样诞生的"，前两节是安徒生《丑小鸭》里的丑小鸭和圣－埃克苏佩里《小王子》里的小狐狸自述，而第三节"一个故事的故事"，则是一个故事跳出来戏弄作者舒比格先生，而这本身又构成另一个故事。

这种互文写作，大概也算不上什么特别的事。我只是正好有这方面的思维能力而已。

樊金凤：您的童话有着自己的叙事方式和叙事体系，作品中似乎包含着某种追求（或者说是诉求），能跟我们谈谈吗？

陈诗哥：在《童话之书》全国漂流活动中，我收到很多点评，其中对我触动最大的是儿童文学作家李东华老师的一句话，她说："陈诗哥看上去在写童话，实际上在寻找一种信仰。"当时看到，眼泪都掉下来了。有些人会经常把信仰挂在嘴边，仿佛信仰是可以用来炫耀的，仿佛有了信仰便真理在握。实际上，信仰是一件特别艰难的事。譬如说在生活中，我们真的能做到真善美、信望爱吗？太难太难了。因此我说，在童话里，宽恕比正义更重要：宽恕别人，宽恕自己。

我的思想有两大资源：《圣经》和禅宗。《圣经》带给我两个认识：1. 在"创世记"里，上帝看这世界是好的，于是就创造了这世界。我由此知道世界的本质和语言的本质：它们是好的。而上帝是用语言创造世界的。2.《圣经》把孩子放在最高的位置，耶稣说："让孩子到我这里来，不要阻挡他们，因为在天国里，他们是最大的。"又说："你们若不重新成为一个孩子，断乎不能进入天国。"我认为童话与孩子是同一个词语。

而禅宗给我带来两大好处：1. 帮我破除《圣经》的条条框框，不拘一格，这点跟诗歌很相似，譬如禅诗。2. "郁郁黄花，无非般若；翠翠青竹，尽是法身。"让我明白万事万物都包含着真理，哪怕在屎尿里，也可以看见上帝，也可以看见童话。

我觉得，我的一些作品，包含了上述思想。而在文体上，我试图打通童话、诗歌和散文的界限，在精神内核上，试图打通童话和哲学、人类学、信仰等之间的隔阂，从而抵达一种相对自如的境界，这是我所渴望的。最近两年，我努力阅读小说，希望可以从小说那里学习到一些东西。

可以这样说，写童话是我寻找信仰的方式。

刘 洋 卷

刘洋，科幻作家，凝聚态物理学博士，中国作家协会会员，南方科技大学科学与人类想象力研究中心副主任。在《科幻世界》、Clarksworld、Pathlight等国内外期刊发表科幻作品百余万字。曾获得华语科幻星云奖、中国科幻引力奖、黄金时代奖、光年奖、中国科幻电影原石奖等奖项。出版有短篇小说集《完美末日》《蜂巢》《流光之翼》，长篇小说《火星孤儿》《井中之城》等，多部作品正改编为电影或电视剧。在南科大开设"科幻创作""科幻作品中的世界建构"等课程，从事数字人文、创意写作、凝聚态物理等方面的研究工作。同时，作为首席世界架构师，参与多款科幻电影和游戏的制作。

科 幻
——来自科学革命的礼物

苏 湛

一、幻想是熟悉又陌生的艺术

对人类而言，科幻有什么必要存在？进而，文学本身有什么必要存在？

这样问不是出于浅薄的功利主义教条，而是因为一百多年来演化生物学的进展越来越清晰地指向这样一个事实：大自然不会将宝贵的能量浪费在一项不能带来生存竞争优势的技能上。我辈人类既然演化出文学这种能力，则文学必有其生存竞争上的意义。

亚里士多德在《诗学》中说，一切艺术，包括所有的文学，都是模仿，且善于模仿正是人区别于动物的标识之一。儿童通过模仿获得最初的知识；人类还能从模仿中获得快感——不过"倘若观赏者从未见过作品的原型，他就不会从作为模仿品的形象中获取快感"。这刚好道出了文学存在的意义。之所以会有文学，是因为我们这个物种就是靠这种方式来传递知识、来学习怎么生存的。之所以观看者必须熟悉被模仿的原型才能带来快感，是因为观看者需要以此为坐标来定位模仿内容与自己之间的关系，以认识其对自己的意义。

既然文学的本质是模仿，那么又为什么需要幻想文学？这也可以从学习的视角来理解。幻想就是通过想象去模仿一个尚未经历过的可能情境。通过这种模仿或者说预演，显然有助于增加未来真正遇到这种情境时的幸存概率。事实上高等动物（包括但不限于人类）的大脑会自发进行这样的预演——这就是"做梦"，近年来神经生物学和认知科学的研究已越来越多地提示我们从这一角度去理解"梦"的进化根源。而幻想文学就是清醒时编造的梦。梦中的情境往往比现实中更典型、更极端、更危险，能够带来更强烈的情感体验——从学习效率考虑，这是一个很自然的进化结果。而这也正是文学，特别是幻想文学唤起读者兴奋感的秘诀。优秀的文学作品皆以能够唤起最强烈的情感体验而著称。

幻想文学产生吸引力的另一个基础来自人类个体进入陌生环境时戒备危险的本能，这种本能会让人在面对陌生环境时神经更加兴奋、注意力更加集中。幻想文学就是不断提供陌生环境，让读者的神经保持紧绷。这也是为什么包括科幻文学在内的幻想文学总是在年轻人中有更大市场的原因。因为年轻人就是处在生命周期内的这样一个阶段，他们将会，也需要，不断地接触新环境以积累经验。

这就造成了所有幻想文学都不得不面对的一对紧张关系：首先它必须是陌生的，因为越陌生、越新奇，就越能激发兴奋感；但同时它又必须让人感到熟悉，因为如果完全失去了熟悉感，使读者无法感受到作品内容与自己之间有任何联系，他们也就无法获得欣赏模仿的快感。当然，在此基础上，好的文学还必须能够给人以尽可能强烈的感情体验。这种体验越强烈，作品就越有魅力。

由此反观传统的幻想文学或曰浪漫主义文学，其实是非常贫乏的。它们所能模仿的无非是自然界中的风雨雷电、毒蛇猛兽，或人类自身，这些直观可见的事物。最经常的是让一个顶着野兽脑袋的人类或长着人类身体的野兽去做人类的事情，或想象能够操纵风雨雷电等自然力的人形生物——直到科学革命。

二、科学革命的礼物

可以说科幻文学是科学革命带给浪漫主义文学的礼物。科学革命中所取得的科学进步，尤其是这些知识和新的科学方法的广泛传播，极大地丰富了浪漫主义文学。

第一，科学扩展了人类能够认识到的极端情境的边际。从最大到最小，从高维到低维，从极限高温到绝对零度。在现代科学提出相关学说以前，这些极限情境都是人类想象不出来的。即使去想了，也无法真正理解置身于这些情境下意味着什么。

第二，科学知识的增长和传播极大扩展了模仿的素材。一方面随着对自然认识的加深，我们能够模仿出自然的越来越多的细节和精巧结构；另一方面，越来越多、越来越精巧的人造之物开辟了一个比自然世界广阔得多的素材库。对伽伐尼实验的模仿造就了《弗兰肯斯坦》；对蒸汽时代的模仿造就了"蒸汽朋克"；对当代中国基建工程力量的模仿造就了电影版《流浪地球》中的惊人视效。与科学技术本身的进步相比，这些知识和信息的普及、传播起到了更为关键的作用。刘慈欣敏锐地察觉到了中国科学传播事业的进步对科幻事业的拉动作用。然而为什么会如此？原因就是当社会大众听都没听过某一事物时，你去描写它，是无法触发读者的熟悉感的。但是如果读者对你描写的对象已经有所了解——哪怕仅仅是听过这个名词，他们就会感到熟悉和兴奋，才会去关心这个他们听说过的事物会带来什么样的可能后果，引发什么样的极端情境。

第三，科学技术对生活的渗透不但为社会大众提供了熟悉科学技术的契机，也使关注科学技术成为一种生存的必须。尤其是随着科学技术越来越多、越来越快地创造新事物、改变我们的生活世界，期望了解科学技术下一步还可能带来什么新机遇和新挑战将成为一种必然的焦虑——这是写进人类基因中的，人类的幻想能力最初进化出来就是做这个用的。因此科幻文学的勃兴总是发生在科技进步，尤其是民用高技术更新速度最快的地区和历史阶段，如 19 世纪中叶的法国、二战前后的美国。相反，在技术更新速度较慢、技术进步带来的知识更新压力不明显的地区，关注科幻的氛围总体上也要弱一些。无论做历时性分析，还是做地区间的横向比较都很容易支持这一结论。

第四，科学革命为文学提供的新模仿对象不仅仅是新知识和新器物，还有人类面对自然界、面对危机时的新态度、新行为方式，这就是理性、逻辑、条理性。而且这种模仿不仅仅限于科幻小说，事实上几乎所有现代文学都对此有不同程度的模仿，包括历史小说和奇幻文学。可以看到，古典浪漫主义文学，无论中国还是西方，当主人公凭自己的天赋力量仍不足以渡过难关时，总是通过诉诸神秘的权威力量来解决问题，无论这股神秘力量在故事中的名字是宙斯、观世音、太乙真人、神仙教母，还是远通江湖的神秘武术宗师。而现代文学则更经常地诉诸理性和规则：在科幻小说中主要诉诸自然律或伪自然律；在侦探和谍战等类型中主要诉诸逻辑和人类思维定式的规则；在历史政治类作品中主要诉诸政治规则。这也正是曾一度让科幻爱好者们感到惊慌失措的科幻与奇幻界限日益模糊化的原因，因为其实现代奇幻作品里也是理性、逻辑这一套东西。

最后，也是最重要的，正是科学把最狂野新奇的幻想拉回到人们熟悉的现实世界，这也是科幻不同于其他所有幻想文学，尤其是奇幻文学的独特之处。科学提供了一种承诺，就是你看到的这个疯狂的故事，是有可能在你熟悉的现实世界中发生的。因为科学不同于魔法和神迹，它是实实在在、可验证、可重复的，它的威力也自工业革命以来得到了持续的、反复的见证。由于有了科学这座桥梁，幻想——至少在读者心中——变成了现实世界的可靠的外推，由此带来的心理冲击力自然是平行于现实世界的魔法世界没法比的。

正因为上述这些原因，所以科幻文学从诞生开始，就与科学技术的发展和传播有密切联系。梳理科幻史也很容易看出，几乎每一次科幻的兴盛都可以和相关的产业革命相联系（凡尔纳—法国产业革命、黄金时代—二战及战后科技革命、塞博朋克—信息产业革命）。这就是因为产业革命期间新知识、新技术的涌现提供了大量新的模仿对象与大量陌生的可能性。

三、当代科幻的挑战与机遇

沿着这一思路，也不难理解今天科幻所面临的"危机"。今天的"危机"与黄金时代末期其实是一样的。那就是很多所谓的科幻作品，其所描写的内容即失去了新奇性，同时又缺乏熟悉感。有些题材，比如时间旅行、外星人，最初是建立在对已知世界的合理外推基础上的，因此它既是新奇的，同时又让读者相信，它们是真的可能在这个熟悉的世界中出现的。而现在，经过了一百多年以后，尽管这些幻想在现实中仍然没有实现，但对于读者而言，它们已经不再新奇了，因为已经被反复书写过数千遍了（如果还没有上万的话）；而同时随着这些幻想在现实中实现的可能性越来越渺茫，它们的现实感染力也在下降。

当然，科幻作家也可以凭空创造完全天马行空的东西，以保证内容的新奇性。但如果新奇到完全丧失了熟悉感，那么效果恐怕也不会乐观。事实上即便是那些成功的奇幻文学，也都不是完全脱离了现实世界的。即便魔法世界的自然律不同，作家们仍会尽力模仿现实世界中的社会结构、社会关系、人类感情，正因为如此，这些作品才能激起读者的共鸣。

还有一种比较尴尬的情况，那就是某些技术或某些知识，在现实中已经实现了或研究清楚了，但公众仍然不熟悉。随着科学中仍在不断加深的研究领域专业化、理论抽象化和高度数字化进程，这种情况将会越来越频繁。有人指出刘洋的《火星孤儿》后半部分阅读体验不如前半部分好，与此恐怕不无关系。对于受过专门的物理和数学训练的人来说，刘洋对二维世界物理和化学定律的推演很容易触发隐藏在记忆深处的兴奋点，从而将最后一章的揭秘环节变成一场精彩绝伦的狂欢。从这个角度说，在运用物理知识构造情节方面，《火星孤儿》其实要比另一些同样很优秀的作品还要高明很多。但对于更广泛的读者，在不熟悉物理定律与数学维度之间联系的情况下，这些隐藏知识点可能反而会影响阅读的流畅性，反而不如"智子""水滴"等虽然粗暴但直观易懂的发明令人印象深刻。当然，刘洋在《火星孤儿》中其实已经做得很好了。如果一定要强调所谓的平易和通俗，而对如此巧妙地将基础理论与故事情节完美结合在一起的匠心视而不见，那绝对是削足适履。但读者的知识背景在未来可能会越来越多地成为制约科幻作品好评度的一个因素，这将是作家们必须面对的一个问题。

当然，对于中国的科幻作家而言，这个时代并不是没有好消息。首先，从数年前开始，越来越多的迹象已经宣告，中国正在进入一个历史上前所未有的科技发展高峰期。这将是中国人经历的第一场不是由外部力量推动，而是由中国自身的技术进步与产业升级转型压力催生的产业革命。这是对中国科幻最大的利好。

其次，国民教育水平的提高，尤其是科技教育规模的迅猛增长，以及科学传播事业的显著进步，正在不断扩充高端的科幻产品消费群体。关注科学传播的热点，从中挖掘素材，对科幻作家来说可能是一项事半功倍的策略。

最后，诸多科幻经典设定和桥段的陈旧化在对作者提出挑战的同时，其实也带来了另一种机遇。尽管已不再能够带来新奇感，但如果运用得当，恰恰可以利用读者对它们的熟悉做一些文章。与陌生感／新奇感一样，熟悉感也仍然是激发阅读快感的重要元素，关键在于运用得当。如《火星孤儿》，就是以中国人最熟悉的"高考"这一议题为切入点，作品中的校园生活，包括题海战术、"聪明药"等，也是无论在现实中还是在文学作品中都被反复谈论过的。在技术方面，太空站、人造重力、人造气候等也都不是多么新颖的科幻创意。但通过别出心裁的组合，这些熟悉的元素却以一种出人意料的方式被展现出来，制造出一个极端化的、带有一点儿魔幻色彩的新奇情境。当然也可以反过来，从一个能够引发精彩的戏剧冲突，但读者们比较陌生的知识点出发，设法把它放到一个能够引发熟悉感的场景中去。比如将二维世界的物理和化学定律用中学生的作业和考试题的形式展现出来。这两条路径在《火星孤儿》中都有所体现，这正是这个故事在亲切中却不失新奇感的原因所在。

（原载《中华读书报》2019 年 5 月 1 日第 16 版）

科幻作品中的世界建构

三　丰

一、想象世界与世界建构

所有的虚构艺术创作都是有意无意地在塑造一个与我们既有的实际经验层面的所谓真实世界所不同的想象世界（imaginary world）。哪怕是最为写实的现实主义小说也是如此。对幻想作品来说，建构一个想象世界本身常常成为创作的前置工作，甚至先于主题、情节、人物等其他元素。正如科幻作家宝树在随笔《科幻的文学性与世界建构》中所说："（在幻想小说中）世界并不仅仅是情节和人物的背景，描写这世界也不仅仅是为了取信读者，在很多科幻和奇幻作品中，它就是审美对象本身。"

既然想象世界对科幻小说是如此重要，那么，我们该如何评价科幻创作中的世界建构呢？让我们先从有关想象世界和世界建构的概念谈起。这方面理论的集大成者可参见美国协和大学威斯康辛分校 Mark Wolf 教授开创性的学术著作《创造想象世界：次创造的理论与历史》。

我们现在有关建构一个想象世界的理论性探讨都起源于英国诗人柯勒律治。他认为人类的想象分为原初想象和次生想象（secondary imagination）两类，后者是一种"有意识的、刻意的……创造性的行为"。《魔戒》作者托尔金在此基础上发展出了"第二世界"或"次生世界"（secondary world）理论。托尔金所说的第二世界带有一定的宗教色彩，是指身处"原初世界"的创作者在创作中模仿上帝造物的行为，次创造（sub-creation）出一个严密、完整的虚构世界。他笔下的中土世界就是第二世界最好的例子。

承继托尔金的"第二世界"理论，Wolf教授将"想象世界"定义为："虚构作品中人物经历的或可能经历的所有环境性要素的集合。这些要素汇集一起创造了一种与我们经验上的真实世界在本体意义上有所不同的场所感或世界感。"这里所说的环境性要素，不仅仅是天文地理、物理规律等硬件，以及社会、经济、政治、风俗等软件，也还包含了隐含的价值、伦理、道德等更内在的要素。简而言之，是让整个世界得以运行起来的所有要素的集合。

由此而言，"世界建构"（World Building）是一种建造想象世界的实践。在创作者层面，世界建构就是创造作品中的想象世界本身，以及将其在作品中以各种方式呈现。创造（通常以设定的方式）和呈现（通常以叙事的方式）两者看上去是两个分开的步骤，但其实是密不可分的。而在受众层面，世界建构则是有关受众接近、接受甚至参与建构这个虚构世界的过程。从这个意义上讲，世界建构成为一种互动的"游戏"。最终的幻想世界将是作者与读者共同完成的一个结果。

需要说明的是，世界建构不仅仅是小说创作所独有的东西，而已成为跨媒介的实践。在影视和游戏领域，世界建构也有着非常成熟经验的实践。国内常用的"世界观设定"其实也就等同于世界建构，"世界观"这个译法有些概念上的混淆，但似乎成了约定俗成的惯例。

按照世界建构的定义，我们可以从创作和接受两个层面来构建科幻作品的评价体系。

二、创作层面的评价体系

在创作层面对世界建构的评价可分为独创性、完整性和自洽性三个维度。

独创性（Inventiveness）：引入全新和有趣的概念进入世界建构，最好与原初世界有颠覆性的不同；或者旧瓶装新酒，从全新角度诠释旧有的想象世界。Wolf教授提出四种想象世界的创造模式：名义上的、文化上的、自然上的和本体论/存在论上的创造。

完整性（Completeness）：并不是说真的要做到面面俱到的完整（很多创造者会为追求世界完整性而陷入设定的泥淖不能自拔），而是以丰富多元的细节给读者一种"这是一个完整的、切实可行的世界"的错觉。读者会因此相信，小说中露出的只是完整世界的冰山一角。

自洽性（Consistency）：万事万物无不相连，牵一发而动全身。想象世界的运行规则也要符合各式各样的自洽或一致性逻辑：自然逻辑、社会逻辑、语言逻辑、哲学逻辑（世界观、价值观）等。

世界建构者如何做到这三个维度的要求？一方面可以参考优秀的科幻奇幻作品，同时也有一些世界建构的技巧教程可供参考。

三、接受层面的评价体系

本体意义上的想象世界作用于个体受众，会带来不同的认知接受反馈。我们可从以下三个维度来对这个层面的世界建构做出评价。

可信感（Belief）：阅读虚构作品需要读者有悬置怀疑（suspension of disbelief）的意愿和能力，幻想小说尤其需要帮助读者悬置对"这个世界是虚假的"怀疑，进而维持住对于建构出来的想象世界的次生信念（secondary belief）。

沉浸感（Immersion）：读者在想象世界的沉浸不仅在于其拟真感、幻象感（这一点文字也许没有影像、VR 等媒介有优势），更重要的是文字构建的世界可以调动读者想象力，对想象世界进行有意义的理解。

互动感（Interaction）：在沉浸和理解想象世界的基础上，受众甚至可以运用他们自己的理解参与到世界构建的新过程中。比如优秀的科幻奇幻小说总是能激发读者进行衍生或同人小说创作，很多优秀的同人创作也起到了"补完"想象世界的效果。

读者层面的可信感、沉浸感和互动感很大程度上取决于创作层面的独创性、完整性和自洽性。通常来讲，一个新颖独创的、完整自洽的想象世界可以让大部分读者相信它的存在，进而沉浸其中、深度理解它的运作，甚至还会产生与之互动的冲动。但毕竟"一千个读者有一千个哈姆雷特"，读者层面这套评价体系仍然带有一定的主体性特征。

四、《火星孤儿》的世界建构评价

套用上述两个层面的评价体系，下文对刘洋科幻新作《火星孤儿》中的世界建构做一个粗略的分析。首先要说的是，刘洋有意识地开发出一套自己的科幻设定方法论，包含自创的"线性设定链"、"Bethe图谱"、"设定自洽指数"等概念，这在科幻作者中也是不多见的。

在《火星孤儿》这本书中，作家建构了两个独特的"世界"：一个是未来的太空版"高考工厂"近腾中学，另一个是二维的异种智慧生命世界。小说通过一场奇特的高考，将两者的命运连接在一起。

近腾中学的建构是与现实紧紧相连的。作者以一组新颖的科幻设定将现实世界的高考工厂推向极致。由当下现实的一点突破或扭曲（科技点、社会规则等），带出一个既熟悉又陌生的全新世界，这是一种常见的建构世界的方法。近腾中学这个世界的独创性、完整性和自洽性都毫无问题。前半段学校生活的描写是全书的亮点之一，很多读者都在其中找到了强烈的共鸣，从而也确保了读者层面世界建构的可信感和沉浸感。

刘洋对二维世界的建构重点放在自然科学体系上，其自然逻辑层面的自洽性达到了很高的水平。类似于"二维生命操作电子导致三维世界宇宙规则的改变"这样的设定惊异感十足，可以对读者的认知造成很强烈的冲击。但这个令人神往的二维世界对读者而言缺乏沉浸感，主要原因是作者以三维世界人物对话揭秘这样非常间接的方式来呈现它，甚至还用上了公式和元素周期表之类的硬家伙。

二维世界的智慧生命是如何存在的？他们是个体还是集群智慧？社会组织形式又是怎样的？我很希望看到的是，《火星孤儿》能像《神们自己》《三体》这样的经典学习，在《平面国》等二维世界想象的基础上，正面挑战新世界的完整呈现。我相信，刘洋这样有着"硬核"科幻追求的作者是有意愿、也有能力完成这一挑战的。

想象不可想象的世界，并以文字的形式再现它，让万千读者相信它理解它，这是科幻小说的使命，也是科幻小说中世界建构的艺术价值所在。

（原载《文艺报》2019 年 5 月 1 日第 3 版）

刘洋：科技时代需要与之匹配的新的审美，科幻正当其时（访谈）

袁 欢 刘 洋

  从刘慈欣《三体》获雨果奖，到年初电影《流浪地球》热映，纸面上的想象力化为视觉上的享受，人们更直接地感受到国产科幻的魅力。中国科幻步入了新的发展期，并逐步打破原有的读者圈层，迅速扩大领地。当人们谈论科幻时，除了被它绚烂的未来世界吸引外，更多的是在于想象之外，它对于现实的映照，对于人类生存处境的探讨，就像《银河科幻小说》杂志主编H.L. 戈尔德说的，"几乎没有任何东西像科幻小说那样，尖锐地揭示人们的理想、希望、恐惧以及对时代的内心压抑与紧张。"科幻以其独特性吸引着众多年轻创作者和阅读者，他们以不同的风格塑造科幻文学新的样貌。

  刘洋是一位"80后"科幻文学作者，也是凝聚态物理学博士。他在新长篇《火星孤儿》里，从中国高中生的视角出发，融合自己的专业知识，建构了一个奇观世界，并且有意识地开发了一套独属于自己的科幻设定法，比如"Bethe图谱""线性设定链"等。正如复旦大学教授严锋评价刘洋作品时提及的，"从最平凡的角度展开，进而上升到宇宙尺度的奇观。"

  《火星孤儿》的灵感来源于"如果书中的知识都是编造的"的设定，刘洋其他的作品也与之类似，总在现实土壤上寻找创意的点子，进而延伸开去，这与刘慈欣的影响有关。刘洋认同刘慈欣关于"科幻是以创意为核心"的写作方式。"点子科幻"在他看来，是最具有"黄金时代"风格的核心科幻，他希望能够坚守这样的写法。

从小喜欢看科幻小说，但刘洋开始科幻创作则因一次偶然：在读研究生期间选修了一门"科幻电影赏析"的课程，没想到其实是科幻写作课程。以那次课程为起点，他开始认真地、以发表为目的地写科幻小说。物理学的知识背景对他的小说创作起到了科学支撑的作用，比如《开往月亮的列车》最早起源于他为了调试编程软件所写的一个测试程序，《蜂巢》则是为了写石墨烯的论文，研究石墨烯中电子的迁移速度时找到的灵感。"我主要是做数值模拟，每个程序跑起来都要等很久才会出结果，所以在等程序结果的间隙抽空写了很多短篇，一直写到现在。"

一、科幻小说一定要关照现实，本土科幻要聚焦在中国人真正关心的问题上。

袁　欢：《火星孤儿》从"高考"这一话题切入，灵感来自"如果教材上的知识全是可以编造的，世界会怎么样？学生会发现吗？"

刘　洋：是的，这本小说的核心设定来自一个有些异想天开的想法，就是如果课本上的知识都是错误的，或者更阴谋论地说，是有人故意编造的，那么对学生、对这个社会会造成什么影响？这个点子激发了我创作的冲动，然后我开始思考有没有这种可能性，或者说在什么情况下会出现这种奇妙的场景。后来我想到了在不同维度的时空中，自然规律的数学形式会出现差别，于是我花了很长时间来完善关于两个世界的物理法则的设定，其中包括用薛定谔方程对二维宇宙的元素周期表的推算。这种设定一方面可以让故事更富有悬疑性，另一方面也契合本文批评机械式科学教育的主旨。

袁　欢："高考"是全民性的话题，开篇很大部分都是写近藤中学里孩子们的日常学习和生活，读的时候会觉得科幻成分太少，更像是反思现实的作品。但越往后读，越会发现它原来有两条线索，近腾中学和"263计划"，其中涉及了一场大灾难，直到最后一章，才解密此前种种，这样的结构和叙事方式是你的意图吗？

刘　洋：我的小说都习惯于从人们熟悉的场景写起，让读者可以快速进入故事之中，增强代入感。之后再通过故事的推进，将场景逐渐推向陌生和奇诡之地，渲染悬疑感，让读者的兴趣逐渐提升。

在故事的最后揭晓灾难背后的真相，以及所有关于这个世界的设定，这样既对前文有所回应，提高了文本的整体性，同时又把悬念维持到最后。这种叙事结构在科幻及推理小说中是很常见的，是比较典型的类型小说的写法。

袁　欢：因与"高考"主题相关，读者容易把书归于少年科幻一类中，但评论者徐彦利在一篇文章中特别指出《火星孤儿》不能划分到少年科幻的原因。

刘　洋：写这本书的时候，我脑子里并没有对目标读者的年龄有一个确切的设计，不过考虑到目前中国很大部分科幻读者群都是中学生和大学生，为了贴近他们的生活，我把故事的主线放在了校园，写一群中学生的冒险和成长，所以可以说这是一本写给少年人的科幻小说。但是本书又和中国目前市面上常见的儿童科幻不同，它里面还包含着一些对现实生活的忧虑和质疑。张冉曾经说这是一篇 YA 小说，也就是 young adult 小说，其实就是介于成人科幻和儿童科幻之间的作品，我觉得是很准确的定位。

袁　欢：这本长篇的主旨有一条是"既暗示了外星文明所困的位置也隐喻了人类的困境"，"隐喻人类的困境"这应是科幻文学最具文学性的一面。科幻最终指向是探讨观察另类时空下人的处境。也就是说你认为如何把中国现实与科幻元素相结合？科幻本土化中最值得关注的问题是什么？

刘　洋：我觉得科幻小说一定要关照现实，当然，不用像现实主义文学那样直接摹写生活，而是可以采用一些间接的方法，通过描写未来或者某些极端环境下的人类生存状况来反映现实生活中的某些问题。我之前有一个叫作《单孔衍射》的短篇小说，在这篇小说里，我把现实生活中的贫富分化问题以一种科幻小说特有的方式表达出来。

科幻本土化，并不是只要故事发生在中国，角色的名字是中国人的名字就行了，而是要走进读者的内心，聚焦在那些中国人真正关心的问题上。

二、一部杰出的科幻小说，最重要的是其核心设定要足够吸引人。

袁　欢：好的科幻故事的核心之一是"点子"，也就是创意，类似于大家常说的"开脑洞"，你怎么理解？

刘　洋：我觉得，一部杰出的科幻小说，除了故事精彩之外，最重要的是其核心设定要足够吸引人。这正是科幻小说所应该具有的特质，正如推理小说的核心是犯罪诡计的设计一样。虽然很多不以科学设定取胜的科幻小说也很好看，但我们不应该就此忘却了这一文类的基石所在。在"新浪潮"运动之后，世界范围内，这样的核心科幻其实是在逐渐式微的。我还是希望能够有人继续写一些有"黄金时代"风格的作品，坚守核心科幻的阵地。

袁　欢：一方面，科学技术的进步支撑着科幻文学的不断发展，这是科幻文学独有的优势，另一方面，有人说科幻预见未来，你怎么看待二者的关系？

刘　洋：关于科幻和科学的关系有很多讨论。有人说科幻的想象力可以启迪科研的方向，但我觉得恰恰相反。根据我的观察，很多科幻小说都是在当前科技前沿发现的基础上推演而来的，因此从因果上讲，应该是先有科学上的大胆创想，然后才有科幻的进一步推演和故事。比如赛博朋克，虽然在互联网普及前就有人写过黑客什么的，但那时候已经有电脑存在了。为什么在凡尔纳的时代没人写赛博朋克？显然科幻小说的写作很大程度上受制于当前科学进展的。它可以稍微领先一点科学的发展速度，但是领先不了太多，因为它的想象力的源头还是科学。但是从另一个角度来说，科幻小说可以激发人们对科学的兴趣，特别是让学生产生探索世界的好奇心，从而投身于科学研究的事业。从这个角度来讲，科幻确实可以推动科学的进步。

袁　欢：回到一个更本质的问题上，到底什么是科幻？这里可能存在一种偏激的看法：只有刘慈欣这样写的才叫科幻，也就是硬科幻才是真正的科幻。事实是关于软硬科幻的讨论一直都有，也很难区分。

刘　洋：硬科幻和软科幻这些概念本身并没有严格的定义，甚至科幻和奇幻之间的区分在很多时候也并不清晰。我们看推理小说，里面有所谓的本格派和社会派，两种类型都自然有其拥趸，也有很多人说只有本格派才叫推理小说，其他的应该叫悬疑小说。所以你看，推理小说和科幻小说一样，也存在类似的争论。其实完全没有必要在定义上钻牛角尖。当然，从我个人的角度来说，我最初阅读科幻小说的乐趣主要来源于其中惊艳的设定或者瑰丽的奇观，所以我现在还是比较喜欢阅读具有这些特质的科幻作品。

袁　欢：有批评家指出相对于科幻文学中所呈现的那些"惊艳设定或者瑰丽奇观"，科幻文学中的人物形象描写是薄弱环节。

刘　洋：的确，很多科幻作品都常常面对这类文学性不足的批评，包括阿西莫夫、刘慈欣等。这些批评的确有一定的道理，但它们很多时候是完全站在纯文学的角度来进行评价，从而忽略了科幻小说一些独特的审美特质，它们有一些自己特有的评价标准，比如设定的创新性、场景的惊奇性、世界建构的自洽性等等。也就是说对于科幻读者来说，将刘慈欣的作品，用莫言的文笔重写一遍不仅毫无意义，可能甚至是有害的。

三、从科学发展中找到新的写作领域，是一个很好的创新方式。

袁　欢：正如你之前以推理小说类比科幻小说来回答问题，而和其他类型文学一样，科幻文学也存在既定模式，面临一些困境，比如说题材过多使用，如时间旅行、外星人，怎么把熟悉的元素组合出新意？

刘　洋：多关注科技的前沿进展，从科学发展中找到新的写作领域，是一个很好的创新方式。另一个方法就是将既有的元素和日常生活结合起来，通过类比的方式将两个截然不同的概念连接起来，也可以写出很有新意的作品。比如刘宇昆的《结绳记事》，把原始人的结绳记事和最前沿的蛋白质研究联系起来，一下子就写出了新奇感。

袁　欢：科幻圈似乎有"四大天王"的称呼，刘慈欣、王晋康、何夕、韩松他们的作品形成了一套"核心科幻"的审美体系，这一体系又跟《科幻世界》这个老牌杂志相关，很多科幻作者受到其影响。

刘　洋：核心科幻的审美体系，其实很类似于美国科幻黄金时代的审美特质，很多中国科幻作者都是看着《科幻世界》成长起来的，当然会受到它的影响。我刚看小说那个阶段，正好是刘慈欣开始在《科幻世界》杂志发表作品的时期。他的作品是典型的设定先行，我小时候看过的那么多科幻小说，至今仍有印象的，都是那些设定奇特的篇目——甚至很多作品的故事都不记得了，但点子仍然印在脑中——这些作品大部分都是刘慈欣的。所以说，他的小说对我的创作影响很大，其实我很多小说里都有他作品的影子。

现在，随着陈楸帆、张冉、阿缺等新一代作家的涌现，各种不同风格的作品都可以在《科幻世界》上找到了，《科幻世界》杂志以及当前中国科幻界的作品风格已经发生了明显的变化，并不再那么"核心"了。

袁　欢：2019年对于中国科幻而言，会是不平凡的一年。《流浪地球》的热映，中国的科幻产业因此发生了很大变化。在热潮相对冷却之后，再回头看，您觉得《流浪地球》对于中国科幻而言，有怎样的意义？

刘　洋：《三体》之后，中国科幻开始热起来了，今年的《流浪地球》电影，更是将中国科幻推向了更广阔的大众。毫无疑问，这种科幻热潮会让越来越多的人开始阅读和写作科幻小说，也让更多资本进入科幻领域。我相信这只是一个开始。在未来的几十年里，伴随着中国的科技发展和现代化进程，中国科幻小说的热潮应该会持续下去。科技时代需要与之匹配的新的审美，科幻正当其时。

（原载《文学报》2019 年 7 月 25 日第 5 版）

王国华 卷

王国华，河北阜城人，现居深圳。中国作协会员、中国散文学会理事。"城愁"散文的倡导者和书写者。曾获第五届广东省有为文学奖"九江龙"散文金奖、第八届冰心散文奖、第八届深圳青年文学奖、第六届深圳十大佳著奖。已出版《街巷志：行走与书写》《街巷志：深圳已然是故乡》等二十余部作品。

自他无别，同体大悲

——王国华笔下的草木众生与本心

于爱成

一

写街巷，写植物，王国华无论写什么题材、内容，总是调动着他的全部感观、全部知识、全部理论、全部文化储备，或正面强攻，或迂回包抄，或旁敲侧击，或欲擒故纵，很少正面来描写、叙述、抒情、分析，总有点苦涩、老辣之感。说是托物言志也好，说是借物喻人也好，或者说是触景生情、借景抒情也好，都有那么一点，似周作人非周作人，似钱钟书非钱钟书，似刘亮程非刘亮程，似冯杰非冯杰，似小品（essay）非小品，似随感非随感，文体也处于一种含混状态、自由状态、野生状态。

王国华的文字，其实有种狂欢性在里面。这样的文字往往旁征博引，段子小品，民间笑话，泥沙俱下，顺手拈来，想怎么写就怎么写，想加上去就加上去。如果不看文章整体全貌，只是片段性的浏览，会觉得驳杂而随意，会觉得可有可无。其实未必如此。如果你自作主张，对貌似拉拉杂杂之处做了删除、做了屏蔽，那附丽于王国华语言之上的批判性、反讽性也就无所落脚了——这恰恰是作者随感性文体的组成部分。

《睡莲》一文，取拟人化、第一人称，放开来写，自由写来。不拘束，不刻板，不是博物志、植物志的写法。而是喜欢从外围、从联想、从相关的社会经验来宕开一笔，然后再曲折返回。就有了趣味，有了性情。不再是法布尔的《昆虫记》，不再是达尔文的《进化论》。睡莲，从睡莲，从睡莲及其附丽的文化哲学宗教思想，从她的象征性、指代性、文化积淀和心理暗示性，写到了人生的意义——生与死，短暂与永恒、此生与来生等等。最妙之处是这一句，"该姿势必是总结了人情种种，不卑不亢，不疾不徐，穿越高山莽原，大漠碧海，落定于这一方浅水中。"这哪里是写睡莲？

这睡莲既是希腊、罗马神话中的神灵，又是古埃及神话里轮回与复活、可以起死回生的象征物，所以文章中说睡莲"腐烂之后，还有其他出现形式，又是一生又一生，无数的生生世世。连灵魂都只是变化中的形态之一，而非终结。"而这还不是睡莲作为一种隐喻的全部。文末说，"只要白天黑夜不停轮转，只要宇宙还在。睡莲都在"，实际上是将睡莲升华为一种图腾的高度来理解了。睡莲，是睡莲，又不仅仅是睡莲；睡莲如同人，如同万物，如同众生，睡莲的一生就是万物众生包括人类的一生，睡莲的命运，也就是万物众生的命运。在作者笔下，这睡莲，就第一次真正被赋予了意义，让睡莲从莲花的强势话语中凸显出来，突围出来。睡莲与莲花，各得其美，各得其所。

《石榴花》一文本来让我充满期待，在我的期待视野中，希望看到作者对石榴花来一番繁复地、绚烂地、煽情地描写，让我们见识是怎样的"五月榴花照眼明"，怎样的"石榴花映石榴裙"，怎样的"一丛千朵压栏杆，剪碎红绡却作团"，等等。然而看不到。王国华竟然采用了白描、口语化强的白话，上来就若无其事地、王顾左右而言他般地谈起来周星驰电影中一个叫作"石榴"的女仆这样一个小人物。接下来一段仍然故意无视我们的期待，说起来旧时清代殷实人家的标配。石榴，作为他的眼中的实存的植物的石榴，迟迟不来登场。第三段，怎么着，作者仍在避实就虚，写起来他记忆中的石榴之酸，写他并不足够愉悦的味蕾上的回忆。铺垫至此，第四段起，才写到当下、写到眼前的石榴树。

> 而我，此时，想到的是什么呢？想起来希腊诗人埃利蒂斯《疯狂的石榴树》：在这些粉刷过的乡村庭院中，当南风／呼呼地吹过盖有拱顶的走廊，告诉我／是不是疯狂的石榴树／在阳光中撒着果实累累的笑声，／与风的嬉戏和絮语一起跳跃；告诉我，／是不是疯狂的石榴树／以新生的叶簇在欢舞，当黎明／以胜利的震颤在天空展示她全部的色彩？／…………
>
> 想起家乡叔叔院子里农历四月如火焰般艳丽无双的石榴花，农历八月小灯笼般挂在树上的一个个石榴果，以及她的甜，她的咧嘴，如笑靥，如梦。如物是人非的乡愁。如不可知的命运。

而国华呢？

仍然跟我不在同一个频道上，仍然不做抒情化描摹。我也明白，其实国华也无再做描摹的必要了——关于石榴花的描写与抒情，早已经过剩了。还能怎么写？聪明的他，只用了一小段文字，对石榴树、石榴花、石榴，做了概而括之，简而言之，笼而统之的介绍（并不带有感情色彩，刻意采取零度情感）。这就是石榴。她就这样。没有什么可抒情的。但，"我"仍然要写她，要对她说句话——这就是文章最末一段了。

现实与记忆、遗忘与想象，或者说是想象与现实、记忆与遗忘，想得起什么，记不起什么，是顽固的记忆机制左右着作者对现实做出判断，对记忆做出召唤，作者脑中回环的都是过去的物事，挥之不去的旧影，附着了时代、社会、家庭、个人成长的经验，形成一种格式塔，一种貌似实存而似是而非的幻象，而对眼前的实有反而无从进入，无从亲近，无从找到对话的言辞。从而，尽管如"亲人"的"石榴花"，尽管"也急得跳脚"，却仿佛"隔着湍急的流沙河遥望，握不到彼此的手。"

"我"与石榴花遥遥相隔的，是时光的流沙，也是湍流不息的流沙河。

再看《凤仙花》。文章起笔与我的想象，又完全分叉到了两条道上。为什么我一看到"凤仙花"三个字，会想起来"小凤仙"？正如《石榴花》一文所折射的顽固强大的记忆与遗忘机制。"小凤仙"，让我和我这个年龄段的人，想到她的"低贱"，她的情，她的义，等等。国华是准备怎么写，写什么呢？国华上来就以拟人化手法，给出来一个特写——在运动场周围花花草草组成的王国中，大家都各忙各事，各自安好，而凤仙花此时或者说一直，都"神经紧绷，一副战斗姿势"——如临大敌的样子出现在我们读者面前——接下来，作者开始不厌其烦地介绍这花的茎、叶、花，讲到这花的颜色和姿态，是啊，这也许就是我喜欢的直奔主题的描述吧。

但作者笔触一转，转到赤裸裸、不掩饰、有点残酷地写到这花的"近瞧"之下的不美、不堪或者说残缺——"叶子多破败不堪"，"花瓣亦残破，或半开半枯"——这显然又出乎我的意料了，越过或掠过"开得极盛，远望算得上艳丽"的美感，（是的，凡花都各有其美感，正如凡少女都有青春。何况，在记载中，凤仙花其实如鹤顶、似彩凤，姿态优美，妩媚悦人），而直接聚焦了她的不完美。只是，这不完美，这残缺、残破，并非萎缩，并非丑陋，而是呈现为一种战斗后的姿态，战士的姿态——"像刚从战场上归来的士兵"，尽管"丢盔弃甲"，仍"双手紧握刀枪剑戟"，从而也是一种勇士的姿态。

较之它们身边、它们周围的植物，这样的凤仙花，即使如初下战场的战士，不失一种勇武之气，但仍被视作一种低贱之物，"至贱之花"，一种"俗物"。它们似乎与这城市，这场域，这环境，有点不相匹配，或者说有点不配长在这里，这大都市，大深圳，这中产阶级的"高贵"之地。然而它们在，在这里，它们有它们的价值，它们的不可取代之处。王国华洞察了它们的"底细"、了解了它们的"身世"，感同身受般说出来它们的故事，透露了它们不美不雅不堪的身姿背后掩藏的无言的秘密——"它们并未跟谁搏斗。战斗的姿势，其实是奔跑的姿势。""它们汗流浃背，上气不接下气，日夜兼程，只不过为了和其他花朵一样，从容过庸俗的日子。"——是的，它们，原来在作者这里，成为一种象征，指代被视为低端、底层、打工者的我们的父老乡亲、我们的兄弟姐妹！它们的奋斗、挣扎，拟人化为一个阶层的奋斗、挣扎，而这奋斗、挣扎，正残酷、激烈如战场上的战斗，只是为了过上从容、平庸如其他植物那样"整整齐齐""干干净净""鲜亮、光彩，浑身上下透着一股高贵之气"的日子。

至此，作者笔下的凤仙花，终于完成了一个与我共情的闭环。我之"小凤仙"与国华之底层奋斗者，时移世易，终究不脱它的底层的底色。凤仙花之名，空有"凤"，空有"仙"，唯有苦斗才是它们的命运。

二

　　国华写草木总是不按常理，不遵常情。《马利筋》中，对马利筋的描写，细致而准确，但却不写这花之"艳丽"，取其一点，专写其毒性。为何被人视为"剧毒"的有毒植物，还有若干小生物依附于它生存，而且活得悠闲自在？人类之"毒药"，却是他们的天堂、"蜜糖"，想来这大自然竟是如此的神奇。而人，在自然律面前，竟也是有点微不足道了。《茑萝松》把自己写成了花，与花不仅发生共情，而且惚兮恍兮，其中有象；恍兮惚兮，其中有物；窈兮冥兮，其中有精；其精甚真，其中有信。人不是人，花不是花，人为物转，境由心转，相由心生。

　　《大花芦莉》写到这种名叫大花芦莉的花木，"有一种'不过如此'的气势"！怎么可以这样写？这花难道真的有这倨傲劲？张狂劲？视周边的植物为无物，视周边的看花人为无物？是这个意思吗？还是说这种花木，真的见过大世面、大场面，开过大眼界，历经大悲欢，能够做到见怪不惊、舒卷从容、看开放下？是哪一种情况呢？作者不负责解释，只提供观感。接下去看，作者写出来一种场景，一种状态，在一个小环境中，一面墙，墙上画有仙佛，应是"传道"之用；墙的前面，是大片的大花芦莉，以"周正，大方"之态，以"手拉手""连成一片"之势，形成对仙佛的"拱卫"，这场景，仙佛似呵护着这花等众生，这花似护法护持着弘法。我们这才明白，原来这大花芦莉，真的是有灵性之花，有慧根之花，务求早日觉悟觉醒之花。它是无常世事"不过如此"，有何不妥呢。

　　特别喜欢异木棉。看国华这篇《异木棉》，先自想起跟异木棉的几次遭遇，几次震惊，那种绚烂，那种华美，是一种无与伦比的美之极限。如同我所喜欢的凤凰木、火焰木，以及黄花风铃木，都给我带来巨大的对于天地造化的感叹。国华之前，我也知道福建的散文家苏西也写过异木棉，她笔下的异木棉写得美而温婉多情，"美丽异木棉一开花，好像就抓住了秋天，那些花影织成的经纬，是沉思，是默念，是'若得其情，哀矜勿喜'，那迎着秋日太阳的光线抖弄开的碧云天与艳丽花，似乎可以在某些哀愁之时，化为抚慰的宝光闪现，眼前是一整个秋天"。她感受到，"在这样清如水明如镜的秋天，在和美丽异木棉相处的刹那间，我应当是快乐的。文明都会成为过去，而大自然的花儿不用理会文明的升或沉，它们自有它们的生存定律"。

国华不这么曲折，也不似苏西表面上的轻松、骨子里的伤感，他是刚健的，因此也是直截的。比如他上来就给异木棉定位："春天如果没有阳光，夏天若没有雨，秋天和冬天没有异木棉，深圳将会是什么样子？拔得很高。似乎没有了异木棉，深圳就会如同没有了春天的阳光、夏天的雨一样，不堪设想，没有了生命的活力。这话也许有不少人愿意听、愿意信。当然，国华上来这话不是断言，不是论断，而只是跟作为一介书生、一个小人物面对异木棉时候跟它的对话——我是这么想的，你怎么看？异木棉自然很得意，很愉悦。以此开篇，颇有点魔幻。国华就是喜欢这样，时不时忘记了自己是谁，是人是花，是物是我，是主体还是客体，是形而上还是形而下。

国华的提问是有他的答案的，也可以说是他的角度——"异木棉顶着一头粉色就汹涌而来，遮住了秋天的萧瑟和冬天的阴冷。秋是暖的，冬是暖的。"这"汹涌"二字，境界全出。这一"暖"字，有定乾坤之感。是的，还有什么更好的话，更形象的话，来赞美这美丽之木呢？视觉、听觉（汹涌不是听觉吗）、触觉、感觉，全有了。"汹涌"状气势和声势，虽不是攻城略地斩关夺隘之刚性扩张，却也如大海波涛之汹涌澎湃，前浪推动后浪之势不可挡。"暖"表其带来的心理感受，这"暖"，与你我生命攸其相关，带着体温，带着与生俱来的爱与祝福，如秋日的暖阳，如冬日的炉火，是可以感知到的活着的感觉。

当然，作者并不满足于这两点。他有新的发现。发现了这异木棉的秘密——为何可以"粉得如此纯粹"？因为"花与叶一定是经过一番讨论的"——这是作者在一本正经地"戏说"吗？

是，又不是。

说是，是因为作者做此拟人化的小说化的想象，来自一种修辞的需要。正如刘亮程写风，写新疆村庄的物事，总是喜欢用这样的口吻、腔调，将物对象化、拟人化一样，王国华在这·点上并无二致，这样就形成了一种人与物之间的对话、商量，一种身段的平等，一种情感的惺惺相惜，一种以我观物、以物观我，如家人围坐，灯火可亲，如话家常，如闲暇唠嗑，有一搭没一搭有一句每一句都没啥，有聊无聊有趣无趣都无妨，人与物，此时才真正如家人，如朋友。

说它不是，这样的说辞，在于通过这种对象化的观照，赋予了这树一种意义，产生与人可理解同情共鸣的通感。凡事必有意义才有生命，才有传承，才上升到文化。异木棉这么粉着、亮着、美着、暖着、爱着，抱着团，有分工，有"共识"，似共同保持一种理想、一种精神、一种执念，但又聪明、有规矩、懂规则、能妥协、明事理，什么时候该粉就坚决地粉，什么时候需要退隐、消匿、低调、转移画风，就绝不继续张扬，不再恋战，比如——"它知道自己承担着什么，也晓得四周布满监督的眼睛。""天空一旦变冷，绿色就会登台。"

怎样的一种隐喻，再也明白不过了。

说到这里，也许可以总结出来王国华草木记的一种特点了，就是总能结合自身的经验、阅历、知识、思想，来给笔下的草木一种照亮，赋予一种寓意，所谓看山不是山，看水不是水，看花不是花。作者总是忍不住发出他的文明批判与社会批判，这一点如同鲁迅风，总有他的立场、观点、态度。作者骨子里是个有着批判锋芒的知识者，他的隐忍，他的清高，他的趣味，到底掩饰不了他的本心。"看山还是山，看水还是水"，佛家参禅觉悟的第三重境界，对应到国华笔下的草木，如何"看花还是花"，是他所不愿追求的。因此可以说，王国华笔下的草木，大都是"寓言"化的草木。

他所写的，大都可以视为一种寓言。

三

寓言化叙事是王国华的风格。包括他的小说作品，如《在深圳捡钱》，就是如此。

《在深圳捡钱》情节简单，故事简单，或者可以说是那种情节淡化、故事淡化的小说，散文化明显的小说。一个在文化公司打工的女白领，喜欢上了天天盯着深圳的路面寻寻觅觅，企图捡拾到路人丢失的钱。在寻找和捡拾的过程中，她遇到一些情况，见到一些人，产生了一些回忆和想象。等等，如此而已的一个人物行状的记叙。不能说在深圳，或者在全国任何一个地方，没有人天天在路上寻寻觅觅地找钱，但像作品中的主人公这样，将捡钱作为志业的，应该还是少有。如果把捡钱换成捡垃圾，那是常态，是个小人物的奋斗和打拼的故事，而一旦直写主人公的行动只为捡钱，作品立马就产生了荒诞效果，有荒诞小说的意味，或者说寓言的意味。

作品藉此想说些什么呢？金钱自然是好东西，可以换来几乎想得到的一切东西，可以成为判断一个人成功与否的标准；金钱自然也不尽是好东西，有所谓人为财死鸟为食亡、金钱是万恶之源等说法。种种关于金钱的臧否不一而足，倒也不必陷入简单的二元论是非判断，这已经成为当下经济社会的共识。国华以此立意，有他的高妙之处，在熙熙攘攘利来利往的洪流中，他突兀地编出来这样的一个故事——如果，有一个人，以天天捡钱为志业（最大的爱好、兴趣和乐趣），会怎么样？这个人是不是很市侩？是不是很猥琐？是不是很无聊？是不是很抠门？是不是很失败？

不是。作品中写到的这位主人公，原来是美术老师，到深圳后做了一家文化公司的办公室主任，衣食无忧，性格"大大咧咧，没心没肺"，做人做事大胆泼辣，自然不是因生活困顿才想去捡钱——捡钱，作为一种习惯，一种爱好，只是一种爱好，一种习惯，正如有的人喜欢养花，有的人喜欢运动，都只是一种癖好、雅好或者俗好而已，捡到钱的感觉很愉悦（"一角钱价值不大，然而捡钱的感觉真的很好。""类似于小赌怡情，既有乐趣，又没有受害者，两全其美。"），一角两角的钱被丢失被无视任其渐渐朽坏也于心不忍（"它带着那么多人的体温，收藏了那么多人的酸甜苦辣。一朝丢进水坑和绿化带旁边，它就会渐渐腐烂，成为一块毫无用处的金属。别看它显得很硬，腐烂起来也很快。一个硬币不想活了，说死就会死，远比我们人类死得快。哀莫大于心死。茂子在路边就捡过一个已烂了一半的硬币。这得经过多大的打击，心里有多么难言的悲伤，才会如此义无反顾。从那时开始，茂子决定把它们捡起来，见一个捡一个。"），重在捡的行为和过程，出于某种发心和情感，并不负载太多"钱"或者"物"所附加的意义。

那么所捡到的钱或者所遗失的钱呢？它们是怎样的状态被遗失或捡到的？它们散落在地上的状态如何？它们为何被丢失？经历了怎样的被持有被使用过程？它们见证了什么？经历了什么？钱与人建立过怎样的关系，并与主人公茂子怎样相遇了发生了关联？它们又将去往何处？

遗失的钱的遭遇是作品的叙述重点，钱与人的关系是情节发展的核心动力。人有故事，钱也有故事。人有命运，钱也有命运。作品想象力的高超之处，就是通过被丢失被无视的零碎钱币，写出来"钱"即社会、即政治、即世道、即世态、即我相人相众生相、即生活、即人心、即人性、即人生、即命运的投射的真相。而且在更深刻的意义上，他又通过茂子对所捡到的零钱安排的"助人"出路，借题发挥，传达了一种反精英、反金钱主义的态度：

> "助"字一说出口，人心里就先存了善恶。人分善恶，情分深浅，人为地制造了一个界限。她希望受助者知道：我不是帮助你，而是你应该得到的。

作品将弯腰捡钱跟在工厂做工，乃至其他"看上去复杂的、高大上的工作"，视作"差不多"的事，甚至说再怎么貌似高级的工作，"其实跟捡钱没什么区别"，不必相信那些从业者的自我"神化"、自视甚高。"真正的辛苦"，只有"农民"，"农民的劳动简单而痛苦"，"每天都要被这些土地埋进去一点，他们拼命挣扎，却怎么都挣不脱。一个人在土地面前是多么渺小"。

本着这种自他无别、同体大悲的立场和关怀，作者实际上是在说，除了仍在土地上劳作的农民，这个社会，没有谁更配得到更多，谁都一样，谁也不比谁高明，谁也不应有特权，（诚实劳动者，包括鳏寡孤独废疾者）谁都应该、也理当受到钱（交换价值）所代表的上天的赐福与护佑。

从这个意义上讲，王国华写钱，与写植物，在对象化、客观化的关照上，并无二致。植物是物，钱亦如是。只有真正还原到物的原点，所谓文化的、经济的、人性的因素，对物的侵蚀、覆盖、粉饰、涂抹，这种种的后天之累，才得以消退，才得以成为一种客观物进行静观和省察。物也才有与人对话的身份和谈判的筹码。物，也是有生命的，也是有使命的，也是有命运的。比如，只有丢失的钱，小钱，不被重视、追逐的时候，才显现出来它的软弱性和孤独性。再比如那"一枚薄薄的，圆圆的钢片"的命运。

作品中写道："掉在地上的金属，如果是游戏币，倒还说得过去。起码是个有用的东西。这么一个钢片有什么意义？制作它的人目的是什么？又为何将其丢弃在路上？它们到这个世界上走一遭，就是准备被抛弃的吗？它们也有过梦想和摩拳擦掌准备大干一番的生活吧？连专门捡拾硬币的茂子都不准备给它第二次机会，它这一生所为何来。"这钢片因何来到世上？它的存在有什么意义？"它这一生所为何来？"有用还是无用，有意义还是无意义，这样的发问，令人心里发凉，产生隐隐的悲伤。是啊，铜片如是。有残缺的人呢？有残缺的其他生灵呢？宇宙万有的种种不符合所谓标准的存在呢？都是无用、无意义的吗？

作品的思虑是深广的。所谓有用无用，想起史铁生对于为何不幸偏偏落在自己头上的反思——为什么那么多人就没有残废，我就突然残废了，为什么唯独是我，我为什么就这么倒霉？这让他看清了人的命运的悲剧性和残酷性，甚至荒诞性。他开始思考命运的问题：

> 所谓命运，就是说，这一出"人间戏剧"需要各种各样的角色，你只是其中之一，不可以随意调换。……要让一出戏剧吸引人，必要有矛盾、有人物间的冲突。……上帝深谙此理，所以"人间戏剧"精彩纷呈。

他试图自己说服自己：上帝安排给我的命运注定如此，上帝这样安排自有他的道理，我们有限的人怎么猜得透，不要埋怨、不要抱怨。然后他又站在务虚的高度，说他获得的一种觉悟或者说是在试图进一步说服自己：残疾其实是人类的普遍命运，还有比我更惨的；或者说哪怕那些比我更好、更强的，也有他的局限性，只是残疾的程度不同。但是不管受到命运怎样的支配，当你眺望神的时候，你却可以"扼住命运的咽喉"——你可以掌握命运。你仍然可以发挥自己的自由意志，仍然可以拿你既定的（或受限制的）命运做一些自己想做的事——比如就史铁生来说的文学。

其实国华这篇小说的主旨，他刻意塑造的人物形象，他对被丢弃的钱的隐喻化设定，也正是隐含着这样一种自由意志在里面。——女主人公自己掌握着自己的命运，不随流俗，自由率性；深圳人开放包容，"无论做什么稀奇古怪的事，大家都不会觉得稀奇，都会有人支持"；深圳城市兼容并包，兼收并蓄，乞讨者、卖艺的老年人、卖唱的年轻人，都能得到这座城市的护佑，而且"认真卖唱的人"还能得到城市的最起码礼遇——颁发有证明其合法性的证书——并得到市民的打赏，钱成为他们技艺养成、坚持梦想、渡关难过的养分、资粮，以及他们认真做事的回报和体现。卖唱者与"关心""助人"者不必存有什么高下尊卑之分。

小说的最后，落在一个个体、一个老太太身上。但这个老太太仍然也是过客、是背影，作者没有写出她的面貌，主人公茂子"也从没见过（她的）正脸"，她是谁，她从哪里来，她到哪里去，她生活怎样，家庭儿女怎样，经历怎样，境遇怎样，心情怎样，都付之阙如，作品不做交代，也无意交代，读者无从了解，也不必了解，只是搁置，搁置就好——就这么保持一种远望的、北面观察的状态，一种遥远的距离、疏离的状态。而且主人公也只是猜测捡到的几次钱是这位老太太的，并无法证实——只是姑妄信之，假装（或说服）相信自己的判断而已。作者以此收尾想表达什么呢？

人人是孤独的？人人都是孤岛？如萨特所说的他人即地狱？是有一点，有部分的道理，但也不必这么悲观，这么多存在主义的形而上学。不必如此。如茂子所想的："她和她，只有丢钱和捡钱的关系。不会再有其他。其他的故事只能由其他人来和茂子演绎。如果一生所有的故事系于一人，岂不是太恐怖。城市里还要这么多人干什么。两个人就够了。"是的，这就够了。何必那么多纠缠，那么多思恋，那么多爱恋，那么多憎厌，那么多打扰？哪怕是善意的打扰，也并不需要。作品里的一句话，说得太好不过："在心里想她想得深入一下，都会搅扰了老人的安宁。茂子也不敢凑近去细细打量老人，那样就搅扰了自己的安宁。"

各自安好，岂不更好！物与物、人与物、人与人之间都当如是。

国华小说是散文随感思考的延伸。从散文随感的寓言化写作，到这篇小说，可以看出更突出的哲理化倾向。国华似乎刻意要把哲理熔铸进小说叙事，像是在向萨特致敬。当然，某种意义上，萨特的反物化主题，其实也是国华赞赏的，不过国华的物我、人他无分别而同体、同理、同情，显然就具有了自己的独到思考。这篇小说的丰富性、隐喻性也因此可以是多方面的。

（原载《当代人》2020 年 6 期）

在深圳找到自己的身份

——读王国华的《街巷志：行走与书写》

宫敏捷

　　读王国华的散文集《街巷志：行走与书写》（以下简称《街巷志》），对作品中写到的两个故事，印象十分深刻。全文看完，回头再想，这两个故事，就是打开这部散文集的神秘钥匙，也是走向作者柔软的内心世界的秘密通道。

　　故事一：在遥远的 1994 年夏天，王国华上学途经北京火车站时，看到了这样一幕，一个衣衫褴褛四五十岁的农民工，在一商店橱窗前多看了一眼，就被店主出来大声呵斥，还追着他打。这让作者吃惊不已，并深深记在了心里，以至于二十多年后的今天，还能完整地记录下来。这说明事情发生的那一刻，同样作为外来者，一个万千过客中的一员，作者已把自己置身于农民工的角度，并对"社会"这两个字背后冰冷又残酷的现实环境，"充满了畏惧。"

　　对于此事的发生，王国华做出了两种简单的分析，或许是农民工形象猥琐，只看不买，还影响生意；也可能是店主实在无聊，又没其他事做，就出来找个人打着玩。更刺痛作者内心的，应该是农民工被打之后的反应。他没有还手，也不声张，而是落荒而逃，就似犯了什么天大的错误。

　　任何一个有心之人，只要像王国华这样，站在农民工的角度考虑一下，都能感受得到他内心的恐惧与悲苦。他被打的当下不声张，就算回到了自己的故乡，也不会声张，而是带着这种恐惧又悲苦的感受，把这一遭遇活成内心一道永远也抹不去的阴影。最多是哪一天多喝几口酒了，对身边的某一个人感叹一句："社会太复杂了。"

　　第二个故事说的是王国华在长春工作时，单位有一个长着刀疤脸的保安，不管跟他怎么熟悉，每天进进出出，他都要拦住别人问好几遍。原因非常简单，保安是有编制的，他所拦住一再询问的，都是没有编制的。闲得蛋疼了，他就拦住戏弄一下，彰显一下自己的权威性。在自己还没成为一个深圳人前，作者就常常想，"将来我去了深圳，再回来的时候，他还在吗？如果他刁难我，我是直接怼他，还是视而不见，大步流星走进去？"

这两个故事同时指向了人与人之间的身份与地位问题。不同身份的人，彰显出了不同的地位与权威，本书中，作者是在用具体的故事与深圳生活的细节，在反思与观察中，柔和地表达对自己身份的思考，对身边其他人的身份的思考。这不是宗教中"我们从哪里来，又要到哪里去"之类的终极思考，而是作为一个鲜活的个体，思考"我们应该怎么活着，以什么身份活着"。

作者的血液里，与生俱来地流淌着这种思考的因子，在其学识能力与人生阅历还不足以为自己的生活指明方向之前，他几乎是凭着本能做出人生选择的，他也因此而离开了生活一二十年的故乡河北阜城县。他在《暖阳》里写道："高考结束，填报志愿时，我在'是否服从分配'一栏中，写上了'除本省学校外，服从分配'。""我要离开，再也不回来。在我身体里，故乡是个有毒的物体。"而潜意识是，他不是不热爱自己的故乡，不热爱家乡的亲人与朋友，他需要通过出走，让自己的身份有别于故乡那些"一言不合就拔刀相向的陌生人……"

从这个角度，我们可以说，王国华十八年的长春生活，更多的是被生活所选择，而不是自己选择了一种可以安身立命一辈子的生活。十八年中，他娶妻生子，已经适应了东北的冷，适应了东北的饮食，像东北人一样思考，还会带着淡淡的河北口音，唱几十段别人耳熟能详的二人转。不过，他还是没有找到一个让自己满意的身份，安放自己始终不安的内心；这一次，他主动出击，带着毅然的态度，离开了东北，只身南下深圳。如他在《躲进南方的深夜里》所写的那样："当然不仅仅是为了多挣一点钱，我更想改变我们的生活方式和生活态度。"在《木棉树下的靠山调》里，王国华就写得更直白了，说"我通过分离自己，改变自己，去和他人融合，在一个新的地方找到自己。"

在这个散文集里，我们清楚地知道，王国华如何艰难地做出选择，又是如何艰难地留在了深圳，融入深圳，并找到自己安适的身份，成为自己希望成为的那个人。这是《街巷志》中最重要的书写部分。面对一个陌生的城市，王国华难能可贵地展现了一个外来者的心路历程。

我们选择一个地方，留下来，活下去，且活得开开心心的，不是因为房子有多大，工作有多好，挣到多少钱，而是这个地方适合安放自己，有可以陪自己说说话的人，一起经历和见证彼此生命历程的人。这个过程中将生命的密码掩藏在街头巷尾，自己一路走过去，随时随地都能看到。王国华在向我们展示，他如何成为一个在深圳拥有了密码的人。这是一种宿命般的归属感，让他变得坦然，从容又幸福。尤其当他成为深圳的一部分，知悉了每一个公园的喧闹，每一条道路的走向，每一条河流拐弯处的风景时，他就让自己安静下来，用心去倾听每一声来自身边人的呼喊，每一朵花开的声音，以及来自天空鸟儿的鸣叫。这种感恩的心，又幻化为深深的同情，让他将目光停留在其他外来者身上，如保姆、快递员、拉客仔、小商贩等等。这让王国华的文字呈现出了与常见的打工文学，为底层人物请命一般的文字使命所不同的质地，王国华只是用一个外来者打量另一个外来者的态度面对一切；打量的时候，他把自己置换成不同身份的人物，为他们的生活思考，为他们身份的现实意义思考。但他没有尝试为他们的迷茫指引方向，也不为他们的人生给出任何建议，他只是用文字表现出应有的疼痛感，就已经足够了。

我们的身边，往来着太多眼里没有别人的人。就因为这样，许多人才生活得无所畏惧，不知天高地厚；也因为这样，那个生活在皇墙根下的北京人，才会向一个从他身边走过的农民工挥起了拳头。同样是生活在一线城市，同样是面对外来者，面对脆弱的农民工，王国华也无意识地记录了这么一个与之相对的故事。这是他在《躲进南方的深夜里》写下来的："刚到深圳那年的暑假，妻子带着女儿来看我。朋友在一个饭馆请我们吃饭。吃完已是晚上十点多。我们把剩菜打包，一行人走出来。门口的暗影里站着两个人。其中一个白衣服的女孩儿说了句什么，我没听清，大家继续走。后来我听清了，因为她又说了一次：大哥，把你的剩菜给我吃吧。我饿。我没犹豫，下意识地把打包盒递过去。朋友把车开出来，我们坐上去。擦身而过的一瞬，我看见那两个女孩端着打包盒，正捏着牛肉片在认认真真地吃，应该是饿坏了。她们穿得干干净净，吃相文雅。我们一帮人嘻嘻哈哈的，没人注意她俩。妻子注意到了。回到住处，她跟我说，当时想下去给她们五十块钱。"

或许连王国华自己都没有意识到，他面对这两件事截然不同的态度，恰恰就反映了在两个时间段里自己的不同身份；但对他来说，不管身份如何变幻，他本着善良，心存美好，驱使自己，不断前行的步伐，还是一样的，且这也是决定他将越走越远的动力之一。当然，我这里所说的不只是地理上的，作者的追求，又何至于此。

我的"城愁"写作(创作谈)

王国华

天快亮的时候做了个梦,梦见自己到了一个陌生的城市,街道上的人一个都不认识,店铺门口的招牌排着队瞪我。一下子吓醒了。强烈的太阳光在窗帘缝隙里挑出一道白。

多年前,所有的异地都算得上美梦。幼年在华北大平原的小村子里,梦见自己逃离了尘土飞扬的故乡,走进了干干净净的城市。年轻时在东北的冰天雪地里,梦到了细雨飘摇的水乡。明知是虚幻,却不舍得醒来,想让梦境勾勒得更详尽些,谁知用力过猛,笔画跑偏。睁开眼,懊恼半天。

以后我也许还会到其他地方,但现在,深圳已是身心俱安的故乡。做梦都不愿离开。从外地返回,一下飞机,闻到熟悉的植物的气息,吊着的小石头,轻轻落下来。啪嗒,细微的回响。

这又能说明什么呢。久居此地,渐渐慵懒,依赖。打开门,迎接自己的如果不是昨天那棵榕树,变成了一株木棉,可能会有一点欣喜,更可能是心慌。因为系在枝头的那段时光也随着消失了。

曾在一篇文章里这样写道:

> 我总是无缘无故地设想,有一个土生土长的本地人,他常年和家人在海边捕鱼,捞螃蟹,养蚝。每天迎着朝阳出海,夕阳西下时随着波浪返回岸边。
>
> 有一天再回到岸上的时候,他发现那个石头筑成的矮房子已经被扒掉,一排排新鲜的高楼矗立在那里,仿佛几十年来就是这个样子,他自己倒像个闯入者。那些楼房俯视着他,显得他更加渺小。

他的渔船搁浅在岸边。他半信半疑地走进属于自己的新房子里。里面家具齐全，电器的棱角上闪着寒光。他的房子价值连城。

眼睁睁看着自己的故乡变成一个庞大的城市。他会怎么想？他是欣慰于这种变化还是无可奈何？

唯一可以确定的是，他的从前彻底变成了从前。

他默默坐在海滩上，看着潮水徒劳无益地一次次扑向岸边。潮水中荡漾着脏脏的泡沫。一只洁白的海鸥一掠而过。他视若无睹，精神恍惚。

他在丰富的物质海洋里，找不到自己的故乡，更找不到自己的童年了。

这是深圳原住民的写照。这是他们的乡愁。不，准确点说，渔村已变成城市，我把这种无所适从的感受，命名为城愁。

乡村在被大幅改变的同时，城市的改变其实更大。街道一条条铺开来；超市和饭店开了又关，关了又开；川流不息的人来了去，去了来；光秃秃的道路两边一夜之间长出了参天大树；昨天还热热闹闹的城中村第二天就被拆成断垣残壁。大拆大建的表象之下，是人心的动荡与漂泊。

或因幼年生活带来的阴影，对我而言，基本没什么乡愁。那数十年不变的村庄，冬夜在村口惨叫的野狗，从开始有记忆到离开它们，始终没有从中感受到美。对故乡的赞美，好像是一种集体无意识的政治正确。时至今日，乡愁更简化为对工业化所带来的变化的排斥和抵制。当然还有其他一些内容，但说来说去，仍是对田园牧歌式生活的怀恋（虽然田园牧歌只存在于想象中，现实并非如此）。

过去这些年，传统工厂大批倒闭，或曰腾笼换鸟，或曰更新升级，产业工人要么失业，要么去做快递大叔和收银员，曾经的自豪不知不觉转换为深深的自卑。以制造为基础的工业，早已演变为另一种乡愁。今天的网络化数字化，名为城愁，莫不如说是乡愁的升华。它对农业和工业布局下的生活自然是一种消解，但并不是替代品。

问题来了，城愁是什么？因为旧城改造，老城消失，新的小区拔地而起而产生的怅惘和失落吗？会有一些，但一定不是全部。如果愁绪仅仅是换了一个附着物，从院子里的老牛转移到公园里玩过的碰碰车，这样的"城愁"，自然是简单了。

城市里人多，职业多，建筑多，甚至植物种类也比乡村多，因此，故事就多，可能性就多。如不可测的深井，汲取的水也多。内容更庞杂，指向更多维，由此带来的城愁有着更多的内涵。

比如对未来的不确定性。谁也不知道自己明天会不会失业，公司会不会垮掉，朋友会不会离去，而且离去了就再也不会回来。在相对封闭的村子里，你随时可以敲开邻居家的门，施施然而入。他永远跑不了的。在城市里，他的微信删掉你，自此一别两茫茫。

这里也会产生更多期待。若非如此，大老远跑到这里来干什么。我曾经问过一位朋友，20世纪90年代到21世纪初的那些年，深圳及周边的东莞，很多人都有过被飞车抢劫、入室盗窃的经历，缺乏安全感，乱，为什么远方的人还是源源不断地涌来？脚是诚实的，嘴里骂着街，还是用脚投了票。

如此这般，只能在密集的人群中产生的情绪，都是愁绪之一种。城愁不是愁苦，略似一种闲愁。在不确定中，在期待中，在失落中，在各种莫名的复杂的感受中。

站在街头，每个擦肩而过的人，他（她）的眼神里都流露着城愁。他们偶尔停下来，抬头望望天，就会闲愁溢出。

我心里藏着两个词，一个是忧伤，一个是传说。

听汪峰的歌曲《北京，北京》，前奏响起，有一种感觉：同为一线城市，北京有忧伤的气质。而深圳没有。忧伤是从容的，要有几百年的酝酿，上千年的沉淀。一个几十年的城市，似乎还不懂得忧伤。在火热的深圳，成千上万的人时时刻刻都在演绎自己的悲欢离合。他们的泪，他们的血，他们的爱恨离愁，没有忧伤做背景，瞬间都被抹掉了。

还是北京。姜文的电影《邪不压正》里简单提到一句话，把主人公想象成燕子李三。我的故乡离北京很近，小时候听了不少燕子李三的传说。看到燕子李三几个字，脑子里立刻出现了北京的影子。这就是传说的力量。当下深圳的传说是什么？是任正非、是马化腾、是平安大厦，还是大疆无人机？这些都是，但缺少一种更"人"的东西，看不到具体的，可以具化为你我的那种传说。

所以就想，我能不能用自己的文字塑造一种缓慢的忧伤的情绪，赋予这个城市一些传说。这种赋予，不是对既有的否定，相反，是在首先认可这个城市的世俗"成功"之后，有意识进行的文化塑造。

但忧伤和传说，与城愁又是什么关系？

在我的理解中，忧伤和传说不是目的和终极，是一块幕布，是一个城市经历了酸甜苦辣、喜怒哀乐之后，糅合了自己的各类特性，固定下来，形成的背景墙。它让一个城市更像一个城市，或者说，不再是生硬的建筑的集合体，而像一个"人"了。在此背景之上，这块土地上所有人的城愁便有所寄托，表达出来的具象，不再是简单的号哭或傻乎乎的大笑，而是晨光里叽叽喳喳的鸟鸣。梦中的人，脸上露出微笑，枕头上流着涎水。

我不着急。人到中年，写作上的功利性几乎消隐至无，相应觉得应该多做一些愿意做的事。比如，我要为这个城市铺一层底色。能铺到什么程度，由天也由我。我可以每年一本到两本书，认认真真地写。十年后，有十多本书写深圳的书籍排在这里，便是我的城愁的呈现，亦是纾解。

一群"寻求着光芒"的人

赵目珍

深圳是个"文学之城",很多学者和评论家都下过这样的论断,此处不再赘述了。要称得上"文学之城",必须要有一定数量的诗人和作家。在这一点上,深圳当然没有任何问题。但是也像一些学者直言的那样,深圳的诗人和作家,真正在全国有影响力的并不多,尤其是凭借作品能够被熟知的诗人和作家不多。这有很多方面的原因。然而,作品本身硬不硬无疑是最重要的因素。

深圳有成千上万甚至更多的诗人和作家,加上移民城市本身的流动性,每年都有新的诗人、作家来到这座城市,也有在此生活的诗人和作家离开这座城市。对于城市本身而言,流动性体现出她的活力,这是个好事情。但对于一座特定城市的文学而言,流动性带来的影响应该辩证地看。至少从积淀的角度说,有其不利的一面。文学的成长,与作家的成长一样,有时候也非常需要时间的浇灌。

深圳是一座新城市,四十年间发生的变化,称得上天翻地覆。对于身处其中的人,尤其是诗人和作家而言,变动不居早已成为常态。既定的事实如此,编选其文学作品集、评论集困难重重也自不待言。首先,对诗人、作家的遴选,就成为一个棘手的问题。此前在深圳生活过的诗人和作家,算不算深圳诗人和深圳作家?我个人的观点,当然是,至少他们生活在深圳的时候是。他们在这期间写下的作品属于深圳文学,否则深圳文学(新城市文学)不构成一个完整意义上的深圳文学(新城市文学),至少这个概念意义上的文学有所欠缺。但如果按这样的理念去处理选本,四十年来离开了深圳的诗人和作家数不胜数。即使是遴选那些最优秀的,也会带来诸多困扰。还好,本书的定位是关于"深圳青年作家"的评论集。为什么这样定位?主要是青年诗人、作家处于文学创作的成长和上升期,更需要被关注;而已经成名、在文坛有一定地位的诗人、作家不需要再锦上添花，或者正好相反，他们已经有了足够的分量，可以单独编选评论集了。

深圳的青年诗人和作家是一群非常有活力的人。2012年入深圳之初，我就深刻地感受这种气息。诗人、作家们常常因为某些文学活动小聚，其间围绕文学和生活，畅所欲言，海阔天空，百无禁忌。有时候小范围内的会聚，甚至不需要什么理由。尤其是诗人们之间的聚会，我深有感触。诗与酒，就是相聚的动力。这样的生活令人快慰！诗人、作家们喜欢追求闲适、自由。有人说，深圳的生活节奏太快了，不适合作家生存。其实正好说错了。诗人、作家们追求的闲适与自由，不是表面上的闲适与自由。只要有一颗闲适与自由的心，快节奏的生活于他（她）而言，正仿佛一个写作的渊薮。他（她）正好可以从中去发现那些内与外、快与慢、轻与重、上与下、是与非、明与暗的辩证关系。他（她）只要沉潜下来，思考，写自己想写的东西。多少次，我亲身经历或看见诗人、作家们在某个书店、公园、图书馆抑或山中、城中村里宴饮、聊天的场景，那种安逸的感觉，与这个快节奏的城市看起来也那么相衬。或许你会觉得奇怪。其实并不奇怪。诗人、作家活得是一种心境。他们的现实生活可以奔波、忙碌，但他们的写作是一种慢。如果你注意观察一个深圳的诗人或者作家的具体情态，然后去对照深圳的天空、大地、河道、山峦、雾霭、云流，这前后之间不会有任何违和感。现在我特别想看一个诗人或作家从某个巷子里拐出来的样子，或者看他（她）从某个地方远去的背影，或者看他（她）伫立某处抽烟、思考、无所事事的状态，或者看他（她）混迹于人流的场景……一个热爱写作的人，无论如何都是要深入到其生存的环境中去的。无论他（她）最终是浑融了进去，还是喜欢或被动地隔着一道镜子看世界，他（她）的内心愈静谧，写作就愈纯正、愈纯青。化用扎加耶夫斯基的诗句：写作寻求着光芒，写作是崇高的道路，带我们到最远的地方。……在我城市的大街小巷，安静的黑暗很是卖力。写作寻求着光芒。写作就是要处理好身边的"大街小巷"与"最远的地方"的关系。深圳的青年诗人和作家们就是这样一群正在"寻求着光芒"的人。他们在一座日日新的城市里安静地歌唱，然后等待着写作的秋天来临。

下面说回本书的编选。一是选深圳的青年作家、诗人，二是选被业界关注到、评论到的作家、诗人。但即使如此，一部书的容量有限，所选的诗人和作家仍然会超出限制。最后只能忍痛割爱，以简驭繁。除此之外，编选仍然有其遗憾的地方，因为总有些优秀的诗人、作家因为某些熟知的原因——如出身底层，或仅仅是默默无闻地写作——而未被评论界关注到，或被关注得太少，没有专门或整篇的评论，从而无法入选。下面对本书的编选体例简单做些交代：

一、本集为关于深圳青年作家、诗人的评论集，入选的大多为 1970 年及此后出生的作家。极个别作家在年龄上略有出入，不拘泥，但原则是不能出入太大（一两年）。

二、深圳作家、诗人流动性极大，出于处理上的便宜，凡在编选时间段已不生活在深圳的，一概不入选。

三、我单位"深圳文学研究中心"已为少数著名作家单独编选了评论集，凡已单独编集的青年作家，本次不入选。

四、本集拟录每位青年作家的有关评论 2-3 篇，附作家访谈或创作谈 1 篇，尽量全面，以供研究之用。

五、本集分上中下三编，上编为诗人编，中编为小说家编，下编为散文家、童话作家、科幻作家编。

六、作家、诗人排名不分先后。为编选便利，每编按姓名（笔名）音序排列。

最后仍要说明，本书初编稿件接近四十八万字，原拟收每位诗人、作家的评骘文章三篇，附诗人、作家的访谈或创作谈一篇。因书稿容量有限，只能删减篇目，文章各收两篇，访谈或创作谈仍附。

补充说明一点，因为我也写诗的缘故，对深圳的诗人了解的多一些，故起初选人时，诗人选得多了一些。这是本书上编现在仍有些臃肿的缘故。后因字数超限，为了平衡各类体裁，最后删除了后来入选的几位诗人朋友。深圳的青年小说家、科幻作家、童话作家、报告文学作家也有很多，但限于我的视野局限，青年小说家只收录了八位，青年散文家、科幻作家、童话作家只各收录了一位，报告文学作家未录。这些都是遗憾。俟日后还有机会再编一集。

最后，感谢"深圳文学研究中心"，感谢学校、学院的大力支持，感谢深圳青年诗人、作家们的支持，感谢百花洲文艺出版社的编辑杨旭老师，感谢我的家人，是所有人的支持促成了此书。

是为后记。

2021 年 9 月 24 日初稿，12 月 24 日修订，深圳